U0587940

[清]蒲松齡 著
張友鶴 輯校

聊齋誌異

會校會注會評本

卷四

余德*

武昌尹圖南，有别第，嘗爲一秀才税居。半年來，亦未嘗過問。一日，遇諸其門，年最少，而容儀裘馬，翩翩甚都。趨與語，即［校］抄本作却。又蘊藉可愛。異之。歸語妻。妻遣婢託遺問以窺其室。室有麗姝，美豔逾於仙人；一切花石服玩，俱非耳目所經。尹不測其何人。詣門投謁，適值他出。翼日，即來答拜。［校］抄本作却來拜答。展其刺呼，始知余姓德名。語次，細審官閥，言殊隱約。固詰之，則曰：「欲相還往，僕不敢自絶。應知非寇竊逋逃者，何須逼［校］抄本作必。知來歷？」尹謝之。命酒款宴，言笑甚［校］抄本作言。懽。

向暮，有兩[校]抄本無兩字。崑崙[呂註]漢書：武帝寵一崑崙奴，嘗以劍擊羣臣。又唐大曆中，崔生有崑崙奴磨勒。[何註]崑崙，奴通稱。焦遂有崑崙奴，勇於泅。常擲刀環於江湖，命崑崙没水尋出之。終爲毒龍所殺。捉馬挑燈，迎導以去。明日，折簡報主人。尹至其家，見屋壁俱用明光紙裱，[何註]裱，字書罕見，當用表字，表而出之之意。古文作襮。潔如鏡。金狻猊[呂註]香譜：香爐以塗金爲狻猊之狀，空其中以燃香，使香自口出；亦有雕木埏土爲之者。[何註]狻猊，獸也，似驢。香譜：香爐以金塗狻猊、麒麟、鳧鴨之狀，空中以燃香，烟自口出。埤雅：狻猊爐則古之瑀足豆，嘗有新鑄而象古爲之者。爇異香。一碧玉瓶，插鳳尾孔雀羽各二，各長二尺餘。一水晶瓶，浸粉花一樹，不知何名，亦高二尺許，垂枝覆几外；葉疏花密，含苞未吐；花狀似溼蝶斂翼；蒂即如鬚。筵間不過八簋，[何註]簋音晷，竹器也。易：二簋可用饗。而[校]抄本無而字。豐美異常。既，[校]抄本作即。命童子擊鼓催花[呂註]南卓羯鼓録：明皇洞曉音律，尤愛羯鼓。時春雨初晴，景物明媚。帝曰：對此豈可不與他判斷乎？乃命羯鼓，臨軒縱擊。自製一曲，名春光好。回顧柳杏皆發。上笑謂侍臣曰：此一事，不喚我作天公可乎？爲令。鼓聲既動，則瓶中花顫顫[何註]顫音戰，振動也。欲折；俄而蝶翅漸張；既而鼓歇，淵然一聲，蒂鬚頓落，即爲一蝶，飛落尹衣。[校]青本作身。余笑起，飛一巨觥；酒方引滿，蝶亦颺去。頃之，鼓又作，兩蝶飛集余冠。余笑云：「作法自斃[呂註]史記，商君列傳：秦孝公卒，太子立。公子虔之徒告商君欲反，發吏捕商君。商君亡至關下，欲舍客舍；客人不知其商君也，曰：商君之法，舍人無驗者坐之。商君喟然嘆曰：爲法之敝，一至此哉！矣。」亦引二觥。三鼓既終，花亂墮，翩翻[校]青本、抄本作翩。而下，惹袖沾衿。鼓僮笑來指數：尹得九籌，余[校]抄本字。四籌。尹已薄醉，不能盡籌，强引三爵，離席亡去。由是益奇之。然其爲人寡交與，每闔門居，不與國人通弔慶。尹逢人輒宣播；〔校〕抄本無播字。聞其異者，爭交懽余，門外冠蓋常〔校〕抄本無常字。相望。〔吕註〕蘇軾詩：門前冠蓋已相望。余頗不耐，忽辭主人去。去後，尹入其家，空庭灑埽無纖〔何註〕纖，細也。塵；燭淚〔吕註〕陳師道后山叢談：萊公性豪侈。自布衣，夜常設燭廁間，燭淚成堆。陳叔達詩：思君如夜燭，煎淚幾千行。〔何註〕燭淚，燭流點滴若淚也。李商隱詩：春蠶到死絲方盡，蠟炬成灰淚始乾。堆擲青階下；窗間零帛斷線，〔校〕抄本作綿。指印宛然。惟舍後遺一小白石缸，可受石許。尹攜歸，貯水養朱魚。經年，水清如初貯。後爲傭保移石，誤碎之。水蓄並不傾瀉。視之，缸宛在，捫之虚耎。手入其中，則〔校〕抄本無則字。水隨手泄；〔校〕青本作瀉。出其手，則復合。冬月亦〔校〕抄本無亦字。不冰。一夜，忽結爲晶，魚遊如故。〔但評〕以爲有而若無，以爲無而實有；無虚無實，是色是空。使長此不瀉不冰，則魂至今存可也。乃忽結爲晶，以身相見，無怪其終解矣。心經有云：不生不滅，於此可悟。尹畏人知，常置密室，非子壻不以示也。久之漸播，索玩者紛錯於門。臘夜，〔校〕抄本作月。忽解爲水，陰溼滿地，魚亦渺然。其舊缸殘石猶存。忽有道士踵門求之。尹出以示。道士曰：「此龍宮蓄水器也。」尹述其破而不洩之異。道士曰：「此缸之魂也。」殷殷然乞得少許。問其何用。曰：「以屑合藥，可得永壽。」予一片，懽謝而去。〔但評〕擊鼓催花，已成腐令；石缸貯水，豈是奇珍？乃鼓歇而淵然有聲，果蒂飛而蝶落；缸碎而捫之宛在，復晶結而魚遊。遂使花墮觥飛，神傳羯鼓；魂凝水蓄，器重龍宮。朽腐頓化爲神奇，鑿空不同於杜撰。

［何評］缸有魂，甚怪。然取精多而用物宏，則物有精固當有魂矣。臘夜忽解爲水，無亦游魂爲變者乎？噫！異矣！

楊千總*

畢民部公即家起備兵〔校〕上五字，遺本作赴。洮岷時，有千總楊化〔校〕抄本作花。麟來迎。冠蓋在途，偶見一人遺便路側。楊關弓欲射之。〔校〕遺本無之字。公急呵〔校〕遺本作訶，通呵。止。楊曰：「此奴無禮，合小怖之。」乃遥呼曰：「遺屙者！奉贈一股會稽籐簪綰髻〔校〕遺本作綰髻簪。子。」即飛矢去，正中其髻。其人急奔，便液污地。〔校〕青本無此篇。

瓜異*

康熙［校］此據抄本，稿本無上二字。二十六年六月，邑西村民圃中，黄瓜上復生蔓，結西瓜一枚，大如椀。［校］青本無此篇。

辛巳夏，各省多潦，瘟疫大盛。河内有於西瓜内獲蝎者，有瓜架生茄實者。戾氣之流，在人則爲疾疹，在物則成異類。似此者殆不可枚舉。雪亭附記

青梅*

白下程生，性磊落，不爲畛畦。一日，自外歸，緩其束帶，覺帶端沉沉，若有物墮。視之，無所見。宛轉間，有女子從衣後出，掠髮微笑，麗絶。［校］抄本作甚。程疑其鬼。女曰：「妾非鬼，狐也。」程曰：「倘得佳人，鬼且不懼，［但評］不得佳人，牀頭真夜叉，鬼且不如矣，況又不止於醜乎！而況於狐。」遂與狎。二年，生一女，小字青梅。每謂程：「勿娶，我且爲君生男。」［校］抄本作子。程信之，［校］抄本無上二字。遂不娶。戚友共誚姍［呂註］前漢書，異姓諸侯王表：秦自任私智，姍笑三代。注：姍，誹也。［何註］姍音山。之。程志奪，聘湖東王氏。狐聞之，怒。就女乳之，委於程曰：「此汝家賠錢貨，［呂註］西廂記：我雖是賠錢貨，亦不到兩當一弄成合。生之殺之，俱由爾；我何故代人作乳媪乎！」出門逕去。青梅長而慧；貌韶秀，酷肖其母。既而程病卒，王再醮去。青梅寄食於堂叔；叔蕩無行，欲鬻以自肥。適有王進士者，方候銓［何註］候銓，候選也。於家，聞其慧，購以重金，使從女阿喜服役。喜年十四，容華絶代。見梅忻悦，與同寢處。梅亦善候伺，[校]青本無伺字。能以目聽，以眉語，[呂註]列子：有亢倉子者，得老耼之道，能以耳視而目聽。魯侯問之。對曰：傳者之妄也。我能視聽不用耳目，而不能易耳目之用。○李白上元夫人詩：眉語兩目笑，忽然隨風飄。[何註]目聽眉語，周禮，秋官司寇：以五聲聽獄訟，求民情，一曰辭聽，二曰色聽，三曰氣聽，四曰耳聽，五曰目聽。又龍輔女紅餘志：寵姐每嬌眼一轉，憲即知其意。宮中謂之眼語。又能作眉言。憲，寧王也。○[馮評]建昌道黄觀察應宸極喜此六字，謂他篇所無，予謂從楚辭與余目成化出。○隴蜀餘聞：貴州有孝廉黄之駿，耳不能聽，以目聽。○[但評]以目聽，以眉語，寫善候二字，神妙直到秋毫巔。覺靈心慧眼等字，俱成糟粕。由是一家俱憐愛之。邑有張生，字介受。家窶，[校]抄本作屢。貧，無恒產，税居王第。性純孝；制行不苟；又篤於學。[但評]有此三者，天必佑之。此三句作總提。青梅偶至其家，見生據石啗糠粥；入室與生母絮語，見案上具豚蹄[呂註]史記，滑稽列傳：有穰田者，操一豚蹄酒一盂而祝。焉。時翁卧病，生入，抱父而私。[呂註]左傳，襄十五年：師慧過宋朝，將私焉。注：私，謂小便。便液污衣，翁覺之而自恨；生掩其蹟，急出自濯，恐翁知。梅以此大異之。[何評]慧眼。[但評]取人以德，獨具隻眼，可以相天下士矣。歸述所見，謂女曰：「吾家客，非常人也。[呂註]後漢書皋伯通謂梁鴻語。娘子不欲得良匹則已；欲得良匹，張生其人也。」[馮評]從根本處觀人，真好眼力。女恐父厭其貧。梅曰：「不然，是在娘子。[馮評]是在句有力，所謂匹夫不可奪志。[何評]忠謀。如以爲可，妾潛告，使求伐焉。夫人必召商之；但應之曰『諾』也，則諧矣。」[但評]意婉而達，言曲而當，此權而不詭於正者。女恐終貧爲天下笑。梅曰：「妾自謂能相天下士，必無謬悞。」明日，往告張媼。媼大驚，謂其言不祥。梅曰：「小姐聞公子而賢之也，妾故窺其意以爲言。冰人往，我兩人袒焉，計合允遂。縱其否也，於公子何辱乎？」〔馮評〕女子直快類英雄舉動，迂儒必議之。〔何評〕善言。媼曰：「諾。」乃託侯氏賣花者往。夫人聞之而笑，以告王。王亦大笑。〔馮評〕兩笑字自視爲天上人物。喚女至，述侯氏意。女未及答，青梅亟贊其賢，決其必貴。夫人又問曰：「此汝百年事。如能啜糠覈〔呂註〕史記，陳丞相世家：人或謂陳平曰：貧何食，而肥若是？其嫂嫉平不視家生產，曰：亦食糠覈耳。注：覈讀紇。晉灼曰：京師人謂粗屑爲紇頭。○按：覈又與麧同，麥糠中不破者也。見玉篇。也，即爲汝允之。」女俯首久之，顧壁而答曰：〔馮評〕顧壁二字傳神。「貧富命也。倘命之厚，則貧無幾時；而不貧者無窮期矣。或命之薄，彼錦繡王孫，其無立錐〔呂註〕前漢書，董仲舒傳：富者田連阡陌，貧者無立錐之地。〔何註〕錐音隹，鋭器也。香巖曰：去年貧無立錐之地，今年錐也無。者豈少哉？是在父母。」〔馮評〕千古慧業人惟慧眼人能識之，往往如此。〔但評〕主意雖得之於人，而言之委宛真切，見解不惑，所以有厚福而卒歸於生。○見道語，而抑揚吞吐，極盡其妙。是在父母句，斷而不斷，更圓。初，王之商女也，將以博笑；及聞女言，心不樂曰：「汝欲適張氏耶？」〔但評〕老誖子無見識，不令女作孝子婦，真可惜死。女不答；再問，再不答。怒曰：「賤骨了〔校〕抄本作子。不長進！〔呂註〕世說：支道林住東安寺中，王長史異其才藻，往與語，不大當對。徐徐謂曰：身與君別多年，君言了不長進。王大慙而退。欲攜筐作乞人婦，寧不羞死！」女漲紅氣結，含涕引去；媒亦遂奔。青梅見不諧，欲自謀。〔校〕青本作媒。〇［馮評］相賞在風塵外。［何評］定識。過數日，夜詣生。［但評］觀人於微，而取德於孝。聖明之世，以德進，以孝舉，以言揚者，不外乎此。求忠良且非其人不可，況匹偶乎！女子能具此隻眼，忘分薦之；薦之不內，乃不避嫌疑以託之。有經有權，非以目聽，以眉語者，何能如是。生方讀，驚問所來；詞涉吞吐。生正色卻之。梅泣曰：「妾良家子，非淫奔者；徒以君賢，故願自託。」［但評］作曹丘生不成，無妨作毛遂耳。〇不謂昏夜兒女相會，乃有此正大光明語。須看其極難措詞處，偏能曲曲寫出。文生情耶，情生文耶？生曰：「卿愛我，謂我賢也。昏夜之行，自好者不爲，而謂賢者爲之乎？［但評］剛直而有理，微婉而多風。夫始亂之而終成之，君子猶曰不可；況不能成，彼此何以自處？」［馮評］青梅之言婉而正，張生之言正亦婉，光明磊落，青天白日。［但評］更進一層，所謂一摑一掌血。梅曰：「萬一能成，肯賜援拾否？」生曰：「得人如卿，又何求？但有不可如何者三，故不敢輕諾耳。」［何評］通盤打算甚是。曰：「若何？」曰：「卿不能自主，則不可如何；即能自主，我父母不樂，則不可如何；即樂之，而卿之身直必重，我貧不能措，則尤不可如何。卿速退，瓜李［呂註］古君子行：君子防未然，不處嫌疑間：瓜田不納履，李下不整冠。之嫌可畏也！」［馮評］是張乖崖、黃石齋一輩人物。［但評］以三不可如何而不敢輕諾，權衡斟酌，瓜李嫌疑，不苟且目前，不自欺，不欺人，天地鬼神，共聞此語。梅臨去，又囑曰：「君倘［校］抄本作倘君。有意，乞共圖之。」生諾。［但評］雖是愛賢，然夜往自託，青梅則可，他人則不可。青梅之事，權也。惟青梅所存之心，與青梅所處之勢，與青梅所託之人，而後可以行權；不然，則害於義矣。梅歸，女詰所往，遂跪而自投。女怒其淫奔，將施撲責。梅泣白無他，因而［校］抄本作以。實告。女歎曰：「不苟合，禮也；必告父母，孝也；不輕然諾，信也；有此三德，天必祐之，其無患貧也已。」［但評］於女口中贊其三德，而決其不貧，比前又深一層，小作頓筆。既而曰：「子將若何？」曰：「嫁之。」女笑曰：「癡婢能自主耶？」［校］抄本作乎。曰：「不濟，則以死繼之！」［馮評］成不成，命也；決於成，志也。繼之以死，則志足以抗命也。○所謂匹夫不可奪志，女中之荀息也。女曰：「我必如所願。」［但評］女之信張生甚篤，女之待青梅甚厚。梅稽首而拜之。

又數日，謂女曰：「曩而言之戲乎，抑果欲慈悲也？［校］抄本作耶。果爾，則［校］抄本無則字。尚有微情，並祈垂憐焉。」女問之，答曰：「張生不能致聘，婢子又無力可以自贖，必取盈焉，嫁我猶不嫁也。」女沉吟曰：「是非我之能爲力矣。我曰嫁汝，且恐不得當；而曰必無取直焉，是大人所必不允，亦余所不敢言也。」［但評］一波未已，一波又興。用意如疊嶂奇峯，下筆如生龍活虎。讀之如行山陰道上，令人應接不暇。又如放舟湘中，帆隨湘轉，望衡九面。青［校］抄本無青字。梅聞之，泣數行［校］抄本無上二字。下，但求憐拯。女思良久，曰：「無已，我私蓄數金，當傾囊相助。」梅拜謝，因潛告張。張母大喜，多方乞貸，共得如干［何註］如干，若干也。王儉文序：遺文如干卷。數，藏待好音。會王授曲沃宰，喜乘間告母曰：「青梅年已長，今將蒞任，不如遺之。」夫人固以青梅太黠，恐導女不義，每欲嫁之，而恐女不樂也，聞女言甚喜。踰兩日，有傭保婦白張氏意。王笑曰：［馮評］四笑字，自視過高，其實睡裏夢語。「是只合耦婢子，前此何妄也！〔但評〕亦將笑之曰：是只許嬪婢子，後此難悔也。然鬻媵高門，價當倍於曩昔。」女急進曰：「青梅侍我久，賣爲妾，良不忍。」王乃傳語張氏，仍以原金署券，以青梅嬪於生。入門，孝翁姑，曲折承順，尤過於生，而操作更勤，饜糠粃不爲苦。〔馮評〕如此賢夫婦，斷不致以貧賤終。由是家中無不愛重〔校〕青本作敬。青梅。〔但評〕既能孝養，且餐糠糟，豈惟其家愛敬之，天下後世之人，皆當愛之敬之。梅又以刺繡作業，售且速，賈人候門以購，惟恐弗得。得貲稍可御窮。〔何註〕御窮，御，當也。詩，邶風：以我御窮。且勸勿以内顧悞讀，經紀皆自任之。〔但評〕筆筆凌空，字字脱化，展卷百回讀，乃歎左氏遺筆猶在人間。因主人之任，往別阿喜。喜見之，泣曰：「子得所矣，我固不如。」〔但評〕聞者皆爲之泣。○女見之而泣，宜也；我不知何故，亦代爲之泣。梅曰：「是何人之賜，而敢忘之？然以爲不如婢子，恐〔校〕抄本作是。促婢子壽。」遂泣相別。王如晉，半載，夫人卒，停柩寺中。又二年，王坐行賕免，罰贖萬計，漸貧不能自給，從者逃散。是時，疫大作，王染疾亦卒。惟一媪從女。未幾，媪又〔校〕青本、抄本作亦。卒。女伶仃益苦。有鄰嫗勸之嫁。女曰：「能爲我葬雙親者，從之。」〔何評〕言亦是。嫗憐之，贈以斗米而去。半月復來，曰：「我爲娘子極力，事難合也；貧者不能爲而〔校〕抄本無而字。葬，富者又嫌子爲陵夷嗣，奈何！尚有一策，但恐不能從也。」女曰：「若何？」曰：「此間有李郎，欲覓側室，倘見姿容，即遣厚葬，必當不惜。」女大哭曰：「我搢紳裔而爲人妾［校］青本下有也字。耶！」［但評］爲縉紳裔一哭。若縉紳，則無足哭也，是固縉紳而智出婢子下者。媪無言，遂去。日僅一餐，［校］抄本作飧。延息待價。［校］抄本作賈。居半年，益不可支。一日，媪至。女泣告曰：「困頓如此，每欲自盡；猶戀戀而苟活者，徒以有兩柩在。己將轉溝壑，誰收親骨者？故思不如依汝所［校］抄本無所字。言也。」［何評］可憐極矣。［但評］女亦誠孝矣，固宜得配孝子。媪於是［校］上二字，抄本作即。導李來，微窺女，大悅。即出金營葬，雙櫬［呂註］前漢書，高帝紀：令從軍死者爲櫬歸其家。注：櫬，小棺也。具舉。已，乃載女去，入參冢室。［何註］冢室，大婦也。冢室故悍妒，李初未敢言妾，但託買婢。及見女，暴怒，杖逐而出，［校］青本作去。不聽入門。［馮評］保全。［但評］是杖也，疑有神助。○此冢室悍妒，爲是時必不可少之人。女披髮零涕，進退無所。有老尼［呂註］尼，女僧也。釋典有比丘尼。○天祿識餘：漢明帝既聽劉峻女出家，又聽洛陽婦女阿潘等出家，乃尼姑之始。何充捨宅安尼，乃尼寺之始。過，邀與同居。女喜，［校］抄本無喜字。從之。至菴中，拜求祝髮。［呂註］穀梁傳：祝髮文身。注：祝，斷也。尼不可，曰：「我視娘子，非久臥風塵者。［但評］非尼果能相人，特爲上相張生作映筆，即以先透下文耳。菴中陶器脱粟，粗可自支，姑寄此以待之。時至，子自去。」居無何，市中無賴窺女美，輒［校］抄本作每。打門游語爲戲，尼不能制［校］抄本無制字。止。女號泣欲自死。［校］抄本作盡。尼往求吏部某公揭［何註］揭音訐，高舉也。示嚴禁，惡少始稍斂迹。後有夜穴寺壁者，尼警［校］青本、抄本作驚。呼始去。因復告吏部，捉得首惡者，送郡笞責，始漸安。又年餘，有貴公子過菴，［校］抄本無菴字。見女驚絶，强尼通殷勤，又以厚賂啗尼。尼婉語之曰：「渠簪纓胄，［何註］簪纓胄，猶言世家後也。簪纓，貴者冠飾。李白詩：京國會簪纓。胄，音宙，系也，嗣也。左傳，襄十四年：謂我諸戎是四嶽之裔胄也。不甘媵御。公子且歸，遲遲當有以報命。」既去，女欲乳藥求［校］抄本無求字。死。［呂註］後漢書，王允傳：張讓以事中允，明年遂傳下獄。會赦還。旬日間復以它罪被捕。諸從事好氣決者共流涕，奉藥而進之。允厲聲曰：吾爲人臣，獲罪於君，當伏大辟，以謝天下；豈有乳藥求死乎！投杯而起。○［但評］早知有今日矣。夜夢父來，疾首曰：「我不從汝志，致汝至此，悔之已晚！但緩須臾勿死，夙願尚可復酬。」女異之。天明，盥已，尼望之而驚曰：「睹子面，濁氣盡消，橫逆不足憂也。福且至，勿忘老身矣。」［校］抄本無矣字。語未已，［校］抄本作既。聞叩户聲。女失色，意必貴家奴。［校］上五字，稿本原作曰：此前世寃家勾牒至矣，塗改。尼啓扉果然。［校］稿本然字原作公子家奴，塗改。奴［校］抄本無奴字。驟問所謀。尼甘［校］抄本作笑。語承迎，［校］上四字，稿本原作紿之曰：消息大好。勸語之，詞意生硬，賴我磨爛三寸舌，始説得石姑姑略一眨眼。塗改。又上四字下原有改文述女志之堅，已説之苦，復塗去。但請緩以三日。［校］上六字，稿本原作公子勿急，三兩日管有佳夢作也，塗改。又上六字下原有致文爲期，復塗去。奴述主［校］上二字，稿本原作曰公子，塗改。言，事若無成，俾尼［校］上三字，稿本原作事教汝，塗改。自復命。尼唯唯敬應，謝令去。女大悲，又欲自盡。［但評］真是千磨百折，不到山窮水盡時，不肯輕作轉筆。尼止之。女慮三日復來，無詞可應。尼曰：「有老身在，斬殺自當之。」［馮評］驚濤怒浪，將落又起。次日，方晡，暴雨翻盆，[吕註] 杜甫詩：白帝城下雨翻盆。注：言雨勢之暴也。[何註] 狀大雨也。 忽聞數人撾户[何註] 撾户，敲門也。 大譁。[馮評] 險極之文，快極之文。 女意變作，驚怯不知所爲。 尼冒雨啓關，見有肩[校] 青本作香。 輿停駐；女奴數輩，捧一麗人出；僕從煊赫，冠蓋[吕註] 班固西都賦：冠蓋如雲，五相七公。 甚都。 驚問之，云：「是司李[校] 青本作理。 内眷，暫避風雨。」[馮評] 烈風迅雷，忽又柳媚花香。 導入殿中，移榻肅坐。 家人婦羣奔禪房，各尋休憩。 入室見女，駭豔之，走告夫人。 無何，雨息，夫人起，請窺禪舍。[校] 抄本作室。 尼引入，[校] 青本無入字。 睹女，駭豔[校] 抄本作豔。 絶，凝眸不瞬；女亦顧盼良久。 夫人非他，蓋青梅也。[馮評] 青梅也三字，天上落下。[但評] 層層疑駭，驚鬼驚神，至此列開旗門，將軍突現，令人目炫神摇，筆亦跳脱欲飛。○儘可轉落矣，又不肯即轉，故作驚人之筆，然後輕輕轉出。乃已轉矣，又先從尼目中寫一層，再從僕口中寫一層，然後以家人婦入室見女，走告夫人，又雨息而夫人始起，尼引入而夫人駭然凝眸，女亦顧盼良久，至此，方特特落出夫人非他二語，真同飛來又恐其復將飛去。 各失聲哭，因道行蹤。 蓋張翁病故，[馮評] 張翁死不用多敍，只此已明。 生起復[吕註] 按：起復二字，今人皆以爲禫後即吉。趙昇朝野類要云：已解官持服，而朝廷特再推用者，名起復。起復，即奪情也。以禫後即吉爲起復者誤。 後，連捷授司李。[校] 此據抄本，稿本、青本作理。 生先[校] 青本無先字。 奉母之任，後移諸眷口。 女歎曰：「今日相看，何啻霄壤！」 梅笑曰：「幸娘子挫[何註] 挫音⿰足坐，摧折也。 折無偶，天正欲我兩人完聚耳。[何評] 好青梅。 倘非阻雨，何以有此邂逅？[何註] 邂逅，不期而遇也。詩，鄭風：邂逅相遇。 此中具有鬼神，非人力也。」[但評] 數語暗結上文。○有鬼神，非人力，幸有今日，復憶從前，數語面面俱到。乃取珠冠錦衣，催女易妝。女俯首徘徊，尼從中贊勸之。〔校〕抄本無之字。女慮同居其名不順。梅曰：「昔日自有定分，婢子敢忘大德！〔馮評〕女中大賢，方能出此語。試思張郎，豈負義者？」强妝之。別尼而去。抵任，母子皆喜。女拜曰：「今無顏見母！」母笑慰之。〔馮評〕這一笑字，抵上王進士幾箇笑字，味何蘊蓄也！因謀涓〔校〕青本作擇。吉合巹。女曰：「菴中但有一絲生路，亦不肯從夫人至此。〔何評〕實言。倘念舊好，得受一廬，可容蒲團足矣。」梅笑而不言。〔馮評〕此笑字亦妙。及期，抱豔妝來。女左右不知所可。俄聞鼓樂大作，女亦〔校〕青本作益。無以自主。梅率婢媼强衣之，挽扶而出。見生朝服而拜，遂不覺盈盈〔何註〕盈盈，容也。樂府古詩：盈盈樓上女。而亦〔校〕抄本作自。拜也。〔馮評〕文章作態，至此可稱妖豔。梅曳入洞房，曰：「虛此位以待君久矣。」〔但評〕菴中催易妝，則俯首徘徊；及期抱豔妝來，則左右不知所可。聞鼓樂大作，則益無以自主；見生朝服而拜，則不覺盈盈而亦拜；深思委婉，妙筆空清。虛此位以待君句，真是點睛飛去。讀者於其用意用筆求之，可得最上乘法。又顧生曰：「今夜得報恩，可好爲之。」返身欲去。女捉其裾。梅笑云：〔校〕抄本作曰。「勿留我，此不能相代也。」〔但評〕女始願不及此，自菴中聞梅之言，知梅意中有此；抵任聞母之言，知母意中有此；然終不敢望此，不遽信此也。擇吉時猶可置詞；至及期抱妝來，則喜出望外，又在意中。聞鼓樂之聲，見玉郎之拜，身不自主，魂爲之搖。得此傳神之筆，乃一一活現紙上。解指脫去。青梅事女謹，莫敢當夕。〔呂註〕禮，內則：妻不在，妾御莫敢當夕。注：當夕，當妻之夕也。○〔馮評〕賢哉女也，我亦敬之。而女終慚沮不自安。於是母命相呼以夫人；然［校］抄本無然字。梅終執婢妾禮，罔敢懈。三年，張行取入都，過尼菴，以五百金爲尼壽。［馮評］不漏一筆。尼不受。固［校］抄本無固字。强之，乃受二百金，起大士祠，建王夫人碑。後張仕至侍郎。程夫人舉二子一女，王夫人四子一女。張上書陳情，俱封夫人。

異史氏曰：「天生佳麗，固將以報名賢；而世俗之王公，乃留以贈紈袴。［呂註］漢書，敍傳：班伯與王許子弟爲羣，在於綺襦紈袴之間，非其好也。注：綺襦紈袴，富貴者之服也。［何註］袴，古作絝。紈，羅綺之屬，膏粱子弟脛衣也。此造物所必争也。而離離奇奇，致作合者［校］青本下有費字。無限經營，化工亦良苦矣。［馮評］此即作者自評文字經營獨苦處。獨是青夫人能識英雄於塵埃，誓嫁之志，期以必死；曾儼然而冠裳也者，顧棄德行而求膏粱，何智出婢子下哉！」［何評］難言。

王漁洋云：「天下得一知己，可以不恨，［呂註］世説：虞仲翔放棄南方，自恨疏節，骨體不媚，犯上獲罪。當長没海隅，生無可與語，死以青蠅爲弔客，使天下一人知己者，可以不恨。况在閨闥耶！青梅，張之知己也，乃王女者又能知青梅。事妙文妙，可以傳矣。」［校］此段據青本，稿本、抄本無。

［何評］凡德施於貧賤，則易爲力；施於富貴，則難爲功。青夫人能識張於塵埃之中，其智殆不可及也，孰謂福非自己求乎？

［但評］此篇筆筆變幻，語語奥折，字字超脱。熟讀之，可去鈍根，可啓靈性。至其議論正大，動必以禮，行必以義，尤足感人心情，蕩滌邪穢，是爲有關世教之言。

羅刹海市*

馬驥，[校]青本作駿。字龍媒，賈人子。美丰姿。少倜儻，喜歌舞。[馮評]此篇兩截做法。〇提筆伏下。輒從梨園子弟，以錦帕纏頭，美如好女，因復有「俊人」之號。[但評]起數語籠罩全篇。十四歲，入郡庠，即知名。父衰老，罷賈而居。[校]抄本作歸。謂生曰：「數卷書，饑不可煑，寒不可衣。吾兒可仍繼父賈。」[但評]世情難知，遭逢莫必，守貞抱義，存乎其人。馬由是稍稍權子母。[呂註]國語：量資幣，權輕重，以振救民。民患輕，則爲之作重幣以行之，於是乎有母權子而行。若不堪重，則多作輕而行之，亦不廢重，於是乎有子權母而行。從人浮海，爲颶[校]青本作颶，抄本作䫲。風。[呂註]正韻：颶音貝。南越志：颶風者，具四方之風也。投荒雜録：嶺南郡皆有颶風，以四面俱至也。〇按：韻箋引楊慎説，颶作颶，音貝。柳宗元詩：颶母偏驚估客船，補入隊韻逸字中。又六書故：颶，補妹切，海之災風也。俗書誤作颶。又萩林伐山云：颶風之作，多在初秋。又李西涯譏許氏從具，謂具四方之風，乃北人不識南人之候，誤以貝爲具耳。西涯學博，必有所據。且聞越諸儒，皆云貝風。今韻書多作具。姑志以備考。[何註]颶音懼，四面之風也。韓愈文：颶文鱷魚。引去，數晝夜，至一都會。其人皆奇醜；見馬至，以爲妖，羣譁而走。[馮評]顛倒妍媸，變亂黑白，醜正直邪，人情有之，亦以諷世也。[但評]氣類迥殊，好惡顛倒，形容盡致，悲憤何極。馬初見其狀，大懼；迨知國人［校］抄本作中。之駭己也，遂反以此欺國人。［但評］想入希奇。遇飲食者，則奔而往；人驚遁，則啜其餘。久之，入山村。其間形貌亦有似人者，然襤縷［呂註］左傳，昭十二年：篳路藍縷，以處草莽。又孔鮒小爾雅：布褐紩之，謂之藍縷。［何註］襤縷，敝衣也，衣無緣也。縷，衣壞也。如丐。馬息樹下，村人不敢前，但遥望之。久之，覺馬非噬人者，始稍稍近就之。［但評］天下有行蹤詭祕，不可對人，一見正人君子，駭而疑之，若能搏噬人者，何以異此？馬笑與語。其言雖異，亦半可解。馬遂自陳所自。村人喜，徧告鄰里，客非能搏［何註］搏，手擊也。從甫，從寸。噬者。然奇醜者望望即去，終不敢前。［何評］可知。其來者，口鼻位置，尚皆［校］青本作能。與中國同。共羅漿酒奉馬。［校］青本作焉。馬問其相駭之故。答曰：「嘗聞祖父言：西去二萬六千里，有中國，其人民形象率詭異。［何註］詭異，奇異也。但耳食［呂註］史記，六國表：學者牽于所聞，不察其終始，因舉而笑之，此與以耳食無異。又增一阿含經：眼以色爲食，耳以聲爲食。［何註］言耳食不能知味也。之，今始信。」問其何貧。曰：「我國所重，不在文章，而在形貌。［稿本無名氏乙評］豈特羅刹國哉！言之慨然。［何評］即形貌尚顛倒，何況其他。［但評］奇想奇談。其美之極者，爲上卿；次任民社；下焉者，亦邀貴人寵，故得鼎烹以養妻子。［但評］不重文而重貌，抱屈者已不知凡幾；乃並所重者而復倒置焉，何怪不肖者之巧飾以求倖進乎？若我輩初生時，父母皆以爲不祥，往往置棄之；其不忍遽棄者，皆爲宗嗣耳。」問：「此名何國？」曰：「大羅刹國。」［呂註］文獻通考：羅刹國，其人極陋，朱髮黑面，獸牙鷹爪。與林邑人作市，以夜，晝則掩其面。隋大業三年，遣使常駿等使赤土國，至羅刹。都城在北去三十里。」馬請導往一觀。於是雞鳴而興，引與俱去。天明，始達都。都以黑石爲牆，色如墨。樓閣近百尺。然少瓦，覆以紅石；拾其殘塊磨甲上，無[校]青本下有以字。異丹砂。時值朝退，朝中有冠蓋出，村人指曰：「此相國也。」視之，雙耳皆背生，鼻三孔，睫毛覆目如簾。[但評]耳不聰，目不明，黑牆囿其識，墨樓冥其心，日坐於中，聽夜叉歌，視夜叉舞，與髯鬖怪異之卿大夫贊襄國是，此其所以爲羅刹也歟？又數騎出，曰：「此大夫也。」以次各指其官職，率髯鬖怪異；然位漸卑，醜亦漸殺。[稿本無名氏乙評]簡而勁。無何，馬歸，街衢人望見之，譟奔跌蹶，如逢怪物。村人百口解説，市人始敢遥立。既歸，國中無大小，[校]抄本無上三字。咸知村[校]抄本無村字。有異人，於是搢紳大夫，争欲一[校]青本作以。廣見聞，遂令村人要馬。然[校]抄本無然字。每至一家，閽人輒闔户，丈夫女子竊竊自門巢[何註]巢同隙。中窺語；[但評]宰相、大夫襯東陽三世子；國王襯龍君；嫌後出龍女太突，亦先於此安頓女子窺語一句，文心何等細密。終一日，無敢延見者。[馮評]昌黎之文當時且有怪之者，亦羅刹國之見也。村人曰：「此間一執戟郎，[校]青本無郎字。○[吕註]東方朔客難：位不過侍郎，官不過執戟。注：執戟，侍郎之職。曾爲先王出使異國，所閲人多，或不以子爲懼。」造郎門。郎果喜，揖爲上賓。[校]抄本作客。視其貌，如八九十歲人。目睛突出，鬚卷如蝟。曰：「僕少奉王命，出使最多；獨未嘗[校]抄本無嘗字。至中華。今一百二十餘歲，又得睹[校]抄本作見。上國人物，此不可不上聞於天子。[馮評]又漸漸引出一層。然臣［校］青本作伏。卧林下，十餘年不踐朝階，早旦，爲君［校］青本下有勉字。一行。」乃具飲饌，修主客禮。酒數行，出女樂十餘人，更番歌舞。貌類如［校］抄本無如字。夜叉，皆以白錦纏頭，拖朱衣及地。扮唱不知何詞，腔拍恢詭。［何註］腔拍，聲音節奏也。恢詭，非常奇異也。莊子，齊物論：恢詭譎怪，道通於一。主人顧而樂之。問：「中國亦有此樂乎？」曰：「有。」主人請擬其聲，遂擊桌爲度一曲。主人喜曰：「異哉！聲如鳳鳴龍嘯，得［校］抄本作從。未曾聞。」［馮評］目之於色，不同視也，何以耳之於聲有同聽焉？翼日，趨朝，薦諸國王。［但評］樂由人心生也。其人奇醜，其腔拍恢詭，可知白錦纏頭，朱衣曳地，亦有此樂云者，料中國未必有此也。聞所聞而薦諸朝，執戟郎應是此邦巨擘。王忻然下詔。有二三大臣，［校］抄本作夫。言其怪狀，恐驚聖體。王乃止。即出告馬，深爲扼腕。居久之，與主人飲而醉，把劍起舞，以煤塗面作張飛。［呂註］三國志，蜀志：張飛字益德，涿郡人也。少與關羽俱事先主。先主爲漢中王，拜飛爲右將軍。後爲帳下將范疆、張達所害，追謚曰桓侯。主人以爲美，曰：「請客［校］抄本作君。以張飛見宰相，宰相必樂用之，［校］抄本無上六字。〇［但評］大臣不喜真面目，滿朝中皆花面登場矣。噫！厚禄不難致。」馬曰：「嘻！［校］抄本無嘻字。游戲猶可，何能易［校］青本作以。面目圖榮顯？」［馮評］秦谷雞鳴，韓莊犬吠，中國帶面具傅脂粉求富貴利達者，何所不有，豈尚知有本來面目哉？此人何迂也！［稿本無名氏乙評］今之易面目圖榮顯者，初亦猶作此想否？［何評］罵世。主人固［校］抄本無固字。强之，馬乃諾。主人設筵，邀當路者飲，［校］抄本無飲字。令馬繪面以待。未幾，［校］抄本無上二字。客至，呼馬出見客。客訝曰：「異哉！何前媸而今妍也！」遂與共飲，甚懽。馬婆娑歌「弋陽曲」，

[呂註]按：弋陽，調名，外江曲子。一座無不傾倒。明日，交章薦馬。王喜，召以旌節。既見，問中國治安之道，馬委曲上陳，大蒙嘉歎，賜宴離宮。酒酣，王曰：「聞卿善雅樂，可使寡人得而聞之乎？」馬即起舞，亦效白錦纏頭，作靡靡之音。王大悅，即日拜下大夫。時與私宴，恩寵殊異。久而官僚百執事，頗覺[校]上五字抄本作知。其面目之假；所至，輒見人耳語，不甚與款洽。馬至是孤立，憪[何註]憪音僩，不自安也。然不自安。[但評]以面目圖榮顯，到底人覺其假，徒自取辱。○要露本來面目，此語爲不得志之人痛下針砭。自必孤立無徒。遂上疏乞休致，不許；又告休沐，[呂註]唐會要：凡百官十日一休沐。[何註]言一值休沐之時，輒不着冠裳，縱意所如也。乃給三月假。於是乘傳[呂註]說文：驛遞口傳。按驛傳車馬，所以供急遽之令，若今之遞馬也。載金寶，復歸山[校]抄本無山字。村。[但評]吾亦欲東耳，安能鬱鬱久居此哉！村人膝行以迎。馬以金貲分給舊所與交好者，懽聲雷動。村人曰：「吾儕小人[何註]儕音柴，輩也。左傳，襄十七年：吾儕小人。受大夫賜，明日赴海市，[馮評]以上羅剎，以下海市，此作過渡之文。[但評]渡下無痕。當求珍玩，用報大夫。」[校]上四字，抄本作以報。問：「海市何地？」曰：「海中市，四海鮫人，[呂註]述異記：南海中有鮫人室，水居如魚，不廢機織，其眼能泣，泣則出珠。集貨珠寶；四方十二國，均來貿易。中多神人游戲。[但評]神人遊戲，自是好世界。一語束上渡下。雲霞障天，波濤間作。貴人自重，不敢犯險阻，皆以金帛付我輩，代購異珍。今其期不遠矣。」問所自知，曰：「每見海上朱鳥來往，[校]抄本作往來。七日即市。」馬問行期，欲同游矚。村人勸使

自貴。［校］青本作重。馬曰：「我顧滄海客，何畏風濤？」［但評］倘畏風濤，必終埋沒。未幾，果有踵門寄貲者，遂與裝貲入船。船容數十人，平底高欄。十人搖櫓，激水如箭。凡三日，遥見水雲幌漾之中，樓閣層疊；貿遷之舟，紛集如蟻。少時，抵城下。視牆上磚，皆長與人等。敵樓［何註］敵樓，城上守禦之樓，即唐書馬燧傳所謂譙櫓，俗云譙樓也。高接雲漢。維舟而入，見市上所陳，奇珍異寶，光明射眼，［校］抄本作目。多人世所無。一少年乘駿馬來，市人盡奔避，云是「東洋［校］青本作陽。三世子」。世子過，目生曰：「此非異域人。」即有前馬者來詰鄉籍。生揖道左，具展邦族。世子喜曰：「既蒙辱臨，緣分不淺！」於是授生騎，請與連轡。乃出西城。方至島岸，所騎嘶躍入水。生大駭失聲。則見海水中分，屹如壁立。俄睹宮殿，玳瑁［何註］玳瑁音代妹。本草：或作瑇瑁，似龜，背皮有紋，可飾器。爲梁，魴鱗作瓦；四壁晶明，鑑影炫目。下馬揖入。仰見龍君在上，世子啓奏：「臣游市廛，得中華賢士，引見大王。」生前拜舞。龍君乃言：「先生文學士，必能衙官屈、宋。［呂註］續世說：杜審言，杜甫之祖也。恃才蹇傲。蘇味道爲天官侍郎，審言預選試。判訖，謂人曰：蘇味道必死。人問其故。曰：見吾判自當羞死。吾之文章，合得屈、宋作衙官；吾之書迹，合得王羲之北面。其矜誕如此。欲煩椽筆［呂註］世說：王珣夢人以大筆如椽與之。既覺，語人曰：此當有大手筆。俄而哀册謚議，皆珣所筆。賦『海市』，幸無吝珠玉。」生稽首受命。授以水精之硯，龍鬣之毫，紙光似雪，墨氣如蘭。生立成千餘言，［馮評］比木元虛之賦蘇端明之詩何如？獻殿上。龍君擊節曰：「先生雄才，有光水國多[校]抄本無多字。矣！」遂集諸龍族，讌集采霞宮。酒炙數行，龍君執爵而[校]抄本無而字。向客曰：「寡人所憐女，未有良匹，願累先生。先生倘有意乎？」生離席愧荷，唯唯而已。龍君顧左右語。無何，宮人數輩，[校]抄本作宮女數人。扶女郎出。珮環聲動，鼓吹暴作，拜竟睨之，實仙人也。女拜已而去。少時，酒罷，雙鬟挑畫燈，[校]青本作燭。導生入副宮。女濃妝坐伺。珊瑚之牀，飾以八寶；帳外流蘇，[呂註]續漢書：駙馬赤珥流蘇。摯虞決疑要注：凡下垂爲蘇。按：流蘇，雜五采爲同心，下垂若流然，即盤旋繡繪之毬。[何註]流蘇，今帳鉤有鬚之線結也。綴明珠如斗大；[馮評]服物之盛。衾褥皆香耎。天方曙，則[校]抄本無則字。雛女妖鬟，奔入滿側。[馮評]婢僕之盛。生起，趨出[校]青本作去。朝謝。拜爲駙馬都尉。[何註]漢武置駙馬都尉。駙，副也，謂掌副車之馬也。魏、晉尚公主，并稱駙馬。趙葵行營雜録：皇女爲公主，其夫必拜駙馬都尉，故謂之駙馬。宗室女封郡主者謂夫爲郡馬，封縣主者爲縣馬，皆起於此。以其賦馳傳諸海。諸海龍君，皆專員來賀；争折簡招駙馬飲。生衣繡裳，駕[校]抄本作坐。青虬，[呂註]楚辭：駕青虬兮騎白螭。注：虬，龍子有角者。呵殿而出。[但評]大丈夫不當如是耶？武士數十騎，皆[校]抄本作背。雕弧，[何註]弧音狐，木弓也。荷白棓，[何註]棓音皮，同棒，杖也。晃[何註]晃同晄，音幌，明也，光耀也。吴都賦：炫晃芬馥。耀填擁。[馮評]出入儀衛之盛。馬上彈箏，車中奏玉。三日間，徧歷諸海。由是「龍媒」[何註]龍媒，駿馬也。漢書，禮樂志：天馬徠兮龍之媒。言駿馬爲龍之媒合也。之名，譟於四海。［但評］平底高欄，櫓激如箭，視颶風引去何若？水雲晃漾中，樓閣高接霄漢，視黑石牆中樓閣何若？世子目之，謂非異域人，授騎連轡，從與俱歸，視以爲妖而譟奔者何若？啓奏引見，視大臣阻詔何若？玉堂給札，文學進身，硯滌水精，毫揮龍鬣，倚馬萬言，觀者擊節，視黑煤塗面，白錦纏頭時又何若？東牀坦腹，得配仙人，雛女妖鬟，奔入滿側，視門隙中女子何若？人争識面，世盡知名，馬上彈箏，車中奏玉，視百僚耳語，不與款洽時又何若？前則所如不合，耳目皆非；此則知己相逢，精采焕發。人在光天化日，事皆悦目快心，大丈夫得志於時，鮮不謂風波險阻，皆彼蒼之所以玉成我者。然而颶風引去，何處非羅刹之鄉？雲霞障天，奚由覓蜃樓之路？觀於朱鳥導來，青鳥唤去，可知我生遇合，天實爲之。不惟花面逢迎，徒取羞而無益；即文章有價，海宇知名，富貴既難認真，妻孥亦難相守。所可得以自信者，惟此忠孝之心已耳。宫中有玉樹一株，圍可合抱；本瑩澈，如白琉璃；中有心，淡黄色；稍［校］青本作梢。細於臂；葉類碧玉，厚一錢許，細碎有濃陰。常與女嘯咏其下。花開滿樹，狀類薝蔔。［吕註］羣芳譜：梔子，即西域薝蔔花。每一瓣落，鏘然作響。拾視之，如赤瑙雕鏤，光明可愛。［馮評］異樹。時有異鳥來鳴。毛金碧色，尾長於身，聲等哀玉，惻人肺腑。［馮評］異鳥。生每聞［校］上二字，抄本作聞之。輒念鄉［校］抄本作故。土。［馮評］一句帶起下文。因謂女曰：「亡出三年，恩慈間阻，每一念及，涕膺汗背。卿能從我歸乎？」女曰：「仙塵路隔，不能相依。妾亦不忍以魚水之愛，奪膝下之歡。容徐謀之。」生聞之，泣［校］抄本作涕。不自禁。女亦歎曰：「此勢之不能兩全者也！」明日，生自外歸。龍君曰：「聞都尉有故土之思，詰旦趣裝，可乎？」生謝曰：「逆旅孤臣，過蒙優寵，啣報之誠，［校］抄本作思。結於肺肝。［校］青本、抄本作腑。容暫歸省，當圖復聚耳。」入暮，女置酒話别。

生訂後會。女曰：「情緣盡矣。」生大悲。女曰：「歸養雙親，見君之孝。人生聚散，百年猶旦暮耳，何用作兒女哀泣？［但評］百年猶旦暮，此見道語也。聚散何常，作兒女哀泣者癡矣。同心即伉儷，貞義之間，豈可以形跡論哉？此後妾爲君貞，君爲妾義，兩地同心，即伉儷也，何必旦夕相守，乃謂之偕老乎？若渝［何註］渝音俞，變汙也。此盟，婚姻不吉。［但評］人當大得意時，當知榮枯有數，聚散何常，惟有忠君孝親，安貞守義，是自己實在事業，此外皆無足重輕也。此爲大得志之人指其歸宿。倘慮中饋［何註］中饋，婦人職也。又註：饋音匱。儀禮注：以物與神及人皆曰饋。周禮注：進食於尊曰饋。易，家人：六二在中饋，吉。注：女子正乎內也。乏人，納婢可耳。更有一事相囑：自奉裳衣，［校］抄本作衣裳。似有佳朕，［呂註］正韻：朕宜作眹，真忍切，陳上聲。佩觿集：吉凶形兆謂之兆眹。○按：亦作眹，見莊子，應帝王注。煩君命名。」生曰：「其［校］抄本無其字。女［校］青本下有也字。耶，可名龍宮；男耶，可名福海。」［但評］龍宮福海，何處可求？海市蜃樓，隨時皆是。女乞一物爲信。生在羅刹國所得赤玉蓮花一對，［校］抄本作雙。出以授女。［馮評］帶筆。女曰：「三年後四月八日，君當泛舟南島，還君體胤。」［校］青本作嗣。女以魚革爲囊，實以珠寶，授生曰：「珍藏之，數世喫著不盡也。」［馮評］起下。天微明，王設祖帳，［何註］祖帳，設帳而祖祭也。詩，大雅：仲山甫出祖。餽遺甚豐。生拜別出宮。女乘白羊車，送諸海涘。生上岸下馬，女致聲珍重，回車便去，少頃便遠。海水［校］此據青本、抄本，稿本作出。復合，不可復見。生乃歸。自浮海去，咸［校］咸，抄本作家人無不。謂其已死；及至家，家［校］抄本無家字。人無不［校］上二字，抄本作皆。詫異。幸翁媪無恙，獨妻已他適。［校］抄本作去帷。乃悟龍女

「守義」之言，蓋已先知也。父欲爲生再婚；生不可，納婢焉。謹志三年之期，泛舟島中。見兩兒坐浮[校]抄本作在。水面，拍流嬉笑，不動亦不沉。近引之。兒啞然捉生臂，躍入懷中。其一大啼，似嗔生之不援己者。亦引上之。細審之，一男一女，貌皆婉[校]抄本作俊。秀。額上花冠綴玉，則赤蓮在焉。背有錦囊，拆視，得書云：「翁姑計各[校]上二字抄本作俱。無恙。忽忽三年，紅塵[呂註]班固西都賦：紅塵四合，煙雲相連。李陵詩：紅塵塞天地，白日何冥冥。永隔；盈盈一水，[呂註]古詩：迢迢牽牛星，皎皎河漢女；盈盈一水間，脈脈不得語。青鳥難通。[呂註]漢武内傳：上于承華殿殿前，見一青鳥從西方來，問東方朔。朔曰：此西王母欲來也。頃之，王母果至。○伏知道爲王寬與婦書：錦水丹鱗，素書稀達；玉山青鳥，仙使難通。結想爲夢，引領成勞，茫茫藍蔚，[呂註]按陸游老學菴筆記：蔚藍二字，乃隱語天名，非可以義理解也。杜詩上有蔚藍天，猶未有害；韓子倉云，水色天光共蔚藍，是謂水天之色皆如藍，恐又因杜老而失之者。至王漁洋先生秦淮雜詩云，十里清淮水蔚藍，是直謂水之色矣。未識於義何如？此又作藍蔚，未詳所本。[何註]蔚音鬱，精聚也。有恨如何[校]青本作何如。也！[但評]茫茫藍蔚，只是一情字，即只是一恨字。顧念奔月姮娥，[呂註]王充論衡：羿得不死之藥于西王母，其妻姮娥竊食之以奔月，是謂蟾蜍。[何註]姮娥即嫦娥，又曰蟾娥。且虛桂府；[呂註]西陽雜俎：月中有桂，高五百丈。○鄭嵎津陽門詩注：葉法善引明皇入月宮，見一宮，榜曰廣寒清虛之府。投梭織女，[呂註]續齊諧記：天河之東有織女，天帝之女也。勞於機杼。天帝憐其獨處，許嫁牽牛，遂廢織。天帝怒，責歸河東，使一年一渡。猶悵銀河。[呂註]江總詩：織女今夕渡銀河。我何人斯，而能永好？興思及此，輒復破涕爲笑。[呂註]劉琨答盧諶書：時復相與舉觴對膝，破涕爲笑。別後兩月，竟得孿生。[呂註]集韻：孿音涮。說文：一乳兩子也。揚子：東楚間凡人獸乳而雙生，謂之釐孖；秦晉間謂之僆子；自關以東，皆謂之孿生。[何註]孿，戀平聲。孖音兹，蕃長也。今已啁啾懷抱，頗解笑言；[校]抄本作言笑。覓棗抓梨，不母可活。敬以還君。所貽赤玉蓮花，飾冠作信。膝頭抱兒時，猶妾在左右也。聞君克踐舊盟，意願斯慰。妾此生不二，之死靡他。匳中珍物，不蓄蘭膏；鏡裏新妝，久辭粉黛。君似征人，妾作蕩婦，〔呂註〕古詩：昔爲倡家女，今作蕩子婦。即置而不御，亦何得謂非琴瑟哉？〔馮評〕纏綿惻楚，亦復激昂。〔但評〕至理名言。○果是琴瑟，即不御亦依然琴瑟也。非琴非瑟，雖常御之，豈能静好乎？獨計翁姑亦既〔校〕抄本作已得。抱孫，曾未一覿新婦，揆之情理，亦屬缺然。歲後阿姑窀穸，當往臨穴，一盡婦職。過此以往，則『龍宮』無恙，不少把握之期；『福海』長生，或有往還之路。〔但評〕龍宮無恙數語，妙語雙關，深情無限。伏惟珍重，不盡欲言。」生反復〔校〕抄本作覆。省書攬涕。兩兒抱頸曰：「歸休乎！」生〔校〕青本無生字。益慟，撫之曰：「兒知家在何許？」兒亟〔校〕青本作泣，抄本無亟字。啼，嘔啞言歸。生望〔校〕抄本作視。海水〔校〕青本作中。茫茫，極天無際，霧鬟人渺，煙波路窮。抱兒返棹，悵然遂歸。生知母壽不永，周身物悉爲預具，墓中植松檟百餘。逾歲，媪果亡。靈輿至殯宮，有女子縗絰臨穴。衆方〔校〕抄本無方字。驚顧，忽而風激雷轟，繼以急雨，轉瞬間〔校〕抄本無間字。已失所在。松柏新植多枯，至是皆活。福海稍長，輒思其母，忽自投入海，數日始還。龍宮以女子不得往，時掩户泣。一日，晝暝，龍女忽入，止之曰：「兒自成家，哭泣何爲？」乃賜八尺珊瑚一樹、[校]抄本作株。龍腦香一帖、明珠百顆、[校]抄本作粒。八寶嵌金合一雙，爲作[校]抄本無作字。嫁資。生聞之，突入，執手啜泣。俄頃，疾[校]抄本作迅。雷破屋，女已無矣。[馮評]局微散緩，昔予友讀之曰善。

異史氏曰：「花面逢迎，世情如鬼。嗜痂[呂註]南史，劉邕傳：邕性嗜食瘡痂，以爲味似鰒魚。嘗詣孟靈休。靈休先患灸瘡，痂落在牀，邕取食之。靈休大驚。痂未落者，悉褫去飴邕。之癖，舉世一轍。『小慚小好，大慚大好』；[呂註]韓愈與馮宿論文書：時時應事作俗下文字，下筆令人慚。及示人，則人以爲好。小慚者，亦蒙謂之小好；大慚即必以爲大好矣。若公然帶鬚眉以游都市，其不駭而走者，蓋[校]抄本無蓋字。幾希矣。彼陵陽癡子，將抱連城玉向何處哭也？嗚呼！顯榮富貴，當於蜃樓海市[何註]蜃音腎，大蛤也。禮，月令：雉入大水爲蜃，吐氣成樓台。張昌宗請託如市。李湛曰：此海市蜃樓耳。中求之耳！」[馮評]末筆忽插入海市作議，似與上不接，古文中有之。

[稿本無名氏甲評]羅刹海市最爲第一，逼似唐人小說矣。

[何評]世人以美爲惡，以惡爲美，使無脂韋之骨，即强爲塗抹，終覺面目非真，遂令世界茫茫，幾無處安此一副面孔；正恐蜃樓海市，顯榮富貴，亦終不可得耳。悲夫！

[但評]花面逢迎，以出身爲遊戲，固自好者所不屑；即遭逢極盛，得志於時，只忠孝廉節，才是

實地，餘皆海市蜃樓耳，不可爲無，不可爲有。何者可指爲真無？何者可指爲真有？知其無而有有之用，知其有而皆無之歸。以其本有，而有所當有；以其終無，而無所當無。乃可以有，可以無；可以無而有，可以有而無。是謂無有，是謂無無；是謂非無有，是謂非無無。

*田七郎

武承休，遼陽人。喜交遊，[稿本無名氏乙評]書法。所與皆知名士。夜夢一人告之[校]青本無之字。曰：「子交遊徧海内，皆濫交耳。[但評]抹煞知名士。惟一人可共患難，何反不識？」問：[校]青本下有之字。「何人？」曰：「田七郎非與？」[馮評]一篇刺客傳，取史記對讀之。[何評]思之思之，鬼神將告之。醒而異之。[但評]其姓字當薰沐書之。詰朝，見所與遊，輒問七郎。客或識爲東村業獵者。武敬謁諸家，以馬箠[何註]箠音捶，擊馬策也。撾門。未幾，一人出，年二十餘，貙[何註]貙音區，獸也。似貍似虎。目蜂腰，著膩[何註]膩，細膩也。帢，[呂註]按：帢音恰，帽也。狀如弁，缺四角。見魏張揖埤蒼。[何註]帢音洽，帽也。魏太祖裁縑爲之，軍容非國容也。衣皂犢鼻，[呂註]史記，司馬相如列傳：著犢鼻褌，與傭保雜作。[何註]皂色犢鼻袴也。又註：犢鼻，袴也，有一鼻兩孔之狀。阮籍常著犢鼻，江左匠作常服此。俗呼袴頭，謂但有袴之上而無下也。多白補綴。[馮評]先繪一壯士形貌服飾。拱手於額而問所自。[但評]活畫出一天真可畏人來。武展姓字；[校]抄本作氏。且託途中不快，借廬憩息。問七郎，答云：[校]青本、抄本作曰。「即我[校]抄本作我即。

是也。」遂延客入。見破屋數椽，木岐支壁。入一小室，虎皮狼蛻，懸布楹［校］抄本作檻。間，更無杌榻可坐。［馮評］次畫一壯士居室。七郎就地設皋比［吕註］左傳，莊十年：蒙皋比而先犯之。注：皋比，虎皮也。○按，禮，樂記：倒載干戈，包之以虎皮，名曰建櫜。櫜，韜也。其字或作皋。服虔引此以解左傳。今人雖知皋比爲虎皮，而不知所自出，因附識於此。［何註］朱子張載銘：勇撤皋比。比音毗。焉。武與語，言詞樸質，大悅之。遽貽金作生計。七郎不受。固予之。七郎受以白母。［但評］能爲孝子，然後能爲忠臣，爲信友，爲義士。若七郎者，雖曰未學，吾必謂之學矣。俄頃將還，固辭不受。武强之再四。母龍鍾而至，厲色曰：「老身止此兒，不欲令事貴客！」［馮評］再寫一壯士之母。武慚而退。歸途展轉，不解其意。適從人於舍［校］抄本作室。後聞母言，因以告武。［馮評］插此一筆，妙甚。先是，七郎持金白母。母曰：「我適睹公子，有晦紋，必罹奇禍。聞之：受人知者分人憂，受人恩者急人難。富人報人以財，貧人報人以義。無故而得重賂，不祥，恐將取死報於子矣。」［馮評］賢母聲口。［但評］彌綸天地，包羅經史之言。○媪大識見，大議論，此等學問，從何處得有？顧吾嘗見自詡學問之人，有受人深知而不肯分人之憂，受人殊恩而不肯急人之難者矣。媪能言，而教其子果能行，如此方不盜虛名，方爲真學問。武聞之。深歎母賢；然益傾慕七郎。翼日，設筵招之，辭不至。武登其堂，坐而索飲。七郎自行酒，陳鹿脯，殊盡情禮。越日，武邀酬之，乃至。［馮評］如此糾纏，真似不懷好意，宜其母之呵斥也。款洽甚懽。贈以金，即［校］青本作卻。不受。武託購虎皮，乃受之。歸視所蓄，計不足償，思再獵而後獻之。入山三日，無所獵獲。會妻病，守視湯藥，不遑操業。浹旬，妻奄[校]此據青本，稿本、抄本作淹。忽以死。爲營齋葬，所受金，稍稍耗去。武親臨唁送，禮儀優渥。既葬，負弩山林，益思所以報武；[馮評]一介不取，大聖賢；一飯不忘，大豪傑。若在俗人，與之惟恐不多；既受，視若應得。若七郎者，真令人可愛可敬。而迄無所得。[校]抄本無上五字。武探得其故，輒勸勿亟。[校]青本作急。切望七郎姑一臨存；[呂註]漢書，嚴助傳：上遣兩將軍將兵誅閩越。淮南王安上書諫曰：陛下若欲來內中國，使重臣臨存，施德垂賞，以招致之云云。注：臨存，省問也。而七郎終以負債爲憾，不肯至。武因先索舊藏，以速其來。七郎檢視故革，則蠹蝕殃敗，毛盡脱，懊喪益甚。武知之，馳行其庭，極意慰解之。又[校]青本作入。視敗革，曰：「此亦復佳。僕所欲得，原不以毛。」遂軸[校]青本作抽。鞟出，兼邀同往。七郎不可，乃自歸。七郎念終[校]青本作終念，抄本作終以。不足以報武，[校]抄本下有爲念二字，無以字。裹糧入山，凡[校]青本無凡字。數夜得一虎，全而餽之。[馮評]天下不負心人，不肯輕受人恩。[但評]觀武之內交七郎，七郎之必思報武，可知求友如此其切，得友如此其難，何得輕言喜交遊，何得虛慕知名士。武喜，治具，請三日留。七郎辭之堅。武鍵庭户，使不得出。賓客見七郎樸陋，竊謂公子妄交。[但評]此等衣冠，此等相貌，此等談吐，如何入得知名士眼裏？而[校]抄本無而字。武周旋七郎，殊異諸客。爲易新服，卻不受；承其寐而潛易之，不得已而受之。[校]抄本無之字。既去，其子奉媪命，返新衣，索其敝裰。[何註]裰音掇。敝裰，破衣也。武笑曰：「歸語老媼，故衣已拆作履襯矣。」自是，七郎日以兔鹿相貽，召之即不復至。武一日詣七郎，值出獵未返。媪出，踦門［校］抄本作閭。○［何註］踦音欹。公羊傳，成公二年：相與踦閭而語。注：閭，當道門，閉一扇，開一扇。一人在外，一人在內曰踦閭。語曰：「再勿引致吾兒，大不懷好意！」武敬禮之，慚而退。半年許，家人忽白：［校］青本作曰。「七郎爲爭獵豹，毆死人命，捉將官裏去。」［呂註］侯鯖録：宋真宗東封，徵處士楊樸至，問曰：臨行有人作詩祖送否？對曰：臣妻有詩云：更休落魄貪杯酒，亦莫猖狂愛詠詩；今日捉將官裏去，這回斷送老頭皮！○［馮評］公子一邊黏煞不上，却從七郎一邊逼來，此之謂移室就樹之法。武大驚，馳視之，已械收在獄。見武無言，但云：「此後煩恤老母。」［但評］此後煩恤老母一語，涵蓋天地，感泣鬼神。武慘然出；［但評］無言之言，乃爲至言。故言者無言，聞言者亦無言。急以重金賂邑宰，又以百金賂仇主。月餘無事，釋七郎歸。母慨然曰：「子髮膚受之武公子，［校］抄本下有耳字。非老身所得而愛惜者矣。［校］抄本無矣字。○［但評］分憂急難，從此始矣。但祝公子終［校］抄本無終字。百年，無災患，即兒福。」七郎欲詣謝武。母曰：「往則往耳，見武［校］青本無武字。公子勿謝也。小恩可謝，大恩不可謝。」［但評］以此推之，君父之恩，何可言謝。○可謝者，言語之謝也，謝而不謝也。不可謝者，身命之謝也，不謝而謝也。必身命而後可謝，言報何爲？○母之言，皆知名士所不肯道者，亦其實不能道耳。七郎見武，武溫言慰藉，七郎唯唯。家人咸怪其疎；武喜其誠篤，益［校］抄本無益字。厚遇之。由是恒數日留公子家。餽遺輒受，不復辭，亦不言報。會武初度，賓從煩［校］青本作繁。多，夜舍屨［校］青本作騰，抄本作履。滿。武偕七郎臥斗室中，三僕即牀下藉芻藁。

[校]上三字，抄本作卧。 二更向盡，諸僕皆睡去，兩人猶刺刺語。七郎佩刀[校]抄本作背劍。挂壁間，忽自騰出匣數寸許，[校]抄本無許字。○[何評]奇異。 錚錚[何註]錚錚，金聲也。後漢書，劉盆子傳：帝曰：卿所謂鐵中錚錚，庸中佼佼者也。 作響，光閃爍[何註]閃音閃，火行也。爍音鑠，光也。如電。武驚起。[校]青本作之。 七郎亦起，問：「牀下卧者何人？」武答：「皆廝僕。」七郎曰：「此中必有惡人。」武問故。七郎曰：「此刀購諸異國，殺人未嘗濡縷。[何註]未嘗濡縷，猶言見血即死，未有濡縷不死者。見史記刺客列傳。迄今[校]抄本無今字。 佩三世矣。決首至千計，尚如新發於硎。見惡人則鳴躍，當去殺人不遠矣。公子宜親君子、遠小人，[馮評]親君子、遠小人二語，好交遊者當書諸座右。 或萬一可免。」[何評]此豈山野之見。[但評]親君子，遠小人，質樸人一語勝人千百。 武頷之。七郎終不樂，輾轉牀席。武曰：「災祥數耳，何憂之深？」七郎曰：「我諸[校]抄本作别。 無恐怖，徒以有老母在。」[但評]父母存，不許友以死，七郎何得不憂。 武曰：「何遽至此！」七郎曰：「無則便佳。」蓋牀下三人：一爲林兒，是老彌子，[何註]衛靈公幸臣。 能得主人懽；[校]抄本無人字，青本得作爲。 一僮僕，年十二三，武所常役者；一李應，最拗拙，[校]青本作掘。○[何註]拗，從手從幼，坳去聲。相違也。語類：王臨川天資猶有拗强處。掘音倔。莊子：掘若槁木，似遺物離人而立於獨也。 每因細事與公子裂眼争，武恒怒之。當夜默念，疑必[校]抄本無必字，青本下有係字。 此人。[但評]於拗掘則疑之，於能爲歡者則不疑，古今一轍，家國同病。 詰旦，唤至，善言絶[校]青本作遣。 令去。[馮評]又一閃，閃開

去。武長子紳，娶王氏。〔校〕稿本下原有而美二字，塗去。一日，武他出，留林兒居守。〔馮評〕主人彌子而使之守齋，宜其做出事來也。齋中菊花方燦。新婦意翁出，齋庭當寂，自詣摘菊。林兒突出勾戲。婦欲遁，林兒强挾入室。婦啼拒，色變聲嘶。紳奔入，林兒始釋手逃去。〔馮評〕明人有詠燕詩云：主人只解憐毛羽，污盡雕梁也不知。可爲悦狡童者戒。武歸聞之，怒覓林兒，竟已不知所之。過二三日，始知其投身某御史家。某官都中，家務皆委決於弟。武以同袍〔何註〕袍，綿衣也。同袍，朋儕也。詩，秦風：豈曰無衣，與子同袍。義，致書索林兒，某弟竟置不發。武益恚，質詞邑宰。勾牒雖出，而隸不捕，官亦不問。武方憤怒，適七郎至。武曰：「君言驗矣。」因與告愬。七郎顔色慘變，〔但評〕顔色慘變時，心中有老母在。終無一語，即逕去。〔但評〕聞言色變，無語逕去，一腔熱血，從何處説起。

武囑幹僕邏察林兒。林兒夜歸，爲邏者所獲，執見武。武掠楚之。林兒語侵武。武叔恒，故長者，恐姪暴怒致禍，勸不如治以官法。武從之，縶赴公庭。而御史家刺書郵〔何註〕郵，驛傳也。至，宰釋林兒，付紀綱以去。林兒意益肆，倡言叢衆中，誣主人婦與私。武無奈之，忿塞欲死。馳〔校〕馳，青本作他日。登御史門，俯仰叫罵。里舍慰勸〔校〕青本作勸慰。令歸。逾夜，忽有家人白：「林兒被人臠割，抛尸曠野間。」〔馮評〕出筆陡健跳騰如此。武驚喜，意氣〔校〕抄本無氣字。稍得伸。俄聞御史家訟其叔姪，遂偕叔赴質。宰不容〔校〕抄本作聽。辨，欲笞恒。武抗聲曰：「殺人莫須有！［何註］宋史，岳飛傳。猶言莫必其有者。至辱詈搢紳，則生實爲之，無與叔事。」宰置不聞。武裂眥欲上，羣役禁捽之。操杖隸皆紳家走狗，恒又老耄，籤數未半，奄然已死。宰見武叔垂斃，亦不復究。武號且罵，宰亦若弗聞也［校］抄本無也字。者。遂舁叔歸。哀憤無所爲計。思［校］抄本思上有因字。欲得七郎謀，而七郎更［校］抄本作終。不一［校］青本無一字。弔問。竊自念：待七郎［校］上二字，抄本作伊。不薄，何遽如行路人？［但評］何遽如座上客。亦疑殺林兒必七郎。轉念：果爾，胡得不謀？於是遣人探諸［校］抄本作索。其家，至則扃鐍［呂註］莊子，胠篋篇：固扃鐍。注：鐍，古穴反，鈕也。按：謂箱篋前鎖處也。［何註］扃，關也。鐍音玦，門户鎖處也。莊子，胠篋篇：將爲胠篋探囊發匱之盜，而爲守備，則必攝緘縢，固扃鐍。又註：扃鐍，鎖鑰也。寂然，鄰人並不知耗。一日，某弟方在内廨，與宰關說。值晨進薪水，忽一樵人至前，釋擔抽利刃，直奔之。［但評］我聞有命不敢以告人。某惶急，以手格刃，刃落斷腕；又一刀，始決其首。宰大驚，竄去。樵人猶張皇四顧。諸役吏急闔署門，操杖疾呼。樵人乃自剄死。紛紛集認，識者知爲田七郎也。宰驚定，始出覆［校］抄本無覆字。驗。見七郎僵卧血泊中，手猶握刃。方停蓋審視，尸忽崛［校］抄本作突。然躍起，［何註］崛音倔，崛起，特起也。竟決宰首，［但評］殺人以尸，自古罕有。○殺林兒用虛寫，用對面寫，點七郎用虛筆；殺某弟用實寫，用正面寫，點七郎用實筆；至殺宰又是一樣寫法，此法不實不虛。已而復踣。［馮評］殺宰做兩節敍，妙甚。惜荆卿無此神勇，寫得活。［但評］孝子義士，凜然如生。衙官捕其母子，［校］青本無子字。則亡去已數日矣。［馮評］此知名士所不肯爲，亦知名士所不能爲。武聞七郎死，馳哭盡哀。咸謂其主使七郎。武破産賫緣當路，始得免。七郎尸棄原野三十餘日，［校］上四字，抄本作月餘。禽犬環［校］青本作邏。守之。武取而［校］抄本無上二字。厚葬。［校］稿本下原有焉字，塗去。抄本、青本下有之字。其子流寓於登，變姓爲佟。［何註］佟音炵，姓。起行伍，以功［校］青本功上有軍字。至同知將軍。［馮評］其母其子，皆收拾不漏。歸遼，武已八十餘，乃指示其父墓焉。

異史氏曰："一錢不輕受，正其一飯不忘［校］抄本作正一飯不敢忘。○［何註］一飯不忘，此用韓信不忘漂母一飯事，非用漢文每飯不忘語也。者也。賢哉母乎！［何評］讚好。七郎者，憤未盡雪，死猶伸之，抑何其神？使荊卿［校］青本作軻。○［呂註］史記，刺客列傳：荊軻者，衛人也。其先乃齊人。徙於衛，衛人謂之慶卿；而之燕，燕人謂之荊卿。好讀書擊劍。會燕太子丹質秦，秦王之遇丹不善。丹怨而亡歸，求爲報秦王者。秦將樊於期得罪于秦王，亡之燕。太子受而舍之。燕有田光先生，其爲人智深而勇沉，可與謀。太子因太傅而得交於田先生，太子避席而請曰：燕秦不兩立，願先生留意也。田光曰：臣精已消亡矣；所善荊卿可使也。於是尊荊卿爲上卿，舍上舍。秦將王翦破趙，進兵北略地至燕南界。太子丹恐懼，乃請荊軻。荊軻曰：誠得樊將軍首，與燕督亢之地圖，奉獻秦王，臣乃得有以報。太子曰：樊將軍窮困來歸丹，丹不忍以己之私而傷長者之意。荊軻乃遂私見樊於期曰：秦之遇將軍，可謂深矣。父母宗族，皆爲戮没。今聞購將軍首，金千斤，邑萬家。願得將軍之首以獻秦王，秦王必喜而見臣，臣左手把其袖，右手揕其胸，則將軍之仇報，而燕見陵之愧除矣。樊於期曰：此臣之日夜切齒腐心也。遂自刭。乃遂盛樊於期首，函封之。於是太子預求天下之利匕首，得趙人徐夫人匕首，取之百金。使工以藥焠之。以試人，血濡縷，人無不立死者。乃裝爲遣荊卿。至秦，秦王聞之大喜。荊軻奉樊於期頭函，取圖奏之；秦王發圖，圖窮而匕首見。秦王驚，自引而起，環柱而走，負劍遂拔以擊荊軻，斷其左股。荊軻乃引匕首以擿秦王，不中；中銅柱。倚柱而笑，箕踞以罵曰：事所以不成者，以欲生劫之，必得約契以報太子也。於是左右既前，殺軻。秦王大怒，益發兵詣趙，詔王翦軍以伐燕，十月而拔薊城。能爾，則千載無遺恨矣。苟有其人，可以補天網之漏；［呂註］老子：天網恢恢，疏而不漏。世道茫茫，恨七郎少也。悲夫！」［校］青本作矣。

［何評］如讀刺客傳。

［但評］所與皆知名士，可謂交遊得人矣，乃概目爲濫交；而以可共患難之一人，責其不識，而後鄭重而出其名：軒輊之間，人品自見。彼七郎者，問其業，則獵者耳；睹其貌，則軀目蜂腰耳；觀其服，則膩帢衣、皂犢鼻耳。知名士見之，必且鄙夷不屑與言矣。迨觀其取與不苟，内外如一，其事親也如此，其交友也又如此，一片赤心，滿腔熱血，此皆博古通今，摛華染翰，弋取聞譽者所不敢爲、不能爲、不肯爲者，然後歎天下知名士何太多，如田七郎者又何太少也！

産龍*

壬戌間，邑邢村李氏婦，良人〔校〕上二字，抄本作夫。死，有遺腹，忽脹如甕，忽束如握。臨蓐，一晝夜不能産。視之，見龍首，一見輒縮去。家人大〔校〕抄本無大字。懼，不敢近。〔校〕抄本無上三字。有王媪者，焚香禹步，且捺且咒。未幾，胞墮，不復見龍；惟數鱗，皆〔校〕抄本無皆字。大如琖。繼下一女，肉瑩澈如晶，臟腑可數。〔校〕青本無此篇。

〔仙舫評〕閨閫之中，起居不慎者，亦盍以此爲鑑。

保住*

吳藩［呂註］名三桂，督理御營驤之子。國初，就藩雲南。康熙十三年正月叛，而福建耿逆精忠、廣東尚逆可喜，一時並叛。上命兵部侍郎李之芳同平南將軍賴塔征之，相繼報捷。十五年，耿逆降；十六年，尚逆平；而吳逆至二十年方滅，則大將軍彰泰貝子，綏遠將軍、總督蔡毓榮之力也。是時三桂已死，城中食盡。彰泰等率師進攻。三桂子世璠、壻郭壯圖俱自殺。逆黨方光琛、李本深、馬寶、胡國柱、夏國相、巴養元、趙國佐等，以次盡誅。雲南始平。時辛酉十月二十九日也。未叛時，嘗諭將士：有獨力能擒一虎者，優以廩禄，號「打虎將」。將中一人，名保住，健捷如猱。邸中建高樓，梁木初架。住沿樓角而登，頃刻至顛；立脊檁［何註］檁音稟，梁上横木。上，疾趨而行，凡三四返；已乃踴身躍下，直立挺然。王有愛姬善琵琶。所御琵琶，以煖玉［呂註］杜陽雜編：日本國集真島中有棊子，黑白分明，冬温夏涼，謂冷煖玉。爲牙柱，［何註］牙，以指按之，所以別音；柱，以體繞之，所以綰絃。抱之一室生温。姬寶藏，非王手諭，不出示人。一夕，宴集，客請一觀其異。王適惰，期以翼日。時住在側，曰：「不奉王命，臣能取之。」王使人馳告府中，内外戒備，然後遣之。住踰十數重垣，始達姬院。見燈輝室中，而門扃錮，［何註］錮，堅固也。不得入。廊下有鸚鵡宿架上。住乃作貓子叫；既而學鸜鵒鳴，疾呼「貓來」。擺撲之聲且急。聞姬云：「綠奴〔何註〕綠奴，奴名也。可急視，鸜鵒〔校〕青本、抄本作鵒。被撲殺矣！」住隱身暗處。俄一女子挑燈出，身甫離門，住已塞入。見姬守琵琶在几上，徑〔校〕抄本作住。攜趨出。姬愕呼「寇至」，防者盡起。見住抱琵琶走，逐之不及，攢矢如雨。住躍登樹上。牆下故有大槐三十餘章，住穿行樹〔校〕抄本作樹行。杪，如鳥移枝；樹盡登屋，屋盡登樓；飛奔殿閣，不啻翅翎，瞥然間〔校〕抄本無間字。不知所在。客方飲，住抱琵琶飛落筵〔校〕抄本作簷。前，門扃如故，雞犬無聲。〔但評〕吳藩打虎將，亦雞鳴狗盜之徒耳，況乃逆黨，烏足貴？而又描寫其技，亦以見吳藩之所輔非正也。

〔何評〕如讀劍俠傳。

*公孫九娘

于七一案，[馮評]登州于七，名小喜。本捕快，踞鋸齒山作亂，焚劫八邑。時順治十八年十月，命都統濟世哈爲靖東將軍討之，分駐各旗兵馬於登、萊、膠三處，防範海汛，並緝于逆。○姚弱侯曰：于七大盜，處處挨捕，究竟或逃或死，總未拏獲，與妖婦唐賽兒同。連坐被誅者，棲霞、萊陽兩縣最多。一日俘[呂註]說文：俘，軍所獲也。○春秋，莊六年：齊人來歸衛俘。三傳皆曰衛寶。杜預曰：俘，囚也。數百人，盡戮於演武場中。碧血[何註]萇弘死于蜀，血化爲碧。滿地，白骨撐天。上官慈悲，捐給棺木，濟城工肆，材木一空。以故伏刑東鬼，多葬南郊。甲寅間，有萊陽生至稷下，有親友二三人，亦在誅數，因市楮帛，酹奠榛墟。[何註]墟音丘虛切。榛墟，荒野也。就稅舍於下院之僧。明日，入城營幹，日暮未歸。忽一少年，造室來訪。見生不在，脫帽登牀，著履仰卧。僕人問其誰何，[校]抄本無何字。合眸不對。既而生歸，則暮色矇矓，[校]青本作朦朧。不甚可辨。自詣牀下問之。瞠[何註]瞠音撐，直視也。莊子：夫子奔軼絕塵，而回瞠乎後矣。目曰：「我候汝主人。絮絮逼問，我豈暴客耶！」生笑曰：「主人在此。」少年急[校]抄本作即。起著冠，揖[校]青本作衣。而坐，極道寒喧。聽其音，似曾相識。急呼燈至，則同邑朱生，亦死於于七之難者。大駭卻走。朱曳之云：「僕與君文字〔校〕抄本下有之字。交，何寡於情？我雖鬼，故人之念，耿耿不去心。〔校〕上二字，抄本作忘。今有所瀆，願無以異物遂〔校〕抄本無遂字。猜薄之。」生乃坐，請所命。曰：「令女甥寡居無耦，僕欲得主中饋。屢通媒妁，輒以無尊長之〔校〕抄本無之字。命爲辭。幸無惜齒牙餘惠。」〔呂註〕南史，謝朓傳：謝朓好獎予人才。會稽孔闓有才華。未貴時，孔珪嘗令草讓表以示朓，朓嗟吟良久，手自折簡薦之。謂珪曰：士子聲名未立，應共獎成，無惜齒牙餘論。先是，生有甥女，〔校〕抄本作女甥。早失恃，遺生鞠養，十五始歸其家。俘至濟南，聞父被刑，驚慟〔校〕抄本無慟字。而絕。生曰：「渠自有父，何我之求？」朱曰：「其父爲猶子〔呂註〕禮，喪服：兄弟之子，猶子也。啓櫬去，今不在此。」問：「女甥向依阿誰？」曰：「與鄰媪同居。」生慮生人不能作鬼媒。〔馮評〕世之媒皆鬼也，説虛弄誑，怪變百出，不知作鬼媒又是如何。朱曰：「如蒙金諾，還屈玉趾。」〔呂註〕左傳，僖二十六年：寡君聞君親舉玉趾，將辱於敝邑，使下臣犒執事。〔何註〕玉趾，尊其趾也。遂起握生手。生固辭，問：「何之？」曰：「第〔何註〕第，但也。從竹不從艸。行。」勉從與去。北行里許，有大村落，約數十〔校〕青本無十字。百家。至一第宅，朱叩〔校〕叩，稿本原作以指彈，塗改。抄本作以指彈。扉，即有媪出。豁開二〔校〕抄本作兩。扉，問朱何爲。曰：「煩達娘子：阿〔校〕抄本阿上有云字。舅至。」媪旋反，須臾〔校〕上二字，抄本作頃。復出，邀生入。顧朱曰：「兩椽茅舍子大隘，勞公子門外少坐候。」生從之入。見半畝荒庭，列小室二。甥女[校]抄本作女甥。迎門啜泣，生亦泣。[校]青本無上三字。室中燈火熒然。女貌秀潔如生時。凝眸含涕，徧問妗姑。生曰：「具[校]青本作俱。各無恙，但荊人物故矣。」女又嗚咽曰：「兒少受舅妗撫育，尚無寸報，不圖先葬溝瀆，殊爲恨恨。舊年伯伯家大哥遷父去，置兒不一念；數百里外，伶仃如秋燕。舅不以沉魂可棄，又蒙賜金帛，兒已得之矣。」生乃[校]抄本無乃字。以朱言告，女俯首無語。媪曰：「公子曩託楊姥三五返。老身謂是大好；小娘子不肯自草草，得舅爲政，方此意慊得。」[校]青本無得字。言次，一十七八女郎，[馮評]隨手添出。從一青衣，遽掩入；瞥見生，轉身欲遁。女牽其裾曰：「勿須爾！是阿舅，非他人。」[校]抄本無上三字。生揖之。女郎亦斂衽。甥曰：「九娘，[校]上二字，稿本原作此，塗改。棲霞公孫氏。阿爹故家子，今亦『窮波斯』，[呂註]未詳。○杜佑通典：波斯國在達曷水之西，大月氏之別種，其先有波斯匿王。其子孫以王父字爲氏，因爲國號。○南史，夷貊傳：波斯國有琥珀、瑪瑙、真珠等，國內不以爲珍，其人多賈，以殖貨之窮富爲品位之高下。[何註]窮波斯，俗呼小録：跑謂之波。窮波斯，蓋謂窮而奔忙也。落落不稱意。旦晚與兒還往。」生睨之，笑彎秋月，羞暈朝霞，實天人也。曰：「可知是大家，蝸廬人那[校]那，抄本作焉得。如此娟好。」甥笑曰：「且是女學士，[呂註]陳書，張貴妃傳：後主選宮人有文學者袁大捨等爲女學士。[何註]南史：陳後主召尚書令江總等十人預宴，以宮人袁大捨等爲學士，選新詩之尤艷者與歌之。李義山詩云：滿室學士皆顏色，江令當年只費才。又註：南唐書，高越傳：節度使盧文進女美而慧，善屬文，時稱女學士。詩詞俱大高。［校］抄本下有作字。昨［校］抄本無昨字。兒稍得指教。」九娘微哂曰：「小婢無端敗壞人，教阿舅齒冷也。」［但評］落落大方。甥又笑曰：「舅斷絃未續，若個小娘子，頗能快意否？」九娘笑奔出，曰：「婢子顛瘋作也！」［但評］口角留情。遂去。言雖近戲，而生殊愛好之。甥似微察，乃曰：「九娘才［校］青本作之。貌［校］青本下有天下二字。無雙，舅倘不以糞壤致猜，兒當請諸其母。」生大悅。然慮人鬼難匹。［但評］才作鬼媒，又求鬼匹。女曰：「無傷，彼與舅有夙分。」生乃出。女送之，曰：「五日後，月明人靜，當遣人往相迓。」生至户外，不見朱。翹首西望，月啣［何註］啣，謂月生明八九日，與魄影相等，如口啣其半也。半規，昏黄中猶認舊徑。見南向［校］抄本似面字。一第，朱坐門石上，起逆曰：「相待已久。寒舍即勞垂顧。」遂攜手入，殷殷展謝。出金爵一、晉珠百枚，曰：「他無長物，聊代禽儀。」既而曰：「家有濁醪，但幽室之物，不足款嘉賓，奈何！」生撝謝而退。朱送至中途，始別。生歸，僧僕集問。生［校］抄本無生字。隱之曰：「言鬼者妄也，適赴友人飲耳。」後五日，果見朱來，［校］上四字，抄本作朱果來。整履搖箑，［呂註］世本：武王始作箑。注：箑，扇之别名。意甚忻適。［校］抄本無適字。纔［校］抄本作方。至户庭，［校］抄本無庭字。望塵即拜。少間，［校］抄本無上二字。笑曰：「君嘉禮既成，慶在今夕，便煩枉步。」生曰：「以無回音，尚未致聘，何遽成禮？」朱曰：「僕已代致之矣。」〔校〕抄本無矣字。○〔馮評〕一派鬼話。〔但評〕不致聘，則不能成禮；果致聘，又決無是事。以朱代致，近理而復省事。生深感荷，從與俱去。直達卧所，則甥女〔校〕抄本作女甥。華妝迎笑。生問：「何時于歸？」朱云：〔校〕抄本作女曰。「三日矣。」生乃出所贈珠，爲甥助妝。女三辭乃受。謂生曰：「兒以舅意白公孫老夫人，夫人作大歡喜。〔何註〕大歡喜，梵語也。但言：老耄無他骨肉，不欲九娘遠嫁，期今夜舅往贅諸其家。伊家無男子，便可同郎往〔校〕此據抄本，稿本、青本作拜。也。」朱乃導去。村將盡，一第門開，二人登其堂。俄白：「老夫人至。」有二青衣扶嫗升階。生欲展拜，夫人云：「老朽龍鍾，不能爲禮，當即脱邊幅。」乃〔校〕抄本無乃字。指畫青衣，置〔校〕此據青本，稿本作追，抄本作進。酒高會。朱乃喚家人，另出肴俎，〔何註〕俎字從人不從乂。列置生前；亦别設一壺，爲客行觴。筵中進饌，無異人世，然主人自舉，殊不勸進。既而席罷，朱歸。青衣導生去。入室，則九娘華燭凝待。邂逅含情，極盡歡昵。初，九娘母子，原解赴都。至郡，母不堪困苦死，九娘亦自剄。枕上追述往事，哽咽不成眠。乃口占兩絶云：「昔日羅裳化作塵，空將業果恨前身。十年露冷楓林月，此夜初逢畫閣春。」「白楊風雨遶孤墳，誰想陽臺更作雲？〔吕註〕宋玉高唐賦序：昔者先王嘗遊高唐，怠而晝寢。夢見一婦人曰：妾在巫山之陽，高丘之岨。旦爲朝雲，暮爲行雨，朝朝暮暮，陽臺之下。忽啓縷〔校〕抄本作鏤。金箱〔吕註〕太原妓贈歐陽詹詩：自從别後減容光，半是思郎半恨郎。欲識舊時雲髻樣，爲奴開取縷金箱。裏看，血腥猶染舊羅裙。」天將明，即促曰：「君宜且去，勿驚廝僕。」自此晝來宵往，嬖惑殊甚。一夕，問九娘：「此村何名？」曰：「萊霞里。里中多兩處新鬼，因以爲名。」生聞之欷歔。女悲曰：「千里柔魂，蓬游無底，母子零孤，言之愴惻。幸念一夕恩義，收兒骨歸葬墓側，使百世〔校〕抄本作年。得所依棲，死且不朽。」生諾之。女曰：「人鬼路殊，君亦〔校〕抄本無亦字。不宜久滯。」乃以羅襪贈生，揮淚促别。生淒然而〔校〕抄本無而字。出，忉怛若喪。心悵悵〔校〕抄本無上五字。不忍歸，因過叩〔校〕此據青本、稿本，抄本作拍。朱氏之門。朱白足出逆；甥亦起，雲鬢鬅〔校〕此據抄本，稿本作籠，青本作蓬。鬆，驚來省問。生怊〔校〕抄本作惆。悵移時，始述九娘語。女曰：「妗氏不言，兒亦夙夜圖之。此非人世，久居誠非所宜。」〔校〕上六字，抄本作不可久居。於是相對汍瀾。〔校〕抄本無上四字。○〔吕註〕陸機弔魏武文：涕垂睫而汍瀾。〔何註〕汍瀾音桓蘭，泣涕也。李白詩：曲終涕汍瀾。生亦〔校〕抄本無上二字。含涕而别。叩寓歸寢，展轉申旦。〔吕註〕宋玉九辨：獨申旦而不寐兮。注：夜坐視瞻而終明也。欲覓九娘之墓，則忘問志表。及夜復往，則千墳纍纍，竟迷村路，歎恨而返。展視羅襪，着風寸斷，腐如灰燼，遂治裝東旋。半載不能自釋，復如稷門，冀有所遇。及抵南郊，日勢已晚，息駕庭樹，〔校〕上三字，抄本作樹下。趨詣叢葬所。但見墳兆〔何註〕兆，塋界也。孝經，喪親章：卜其宅兆而安厝之。

萬接，〔校〕青本作宅。迷目榛荒，鬼火狐鳴，駭人心目。驚悼歸舍。失意遨遊，返轡遂東。行里許，遥見女郎，獨行丘墓間，〔校〕上七字，抄本作一女立丘墓上。神情意致，怪似九娘。揮鞭就視，果九娘。下騎欲語，〔校〕上三字，抄本作與語。女竟〔校〕抄本作逕。走，若不相識。〔馮評〕故作此迷人之筆。再逼〔校〕青本作復。近之，色作努，〔校〕青本、抄本作怒。舉袖自障。頓呼「九娘」，則湮〔校〕此據青本，稿本、抄本作烟。然滅矣。

異史氏曰：「香草沉羅，〔呂註〕王逸離騷序：離騷之文，依詩取興，引類譬喻。故善鳥香草，以配忠貞；惡禽臭物，以比讒佞。○史記，屈原賈生列傳：令尹子蘭聞之大怒，卒使上官大夫短屈原于頃襄王。頃襄王怒而遷之。屈原至于江濱，被髪行吟澤畔，于是懷石遂自投汨羅以死。血滿胸臆；東山佩玦，〔呂註〕左傳，閔二年：晉侯使太子申生伐東山皋落氏，佩之金玦。狐突歎曰：佩以金玦，棄其衷也。〔何註〕玦，決也。淚漬泥沙：古有孝子忠臣，〔校〕青本作忠臣孝子。至死不諒於君父者。公孫九娘豈以負骸骨之託，而怨懟不釋於中耶？脾鬲間物，不能掬以相示，冤乎哉！」

〔梓園評〕志表乃第一緊要事，當先問之。此九娘所以恨也，烏得言冤？

〔何評〕此亦幽婚也。不以葬處相示，彼此都疏，乃獨歸究於萊陽，此異史氏所以有冤哉之歎也。

〔但評〕生被株連，死成梓里。以慧麗女子，賫恨重泉，游魂異域；雖復陽臺雲作，畫閣春生，而露冷楓林，血腥羅裙，人鬼異類，豈能白頭相守哉？獨惜其既託收骨，欲得所依；徒歎蓬遊，遂忘墓表。豈白楊風雨，可辨孤墳；羅襪塵灰，堪埋墓側哉！忘問志表，生固多疏；而夜往路迷，不可謂非鬼之無靈也。況稷門再至，冀有所遇，此情實可以告卿。既獨行於丘墓間，何難再示以埋香之所？乃色作怒而舉袖自障，女學士毋乃不恕乎！

促織*

宣德間，宮中尚促織〔馮評〕賈似道促織經，其名色有白牙青、拖肚黄、狗蠅黄、錦簑衣、肉鋤頭、金束帶、齊膂翅、梅花翅、琵琶翅、青金翅、油紙燈、三段錦、紅鈴目額之類甚多。與諸妾鬬於半閒堂，狎客廖瑩中曰：此豈平章軍國重事耶？之戲，〔何註〕戲下從豆。歲征民間。〔稿本無名氏乙評〕一句提綱。此物故非西產；有華陰令欲媚上官，以一頭進，〔但評〕始作俑者此令也。試使鬬而才，因責常供。〔稿本無名氏乙評〕□原□□□耳。□□賜撫臣與以卓異聞伏根。令以責之里正。〔呂註〕漢書，韓延壽傳：里正五。注：若今之鄉正也。市中游俠兒，得佳者籠養之，昂其直，居爲奇貨。里胥猾黠，〔何註〕猾，狡猾。黠，慧也。假此科斂丁口，每責一頭，輒傾數家之產。〔但評〕流毒徧天下。邑有成名者，操童子業，久不售。〔稿本無名氏乙評〕伏入邑庠根。爲人迂訥，遂爲猾胥報充里正役，百計營謀不能脱。〔稿本無名氏乙評〕伏免役□□□□良田等。不終歲，薄產累盡。會征促織，成不敢斂户口，而又無所賠償，憂悶欲死。〔稿本無名氏乙評〕一頓。〔但評〕微蟲耳，而竟使民傾產喪生若此哉！豈果愛民不如一促織？特以上既有所好，有司逢迎恐後，遂流毒無已，致民命不如一蟲耳。故爲人上者，無論物之貴賤，皆不可有所好也。

妻曰：「死何裨[校]抄本無裨字。益？不如自行搜覓，冀有萬一之得。」成然之。早出暮歸，提竹筒銅[校]青本無銅字。絲籠，於敗堵叢草處，探石發穴，靡計不施，迄無濟；即捕得三兩頭，又劣弱不中於款。宰嚴限追比；旬餘，杖至百，兩股間膿血流離，[但評]爲捕蟲而杖民，民不如蟲矣。並蟲亦不能行捉矣。轉側牀頭，惟思自盡。[稿本無名氏乙評]再頓。[但評]生勞不如死逸，真有樂死不願生者。時村中來一駝背巫，[何註]巫，說文：能齋肅事神明也。男曰覡，女曰巫。能以神卜。[馮評]突作怪筆。成妻具貲詣問。見紅女白婆，[何註]紅女白婆，紅以妝言，白以髮言也。填塞門户。入其舍，[校]抄本作室。則密室垂簾，簾外設香几。問者爇香於鼎，再拜。巫從傍望空代祝，脣吻翕闢，[何註]翕音吸，合也。闢音擗，開也。不知何詞。各各竦立以聽。少間，簾内擲一紙出，即道人意中事，無毫髮爽。[何註]爽，差也。○[但評]使小民處處必須神助，焉用爲民父母者乎？成妻納錢案上，焚拜如前人。[校]抄本作焚香以拜。食頃，簾動，片紙拋落。[但評]即神亦憐之，惟神乃憐之。拾[校]青本無拾字。視之，非字而畫：中繪殿閣，類蘭若；後小山下，怪石亂[校]青本無亂字。卧，針針叢棘，青麻頭[吕註]賈似道促織經：青麻頭，上品也。[何註]賈似道促織經：白遥黑，黑遥赤，赤遥黄，黄遥青；青麻頭上品也。伏焉；旁一蟆，若將跳舞。展玩不可曉。然睹促織，隱中胸懷。摺藏之，歸以示成。成反復[校]抄本作覆。自念，得無教我獵蟲所耶？細瞻景狀，與村東大佛閣真［校］青本無真字。逼似。乃强起扶杖，執圖詣寺後。有古陵蔚起；循陵而走，見蹲石鱗鱗，［何註］蹲石，蹲音存。其石若蹲踞也。鱗鱗，若魚鱗之有次也。儼然類畫。［馮評］看他體物工細處。遂於蒿萊中，側聽徐行，似尋針芥；而心目耳力俱窮，［校］上七字，抄本作尋之多時。絕無蹤響。［馮評］細寫如在目前。［但評］心目耳力俱窮，無可奈何，只有兩腿供宰官追比而已。冥搜未已，一癩頭蟇猝然躍去。成益愕，急逐趁［校］抄本無趁字。之。蟆入草間。躡蹟披求，見有蟲伏棘根；遽撲之，入石穴中。掭以尖草，［馮評］嘉興縣有促織草，用以引鬭。不出；以筒水灌之，始出。［呂註］劉侗促織志：秋七八月間，游閑人提竹筒，過籠，銅絲罩，迹聲所縷發而穴斯得，乃掭以尖草，不出；灌以水，始躍出矣。視其躍狀而佳，逐且捕之，號紅麻頭、白麻頭、青項、金翅、金絲額、銀絲額，上也。其號之油利撻、蟹殼青、棗核形、土蜂形、金琵琶、紅沙、青沙、紺色爲一等；長翼、梅花翅、土狗形、螳螂形、飛鈴爲一等；皂雞、蝴蝶形、香獅子爲一等。狀極俊健。逐而得之。審視，巨身修尾，青項金翅。［呂註］見上。〇［馮評］按促織經，其形以頭項肥、脚腿長、身背闊大者爲佳。有四病：仰項、掩鬚、練牙、踢腿，犯其一不可用。大喜，籠［校］抄本無籠字。歸。舉家慶賀，雖連城拱璧不啻也。［校］上八字，抄本作於是。〇［但評］得之則生，弗得則死，方以連城拱璧，猶覺不倫。〇得之而可活性命，保身家，其慶賀也亦宜。不謂上官竟皆受其恩蔭，則又非連城拱璧所得而擬矣。上於盆而養之，蠏白栗黃，［呂註］促織志：蟹白栗黃，米飯食養也。備極護愛，留待限期，以塞官責。［稿本無名氏乙評］三頓。

成有子九歲，窺父不在，竊發盆。蟲躍擲逕出，迅不可捉。［校］成有子至迅不可捉句，抄本作成之子竊發盆視之，蟲徑躍去。及撲入手，已股落腹裂，斯須就斃。兒懼，啼告母。母聞之，面色灰死，大罵［校］青本作驚。

曰：「業根！死期[校]抄本無期字。至矣！而[校]抄本無而字。翁歸，自與汝覆算耳！」[但評]蟲死則父不能生，母聞而面色灰死，兒無復生理矣。兒涕而出。[校]青本作去。抄本無上四字。未幾[校]青本下有而字。成歸，[校]抄本作入。聞妻言，如被冰雪。怒索兒，兒渺然不知所往；既[校]青本下有而字。得其尸於井。[校]以上十三字，抄本作兒已投入井中。〇[馮評]又作險筆。得其尸於井句，捷筆。俗手則必敍其如何投井，費許説話，拙矣。友人半癡子曰：汝豈作得聊齋志異出人也。因而化怒爲悲，搶呼欲絶。夫妻向隅，[呂註]説苑：聖人之於天下也，譬猶一堂之上，令滿堂飲酒，有一人向隅而泣，則一堂之人皆不樂矣。茅舍無煙，相對默然，不復聊賴。[稿本無名氏乙評]四頓。[但評]誰使之然？此之謂民之父母。爲宰有仁心者，須常存此象於心目中。

日將暮，取兒槀葬。近撫之，氣息惙然。喜寘[何註]寘音觶，置也。又詩，小雅：寘予於懷。註：親之也。榻上，半夜復甦。夫妻心稍慰。但[校]青本下有兒神氣癡木，奄奄思睡，成顧十一字。蟋蟀籠虛，顧之[校]青本無顧之二字。則氣斷聲吞，亦不敢復究兒，[校]上六字，青本作亦不復以兒爲念。〇[但評]不復以兒爲念，兒不如蟲矣。〇催科徵役，兒號女哭，雞犬不安；至於茅舍無煙，向隅默對，聲吞氣斷，不復以兒女爲念，誰實使之然哉？而儼然爲之父母者，方且於宴歌之暇，乘醉登堂，嚴限追比。小民至死將誰訴耶？甚而鬻妻賣子，以足其盈。而卓異之薦，大吏陳書；緞馬之榮，九重賜命。悠悠蒼天，民則何辜，而忍使之至此？況乃以嬉戲微物，甚於賦役之殃民乎？幸逢盛世，凡聲色狗馬嬉戲之弊，取鑑前朝，即户役錢糧，亦皆斟酌盡善。有牧民之責者，上存體國之心，下盡保赤之道，太平之福，億萬斯年矣。自昏達曙，目不交睫。東曦[何註]東曦，羲和也。羲和爲日馭。既駕，僵卧長愁。忽聞門外蟲鳴，驚起覘視，蟲宛然尚在。喜而捕之。一鳴輒躍去，行且速。覆之以掌，虛若無物；手裁舉，則又超忽而躍。急趁[校]青本作趨。之。折過牆隅，迷其所往。徘徊四顧，見蟲伏壁上。審諦之，短小，［馮評］偏又寫其短小不中格，下乃出人意表。黑赤色，頓非前物。成以其小，劣之。惟彷徨瞻顧，尋所逐者。壁上小蟲，忽躍落衿袖間。視之，形若土狗，梅花翅，方首長脛，［何註］梅花翅，蟹殼青，方首長脛，促織形也。意似良。［但評］狀物特工。喜而收之。將獻公堂，惴惴［何註］惴惴，之瑞切，懼也。恐不當意，［稿本無名氏乙評］五頓。思試之鬬以覘之。村中少年好事者，馴養一蟲，自名「蟹殼青」，［馮評］特標一名，用墊襯加一倍寫法，所謂寫煞紅娘正是寫雙文也。若只與尋常之蟲鬬，勝則亦常品耳。日與子弟角，無不勝。欲居之以爲利；而高其直，亦無售者。逕造廬訪成。視成所蓄，掩口胡盧而笑。［呂註］闞子：宋人得燕石，以爲大寶。周客見之，掩口胡盧而笑。［何註］胡盧，笑也。因出己蟲，納比籠中。成視之，龐然修偉，自增慚怍，不敢與較。少年固强之。顧念蓄劣物終無所用，不如拚博一笑。因合納鬬盆。小蟲伏不動，［但評］堅壁不動，難於撼山。蠢若木雞。少年又大笑。試以猪鬣［何註］鬣省作鬣，音獵，豕領毛也。曲禮：豕曰剛鬣。毛，［校］青本無毛字。撩撥［何註］撩音聊，挑弄也。撥音鉢，捩開也。蟲鬚，仍不動。［馮評］將軍欲以巧勝人，盤馬彎弓惜不發。少年又笑。屢撩之，蟲暴怒，直奔，遂相騰擊，振奮作聲。俄見小蟲躍起，張尾伸鬚，直齕敵領。［但評］大勇若怯，驅敵之計。敵人三鼓，可以乘之矣。堂堂之鼓，正正之旗，斬將搴旗，如入無人之境。少年大駭，解［校］青本解上有急字。令休止。蟲翹然矜鳴，似報主知。［呂註］促織志：勝者翹然長鳴，以報其主。○［王評］狀小物瑰異如此，是考工記之苗裔。［但評］草蟲何知而報主、慰主，可憐！成大喜。方共瞻玩，一雞瞥來，逕進以［校］抄本作一。啄。

〔馮評〕又作驚人之筆。〔稿本無名氏乙評〕突兀驚□。成駭立愕呼。幸啄不中，蟲躍去尺有咫；雞健進，逐逼之，蟲已在爪下矣。成倉猝莫知所救，頓足失色。旋見雞伸頸擺撲；臨視，則蟲集冠上，力叮不釋。〔馮評〕鬬雞篇：一噴一醒，然再接再勵。文境似之。蟲竟能與雞鬬，皆加一倍寫法。〔但評〕有功不驕，克免權奸之忌。成益驚喜，掇置籠中。〔稿本無名氏乙評〕六頓。翼日進宰。宰見其小，怒訶成。成述其異。宰不信。試與他蟲鬬，蟲盡靡；又試之雞，果如成言。乃賞成，獻諸撫軍。撫軍大悦，以金籠〔何註〕天寶遺事：宮中以金籠養促織，置之枕函畔，以聽其聲。進上，細疏其能。〔但評〕撫軍第一功，疏語必新奇。○進金籠而上奏疏，未知其何以措詞？既入宮中，舉天下所貢蝴蝶、螳螂、油利撻、青絲額，……〔呂註〕均見上。一切異狀，徧試之，無出其右者。〔馮評〕再加一倍寫。每聞琴瑟之聲，則應節而舞。益奇之。上大嘉悦，詔賜撫臣名馬衣緞。〔稿本無名氏乙評〕收□欲媚上官。撫軍不忘所自，無何，宰以「卓異」〔何註〕卓異，保薦也。聞。〔但評〕語則必新奇。宰之考語，應是精明强幹，徵促織動中機宜，不遺餘力。○撫臣受上賞，縣宰膺卓薦，皆得諸赤子之身化促織，亦可謂無愧矣。宰悦，免成役。又囑學使，俾入邑庠。〔馮評〕撫臣名馬，邑宰卓異，成生入庠，皆題後背染之法，然調笑不小矣。蔡君謨賢者，乃以貢茶邀寵，何况其餘？柏村詩云：漢家十二羽林郎，蟲達封侯功第一。〔稿本無名氏乙評〕反應營謀不能脱與操童子業。後歲餘，成子精神復舊。自言身化促織，輕捷善鬬，今始甦耳。〔但評〕至此方點醒。言之傷心。撫軍亦厚賚成。〔校〕此據青本，後歲餘至厚賚成句，稿本、抄本作由此以養蟲名，屢得撫軍殊寵。不數歲，田百頃，樓閣萬椽，牛羊蹄躈〔呂註〕史記，貨殖列傳：馬蹄躈千。注：躈，口也。蹄口共千，馬二百也。各千計。一出門，裘馬過世家焉。〔稿本無名氏乙評〕反應薄田累盡。

異史氏曰：「天子偶用一物，未必不過此已忘；而奉行者即爲定例。加以官貪吏虐，民日貼婦賣兒，更無休止。故天子一跬步，［何註］跬音頍。舉一足曰跬。兩舉足曰步。禮記，祭義：故君子跬步而不忘孝也。皆關民命，不可忽也。獨是［校］青本無天子至獨是五十一字，抄本加以作加之，獨是二字作第。成氏子以蠹貧，［何註］蠹貧，爲吏胥所蠹而貧。以促織富，裘馬揚揚。［何註］揚揚，謂得意也。當其爲里正、受扑責時，豈意其至此哉！天將以酬長厚者，遂使撫臣、令尹，並受促織恩蔭。［但評］毒罵。聞之：一人飛昇，仙及雞犬。［呂註］列仙傳：淮南王劉安言神仙黃白之事，於是八公詣王，授丹經及三十六汞方。俗傳安臨仙去，餘藥器存庭中，雞犬舐之皆飛昇。信夫！」

王阮亭云：「宣德治世，宣宗令主，其臺閣大臣，又三楊、蹇、夏［呂註］楊士奇名遇，以字行，泰和人。以博學徵入翰林，官兵部尚書兼華蓋殿大學士，贈太師，謚文貞。人稱西楊。○楊榮字勉仁，建安人。洪武末登進士第，歷仕五朝，官至工部尚書兼謹身殿大學士，贈太師，謚文敏。人稱東楊。○楊溥字宏濟，石首人。洪武庚辰進士，官至禮部尚書兼武英殿大學士，贈太師，謚文定。人稱南楊。○鄭仲夔清言：正統間，三楊秉國，文貞爲西楊，文敏爲東楊，因居第別之；文定郡望每書南郡，世遂稱南楊。○蹇義字直之，巴縣人。洪武乙丑進士，宣德中官少師，贈太師，謚忠定。○夏原吉字惟喆，湖廣湘陰人。鄉貢士，官至户部尚書，謚忠靖。諸老先生也，顧以草蟲纖物，殃民至此耶？惜哉！［校］青本無惜哉二字。抑傳聞異辭耶？」

［馮評］負暄録：鬬蟲之戲，始於天寶。呂毖小史：宣宗好促織之戲，遣使江南，價貴數十金。○吴梅村、龔孝升有宣宗御用戧金蟋蟀盆歌，漁洋未之見耶？［但評］或是傳聞異詞，但論其事，不必求其時代可也。

［何評］韓氏城南，賈相秋壑，之二物本好鬬。促織敵雞，實所創聞。撫公進此，豈平章軍國重事耶？

柳秀才*

明季，蝗生青兗間，漸集於沂。沂令憂之。退臥署幕，夢一秀才來謁，峨冠緑衣，狀貌修偉。自言禦蝗有策。詢之，答云：「明日西南道上，有婦跨碩腹牝驢子，蝗神也。哀之，可免。」令異之，治具出邑南。伺良久，果有婦高髻褐帔，[何註]褐帔，褐色帔也。獨控老蒼衛，緩蹇北度。即爇香，捧卮酒，迎拜道左，捉驢不令去。婦問：「大夫將何爲？」令便哀懇：[校]抄本作求。「區區小治，幸憫脱蝗口！」婦曰：「可恨柳秀才饒舌，[呂註]傳燈録：文殊、普賢曰：豐干饒舌。按：謂多言也。[何註]饒，多也。洩吾[校]抄本作我。密機！當即以其身受，不損禾稼可耳。」乃盡三卮，瞥不復見。後蝗來，飛蔽天日；然不落禾田，但[校]抄本作盡。集楊柳，過處柳葉都盡。方悟秀才柳神也。或云：「是宰官憂民所感。」[但評]天地鬼神，無有不愛民者；官能憂民，感而遂通矣。誠然哉！

王阮亭云：「柳秀才有大功德於沂，沂雖百世祀可也。」[馮評]葉盡而不傷枝榦根本，柳固無恙也，然功在蒼生。漁洋評以百世祀，宜哉！

水災*

康熙二十一年，山東[校]此據抄本，稿本、青本上二字作苦。旱，自春徂[何註]徂，祚平聲，往也。夏，赤地無青草。[校]上三字，抄本作千里。六月十三日小雨，始有種粟者。[校]上五字，抄本作始種粟。十八日，大雨沾足，[校]上二字，抄本作後。○[何註]沾，添也，益也，謂雨水增益既足也。乃種豆。一日，石門莊有老叟，暮見二牛[校]抄本作羊。鬬山上，謂[校]抄本作告。村人曰：「大水將[校]抄本無將字。至矣！」遂攜家播[何註]播，波去聲，亦遷也。遷。村人共笑之。無何，雨暴注，徹夜不止；[校]抄本無上四字。平地水深數尺，居廬盡沒。一農人棄其兩兒，與妻扶老母，奔避高阜。下視村中，已[校]抄本作匯。爲澤國，[何註]澤國，謂地多水也。周禮，地官掌節：山國用虎節，土國用人節，澤國用龍節。并不復念及兒矣。[校]上二字，抄本作兩兒。水落歸家，見[校]抄本無見字。一村盡成墟墓。入門視之，[校]上三字，抄本作己門。則一屋僅[校]抄本作獨。存，兩[校]抄本兩上有見字。兒[校]抄本下有尚字。并坐牀頭，嬉笑無恙。咸[校]青本作或。謂夫妻之孝報云。〔校〕抄本作咸嘆謂夫婦孝感所致。此六月二十二〔校〕青本無二字。日事。〔校〕抄本下有也字。○〔但評〕可以勸孝，並可以儆天下之薄於孝而厚於慈者。

康熙二十四年，平陽地震，人民死者十之〔校〕抄本作有。七八。城郭盡墟；僅存一屋，則孝子某〔校〕此據青本，稿本此處空一字，抄本無某字。家也。茫茫大劫中，惟孝〔校〕青本下有子字。嗣無恙，誰謂天公無皂白〔呂註〕晉書，天文志：庾翼曰：此天公憒憒，無皂白之徵也。耶？

*諸城某甲

學師孫景夏先生［校］抄本作諸城孫景夏學師。○［馮評］孫名瑚，諸城舉人，由淄川教諭陞涇縣知縣。言：其邑中某甲者，［校］抄本無者字。值流寇亂，被殺，首墜［校］青本作墮。胸前。寇退，家人得尸，將舁瘞之。聞其氣縷縷然；審視之，咽不斷者盈指。遂扶其頭，荷之以歸。經一晝夜始［校］抄本作能。呻，以匕箸［何註］匕音比。詩，小雅：有捄棘匕。捄音求，長貌。以棘爲匕，所以載鼎肉而升之於俎者，即今長柄調羹也。箸，筯也。先主方食失匕箸。稍稍［校］抄本少一稍字。哺飲食，半年竟愈。又十餘年，與二三人聚談。或作一解頤語，衆爲鬨堂。［呂註］御史分紀：監察御史每公堂會食，皆絕笑言；若有不可忍者，雜端大笑，而三院皆笑，謂之鬨堂，則不罰。又唐御史臺惟南牀最尊重。每會集，南牀不笑，諸御史不敢笑；南牀笑，則皆大笑，謂之鬨堂。甲亦鼓掌。一俯仰間，刀痕暴裂，頭墮［校］青本作墜。血流。共視之，氣已絕矣。［校］上四字，抄本作已死。父訟笑者。衆斂金賂之，又葬甲，［校］上五字，抄本作乃葬甲。乃解。

異史氏曰：「一笑頭落，此千古第一大笑也。頸［校］抄本作頭。連一線而不死，直待十年後，成一笑獄，豈非二三鄰人，負債前生者耶！」

庫官*

鄒平張華東公，[校]抄本無公字。○[呂註]名延登。萬曆壬辰進士，官南京都察院右都御史，謚忠定。奉旨祭南岳。道出江淮間，將宿驛亭。前驅白：「驛中有怪異，宿之必致紛紜。」[校]上六字，抄本作不可宿。張弗聽。宵分，冠劍而坐。俄聞鞾聲入，則一頒白叟，皂紗黑帶。怪而問之。叟稽首曰：「我庫官也。爲大人典藏有日矣。幸節鉞遥臨，下官釋此重負。」問：「庫存幾何？」答言：[校]抄本作云。「二萬三千五百金。」公慮[校]上二字，稿本原作張曰方在行旅，塗改。多金[校]稿本下原有恐致二字，塗去。累綴，約[校]稿本約原作勞暫典守北，塗改。歸時[校]稿本下原有可便二字，塗去。盤驗。[校]稿本下原有耳字，塗去。叟唯唯而退。張至南中，餽遺頗豐。及還，宿驛亭，叟復出謁。及問庫物，曰：「已撥遼東兵餉矣。」深訝其前後之乖。叟曰：「人世禄命，皆有額數，錙銖不能增損。[馮評]喚醒世人。大人此行，應得之數已得[校]青本下有之字。矣，又何求？」[但評]發人猛省。言已，竟去。張乃計其所獲，與所言[校]抄本無上二字。庫數，適相脗合。[馮評]一奉使祭南岳，餽遺便得二萬三千五百金，果皆應得耶？方歎飲啄有定，不可以［校］抄本無以字。妄求也。

［何評］財分有定也，不受命也奚爲？

［但評］余觀此一則，低徊於心而不能去。嘗舉之以勸人曰：人知禄命有定數，則無妄求心，省却多少憧擾，免却多少愁煩，顧得多少廉恥，留得多少品行，而且行得多少陰騭。如張公不過受餽遺耳，非受賄枉法之可比也；然猶且準其應得之數而折除之，況有甚於此者乎？諺有之：「君子樂得爲君子，小人枉自爲小人。」清夜思之，味乎其言。

*酆都御史

酆都〔呂註〕酆都縣志：本枳縣地，漢曰平都，隋曰酆都。縣外有洞，深不可測，相傳閻羅天子〔校〕抄本無上二字。署。其中一切獄具，皆借人工。桎梏〔何註〕桎梏，音質鵠。朽敗，輒擲洞口，〔何評〕奇異。邑宰即以〔校〕青本作備。新者易之，〔何評〕實事。經宿失所在。供應度支，載之經制。明有御史行臺華公，按及〔校〕抄本作臨。酆都，聞其說，〔校〕上二字，抄本作之。不以爲信，欲入洞以決其惑。人輒言〔校〕上三字，抄本作衆云。不可，公弗聽。秉燭而入，〔校〕抄本作乃秉燭入。以二役從。深抵〔校〕上二字，抄本作入。里許，燭暴滅。視之，階道闊朗，有廣殿十餘間，列坐尊官，袍笏儼然；惟東首虛〔校〕青本作空。一坐。尊官見公至，降階而迎，笑問曰：「至矣乎？别來無恙否？」公問：「此何處所？」尊官曰：「此冥府也。」公愕然告退。尊官指虛坐曰：「此爲君坐，那可復還！」公益懼，固請寬宥。尊官曰：「定數何可逃也！」遂檢一卷示公，上注云：「某月日，某以肉身歸陰。」公覽之，戰慄如濯冰水。念母老子幼，泫然涕流。〔校〕抄本作流涕。俄有金甲神人，捧黃帛書至。羣拜舞啓讀已，乃賀公曰：「君有回陽之機矣。」公喜致問。曰：「適接帝詔，大赦幽冥，可爲君委折原例耳。」乃示公途而出。數武之外，冥黑如漆，不辨行路。公甚窘苦。忽一神將軒〔何註〕軒，軒昂也。然而入，赤面長髯，光射數尺。公迎拜而哀之。神人曰：「誦佛經可出。」言已而去。公自計經咒多不記憶，惟金剛經頗曾習之，遂〔校〕抄本無遂字。乃合掌而誦，頓覺一線光明，映照前路。忽有遺忘之句，〔校〕上六字，抄本作偶有遺忘。則目〔校〕青本作眼。前頓黑；定想移時，復誦復明。乃始得出。其二從人，〔校〕上二字，抄本作役。則不可問矣。

王阮亭云：「閻羅天子廟，在酆都南門外平都山上，旁即王方平〔呂註〕神仙傳：王遠字方平。洞，亦無他異。但山半有九蟒御史廟。神甚獰惡，事亦荒唐。」

〔馮評〕按法堂記，相傳有御史登山，遭蟒糾纏而死。土人祀之。嘉靖間，祠旁有楊生過必下馬。一日騎而過，夢神怒曰：「汝思中，除非日月倒懸！」秋試，題如月之恒二句。

〔何評〕華公雖正直，仍不當履險。

龍無目*

沂[校]稿本沂字上原有是月二字，塗去。水大雨，忽墮一龍，雙睛俱無，奄有餘[校]抄本作氣。息。邑令公[校]抄本無公字。以八十蓆覆之，未能周身。又[校]抄本無又字。爲設野祭。猶反復[校]抄本、遺本作覆。以尾擊地，其聲堛然。[校]青本無此篇。○[何註]堛同湢，驚湧貌。

乾隆五十八年，光州大旱。忽大雷震，墮一龍於東鄉去城十餘里某村，村屋崩塌。蚫然而臥，腥穢薰人。時正六月，蠅繞之。遠近人共爲篷以蔽日。久不得水，鱗皆翹起。蠅入而咕嘬之，則驟然一合，蠅盡死。州尊親祭。數日，大雷雨騰空而去，又壞房舍以千百計。聞篷席有飛至西鄉去城數十里外者。虞堂附記

[者島評]孽龍遭譴，天去其目。有目不識皂白者，當入此刑。

狐諧*

萬福，字子祥，博興人也。〔校〕抄本無也字。幼業儒。家少有而運殊蹇，〔校〕抄本作家貧而運蹇。○〔何註〕蹇音犍，難也，澀也。行〔校〕抄本無行字。年二十有奇，尚不能掇〔何註〕掇音啜，拾取也。一芹。鄉中澆俗，多報富户役，長厚者至碎破其家。萬適報充役，懼而逃，如濟南，税居逆旅。夜有奔女，〔校〕上二字，稿本原作女子來奔，塗改。顔色頗麗。萬悦而私之。請其姓氏。〔校〕上四字，抄本作問姓氏。女自言：「實狐，但〔校〕抄本作然。不爲君祟耳。」〔校〕抄本無耳字。萬喜而不疑。女囑〔校〕稿本下原有白字，塗去。勿與客〔校〕上二字，稿本原作以他人，塗改。共，遂〔校〕稿本遂字原作我必來萬乃獨居狐，塗改。日至，與共卧處。凡日用所需，無不仰給於狐。〔馮評〕看其用筆直捷處。居無何，二三相識，輒來造訪，恒信宿不去。萬〔校〕稿本下原有心字，塗去。厭之而不忍拒，不得已，以實告客。〔馮評〕看其用筆不纏繞處。客願一覿仙容。萬白於狐。狐謂客曰：「見我何爲哉？我亦猶人耳。」聞其聲，嚦嚦〔何註〕音歷，聲也。在目前，四顧，即又不見。〔校〕上十一字，抄本作不見其人。客有孫得言者，〔馮評〕引起。善俳〔校〕此據青本，稿本作誹，抄本無此字。謔，〔呂註〕諧噱録：侯白好俳謔。一日，楊素與牛弘退朝，白語之曰：日之夕矣。素曰：以我爲羊牛下來耶？〔何註〕俳音牌。俳優，雜戲。謔，虚約切，戲謔也。固請見，且〔校〕稿本下原有嘲之二字，塗去。謂：〔校〕抄本作曰。「得聽嬌〔校〕稿本原作佳，改嬌。音，魂魄飛越；何吝容華，徒使人聞聲相思？」狐笑曰：「賢哉〔校〕稿本哉字係後旁加，青本無哉字。孫子！欲爲高曾母作行樂圖耶？」〔何評〕出語便諧。〔但評〕詼諧滑稽語，最足啓人智慧，亦可見儇薄俳謔者流，隨處取侮，難討便宜。孟子云：敬人者人恒敬之。接物處事之要，千古不易。諸客俱笑。〔校〕上四字，抄本作衆大笑。狐曰：「我爲狐，請與客言狐典，頗願聞之否？」〔但評〕只是人必自侮而後人侮之之意，而託之於狐，其詼諧更饒雅趣。衆唯唯。狐曰：「昔某村旅舍，故多狐，輒出祟行客。客知之，相戒不宿其舍，半年，門户蕭索。主人大憂，甚諱言狐。忽有一遠方客，自言異國人，望門休止。主人大悦。甫邀入門，即有途人陰告曰：『是家有狐。』客懼，白主人，欲他徙。主人力白其妄，客乃止。入室方卧，見羣鼠出於牀下。客大駭，驟奔，急呼：『有狐！』主人驚問。客怨〔校〕抄本作怒。曰：『狐巢於此，何誑我言無？』主人又問：『所見何狀？』客曰：『我今所見，細細幺麽，〔呂註〕鶡冠子：無道之君，任用幺麽。服虔通俗文曰：不長曰幺，細小曰麽。麽，莫可切。〔何註〕幺音邀，小也。東坡梅花詞：倒掛緑毛幺鳳。不是狐兒，必當是狐孫子！』」〔何評〕諧甚。〔但評〕趣語無痕。言罷，座客爲之〔校〕抄本無上二字。粲然。孫曰：「既不賜見，我輩留宿，宜〔校〕抄本無上二字。勿去，〔校〕稿本下原有定字，塗去。阻其〔校〕稿本其字原作他狐子，塗改。抄本其作爾。陽臺。」狐笑曰：「寄宿無妨；倘小有〔校〕青本、抄本作有小。迕犯，幸勿滯〔校〕抄本作介。懷。」〔何註〕滯懷，留滯於懷也。客恐其惡作劇，乃共散去。〔馮評〕作一閒便有停蓄，一直説去便少節奏。然數日必一來，索狐笑罵。狐諧甚，每一語，即顛倒賓客，滑稽〔吕註〕史記，樗里子甘茂列傳：滑稽多智。注：滑，亂也。稽，同也。辯捷之人，言非若是，言是若非，能亂同異也。一云：滑稽，流酒器也。轉注吐酒，終日不已。人之出口成章，辭不能竭，若滑稽之吐酒也。○按：滑音骨。又姚察云：滑讀如字。稽音計。言諧語滑利，其計智疾出也。者不能屈也。羣戲呼爲「狐娘子」。〔馮評〕如弈家開中布子。一日，置酒高會，萬居主人位，孫與二客分左右座，〔校〕抄本無座字。上〔校〕青本作下。設一榻屈〔校〕抄本作待。狐。狐辭不善酒。咸請坐談，許之。酒數行，衆擲骰爲瓜蔓之令。〔吕註〕未詳。○明史：文皇赤景清族，籍其鄉，轉相扳染，謂之瓜蔓抄。字當本此。客值瓜色，會當飲，戲以觥移上座曰：「狐娘子大清醒，暫借一觴。」〔校〕抄本作杯。狐笑曰：「我故不飲。願陳一典，以佐諸公飲。」孫掩耳不樂聞。客皆言〔校〕抄本無言字。曰：「罵人者當罰。」狐笑曰：「我罵狐何如？」〔但評〕以自罵罵人，聰明之至，流毒之至。衆曰：「可。」於是傾耳共聽。狐曰：「昔一大臣，出使紅毛國，〔吕註〕未詳。○山海經：有毛民國，身生毛。○明史：和蘭又名紅毛番。着狐腋〔吕註〕王褒四子論：千金之裘，非一狐之腋。〔何註〕狐腋，狐腋下皮也。戰國策：千羊之皮，不如一狐之腋。冠，見國王。王見而異之，問：『何皮毛，温厚乃爾？』大臣以狐對。王言：〔校〕抄本作曰。『此物生平未曾〔校〕青本作嘗。得聞。狐字字畫何等？』使臣書空〔何註〕殷浩被黜，終日書空作咄咄怪事。而奏曰：『右邊是一大瓜，〔馮評〕山左人謂妓女爲大瓜，罵左右二客也。左邊是一小犬。』」主客又復鬨堂。二客，陳氏兄弟，一名所見，一名所聞。見孫大窘，乃曰：「雄狐何在，而縱雌〔校〕抄本下有狐字。流毒若此？」狐曰：「適一典，談猶未終，遂爲羣吠所亂，請終之。〔馮評〕從容大雅，可奪晉人之席。〔但評〕横空截斷，即乘勢接入，用筆矯健乃爾。國王見使臣乘一騾，〔何註〕騾同蠃。舊非中國所産。五代史謂匈奴奇畜。仙人李少君騎青騾。李賀詩：少君騎海上，人見是青騾。甚異之。使臣告曰：『此馬之所生。』又大異之。使臣曰：『中國馬生騾，騾生駒駒。』〔校〕青本少一駒字，下同。王細問其狀。使臣曰：『馬生騾，是「臣所見」；騾生駒駒，乃〔校〕抄本作是。「臣所聞」。』」〔校〕自二客起至臣所聞，稿本原作孫嫚罵曰：小狐子典盡此矣，頗快意否？狐笑曰：興尚未盡，恐足下不願聞。衆知當以孫戲，咸請之。孫又掩耳云：我不聞，我不聞。衆又以爲請。狐方欲言，孫遽曰：既欲泄狐子之氣，必以狐言乃可。狐少思乃曰：一癡兒至岳家，見岳獵得狐，即以問岳。岳曰：狐也。兒欲進觀，懼爲狐噬，遠立徬徨。岳曰：此不咥人。兒戲近視，展玩不釋手，欲攜去飼之。岳紿之曰：此已死，不可復飼。少間當以生者奉贈。兒臨別，堅索狐。岳乃以家畜小猧子付之。兒大悦，遽抱之。猧齕其手，兒棄猧，審視曰：箇好狐雛，但口傷人，不似其母，塗去。○〔但評〕伶牙利齒，想入非非。舉座又大笑。衆知不敵，〔校〕上四字稿本原作孫素能言，至此相屈，塗改。乃相約：〔校〕上二字稿本原作曰：吾不敢與狐娘子對談壘矣，從今之，塗改。後有開謔端者，罰作東道主。頃之，酒酣，孫戲謂萬曰：「一聯請君屬之。」〔何註〕屬之，對之也。萬曰：「何如？」孫曰：「妓者〔校〕青本作女。出門訪情人，來時『萬福』，去時『萬福』。」〔何評〕對通。〔但評〕惟口啓羞，前已輕拳博重拳矣，此時尚不知進退耶？合座屬思不能對。〔校〕上七字，抄本作衆屬思未對。狐笑曰：「我有之矣。」衆共聽之。〔校〕上四字，抄本作對。曰：「龍王下詔求直諫，鼈也『得言』，龜也『得言』。」〔王評〕妙解人頤。〔但評〕自是確對，特太虐耳。四座無不絕倒。〔校〕上六字，抄本作衆絕倒。○〔呂註〕山堂肆考：衛玠善通莊老，王平子每聞玠言，輒絕倒於坐前後；三聞爲之三倒。時人語曰：衛玠談道，平子絕倒。絕倒，大笑也。○〔但評〕妙解人頤。孫大恚曰：「適與爾盟，何復犯戒？」狐笑曰：「罪誠在我；但非此，不成〔校〕抄本作能。確對耳。明旦〔校〕抄本作日。設席，以贖吾過。」相笑而罷。狐之詼〔校〕此據抄本，稿本、青本作恢。諧，〔何註〕詼諧，謔也。漢書，東方朔傳：朔之詼諧。不可殫〔何註〕殫音單，平聲字。盡也。述。居數月，與〔校〕稿本原作謂，塗改。萬〔校〕稿本下原有曰：事且了，可以歸。乃治裝十字，塗去。偕歸。及博興界，告萬曰：「我此處有葭莩親，往來久梗，〔何註〕梗音鯁，不通也。不可不一訊。日且暮，與君同寄宿，待旦而行可也。」萬詢其處，指言：〔校〕稿本下原有前此二字，塗去。「不遠。」萬疑前此故無村落，姑從之。二里許，果見一莊，生平所未歷。狐往叩關，一蒼頭出應門。入則重門疊閣，宛然世家。俄見主人，有翁與媼，揖萬而坐。列筵豐盛，待萬以姻婭，〔呂註〕禮，昏義，疏：壻曰婚，妻曰姻。壻昏時而來，妻因之而去。又妻父曰婚，壻父曰姻，今男女之家皆曰姻。○爾雅，釋親：兩壻相謂曰婭，言相亞次也。遂宿焉。狐早謂〔校〕青本作詣。曰：「我遽偕君歸，恐駭聞聽。君宜先往，我將繼至。」萬從其言，先至，預白於家人。

未幾，狐至。與萬言笑，人盡聞之，而［校］抄本無而字。不見其人。逾年，萬復事於濟，狐又與俱。忽有數人來，狐從與語，備極寒暄。乃語萬曰：「我本陝中人，與君有夙因，遂從爾［校］抄本無爾字。許時。今我兄弟至矣。［校］上二字，抄本作來，青本無矣字。將從以歸，不能周事。」留之不可，竟去。

王阮亭云：「此狐辨而黠，自是東方曼倩一流。」

［稿本無名氏甲評］狐諧似注意孫姓，但不知何人爲翁所惡耳。

［何評］此狐可作談友。

雨錢*

濱州一秀才，讀書齋中。有款門者，啓視，則皤然一翁，〔校〕上四字，抄本作一老翁。形貌甚古。延之入，請問姓氏。〔校〕上六字，抄本作入通姓氏。翁自言：「養真，姓胡，實乃〔校〕抄本無乃字。狐仙。慕君高雅，願共晨夕。」秀才〔校〕上二字，抄本作生。故曠達，亦不爲怪。遂〔校〕抄本作相。與評駁今古。〔校〕青本作古今。翁殊博洽，鏤花雕繢，粲於牙齒；〔呂註〕山堂肆考：李白每與人談，皆成句讀，如春葩麗藻，粲於齒牙之間，號粲花論。○南史，顏延之傳：嘗問鮑照，己與靈運優劣。照曰：謝五言如初發芙蓉，自然可愛。君詩若鋪錦列繡，亦雕繢滿眼。〔何註〕鏤雕句，繢音潰。前漢書，食貨志：以繢爲皮幣。鏤雕，猶言經史百子，隨意雕鏤組織，粲於齒牙之間也。時抽經義，則名理湛深，尤覺非意所及。〔校〕上六字，抄本作出人意外。秀才〔校〕上二字，抄本作生。驚服，留之甚久。一日，密祈翁曰：「君愛我良厚。顧我貧若此，君但一舉手，金錢宜〔校〕抄本作自。可立致。何不小周給？」翁嘿然，〔但評〕嘿然者，悔其誤認秀才爲高雅也。少間一笑，戲弄秀才如耍孩童矣。似不以爲可。〔校〕抄本無上五字。少間，笑曰：「此大易事。但須得十數錢作母。」秀才[校]上二字,抄本作生。如其請。翁乃與共入密室中,禹步作咒。俄頃,錢有數十百萬,從梁間鏘鏘[何註]鏘鏘,聲也。而下,勢如驟雨。轉瞬沒膝;拔足而立,又沒踝。廣丈[校]青本作大。之舍,約深三四尺已來。[校]上二字,抄本作餘。乃顧語秀才:[校]上三字,抄本作生曰。「頗厭君意否?」曰:「足矣。」翁一揮,錢即[校]抄本無即字。畫然而止。乃相與扃户出。秀才竊喜,自謂暴富。[校]上八字,抄本作生竊喜暴富矣。頃之,入室取用,則滿室[校]抄本無上二字。阿堵物,[校]抄本無物字。○[呂註]世説:王夷甫嘗嫉其妻貪濁,口未嘗言錢字。妻欲試之,令婢以錢遶牀下,不得行。夷甫晨起,見錢閡行,呼婢曰:舉卻阿堵物。○天禄識餘:晉人云阿堵,猶唐人云若箇,今曰者箇也。殷浩看佛經曰,理亦應在阿堵中;顧長康傳神曰,傳神寫照,正在阿堵中;謝安謂桓公曰,明公何壁後置阿堵輩是也。近世不解此,遂謂錢曰阿堵,可笑。皆[校]抄本作化。爲烏有,惟母錢十餘枚,寥寥[校]抄本無上二字。尚在。秀才[校]抄本作生大。失望,盛氣向翁,頗懟其誑。[何註]誑,欺也。翁怒曰:「我本與君文字交,不謀與君作賊!便如秀才意,只合尋梁上君[校]青本下有子字。○[呂註]後漢書,陳寔傳:寔字仲弓,爲太丘長。有盜夜入其室,止於梁上。寔陰見,乃起自整拂,呼命子孫,正色訓之曰:夫人不可不自勉。不善之人,未必本惡,習以性成,遂至於此。梁上君子者是矣。盜大驚,自投於地。寔徐譬之曰:視君狀貌,不似惡人,當由貧困。令遺絹二匹。交好[校]青本下有方字。得,[但評]罵煞秀才。老夫不能承命!」遂拂衣去。

[何評]文字交不謀作賊,自好者當深味此言。

＊妾擊賊

[校]稿本原題妾杖擊賊，塗去，改槍棒妾，復塗去，圈回妾擊賊。抄本妾下有杖字。

益都西鄙之[校]抄本作有。貴家某者，[校]抄本無者字。富有巨金。[校]上四字，抄本作巨富。蓄一妾，頗婉麗。而冢室凌折[何註]凌折，凌以威而磨折之也。之，鞭撻横施。[校]稿本下原有不以時不以事也七字，塗去。妾奉事之[校]抄本無之字。惟謹。某憐之，往往[校]上二字，抄本作常。私語慰撫。妾殊未嘗有[校]上三字，抄本作無。怨言。一夜，數十[校]抄本無十字。人踰垣[校]青本作牆。入，撞其屋扉[校]抄本作門。幾壞。某與妻惶遽喪魄，[校]抄本作惶恐惴慄。搖戰[校]抄本無上二字。不知所爲。妾起，嘿無聲息，暗摸屋中，得挑水木杖一，[校]抄本無一字。拔關遽出。羣賊亂如蓬蔴。妾舞杖動，風鳴鉤響，擊[校]抄本擊上有立字。四五人仆地；賊盡靡，駭愕亂奔。牆急不得上，傾跌咿啞，[何註]咿啞音伊鴉，失意聲。亡魂失命。妾拄杖於地，顧笑曰：「此等物事，不直下手插[校]抄本無插字。打得！亦學作賊！我不汝殺，殺嫌辱我。」悉縱之逸去。某大驚，問：[校]抄本下有曰字。「何自能爾？」則妾父故槍棒師，妾〔校〕抄本下有得字。盡傳其術，殆不啻百人敵也。妻尤駭甚，悔向之迷於物色。由是善顏〔校〕抄本無顏字。視妾。〔校〕稿本下原有遇之反如嫡然六字，塗去。抄本有此六字。妾〔校〕抄本作而妾則。終無纖毫失禮。鄰婦或謂妾：〔校〕上三字，抄本作謂妾曰。「嫂擊賊若豚犬，顧奈何俛首受撻楚？」妾曰：「是吾分耳，〔校〕抄本作也。他何敢言。」聞者益賢之。

異史氏曰：「身懷絶技，居數年而人莫之知，〔校〕抄本作知之。而卒之〔校〕上三字，抄本作一旦。捍患禦災，〔何註〕禮，祭法：能禦大災則祀之，能捍大患則祀之。化鷹爲鳩。〔呂註〕禮，月令：仲夏之月，鷹化爲鳩。鄭注：鳩，播穀也。夏小正曰：鷹則爲鳩。鷹也者，其殺之時也；鳩也者，非殺之時也。善變而之仁，故具言之。〔何註〕此謂化悍婦也。嗚呼！射雉既獲，內人展笑；〔呂註〕左傳，昭二十八年：昔賈大夫惡，娶妻而美，三年不言不笑。御以如皋，射雉，獲之。其妻始笑而言。握槊〔呂註〕唐書：丹陽公主下嫁薛萬徹。萬徹蠢甚，公主羞不與同席者數月。太宗聞之笑焉。爲置酒，悉令他婿與萬徹握槊，賭所佩刀；陽不勝，遂解賜之。主喜，命同載以歸。〔何註〕槊音朔，今之雙陸也。棊爲子，槊爲局。方勝，貴主〔何註〕貴主，公主也。同車。技之不可以已也如是夫！」

〔附池北偶談一則〕益都西鄙人某，娶妾甚美。嫡遇之虐，日加鞭箠，妾甘受之無怨言。一夜，盜入其居。夫婦惶懼，不知所爲。妾於暗中手一杖，開門徑出，以杖擊賊。踣數人，餘皆奔竄。妾厲聲曰：「鼠子不足辱吾刀杖！且乞汝命，後勿復來送死。」賊去，夫詢其何以能爾，則其父故受拳勇之技於少林，以傳之女，百夫敵也。問：「何以受嫡虐而不言？」曰：「固吾分也，何敢言？」自是夫婦皆愛之，鄰里加敬焉。今尚在。

［何評］安分。

［但評］循分自安，女其善爲養晦者歟？然使終其身不遇賊，雖懷絶技，其誰知之？以此知風塵中埋没英雄不少。

驅怪*〔校〕稿本題上原有秀才二字，塗去。抄本題上有此二字。

長山徐遠公，故明諸生也。〔校〕抄本無也字。鼎革後，棄儒訪道，稍稍學勅勒之術，遠近多耳其名。某邑一鉅公，具幣，致誠款書，招之以騎。徐問：「召某何意？」僕辭以〔校〕上二字，抄本作曰。不知，「但囑小人務屈臨降耳。」〔校〕抄本無耳字，臨降作降臨。徐乃行。至則中庭〔校〕此據青本，稿本作途，抄本作亭。宴饌，禮遇甚恭；然終不道其所以〔校〕抄本無上二字。致〔校〕抄本作相。迎之旨。徐不耐，〔校〕抄本無上二字。因問曰：「實欲何爲？幸祛〔何註〕祛音胠，去之也。疑抱。」主人輒言〔校〕抄本作曰。無何〔校〕青本作他，抄本作事。也。〔校〕抄本無也字。但勸盃酒，言辭烱爍，〔何註〕烱音閃，火行也。爍音鑠，光也。以比其意旨之無定也。殊所不解。〔校〕抄本無上八字。言話〔校〕青本作話言。之間，〔校〕上四字，抄本作談話間。不覺向暮。邀徐飲園中。園構造〔校〕抄本無上二字。頗佳勝，〔校〕青本無勝字。而竹樹蒙翳，景物陰森，雜花叢叢，半沒草萊中。〔校〕抄本無中字。抵一閣，覆板上〔校〕抄本作覆瓿之上。懸蛛錯綴，大小上下，不可以數。〔校〕上八字，抄本作似久無人住者。酒數行，天色曛暗，命燭復飲。徐辭不勝酒。主人即罷酒呼茶。諸僕倉皇撤殽器，盡納閣之左室几上。茶啜未半，主人託故竟去。僕人便〔校〕抄本無便字。持燭引宿左室。燭置案上，遽返身去，頗甚草草。徐疑或攜襆被來伴，久之，人聲殊杳。〔校〕上二字，抄本作杳然。即自起扃户〔校〕抄本下有就字。寢。窗外皎月，入室侵牀，夜鳥秋蟲，一時啾唧。〔何註〕啾唧音遒即，蟲鳴。心中怛然，不成夢寢。〔校〕抄本作寢不成寐。頃之，板上橐橐，〔呂註〕明史：太祖聞危素履聲橐橐，問之，曰：老臣危素。上曰：我只道是文天祥。似踏蹴〔何註〕踏蹴，謂如蹴鞠聲也。蹴音噈。後漢書，梁冀傳：六博蹴鞠。雙具也。聲，甚厲。俄下護梯，俄近寢門。徐駭，毛髮蝟立，急引被覆〔校〕抄本作蒙。首。而門已豁然頓開。徐展被角，微伺之，則〔校〕抄本作見。一物，獸首人身；毛周其〔校〕抄本作徧。體，長如馬鬐，〔何註〕鬐音耆，馬頂上鬉也。魚脊亦謂之鬐。儀禮，士虞禮：魚進鬐子。莊子：揚而奮鬐。深黑色；牙粲羣峯，目炯雙炬。〔馮評〕駭煞。及几，伏餂器中剩肴，舌一過，連〔校〕抄本無連字。數器輒淨如掃。已而趨近榻，嗅徐被。徐驟起，翻被冪〔何註〕冪音覓，覆也。怪頭，按之狂喊。怪出不意，驚脱，啓外户竄去。徐披衣起遁，則園門外扃，不可得出。緣牆而走，擇短垣踰，〔校〕抄本作躍踰短垣。則主人馬廄也。〔校〕抄本無也字。廄人驚；徐告以故，即就乞宿。將旦，主人使伺徐，失所在。〔校〕上三字，抄本作不見。大駭。已而得之〔校〕抄本作出自。廄中。徐出，大恨，怒曰：〔校〕上六字，抄本作徐大怒曰。

「我不慣作驅怪術；君遣我，又祕不一言；我橐中蓄如意鉤一，〔校〕抄本無一字。又不送達寢所：是〔校〕抄本下有欲字。死我也！」主人謝曰：「擬即相告，慮君難之。初亦不知橐有藏鉤。幸宥十死！」徐終怏怏，索騎歸。自是而怪遂絕。〔校〕上四字，抄本作怪絕。主〔校〕抄本主上有後字。人宴集園中，輒笑向客曰：「我〔校〕抄本下有終字。不忘徐生功也。」〔但評〕徐生好爲直言，故怪雖絕而主人且揶揄之，不肯酬其功也。若世之貪天功以爲己力，隱其所短，居之不疑，天下亦羣焉以神明奉之，亦可羞已。

異史氏曰：「『黄貍黑貍，得鼠者雄。』〔校〕青本作雌。○〔呂註〕見陰符經。此非空言也。假令翻被狂喊之後，隱其所〔校〕抄本無所字。駭懼，而〔校〕抄本無而字。公然以怪之遁〔校〕抄本作絕。爲己能，天下必將謂徐生真神人不可及。」〔校〕抄本下有矣字。

〔何評〕須看徐生謙讓處。

*姊妹易嫁

掖縣相國毛公，[呂註] 名紀，字維之。明成化丙午解元，丁未進士，官至謹身殿大學士，贈太保，謚文簡。家素微。其父常爲人牧牛。時邑世族張姓者，[校] 抄本無者字。有新阡[呂註] 杜甫故武衛將軍挽詩：新阡絳水遙。注：阡，墓道也。亦作仟。[何註] 阡音千，墓道也。漢書，原涉傳：京兆尹曹氏葬茂陵，民謂其道爲京兆阡。在東山之陽。或經其側，聞墓中叱咤[何註] 叱咤音七姹，呵斥也。聲曰：「若等速避去，勿久溷[何註] 溷同混。貴人宅！」張聞，亦未深信。既又頻得夢警曰：「汝家墓地，本是毛公佳城，[呂註] 博物志：漢滕公薨，求葬東都門外。公卿送喪，駟馬不行，跼地悲鳴。跑蹄下地，得石有銘，曰：佳城鬱鬱，三千年，見白日。吁嗟滕公居此室！遂葬焉。何得久假此？」[但評] 佳城有定，不容假借，知此可以省人希冀之心。○已爲張氏新阡矣，乃墓逐之，夢警之。語曰：陰地不如心地。又曰：福地還待福人。於此益信。由是家數不利。客勸徙葬吉，張聽之，徙焉。[校] 抄本作張乃從焉。

一日，相國父牧，出張家故墓，猝遇雨，匿身廢壙[何註] 壙音曠，墓穴也。禮，檀弓：弔于葬者必執引；若從柩及壙，皆執紼。中。已而雨益傾盆，[校] 上二字，抄本作甚。○[呂註] 陸游詩：黑雲塞空萬馬屯，轉盼白雨如傾盆。潦水奔穴，崩渹[何註] 渹音轟，水浪聲。灌注，遂溺以死。相國時尚孩童。母自詣張，願[校]抄本無願字。丏[何註]丏，乞也。咫尺地，掩兒父。張徵知[校]上二字，抄本作問。其姓氏，大異之。行視溺死所，儼然[校]抄本無然字。當置棺處，又益[校]上二字，抄本作更。駭。乃使就故壙窆焉。且令攜若兒來。葬已，母偕兒詣張謝。張一見，輒喜，即留其家，教之讀，以齒子弟行。又請以長女妻兒。母駭不敢應。[校]抄本作母謝不敢。張妻云：「既已有言，奈何中改？」[校]抄本無上九字。卒許之。[但評]無德以任之，雖有成言，自己臨時變卦。然此[校]抄本作其。女甚薄毛家，怨慚之意，形於[校]抄本作時形。言色。有人或道及，輒掩其耳。每向人[校]上十二字，抄本作且。曰：「我死不從牧牛兒！」[馮評]牛醫兒名聞千古，牧牛兒何妨？[但評]每向人曰：我死不從牧牛兒。却不道我死不從老尚書，且不道我死只從蕩惰子。及親[校]稿本原作婚，改親。迎，新郎入宴，彩輿在門；而女[校]上二字，抄本作女方。掩袂向隅而哭。催之妝，不妝；勸之[校]抄本無之字。亦不解。俄而[校]上二字，抄本作比。新郎告行，鼓樂大作，女猶眼零雨而首飛蓬[呂註]詩，衛風：首如飛蓬。[何註]零雨飛蓬，用詩經，謂淚如雨，髮如蓬也。也。[但評]德不足以堪之，固若有阻之者。父止壻，自入勸女。女涕若罔聞。怒而逼之，益哭失聲。[校]上二十字，抄本作父入勸女不聽，怒逼之，哭益厲。父無奈之。[校]青本、抄本無之字。又有家人傳白：[校]上六字，抄本作家人報。「新郎欲行。」父急出，言：[校]抄本作父出曰。「衣妝未竟，乞郎少停待。」[校]上五字，抄本作煩郎少待。即[校]抄本無即字。又奔入視女，往來者無停履。[馮評]急煞此老。遷延少時，事愈急，[校]上十三字，抄本作往復數番。女終無回意。父無計，周張[何註]周張，急迫無策之貌。欲自死。[校]上八字，抄本作其父周張欲死，皇急無計。其次女在側，[但評]引出一有大德、有厚福人來。頗[校]抄本作因。非其姊，苦逼勸之。[校]上四字，稿本原作貧富惟天所授，今日貧賤，焉知後日不富貴乎？姊而若此，是徒傷老父心，終不然因爾哭嗚嗚，謝毛郎去耶！塗改。姊怒曰：「小妮子，[何註]妮音尼。六書故：今人呼婢曰妮子。王通叟詩：十三妮子綠窗中。亦學人喋聒！[何註]喋音牒，多言也。聒，聲擾也。爾何不從他去？」[但評]噫！此言也，天實啓之。妹曰：「阿爺原不曾以妹子屬毛郎；若以妹子屬毛郎，更何須[校]上三字，抄本作何煩。姊姊勸駕也。」[校]抄本作耶。〇[馮評]落落大方，一品夫人語也。在小家子轉笑之矣。[但評]慷爽之言，不作一毫兒女態，俱從大義中看出，何等德行，何等福澤。父以[校]抄本作聽。其言慷爽，因與伊母竊議，以次易長。母即向[校]抄本下有次字。女曰：「忤逆婢不遵父母命，欲[校]抄本欲上有今字。以兒代若[校]抄本無若字。姊，兒肯之[校]抄本作行，青本無之字。否？」女慨然曰：「父母教兒往也，[校]上四字，抄本作之命。即乞丐不敢辭；且[校]抄本無且字。何以見毛家郎便終[校]抄本下有身字。餓莩死乎？」[但評]從親命，孝也；安貧賤，智也；不嫌貧，義也；而仁禮信即在其中。是一品夫人身分。彼老死於女尼者，惡足以知此？父母聞其言，[校]抄本無上三字。大喜，即以姊妝妝女，倉猝[校]抄本無上二字。登車而[校]抄本作徑。去。[馮評]唐冀州長史吉懋，取南宮縣丞崔敬之女與子頊爲妻；女泣不從。小女白母，願代其姊。後吉頊貴至宰相。入門，夫婦雅敦逑好。[校]青本、抄本作好逑。然[校]抄本作第。女素病赤鬝，[呂註]韓愈南山詩：或赤若禿鬝。注：鬝，頭瘡也。廣韻：鬝音慳，鬢禿也。[何註]赤鬝，禿瘡也。稍稍介公意。

〔校〕抄本作毛郎稍介意。久之，浸知〔校〕上四字，抄本作及知。易嫁之説，由是〔校〕抄本無上二字。益以知己德女。居〔校〕抄本無居字。無何，公〔校〕公，抄本作毛郎。補博士弟子，應秋闈試。〔校〕抄本作往應鄉試。道經王舍人店，〔校〕抄本作莊。○〔呂註〕在歷城縣東三十里。有魏國王臨詩碑云：熙寧逸老舊門牆，少日窮經歷水陽。負笈便爲稽古地，躬耕兼是養親堂。已將賢業歸青史，尚有陳編祕縹囊。嗣子穀難承世學，至今人愛鄭公鄉。後題元豐庚申五月二十一日，興德平易堂大觀書。萬曆初，掘地得之。又有讀書堂，乃宋龍圖侍郎張揆舊隱處也。有蘇東坡題讀書堂三大字，今移縣庠。店主人先一夕夢神曰：「旦日〔校〕抄本作夕。當〔校〕抄本無當字。有毛解元來，後且脱汝於厄。」〔校〕抄本下有可善待之四字。以故晨起，專伺察東來客。及得公，甚喜。供具殊豐善，不索直；特以夢兆厚自託。公亦頗自負。私以細君〔呂註〕前漢書，東方朔傳：朔爲常侍郎，伏日詔賜從官肉。大官丞日晏不來，朔獨拔劍割肉謂其同官曰：伏日當蚤歸，請受賜。即懷肉去。大官奏之。朔入。上曰：先生起自責也。朔再拜曰：受賜不待詔，何無禮也！拔劍割肉，一何壯也！割之不多，又何廉也！歸遺細君，又何仁也！○楊雄解嘲：東方朔割名於細君。注：以肉歸遺細君，自是割損其名。細君，朔妻名。或曰：細，小也。髮鬑鬑，〔呂註〕玉篇：鬑鬑，鬢髮疏薄也。○樂府，陌上桑：爲人潔白皙，鬑鬑頗有鬚。〔何註〕鬑音簾。慮爲顯者笑，富貴後，念當易之。〔但評〕才一動念，即達上蒼，禍福己求，捷於影響，甚可畏也。已而曉榜既揭，竟落孫山，咨嗟蹇步，懊惋喪志。心赧舊主人，不敢復由王舍，以他道歸。〔校〕供具殊豐善至以他道歸句，抄本作：供具甚豐，且不索直。公問故，特以夢兆告。公頗自負。私計女髮鬑鬑，慮爲顯者笑，富貴後當易之。及試，竟落第。偃蹇喪志，赧見主人，不敢復由王舍，迂道歸家。後〔校〕抄本作逾。三年，再赴試，店主人延候如初。〔校〕抄本作前。公曰：「爾言初〔校〕抄本無初字。不驗，殊慚祇奉。」主人曰：「秀才以陰欲易妻，故被冥司黜落，豈妖夢不足以踐？」［校］抄本作豈吾夢不足踐耶。公愕而［校］抄本作然。問故，蓋別後復夢而云。［校］上七字，抄本作：主人曰，別後復夢神告，故知之。○［但評］既是感深知己，何可復萌他念？頓遭黜落，天道必然。推而至於朋友，又推而至於君臣，既把臂訂交，策名委質，無故棄捐末路，敢有貳心，天神殛之。自古以來，無以異也。公聞之，［校］抄本作而。惕然悔懼，木立若偶。［何註］若偶，若木偶也。主人謂：［校］謂，抄本作又曰。「秀才宜自愛，［但評］自怨自艾，即是自愛；不然者，自暴自棄，自作自受矣。終當作解首。」未幾，［校］抄本作入試。果舉賢書第一人。［校］抄本無人字。夫人髮亦尋長，雲鬟委綠，轉更增媚。［校］抄本作倍增嫵媚。○［但評］非鬼神必如公願，殆以報夫人也。姊［校］抄本姊上有其字。適里中富室［校］抄本無室字。兒，［馮評］不過一富字動人耳，飯王孫於未遇，一雙俊眼又數毛公夫人耳。意氣頗［校］抄本無頗字。自高。［但評］且慢高興。夫蕩惰，［但評］亦非因此女蕩家，無德人必適蕩子也。家漸陵夷，［校］抄本作替。空舍［校］上二字，抄本作貧。無煙火。聞妹爲孝廉婦，彌增慚［校］抄本作愧。怍。［何註］怍音昨，亦慚也。姊妹輒避路而行。又無何，良人卒，［校］抄本作未幾良人又卒。家落。頃之，［校］上二字，抄本作毛。公又擢進士。女聞，刻骨自恨，遂忿然廢身爲尼。［但評］欲長作牧牛兒婦，且不可得。及公以宰相歸，强遣女行者詣府謁問，冀有所貽。比至，夫人餽以綺縠［何註］綺音屺，繒也。其文欹斜，不順經緯之縱橫也。縠，縐紗也，又輕紗也。神女賦：動霧縠以徐步。紗從少，步從少。羅絹若干疋，以金納其中，而［校］抄本無而字。行者不知也。［校］抄本無上三字。攜歸見師。師失所望，恚曰：「與我金錢，尚可作薪米費；［馮評］不嫁牧牛兒，慮薪米也，那知富家婦亦有計薪米時，可嘆！此等儀物，我何須爾！」〔校〕上八字，抄本作此物我何所須。遂令將回。〔校〕抄本作遽令送回。公及〔校〕抄本作與。夫人疑之。及〔校〕抄本無及字。啓視而〔校〕抄本作則。金具在，方悟見卻之意。發金〔校〕抄本無上二字。笑曰：「汝師百餘〔校〕抄本無餘字。金尚不能任，焉有福澤從我老尚書也。」〔但評〕彼固誓死不從者。○百金且不能任，其福薄，其德薄也。遂以五十金付尼去，曰：〔校〕抄本曰上有且囑二字。「將去作爾師用度；多，〔校〕抄本作但。恐福薄人難承荷也。」〔校〕抄本作受耳。行者歸，具以告。〔校〕抄本作告其師。師默〔校〕抄本作啞。然自歎，念〔校〕抄本念上有私字。平生〔校〕抄本作生平。所爲，輒〔校〕抄本作率。自顛倒，美惡避就，繄〔校〕此據抄本，稿本、青本作翳。豈由人耶？〔馮評〕聞大士以國王女修清淨業果，能離塵去垢證無上果，何宰相夫人足云。師又誤矣。〔但評〕自己顛倒，自己避就，而乃謂不由人，終是至死不得明白。○美惡自爲顛倒，而諉之曰不由人，猶是强爲解嘲耳。後〔校〕抄本下有王舍二字。店主人以人命事〔校〕抄本無事字。逮繫囹圄，公〔校〕抄本下有乃字。爲力解釋罪。

異史氏曰：「張公〔校〕抄本作家。故墓，毛氏佳城，斯已奇矣。余聞時人有『大姨夫作小姨夫，〔呂註〕合璧事類：歐陽修與王拱辰同爲薛簡肅公壻。歐陽公先娶長女，王娶其次，後歐陽公再娶其妹。故有舊女壻爲新女壻，大姨夫作小姨夫之句。前解元爲後解元』之戲，此豈慧黠者所能較計邪？〔校〕抄本作較計耶，青本作計較耶。嗚呼！彼蒼者天〔校〕青本無天字。久不可問，〔校〕抄本作久已夢夢。何至毛公，其應如響？」〔校〕抄本下有耶字。

按：文簡封翁諱敏，以孝廉任杭州府學教授。生五子，文簡最少。封翁年八十餘，文簡官少宰，乃受封而卒。其塋地自趙宋時沿葬，歷有達者。至文簡卒，始卜西山新阡。乾隆壬戌，予與文簡裔人共修掖縣志，曾親至毛氏新舊兩塋，覽其碑表，徵事實焉。至文簡夫人一段，畢氏蟬雪集中所載，亦與此小異。夫人姓官氏。姊陋文簡有文無貌，臨嫁而悔。妹承父母意，遂代姊歸文簡。文簡既貴，姊自恨，出家爲女道士。妹餽遺之，都不肯受。清修登上壽。文簡林下廿餘年，頗與過從談道，相敬重云。任城孫擴圖識。

［附考］余讀掖縣志，相國封翁諱敏，以孝廉任浙江杭州府教授，蓋自元以來，已爲東萊名閥矣。聊齋此條，傳聞之訛也。

［何評］志中失實者尚多矣。

續黃粱*

福建曾孝廉，高[校]抄本無高字。捷南宮[校]稿本下原有未便旋里四字，塗去。時，[但評]入夢。與二三新貴，[校]抄本作同年。遨遊郊郭。[校]上二字，抄本作郭外。偶[校]抄本無偶字。聞毘盧禪院，寓一[校]稿本下原有白衣二字，塗去。星者，因並騎往詣問卜。[校]上七字，抄本作往詣卜。入揖[校]青本作室。而坐。星者見其意氣，[校]抄本下有揚揚二字。稍[校]青本無稍字。佞諛[何註]佞諛，諂言也。之。[校]上八字，稿本原作望之曰：先生新燒龍尾，意頗揚揚，長安花看盡否？塗改。○[何評]常態。[但評]意氣二字，一篇之骨。曾搖箑微笑，[校]稿本下原有星者詢庚甲，曾告之。笑曰：看終作何官？星者方凝思，曾又笑，塗去。便問：「有[校]稿本原作曰：是寧無，塗改。蟒玉[何註]賜蟒玉，自漢始，上公服也。與漢魏特進相似，開府稍不同。分否？」[校]否字原作耶，改否。○[馮評]驕妄人聲口峭。[但評]夢話。星者[校]稿本下原有步算已，曰：十年可坐致耳。曾慶慰出於非望，稍致撝挹。星者，塗去。正容許[校]稿本原作曰：勿以老夫言虛誕，塗改。抄本正容許三字作曰。二十年太平宰相。[校]稿本下原有可保二字，塗去。曾大悅，氣益高。[校]上三字稿本係旁加。值小雨，乃與遊侶避雨僧舍。[馮評]兩帶寫雨景，皆閒中點綴之妙。舍中一老僧，深目高鼻，坐蒲團上，偃[校]抄本作淹。蹇不爲禮。[馮評]將敘熱中人炫爛癡情，先寫一極冷老僧。［但評］視爾夢夢，我心慘慘。衆一舉手［校］此據青本、抄本，稿本舉下原有首字，塗去。登榻自話，羣以宰相相［校］稿本下原有戲字，塗去。賀。曾心氣殊高，指［校］稿本指上原有便字，塗去。抄本有便字。同遊曰：「某爲宰相時，［但評］夢話。推張年丈作南撫，家中表爲參、游，我家老蒼頭亦得小千把，於［校］抄本作余。願足矣。」［但評］一有此心，便入地獄矣。○才捷南宮，即意氣自高，已入夢境。況聞作二十年太平宰相，而不思何以答吾君，何以對天下，何以持盈保泰，何以裕國安邊；趾高氣揚，而僅以端揆之尊，明其恩怨，此尤夢之甚深者。老僧以夢醒之，慈悲之至。一坐大笑。俄聞門外雨益傾注，曾傴伏榻間，［馮評］入夢。忽見有二中使，［呂註］中使，天子私使也。齎天子手詔，召曾太師決國計。［馮評］一片迷離。［但評］進上而太師是第一節。此一節又分八層：第宅壯麗一層，應諸雷動二層，公卿奔競三層，恣意聲歌四層，私恩必酬五層，睚眦必報六層，勢吞民産七層，强佔民女八層。以學士參疏結之。曾得意［校］稿本下原有榮寵亦烏知其非有也九字，塗去。抄本有此九字。○［但評］意氣二字，先合後分。此以下專寫得意，而氣高即在其中。疾趨入朝。天子前席，［何註］前席，親近也。漢文帝召賈誼問鬼神，至夜半，不自覺其席之前也。前是虛坐盡前之前。温語良久。［校］上四字，稿本原作而問曰：臣庶勞卿襄理，調燮非易。曾唯諾，無以對休命。天子又曰：進賢退不肖，大臣之責，有所黜陟，塗改。命三品以［校］青本作而。下，聽其黜陟；［校］上四字，稿本原作任卿胸臆，不必奏聞，塗改。○［何註］黜陟，言升降也。書：三考黜陟幽明。即［校］稿本下原有命字，塗去。賜蟒玉［馮評］爲相，邀殊眷，天子賜蟒玉。名馬。［校］上五字，稿本原作賜蟒服一襲、玉帶一圍、名馬二匹。抄本即上有不必奏聞四字，餘同稿本原文。曾被服稽拜［校］青本作首。以出。［校］稿本下原有乘馬揮鞭殆如翔翥八字，塗去。入家，則非舊所居第，繪棟雕榱，［何註］棟音凍。爾雅註：屋脊也。易，大過：棟隆吉。榱音衰，椽也。繪，畫也。窮極壯麗。自亦不解，何以遽至于［校］青本作如。此。［但評］意。然撚髯［校］抄本作鬚。微呼，則應諸雷動。［但評］氣。俄而公卿贈海物，傴僂足恭者，疊出其門。六卿來，倒屣而迎；［呂註］三國志，魏志，王粲傳：粲徙長安左中郎將，蔡邕見而奇之。時賓客盈坐，聞粲在門，倒屣迎之。粲至，年既幼弱，容狀短小，一坐盡驚。邕曰：此王公孫也，有異才，吾不如也。吾家書籍文章，盡當與之。［何註］屣音徙，無跟履也。侍郎輩，揖與語；下此者，頷之而已。［但評］意。晉撫餽女樂十人，皆是好女子。［馮評］居第之盛，僕隸之盛，舉朝趨奉之盛，聲色之盛。其尤者爲嫋嫋，爲仙仙，［何註］嫋嫋同嬝，長弱貌。鮑照詩：嫋嫋柳垂條。仙仙，輕舉貌。詩，小雅：屢舞仙仙。二人尤蒙寵顧。科頭休沐，日事聲歌。［校］稿本下原有翠圍珠繞，盡情嘲笑八字，塗去。○［但評］意。一日，念微時嘗得邑紳王子良周濟我，［但評］意。今置身青雲，渠尚蹉跎仕路，何不一引手？［馮評］報恩。［何評］妄念。早旦一疏，薦爲諫議，即奉俞旨，立行擢用。［但評］氣。又念郭太僕曾睚眦我，［但評］意。即傳呂給諫及侍御陳昌等，授以意旨；［馮評］報怨。越日，彈章［何註］彈章，彈其罪於奏章也。交至，奉旨削職以去。恩怨了了，頗快心意。［馮評］以上許多節次。［但評］氣。偶出郊衢，醉人適觸鹵簿，即遣人縛付京尹，［但評］意。立斃杖下。［馮評］威權大肆，無惡不作矣。［但評］氣。接第連阡者，皆畏勢獻沃產。［校］上十一字，稿本原作聲勢赫濯累以迹，塗改。自此富可埒國。［校］上六字，稿本係旁加。○［但評］意。

無何而嫋嫋、仙仙，以次殂謝，朝夕遐想。忽憶曩年見東家女絕美，［馮評］潮勢將落，又忽湧起。每思購充媵御，輒以綿薄違宿願，今日幸［校］上二字稿本原作而後或，塗改。可［校］稿本下原有以字，塗去。適［校］稿本下原有我字，塗去。志。

［校］稿本下原有矣字，塗去。〇［但評］意。乃使幹僕數輩，强納貲於其家。［馮評］惡極。［但評］氣。俄頃，籐輿舁至，則較昔之［校］抄本作之昔。望見時，尤豔絶也。自顧生平，於願斯足。［但評］得意一束。又逾年，朝士竊竊，似有腹非［呂註］前漢書，食貨志：湯奏顔異見令不便，不入言而腹非，論死。自是後有腹非之法比。之者。［馮評］又暗轉。然［校］稿本下原有揣其意三字，塗去。抄本有此三字。各［校］稿本下原有恐字，塗去。抄本有恐字。爲立仗馬；［呂註］唐制：殿下兵衛曰仗。〇新唐書，李林甫傳：李林甫居相，諫官皆持禄養資，無敢正言者。補闕杜璡上書言政事，斥爲下邽令。因以語動其餘曰：君等獨不見立仗馬乎？終日無聲而飫三品芻豆；一鳴則斥之矣。［何註］唐書，百官志：飛龍廄日以八馬立宮門之外，號南衙立仗馬。曾亦高情盛氣，不以置懷。［校］稿本下原有抱間二字，塗去。〇［馮評］將落仍不落。［但評］繳意字，起氣字。〇先以朝士腹非，各立仗馬，曾高情盛氣，不以置懷，作一縱筆。既應起處意氣二字，文勢亦操縱有力。有龍圖學士包［校］稿本下原有拯字，塗去。抄本有拯字。上疏，［何評］宋書生讀大明律。其略曰：「竊以曾某，原一飲賭無賴，市井小人。一言之合，榮膺聖眷，父紫兒朱，恩寵爲極。不思捐軀摩［校］青本作縻。頂，以報萬一；反恣胸臆，擅作威福。可死之罪，擢髮難數！［呂註］史記，范睢蔡澤列傳：范睢曰：汝罪有幾？曰：擢賈之髮以數賈之罪，尚未足。〇按：數，一作贖。［何註］擢髮難數，言罪多如髮難數也。朝廷名器，居爲奇貨，量缺肥瘠，爲價重輕。因而公卿將士，盡奔走於門下，估計夤緣，儼如負販，仰息望塵，［何註］望塵，如石崇、潘岳諂事賈謐，候其出，望塵而拜。見晉書。不可算數。或有傑士賢臣，不肯阿附，輕則置之閒散，重則褫以編氓。甚且一臂不袒，輒迕鹿馬［呂註］史記，秦始皇本紀：趙高欲爲亂，恐羣臣不聽，乃先設驗。持鹿獻於二世曰：馬也。二世笑曰：

丞相誤耶？謂鹿爲馬。問左右，左右或默，或言馬以阿順趙高，或言鹿者。高因陰中諸言鹿者以法。後羣臣皆畏高。［何註］迕鹿馬奸，謂稍不阿附，輒逆其情而指鹿爲馬也。西征賦，注：趙高以蒲爲脯，以鹿爲馬，將使天下不敢言，而後爲所欲爲也。之奸；片語方干，［校］青本無上四字。遠竄豺狼之地。朝士爲之寒心，朝廷因而孤立。又且平民膏腴，任肆蠶［校］青本作吞。食；良家女子，强委禽妝。沴氣［何註］沴氣，沴音麗，惡氣也。寃氛，暗無天日！奴僕一到，則守、令承顏；書函一投，則司、院枉法。或有廝養［呂註］公羊傳：廝役扈養。注：析薪爲廝，炊烹爲養。之兒，瓜葛之親，出則乘傳，風行雷動。地方之供給稍遲，馬上之鞭撻立至。荼毒人民，奴隸官府，扈從所臨，野無青草。［何註］野無青草，左傳言歲荒，此喻騷擾。而某方炎炎赫赫，［何註］炎炎赫赫，如火勢蒸騰而上。詩，大雅：赫赫炎炎。怙［何註］怙音户，恃也。書，畢命：怙侈滅義。寵無悔。召對方承於闕下，萋菲［呂註］詩，小雅：萋兮斐兮，成是貝錦。○菲，宜作斐。［何註］萋斐，小文貌。詩：萋兮斐兮，成是貝錦。貝，水中介蟲，文采似錦。謂譖人因人之小過而飾成大罪也。輒進於君前；委蛇［呂註］詩，召南：退食自公，委蛇委蛇。注：委蛇，自得之貌。才退於自公，聲歌已起於後苑。聲色狗馬，晝夜荒淫；國計民生，罔存念慮。世上寧有此宰相乎！内外駭訛，［何註］駭訛：駭，異也，訛，動也，謂不自安也。人情洶洶。若不急加斧鑕之誅，勢必釀成操、莽［呂註］漢獻帝二十五年，曹操還至洛陽，卒。太子丕稱皇帝，廢帝爲山陽公。○孝平帝五年，安漢公王莽弑帝，居攝踐祚。立宣帝玄孫嬰爲皇太子，號曰孺子。俱詳綱目。之禍。臣［校］稿本下原有拯字，塗去。抄本有拯字。夙夜祗懼，不敢寧處，冒死列款，仰達宸聽。伏祈斷奸佞之頭，籍貪冒［何註］冒音耄，貪蔽也。前漢書，翟方進傳：冒濁苟容。之産，上回天怒，下快輿情。如果臣言虛謬，刀鋸鼎鑊，即加臣身」云云。[但評]疏切直嚴厲。疏上，曾聞之，氣魄悚駭，如飲冰水。[但評]此下專寫喪氣，層層意俱對針上得意處。幸而皇上優容，留中不發。[馮評]猶不遽落。以下則疾風迅雷甚雨，一齊俱來。又[校]青本無又字。繼而科、道、九卿，交章劾奏；[何註]劾奏，劾音濇，按劾也。即昔之拜門牆、稱假父者，亦反顏相向。[但評]氣。○天下惟拜門生、稱假父者，善看風勢。勢利之交，千古一轍。公奉旨籍家，充雲南軍。[但評]太師而充軍是第二節。亦分八層：提問其子一層，褫服逮繫二層，籍没資財三層，掠去姬妾四層，封誌倉庫五層，監押步行六層，挽妻登越七層，跪盜乞哀八層，以羣盜斧揮結之。亦先以曾怒叱賊略作一縱，即反映上文意氣二字。與上一章相配，如玉山高並兩峯寒也。子任平陽太守，已差員前往提問。曾方聞旨驚怛，[但評]氣。旋有武士數十人，帶劍操戈，直抵内寢，褫其衣冠，與妻並繫。[但評]氣。俄見數夫運貲於庭，金銀錢鈔以數百萬，珠翠瑙玉數百斛，幄幕簾榻之屬，又數千事，以至兒襁女舄，遺墜庭階。曾一一視之，酸心刺目。[但評]氣。又俄而一人掠美妾出，披髮嬌啼，玉容無主。[馮評]似嚴介溪籍没時。悲火燒心，含憤不敢言。[但評]氣。俄[校]稿本原作一人執鎖鑰封志，塗改。青本下有而字。樓閣倉庫，並[校]稿本並字原無，係旁加。已封志。[校]稿本封志二字原無，係旁加。立叱曾出。[但評]氣。監者牽[校]稿本下原有頸字，塗去。青本下有挽字。羅曳而出。夫妻[校]上四字，稿本原作之乃攜妻，塗改。呑聲就道，求一下駟劣車，少作代步，亦不[校]青本、抄本下有可字。得。

［校］稿本下原有回顧廝僕，遁去無存，夫妻零涕而行，塗去。○［王評］甚似分宜相籍没，寄食廣濟院相。［但評］氣。十里外，妻足弱，欲傾跌，曾時以一手相攀引。又十餘里，己亦困憊。［校］稿本下原有不能支三字，塗去。欻見高山，直插霄［校］抄本作雲。漢，自憂不能登越，時挽妻相對泣。而監者獰目來窺，不容稍停駐。又顧斜日已墜，無可投止，不得已，參差蹩躠［呂註］玉篇：蹩躠，旋行貌。［何註］蹩躠音撇薛。而行。比至山腰，妻力已盡，泣坐路隅。［但評］氣。曾亦憩止，任監者叱罵。［但評］喪氣一頓。忽聞百聲齊譟，有羣盜各操利刃，跳梁［呂註］莊子：大魚强梁，跳而出乎魚網之外。［何註］漢書，蕭望之傳：跳梁於山谷間。而前。［馮評］半空又起霹靂，嚇煞人也。監者大駭，逸去。曾長跪，［但評］氣。言：［校］言，抄本作告曰。「孤身遠謫，［何註］謫音摘，貶謫也。槖中無長物。」哀求宥免。羣盜裂眦宣言：「我輩皆被害寃民，衹乞得佞賊頭，他無索取。」［校］稿本下原有即有數人擁妻，狎昵嘲戲無不至，塗去。曾叱怒［校］抄本作怒叱。曰：「我雖待罪，乃朝廷命官，［馮評］好貨！賊子何敢爾！」［但評］氣。賊亦怒，以巨斧揮曾項。覺頭墮［校］青本作墜。地作聲，［但評］以上生前喪氣，暗帶意字。○太師作斷頭鬼是第三節。此一節分三層：欺君誤國，宜置油鼎，一層；倚勢凌人，合受刀山，二層；賣爵鬻名，枉法霸產，自飲金錢汁，三層。句句都從氣高寫照，而以轉輪收之，即遞入下節。魂方駭疑，即有二鬼來，［馮評］以下又似吴道子畫地獄變象，觀之數日不怡。反接其手，［但評］以下死後喪氣，明帶意字。驅之行。行踰數刻，入一都會。頃之，覩宮殿；殿上一醜形王者，憑几決罪福。曾前，匐［校］抄本作匍。伏請

命。王者閲卷，纔數行，即震怒曰：「此欺君悞國之罪，宜置油鼎！」萬鬼羣和，聲如雷霆。即有[校]上二字，稿本原作竟以，塗改。巨鬼[校]稿本鬼字原作抓，改鬼。○[馮評]奇鬼攫人，不止加一倍寫法。捽至墀下。見鼎高七尺已來，四圍熾炭，鼎足盡赤。[校]稿本下原有油星崩射，爆然作響八字，塗去。青本赤作紅。曾觳觫[何註]觳觫音斛速，懼死貌。哀啼，[但評]意氣。竄蹟無路。鬼[校]稿本鬼上原有一巨二字，塗去。以左手抓髮，右手握踝，拋置鼎中。覺塊然一身，隨油波而上下；[但評]自在中流，真是得意。皮肉焦灼，痛徹於心；沸油入口，煎烹肺腑。念欲速死，而萬計不能得死。[但評]意氣。約食時，鬼方以巨叉取曾出，復伏[校]青本作置。堂下。王又檢册籍，怒曰：「倚勢凌人，合受刀山獄！」[吕註]見西遊記。鬼復[校]青本作又。捽去。見一山，不甚廣闊；而峻削壁立，利刃縱横，亂如密筍。先有數人罥腸刺腹於其上，呼號[校]稿本下原有痛楚二字，塗去。之聲，慘絶心目。鬼促曾上，曾大哭退縮。[但評]意氣。鬼以毒錐刺腦，曾負痛乞憐。鬼怒，捉曾起，望空力擲。覺身在雲霄之上，[但評]置身青雲，真是得意。暈[何註]史記，天官書：兩軍相當曰暈。謂方落時，衆兵相向，如當軍旅者然。然一落，刃交於胸，痛苦不可言狀。又移時，身軀重贅，刀孔漸闊；忽焉脱落，四支蠖屈。鬼又逐以見王。王命會計生平賣爵鬻名，枉法霸産，所得金錢幾何。即有鬡鬤人持籌握算，曰：「三[校]抄本三作二。百二十一萬。」王曰：「彼既積來，還令飲去！」[但評]意氣時何如？此時又何如？少問，取金錢堆階上，如丘陵。漸入鐵釜，鎔以烈火。鬼使數輩，更［校］稿本下原有相字，塗去。抄本下有相字。以杓灌其口，流［校］稿本下原有于字，塗去，改汁交，復塗去。頤則皮膚臭裂，入［校］稿本下原有于字，塗去。喉則臟腑騰沸。生時患此物之少，是時患此物之多也！［王評］佛□耶，菩薩□耶？［馮評］唤醒一世癡迷，真是慈悲文字。［但評］不必攫人，而已滿鯨吞之口；不必自積，而已飽谿壑之腹。生前勞苦，死後受用。○積來還飲去，點滴不曾遺。此物多耶少，惟君自酌之。半日方盡。王者令押去甘州爲女。行數步，見架上鐵梁，圍可數尺，綰一火［校］青本作大。輪，［何評］轉輪。其大不知幾百由旬，［呂註］庾信詩：千柱蓮花塔，由旬紫組園。按：支遁載外國事，由旬者，晉言四十里。○又，瞿曇論：四肘爲一弓，五百弓爲一拘廬舍，今之二里也。八拘廬合爲一由旬，今十六里也。［何註］由旬恐誤刻。本有謂幾百由旬，有謂幾百萬層者。庾信詩：千柱蓮花塔，由旬紫組園。佛經：猶程也。燄生五采，光耿雲霄。鬼撻使登輪。方合眼躍登，則輪隨足轉，［馮評］不知聊齋從何處看出俗下僧道度亡所畫幀子轉輪車如此。似覺傾墜，遍體生涼。開眸［校］抄本作目。自顧，身已嬰兒，而又女也。［王評］何不□見墮驢腹中。［但評］宰相而奸佞，妾婦之道也。宰相而貪墨，見金夫不有躬者也。爲女，爲乞人子，爲媵妾，亦如其願以償之耳。視其父母，則懸鶉敗焉。［校］青本、抄本作絮。土室之中，瓢杖猶存。心知爲乞人子。［但評］太師爲乞人女是第四節。亦分三層：幼苦飢寒，轉鬻作賤，一層；身遭炙烙，欲訴無由，二層；才免奸污，又遭盜劫，反受奸殺誣，三層。亦皆爲氣高對影，而以悲號收之。對上轉輪一筆，亦即遞入下文。日隨乞兒托鉢，腹轆轆［何註］轆，車軌道謂之轣轆。轆轆，腸中虛鳴，如車輪之轉也。然常［校］抄本無上二字。不得一飽。着敗衣，風常刺骨。十四歲，鬻與顧秀才備媵妾，衣食粗足自給。而冢室悍甚，日以鞭箠從事，輒以〔校〕抄本作用。赤鐵烙胸乳。〔馮評〕惡境頻來。〔但評〕對針意氣，至於嬰兒，而且女，而且乞人女，而且秀才媵妾，而且冢室悍毒，而且被誣姦殺，依律凌遲；直寫到二十分，夫然後高者可以抑，勝者可以降，凡一切妄念幻想，自然淡、自然滅矣。幸而〔校〕抄本無而字。良人頗憐愛，稍〔校〕稿本下原多一稍字，塗去。自寬慰。東鄰惡少年，忽踰垣〔校〕抄本作牆。來逼與私。〔馮評〕層波駭浪，憤怒掀天。乃自念前身惡孽，已被鬼責，今那得復爾。於是大聲疾呼，良人與嫡婦盡起，惡〔校〕抄本無惡字。少年始竄去。居無何，〔校〕上三字，抄本作一日。秀才宿諸其室，枕上喋喋，方自訴冤苦。忽震厲一聲，室門大闢，有兩賊持刀入，竟決秀才首，囊括衣物。團伏被底，不敢復〔校〕抄本無復字。作聲。既而賊去，乃喊奔嫡室。嫡大驚，相與泣驗。遂疑妾以奸夫殺良人，因以〔校〕抄本無上二字。狀白刺史；刺史〔校〕青本無下刺史二字。嚴鞫，竟以酷〔何註〕酷音焅，慘虐也。刑定罪案，依〔校〕上四字，抄本作誣服。律〔校〕抄本下有擬字。凌遲〔呂註〕遼史：宗室雅里爲夷離謹以掌刑辟，其制刑有四，曰：死、流、徒、杖。死刑有斬、絞、凌遲之屬。○明史：三死之外有凌遲，以處大逆不道，非五刑之正。處死，縶赴刑所。胸中冤氣扼塞，距踊〔何註〕距踊音巨勇，騰躍也。聲屈，覺九幽十八獄，〔呂註〕見西遊記。無此黑黯也。〔但評〕喪氣大東。正悲號間，聞遊者呼曰：「兄夢〔校〕抄本無夢字。魘耶？」〔馮評〕出夢。豁然而寤，見老僧猶跏趺座上。同侶競相謂曰：「日暮腹枵，〔何註〕腹枵，枵音囂，飢餓也。何久酣睡？」曾乃慘淡而起。僧微笑曰：「宰相之占驗否？」〔但評〕宰相之占一句，收束全文。冷語刺心，而以火坑中有青蓮爲迷津寶筏。臺閣中人，當以修德行仁四字，信受奉行。曾益驚異，拜而請教。僧曰：「修德行仁，火坑中有青蓮〔呂註〕法苑珠林：佛圖澄妙通玄術，取鉢盛水，燒香咒之，須臾鉢中生青蓮花。也。〔但評〕如是我聞，信受奉行。山僧何知焉。」曾勝氣而來，不覺喪氣而返。臺閣之想，由此淡焉。入山不知所終。〔馮評〕一句逗筍，筆法絕妙。即帶老僧夾敘一筆，萬丈火坑，一團冰消，結得飄渺，不比清遠道人邯鄲夢度盧一齣。

異史氏曰：「福善禍淫，天之常道。聞作宰相而忻〔校〕青本作懽。然於中者，必非喜其鞠躬盡瘁可知矣。是時方寸中，〔校〕青本無中字。宮室妻妾，無所不有。然而〔校〕抄本無福善至然而一段。夢固爲妄，想亦非真。彼以虛作，神以幻報。黃粱將熟，此夢在所必有，當以附之邯鄲〔呂註〕枕中記：開元中，呂翁得神仙術。遊邯鄲道中，遇少年盧生同邸，自嘆貧困。言訖思睡。翁取囊中枕授盧曰：枕此當榮適如願。生枕之，夢身適枕穴中。未幾登第，出入將相五十年，榮盛無比。一夕卒，遂寤。呂翁在旁，主人蒸黃粱尚未熟。〔何註〕邯鄲音寒單，山麓也，縣名，盧生遇呂仙處。之後。」

〔稿本無名氏甲評〕續黃粱或云太酷。鷗亭云：「正是喚醒他。」元微之云：「千恩萬謝喚魔人，向使無君終不寤。」

〔何評〕夢幻之中，何所不有？倏忽已歷再生，即不必現諸果報，已令人廢然返矣。

龍取水*

俗傳龍取江河之水以爲雨，此疑似之説耳。[校]抄本無上二句。徐東癡[校]抄本下有夜字。南遊，泊舟江岸，見一蒼龍自雲[校]抄本作空。中[校]抄本無中字。垂下，以尾攪江水，波浪湧起，隨龍身而上。遥望水光睒[校]抄本作爓，遺本作錟。爓，闊於三疋[校]抄本作尺。練。移時，龍尾收去，水亦頓息；俄而大雨傾注，渠道皆平。[校]青本無此篇。

[虞堂評]夭矯簡捷。

＊小獵犬

山右衛中堂［呂註］名周祚，山西曲沃人，謚文清。爲諸生時，厭冗擾，［校］抄本無上二字。徙［校］抄本作假。齋僧院。［校］稿本下原有樹陰濃茂，頗無車馬喧而十字，塗去。苦［校］抄本作苫。室中蜰蟲［呂註］即臭蟲也，見爾雅釋蟲。［何註］蜰音肥。爾雅：越生臭惡之蟲。俗謂臭蟲。蚊蚤甚多，竟［校］抄本無竟字。夜不成寢。［校］抄本作寐。食後，偃息在牀。［馮評］小結束。忽［校］抄本下有見字。一小武士，首插雉尾，身高兩［校］抄本作二。寸許；騎馬大如蜡；［何註］蜡音乍，字不作蟲名解，恐是從俗所呼也。臂上青韝，有鷹如蠅；自外而入，盤旋室中，行且駛。公方凝［校］抄本作疑。注，忽又一人入，裝亦如前。［校］抄本作之。腰束小弓矢，牽獵犬如巨蠆。又俄頃，步者、騎者，紛紛來以數百輩，鷹亦數百臂，犬亦數百頭。［校］上十字，抄本作鷹犬皆數百。有［校］抄本有上有見字。蚊蠅飛起，縱鷹騰擊，盡撲殺之。［馮評］大合圍。獵犬登牀緣壁，搜噬蝨蚤，凡罅［何註］罅音呼嫁切，裂也。隙之［校］上二字，抄本作有。所伏藏，嗅之無不出者，頃刻之間，決殺殆盡。［王評］羽獵賦、小言賦合而一之，□奇。［馮評］金聖歎見之，當浮大白曰：不亦快哉！公僞睡睨之。鷹集犬竄於其身。既而一黄衣人，着平天冠，［呂註］宋史：廖融、潘若沖更唱迭和。太宗懲五代之弊，以詞賦論策取士。融曰：豈知今日詩，似大市裏賣平天冠，並無人問耶？如王者，登别榻，繫駟葦篾［何註］葦篾，葦音偉，葦篾，榻上席也。間。從騎皆下，獻飛獻走，紛集盈側，［校］稿本下原有銜登蜂銜四字，塗去。亦不知作何語。無何，王者登小輦，衛士倉皇，各命鞍馬；萬蹄攢［何註］攢音讚，聚也。奔，紛如撒菽，［何註］撒音薩，散擲也。菽，豆之總名也。東坡詩：雨點隨人如撒菽。煙飛霧騰，斯須散盡。［但評］鷹如蠅，犬如蝗，馬如蜡，以兩寸許二武士，控之臂之牽之。而步者、騎者，忽來數百輩，鷹亦數百臂，犬亦數百頭。飛起者騰擊而撲殺之，伏藏者緣壁而搜噬之。而又有王者登座，將士獻禽。假寐而觀，真是一場好劇。公歷歷在目，駭詫不知所由。躡履外窺，渺無蹟響。返身周視，都無所見；惟壁磚上［校］上三字，稿本係旁加。抄本無上字。遺一細犬。［校］稿本下原有徊徨牆腰磚綫上七字，塗去。公急捉之，且馴。［何註］馴，善也，順從也。置硯匣中，反復瞻玩。毛極細茸，項上有小環。飼以飯顆，一嗅輒棄［校］抄本無棄字。去。躍登牀榻，尋衣縫，齧殺蟣蝨。［何註］蟣音幾，蝨子也。旋復來伏卧。逾宿，公疑其已往；視之，則盤伏如故。公卧，則登牀簀，［何註］簀音責，牀席也。遇蟲輒噉斃，蚊蠅無敢落者。公愛之，甚於拱璧。一日，晝寢，［校］抄本作卧。犬潛伏身畔。公醒轉側，壓於腰底。公覺有物，固疑是犬，急起視［校］青本作眎。○［何註］眎，古視字。魏紀：袁紹虎眎四州。之，已匾而死，如紙翦成者然。［馮評］似韓公畫記文字。［但評］蜚蟲殲盡，而獵犬即死。成功者退，理固如此，物亦宜然。然自是壁［校］青本作蜚。蟲無噍類［何註］噍類，噍音誚，嚼也。此當是先生爲蚊蠅所擾怒，將按劍時作也。矣。［馮評］此篇奇在化大爲小，以小見妙，可當袁在公廣莊子文。

［附録池北偶談一則］八座某公未第時，夏日嘗晝卧。忽見一小人，騎而入。人馬皆可寸餘；腰弓矢；臂鷹，鷹大如蠅。繼至一人亦如之。牽鷹犬，犬如巨蝗。二人繞屋盤旋。久之，甲士數千沓至，星旄雲罕，繽紛絡繹，分左右盂合圍，大獵室中，蚊蠅無噍類。其伏匿者，輒緣壁隙掘出之。一朱衣人下輦，坐别榻。衆次第獻俘獲已，遂上輦，肅隊而出。甲士皆從，如煙霧而散。起視一無所覩，惟一小獵犬，徬徨壁間。取置篋中，馴甚。飼之不食。卧則伏枕畔，見蠅蚋輒齧去之。

［何評］此是武士爲中堂驅除耳，然要是異聞。

碁鬼*

揚州督同將軍梁公，解組〔何註〕組，印綬也。辭官則解組而去也。鄉居，日攜碁酒，游翔〔校〕抄本無翔字。林丘間。會九日登高，與客弈。忽有一人來，逡巡局側，耽玩不去。視之，面目寒儉，懸鶉結焉。然而〔校〕抄本無而字。意態温雅，有文士風。公禮之，乃坐。亦殊撝謙。公指碁謂曰：「先生當必善此，何勿〔校〕抄本作不，青本作弗。與客對壘？」〔何註〕壘，軍營守禦所賴。禮，曲禮：四郊多壘。其人遜謝移時，始即局。局終而負，神情懊熱，若不自已。又着又負，益慚憤。〔校〕抄本作憤慚。酌之以酒，亦不飲，惟曳客弈。自晨至於日昃，不遑溲溺。〔何評〕酷肖。方以一子爭路，兩互喋聒，忽書生離席悚立，神色慘沮。少間，屈膝向公座，敗〔校〕青本作頓。顙乞救。公駭疑，起扶之曰：「戲耳，何至是？」書生曰：「乞付囑〔校〕抄本作囑付。圉人，勿縛小生頸。」公又異之，問：「圉人誰？」曰：「馬成。」先是，公圉役馬成者，走無常，常十數日一入幽冥，攝牒作勾役。公以書生言異，遂使人往視成，則僵卧已二日〔校〕抄本作已僵卧三日。矣。公乃〔校〕青本無乃字。叱成不得無禮。瞥然間，〔校〕上二字，抄本作見。書生即地而滅。公歎咤良久，乃悟其鬼。越日，馬成寤，公召詰之。成曰：「書生〔校〕上二字，抄本作渠。湖襄人，癖嗜弈，産蕩盡。父憂之，閉置齋中。輒踰垣出，竊引空處，與弈者狎。父聞詬詈，終不可制止。父憤悒〔校〕抄本無上二字。齎恨而〔校〕抄本無而字。死。閻摩〔校〕抄本無摩字。王以書生不德，促其年壽，罰入餓鬼獄，〔呂註〕見西遊記。於今七年矣。會東嶽鳳樓成，下牒諸府，徵文人作碑記。王出之獄中，使應召自贖。〔馮評〕癖於弈而不精，此人尚能作文乎？冥王使應召自贖，誤甚。不意中道遷延，大愆限期。嶽帝使直曹問罪於王。王怒，使小人輩羅搜之。前承主人命，故未敢以縲絏繫之。」公問：「今日作何狀？」曰：「仍付獄吏，永無生期矣。」公歎曰：「癖之悮人也如是夫！」

異史氏曰：「見弈遂忘其死；及其死也，見弈又忘其生。非其所欲有甚於生者哉？然癖嗜如此，尚未獲一高着，徒令九泉下，有長死不生〔校〕此據青本，稿本、抄本作長生不死。之弈鬼也。可哀也哉！」

［馮評］人有酷好作文，無一佳篇；酷好作詩，無一佳句。不謂之癖而有似於癖，其亦此弈鬼類也夫！

［何評］癖性不改，則永無生期矣，獨耽弈也乎哉！

［但評］天下最迷人者，無如博弈。博固不足言。弈則雅矣，然見有長夏炎天，相對一枰，藉爲消夏之計；乃自晨至暮，心力俱竭，目無旁睹，耳無他聞，汗溼津津，相持不下，且夜以繼日，廢寢忘餐。其艱苦如是，是亦不可以已乎？此鬼以嗜弈而促壽，復以貪弈而忘生；乃一局即負，其癖而死，亦枉耳。竊以爲天下事皆不可癖：癖者必愚，而其業終不能精。學問之道亦然。每見嗜古之士，皓首窮經，物而不化，而於經濟心性，懵然無覺，且有並世故而不知者，至於矻矻以死，而不自知其一無所得，亦可哀矣！

*辛十四娘 [校]稿本原題鬼媒狐□，塗改。

廣平馮生，正德間人。[校]上四字，稿本係旁加。抄本無上四字。少輕脱，縱酒。[校]稿本下原有年二十餘，盆丹鼓，偶有事於姻家，塗去。○[馮評]輕脱縱酒，馮生之構禍皆由於此。[稿本無名氏乙評]提綱。[何評]四字定馮一生得婦構禍，皆由於此。[但評]四字定案。○輕脱已非修身保身之道，況又縱酒乎？馮生一生跳不出此四字外。得美妻以此，遘奇禍亦以此。閨中有直諫而卒莫之改，此辛十四娘所以僅脱其禍而不能與之仙去也。昧爽偶[校]稿本原作而，改偶。行，遇一少女，着紅帔，容色娟好。從小奚奴，[呂註]新唐書，李賀傳：從小奚奴，背古錦囊，遇所得，書投囊中。○按：奚，隸役也。周禮，天官：酒人奚三百人。躡露奔波，履襪沾濡。心竊好之。薄暮醉歸，道側故有蘭若，久蕪廢，有女子自内出，則向麗人也。忽見生來，即轉身入。陰念：[校]抄本作思。麗者何得在禪院中？縶驢於門，往覘其異。入則斷垣零落，階上細草如毯。[何註]毯，土敢切，毛席也。彷徨間，一斑白叟出，衣帽整潔，問：「客何來？」生曰：「偶過古刹，[呂註]蘇軾遊真如詩：獨攜二子出，古刹訪禪祖。注：刹，僧寺也。欲一瞻仰。翁[校]抄本翁上有因問二字。何至此？」叟曰：「老夫流寓無所，暫借此安頓細小。既承寵降，有[校]抄本無有字。山茶可以當酒。」乃肅賓入。見殿後一院，石路光明，無復蓁莽。[何註]蓁莽，草也。入其室，則簾幌牀幙，[何註]幌音晃，帷幔也。幙，亦帷也。香霧噴人。坐展姓字，云：「蒙叟姓辛。」生乘醉遽[校]青本無遽字。問曰：[何評]輕脱。「聞有女公子，未遭良匹。竊不自揣，願以鏡臺[呂註]世說：温嶠喪婦。從姑劉氏女有姿，慧。姑屬覓壻。嶠自有婚意，答曰：佳壻難得，但如嶠何如？姑曰：何敢希汝也。他日，報曰：已得之矣。門地粗可，壻身名宦，盡不減嶠。因下玉鏡臺一枚。姑大喜。既婚交禮，女以手披紗扇大笑曰：我固疑是老奴。自獻。」[馮評]狂妄聲口。辛笑曰：「容謀之荆人。」生即索筆爲詩曰：「千金覓玉杵，殷勤手自將。雲英如有意，親爲擣玄霜。」[呂註]裴鉶傳奇：裴航遇雲翹夫人，與詩云：一飲瓊漿百感生，玄霜擣盡見雲英。藍橋便是神仙窟，何必崎嶇上玉京？後過藍橋驛，渴。茅舍有老嫗，揖之求漿。嫗令雲英以一甌漿飲之。航欲娶雲英。嫗言：已有靈丹，須得玉杵臼擣之。得玉杵臼，當相與。後航購得之。嫗乃令擣藥百日，嫗吞之，先入洞，告姻戚來迎航及女。就禮後，航及妻入玉洞爲上仙。○[王評]詩□佳。主人[校]稿本下原有胡盧而三字，塗去。笑[校]稿本下原有顧字，塗去。付左右。少間，有婢與辛耳語。辛起慰[校]稿本原作曰，改慰。客[校]稿本下原有小字，塗去。耐坐，[校]稿本下原有即復來遂四字，塗去。牽幕入。隱約三[校]抄本無三字。數語，[但評]隱約三數語，可想而知。老雌狐觀人於微，具有卓見。即趨出。生意必有佳報；而辛乃坐與嗢噱，[呂註]三國志，魏志，鍾繇傳引魏略：太子又書曰：執書嗢噱。注：嗢噱，笑也。[何註]嗢，烏骨切，音近兀，嗢噱，談笑也，但與談笑，不言姻事也。不復有他言。生不能忍，問曰：「未審[校]稿本下原有者人二字，塗去。意旨，幸釋疑抱。」辛曰：「君卓犖[何註]卓犖，犖音落，超絶也。士，傾風已久。但有私衷，所不敢言耳。」生固請之。[校]抄本無之字。辛曰：「弱息十九人，嫁者十有二。醮命任之荆人，老夫不與焉。」生曰：「小生祇要得今朝領小奚奴帶露行者。」[何評]輕脱。辛不應，相對默然。聞房内嚶嚶膩語，[校]稿本下原有依稀有一紅衣人在八字，塗去。○[但評]卓犖二字，對輕脱縱酒而反譏之也。醮命誘之婦人，以隱約之三數語，不便面述，非真不敢與聞也。即房内嚶嚶膩語，安知不以鄉曲之儇子薄之乎？觀其後喪德殺身，早知今日諸語，輕薄之態，此際已窺之稔矣。生乘醉搴簾曰：[稿本無名氏乙評]輕態如畫。「伉儷既不可得，當一見顔色，以消吾憾。」内聞鈎動，羣立愕顧。果有紅衣人，[校]上三字，稿本原作女子衣淡紅者，塗改。振袖傾鬟，亭亭[校]稿本原作娟娟，塗改。拈帶。[校]上二字，稿本原作都雅，塗改。望見生入，遍室張皇。辛怒，命數人捽生出。酒愈湧上，倒蓁蕪中。[何註]榛蕪，草莽也。瓦石亂落如雨，[但評]未曾獻鏡臺，却先報之以瓦石，是後日府尹摎掠預兆。幸不着體。卧移時，聽驢子猶齕草路側，[馮評]晁端有詩云：小雨愔愔人不寐，卧聽瘦馬齧殘芻。寫得静中景色出。此在酒醉後尤覺逼真。乃起跨驢，踉蹡[何註]踉蹡音亮蹌，不速不正也。潘岳射雉賦：踉蹡而徐來。又註：踉蹡，行不能正履也。而行。夜色迷悶，悞入澗谷，狼奔鴟叫，竪毛寒心。踟躕四顧，並不知其何所。遥望蒼林中，燈火明滅，疑必[校]青本、抄本作心。村落，竟馳投之。[馮評]又開異境。仰見高閎，[何註]閎音宏，門也。以策[何註]策，鞭也。撾門。内有問者[校]上四字，抄本作内問。曰：「何處郎君，[校]上四字，抄本作何人。半夜來此？」生以失路告。問者[校]上二字，抄本作内。曰：「待達主人。」生累足鵠竢。[何註]累足，猶側足不敢正立也。鵠竢，竢，古俟字，引頸相望也。忽聞振管闢扉，［何註］振管，動管。闢扉，開門也。一健僕出，代客捉驢。生入，見室甚華好，堂上張燈火。少坐，有［校］稿本下原有中年二字，塗去。婦人出，問客姓字。［校］抄本作氏。生以告。踰刻，青衣數人，扶一老媼出，曰：「郡君［呂註］按：漢武帝尊王太后母臧兒爲平原郡君，此封郡君之始也。至。」生起立，肅身欲拜。媼止之坐。謂生曰：「爾非馮雲子之孫耶？」曰：「然。」媼曰：「子當是我彌甥。［呂註］左傳，哀二十三年：季康子曰：以肥之得備彌甥也。注：彌，遠也。康子父之舅氏，故曰彌甥。［何註］彌甥，外甥也。老身鐘漏並歇，［呂註］宋許觀東齋記事：今人言人之衰老，書則曰鐘鳴漏盡。田豫爲并州刺史，年老求遜位。司馬仲達以爲豫充壯，書喻未聽。豫答曰：年過七十而以居位，譬猶鐘鳴漏盡而夜行不休，是罪人也。［何註］鐘漏并歇，猶云鐘鳴漏盡，喻此生已過也。殘年向盡，骨肉之間，殊所乖闊。」生曰：「兒少失怙，與我祖父處者，十不識一焉。素未拜省，乞便指示。」媼曰：「子自知之。」［馮評］又不說明。奇。生不敢復問，坐對懸想。媼曰：「甥深夜何得來此？」生以膽力自矜詡，［但評］被捽而以膽力自矜詡，可知習氣難改。遂一一［校］抄本無上二字。歷陳所遇。媼笑曰：「此大好事。況甥名士，殊不玷於姻婭，［校］此據青本，稿本、抄本作媚。野狐精何得强自高？［馮評］微露出。甥勿慮，我能爲若［校］青本作婉。致之。」生稱［校］抄本無稱字。謝唯唯。媼顧左右曰：「我不知辛家女兒，遂如此端好！」青衣人曰：「渠有十九女，都翩翩有風格。不知官人所聘行幾？」生曰：「年約十五餘矣。」青衣［校］青本下有人字。曰：「此是十四娘。三月間，曾從阿母壽郡君，何忘卻？」媼笑曰：「是非刻蓮瓣爲高履，實以香屑，蒙紗而步者乎？」［馮評］每於極瑣事隨口謅出，隨筆點綴，是史家頰上添毫法。青衣曰：「是也。」媼曰：「此婢大會作意，弄媚巧。然果窕窈，［校］青本、抄本作窈窕。阿甥賞鑒不謬。」即謂青衣曰：「可遣小貍奴喚之來。」青衣應諾去。移時，入白：「呼得辛家十四娘至矣。」旋見紅衣女［校］青本作娘。子，望媼俯拜。媼曳之［校］抄本無上二字。曰：「後爲我家甥婦，勿得修婢子禮。」女子起，娉娉［何校］娉音瓶，美貌。而立，紅袖低垂。［校］稿本下原有嫋如烟柳四字，塗去。媼理其鬟髮，捻其耳環，［馮評］老姥性情，形狀如見。曰：「十四娘近在閨中作麽生？」［呂註］傳燈錄：天柱崇慧禪師僧問達摩未來時還有佛法也無？師曰：未來且置，即今事作麽生？貫休懷周樸張爲詩：白髮應全白，生涯作麽生？［何註］麽生，謂甚麽生活也。歐陽修詩：問向青州作麽生？女低應曰：「閒來只挑繡。」回首見生，［但評］前已三次寫女，都是虛寫。此復蜿蜒而入，從生口中點其年，從青衣人口中點其名，從媼口中點其端好媚巧，然後喚之。及入白辛家十四娘至矣，可以直落出見生矣；乃先說生見女拜媼，見媼曳女，見女娉娉而立，見媼理其鬟髮，捻其耳環，又間以問答語，然後說回首見生。香山詩云：千呼萬喚始出來，猶抱琵琶半遮面。文境似之。羞縮不安。［馮評］插一句，妙。媼曰：「此吾甥也。盛意與兒作姻好，何便教迷途，終夜竄谿谷？」女俛首無語。媼曰：「我喚汝，非他，欲爲阿［校］青本作我，抄本作吾。甥作伐耳。」女默默而已。媼命掃榻展裀褥，即爲合卺。女靦然曰：「還以告之父母。」媼曰：「我爲汝作冰，有何舛謬？」女曰：「郡君之命，父母當不敢違。然如此草草，婢子即死，不敢奉命！」［但評］有媒妁之言，猶須待父母之命，如此草草，即死不敢奉命。可知以禮自守，即君父亦不能奪之也。嫗笑曰：「小女子志不可〔校〕稿本可字原作必，改可。奪，真吾甥婦也！」〔但評〕天下豈有喚來即合卺者耶？如此草草，則何時何事不可草草？今日不可草草，即死不敢奉命，志不可奪，所以他日處患難時，而能以身任也。彼屈於勢利者，自視太輕，無所不可；一遇有事故，那能擔代得起。乃拔女頭上金花一朶，付生〔校〕稿本下原有曰可二字，塗去。收之。命〔校〕稿本命字係旁加。歸家檢曆，〔校〕稿本原作檢曆，旁又改涓吉，但檢曆二字未塗去。青本作涓吉。又稿本檢曆下原有生但有嫁娶五字，塗去。以良辰爲定。〔校〕上二字，稿本原作新人便到耳，塗改。乃使青衣送女去。聽遠雞已唱，遣人持驢送生出。數步外，欻一回〔校〕青本下有頭字。顧，則村舍已失；但見松楸〔何註〕楸音秋，梓屬。濃黑，蓬顆〔何註〕蓬顆，顆，土也。漢書，賈山傳：使其後世曾不得蓬顆蔽冢而託葬焉。注謂塊上生蓬者耳。蔽冢而已。〔馮評〕以上朦朧不明，四語分曉。〔但評〕終日昏昏醉夢間。定想移時，乃悟其處爲薛尚書墓。薛故生〔校〕抄本作薛乃生故。祖母弟，故相呼以甥。心知遇鬼，然亦不知十四娘何人。咨嗟而歸，漫檢曆〔校〕青本作涓吉。以待之，而〔校〕稿本下原有中字，塗去。心〔校〕稿本下原有怔營惟三字，塗去。恐鬼約難恃。再往蘭若，則殿宇荒涼。〔校〕稿本下原有無復人面四字，塗去。問之居人，則〔校〕稿本原作往，改則。寺中往往見狐狸云。陰〔校〕稿本原作自，改陰。念：〔校〕稿本下原有佳人二字，塗去。若得麗人，〔校〕上二字，稿本係旁加。狐〔校〕稿本下原有婦字，塗去。亦自〔校〕稿本自字係旁加。佳。至日，除舍掃途，〔校〕稿本下原有翹足凝待四字，塗去。更僕〔呂註〕禮，儒行：哀公曰：敢問儒行。孔子對曰：遽數之不能終其物；悉數之乃留，更僕未可終也。注：更僕，更代其僕也。眺望，夜半猶寂。生已無望。〔校〕上三字，稿本原作輾轉不能夕中心若弔，塗改。又此三字上，原有改文□想亦，塗去。頃之，門外譁然。躧屣出窺，則繡幰已駐於庭，雙鬟〔校〕此據青本、抄本，稿本作環。扶女坐青廬中。妝奩亦無長物，惟兩長鬣奴扛一撲滿，〔呂註〕西京雜記：撲滿者，以土爲器，以蓄錢。有入竅而無出竅，滿則撲之。大如甕，息肩置堂隅。〔校〕稿本隅原作頰中，塗改。生喜得麗偶，〔校〕稿本下原有如涸鮒之得甘霖七字，塗去。抄本麗偶作佳麗。並不疑其異類。問女曰：「一死鬼，卿家何帖服之甚？」女曰：「薛尚書，今作五都巡環使，數百里鬼狐皆備扈從，故歸墓時常少。」生不忘蹇修，〔呂註〕楚辭：解佩纕以爲言兮，吾令蹇修以爲理。注：蹇修，伏羲臣，理媒也。翼日，往祭其墓。歸見二青衣，持貝錦爲賀，〔校〕稿本下原有問之不答四字，塗去。竟委几上而去。生以告女，女視之，〔校〕抄本無上二字。曰：「此郡君物也。」〔但評〕此以上叙生以輕脱縱酒而得妻。然得妻全賴蹇修之力，猶是意外之幸也。此以下叙生以輕脱縱酒而遘禍。雖有賢婦規戒，而終不悛，則禍乃意中之事矣。邑有楚銀臺之公子，〔馮評〕又生波折。少與生共筆硯，相〔校〕青本、抄本相上有頗字。狎。〔校〕稿本下原有擾字，塗去。聞生得狐婦，餽遺爲餪，〔呂註〕集韻：餪，奴亂切，音偄。婚之三日而宴，謂之餪。〔何註〕餪音暖，女嫁後三日餉食爲餪女。即登堂稱觴。越數日，又折簡來招飲。女聞，謂生曰：「曩公子來，我穴壁窺之，其人猿睛而鷹準，〔呂註〕史記，高祖本紀：隆準而龍顔。準音拙，鼻也。不可與久居也。〔但評〕女何必窺客？知生之爲人，而探其所與久居者何如人耳。宜勿往。」生諾之。翼日，公子造門，問負約之罪，且獻新什。〔馮評〕春雲漸展。生評涉嘲〔校〕上三字，稿本原作嗤嗤，塗改。笑，〔校〕稿本下原有且讀之三字，塗去。公子大慚，不懽而散。生歸，笑述於房。女慘然曰：「公子豺狼，不可狎也！〔但評〕曰猿睛，曰鷹準，曰豺狼，若而人者，吾畏之避之，願終身不得見之。若狐也，吾友之，吾事之。子不聽吾言，將及於難！」生笑謝之。〔但評〕生笑述而女慘言，非慘公子豺狼，而慘生之嘲笑也。女慘言之，生笑謝之，可知其必不能改矣。後與公子輒相諛噱，〔何註〕諛，諂也；噱，笑言也。韓愈詩：左右供諂譽，親交獻諛噱。前郤〔校〕青本作郄。○〔何註〕郄同隙，從邑。從節是却字。漸釋。會提學試，公子第一，生第二。〔校〕青本無上三字。公子沾沾自喜，走伻〔何註〕伻音怦，使也。書，洛誥：伻來，以圖及獻卜。來邀生飲。生辭，頻招乃往。至則知爲公子初度，客從滿堂，列筵甚盛。公子出試卷示生。〔馮評〕春雲再展。親友疊肩〔何註〕疊肩，謂人爭先睹，前後之人肩相疊也。歎賞。酒數行，樂奏作〔校〕抄本無作字。於堂，鼓吹傖儜，〔呂註〕前漢書，賈誼傳：國制搶攘。師古云：搶攘，讀傖儜，亂貌。〔何註〕傖，士庚切；儜，女耕切。唐書，劉禹錫傳：鼓吹裴回，其聲傖儜。註：相呼也。賓主甚樂。〔校〕青本作樂甚。公子忽謂生曰：「諺云：『場中莫論文。』此言今知其謬。〔但評〕由此言觀之，特井底蛙耳。小生所以忝出君上者，以起處數語，略高一籌耳。」〔馮評〕獃狂如見。〔何評〕獃公子如見。公子言已，一座盡贊。生醉不能忍，大笑〔但評〕此時笑，他時哭矣。曰：「君到於今，尚以爲文章至是耶？」〔但評〕語實痛快，無如身受搒掠矣。生言已，一座失色。〔校〕上二字，稿本原作盡眙，塗改。公子慚忿氣結。〔校〕稿本下原有不能言三字，塗去。客漸去，生亦遁。〔校〕稿本下原有去字，塗去。醒而悔之，〔但評〕與其醒而悔，何如不醉而不言？因以告女。女不樂曰：「君誠鄉曲之儇子也！輕薄之態，施之君子，則喪吾德；施之小人，則殺吾身。〔馮評〕安得此長者之言，我欲以箴名奉之。〔何評〕格言。〔但評〕士人當書爲座右箴。○謬贊原可不必，大笑亦復何爲？施之君子數語，金石之言，學者當奉之爲座右箴。輕薄施之小人，必致終身之禍。無論受者難堪，即見者亦代爲慘矣。而孰知施之君子而喪德，其禍更有甚於搒掠者。受者且不自知，人又惡從而知之？可哀也夫！君禍不遠矣！我不忍見君流落，請從此辭。」〔但評〕實實傷心，非劫制語。生懼而涕，且告之悔。女曰：「如欲我留，與君約：〔校〕上三字，原作當字，塗改。從今閉戶絕交遊，勿浪飲。」〔校〕稿本下原有郊郭二字，塗去。○〔但評〕遲矣。生謹受教。十四娘爲人勤儉灑脱，日以紝〔何註〕紝音壬。禮，內則：織紝組紃。紃音旬。織爲事。時自歸寧，未嘗踰夜。又時出金帛〔校〕青本作泉。作生計。日有贏餘，輒投撲滿。日杜門戶；有造訪者，輒囑蒼頭謝去。〔馮評〕中間此一段，文勢不平。一〔校〕青本作翼。日，楚公子馳函來，〔馮評〕春雲三展。女焚爇不以聞。翼日，出弔於城，遇公子于喪者之家，捉臂苦邀。〔校〕抄本作約。○〔馮評〕春雲四展。生辭以故。公子使圉人挽轡，擁之〔校〕稿本之原作捽，改之。抄本作捽。以行。〔馮評〕忽起忽跌。至家，立命洗腆。〔何註〕書，酒誥：厥父母慶，自洗腆致用酒。洗，盡也。腆，厚也。繼辭夙退。公子要〔校〕稿本要原作邀，改要。遮無已，出家姬彈箏爲樂。〔馮評〕遂入玄中。生素不羈，〔何評〕病根。向閉置庭中，頗覺悶損；忽逢劇飲，興頓豪，無復縈念。〔但評〕豎子不足教也。因而酣醉，〔校〕抄本作醉酣。頹臥席間。公子妻阮氏，最悍妒，婢妾不敢施脂澤。日前，婢入齋中，〔校〕稿本下原有久字，塗去。爲阮掩執，以杖擊首，腦裂立斃。〔馮評〕中叉間一段。公子以生嘲慢故，啣生，日思所報，遂謀醉以酒而誣之。[馮評]遥接前。乘生醉寐，扛尸牀間，合扉徑去。[馮評]人情浪激，世路峯攢，何處得鐵室而居之。生五更醒解，[何註]醒解，醒音呈，醉而覺也。始覺身臥几上。起尋枕榻，則有物膩然，紲絆[校]此據抄本、稿本、青本作袢。○[何註]紲絆音薛半。紲，繫也。絡首曰羈，足曰絆。步履，摸之，人也。意主人遣僮伴睡。又蹵之，不動[校]稿本下原有舉之二字，塗去。抄本有此二字。而殭。[何註]殭同僵。大駭，出門怪呼。廝役盡起，爇之，見尸，執生怒鬧。公子出驗之，誣生[校]上二字，稿本原作怒曰：我待爾不薄，何遂，塗改。逼奸殺婢，[校]稿本下原有子，生百口無以自明，乃嘆曰：悔不聽妻言，以至於此！塗去。執送廣平。隔日，十四娘始知，潸然[校]抄本作泣。曰：「早知今日矣！」[但評]早知今日矣一句中，有無限傷心事，却只説得此一句，却又無須再説第二句。蓋其知也不始於爇函之時，不始於與約絶交遊、勿浪飲之時，並不始於餽遺爲饌，穴壁窺見公子之時；直從乘醉求婚，乘醉爲詩，乘醉坐索，甚之乘醉搴簾直入時，而知其必不免矣。因按日以金錢遺生。生見府尹，無理可伸，朝夕搒掠，皮肉盡脱。女自詣問。生見之，悲氣塞心，不能言説。女知陷阱[何註]陷阱，阱音静，坑坎也。已深，勸令[校]上四字，稿本原作曰：自貽伊戚，復怨阿誰？今日網羅張滿，陷害深□思合，塗改。誣服，以免刑憲。[校]上四字，稿本原作或有生時徒受摧殘，亦復何益，塗改。生泣聽命。女還往之間，人咫尺不相窺。[馮評]閒中安頓一句，讀至下文方知其妙。歸家咨惋，[但評]歸家咨惋後，憑空閒叙，令人見神見鬼，將信將疑。末後一筆點醒，遂令筆墨俱化爲煙雲飛去。蜃樓海市，有此奇觀。遽遣婢子去。獨居數日，又託媒媪購良家女，名禄兒，年已[校]抄本無已字。及笄，容華頗麗；與同寢食，撫愛異於羣小。［校］稿本下原有自生被收，用度益繁，年餘漸不自給，主婢食貧，然囹圄資斧未嘗一日缺。塗去。○［馮評］弄鬼弄神，令人不測。［但評］推波助瀾，飛煙結霧，遂爾警策，令人目眩心迷。悟此自可除平鋪直叙之病。生認誤殺擬絞。蒼頭得信歸，慟述不成聲。女聞，坦然若不介意。既而秋決有日，女始皇皇躁動，晝去夕來，無停履。每於寂所，於邑悲哀，至損眠食。［馮評］包括一切。一日，日晡，［何註］日晡，晡音逋，申時也。狐婢忽來。女頓起，相引屏語。［何註］屏語，屏音丙，屏退左右而言也。禮，曲禮：侍於君子，有告者曰：少閒，願有復焉。則左右屏而退。出則笑色滿容，料理門户如平時。翼日，蒼頭至獄，生寄語娘子一往永訣。蒼頭復命。女漫應之，亦不愴惻，殊落落置之。［校］稿本之字原作度外，塗改。○［馮評］陡筆，令人不測。家人竊議其忍。忽道路沸傳，楚銀臺革爵；［校］抄本作職。平陽觀察奉特旨治馮生案。蒼頭聞之［校］稿本之字原作而大，塗改。喜，告主母。女亦喜，即遣入府探視，則生已出獄，相見悲喜。俄捕公子至，一鞫，盡得其情。生立釋寧家。歸見閨中人，［校］上三字，抄本作女。泫然流涕，女亦相對愴楚，悲已而喜。［馮評］此段仍不説明。然終不知何以得達上聽。女笑指婢曰：「此君之功臣也。」［但評］先斷後叙。生愕問故。先是，女遣婢［校］上五字，稿本原作婢曰初奉小姐命，塗改。赴燕都，欲達宫闈，爲生［校］稿本生字原作官人，塗改。陳寃。［校］抄本下有抑字。○［但評］不謂輕薄縱酒者，有此内助，有此功臣。婢至，則［校］上三字，稿本原作抑不意，塗改。宫中［校］稿本下原有都字，塗去。有神［校］稿本下原有明字，塗去。守護，徘徊御溝〔吕注〕中華古今注：長安御溝謂之楊溝，植楊於其上也。一曰羊溝，謂羊喜觝觸垣牆，爲溝以隔之，故曰羊溝。亦曰禁溝。引終南山水從宮内過，故曰御溝。間，數月不得入。婢〔校〕稿本婢字原作我惶恐，塗改。懼悮事，方欲歸謀，忽聞今上〔校〕稿本原作今上，旁又改天子，但今上二字未塗去。青本作天子。將幸大同，婢〔校〕稿本下原有子字，塗去。乃預往，僞作流妓。上至句闌，〔吕注〕南宋市肆記：有瓦子句闌，又謂之邀棚。〔何注〕句闌，妓院也。極〔校〕稿本原作妾字，塗改。蒙寵眷。〔馮評〕須記得開首書正德間三字，非同泛泛。蓋武宗嘗出宣、大，幸妓劉美人，事非無因，若他帝王則殊欠自然矣。疑婢〔校〕上二字，稿本原作顧謂我，塗改。不似風塵人。婢〔校〕稿本原作我，改婢。乃垂泣。上問：「有何寃苦？」婢〔校〕稿本下原有子字，塗去。對：〔校〕抄本下有曰字。「妾原籍隸〔校〕青本無隸字，抄本隸上有直字。廣平，生員馮某之女。父以寃獄將死，遂鬻妾句闌中。」上慘然，賜〔校〕稿本下原有我字，塗去。金百兩。臨行，細問顛末，以紙筆記姓名；且言欲與〔校〕稿本下原有婢子二字，塗去。共富貴。婢〔校〕稿本原作我，改婢。言：「但得父子團聚，不願華膴〔何注〕華膴，膴音武。華以服飾居處言，膴以肥甘言也。也。」上頷之，乃去。婢以此情告生。〔校〕上六字，稿本係旁加。〇〔馮評〕遥接。完婢一段事。生急〔校〕抄本下有起字。拜，〔校〕稿本下原有履側二字，塗去。淚眥雙熒。居無幾何，女忽謂生曰：「妾不爲情緣，何處得煩惱？〔但評〕由情緣而得煩惱，是真煩惱；由酸衷而生厭苦，是真厭苦。〇一入情緣，便生煩惱。情緣無了時，則煩惱亦無盡境。有生便有滅，易生便難滅。如要盡滅，除是不生。從何處得將來，須從何處脱將去。韜光遠引，立地便是真仙。君被逮時，妾奔走戚眷間，並無一人〔校〕稿本下原有可字，塗去。代一謀者。〔何評〕十四娘尚如此，世情可知。爾時酸衷，誠不可以告愬。今視塵俗益厭苦。我已爲君畜良偶，可從此別。」〔馮評〕若女急去便少致。生聞，〔校〕稿本下原有大驚二字，塗去。泣伏不起。女乃止。夜遣祿兒侍生寢，生拒不納。朝視十四娘，容光頓減；又月餘，漸以衰老；半載，黯黑如村嫗：生敬之，終不替。〔何註〕替音剃，止也。女忽復言別，且曰：「君自有佳侶，安用此鳩盤〔呂註〕御史臺記：唐任瓌畏妻。杜正倫譏弄之。瓌曰：婦當畏者三：少妙之時，如生菩薩；及兒女滿前，如九子魔母；至五六十時，傅施妝粉，或青或黑，如鳩盤茶，此非可畏者耶？○按：鳩盤茶，鬼名也。瓌好佞佛，故以爲比。爲？」生哀泣如前日。又踰月，女暴疾，絕食飲，〔校〕抄本作飲食。羸卧閨闥。〔校〕青本作闈。生侍湯藥，如奉父母。巫醫無靈，竟以溘逝。〔何註〕溘，奄忽也。逝，往也。生悲怛欲絕。即以婢賜金，〔馮評〕賜金二字他人已忘却矣。爲營齋葬。數日，婢亦去，遂以祿兒爲室。踰年舉〔校〕抄本作生。一子。然比歲不登，家益落。夫妻無計，〔校〕上四字，稿本原作朝不謀夕，塗改。對〔校〕稿本對上原有暇則二字，改日惟，復塗去。影長愁。忽憶堂陬撲滿，常見十四娘投錢於中，不知尚在否。〔稿本無名氏乙評〕收結撲滿。近臨之，則豉具鹽盎，〔何註〕豉，豆豉也。盎，缶也，盆也。羅列殆滿。頭頭置去，箸探其中，堅不可入；撲而碎之，金錢溢〔校〕上三字，稿本原作阿堵物傾注而，塗改。出。由此〔校〕上二字，稿本原作百千且溢，夫婦狂喜，資以御窮，塗改。頓大充裕。後蒼頭至太華，遇十四娘，乘青騾，婢子跨蹇以從，問：「馮郎安否？」〔何評〕問舊。且言：「致意主人，我已名列仙籍矣。」〔何評〕寄聲好。〔但評〕問馮郎猶輕薄否？我已名列仙籍矣。言訖，不見。

異史氏曰：「輕薄之詞，多出於士類，此君子所悼惜也。余嘗冒不韙之名，〔吕註〕左傳，隱十一年：犯五不韙，而以伐人，其喪師也，不亦宜乎？注：韙，是也。言寃則已迂；然未嘗不刻苦自勵，以勉附於君子之林，而禍福之説不與焉。〔馮評〕聊齋才人，於朋輩中出輕薄語或亦有之，然余觀其議論心術，君子人也。〔但評〕余亦有鑑於此，故於先生之戒人者，低徊之而不去。若馮生者，一言之微，幾至殺身，苟非室有仙人，亦何能解脱囹圄，以再生於當世耶？可懼哉！」

〔何評〕輕薄之態，施之君子則喪吾德，施之小人則喪吾身，能守斯言，雖至聖賢可也，豈但神仙哉！辛十四娘名列仙籍而不與俱，正恐佻脱者非其器也。

白蓮教*

白蓮教某者，山西人，忘其姓名，〔校〕抄本無上四字。大約徐鴻儒之徒。左道惑衆，慕其術者多師之。〔校〕上七字，抄本作噿其術者甚衆。某〔校〕抄本無某字。一日將他往，堂中置一盆，又一盆覆之，囑門人坐守，戒勿啓視。去後，門人啓之，視〔校〕抄本作見。盆貯清水，水上編草爲舟，帆檣具焉。異而撥以指，隨手傾側；急扶如故，仍覆之。俄而師來，怒責：〔校〕抄本下有曰字。「何違吾命？」門人立白其無。師曰：「適海中舟覆，何得欺我？」又一夕，燒巨燭於堂上，戒恪守，勿以風滅。漏二滴，〔校〕上二字，抄本作三下。青本滴作鼓。師不至。儽〔何註〕儽音壘，懶懈也。然而殆，就牀暫寐；及醒，燭已竟滅，急起爇之。既而師入，又責之。門人曰：「我固不曾睡，燭何得息？」師怒曰：「適使我暗行十餘里，尚復云云耶？」〔但評〕此甚奇，而卒不免於敗者，邪必不能勝正也。惡乎奇？門人大駭。如此〔校〕抄本無上二字。奇行，種種不〔校〕抄本下有可字。勝書。後有愛妾與門人通。覺之，隱而不言。遣門人飼〔校〕此據青本，稿本、抄本作伺。豕；門人入圈，〔何註〕圈音倦，畜養之間也。立地化爲豕。某即呼屠人殺之，貨其肉。人無知者。門人父以子不歸，過問之，辭以久弗至。門人〔校〕青本下有父回二字。家諸〔校〕抄本作各。處探訪，絕〔校〕抄本作杳。無消息。有同師者，隱知其事，洩諸門人〔校〕抄本下有之字。父。門人〔校〕抄本無上二字。父告之邑宰。宰恐其遁，不敢捕治；達於上官，請甲士〔校〕上七字，抄本作詳請官兵。千人，圍其第，妻子皆就執。閉置樊籠，〔呂註〕莊子，養生主：澤雉十步一啄，百步一飲，不期畜於樊中。注：樊，籠也。○北史，陽休之傳：不樂煩職。典選稍久，非其所好，每謂人曰：此官實自清華，但煩劇，妨吾賞適，真是樊籠矣。〔何註〕樊籠，囚籠也。將以解都。途經太行山，山中出一巨人，高與樹等，目如盎，口如盆，牙長尺許。兵士愕立不敢行。某曰：「此妖也，吾妻可以卻之。」乃如其言，〔校〕上四字，抄本作甲士。脫妻縛。妻荷戈往。巨人怒，吸吞之。衆愈駭。某曰：「既殺吾妻，是須吾子。」乃〔校〕抄本無乃字。復出其子，又被吞如前狀。〔校〕上六字，抄本作巨人又吞之。衆各對覷，〔校〕抄本作衆相覷。莫知所爲。某泣且怒曰：「既殺我〔校〕青本、抄本作吾。妻，又殺吾子，情何以甘！然〔校〕抄本無然字。非某自往不可也。」〔但評〕邪術可誅，賊智亦可畏。衆果出諸籠，授之刃而遣之。巨人盛氣而逆。格鬬〔呂註〕新唐書，郭知運傳：猿臂虎口，以格鬬功累補秦州三度府果毅。注：格，敵也。不用器械，鬬以白手曰格。○又杜甫詩：中原正格鬬。注：相絕而殺之曰格。〔何註〕格鬬，格敵也。史記，張儀列傳：驅羣羊攻猛虎，不格明矣。

移時，巨人抓攫［何註］抓攫音蚤矍，以爪刺也，又持也。入口，伸頸咽下，從容竟去。［馮評］去得乾浄，不知甲士千人歸何以爲情也。［但評］從容竟去句，囫圇極妙。有謂其全家俱入妖口，是大快事。笑應之曰：當時兵士亦如此説。

［何評］兵士無識，乃爲邪術所愚。

雙燈*

魏運旺，益都之[校]抄本無之字。盆泉人，故世族大家也。後式微，[何註]式微，謂家道中落也。詩，邶風：式微式微胡不歸？不能供讀。年二十餘，廢學，就岳業酤。[何註]酤音孤，賣酒也。淮南子：出于屠酤之肆。一夕，魏[校]抄本無魏字。獨卧酒樓上，忽[校]青本無忽字。聞樓下[校]青本無上二字。踏蹴聲。魏[校]抄本無魏字。驚起，悚聽。聲漸近，尋[校]抄本作循。梯而上，步步繁響。無何，雙婢挑燈，已至榻下。後一年少書生，導一女郎，近榻微笑。魏大愕怪。轉知爲狐，髮毛森豎，俯首不敢睨。書生笑曰：「君勿見猜。舍妹與有前因，便合奉事。」魏視書生，錦貂炫目，自慚形穢，靦顏[校]抄本無上二字。不知所對。書生率婢子，[校]抄本無子字。遺燈竟去。魏細瞻[校]抄本作視。女郎，楚楚若仙，心甚悦之。然慚怍不能作游語。女郎[校]抄本無郎字。顧笑曰：「君非抱本頭者，何作措大氣？」遽近枕席，煖手於懷。魏始爲之破顔，捋袴相嘲，遂與狎昵。曉鐘未發，雙鬟即來引去。復訂夜約。至晚，女果至，笑曰：「癡郎何福？不費一錢，得如此佳婦，夜夜自投到也。」魏喜無人，置酒與飲，賭藏枚。女子什［校］抄本作十，通什。有九贏。乃笑曰：「不如妾約［校］抄本作握。枚子，君自猜之，中則勝，否則負。若使妾猜，君當無贏時。」遂如其言，通夕爲樂。既而將寢，曰：「昨宵衾褥澀冷，令人不可耐。」遂喚婢襆被來，展布榻間，綺縠香耎。頃之，緩帶交偎，口脂濃［校］青本作游。射，真不數漢家温柔鄉也。自此，遂以爲常。後半年，魏歸家。適月夜與妻話窗間，忽見女郎華妝坐牆頭，以手相招。魏近就之。女援之，踰垣而出，把手而告曰：「今與君別矣。請送我數武，以表半載綢繆之義。」［校］青本作誼，抄本作愛。魏驚叩其故。女曰：「姻緣自有定數，何待說也。」［但評］何待説三字，看得極明白自然，處得極冷淡。語次，至村外，前婢挑雙燈以待，竟赴南山，登高處，乃辭魏言別。魏［校］抄本無魏字。留之不得，遂去。魏佇立徬徨，遥見雙燈明滅，漸遠不可覩，怏鬱［校］抄本作怏。而反。是夜山頭燈火，村人悉望見之。

［何評］夙緣。

［但評］來也突焉，去也忽焉。漢家温柔鄉不敵邯鄲黃粱一夢也。雙燈導來，雙燈引去，直是雙眸之恍惚耳。有緣麾不去，無緣留不住，一部聊齋，作如是觀；上下古今，俱作如是觀。

*捉鬼射狐

[校]稿本、抄本另一題均作李公，稿本筆跡不類作者，似爲後人所加。

李公著明，睢寧令襟卓先生公子也。爲人豪爽無餒怯。[校]青本作卻。爲新城王季良先生[校]抄本無上二字。〇[馮評]漁洋族祖。內弟。先生[校]抄本作季良。家多樓閣，往往覩[校]抄本作見。怪異。公常暑月寄宿，愛閣上晚涼。或告之異，公笑不聽，固命設榻。主人如請。[校]抄本作言。囑僕輩伴公寢，[校]抄本作宿。公辭言：[校]抄本作曰。「喜獨宿，生平[校]抄本作生平愛獨宿。不解怖。」[校]青本作怪。主人乃使炷息[校]抄本無息字。香於爐，請衽何趾，[呂註]禮，曲禮：請衽何趾。注：設卧席，則問足向何方也。[何註]衽音妊，卧席也。始息燭覆扉而去。公即[校]抄本作就。枕移時，於月色中，見几上茗甌，[校]抄本作椀。傾側旋轉，不墮[校]抄本作墜。亦不休。公咄之，鏗[何註]鏗，甌落聲也。然立止。即[校]青本無即字，抄本作又。若有人拔香炷，炫摇空際，縱横作花縷。公起叱曰：「何物鬼魅敢爾！」裸裼下榻，欲就捉之。以足覓牀下，僅得一履；不暇冥搜，赤足撾摇處，炷頓插爐，竟寂無兆。公俯身遍摸暗陬，忽一物騰擊頰上，覺似履狀；［校］青本作伏。索之，亦殊不得。乃啓覆下樓，呼從人，爇火以燭，［校］抄本作燭之。空無一物，乃復就寢。［但評］裸裼赤足而搜摸暗陬，鬼物亦不敢爲害。固是氣壯，然其人亦必有正大處。既明，使數人搜屨，翻席倒榻，不知所在。主人爲公易屨。越日，偶一仰首，見一履［校］抄本作屨。夾塞椽間；挑撥而下，則公履也。公益都人，僑居於淄之［校］抄本作川。孫氏第。第綦闊，皆置閒曠；公僅居其半。南院臨高閣，止隔一堵。時見閣扉自啓閉，公亦不置念。偶與家人話於庭，閣門開，忽有一小人，面北而坐，身不盈［校］抄本作滿。三尺，綠袍［校］稿本下原有而字，塗去。白襪。衆指顧之，亦不動。公曰：「此狐也。」急取弓矢，對閣［校］此據青本，稿本、抄本作闕。欲射。小人［校］上二字，稿本原作其物，塗去。見之，啞啞作揶揄［校］抄本下有之字。聲，遂不復見。［但評］雖啞然作揶揄聲，畢竟不敢不去。小人情態可哂。公捉刀登閣，且罵且搜，竟無所覩，乃返。異遂絶。公居數年，安妥［校］抄本作平安。無恙。公長公友三，爲余姻家，其所目觸。［校］以上十三字，抄本無。青本觸作覩。

異史氏曰：「予生也晚，未得奉公杖履。［校］青本作屨。然聞之父老，大約慷慨剛毅丈夫也。觀此二事，大概可覩。浩然中存，鬼狐何爲乎哉！」［校］抄本無此段。

［何評］豪氣。

*蹇償債

〔校〕稿本原題經後人塗去改爲又，作爲前題之另篇。青本、抄本均作蹇償債。

李公著明，慷慨好施。鄉人某，〔校〕某，稿本原作王卓，塗改。後文某，稿本均原作卓。抄本均同稿本原文。傭居公室。〔校〕抄本作家。其人少游惰，不能操農業。〔校〕抄本作務。家窶〔校〕此據青本，稿本、抄本作屨。貧。然小有技能，常爲役〔校〕稿本下原有物字，塗去。務，每賚之厚。時無晨炊，向公哀乞，公輒給以升斗。一日，告公曰：「小人日受厚恤，三四口幸不殍餓。〔校〕抄本作餓殍。然曷〔校〕抄本作何。可以久。乞主人貸我菉豆一石作資本。」公忻然，〔校〕稿本下原有曰：爾能刻苦作生計，大好事，塗去。立命〔校〕青本、抄本無上二字。授之。某〔校〕青本無某字。負去，年餘，一無所償。及問之，豆貲已蕩然矣。公憐其貧，亦置不索。公讀書於〔校〕抄本無於字。蕭寺。後三年餘，忽夢某來，〔校〕稿本下原有公問之對四字，塗去。曰：「小人負主人豆直，今來投償。」公慰之，曰：「若索爾償，則平日所負欠者，何可算數？」〔校〕青本作數算。某愀然曰：「固然。凡人〔校〕稿本下原有少字，塗去。

抄本下有少字。有所爲而受［校］稿本受原作賜，改受。人［校］青本無人字。千金，可不報也；若無端受人資助，升斗且不容昧，況其多哉！」［馮評］辨義甚精。［但評］無端受人資助，且猶不可；況無端求人資助，而以此遨遊作終身衣食計者乎？噫！言已，竟去。公愈疑。既而家［校］青本作衆。人白公：［校］抄本下有曰字。「夜牝驢産一駒，且修偉。」公忽悟曰：「得毋駒爲［校］抄本作乃。某［校］稿本某原作王卓，塗改。抄本作王卓。耶？」越數日歸，見駒，戲呼某名。［校］稿本原作王卓，塗改。抄本作王卓。駒奔赴如［校］抄本作若。有知識。［馮評］三絃彈出邊關調，親見青騾回耳聽。自此遂以爲名。公乘赴青州，衡府内監見而悦之，願以重價購之，議直未定。適公以家中急務不及待，［校］抄本作家務急不可待。遂歸。又逾歲，駒與雄馬同櫪，齕折脛骨，不可療。有牛醫至公家，見之，謂公曰：「乞以駒付小人，朝夕療養，需以歲月。萬一得痊，得直與公［校］稿本下原有子字，塗去。抄本下有子字。剖分之。」公［校］稿本下原有已視爲廢物遂六字，塗去。如所請。後數月，牛醫售驢，［校］上二字，稿本原作忽來曰駒已售，塗改。得錢千八百，以［校］稿本以上原有敬字，塗去。半獻公。［校］稿本下原有子字，塗去。公受錢，頓悟，其數適符豆價也。噫！昭昭之債，而冥冥之償，此足以勸矣。

［何評］負欠豆價一石，遂至爲驢以報；今負欠動數萬者，其爲報不知何如矣。

頭滚*

蘇孝廉貞下［校］稿本下原有太字，塗去。抄本下有太字。○［吕註］名元行，淄川人。康熙戊午舉人，任濮州學正。有節婦某，家甚貧，被族甲逼之嫁。婦引刀自斷左手五指。蘇憐其苦，解學田二十畝贍其終身，濮人高之。卒於官。封公晝臥，見一人頭從地中出，其大如斛，在牀下旋［校］稿本旋字係旁加。轉不已。驚而中疾，遂以不起。［校］上四字，抄本作死。後其次公就蕩婦宿，罹殺身之禍，其兆於此耶？

［馮評］短篇文字不似大篇出色，然其敍事簡浄，用筆明雅。譬諸遊山者纔過一山又開一山，當此之時不無借徑於小橋曲岸、淺水平沙。然而前山未遠，魂魄方收，後山又來，耳目又費。雖不大爲着意，然政不致遂敗人意。況又其一橋一岸、一水一沙，並未一望荒屯絶徼之比。晚涼新浴，荳花棚下，摇蕉尾，説曲折，興復不淺也。

［何評］先兆當知所戒，則庶或免乎此矣；然非戰兢惕厲者不能。

鬼作筵*

杜秀才〔校〕抄本作杜生。九畹，〔何註〕畹音宛，田三十畝也。又云：十二畝。離騷經：滋蘭之九畹兮。内人病。會重陽，爲友人招作茱萸會。〔吕註〕風土記：以重陽相會，登山歆菊花酒，謂之登高會，又云茱萸會。杜甫詩：明年此會知誰健？醉把茱萸仔細看。〔何註〕九日登高，飲茱萸酒，曰茱萸會。早興，〔校〕抄本作起。盥已，告妻所往，〔校〕稿本下原有妻曰：爾自去，我家中有兒輩，可以照顧，塗去。冠服欲出。忽見妻昏憒，絮絮若與人言。杜異之，就問卧榻。妻輒「兒」呼之。家人心知其異。時杜有母柩未殯，疑其靈爽〔何註〕爽，明也。靈爽，靈明也。所憑。杜祝曰：「得勿〔校〕青本、抄本作毋。吾母耶？」妻罵曰：「畜産〔校〕抄本作生。何不識爾父？」杜曰：「既爲吾父，〔校〕稿本下原有不勝他人也五字，塗去。抄本有此五字。何乃歸家祟兒婦？」妻呼小字曰：「我耑爲兒婦來，何反怨恨？兒婦應即死；有四人來勾致，首者張懷玉。我萬端哀乞，甫能得〔校〕抄本無得字。允遂。我許小餽送，便宜付之。」〔但評〕既曰兒婦應即死矣，何以來勾致者以哀乞餽送而遂允之？果爾，則四人得財賣放，罪無可逃；而司事者於人生死之大，而夢夢乃爾，亦惡得無罪？杜如言，〔校〕上二字，抄本作即。於門外焚錢紙。〔校〕抄本作紙錢。妻又言〔校〕抄本無言字。曰：「四人去矣。彼不忍違吾面目，三日後，當治具酬之。爾母〔校〕抄本下有年字。老，龍鍾不能料理中饋。及期，尚煩兒婦一往。」杜曰：「幽明〔校〕抄本作冥。殊途，安能代庖？望父〔校〕抄本無父字。恕宥。」妻曰：「兒勿懼，去去即復返。此爲渠事，當毋憚勞。」言已，〔校〕稿本下原有曰盡此且去妻六字，塗去。抄本下有曰吾且去妻五字。即冥然，良久乃甦。杜問所言，茫不記憶。但曰：「適見四人來，欲捉我去。幸阿翁哀請，且解囊賂之，始去。我見阿翁鏹袱尚餘二錠，欲竊取一錠來，作餬口〔何註〕左傳，隱十一年：寡人有弟，不能和協，而使其餬口於四方。計。翁窺見，叱曰：『爾欲何爲！此物豈爾所可用耶！』我乃斂手未敢動。」杜以妻病革，疑信相〔校〕此據抄本，稿本、青本作未，同本作參。半。越三日，方笑語間，忽瞪目久之，語曰：〔校〕青本作以。「爾婦綦貪，曩見我〔校〕青本作吾。白金，便生覬覦。〔何註〕覬覦音冀俞，希望也。左傳，桓二年：下無覬覦。然大要以貧故，亦不足怪。將以婦去，爲我敦庖務，勿慮也。」言甫畢，奄然竟斃；約半日許，始醒。告杜曰：「適阿翁呼我去，謂曰：『不用爾操作，我烹調自有人，祇須堅坐指揮足矣。我冥中喜豐滿，諸物饌都覆器外，切宜記之。』我諾。至廚下，見二婦操刀砧於中，俱紺帔而緑緣〔何註〕紺，古暗切。深青揚赤色。帔音披，覆肩背衣也。緑緣，緑色之領緣也。之。呼我以嫂。

每盛炙於簋，必請覘視。曩四人都在筵中。進饌既畢，酒具已列器中。翁乃命我還。」杜大愕異，每語同人。

［何評］鬼愛媳亦猶人。

*胡四相公

[校]稿本原題胡相公，四字係旁加。抄本作胡相公。

萊蕪張虚一者，學使張道一[馮評]按萊蕪張並沚先生，名四教，順治丙戌進士，督學山右。道一或其或號歟？之仲兄也。[但評]立案。性豪放自縱。聞邑中某氏[校]抄本無氏字。宅爲狐狸所居，敬懷刺往謁，冀一見之。[校]上二字，稿本原作謀狐狸面，塗改。投刺隟[何註]隟，隙同，門隟也。中。移時，扉自闢。僕者[校]抄本無者字。大愕，卻退。[校]抄本作走。張肅衣敬入。見堂中几榻宛然，而闃[校]此據同本，稿本、青本、抄本作閴。〇[何註]闃音近橘，窺也。易，豐：闃其无人。疏：窺室無人也。寂無人。遂[校]抄本無遂字。揖而祝曰：「小生齋宿而來，仙人既不以門外見斥，何不竟賜光霽？」忽聞虚室[校]上二字，抄本作空。中有人言曰：「勞君枉駕，可謂[校]青本作爲。跫[何註]跫，冬韻，音蛩。三江音別義同。跫然，蹋聲。然足音[吕註]莊子，徐無鬼：夫逃空谷者，聞人足音，跫然而喜矣。矣。請坐賜教。」即見兩座自移相向。甫坐，即有鏤漆硃盤，貯雙茗醆，[何註]醆音琖，杯也。懸目前。各取對飲，吸瀝有聲，而終不見其人。茶已，繼[校]稿本繼上有斷字，疑衍文。之以酒。細審〔校〕青本作問。官閥，曰：「弟姓胡氏，於行爲四；〔校〕抄本作弟姓胡行四。曰相公，〔校〕上二字，稿本係旁加。從人所呼也。」〔但評〕自稱曰相公，狐亦妄自尊大。然以其小心行事，與學使較，則其自尊大也亦宜。於是酬酢議論，意氣頗洽。鼈羞鹿脯，雜以薌蓼。〔何註〕薌蓼音香了。薌通香，穀氣也。進酒行炙者，似小輩甚夥。酒後頗〔校〕抄本無頗字。思茶，意纔少〔校〕抄本無少字。動，香茗已置〔校〕青本作寘。几上。凡有所思，無不〔校〕抄本無上二字。應念而〔校〕抄本作即。至。張大悅，盡醉始〔校〕抄本作而。歸。〔但評〕酬酢議論，與乃弟意氣何如？所思應念而至，與乃弟侍者何如？相見恨晚，可知不醉無歸。自是三數日必一〔校〕稿本一原作以，改一。訪胡，〔校〕上二字，抄本作往。胡亦時至張家，並〔校〕抄本作俱。如主客往來禮。一日，張問胡曰：「南城中巫媪，日託狐神，漁病家〔校〕抄本無上二字。利。不知其家狐，君識之否？」胡〔校〕抄本無胡字。曰：「彼〔校〕抄本無彼字。妄耳，實無狐。」〔馮評〕今之巫覡，皆此類也。少間，張起溲溺，聞〔校〕稿本下原有邊字，塗去。小語曰：「適所言南城狐巫，未知何如人。小人欲從先生往觀之，煩一言請於主人。」張知爲小狐，乃應曰：「諾。」即席而〔校〕抄本無而字。請於胡〔校〕青本、抄本作狐。曰：「我欲得足下服役者一二輩，往探狐巫，敬請君命。」胡〔校〕各本均作狐，據上下文，應作胡。固言不必。〔但評〕爾爲爾，我爲我，故言不必。張言之再三，乃許之。既而張出，馬自至，如有控〔何註〕控，空去聲，引也。者。既騎而行，狐相語於途，謂張〔校〕抄本無上二字。曰：「後〔校〕抄本後上有今字。先生于道途間，覺有細沙散落衣襟上，便是吾輩從也。」語次進〔校〕抄本作入。城，至巫家。巫見張至，笑逆〔校〕青本、抄本作迎。曰：「貴人何忽得〔校〕抄本作降。臨？」張曰：「聞爾家狐子大靈應，果否？」巫正容曰：「若箇蹀躞〔何註〕蹀躞，猶云瑣碎也。語，不宜貴人出得！何便言狐子？恐吾家花姊〔校〕稿本下原有妹字，塗去。不懽！」〔何評〕酷似。言未已，空中發半磚來，中巫臂，踉蹡欲跌。驚謂張曰：「官人何得拋擊老身也！」張笑曰：「婆子盲也！幾曾見自己額顱破，冤誣袖手者？」巫錯愕不知所出。正回惑間，又一石子落，中巫，顛蹷；〔何註〕顛，倒也。蹷音厥，僵也。穢泥亂墮，〔校〕青本、抄本作墜。塗巫面如鬼。惟哀號乞命。張請恕之，乃止。巫急起奔遁房中，闔〔校〕此據青本，稿本、抄本作閤。户不敢出。張呼與語曰：「爾狐如我狐否？」〔馮評〕是左傳君之嫳何如臣之嫳句注。巫惟謝過。張〔校〕稿本下原有招之且三字，塗去。抄本有此三字。仰首望空中，戒勿復〔校〕抄本無復字。傷巫，巫始惕惕而出。張笑諭之，乃還。由是每〔校〕上三字，抄本作自此。獨行於途，覺塵沙淅淅〔何註〕淅音錫。淅瀝，雨聲。然，則呼狐語，輒應不訛。虎狼暴客，恃以無恐。如是年餘，愈與胡〔校〕稿本胡字係旁加，抄本無胡字，青本作狐。莫逆。嘗問其甲子，殊不自記憶；但言：「見黃巢〔何註〕黃巢，唐末亂臣。反，猶如昨日。」一夕共〔校〕青本作與。話，忽牆頭蘇然作響，其聲甚厲。張異之。胡曰：「此必家兄。」張言：〔校〕抄本作云。「何不邀來共坐？」曰：「伊道〔校〕稿本下原有業字，塗去。抄本有業字。頗淺，祇好攫〔校〕稿本下有得兩頭三字，塗去。抄本有此三字。

雞啗便了足耳。」［馮評］今之刻詩文小稿者，亦是攫雞子啗伎倆，以其於道淺也。［但評］既屬知交，即亦不諱。〇張有弟而無弟，狐有兄而無兄。狐若曰：家兄道術頗淺，不及令弟學問深耳。〇忽然叙及胡之兄，便前後相映成趣。張謂胡［校］青本作狐。曰：「交情之好，如吾兩人，可云無憾；終未一見顏色，殊屬［校］抄本作大是。恨事。」胡曰：「但得交好足矣，見面何爲？」［但評］以迹交不如以神交。〇交好何必見面？君不見自小日日見面之令弟耶？

一日，置酒邀張，且告別。問：「將何往？」曰：「弟陝中産，將歸去矣。君每以對面不覿爲恨，［校］抄本作憾。今請一識數歲［校］抄本作載。之友，他日可相認耳。」張四顧都無所見。胡曰：「君試開寢室門，則弟在焉。」張如其言，［校］上三字，抄本作即。推扉一覷，則内有美少年，相視而笑。衣裳楚楚，眉目如畫，轉瞬之間，不復覩矣。張反身而行，即有履聲藉藉隨其後，曰：「今日釋君憾矣。」張依戀不忍別。胡［校］抄本作狐。曰：「離合自有數，何容介介。」乃以巨觥勸酒。飲至中夜，始以紗燭［何註］紗燭，恐誤。籠鐙也。導張歸。及明［校］上二字，抄本作明日。往探，則空房［校］抄本作屋。冷落而已。後道一先生爲西川［校］此據青本，稿本、抄本作州。學使，張清貧猶昔。［校］上四字，抄本作請如昔。因往視弟，願望頗奢。［但評］弟學使而兄清貧，事可知已。往視而奢望，毋乃自誤。月餘而［校］上三字，抄本作比。歸，甚違初意，咨嗟馬上，嗒喪若［校］青本作若喪。偶。［但評］數千里而往視弟，亦可爲跫然足音矣。胡若在，必不令有此一行也。忽一少年騎青駒，［校］抄本作驢。躡［何註］躡音聶，蹈也。其後。張回顧，見裘馬甚麗，意甚［校］抄本作亦。騷雅，遂與語間。［校］青本、抄本作間語。

少年察張不豫，詰之。張因欷歔而〔校〕抄本無上四字。告以故。少年亦爲慰藉。同行里許，至歧路中，少年乃拱手別〔校〕抄本作少年拱手而別。曰：〔校〕抄本曰上有且字。「前途有一人，寄君故人一物，乞笑納也。」〔校〕抄本作之。○〔但評〕兄弟之外，有此一人。復欲詢之，馳馬逕去。張莫解所由。又二三里許，見一蒼頭，持小簏子，獻於馬前，曰：「胡四相公敬致先生。」張豁然頓悟。受而開視，〔校〕上四字，抄本作啓視。則白鏹滿中。〔但評〕兄弟之情，何遂不及於朋友？況學使而不及一狐哉！及顧蒼頭，已不知所之矣。〔校〕上二字，抄本作往。後道一先生至不知所之矣一段，稿本勾去，疑後人所爲。

〔何評〕此胡蘊藉可人。但云見黃巢反猶如昨日，仍美少年何也？不知歸途所遇，是此少年否？果爾，則當時倏忽一覩，亦不復記憶矣。

〔但評〕開首便大書特書曰，學使張道一之仲兄；即放下，敍入謁狐交狐一事，幾乎上下分成兩橛，令人將以此一句爲贅疣矣。乃讀至終篇，而知通幅精神，皆從此一句生出，古史之筆也。爰爲之解曰：「既亡兄弟，絶少知交。有狐綏綏，量殊斗筲。邂逅相遇，旨酒嘉肴。非吾族類，不啻同胞。故人一物，聊以解嘲。」

念秧*

異史氏曰：〔馮評〕摹倣史記，先論後敘。○篇末不用贊語，又一體也。人情鬼蜮，〔呂註〕詩，小雅：爲鬼爲蜮。傳：蜮，一名射工，俗呼爲水弩。在水中含沙射人。一名射人影。〔何註〕詩：爲鬼爲蜮。注：蜮似鼈之足，生於南越，含沙射影殺人。所在皆然，南北衝衢，其害尤烈。〔何評〕不可。如强弓怒馬，禦人於國門之外者，夫人而知之矣；〔但評〕今幸無此。或有劙囊刺橐，攫貨於市，行人回首，財貨已空，此非鬼蜮之尤者耶？〔但評〕今亦有之，然但攫取小物耳。乃又有萍水相逢，〔呂註〕潘岳詩：依水類浮萍。王勃滕王閣序：萍水相逢，盡是他鄉之客。甘言如醴，〔何註〕醴音禮，甜酒也。古詩：小人之交甘若醴。○〔馮評〕三層。其來也漸，其入也深。悞認傾蓋〔呂註〕家語：孔子之郯，遇程子於途，傾蓋而語終日。之交，遂罹喪資〔呂註〕易，巽：喪其資斧。之禍。隨機設阱，〔何註〕阱，陷阱也。情狀不一；俗以其言辭浸潤，名曰「念秧」。今北途多有之，遭其害者尤衆。〔但評〕今或有之，第爲害猶未甚烈。余鄉王子巽者，邑諸生。有族〔校〕青本作旋。先生，〔呂註〕旋名櫻，字子木，號息軒，淄川人。户部侍郎鰲永子。順治甲申，司農公殉青州之難，公刺血草疏，上爲感動，命將討賊。補公鑾儀衛職，旋改鑲藍旗，拜他喇布勒哈番。在都爲旗籍太史，將往探訊。治裝北上，出濟南，行數里，有一人跨黑衛，馳與同行。時以閒語相引，王頗與問答。其人自言：「張姓，爲棲霞隸，被令公差赴都。」稱謂撝卑，祇奉殷勤。［馮評］凡一見而過於謙恭親密者，須防之。［但評］好奉承之人，最易上當。○秀才多好高，故先以奉承試之。相從數十里，約以同宿。王在前，則策蹇追及；在後，則止［校］抄本作祇。候道左。僕疑之，因厲色拒去，不使相從。張頗自慚，揮鞭遂去。既暮，休於旅舍，偶步門庭，［校］青本作前。則見張就外舍飲。方驚疑間，張望見王，垂手拱立，謙若廝僕，稍稍問訊。王亦以汎汎適相值，不爲疑，然王僕終夜戒備之。［馮評］可謂有戒心。雞既唱，張來呼與同行。僕咄絕之，乃去。朝暾［何註］朝暾，暾音燉，朝日也。已上，王始就道。行半日許，前一人跨白衛，［校］稿本下原有出其□三字，塗去。年四十已來，［校］上五字，抄本作約四十許。衣帽整潔；垂首蹇分，盹寐欲墮。［校］青本作墜。○［馮評］畫出。或先之，或後之，［校］抄本作或先或後。因循十數［校］青本、抄本作餘。里。王怪問：「夜何作，致［校］抄本無致字。迷頓乃爾？」其人聞之，猛然欠伸，言：「我［校］抄本無我字。清苑人，許姓。臨淄令高檠是我中表。家兄設帳於官署，我往探省，少獲餽貽。今夜旅舍，悞同念秧者宿，［何評］奇。［但評］明明道破，使人不疑。今之挾此術以欺人者，到處皆然，何止念秧。驚惕不敢交睫，遂致白晝迷悶。」王故問：「念秧何說？」許曰：「君客時少，未知險詐。今有匪類，以甘言誘行旅，夤緣與同休止，〔何評〕亦朋即是。因而乘機騙賺。〔馮評〕說鬼者即鬼。昨有葭莩親，以此喪資斧。吾等皆宜警備。」王頷之。先是，臨淄宰與王有舊，王〔校〕抄本無王字。曾入其幕，識其門客，果有許姓，遂不復疑。因道溫涼，〔校〕抄本作寒溫。兼詢其兄況。〔何註〕況，近況也。從水。陸子履詩：若無官況莫來休。許約暮共主人，王諾之。僕終疑其僞，陰與主人〔校〕抄本無人字。謀，遲留不進，相失，遂杳。翼日，日〔校〕抄本無日字。卓午，又遇一少年，年可十六七，騎健騾，冠服秀〔校〕抄本作修。整，貌甚都。同行久之，未嘗〔校〕抄本無嘗字。交一言。日既西，〔校〕抄本作夕。少年忽言〔校〕抄本無言字。曰：「前去屈〔校〕抄本作曲。律店〔呂註〕在德州南，見池北偶談。屈作曲。不遠矣。」王微應之。少年因咨嗟欷歔，如不自勝。王略致詰問。〔校〕抄本無問字。少年歎曰：「僕江南金姓。三年膏火，冀博一第，不圖竟落孫山！家兄爲部中主政，遂載細小來，冀得排遣。生平不習〔校〕抄本作曾。跋涉，撲面塵沙，使人薅惱。」因取紅巾拭面，歎咤不已。聽其語，操南音，嬌婉若女子。王心好之，〔馮評〕龍陽派。稍稍〔校〕抄本作爲。慰藉。〔但評〕始而祇奉殷勤，探之也。咄絶之，而知彼戒嚴矣，因即以其所戒者投之，使彼不疑，而且與我同心戒之，則內應已伏矣。然後點兵命將，惑其耳目，亂其心思；或前或後，或出或沒，四面埋伏，首尾相應，若臨大敵者乎。及其策勳也，曰，是役也，功在後庭。少年曰：「適先馳出，眷口久望不來，何僕輩亦無至者？日已將暮，奈何！」遲留瞻望，行甚緩。王遂先驅，相去漸遠。晚投旅邸，既入舍，則壁下一牀，先有客解裝其上。［馮評］羣魔大會。王問主人。即有一人入，攜之而出，曰：「但請安置，當即移他所。」王視之，則許也。［校］稿本也字係旁加。抄本無也字。王止與同舍，許遂止。因與坐談。少間，又有攜裝入者，見王、許在舍，返身遽出，曰：「已有客在。」王審視，則途中少年也。王未言，許急起曳留之，少年遂坐。許乃展問邦族，少年又以途中言爲許告。［馮評］簡括一句。俄頃，解囊出貲，堆纍［校］青本作累，通纍。頗重；秤兩餘，付主人，囑治殽酒，以供夜話。二人爭勸止之，卒不聽。俄而酒炙並陳。［馮評］如入具茨之山，七聖皆迷，何況王子巽？筵間，少年論文甚風雅。［但評］如此則虧他。王問江南闈中［校］抄本無中字。題，少年悉告之。且自誦其承破，及篇中得意之句，言已，意甚不平。共扼腕之。［馮評］焉得不入其玄中？如國手布子，閒中一着一着，俱關緊要。少年又以家口相失，夜無僕役，患不解牧圉。［呂註］左傳，僖二十八年：不有行者，誰扞牧圉？注：牛曰牧，馬曰圉。王因命僕代攝莝豆。少年深感謝。居無何，忽蹴然曰：「生平蹇滯，出門亦無好況。昨夜逆旅，與惡人居，擲骰［何註］骰音投，五木戲也。叫呼，聒耳沸心，使人不眠。」南音呼骰爲兜，許不解，固問之。少年手摹其狀。許乃笑於槖中出色一枚，曰：「是此物否？」少年諾。許乃以色爲令，相歡飲。［馮評］看來以漸而來。

〔但評〕不直説骰，不驟説賭，使人不疑。賊才賊智，想入非非。酒既闌，許請共擲，贏一東道主。王辭不解。許乃與少年相對呼盧。又陰囑王曰：「君勿漏言。蠻公子頗充裕，年又雛，未必深解五木訣。我贏些須，明當奉屈耳。」〔馮評〕層次來，不驟如，作文如用兵，真有許多妙用。二人乃入隔舍。旋聞轟賭甚鬧，王潛窺之，見棲霞隸亦在其中。大疑，展衾自卧。又移時，衆共拉王賭。王堅辭不解。許願代辨梟雉，王又不肯。遂强代王擲。〔馮評〕看他於不能入手處入手，不能進步處進步，真有揑沙成團手段。少間，就榻報王曰：「汝贏幾籌矣。」〔但評〕衆兵四面會集，不比初時設伏誘師，一味用柔也。强代擲而僞報籌，便逼我而陳矣。王睡夢應之。忽數人排闔〔校〕青本作闥。而入，番語啁嗻。首者言佟姓，爲旗下邏捉賭者。時賭禁甚嚴，各大惶恐。佟大聲嚇王，王亦以太史旗號相抵。佟怒解，與王敍同籍，笑請復博爲戲。衆果〔校〕青本作各。復賭，〔校〕青本作博。佟亦賭。王謂許曰：「勝負我不預聞。但願睡，無相溷。」許不聽，仍往來報之。既散局，各計籌馬，〔何註〕籌馬，以籌爲馬，紀勝負之數者。禮，投壺：三馬既備。注：三番俱勝，則立三馬。王負欠頗多。佟遂搜王裝橐取償。〔馮評〕佟亦窮矣，遂用强。王憤起相爭。金捉王臂陰告曰：「彼都匪人，〔何評〕爾亦是。其情叵測。我輩乃文字交，無不相顧。適局中我贏得如干數，可相抵；此當取償許君者，今請易之：便令許償佟，君償我。弗〔校〕青本、抄本作不。過暫掩人耳目，過此仍以相還。終不然，以道義之友，[校]抄本作交。遂實取君償耶？」[馮評]如造鬼窟，幻化已極。王故長厚，亦[校]抄本無亦字。遂信之。少年出，以相易之謀告佟。乃對衆發王裝物，估入己橐。佟乃轉索許、張而去。少年遂襆被來，與王連枕，衾褥皆精美。王亦招僕人卧榻上，各默然安枕。久之，少年故作轉側，以下體暱就僕。[但評]如此亦虧他。僕移身避之，少年又近就之。膚着股際，滑膩如脂。僕心動，試與狎；而少年殷勤甚至，衾息鳴動。王頗聞之；雖甚駭怪，而[校]抄本無而字。終不疑其有他也。昧爽，少年即起，促與早行。且云：「君蹇疲殆，夜所寄物，前途請相授耳。」王尚無言，少年已加裝登騎。王不得已，從之。騾行駛，去漸遠。王料其前途相待，初不爲意。[馮評]呆子。因以夜間所聞問僕，僕實告之。[校]抄本作僕以實告。王始驚曰：[何評]晚矣。「今被念秧者騙矣！焉有宦室名士，而毛遂[呂註]史記，平原君虞卿列傳：秦之圍邯鄲，趙使平原君求救，合從於楚，約與食客門下二十人偕。毛遂自贊於平原君。平原君曰：賢士之處世也，譬若錐之處囊中，其末立見。今先生處勝之門下三年，勝未有所聞。毛遂曰：臣乃今日請處囊中耳。使遂早得處囊中，乃穎脱而出，非特其末見而已。[何註]毛遂，謂如毛遂之自薦於平原也。○[馮評]以毛遂代自薦二字，毛遂不堪。於圉僕者？」[校]抄本無者字。又轉念其談詞風雅，[但評]中計在此。非念秧者[校]抄本無者字。所能。急追數十里，蹤迹殊杳。始悟張、許、佟皆其一黨，一局不行，又易一局，務求其必入也。償債易裝，已伏一圖賴之機；設其攜裝之計不行，亦必執前説篡[校]稿本篡原作强，改篡。奪而去。

爲數十金，委綴數百里；恐僕發其事，而以身交驩之，其術亦苦矣。[但評]恐之不動，又復餌之；餌之不已，而復脅之；至脅之不得，乃以情愚之，而爲拔幟易幟之計以餂之。夫而後明修棧道、暗度陳倉去矣。然則欲作念秧者，必極穉之年，甚都之貌，而且有甚麗之妻，然後可也。既具此全材，則爲倡爲優，不猶愈於此乎？至炫玉求售，而自薦於圉僕，其術愈苦，其計愈不可恃矣。吳生之事，固不察可知也。後數年而[校]抄本作又。有吳生之事。[馮評]飛渡法。○倣史記刺客列傳。

邑有吳生，字安仁。三十喪偶，獨宿空齋。有秀才來與談，遂相知悅。從一小奴，名鬼頭，亦與吳僮報兒善。久而知其爲狐。[馮評]又變一局，一一先提明。吳遠遊，必與俱。同室之中，人不能睹。[馮評]牽前作縈拂之筆。吳客都中，將旋里，聞王生遭念秧之禍，因戒僮警備。狐笑曰：[校]抄本作曰。「勿須，此行無不利。」[但評]幃幄中有人不能睹之軍師，則么麼不足慮矣。應占曰：乘其墉，弗克攻，吉。又曰：億喪貝。躋于九陵，勿逐，七日得。又曰：見豕負塗，載鬼一車。先張之弧，後説之弧，匪寇婚媾。至涿，一人繫馬坐煙肆，裘服濟[校]青本、抄本作齊。楚。見吳過，亦起，超乘從之。漸與吳語，自言：「山東黃姓，提堂户部。[但評]猶是衣帽整潔之人，特許而黃矣，官親而提堂矣。將東歸，且喜同途不孤寂。」於是吳止亦止；每共食，必代吳償直。吳陽感而陰疑之。[但評]明知其餌而吞之，絕痛快。私以問狐，狐但言：[校]抄本作狐曰。「不妨。」[馮評]插此一筆。吳意[校]青本作疑。乃[校]抄本無乃字。釋。及晚，同尋寓所，先有美少年坐其中。黃入，與拱手爲禮。喜問少年：「何時離都？」答云：「昨日。」黃遂拉與共寓。向吳曰：「此史郎，我中表弟，[但評]猶是嬌婉若女子之人，特金而史矣，變公子而中表弟矣。

亦文士，可佐君子談騷〔何註〕騷音搔，風騷也。雅，夜話當不寥落。」乃出金貲，治具共飲。少年風流蘊藉，遂與吴大相愛悦。飲間，輒目示吴作觴弊，罰黄，强使釂，鼓掌作笑。吴益悦之。既而史〔校〕抄本作吏。與黄謀博賭，〔校〕抄本作賭博。共牽吴，遂各出橐金爲質。狐囑報兒暗鎖板扉，囑吴曰：「倘聞人喧，但寐無吪。」〔馮評〕中插敘狐一筆，妙絶。任爾五花八門，暗中羽扇一揮，早已冰銷霧釋，顯出降魔綑妖手段。吴諾。吴每擲，小注則輸，大注輒〔校〕抄本作則。贏。更餘，計得二百金。史、黄錯囊垂罄，〔吕註〕杜甫詩：金錯囊垂罄。〔何註〕錯囊垂罄，囊空。議質其馬。忽聞撾門聲甚厲，吴急起，投色〔校〕青本、抄本作骰。於火，蒙被假卧。久之，聞主人覓鑰不得，破扃起〔校〕青本、抄本作啓。關，有數人洶洶〔何註〕洶洶，水涌出聲，人之聲勢似之。入，搜捉〔校〕青本作投。博者。史、黄並言無有。一人竟捋吴被，指爲賭者。吴叱咄之。數人强撿〔何註〕撿音檢，束也，舉也。吴裝。方不能與之撐拒，忽聞門外輿馬呵殿聲。〔馮評〕兩忽聞妙，所謂任爾奸勝鬼，總不逃吾掌心雷。吴急出鳴呼，衆始懼，曳入之，但求勿〔校〕抄本作無。聲。〔但評〕轉令曳入而求勿聲，妙。吴乃從容苞苴〔吕註〕新唐書，裴寬傳：寬義不以苞苴污家。注：苞苴，包裹也。〔何註〕苞苴音包蛆。付主人。鹵簿既遠，衆乃出門去。黄與史共作驚喜狀，取次覓寢。黄命史與吴同榻。吴以腰橐置枕頭，方命〔校〕抄本作伸。被而睡。無何，史啓吴衾，裸體入懷，小語曰：「愛兄磊落，願從交好。」吳心知其詐，然計亦良得，遂相偎抱。史極力周奉，［校］青本作旋。不料吳固偉男，大爲鑿枘，嚬呻殆不可任，竊竊哀免。吳固求訖事。手捫之，血流漂杵［何註］血流漂杵，書武成文也。會意。矣。乃釋令歸。及明，史憊不能起，託言暴病，［但評］使彼有計而不能行，妙。但［校］抄本無但字。請吳、黄先發。吳臨別，贈金爲藥餌之費。途中語狐，乃知夜來鹵簿，皆狐爲也。［校］抄本作所爲。黄於途，益諂事吳。暮復同舍，斗室甚隘，僅容一榻，頗煖潔，而吳狹之。［校］上四字，抄本作吳以爲狹。黄曰：「此卧兩人則隘，君自卧則寬，何妨？」［馮評］又局。食已徑去。吳亦喜獨宿可接狐友。坐良久，狐不至。倏聞［馮評］倏聞、忽聞、又聞，寫得火雜雜的。壁上小扉，有［校］稿本下原有人微二字，塗去。指彈［校］抄本下有之字。聲。吳拔關探視，一少女豔妝遽入，自扃門户，向吳展笑，佳麗如仙。吳喜致研詰，則主人之子婦也。［馮評］又怪。遂與狎，大相愛悦。女忽潸然泣下。吳驚問之。女曰：「不敢隱匿，妾實主人遣以餌君者。曩時入室，即被掩執；不知今宵何久不至。」［馮評］又奇又怪。又嗚咽曰：「妾良家女，情所不甘。今已傾心於君，乞垂拔救！」［但評］此則非狐之所能爲矣，殆有天焉。吳聞，駭懼，計無所出，但遣速去。女惟俛首泣。忽聞黄與主人搥闔鼎沸。［馮評］許多人語言情狀累重難舉，幾於手腕欲脱，看他運掉輕靈，筆筆分明，其中且有閒細工夫，旁寫、冷寫、隔斷寫，從容不迫，如秋聲詩序述口技一篇文字。但聞黄曰：「我一路祗奉，謂汝爲人，何遂誘我弟室！」吳懼，逼女令去。聞壁扉外亦有騰擊聲。吳倉卒汗如流[校]抄本作流如。瀋，女亦伏泣。又聞有人勸止主人。主人不聽，推門愈急。勸者曰：「請問主人意將胡[校]抄本作何。爲？[但評]勸之，妙極。如欲殺耶？有我等客數輩，必不坐視兇暴。[但評]一層不能死，是賓中賓。如兩人中有一逃者，抵罪安所辭？[但評]一層不能逃，是賓中主。如欲質之公庭耶？帷薄不修，[呂註]賈誼新書：大臣有坐污穢男女無别者，不謂污穢，曰帷薄不修。注：帷，幔也。薄與箔同，簾也。適以取辱。[但評]一層不能質，是主中賓。且爾宿行旅，明明陷詐，安保女子無異言？」[但評]一層不能禁女子不言，是主中主。主人張目不能語。[但評]問其爲於其意之所到者破之，更於其意之所未到者抉之，彼含沙者何能開口。吳聞，竊感佩，而不知其誰。[校]上二字，抄本作何人。初，肆門將閉，即有秀才共一僕，來就外舍宿。攜有香醞，遍酌同舍，勸黄及主人尤殷。兩人辭欲起。[校]青本作去。秀才牽裾，苦不令去。後乘間得遁，操杖奔吳所。秀才聞喧，始入勸解。吳伏窗窺之，則狐友也。心竊喜。又見主人意稍奪，乃大言以恐之。又謂女子：「何默不一言？」女啼曰：「恨不如人，爲人驅役賤務！」[馮評]妙妙！[但評]使女子自言，妙極。主人聞之，面如死灰。秀才叱罵曰：「爾輩禽獸之情，亦已畢露。此客子所共憤者！」[但評]秀才先叱罵之，妙極。黄及主人，皆釋刀杖，長跽[校]抄本作跪。而請。吳亦啓户出，頓大怒詈。秀才又勸止吳，[但評]秀才又勸止吳，更妙。兩始和解。女子又啼，寧死不歸。[但評]女子不歸，妙。内奔出嫗婢，捽女令入。女子臥地哭益哀。[但評]捽之而臥地哀哭，更妙。秀才勸[校]稿本勸字原作謂，改勸。主人[校]稿本下原有曰：此女即歸，懷二心矣。不如以十二字，塗去。抄本無主人二字，青本下有以字。重價貨吴生。主人俛首曰：「作老娘三十年，今日倒綳孩兒，[呂註]倦遊録：宋苗振召試館職。晏殊曰：君久從仕，恐疎筆硯，宜稍温故。振曰：豈有三十年爲老娘而倒綳孩兒者乎？既而試澤宫選士賦，押韻有王字。振曰：普天之下莫非王。遂不中選。殊曰：苗君竟倒綳孩兒矣。○[但評]其言曰：老娘倒綳孩兒。吾以一語贈之曰：賠了夫人又折兵。亦復何説！」[馮評]念秧妙計高天下，賠了男兒又折妻。吾性不飲，讀至此浮兩大白。遂依秀才言。吴固不肯破重貲；[但評]吴固不肯，妙。秀才調停主客間，[但評]秀才調停，更妙。議定五十金。[馮評]妙。轉騙之，又拖下。人財交付後，晨鐘已動，乃共促裝，載女子以行。女未經鞍馬，馳驅頗殆。午間稍休[校]抄本作息。憩。將行，喚報兒，不知所往。日已西斜，[校]上二字，抄本作夕。尚無迹[校]抄本作踪。響，頗懷疑訝，遂以問狐。狐曰：「無憂，將自至矣。」星月已出，報兒始至。吴詰之。報兒笑曰：「公子以五十金肥奸儈，竊所不平。適與鬼頭計，反身索得。」遂以金置几上。[但評]索金而還，餘波亦趣。吴驚問其故，蓋[校]稿本原作報兒曰，塗改。鬼頭知女[校]稿本女原作夫人，塗改。止一兄，遠出十餘年不返，遂幻化作其兄狀，使報兒冒弟行，入門索姊妹。主人惶恐，詭託病殂。二僮欲質官。主人益懼，啗[校]青本作賄。之以金，漸增至四十，二僮乃行。[但評]此念秧可云全軍覆没矣。報兒具述其故。[校]抄本作狀。吴即賜之。吴歸，琴瑟綦篤。家益富。細詰女子，曩美少[校]抄本下有年字。即其夫，蓋史即金也。[但評]夫婦皆以身報，想是前世欠來。襲[何註]襲音習，服也。一槲紬帔，[何註]帔音披，披之肩臂不及下也。槲，音斛，大木也。槲紬，槲皮所織。云是得之山東王姓者。[馮評]又帶王生，妙甚，不測。蓋其黨與[校]青本、抄本作羽。甚衆，逆旅主人，皆其一類。何意吴生所遇，即王子巽連天叫[校]抄本作呼。苦之人，不亦快哉！旨哉[校]青本無上二字。古言：「騎者善墮。」[校]青本下有信夫二字。○[吕註]古語：善游者溺，善騎者墮。○[但評]騎者善墮，人道也，即天道也，狐何力之有焉。

[稿本無名氏甲評]念秧再一省浄，尤佳。

[何評]客途可畏。

[但評]吴以狐言而疑釋，到處皆入港，彼必曰是易與耳；所以同尋寓所，而少年先在其中，且直拉與共寓，不似與王同寓之故作態也。目示手語，已知其惑，故謀賭亦較前直捷。使負在吴，則攫囊去耳。宜負而乃勝，破局者，搜博者，捋被者，檢裝者，亦將鬨然散矣。不有呵殿聲，將誰訴乎？計既不行，不得已而爲苦肉之計；又不得已而爲局陷之謀。乃藐茲鳥道，徒傷力士之椎；隱矣仙源，竟泛漁人之棹。機已巧而愈拙，事以假而成真。餌之者垂芳以投，吞之者脱鉤而去。焉得行李之往來，盡借此友朋，殄斯鬼蜮！

蛙曲*

王子巽言：「在都時，曾見一人作劇〔何註〕劇音屐，戲也。唐杜牧西江懷古詩：魏帝縫囊真戲劇。於市。攜木盒作格，凡十有二孔；每孔伏蛙。以細杖敲其首，輒哇〔何註〕哇音娃，聲也。然作鳴。或與金錢，則亂擊蛙頂，如拊〔何註〕拊音撫，擊也。書，益稷：予擊石拊石。雲鑼，〔校〕稿本下原有之樂二字，塗去。抄本下有此二字。宮商詞曲，了了可辨。」〔但評〕比兩部鼓吹，殊覺新雅。

鼠戲*

又言：〔校〕抄本無上二字。「一人在長安市上賣鼠戲。背負一囊，中蓄小鼠十餘頭。每於稠人〔何註〕稠人，稠音儔，謂稠人廣衆中也。中，出小木架，置肩上，儼如戲樓狀。乃拍鼓板，唱古雜劇。歌聲甫動，則有鼠自囊中出，蒙假面，〔呂註〕建康實録：孫興公嘗著假面戲爲儺。被小裝服，自背登樓，人立而舞。男女悲歡，悉合劇中關目。」〔但評〕人之學爲鼠技者多矣，鼠之人立而舞，亦彼此效尤耳。

泥書生*

羅村有陳代者，少蠢陋。娶妻某氏，頗麗。自以壻不如人，鬱〔校〕稿本鬱上原有稍字，塗去。鬱不得志。〔但評〕人無釁焉，妖不自作。氏以麗容而有壻不如人之隱憾，所謂釁也。雖貞潔自持，而泥書生已自負爲不蠢不陋，翩然即來矣。然貞潔自持，〔校〕抄本無上二字。婆媳亦相安。一夕獨宿，忽聞風動扉開，一書生入，脱衣巾，就婦共寢。婦駭懼，苦相〔校〕抄本無相字。拒。而肌骨〔校〕抄本作膚。頓耎，聽其狎褻而去。自是恒〔校〕抄本作夜。無虚夕。月餘，形容枯瘁。母怪問之。初慚怍不欲言；固問，始以情告。母駭曰：「此妖也！」百術爲之〔校〕抄本無上二字。禁咒，終亦〔校〕抄本無亦字。不能絶。乃使〔校〕抄本下有陳字。代伏匿室中，操杖以伺。夜分，書生果〔校〕抄本無果字。復來，置冠几上；又脱袍服，搭椸架〔呂註〕禮，曲禮：男女不雜坐，不同椸枷。注：直者曰楎，横者曰椸，皆置衣之具也。○王禹偁詩：振衣衫作拂，解帶竹爲椸。間。〔校〕抄本作上。纔欲登榻，忽驚曰：「咄咄！有生人氣！」急復披衣。代暗中暴起，擊中腰脅，塔然作聲。四壁張顧，書生已渺。〔校〕抄本作杳。束薪爇照，泥衣一片墮〔校〕青本作墜。地上，案頭泥巾猶存。

〔何評〕陳氏妻嫌其夫，故自生怪異。

土地夫人*

寫橋王炳者，出村，見土地神祠中出一美人，顧盼甚殷。挑以褻語，〔校〕上四字，抄本作試挑之。懽然樂受。狎昵無所，遂期夜奔。炳因告以居止。〔校〕抄本作址。至夜，果至，極相悦愛。問其姓名，固不以告。由此往來不絶。時炳與妻共榻，美人亦必來與交，妻竟〔校〕抄本作亦。不覺其有人。炳訝問之。美人曰：「我土地夫人也。」炳大駭，亟欲絶之，而百計不能阻。因循半載，病憊不〔校〕稿本下原有能字，塗去。起。美人來更頻，家人都能〔校〕抄本無能字。見之。未幾，炳果卒。美人猶日一至。炳妻叱之曰：「淫鬼不自羞！人已死矣，復來何爲？」美人遂去，不返。土地雖小，亦神也，豈有任婦自奔者？憒憒應不至此。〔校〕抄本無上六字。不知何物淫昏，遂使千古下謂此村有污賤不謹之神。寃矣〔校〕抄本無矣字。哉！〔校〕青本無此篇。○土地雖小至寃矣哉段，抄本另行低一格。抄本凡異史氏曰之評贊，均低一格抄録，疑此處土地上亦漏異史氏曰四字。

*寒月芙蕖

[校]稿本原題寒月芙蕖，被後人塗改爲濟南道人。青本、抄本作寒月芙蕖，同本作寒月芙蓉。

濟南道人者，不知何許人，亦不詳其姓氏。冬夏惟[校]抄本無惟字。着一單帢[何註]帢音恰，帽也。弁缺四隅者。單帢衣，單者複之對也，俗云無裏。古人帽亦云衣，如尚書高光進面衣，唐邊塞曲有鐵縫耳衣寒句是也。但帢字恐是袷字之譌。衣，繫黃絛，別[校]抄本無別字。無袴襦。每用半梳梳髮，即以齒啣髻際，[校]抄本無際字。如冠狀。日赤脚行市上；夜卧街頭，離身數尺外，冰雪盡鎔。初來，輒對人作幻劇，市人争貽之。有井曲無賴子，遺以酒，求傳其術，弗[校]抄本作不。許。遇道人浴於河津，驟抱其衣以脅之。[校]稿本下原有曰：不傳我術，我將以衣去，使爾動撣不得十六字，塗去。道人揖[校]稿本下原有之字，塗去。曰：「請以賜還，當不吝術。」無賴者恐其紿，固不肯釋。道人曰：「果不相授耶？」曰：「然。」道人默不與語；俄見黃絛化爲蛇，圍可數握，繞其身六七匝，怒目昂首，吐舌相向。某大愕，長跪，色青氣促，惟言乞命。道人乃竟取絛。絛竟非蛇；另有一蛇，蜿蜒入城去。由是道人之名益著。縉紳家聞其異，招與遊，從此[校]稿本下原有道人曰三字，塗去。往來鄉先生門。司、道俱耳其名，每宴集，輒〔校〕抄本作必。以道人從。一日，道人請於水面亭〔呂註〕道園學古録：李洞居大明湖上，作天心水面亭、白雲樓、都閫故宅，見濟南圖經。報諸憲之飲。至期，各於案頭得道人速客函，〔校〕上二字，抄本作帖。亦不知所由至。諸客〔校〕抄本作官。赴宴所，道人傴僂出迎。既入，則空亭寂然，榻几〔校〕抄本作几榻。未設，咸〔校〕抄本作或。疑其妄。道人顧〔校〕抄本作啓。官宰曰：「貧道無僮僕，煩借諸扈從，少代奔走。」官宰〔校〕抄本無宰字。共諾之。道人於壁上繪雙扉，以手撾之。內有應門者，振管而起。〔校〕抄本作啓。共趨覘〔校〕青本作觀。望，則見憧憧〔何註〕憧音童，不定也。易，咸：憧憧往來。者往來於〔校〕青本作其。中；屏幔牀几，亦復都有。即有人〔校〕青本、抄本下有一二字。傳送門外。道人命吏胥輩接列亭中，且囑勿與內人交語。兩相受授，〔校〕青本、抄本作授受。惟顧而笑。頃刻，陳設滿亭，窮極奢麗。既而旨酒散馥，熱炙騰薰，皆自壁中傳遞而出。座客無不駭異。亭故背湖水，每六月時，荷花數十頃，一望無際。宴時方凌〔何註〕淩冬之淩當從氵，歷也。凌，冰室也，從冫。冬，窗外茫茫，惟有煙緑。一官偶歎曰：「此日佳集，〔校〕青本作景。可惜無蓮花點綴！」衆俱唯唯。少頃，一青衣吏奔白：「荷葉滿塘矣！」一座盡〔校〕抄本作皆。驚。推窗眺矚，果見彌望青〔校〕抄本作菁，通青。葱，問以菡萏。轉瞬間，萬枝千朵，一齊都開，朔風吹來，[校]抄本作面。荷香沁腦。[何註]沁腦，沁，七鴆切，沁入其腦也。韓愈詩：義泉雖至近，盜索不敢沁。羣以爲異。遣吏人蕩舟采蓮。遥見吏人入花深處；少間返棹，白[校]抄本作素。手來見。官詰之。吏曰：「小人乘舟去，見花在遠際；漸至北岸，又轉遥遥在南蕩中。」[但評]色即是空，空即是色；色不異空，空不異色。以色相求之，愈難而愈遠矣。道人笑曰：「此幻夢之空花[呂註]釋典：幻夢空花，徒勞把捉。耳。」無何，酒闌，荷亦凋謝；北風驟起，摧折荷蓋，無復存矣。濟東觀察公甚悦之，攜歸署，日與狎玩。一日，公與客飲。公故有家傳良醖，[校]抄本作傳家美醖。每以一斗爲率，不肯供[校]青本作共，通供。浪飲。是日，客飲而甘之，固索傾釀。[呂註]世説：何充字次道。能飲酒，雅爲劉惔所重。每云：見次道飲，令人欲傾家釀。○天禄識餘：晉人謂見何次道令人欲傾家釀，猶云欲傾家貲以釀酒飲之也。故魯直云：欲傾家以繼酌。韓昌黎借以作簟詩云：有賣直欲傾家貲。此得晉人本意。至朱中行有句云：相逢盡欲傾家釀，久客誰能散橐金？用家釀對橐金，非也。公堅以既盡爲辭。道人笑謂客曰：「君必欲滿老饕，[呂註]蘇軾老饕賦：蓋聚物之天美，以養吾之老饕。索之貧道而可。」客請之。道人以壺入袖中，少刻[校]青本作頃。出，遍斟坐上，與公所藏[校]青本作存。更無殊别。[校]上二字，抄本作異。盡懽始[校]抄本作而。罷。公疑焉，[校]抄本無焉字。入視酒瓻，則[校]抄本無則字。封固宛然，而空無物[校]上四字，抄本作瓶之罄。矣。心竊愧怒，執以爲妖，笞[校]抄本作杖。之。杖纔加，公覺股暴痛；再加，臀肉欲裂。

道人雖聲嘶階下，觀察已血殷坐上。［但評］聲嘶階下，血殷坐上，安得徧傳此法，以酬天下之挾嫌而誣訐人者。乃止不笞，逐令去。道人遂離濟，不知所往。後有人遇於金陵，衣裝如故。問之，笑不語。

［何評］狡獪。

酒狂*

繆永定，[但評]繆而定，定而永，名稱其實，至死不變矣。江西拔貢生。素酗[何註]酗音煦。書，微子：我用沈酗於酒。釋文：以酒爲凶也。於酒，戚黨多[校]青本作皆。畏避之。偶適族叔[校]稿本下原有父字，塗去。家。繆爲人滑稽善謔，客與語，悦之，[校]上十二字，抄本作與客滑稽諧謔。遂共酣飲。繆醉，[校]上六字，稿本係旁加。使酒罵座，[呂註]史記，魏其武安侯列傳：灌夫爲人剛直使酒，不好面諛。武安召長史曰：有詔劾灌夫罵坐不敬。忤客。客怒，一座大譁。叔以身左右[校]上四字，抄本作爲。排解。繆謂左袒客，又[校]抄本無又字。益遷怒。[校]抄本下有叔字。叔無計，奔告其家。家人來，扶捽[校]抄本作挾。以歸。纔置牀上，四肢盡厥。[但評]如此等人，是早已死者，特四肢至今方厥耳。撫之，奄然氣盡。[校]稿本下原有家人盡愕四字，塗去。繆死，[校]抄本作見。有皂帽人縶[校]抄本下有己字。去。[校]上八字，稿本係旁加。移時，至一府署，縹碧爲瓦，[何註]縹音漂，仄聲，淺青色也。雞跖琉璃瓦一名縹瓦。陶潛詩：縹碧以爲瓦。世間無其壯麗。至墀下，似欲伺見官宰。自思我罪伊何，[校]上四字，抄本作無罪。當是客訟鬬毆。回顧皂帽人，怒目如牛，又[校]青本無又字。不敢問。[但評]使酒罵座，到此時此地，亦怕人耶？然自度貢生與人角口，或[校]稿本下原有亦字，塗去。無大罪。[校]稿本下原有過字，塗去。抄本無上十三字。○[但評]貢生何爲？使平日無衆怨神怒之行，即不貢生，人亦無如我何也。顛詈忤衆犯上，觸怒神靈，即大於貢生，亦顛酒無賴子耳，況乃貢生！忽堂上一吏宣言，使[校]稿本使原作曰，改使。訟獄者[校]稿本下原有暫復去三字，塗去。翼[校]青本作翌。通翼。日早[校]稿本下原有祇，塗去。候，[校]稿本下原有如是三言四字，塗去。於是堂下人紛紛藉藉，如鳥獸[校]抄本無上五字。散。繆亦隨皂帽人出，更無歸着，縮首立肆簷下。皂帽人怒曰：「顛酒無賴子！日將暮，各去尋眠食，而[校]青本作爾。何往？」繆戰慄曰：「我且不知何事，並未告家人，故毫無資斧，庸將焉歸？」皂帽人曰：「顛酒賊！若酤自啗，便有用度！[校]稿本下原有拚捨得三字，塗去。再支吾，[呂註]史記，項羽本紀：諸將懾服，莫敢枝梧。注：小柱爲枝，斜柱爲梧。○按：枝梧謂支持也。正字通作支吾。[何註]小柱曰枝，斜柱曰梧，以柱之撐持令不倒，喻語之遮飾令不露也。如項羽本紀，諸將懾服，莫敢枝梧，直作撐持解矣。老拳碎顛骨子！」繆垂首不敢[校]抄本下有則字。聲。忽一人自户内出，見繆，詫異曰：「爾何來？」繆視之，則其母舅。舅賈氏，死已數載。繆見之，始恍然[校]抄本無上二字。悟其已死，心益悲懼。[但評]醉至於死，乃生平之所樂求者；求而得之，又何悲？向舅涕零曰：「阿舅救我！」賈顧皂帽人曰：「東靈非他，[何評]伴魂使。屈臨寒舍。」二人乃入。賈重揖皂帽人，且囑青眼。俄頃，出酒食，團坐相飲。賈[校]稿本下原有乃字，塗去。問：〔校〕稿本下原有曰字，塗去。「舍甥何事，遂煩勾致？」皂帽人曰：「大王駕詣浮羅君，遇令甥顛〔校〕抄本作醉。詈，使我捽〔校〕抄本作捉。得來。」賈問：「見王未？」曰：「浮羅君會花子案，〔呂註〕未評。○雲笈七籤：太上老君託胎於洪氏之胞，積三千七百年，誕於浮羅之嶽。駕未歸。」又問：「阿甥將得何罪？」答言：〔校〕抄本作曰。「未可知也。然大王頗怒此等輩。」〔校〕抄本作人。○〔但評〕此等輩未有見之而不怒者。特恨不能如大王之立時捽將去耳。繆在側，聞二人言，觳觫汗下，盃箸不能舉。無何，皂帽人起，謝曰：「叨盛酌，已徑〔校〕抄本作經。醉矣。即以令甥相付託。駕歸，再容登訪。」乃去。賈謂繆曰：「甥別無兄弟，父母愛如掌上珠，〔呂註〕列仙傳：許遜母夢金鳳啣珠墮掌而生。○王宏詩：兒生三日掌上珠。杜甫詩：掌中榮見一珠新。常不忍一訶。十六七歲時，〔校〕抄本無時字。每〔校〕青本、抄本無每字。三盃後，喃喃尋人疵；小不合，輒撾門裸罵。〔但評〕十六七歲時，便能三盃後喃喃尋人疵，撾門裸罵。猶謂稺齒。〔校〕抄本作齒稺。不意別十餘年，甥了不長進。今且奈何！」〔但評〕自是生成酒德，況有不忍一訶之父母，順其性而成之乎。繆伏地哭，惟言〔校〕上二字，抄本作懊。悔無及。賈叟之曰：「舅在此業酤，〔馮評〕其舅業酤，其甥酗酒，是舅是甥。頗有小聲望，必合極力。〔校〕稿本下原有繆起揮涕立五字，塗去。適飲者乃東靈使者，舅常飲之酒，與舅頗相善。大王日萬幾，亦未必便能記憶。〔校〕稿本下原有甥字，塗去。我委曲與〔校〕稿本下原有東靈二字，塗去。言，浼以私意釋甥去，或可允從。」

即[校]抄本無即字。又轉念曰：「此事擔負頗重，非十萬不能了也。」繆謝，鋭然自任，[校]上四字稿本原作曰：煩舅百慮，倘就安妥，必當竭力補償賈，塗改。諾之。[校]上六字，抄本作諾。繆[校]抄本無繆字。即就舅氏宿。次日，皂帽人早來覘望。賈請問，語移時，來謂繆曰：「諧矣。少頃即復來。我先罄所有，用壓契；餘待甥歸，從容湊致之。」繆喜曰：「共得幾何？」曰：「十萬。」曰：「甥何處得如許？」賈曰：「只金幣錢紙百提，足矣。」繆喜曰：「此易辦耳。」待將亭午，皂帽人不至。繆欲出市上，少遊矚。賈囑勿遠蕩，諾[校]稿本諾上原有遂字，塗去。而出。見街里貿販，一如人間。至一所，棘垣[何註]棘垣，以棘安於垣上，防盜賊出入也。峻絶，[校]稿本下原有門畫犴狴四字，塗去。似是囹圄。對門一酒肆，[馮評]偏偏礚著。紛紛者[校]抄本無上三字。往來頗夥。肆外一帶長溪，黑潦[何註]潦音老，止水也。馬子才詩：黑潦滿道，馬如游龍。湧動，深不可底。[校]抄本作深不見底，青本作莫測深淺。方佇足窺探，聞肆内一人呼曰：「繆君何來？」繆急視之，則鄰村翁生，故[校]抄本作乃。十年前文字交。趨出握手，懽若平生。即就肆内小酌，各道契闊。繆慶幸中，又逢故知，傾懷盡釂。酣[校]抄本作大。醉，頓忘其死，舊態復作，漸絮絮瑕疵翁。[馮評]酒語疾如風，一發不可制，睨眼矚蒼冥，雷霆等兒戲。翁曰：「數載[校]抄本作年。不見，若[校]青本無若字。復爾耶？」[但評]數載不見，其德更當有進，翁何見事之晚也。繆素厭人道其酒德，[呂註]書，無逸：無若殷王受之迷亂，酗于酒德哉。傳：酗謂之德者，德有凶有吉，韓子所謂道與德爲虛位是也。聞翁[校]抄本無翁字。言，益憤，擊桌頓[校]抄本作大。罵。翁睨之，拂袖竟出。繆〔校〕抄本下有又字。追至溪頭，捋〔校〕抄本作捽。翁帽。翁怒曰：「是真妄人！」乃推繆顛墮溪中。溪水殊不甚深；而水中利刃如麻，刺穿脅〔校〕抄本作脇穿。脛，堅難動摇，〔校〕抄本作摇動。痛徹骨腦。黑水半〔校〕抄本無半字。雜溲〔校〕青本作洩。穢，隨吸入喉，更不可過。〔校〕抄本作耐。○〔稿本無名氏甲評〕臣死且不避，此兒頗有豪氣。〔馮評〕一溪好醒酒湯，惜乎人間所無。〔但評〕顛酒賊，當以利刃刺其脇，穿其脛，剜其心頭肉，然後以溲穢之黑水灌其喉，果其腹，使之常爲醉鬼，而日日沉湎於中，方爲痛快。只恐此一帶黑溪，容不了許多酒鬼。岸上人觀笑如堵，並無一引援者。〔校〕抄本作絶不一爲援手。時方危急，賈忽至。望見大驚，提攜以歸，曰：「子〔校〕抄本作爾。不可爲也！死猶弗悟，不足復爲人！請仍從東靈受斧鑕。」繆大懼，泣言：「知罪矣！」〔校〕上五字，抄本作泣拜知罪。賈乃曰：「適東靈至，候汝爲〔校〕抄本作立。券，汝乃飲蕩不歸。渠忙〔校〕抄本無忙字。迫不能待。我已立券，付千緡令去；餘者，〔校〕抄本無者字。以旬盡爲期。子歸，宜急措置，夜於村外曠莽中，呼舅名焚之，此願可結也。」〔校〕上五字，抄本作此案可結。繆悉應之。〔校〕抄本作繆應如命。乃促之行。送之郊外，又囑曰：「必勿食言〔吕註〕尚書，湯誓：朕不食言。注：食言，言已吐而復吞之也。又注：孟武伯惡郭重曰：何肥也？哀公曰：是食言多矣，能無肥乎？累我。」〔校〕稿本下原有無益二字，塗去。○〔馮評〕唐陸龜蒙中酒賦云：有臧卓擒伶之伍，我願先登；有殛狄放杜之君，臣能執御。蓋甚言之也。乃示途令歸。時繆已僵卧三日，家人謂其醉死，而鼻氣隱隱如懸絲。是日蘇，大嘔，嘔出黑瀋數斗，臭不可聞。［但評］見醉人所嘔，無不令人掩鼻，安知其不從黑溪中痛飲來耶？吐已，汗溼裀褥，［校］稿本下原有氣味薰蒸與吐物無別九字，塗去。抄本有此九字，惟蒸作騰。身始涼爽。告家人以異。旋覺刺處痛腫，隔夜成瘡，猶幸不大潰腐。十日漸能杖行。家人共乞償冥負。繆計所費，非數金不能辦，頗生吝惜，曰：「曩或醉夢［校］抄本作鄉。之幻境耳。縱其不然，伊以私釋我，何敢復使冥主知？」［但評］死時貪命，蘇後貪財，負心人所言亦似有理，其如自家不能進德何！家人勸之，不聽。然心惕惕［何註］惕惕，恐懼也。然，不敢復縱飲。里黨咸喜其進德，稍稍與共酌。年餘，冥報漸忘，志漸肆，故狀亦［校］抄本無亦字。漸萌。［但評］死猶弗悟，故態復作，罵盡天下妄人。一日，飲於子姓［呂註］周禮，夏官司士：及賜爵，呼昭穆而進之。注：此所賜王之子姓兄弟。疏：姓，生也。子之所生，則孫及兄弟皆有昭穆，故曰子姓。之家，又罵主人［校］抄本無上二字。座。主人擯斥出，闔戶逕去。繆噪踰時，其子方知，將扶而歸。［校］抄本作扶持歸家。入室，面壁長跪，自投無數，曰：「便償爾負！便償爾負！」［校］青本、抄本無上四字。言已，仆地。視之，氣已絕矣。

［稿本無名氏甲評］戒酒文也。將無爲伯倫輩笑？

［何評］其狂可爲也，其吝不可爲也。

卷五

陽武侯*

陽武侯薛公禄，[呂註]公，膠州人。建文時有靖難師之功。初行六，軍中呼曰薛六。既貴，乃更名禄。永樂初，營建北京，公董其事。後從征胡虜。宣德初，復從征武定州，立戰功，進太保、陽武侯。卒追封鄞國公，謚忠武。膠[校]稿本下原有之字，塗去。青本、抄本無膠字。薛家島人。父薛公最貧，牧牛鄉先生家。先生有荒田，公牧其處，輒見蛇兔鬭草萊中；以爲異，因請於主人爲宅兆，[何註]宅兆，墓也。構茅而居。[校]稿本下原有焉字，塗去。後數年，太夫人臨蓐，值雨驟至；適二指揮使奉命稽海，出其途，避雨户中。見舍上鴉鵲羣集，競以翼覆漏處，異之。既而翁出，指揮問：「適何作？」因以産告。又詢所産，曰：「男也。」指揮又益愕，[校]青本作駭。曰：「是必[校]抄本作必是。極貴！不然，何以得我兩指揮護守門户也？」咨嗟而去。侯既長，垢面垂鼻涕，殊不聰穎。［何註］穎，禾末也。文選：拔尤取穎。島中薛姓，故隸軍籍。是年應翁家出一丁口戍［何註］戍字内從、，不從一。遼陽，翁長子深以爲憂。時侯十八歲，人以太憨生，無與爲婚。忽自謂兄曰：「大哥啾唧，得無［校］青本作毋。以遣戍無人耶？」曰：「然。」笑曰：「若肯以婢子妻我，我當任此役。」兄喜，即配婢。侯遂攜室赴戍所。行方數十里，暴雨忽集。途側［校］青本作中。有危崖，夫妻［校］青本作婦。奔避其下。少間，雨止，始復［校］稿本下原有起字，塗去。行。纔及數武，崖石崩墜。［校］青本作墮。居人遥望兩虎躍出，逼附兩人而没。侯自此勇健非常，丰采頓異。後以軍功封陽武侯世爵。至啓、禎間，襲侯某公薨，無子，止有遺腹，［吕註］淮南子：遺腹子不思其父，無貌於心也；不夢見像，無形於目也。前漢書，李廣傳：廣三子，曰當户、椒、敢。而當户有遺腹子陵。因暫以旁支代。凡世封家［校］青本作家輩。進御者，有娠即以上聞，官遣［校］稿本下原有媒字，塗去。媪伴守之，既産乃已。年餘，夫人生女。産後，腹猶震動，凡十五年，更數媪，又生男。［但評］産後腹震，越十五年而生男，千古僅見。應以嫡派賜爵。旁支譟之，以爲非薛産。官收諸媪，械梏［校］青本作詰。百端，皆無異言。爵乃定。

［附池北偶談一則］明鄞國忠武公薛禄，膠州人。其父居海島，爲人牧羊。時聞牧處有鼓樂聲出地中，心識之。語忠武弟兄曰：「死即葬我於此。」後如其言葬焉。已而勾軍赴北平，其兄不肯行。忠武年少請往。後從靖難師，累功至大將軍，封陽武侯，追封鄞國公。其地至今號薛家島。

［何評］薛公禄乃靖難時侯；前明公侯與國終始者祇六國。

［但評］鴉鵲覆翼，指揮守門，貴人誕生，恒多異兆。顧何以垢面垂涕，幼而不聰，必至危崖崩，虎逼附，而後勇健非常，丰采頓異耶？豈兩人皆兩虎之所化耶？抑天有以葆其真、韜其光，不欲使之輕洩耶！

趙城虎*〔校〕稿本原題虎子，塗去改今題。

趙城嫗，年七十餘，止一子。一日，入山，爲虎所噬。嫗悲痛，幾不欲活，號啼而訴於〔校〕抄本作之。宰。宰笑曰：「虎何可以官法制之乎？」嫗愈號咷不能制止。〔校〕抄本作之。宰叱之，亦不畏懼。又憐其老，不忍加〔校〕抄本下有以字。威怒，遂諾爲〔校〕上二字，稿本原作給之曰爾歸我便，塗改。捉虎。〔校〕稿本下原有償殺人罪四字，塗去。抄本作遂給之諾捉虎。嫗伏不去，必待勾牒〔何註〕勾牒，差傳人犯之公文也。出，乃肯行。〔何評〕奇。宰無奈之，即〔校〕稿本下原有判捉虎二字，塗去。問諸役，誰能往者。一隸名李能，醺醉，詣座下，自言：「能之。」持牒下，嫗始去。隸醒而悔之；猶謂宰之僞局，姑以解嫗擾耳，因亦不甚爲意，持牒報繳。〔何註〕繳音皎，俗謂還也。宰怒曰：「固言能之，何容復悔？」隸窘甚，請牒〔校〕上二字，稿本原作告曰果欲捉虎便須，塗去。拘〔校〕稿本下原有集字，塗去。獵户。〔校〕稿本下原有藐茲一身何能探虎穴九字，塗去。宰從之。〔校〕上二字，稿本原作即判獵户催比，塗改。隸集諸〔校〕抄本無諸字。獵人，日夜伏山谷，冀得一虎，庶可塞責。月餘，受杖數百，〔校〕稿本下原有竟不以獲四字，塗去。冤苦罔控。

遂詣東郭嶽廟，跪而祝之，哭失聲。無何，一虎自外來。隸錯愕，恐被咥〔何註〕咥，徒結切，齧也。易，履：履虎尾，不咥人。噬。虎入，殊不他顧，蹲立門中。隸祝曰：「如殺某子者〔校〕青本無者字。爾也，其俯聽吾縛。」遂出縲索縶虎頸，〔校〕抄本作項。虎帖耳受縛。牽達縣署，宰問虎曰：「某子，爾噬之耶？」〔王評〕此問亦奇。虎頷之。宰曰：「殺人者死，古之定律。且嫗止一子，而爾殺之，彼殘年垂盡，何以生活？倘爾能爲若子也，我將赦之。」〔馮評〕此公循吏可知，否則虎何可爲子也。予有笑判云：曾聞苛政猛於虎，又道紛紛虎渡河，若教山君可作子，食盡人間爺娘多。虎又頷之。乃釋縛令去。〔但評〕拘虎罕聞，鞫虎更難置語。而乃縛之牽之，易如羊豕；且索之供而首肯，繩以律而心應，豈惟嶽廟之靈，或亦宰官之德所感。嫗方怨宰之〔校〕青本無之字。不殺虎以償子也，遲旦，啓扉，則有死鹿；嫗貨其肉革，用以資度。自是以爲常，時啣金帛擲庭中。嫗從〔校〕青本作由。此致豐裕，奉養過於其子。心竊德虎。虎來，時卧簷下，竟日不去。人畜相安，各無猜忌。數年，嫗死，虎來吼於堂中。嫗素所積，綽〔何註〕綽音婥，寬綽也。可營葬，族人共瘞之。墳壘方成，虎驟奔來，賓客盡逃。虎直赴冢前，嗥鳴雷動，移時始去。〔但評〕虎代子職，生而能養，死且盡哀，奈何以毛裹顧復之人，而竟不如虎！土人立「義虎祠」於東郊，〔校〕抄本作郭。至今猶存。

王阮亭云：「人云：王于一所記孝義之虎，予所記贛州良富里郭氏義虎，及此而三。何於菟之多賢哉！」［校］青本、抄本無此段。

［何評］虎義矣，豈亦宰之仁政有以使之然歟？觀其不加威怒於媪，而諸爲捉虎，是豈俗吏所能？宰庶幾其不爲趙城虎者。

螳螂捕蛇*

張姓者，偶行谿谷，聞崖上有聲甚厲。尋途登覘，〔校〕遺本作視。見巨蛇圍如碗，擺撲叢樹中，以尾擊柳，柳〔校〕兩柳字遺本均作樹。枝崩折。反側傾跌之狀，似有物捉〔校〕抄本、遺本無捉字。制之。然審視殊無所見。大疑。漸近臨之，〔校〕遺本無上二字。則一螳螂據頂上，以刺刀攫其首，攧不可去。久之，蛇竟死。視額〔校〕抄本作額。上〔校〕上二字，遺本作頂。革肉，已破裂云。〔校〕青本無此篇。

武技*

〔校〕稿本題旁另註拳勇二字。

李超，字魁吾，淄之西鄙人。豪爽，好施。〔校〕青本下有僧字。偶〔校〕青本無偶字。一僧來托鉢，李飽啗之。僧甚感荷，乃曰：「吾少林〔呂註〕明都穆游嵩山記：少林寺在少室山北麓。後魏時，孝文爲胡僧跋陀建。○堅瓠集：隋大業中，天下大亂，流賊萬人，將近少林寺。僧議散走。有火工老頭陀云：爾等勿憂，老僧一棒掃盡。衆笑其妄。頭陀即持短棒衝賊鋒，當之者辟易，皆遠避，不敢入寺。遂選少壯僧人百餘，授棍法而去。蓋緊那羅佛現身也。至今拳法猶稱少林云。出也。有薄技，請以相授。」李喜，館之客舍，豐其給，旦夕從學。三月，藝頗精，意得甚。〔校〕抄本作甚得。僧問：「汝益乎？」曰：「益矣。師所能者，我已盡能之。」〔馮評〕世之學者稍有所能，便算盡師所得，如此多矣，豈一李超？〔何評〕可笑。〔但評〕拾其糟粕，遂自鳴得意曰：道在是矣。使試之，鮮有不蹉跌爲人嘲笑者。曲藝且然，況聖人之道乎？僧笑命李試其技。李乃解衣唾手，〔呂註〕後漢書注引九州春秋：公孫瓚曰：始天下兵起，我謂唾手而決。如猿飛，如鳥落，騰躍移時，詡詡然驕人〔校〕此據青本，稿本作交人，抄本作交乂。而立。僧又笑曰：「可矣。子既盡吾能，請一角低昂。」李忻然，即各交臂作勢。既而支撑格拒，李時時蹈僧瑕；僧忽一脚飛擲，李已仰跌丈餘。僧撫掌曰：「子尚未盡吾能也！」[馮評]捷筆。李以掌致地，慚沮請教。又數日，僧辭去。李由此以武名，遨遊南北，罔有其對。偶適歷下，[呂註]濟南府志，歷下城在府城西。史記，晉世家：平公元年，伐齊，齊靈公與戰歷下。即此。見一少年尼僧，弄藝於場，觀者填溢。[何註]填溢，人滿也。尼告衆客曰：「顛倒一身，殊大冷落。有好事者，不妨下場一撲爲戲。」如是三言。衆相顧，迄無應者。李在側，不覺技癢，[但評]忽然技癢，又忘仰跌丈餘時矣。意氣而進。尼便笑與合掌。纔一交手，尼便呵止，曰：「此少林宗派也。」即問：「尊師何人？」李初不言。固[校]抄本固上有尼字。詰之，乃以僧告。尼拱手曰：「憨和尚汝師耶？若爾，不必較[校]抄本作交。手足，願拜下風。」[呂註]左傳，僖十五年：羣臣敢在下風。○[馮評]大方局面。[但評]真能事者，自能解事，必不驕人，必不妄動。李請之再四，尼不可。衆慫恿之，尼乃曰：「既是憨師弟子，同是箇中人，無妨一戲。但兩[校]青本無兩字。相會意可耳。」[但評]不是箇中人不知會意，不肯會意；駢指而削其股，猶是但相會意耳。李諾之。然以其文弱故，易之；又少年喜勝，思欲敗之，以要一日之名。方頡頏間，尼即遽止。李問其故，但笑不言。[馮評]從容乃爾。李以爲怯，固請再角。尼乃起。少間，李騰一踝去。[馮評]此即前憨師一腿也，用得不是路。尼駢五指下削其股；李覺膝下如中刀斧，蹶仆不能起。[何評]自取。尼笑謝曰：「孟浪迕客，幸勿罪！」李舁歸，月餘始愈。後年餘，僧復來，爲述往事。僧驚曰：「汝大［校］青本作太，通大。鹵莽！［呂註］莊子，則陽篇：耕而鹵莽之，則其實亦鹵莽而報予。注：鹵莽，輕脱末略，不盡其分也。又：君爲政焉勿鹵莽。注：鹵莽，猶麤粗也。○［但評］鹵莽人到處喫虧，到處出醜。惹他何爲！幸先以我名告之；不然，股已斷矣！」

王阮亭［校］抄本下有先生二字。云：「此尼亦殊蹤蹟詭異不可測。」

又云：「拳勇之技，少林爲外家，武當張三峯［呂註］未詳。○萬姓統譜：張三丰不知何許人，洪武初，至太和山修煉，結庵玉虚宫。經書一覽即成誦。寒暑惟一箬笠。日行千里，静則瞑目。旬日所啖，升斗輒盡；或辟穀數月，自若也。洪武二十六年九月二十日，自言辭世，留頌而逝。民人楊軏山等置棺斂訖；臨葬，發視之，三丰復生。後入蜀，見蜀王；又入武當。永樂中，遣使尋訪不遇，時稱張仙云。○按：志異作三峯，此作三丰，且第言其靈蹟，未言其精於拳勇也；而既云入武當，則又似爲一人。俟再考。爲内家。三峯之後，有關中人王宗。宗傳温州陳州同。州同，明嘉靖間人。故今兩家之傳，盛於浙東。順治中，王來咸，字征南，其最著者，鄞人也。雨窗無事，讀李超事始末，因識於後。阮亭書。征南之徒，又有僧耳、僧尾［校］抄本作尼。者，皆僧也。」

［何評］今所傳仍有兩派，但世俗多説少林，要亦耳食者衆耳。

小人*

康熙間，有術人攜一榼，榼中〔校〕抄本無中字。藏小人，長尺許。投以〔校〕抄本作一。錢，則啓榼令出，唱曲而退。至掖，〔何註〕掖，東萊郡縣名。掖宰索榼入署，細審小人出處。初不敢言；固詰之，始〔校〕抄本作方。自述其鄉族。蓋讀書童子，自塾中歸，爲術人所迷，復投以藥，四體暴縮；彼遂攜之，以爲戲具。宰怒，殺〔校〕抄本殺上有杖字。術人。留童子，欲醫之，尚未得其方也。

〔校〕留童子以下十二字，抄本無。○〔馮評〕殺術人，烹其肉，以餉童子，當得暴長，見龍宫外方。〔但評〕爲鬼爲蜮，如此類者不少。保赤之道，官宰耳目難周，爲父兄者，自保護其子弟已耳。

〔何評〕比年粤東亦有此事，官曾究之，未聞能殺術人也。宰其賢矣。

秦生*

萊州秦生，製藥酒，悮投毒味，未忍傾棄，封而置之。積年餘，夜適思飲，而無所得酒。忽憶所藏，［馮評］較捨命食河豚者稍覺韻致。啓封嗅之，芳烈噴溢，腸痒涎流，［吕註］杜甫飲中八仙歌：汝陽三斗始朝天，道逢麯車口流涎。注：魏文帝與吴質書：蒲萄釀以爲酒，甘於麯糵，道之已流涎咽嗌，羡同涎，口液也。不可制止。［馮評］酒渴思呑海。取琖將嘗，妻苦勸諫。生笑曰：「快飲而死，勝於饞渴而死多矣。」［馮評］饞吻可笑。［但評］此景此情，不堪爲外人道。一琖既盡，倒瓶再斟。妻覆其［校］青本作起碎。瓶，滿屋流溢。生伏地而牛飲［吕註］韓詩外傳：桀爲酒池，而牛飲者三千人。抱朴子：及好會，則狐蹲牛飲，争食競割。之。少時，腹痛口噤，中夜而卒。［馮評］拚將一死消饞渴，殁去猶堪作酒仙。妻號泣，爲備棺木，行入殮矣。［校］抄本無矣字。次夜，忽有美人入，身長不滿三尺，逕就靈寢，以甌水灌之，豁然頓甦。叩而詰之，曰：「我狐仙也。適丈夫入陳家竊酒醉死，往救而歸。偶過君家，彼［校］青本作悲。憐君子與己同病，故使妾以餘藥活之也。」［但評］同病相憐，箇中人如是如是。言訖，不見。

余友人丘行素〔吕註〕名希潛，淄川人。康熙己巳歲貢，授黄縣訓導。告歸，構清夢樓於豹山之陽，讀書其中。每與山僧野叟，詼諧暢飲。貢士，嗜飲。一夜思酒，而無可行沽，輾轉不可復忍，因思代〔校〕青本、抄本下有之字。以醋。謀諸婦，婦嗤之。〔何註〕嗤之，笑之也。丘固强之，乃煨醯〔何註〕醯，醋也。以進。壺既盡，始解衣甘寢。次日，夫人〔校〕抄本無上二字。竭壺酒之資，遣僕代沽。道遇伯弟襄宸，詰知其故，固〔校〕抄本作因。疑嫂不肯爲兄謀酒。僕言：「夫人云：『家中蓄醋無多，昨夜已盡其半；恐再一壺，則醋根斷矣。』」〔馮評〕醋根斷豈非佳事？一笑。聞者皆笑之。不知酒興初濃，即毒藥猶〔校〕抄本無猶字。甘之，况醋乎？亦可以傳矣。

〔何評〕同病相憐，代以醋，可發一笑。

〔但評〕往在京華，與同年友宴於某氏。主人不善飲，酒甚不佳。主人勸客良殷，友人連浮數大觥。既退，余問之曰：「此等酒不啻酸醋，君何能下咽也？」答曰：「當彼之時，喉乾腸痒，即醋亦將飲之；况其猶有酒之名乎？」余聞而笑之。不謂果有以醯代酒者。

鴉頭*

諸生王文，東昌人。少誠篤。薄遊於楚，過六河，[校]同本作大河，下同。○[呂註]遊楚宜渡大河。休於旅舍，閒[校]此據青本，稿本作仍，抄本作乃。步門外。遇[校]青本無遇字。里戚趙東樓，大賈也，常數年不歸。見王，相執[校]青本作執手。甚懽，便邀臨存。至其所，有美人坐室中，愕怪卻步。趙曳之，[校]稿本下原有王固拒之趙五字，塗去。又隔窗呼妮子去，王乃入。趙具酒饌，話温涼。王問：「此何處所？」答云：「此是小勾欄。余因[校]青本無因字。久客，暫假牀寢。」話間，妮子頻來出入。王跼促[何註]跼，卑躬也；跼促音局蹙，憂不自安也。不安，離席告別。趙强捉令坐。俄，見一少女經門外過，望見王，[但評]望見王三字，有奇緣，有真賞，勿混看過。蓋前此所見之人不少矣，獨於王而頻顧含情，祇一望而已信其敦篤可託也。秋波頻顧，眉目含情，儀度[校]抄本作容。嫻婉，[何註]嫻同嫺，音閑，雅也。上林賦：夭冶嫺都。婉音宛，美也。實神仙也。王素方直，至此惘[何註]惘音網，失志貌。然若失。[但評]一望便知，又能託以終身，王生誠篤，鴉頭明決。便問：「麗者何人？」趙曰：「此媪次女，小字鴉頭，年十四矣。纏頭［呂註］樂府雜録：舊俗，賞樂人有錦綵，置之頭上，謂之纏頭。凡宴賞加惠，借以爲詞，有錦纏頭曲。太真外傳：王元寶富而無學，嘗會客。明日，人問：必多佳話？元寶曰：但費錦纏頭耳。謂歌舞者利物也。白居易琵琶行：五陵年少争纏頭，一曲紅綃不知數。者屢以重金啗媪，女執不願，致母鞭楚，女以齒穉哀免，今尚待聘耳。」［但評］不受纏頭，甘心鞭楚，自信可以相天下士，乃能席珍待聘而不可摇。王聞言俯首，默然癡坐，酬應悉乖。趙戲之曰：「君倘垂意，當作冰斧。」［何註］冰斧，媒妁也。詩，邶風：迨冰未泮。又豳風：匪斧不克。王憮［何註］憮音武，怪愕之辭。然曰：「此念所不敢存。」然日向夕，絶不言去。［但評］既曰念不敢存，而又絶不言去，活畫出一誠篤人來。趙又戲請之。王曰：「雅意極所感佩，囊澀［呂註］類函：晉阮孚持一皁囊，遊會稽。客問：囊中何物？曰：但有一錢守囊，恐其羞澀。杜甫詩：囊空恐羞澀，留得一錢看。奈何！」趙知女性激烈，必當不允，故許以十金爲助。［但評］一戲又戲，又必其不允而故許之以金，固有莫之爲而爲者。○知女性拗而故戲之，不過欲以成彼之愚，供己之笑耳，豈知竟成良緣，而且矢死不二乎？黠者之戲誠篤人也，恒癡之，而不知其己實爲癡者之奴也。王拜謝趨出，罄貲而至，得五數，强趙致媪。媪果少之。鴉頭言於母曰：「母日責我不作錢樹子，［呂註］樂府雜録：許子和，吉州永新娼家女也，既美且慧。臨卒，謂其母曰：阿母錢樹子倒矣。今請得如母所願。我初學作人，報母有日，勿以區區放［校］青本作故。卻財神去。」［但評］即以其自責語質之，又以報母餌之，勿却財神恐之。與貪人言貪，焉得不墮其術中。媪以女性拗［何註］拗，拗强也。執，［校］青本無執字。但得允從，即甚懽喜。遂諾之，使婢邀王郎。趙難中悔，加金付媪。王與女懽愛甚至。既，謂王曰：「妾煙花下流，不堪匹敵；既蒙繾綣，義即至重。君〔校〕青本作若。傾囊博此一宵懽，明日如何？」〔校〕青本作何如。王泫然悲哽。女曰：「勿悲。妾委風塵，實非所願。顧未有敦篤可託如君〔校〕抄本作如君可託。者。請以宵遁。〔但評〕看定義字，既得可託之人，已脫風塵之外，惟有一逃而已。終身事大，背母小節所不敢拘，况背貪淫之母乎？○困辱風塵，幸得所託，權其至重，而遁以相從。此絶大志氣，絶大器識，每於古之哲士謀臣見之。王喜，遽起；女亦起。聽譙鼓〔呂註〕譙謂門上爲高樓以望遠者，見史記陳涉世家。鼓謂更鼓。已三下矣。女急易男裝，草草偕出，叩主人扉。王故從雙衛，託以急務，命僕便發。女以符繫僕股並驢耳上，縱轡極馳，目不容啓，耳後但聞風鳴；平明，至漢江〔校〕抄本無江字。口，稅屋而止。王驚其異。女曰：「言之，得無懼乎？〔但評〕卿所言所行，非人所能及也，敬之未遑，何懼乎？妾非人，狐耳。母貪淫，日遭虐遇，心所積懣。〔何註〕懣音悶，煩懣也。今幸脫苦海。〔呂註〕楞嚴經：引諸沈冥作於苦海。百里外，即非所知，可幸無恙。」王略無疑貳，從容曰：「室對芙蓉，〔呂註〕西京雜記：卓文君眉際望若遠山，臉際常若芙蓉。〔何註〕杜陽雜編：寶曆二年，浙東貢舞女，曰飛鸞，曰輕鳳，上令藏之金屋寶帳，恐爲風日所侵。宮中語曰：寶帳香重重，一雙紅芙蓉。家徒四壁，實難自慰，〔但評〕皆誠篤之言。恐終見棄置。」女曰：「何爲〔校〕抄本作必。此慮。今市貨皆可居，三數口，淡薄亦可自給。可鬻驢子作貲本。」王如言，即門前設小肆，王與僕人躬同操作，賣酒販漿其中。女作披肩，刺荷囊，〔馮評〕何不學文君當壚？日獲贏餘，飲膳〔校〕此據青本，稿本作顧贍，抄本作顧贍。甚優。積年餘，漸能蓄婢媼。王自是不着犢鼻，但課督而已。女一日悄然忽悲，曰：「今夜合有難作，奈何！」王問之。女曰：「母已知妾消息，必見凌逼。若遣姊來，吾無憂；恐母自至耳。」夜已央，自慶曰：「不妨，阿姊來矣。」居無何，妮子排闥入。女笑逆之。妮子罵曰：「婢子不羞，隨人逃匿！〔但評〕其言也，非義之義。老母令我縛去。」即出索子縶女頸。女怒曰：「從一者得何罪？」〔但評〕見理甚明，措詞甚正。○罵曰婢子不羞，明羞之也。女曰，從一者何罪，言止自明，實即以羞之也，所謂理直則氣壯也。然邪正不能並立，禍不遠矣。妮子益忿，捽女斷衿。家中婢媪皆集。妮子懼，奔出。女曰：「姊歸，母必自至。大禍不遠，可速作計。」乃急辦裝，將更播遷。媪忽掩入，怒容可掬，曰：「我故〔校〕抄本作固。知婢子無禮，〔但評〕其言也，非禮之禮。須自來也！」女迎跪哀啼。媪不言，揪髮提去。王徘徊愴惻，眠食都廢。急詣六河，冀得賄贖。至則門庭如故，人物已非。問之居人，俱不知其所徙。悼喪而返。於是俵散客旅，囊貲東歸。後數年，偶入燕都，過育嬰堂，見一兒，七八歲。僕人怪似其主，反復凝注之。王問：「看兒何說？」〔校〕青本作故。僕笑以對。王亦笑。細視兒，風度磊落。自念乏嗣，因其肖己，愛而贖之。詰其名，自稱王孜。王曰：「子棄之襁褓，何知姓氏？」曰：「本師嘗言，得我時，胸前有字，書山東王文之子。」王大駭曰：「我即王文，烏得有子？」念必同己姓名者。心竊喜，甚愛惜之。及歸，見者不問而知爲王生子。〔但評〕燕都人海，況其淪落育嬰堂乎？何邂逅若斯之奇也！可知是王誠篤之報，亦是女堅貞之報。孜漸長，孔武有力，喜田獵，不務生産，樂鬬好殺；王亦不能箝制之。又自言能見鬼狐，悉不之信。會里中有患狐者，請孜往覘之。至則指狐隱處，令數人隨指處擊之，即聞狐鳴，毛血交落，自是遂安。由是人益異之。王一日游市廛，忽遇趙東樓，巾袍不整，形色枯黯。驚問所來。趙慘然請問。王乃偕歸，命酒。趙曰：「媪得鴉頭，横施楚掠。既北徙，又欲奪其志。女矢死不二，因囚置之。〔但評〕忍辱受囚，矢死不二，忠臣節婦，彪炳史册。生還者遂其志，死難者成其仁。其節固不以生死而渝，其事亦不以生死而異也。生一男，〔校〕青本作子。棄諸〔校〕抄本作之。曲巷；〔吕註〕説文：巷，邑中道也。直曰街，曲曰巷。聞在育嬰堂，想已長成。此君遺體也。」王出涕曰：「天幸孽兒已歸。」因述本末。問：「君何落拓至此？」歎曰：「今而知〔但評〕今而知三字，聲淚俱下。每欲以此唤醒普天下遊蕩子，不使至有今之一日；奈彼沉淪孽海，不至於今之一日，而總不知也。悲夫！青樓之好，不可過認真也。〔何評〕醒世。〔但評〕本非真，認之已錯，況過乎？真有不可對人者。夫何言！」先是，媪北徙，趙以負販從之。貨重難遷者，悉以賤售。途中脚直供億，煩〔校〕青本作繁。費不貲，因大虧損。妮子索取尤奢。數年，萬金蕩然。媪見牀頭金盡，旦夕加白眼。妮子漸寄貴家宿，恒數夕不歸。趙憤激不可耐，然無奈之。〔校〕上三字，抄本作亦無可如何。適媪他出，鴉頭自窗中呼趙曰：「勾欄中原無情好，所綢繆者，錢耳。君依戀不去，將掇奇禍。」〔但評〕窗中一呼，乃脱奇禍，亦是十金之報。○蕩金賈禍，非隔窗一呼，夢中人那得便醒。趙懼，如夢初醒。臨行，竊往視女。女授書使達王，趙乃歸。因以此〔校〕青本無此字。情爲王〔校〕青本無王字。述之。即出鴉頭書。〔但評〕以書爲文之過脈，首句承上，末數句起下，中間只是帶敘。書云：「知孜兒已在膝下矣。妾之厄難，東樓君自能緬悉。前世之孽，夫何可言！妾幽室之中，暗無天日，鞭創裂膚，飢火煎心，易一晨昏，如歷年歲。君如不忘漢上雪夜單衾，迭互煖抱時，當與兒謀，〔馮評〕反伏下。必能脱妾於厄。母姊雖忍，要是骨肉，但囑勿致傷殘，是所願耳。」王讀之，泣不自禁。以金帛贈趙而去。時孜年十八矣。王爲述前後，因示母書。孜怒眥欲裂，即日赴都，詢吴媪居，則車馬方盈。孜直入，妮子方與湖客飲，望見孜，愕立〔校〕青本作持刃。變色。孜驟進殺之。賓客大駭，以爲寇。及視女尸，已化爲狐。〔但評〕狐妓合化原形。○粉頭化爲狐，座客皆狐黨矣。湖客不致如趙蕩金，是大造化。孜持刃逕入。見媪督婢作羹，孜奔近室門，媪忽不見。孜四顧，急抽矢望屋梁射之，一狐貫心而墮，〔但評〕狐鴇合剜心死。遂決其首。尋得母所，投石破扃，母子各失聲。母問媪，曰：「已誅之。」母怨曰：「兒何不聽吾言！」命持葬郊野。〔但評〕當題曰狐鴇之墓。孜僞諾之，剥其皮而藏之。檢媪箱篋，盡卷金貲，〔但評〕東樓金貲居多。奉母而歸。夫婦重諧，悲喜交至。既問吴媪，孜言：「在吾囊中。」驚問之，出兩革以獻。母怒，罵曰：「忤逆兒！何得此爲！」［校］青本作爲此。號慟［校］青本、抄本作痛。自撾，轉側欲死。王極力撫慰，叱兒瘞革。孜忿曰：「今得安樂所，頓忘撻楚耶？」母益怒，啼不止。孜葬皮反報，始稍釋。王自女歸，家益盛。心德趙，報以巨金。趙始知媼母子皆狐也。孜承奉甚孝；然誤觸之，則惡聲暴吼。女謂王曰：「兒有拗筋，不刺去之，［校］抄本無之字。終當殺人［校］抄本作身。傾産。」［馮評］拗相公禍國，拗兒女得不亡家。［但評］生有拗筋，且能見鬼狐，天以之救其母也。烏盡兔死，當去之矣。夜伺［何註］伺，候也。孜睡，潛縶其手足。孜醒曰：「我無罪。」母曰：「將醫爾虐，［校］上二字，青本作汝。其勿苦。」孜大叫，轉側不可開。女以巨針刺踝骨側，深［校］抄本無深字。三四分許，用刀掘斷，崩然有聲；又於肘間腦際並如之。已乃釋縛，拍令安卧。天明，奔候父母，涕泣曰：「兒早夜憶昔所行，都非人類！」父母大喜。從此温和如處女，鄉里賢之。

異史氏曰：「妓盡狐也，不謂有狐而妓者；至狐而鴇，［吕註］按俗呼妓之母曰鴇，未詳所本。或云：鴇爲百鳥之妻。或云：鴇字爲七十鳥。終未得的解。〇余懷板橋雜記：曲中女郎多親生之女，故憐惜倍至。遇有佳客，任其留連。其僋父大賈，拒絶勿與通，亦不顧也。蓋親母則取費不多，假母則勒索高價。諺所謂娘兒愛俏，鴇兒愛鈔者，爲假母言之也。則獸而禽矣。滅理傷倫，其何足怪？至百折千磨，之死靡他，此人類所難，而乃於狐也得之乎？唐君［校］君，抄本作太宗。謂魏徵更饒［校］抄本作饒更。嫵媚，［吕註］唐書，魏徵傳：太宗曰：人言魏徵舉動疏慢，我但覺嫵媚。按：嫵媚，謂順從也。［何註］嫵，嫵同，文甫切。媚音眉，去聲，親順也。上林賦：嫵媚纖弱。史記，佞幸列傳：非獨女以色媚，而士宦亦有之。又三國志，吴志：虞翻曰：自恨體骨不媚。皆讀仄聲。吾於鴉頭［何註］鴉頭，殆少婦頭黑如鴉也。不然，則鴉當作丫。亦云。」

［何評］貞狐。

酒蟲*

長山劉氏，體肥嗜飲。每獨酌，輒盡一甕。負郭田〔呂註〕史記，蘇秦列傳：且使我有雒陽負郭田二頃，吾豈能佩六國相印乎？杜甫詩：朱櫻此日垂朱實，郭外誰家負郭田。三百畝，輒半種黍；而家豪富，〔校〕青本作富豪。不以飲爲累也。一番僧見之，謂其身有異疾。劉答言：「無。」僧曰：「君飲嘗〔校〕青本作常。不醉否？」曰：「有之。」曰：「此酒蟲也。」劉愕然，便求醫療。曰：「易耳。」問：「需何藥？」俱言不須。〔校〕抄本作需，通須。但令於日中俯臥，縶手足；去首半尺許，置良醞一器。〔馮評〕取牛黄法。移時，燥渴，思飲爲極。酒香入鼻，饞火上〔校〕青本作大。熾，〔何註〕熾，昌志切，饞火上燒也。而苦不得飲。忽覺咽〔校〕青本作喉。中暴癢，哇有物出，直墮酒中。解縛視之，赤肉長三〔校〕抄本作二。寸許，蠕動如游魚，口眼悉備。劉驚謝。酬以金，不受，但乞其蟲。問：「將何用？」曰：「此酒之精：甕中貯水，入蟲攪之，即成佳釀。」〔馮評〕得此蟲可以開酒肆。劉使試之，果然。劉自是惡酒如仇。體漸瘦，家亦日貧，後飲食至〔校〕青本無至字。不能給。

異史氏曰：「日盡一石，無損其富；不飲一斗，適以益貧：豈飲啄固有數乎？或言：『蟲是劉之福，非劉之病，僧愚之以成其術。』然歟否歟？」〔校〕抄本下有哉字。

〔何評〕不以飲爲累，亦何惡於飲？劉終是愚人。

〔但評〕嘗見有酒力初不甚佳，而嗜飲無度；其繼也，日飲石餘，而不見其醉；試再投之，竟成無底之壑矣。擬以此進之而不果，其人亦不久而死矣。可知劉之蟲，其病也，非福也。

*木雕美人

［校］抄本作木雕人。

商人白有功言：「在濼口［呂註］水經注：濼水出歷縣故城西南。春秋，桓十八年：公會齊侯於濼，是也。［何註］濼音藥，齊、魯間水名。河上，見一人荷竹簏，牽巨犬二。於簏中出木雕美人，高尺餘，手目［校］抄本作自。轉動，豔妝如生。又以小錦韉被犬身，便令跨坐。安置已，叱犬疾奔。美人自起，學解馬作諸劇，鐙而腹藏，腰而尾贅，跪拜起立，靈變不訛。又作昭君出塞：［呂註］世說：漢元帝宮人既多，乃令畫工圖畫，披圖召之。衆皆賂畫工。王昭君姿容甚麗，志不苟求。工遂醜圖之，終身不得召幸。後匈奴求美女於帝，帝以賜之。召見，貌爲後宮第一。悔之，而重失信於外國，故不復更人。別取一木雕兒，插雉尾，披羊裘，跨犬從之。昭君頻頻回顧，羊裘兒揚鞭追逐，真如生者。」

［馮評］大抵有情人雖遇無情之物亦覺有情，無情人君父且路人視之矣。情博則心忍，心忍斯無所不至矣。

［何評］此技今亦有之。

封三娘*

范十一娘，⿰日鹿城祭酒之女。少豔美，騷〔校〕青本作風。雅尤絶。父母鍾愛之，求聘者輒令自擇；女恒少〔校〕抄本下有所字。可。會上元日，水月寺中諸尼，作「盂蘭盆會」。〔吕註〕東京夢華録：中元節，以竹斫成三腳，高三五尺，上織燈窩之狀，謂之盂蘭盆。掛搭衣服、冥錢在上焚之。○盂蘭盆經：目連比丘見其亡母生餓鬼中，即以鉢盛飯往餉。其母食未入口，化爲火炭。目連大叫，馳還白佛。佛言：汝母罪重，非汝一人力所奈何，當須十方衆僧威神之力。至七月十五日，當爲七代父母，現在父母厄難中者，具百味五果，以著盆中，供養十方大德佛；勅衆僧皆爲施主咒願七代父母行禪定意，然後受食。後人因廣爲華飾，乃至刻木、削竹、裁絨、翦綵，模花果之形，極工妙之巧。○按天竺云：盂蘭盆，此言倒懸救器也。謂目連救母飢厄，如解倒懸之具。今人遂飾食味於盆，誤矣。是日，游女如雲，女亦詣之。方隨喜間，一女子步趨相〔校〕青本無相字。從，屢望顏色，似欲有言。〔但評〕已入愛緣。審視之，二八絶代姝也。悦而好之，轉用盼注。〔馮評〕男子相悦，常也；乃以女子悦女子，深情纏綿，如蠶自繭。女子微笑曰：「姊非范十一娘乎？」答曰：「然。」女子曰：「久聞芳名，人言果不虛謬。」十一娘亦審里居。女答言：〔校〕抄本作笑曰。「妾封氏，第三，近在鄰村。」把臂[校]青本作袂。歡笑，詞[校]青本作辭。致温婉，於是[校]上二字，青本作遂。大相愛悦，依戀不捨。[但評]已落情障。十一娘問：「何無伴侶？」曰：「父母早世，[校]抄本作逝。家中止一老嫗，留守門户，故不得來。」十一娘將歸，封凝眸欲涕，十一娘亦惘然，遂邀過從。封曰：「娘子朱門繡户，妾素無葭莩親，慮致譏嫌。」十一娘固邀之。答：「俟異日。」十一娘乃脱金釵一股贈之，封亦摘髻上緑簪爲報。[但評]氣味相投，一見如故，贈縞獻紵，古君子交友之道，乃在裙釵。十一娘既歸，傾想殊切。[馮評]聊齋各種題都做到，惟此中境界未寫，故又暢發此篇。出所贈簪，非金非玉，家人都不之識，甚異之。日望其來，悵然遂病。父母訊得故，使人於近村諮[何註]諮同咨。詩，小雅：周爰諮諏。訪，並無知者。時值重九，十一娘羸頓無聊，倩侍兒强扶窺園，設褥東籬下。忽一女子攀垣來窺，覘之，則封女也。呼曰：「接我以力！」侍兒從之，驀然遂下。十一娘驚喜，頓起，曳坐褥間，責其負約，且問所來。答云：「妾家去此尚遠，時來舅家作耍。[何註]耍音灑。篇海：尖耍俊利也，戲也。前言近村者，緣舅家耳。別後懸思頗苦；然貧賤者與貴人交，足未登門，先懷慚怍，恐爲婢僕下眼覷，是以不果來。[但評]有骨氣者如是，趨附之徒，又當別論。○能遠譏嫌，而不肯扳援富貴，品高識卓，所謂矯矯雲中鶴者，得友如此，可以無憾。適經牆外過，聞女子語，便一攀望，冀是小姐，[校]青本作娘子。今果如願。」十一娘因述病源。

封泣下如雨，因曰：「妾來當須祕密。造言生事者，飛短流長，所不堪受。」［但評］守身若玉。十一娘諾。偕歸同榻，快與傾懷。病尋愈。訂爲姊妹，衣服履舄，輒互易着。見人來，則隱匿夾幙間。積五六月，公及夫人頗聞之。一日，兩人方對弈，夫人掩入。諦視，驚曰：「真吾兒友也！」因謂十一娘：「閨中有良友，我兩人所歡，胡不早白？」［校］抄本作言。十一娘因達封意。夫人顧謂三娘：［校］抄本下有曰字。「伴吾兒，極所忻慰，何昧之？」封羞暈滿頰，［何註］羞暈滿頰，羞而頰赤也。暈如海棠暈之暈，東坡所謂紅潮登頰也。默然拈帶而已。夫人去，封乃告別。十一娘苦留之，乃止。一夕，自門外匆皇［校］上二字，青本作忽倉皇，抄本作匆忙。奔入，泣曰：「我固謂不可留，今果遭此大辱！」［但評］豈不夙夜？畏行多露。君子防未然，封之先見，可愛可敬。驚問之。曰：「適出更衣，［呂註］史記，魏其武安侯列傳：坐乃起更衣。注：凡久坐者，皆起更衣，以寒煖或變也。○按：此更衣如隋書陳夫人旦出更衣，謂如廁也。［何註］更衣，如廁也。傷寒論：三日不更衣。一少年丈夫，橫來相干，幸而得逃。如此，復何面目！」十一娘細詰形貌，謝曰：「勿須怪，此妾［校］青本作妹。癡兄。會告夫人，杖責之。」封堅辭欲去。十一娘請待天曙。封曰：「舅家咫尺，但須以［校］抄本作一。梯度我過牆耳。」十一娘知不可留，使兩婢踰垣［校］抄本作牆。送之。行半里許，辭謝自去。婢返，十一娘伏［校］抄本作扶。牀悲惋，如失伉儷。［但評］悲惋如失伉儷，離魂別恨，落月屋梁，無限相思，只此六字，包括殆盡。後數月，婢以故至東村，暮歸，遇封女從老媼來。婢喜，拜問。封亦惻惻，訊十一娘興居。婢捉袂曰：「三姑過我。我家姑姑盼欲死！」封曰：「我亦思之，〔校〕青本作妹。但不樂使家人知。歸啓園門，我自至。」婢歸告十一娘；十一娘喜，從其言，則封已在園中矣。相見，各道間闊，〔何註〕間闊，別之久也。間音諫，隔也。闊，疏闊也。綿綿不寐。視婢子眠熟，乃起，移與十一娘同枕，私語曰：「妾固知娘〔校〕青本作妹。子未字。以才色門地，何患無貴介壻；然紈袴兒敖不足數。如欲得佳耦，請無以貧富論。」〔但評〕以貧富論人，何能得佳偶？彼世家名姝，多死於紈袴之手，貴介壻豈堪數哉！○絕大議論，又能獨具隻眼賞識於貧賤之中。祭酒殊愧此女。十一娘然之。封曰：「舊年邂逅處，今復作道場，明日再煩一往，當令見一如意郎君。妾少讀相人書，頗不參差。」昧爽，封即去，約俟蘭若。十一娘果往，封已先在。眺覽一周，十一娘便邀同車。攜手出門，見一秀才，年可十七八，布袍不飾，而容儀俊偉。封潛指曰：「此翰苑才也。」十一娘略睨之。封別曰：「娘〔校〕青本作妹。子先歸，我即繼至。」入暮，果至，曰：「我適物色甚詳，其人即同里孟安仁也。」十一娘知其貧，不以爲可。〔但評〕十一娘未能免俗。○知其貧不以爲可，以十一娘之穎慧，亦墮世情，可歎！紅顏薄命，古今人多受此害，不有閨中良友，他日遼海遠戍，真箇玉葬香埋矣。封曰：「娘〔校〕青本作妹。子何亦〔校〕抄本無亦字。墮世情哉！此人苟長貧賤者，余當抉眸子，不復相天下士矣。」十一娘曰：「且爲奈何？」曰：「願得一物，持與訂盟。」十一娘曰：「姊何草草！父母在，不遂如何？」封曰：「妾〔校〕青本無妾字。此爲，正恐其不遂耳。志若堅，生死何可奪也？」〔但評〕女是守經，封是行權。然行權須有大識大力，不然，恐終不遂，而且易入於邪。此可與權，必從可與立而至，權顧可易言哉！○經權常變之間，斟酌既當，則死生以之。再一轉念，則滋惑而氣餒矣。前古失身敗名之人，正坐此病。十一娘必不可。封曰：「娘子姻緣已動，而魔劫未消。所以故，來報前好耳。請即別，即〔校〕青本作當。以所贈金鳳釵，矯命〔何註〕矯命，託爲命令以行也。如汲黯矯制持節，發河南倉粟，以振貧民。贈之。」十一娘方謀更商，封已出門去。時孟生貧而多才，意將擇耦，故十八猶未聘也。是日，忽睹兩艷，歸涉冥想。一更向盡，封三娘款門而入。燭之，識爲日中所見。喜致詰問。曰：「妾封氏，范氏〔校〕抄本無氏字。十一娘之女伴也。」生大悅，不暇細審，遽前擁抱。封拒曰：「妾非毛遂，乃曹丘生。〔但評〕典贍穩切。○自薦薦人，用古雅切。十一娘願締〔何註〕締，結也。永好，請倩冰也。」生愕然不信。封乃以釵示生。生喜不自已，矢曰：「勞眷注若〔校〕抄本作如。此，僕不得十一娘，寧終鰥耳。」〔但評〕即此月旦，封之賞鑑已不誣。封遂去。生詰旦，浼鄰媪詣范夫人。夫人貧之，竟不商女，立便卻去。十一娘知之，心失所望，深怨〔校〕抄本作恨。封之誤己也；而金釵難返，只須以死矢之。〔但評〕得釵而矢終鰥，失釵而矢必死，生固守義，女亦守貞。如此，方不負矯命贈釵之人，如此，乃益見矯命贈釵之力。又數日，有某紳爲〔校〕青本無爲字。子求婚，恐不諧，浼邑宰作伐。時某方居權要，范公心畏之。以問十一娘，十一娘[校]青本無上三字。不樂。母詰之，默默不言，但有涕淚。使人潛告夫人：非孟生，死[校]抄本無死字。不嫁！公聞，益怒，竟許某紳家。[馮評]祭酒老先生何畏一權紳？[但評]果爾，則不如死。且疑十一娘有私意於生，遂涓吉速成禮。十一娘忿不食，日惟耽臥。至親迎之前夕，忽起，攬鏡自妝。夫人竊喜。俄侍女奔白：「小姐自經！」[校]抄本作自縊死。舉宅驚涕，痛悔無所復[校]青本無上二字。及。三日遂葬。[但評]爲其不就而乃亡，爲其亡而乃恨不就。孰意其可就者，正以其亡。然此猶以成敗論也；當亡而亡，即令不就，亦終必亡，謂其志之已遂，雖不就猶就也。孟生自鄰媼反命，憤恨欲絕。然遥遥探訪，妄冀復挽。察知佳人[校]上二字，青本作業。有主，忿火中燒，萬慮俱斷矣。未幾，聞玉葬香埋，[呂註]玉溪編事：孟蜀時，秦川節度使王承儉築城獲瓦棺，中有石刻曰：隋開皇三年，渭州刺史張崇妻王氏。銘文有深深葬玉，鬱鬱埋香之語。愴[校]青本作慘。然悲喪，恨不從麗人俱死。向晚出門，意將乘昏夜一哭十一娘之墓。[但評]千磨百折，兩地一心。紈袴子那能解此，那能辨此，那能消受此？欻[何註]關尹子，四符篇：吾之神一欻無起滅。有一人來，近之，則封三娘。向生[校]抄本下有道喜二字。曰：「喜姻好可就矣。」生泫然曰：「卿不知十一娘亡耶？」封曰：「我所謂就者，正以其亡。[但評]一句一折，愈折愈健，愈折愈奇。可急喚家人發冢，我有異藥，能令蘇。」生從之，發墓破棺，復掩其穴。生自負尸，與三娘俱歸，置榻上；投以藥，踰時而蘇。〔馮評〕文人之筆，操縱由我，可以起死人而肉白骨，豈非快事！故聊齋善作誌異也。顧見三娘，問：「此何所？」封指生曰：「此孟安仁也。」因告以故，始如夢醒。〔校〕抄本作始知復生。封懼漏洩，相將去五十〔校〕青本作十五。里，避匿山村。封欲辭去，十一娘泣〔校〕抄本作乞。留作伴，使別院居。因貨殉葬之飾，用爲資度，亦稱〔校〕青本作將。小有。封每遇生來，輒走避。〔校〕抄本作輒避去。十一娘從容曰：「吾姊妹，骨肉不啻也，然終無百年聚。計不如效英、皇。」〔呂註〕列女傳：有虞二妃，帝堯之女也。長娥皇，次女英，事舜於畎畝之中。封曰：「妾少得異訣，吐納可以長生，故不願嫁耳。」十一娘笑曰：「世傳養生術，汗牛充棟，〔呂註〕柳宗元陸文通墓表：其爲書，處則充棟宇，出則汗牛馬。行而效者誰也？」〔但評〕汗牛充棟，濫漫無著，所傳非真訣，雖博稽載籍，何益乎？養生術特其小者耳。封曰：「妾所得非世人〔校〕抄本作人世。所知。世傳〔校〕青本作世所傳者。並非真訣，惟華陀五禽圖〔呂註〕後漢書，華陀傳：陀語吳普曰：吾有一術，名五禽之戲，一曰虎，二曰鹿，三曰熊，四曰猿，五曰鳥。體有不快，起作一禽之戲，怡而汗出，因以著粉，身體輕便而欲食。差爲不妄。凡修煉家無非欲血氣流通耳，若得厄逆症，作虎形立止，非其驗耶？」〔但評〕一語破的。十一娘陰與生謀，使僞爲遠〔校〕抄本無遠字。出者。入夜，强勸以酒；既醉，生潛入污之。三娘醒曰：「妹子害我矣！倘色戒不破，道成當升第一天。今墮奸謀，命耳！」乃起告辭。十一娘告以誠意而哀謝之。封曰：「實相告：我乃狐也。緣瞻麗容，忽生愛慕，如繭自纏，遂有今日。此乃情魔之劫，非關人力。再留，則魔更生，無底止矣。〔但評〕情生愛，愛生魔，魔生劫，如繭自纏，何時底止？何時解脱？○一入愛緣，便落情障，如繭自纏，何時解脱？決然而去，魔不更生，則當下便是飛昇矣。借封言作結，便省却無數筆墨。娘子福澤正遠，珍重自愛。」言已而逝。夫妻驚歎久之。逾年，生鄉、會果捷，官翰林。投刺謁范公，公愧悔不見。固請之，乃見。生入，執子壻禮，伏拜甚恭。公愧怒，疑生儇薄。生請間，具道情事。公不深信；使人探諸其家，方大驚喜。陰戒勿宣，懼有禍變。又二年，某紳以關節發覺，父子充遼海軍，〔但評〕其不爲充軍婦者幾希！十一娘始歸寧焉。

〔馮評〕予弟玉山喜導引之術，戒之曰：諸家惟卻病延年四字而善，善用吾夫子鄉黨一章即丹訣也。若氣順而使之逆，强言引運，神行而欲其止，不本自然，起居服食，有意矯揉，實足戕其生而已。昔有寄龔練師入道一書，曰辨之甚明，可取而細按也。

〔何評〕忽生愛慕，如繭自纏，斯言也狐且不可，而況於人乎？

〔但評〕閨中有良友，而針砭藥石，生死不渝，遂致嘉耦終諧，不陷於權要。古人出處之大節，每得諸良朋規戒之間；若十一娘之於封，所謂因不失其親者也，足以爲法矣。

狐夢*

余友畢怡庵，倜儻不羣，豪縱自喜。貌豐肥，多髭。士林知名。嘗以故至叔刺史公之別業，休憩樓上。傳言樓中故多狐。畢每讀青鳳傳，心輒向往，恨不一遇。因於樓上，攝想凝思。〔校〕青本作攝思凝想。既而歸齋，日已寖暮。時暑月燠〔何註〕燠音郁，亦熱也。熱，當户而寢。睡中有人摇之。醒而卻視，則一婦人，年逾不惑，〔校〕抄本作四十。而風雅〔校〕青本、抄本作韻。猶存。畢驚起，問其誰何。〔校〕抄本作問爲誰。笑曰：「我狐也。蒙君注念，心竊感納。」畢聞而喜，投以嘲謔。婦笑曰：「妾齒加長矣，縱人不見惡，先自慚沮。有小女及笄，可侍巾櫛。〔何註〕侍巾櫛，服侍巾櫛等事也。左傳，僖二十二年：寡君之使婢子侍執巾櫛。明宵，無寓人於室，當即來。」言已而去。至夜，焚香坐伺。婦果攜女至。態度嫻婉，曠世無匹。婦謂女曰：「畢郎與有夙緣，〔校〕此據抄本，稿本作夙宿，青本作宿分。即須留止。明旦早歸，勿貪睡也。」畢與〔校〕抄本作乃。握手入幃，款曲〔校〕青本作戀。備至。事已，笑曰：「肥郎癡重，使人不堪！」未明即去。既夕自來，曰：「姊妹輩將爲我賀新郎，明日即屈同去。」問：「何所？」曰：「大姊作筵主，去此〔校〕抄本作此去。不遠也。」畢果候之。良久不至，身漸倦惰。纔伏案頭，女忽入曰：「勞君久伺矣。」乃握手而行。奄至一處，有大院落。直上中堂，則見燈燭熒熒，〔何註〕熒熒，燭光也。燦若星點。俄而主人出，年近二旬，淡妝絶美。斂衽稱賀已，將踐席，婢入白：〔校〕青本作曰。「二娘子至。」見一女子入，年可十八九，笑向女曰：「妹子已破瓜〔呂註〕孫綽碧玉歌：碧玉破瓜時，郎爲情顛倒。○堅瓠集：破瓜者，謂二八也。蓋以瓜剖四界，其形如兩八字，故女子初破體曰破瓜。〔何註〕破瓜，女子適人，如瓜之破也。樂府：碧玉破瓜時。又破瓜，老少男女通稱。談苑載張洎詩云：功成應在破瓜時。洎後以六十四而卒。按：破瓜，二八也。樂府謂二八十六年，張洎謂二八爲八八也。矣。新郎頗如意否？」〔馮評〕點綴小女子閨房戲謔，都成雋語，且逼真。女以扇擊背，白眼視之。二娘曰：「記兒時與妹相撲爲戲，妹畏人數脇骨，遥呵手指，即笑不可耐。便怒我，謂我當嫁僬僥國〔呂註〕史記，孔子世家：僬僥氏三尺，短之至也。〔何註〕僬僥音焦堯，西南夷國名，短人也。小王子。我謂婢子他日嫁多髭郎，刺破小吻，今果然矣。」〔但評〕喁喁小語，戲而成趣。大娘笑曰：「無怪三娘子〔校〕青本無子字。怒詛〔何註〕詛音阻，怨謗也。也！新郎在側，直爾憨跳！」頃之，合尊促坐，宴〔校〕青本、抄本作晏。笑甚懽。忽一少女抱一貓至，年可十一二，〔校〕抄本作二三。雛髮未燥，[何註]北史：魏王曰：我生髮未燥，已聞河南是我地。而豔媚入骨。大娘曰：「四妹妹亦要見姊丈耶？此無坐處。」因提抱膝頭，取肴果餌之。移時，轉置二娘懷中，曰：「壓我脛股痠痛！」二姊曰：「婢子許大，身如百鈞重，我脆[何註]脆，俗脃字，音毳，不堅也。魏都賦：肖貌蕞陋，稟質遳脆。遳讀磋字下平聲，燕都謂短人爲遳。弱不堪。既欲見姊夫，[校]抄本作姊丈，下均同。姊夫故壯偉，肥膝耐坐。」乃捉置畢懷。入懷香耎，輕若無人。畢抱與同杯飲。大娘曰：「小婢勿過飲，醉失儀容，恐[校]青本、抄本下有爲字。姊夫所笑。」少女孜孜展笑，以手弄貓，貓戛然鳴。大娘曰：「尚不抛卻，抱走蚤蝨[何註]蚤蝨音早瑟，齧人蟲也。蚤上從叉。矣！」二娘曰：「請以貍[校]青本作貓。奴爲令，執箸交傳，鳴處則飲。」衆如其教。至畢輒鳴。畢故豪飲，連舉數觥。乃知小女子[校]青本作故。故捉令鳴也，因大喧笑。二姊曰：「小妹子歸休！壓煞郎君，恐三姊怨人。」小女郎乃抱貓去。大姊見畢善飲，乃摘髻子[何註]髻子，髻去聲，又音吉，總髮者也。貯酒以勸。視髻僅容升許；然飲之，覺有數斗之多。比乾視之，則荷蓋也。二娘亦欲相酬。畢辭不勝酒。二娘出一口脂合子，大於[校]青本作如。彈丸，酌曰：「既不勝酒，聊以示意。」畢視之，一吸可盡；接吸百口，更無乾時。女在傍以小蓮杯易合子去，〔但評〕荷蓋蓮杯，相映新雅。曰：「勿爲奸人所弄。」〔校〕抄本作箅。置合案上，則一巨鉢。二娘曰：「何預汝事！三日郎君，便如許親愛耶！」畢持杯向口立盡。把之膩軟；審之，非杯，乃羅襪一鉤，襯飾工絕。〔馮評〕楊鐵崖有鞋盃詩。〔但評〕羅襪一鉤，曾聞蓮步矣，幻作小杯，奇而雅切。二娘奪罵曰：「猾婢！何時盜人履子去，怪道足冷冰〔校〕青本、抄本作冰冷。也！」遂起，入室易舃。女約畢〔校〕抄本無畢字，青本作酌畢。離席告別。女送出村，使畢自歸。瞥然醒寤，竟是夢景；而鼻口醺醺，酒氣猶濃，異之。至暮，女來，曰：「昨宵未醉死耶？」畢言：「方疑是夢。」女曰：「姊妹怖君狂譟，故託之夢，實非夢也。」女每與畢弈，畢輒負。女笑曰：「君日嗜此，我謂必大高着；今視之，只平平耳。」畢求指誨。女曰：「弈之爲術，在人自悟，〔但評〕以此求道，思過半矣。○在人自悟，凡學問之道，莫不皆然。專求指誨，便是下著。我何能益君？朝夕漸染，或當有異。」居數月，畢覺稍進。女試之，笑曰：「尚未，尚未。」畢出與所嘗共弈者游，則人覺其異，咸〔校〕抄本咸上有稍字。奇之。畢爲人坦直，胸無宿物，〔呂註〕世說：謝仁祖云：庾赤玉胸中無宿物。微洩之。〔但評〕機事不密則害成，坦直人每多誤事。女已知，責曰：「無惑乎同道者不交狂生也。〔但評〕假令不交狂生，豈不絕少奇文，天地減色？屢囑慎密，何尚爾爾！」怫然欲去。畢謝過不遑，女乃稍解；然由此來寖疏矣。積年餘，一夕來，兀坐相向。與之弈，不弈；與之寢，不寢。悵然良久，曰：「君視我孰如青鳳？」［馮評］引青鳳如東坡引自己詩文當故事用。曰：「殆過之。」曰：「我自慚弗如。然聊齋與君文字交，請煩作小傳，［但評］爲求聊齋筆墨，遂不惜小吻爲多髭郎刺破。○狐欲作傳人，狐亦過人遠矣。未必千載下無愛憶如君者。」畢［校］抄本無畢字。曰：「夙有此志；曩遵舊囑，故祕之。」女曰：「向爲是囑，今已將別，復何諱？」問：「何往？」曰：「妾與四妹妹［校］青本少一妹字。爲西王母徵作花鳥使，［呂註］天中記：唐天寶中，選六宮風流豔態者名花鳥使，主宴。不復得來。［校］抄本下有矣字。曩有姊行，與君家叔兄，臨別已產二女，今尚未醮；妾與君幸無所累。」［校］青本無曩有至所累句。畢求贈言，曰：「盛氣平，過自寡。」［馮評］藥石之言，當書座右。［何評］藥石。［但評］只此六字，狐可傳矣。○良言也，余願終身佩之。遂起，捉手曰：「君送我行。」至里許，灑涕分手，曰：「彼此有志，未必無會期也。」乃去。康熙二十一年臘月十九日，畢子與余抵足綽然堂，［校］抄本無上七字。細述其異。余曰：「有狐若此，則聊齋之筆墨有光榮［校］青本無榮字。矣。」［但評］筆墨有光而僅得之狐，以揶揄語爲自譽，其簡兮碩人之意歟？遂志之。［校］余曰以下，抄本作因爲志之。

［馮評］通篇畢子不多着語，最喜小女兒聲口一一如繪。

［何評］狐幻矣，狐夢更幻；狐夢幻矣，以爲非夢，更幻。語云：「夢中有夢原非夢。」其夢也

耶？其非夢也耶？吾不得而知矣。

［但評］爲讀青鳳傳凝想而成，則遇女即夢也。設筵作賀，而更託之夢，復以爲非夢。非夢而夢，夢而非夢。何者非夢，何者非非夢，何者非非非夢？畢子述夢，自知其夢而非夢；聊齋志夢，則謂其非夢，而非非非夢。

布客*

長清某，販布爲業，客於泰安。聞有術人工星命之學，詣問休咎。術人推之曰：「運數大惡，可速歸。」某懼，囊貲北下。途中遇一短衣人，似是隸胥。漸漬與語，遂相知〔校〕青本作和。悦。屢市餐飲，呼與共啜。短衣人甚德之。某問所幹營，答言：〔校〕抄本作曰。「將適長清，有所勾致。」問爲何人。短衣人出牒，示令自審；第一即己姓〔校〕青本無姓字。名。駭曰：「何事見勾？」短衣人曰：「我非生人，〔校〕抄本無上三字。乃蒿〔校〕青本作嵩。里山〔校〕抄本無山字，青本下多一山字。○〔呂註〕顧寧人山東考古録：泰安州西南二里，俗名嵩里山者，高里山之訛也。見封禪書及武帝紀。乃若蒿里之名，見於古挽歌，不言其地。自陸機泰山吟，始以梁父、蒿里並列，誤。東四司隸役。想子壽數盡矣。」某出涕求救。鬼曰：「不能。然牒上名多，〔校〕青本作多名。拘集尚需時日。子速歸，處置後事，我最〔校〕上二字，青本作然。後相招，此即所以報交好耳。」無何，至河際，斷絕橋梁，行人艱涉。鬼曰：「子行死矣，一文亦將不去。〔但評〕一文亦將不去，唤醒多少夢中人，能以行善勸人，此隸役亦罕有。請即建橋，利行人；雖頗煩費，然於子未必無小益。」某然之。歸，［校］此據抄本，稿本歸上有某字，青本歸上有及字。告妻子作周身具。尅日鳩工建橋。久之，鬼竟不至。心竊疑之。一日，鬼忽來曰：「我已以建橋事上報城隍，轉達冥司矣，謂此一節可延壽命。今牒名已除，敬以報命。」某喜感謝。後再至泰山，不忘鬼德，敬齎楮錠，呼名酹［校］青本、抄本作酬。奠。［馮評］不負心。既出，見短衣人匆遽而來曰：「子幾禍我！適司君方蒞事，幸不聞知；［校］青本無知字，抄本作之。不然，奈何！」［但評］以建橋事達冥司，除牒名而延壽命，究非作弊者比。呼名酹奠，即司君聞之，何害？送之數武，曰：「後勿［校］青本作無。復來。倘有事北往，自當迂道過訪。」遂別而去。

［何評］勸施。

農人*

有農人芸［校］抄本作耕。於山下，婦以陶器爲餉。食已，置器壠畔。向暮視之，器中餘粥盡空。如是者屢。心疑之，因睨注以覘之。有狐來，探首器中。農人荷鋤潛往，力擊之。狐驚竄走。器囊頭，苦不得脱；狐顛蹷，觸器碎落，出首，見農人，竄益急，越山而去。後數年，山南有貴家女，苦狐纏祟，敕勒無靈。狐謂女曰：「紙上符咒，能奈我何！」女紿之曰：「汝道術良深，可幸永好。顧不知生平亦有所畏者否？」［何評］此女亦智。狐曰：「我罔所怖。但十年前在北山時，嘗竊食田畔，被一人戴闊笠，持曲項兵，幾爲所戮，至今猶悸。」［何註］悸，心動也。○［但評］此狐頗質直。女告父。父思投其所畏，但不知姓名、居里，無從問訊。會僕以故至山村，向人偶［校］青本下有語字。道。旁一人驚曰：「此與吾［校］抄本作予。曩年事適相符同，［校］青本、抄本無同字。將無向所逐狐，今能爲怪耶？」僕異之，歸告主人。主人喜，即命僕〔校〕青本下有持字。馬招農人來，敬白所求。農人笑曰：「曩所遇誠有之，〔校〕青本無之字。顧未必即爲此物；且既能怪變，豈復畏一農人？」貴家固强之，使披戴如爾日狀，入室以鋤卓地，〔何評〕可笑。咤曰：「我日覓汝不可得，汝乃逃匿在此耶！今相值，決殺不宥！」言已，即聞狐鳴於室。農人益作威怒。狐即哀言〔校〕抄本作告。乞命。農人叱曰：「速去，釋汝。」女見狐奉頭鼠竄而去，自是遂安。

〔何評〕世有久假不歸，便欲以爲真有，持之以嚇人者，類如農人之于此狐矣。

章阿端*

衛輝戚生，少年蘊藉，有氣敢任。時大姓有巨第，白晝見鬼，死亡相繼，願以賤售。生廉其直，購居之。而第闊人稀，東院樓亭，蒿艾成林，亦姑廢置。家人夜驚，輒相譁以鬼。兩月餘，喪一婢。無何，生妻以暮至樓亭，既歸，得疾，數日尋［校］青本無尋字。斃。家人益懼，勸生他徙。生不聽。而塊然無偶，憭慄［何註］憭慄音聊栗，心自傷也。朱子民安道中詩：憭慄起寒襟。自傷。婢僕輩又時以怪異相聒。生怒，盛氣襆被，獨卧荒亭中，留燭以覘其異。久之無他，亦竟睡去。忽有人以手探被，反復捫搎。［何註］搎音孫。捫搎，摸索也。生醒視之，則一老大婢，攣耳［何註］攣音戀。凡拘牽連繫者皆曰攣。攣耳，謂與耳後肉攣也。蓬頭，臃腫［校］此據青本，稿本、抄本作擁瘇。無度。生知其鬼，捉臂推之，笑曰：「尊範不堪承教！」婢慚，斂手蹀躞而去。少頃，一女郎自西北隅出，神情婉妙，闖然［何註］闖，丑禁切，馬出頭貌。公羊傳，哀六年：開之則闖然，公子陽生也。至燈下，怒罵：「何處狂生，居然高卧！」生起笑曰：「小生此問之第〔校〕抄本作地。主，候卿討房稅耳。」遂起，裸而捉之。〔但評〕敢則敢矣，蘊藉則未也。女急遁。生先趨西北隅，阻其歸路。女既窮，便坐牀上。近臨之，對燭如仙；漸擁諸懷。女笑曰：「狂生不畏鬼耶？將禍爾死！」生强解裙襦，則亦不甚抗拒。已而自白：「妾章氏，小字阿端。誤適蕩子，剛愎〔何註〕愎音煏，戾也。韓文：剛愎不遜。不仁，橫加折辱，憤悒夭逝，瘞此二十餘年矣。此宅下皆墳冢也。」問：「老婢何人？」曰：「亦一故鬼，從妾服役。上有生人居，則鬼不安於夜室，適令驅君耳。」問：「捫搎何爲？」笑曰：「此婢三十年未經〔校〕青本作通。人道，其情可憫；然亦太不自諒〔校〕抄本作量。矣。要之：餒怯者，鬼益侮弄之；剛腸者，不敢犯也。」〔但評〕氣何以不餒？剛則不餒。氣何以不剛？慾則不剛。剛者天人欽囑之，鬼何敢犯？戚生未必及此，然有氣敢任，則亦不餒怯矣，鬼焉得侮弄之？聽鄰鐘響斷，着衣下牀，曰：「如不見猜，夜當復至。」入夕，果至，綢繆益懽。生曰：「室人不幸殂謝，感悼不釋於懷。卿能爲我致之否？」〔馮評〕予有亡婦二週忌詩：海山盟誓今猶在，記我哭君逾二週。嗚呼，殂者而能生之，當不獨戚生有此奢願也。女聞之益戚，曰：「妾死二十年，誰一致〔校〕抄本作置。念憶者！君誠多情，妾當極〔校〕青本作竭。力。然聞投生有地矣，不知尚在冥司否。」逾夕，告生曰：「娘子將生貴人家。以前生失耳環，撻婢，婢自縊死，此案未結，以故遲留。今尚寄藥王廊下，有監守者。妾使婢往行賄，或將來也。」生問：「卿何閒散？」曰：「凡枉死鬼不自投見，閻摩天子不及知也。」二鼓向盡，老婢果〔校〕青本無果字。引生妻而至。生執手大悲。妻含涕不能言。女別去，曰：「兩人可話契闊，另夜請相見也。」生慰問婢死事。妻曰：「無妨，行〔校〕青本無行字。結矣。」上牀偎抱，款若平生〔校〕青本作生平。之歡。由此遂以爲常。後五日，妻忽泣曰：「明日將赴山東，乖離苦長，奈何！」生聞言，揮涕流離，哀不自勝。女勸曰：「妾有一策，可得暫聚。」共收涕詢之。女請以錢紙十提，焚南堂杏樹下，持賄押生者，俾緩時日。生從之。至夕，妻至曰：「幸賴端娘，今得十日聚。」生喜，禁女勿去，留與連牀，暮以暨曉，惟恐懽盡。〔但評〕内妻外室，新亡故鬼，連牀共榻，徹夜盡歡，雖曰剛腸，亦無足取。過七八日，生以限期將滿，夫妻終夜哭。問計於女。女曰：「勢難再謀。然試爲之，非冥資百萬不可。」生焚之如數。女來，喜曰：「妾使人與押生者關說，初甚難；既見多金，心始搖。今已以他鬼代生矣。」〔但評〕押生之責不小，以賄緩生，且以重賄而以他鬼生，弊亦甚矣。自此白日亦不復去，令生塞户牖，燈燭不絕。如是年餘，女忽病瞀悶，懊憹〔何註〕懊憹音襖農，心亂也。恍惚，如見鬼狀。妻撫之曰：「此爲鬼病。」生曰：「端娘已鬼，又何鬼之能病？」妻曰：「不然。人死爲鬼，鬼死爲聻。〔呂註〕五音集韻：人死爲鬼，人見懼之；鬼死爲聻，鬼見怕之。若篆書此字貼於門上，一切鬼祟，遠離千里。聻音積。〇按，通典：聻司刀鬼，名漸耳，一名滄耳。［何註］宣室志：裴漸隱居伊上。有道士曰：當今除鬼，無過漸耳。朝士皆書聻於門以厭鬼。鬼之畏聻，猶人之畏鬼也。」［馮評］鬼中之鬼，演成一派鬼話。［但評］鬼而畏聻，殆亦鬼自餒怯，而聻乃侮弄之耳。使端娘不改節泉下，聻敢犯乎？生欲爲聘巫醫。曰：「鬼何可以人療？鄰媼王氏，今行術於冥間，可往召之。然去此十餘里，妾足弱，不能行，煩君焚芻馬。」［何註］芻，草。馬，紙馬也。生從之。馬方爇，即見女婢［校］抄本作婢女。牽赤騮，［何註］赤騮，說文：赤馬黑尾者。授綏庭下，轉瞬已杳。少間，與一老媼疊騎而來，縶馬廊柱。媼入，切女十指。既而端坐，首㒔倲［呂註］集韻：㒔倲，音獨速，頭動也。［何註］㒔倲，短醜貌。作態。仆地移時，蹶而起曰：「我黑山大王也。娘子病大篤，幸遇小神，福澤不淺哉！此業鬼爲殃，不妨，不妨！但是病有瘳，須厚我供養，金百鋌、錢百貫、盛筵一設，不得少缺。」妻一一嗷應。媼又仆而蘇，向病者呵叱，乃已。既而欲去。妻送諸庭外，贈之以馬，欣然而去。入視女郎，似稍清［校］抄本無清字。醒。夫妻大悅，撫問之。女忽言曰：「妾恐不得再履人世矣。合目輒見冤鬼，命也！」因泣下。越宿，病益沈殆，曲體戰栗，妾［校］青本作若。有所睹。拉生同臥，［但評］拉生同臥，是益觸聻之怒也，能不死乎！以首入［校］青本作投。懷，似畏撲捉。生一起，則驚叫不寧。如此六七日，夫妻無所爲計。會生他出，半日而歸，聞妻哭聲。驚問，則端娘已斃牀上，［馮評］死後又死，死到何時？［但評〕業鬼果索命去，黑山大王竟不能爲力。巫覡欺人，陰陽一轍，可笑之甚。委蛻猶存。啓之，白骨儼然。生〔校〕青本無生字。大慟，以生人禮葬於祖墓之側。一夜，妻夢中嗚咽。搖而問之，答云：「適夢端娘來，言其夫爲聻鬼，怒其改節泉下，啣恨索命去，乞我作道場。」生早起，即將如教。妻止之曰：「度鬼非君所可與力也。」乃起去。踰刻而來，曰：「余已命人邀僧侶。當先焚錢紙作用度。」生從之。日方落，僧衆畢集，金鐃〔何註〕鐃音呶。周禮，地官：封人以金鐃止鼓。註：鐃如鈴，無舌有柄，執而鳴之以止鼓。法鼓，一如人世。妻每謂其聒耳，生殊不聞。道場既畢，妻又夢端娘來謝，言：「寃已解矣，將生作城隍之女。煩爲轉致。」居三年，家人初聞而懼，〔校〕青本作怛。久之漸習。生不在，則隔窗啓稟。一夜，向生啼曰：「前押生者，今情弊漏洩，按責甚急，恐不能久聚矣。」數日，果疾，曰：「情之所鍾，〔但評〕情之所鍾一句，自結也，即以結端娘。本願長死，不樂生也。今將永訣，得非數乎！」生皇遽求策。曰：「是不可爲也。」問：「受責乎？」曰：「薄有所罰。〔校〕抄本作責。然偷生罪大，偷死罪小。」〔校〕抄本兩罪字上均有之字。言訖，不動。細審之，面龐形質，漸就澌滅矣。生每獨宿亭中，冀有他遇，終亦寂然，人心遂安。

〔何評〕鬼聻復有死生，荒唐極矣！

餺飥媪*

韓生居別墅半載，臘盡始返。一夜，妻方臥，聞人行聲。視之，爐中煤火，熾耀甚明。見一媪，可八九十，［校］抄本、遺本下有歲字。雞皮橐背，衰髮可數。向女曰：「食餺飥［吕註］朱翌猗覺寮雜記：北人食麵曰餺飥。餺飥者，餅屬也。揚子法言、齊民要術：青麰麥麵堪作飯及餅飥，甚美，磨盡無麸。則餺飥之名已見於漢、魏。新五代史，李茂貞傳：昭宗謂茂貞曰：朕與六宮，皆一日食粥，一日食不托。俗語當以方言爲正，作餺飥字。［何註］歐陽修歸田録：湯餅唐人謂之不托，今俗謂之餺飥。否？」女懼不敢應。媪遂以鐵箸撥火，加釜其上；又注以水。俄聞湯沸。媪撩襟啓腰橐，出餺飥數十枚，投湯中，歷歷有聲。自言曰：「待尋筯來。」遂出門去。女乘媪去，急起捉釜傾簀後，蒙被而臥。少刻，媪至，逼問釜湯所在。女大懼而號。家人盡醒，媪始去。啓簀照視，則土鱉［校］此據抄本、遺本，稿本作鼈。蟲數十，堆累其中。

［校］青本無此篇。

金永年*

利津金永年，八十二歲無子，媪亦［校］青本無亦字。七十八歲，自分絕望。忽夢神告曰：「本應絕嗣，念汝貿販平準，賜［校］抄本無賜字。予一子。」醒以告媪。媪曰：「此真妄想。兩人皆將就木，何由生子？」無何，媪腹震動；［何註］詩，魯頌注：姜嫄出祀郊禖，履大人拇而震動有娠。十月，竟舉一男。

［但評］貿販平準，亦其分耳，應絕嗣而得子於耄耋之年，天何曾虧負人來！

［何評］天報善人，不可以常理論也。

花姑子*

安幼輿，陝之拔貢生。［校］青本無生字。為人揮霍好義，［但評］非必揮霍而後爲義，然好義者斷未有不揮霍。喜放生。見獵者獲禽，輒不惜重直，買釋之。會舅家喪葬，往助執紼。［呂註］禮，檀弓：弔于葬者必執引；若從柩及壙皆執紼。注：紼，引棺索也。［何註］禮，曲禮：助葬必執紼。暮歸，路經華嶽，迷竄山谷中。心大恐。一矢之外，忽見燈火，趨投之。數武中，欻見一叟，［但評］待之久矣。傴僂曳杖，斜徑疾行。安停足，方欲致問。叟先詰誰何。［但評］不待問而先詰，已早知其爲安矣。安以迷途告；且言燈火處必是山村，將以投止。叟曰：「此非安樂鄉。［馮評］此等暗伏之筆最妙。幸老夫來，可從去，茅廬可以下榻。」安大悅，從行里許，睹小村。叟扣荆扉，一嫗出，啓關曰：「郎子來耶？」叟曰：「諾。」［但評］意若曰：候得恩主來耶？故對曰諾也。既入，則舍宇湫隘。［呂註］左傳，昭三年：子之宅近市，湫隘囂塵，不可以居。注：湫，下也。隘，小也。囂，聲也。塵，土也。［何註］湫音剿，下也。隘，么解切，陋也。○［但評］非好義放生之德，早已入高壯閈閎之世家矣，茅廬湫隘，何從下榻？」叟挑燈促坐，便命隨事具食。又謂嫗曰：「此非他，是吾恩主。婆子不能行步，可喚花姑子來釃酒。」〔呂註〕詩，小雅：釃酒有藇。傳：謂以筐取酒也。〔何註〕釃音躧，以筐湑酒也。○〔但評〕此是於安前道其所以喚女釃酒之意，莫認作告嫗以安語。俄女郎以饌具入，立叟側，秋波斜盼。〔校〕青本作眄。○〔何註〕眄音麪，衺視也，從丏不從丐。歸去來辭：眄庭柯以怡顏。安視之，芳容韶齒，殆類天仙。叟顧令煨酒。房西隅有煤爐，女即〔校〕抄本作郎。入房撥火。安問：「此〔校〕抄本下有女字。公何人？」答云：「老夫章姓。七十年止有此女。田〔校〕青本無田字。家少婢僕，以君非他人，遂敢出妻見子，幸勿哂也。」安問：「壻家何〔校〕抄本作何家。里？」答言：〔校〕青本作云。「尚未。」安贊其惠麗，稱不容口。叟方謙挹，忽聞女郎驚號。叟奔入，則酒沸火騰。叟乃救止，訶曰：「老大婢，濡猛不知耶！」回首，見爐傍有蓋心插紫姑〔呂註〕荊楚歲時記：望夕迎紫姑神以卜。○劉敬叔異苑：紫姑姓何名媚，字麗娘，壽陽李景之妾，不容於嫡，常役以穢事，於正月十五日感激而死。故世人以是作其形，夜於廁間或豬欄邊迎之，祝曰：子胥不在，曹姑亦歸去，小姑可出戲。捉者覺重，便是神來。奠設酒果，亦覺貌輝輝有色，即跳躍不住，占衆事，卜行年蠶桑，又善射鉤。好則大儛，惡便仰卧。平昌孟氏恒不信，躬試往捉，便自躍穿屋，永失所在。○子胥，其夫名也。曹姑，其大婦也。○李商隱詩：羞逐旁人賽紫姑。〔何註〕荊楚歲時記：正月十五夕迎紫姑以卜蠶桑等事。註：紫姑本人家妾，爲大婦所妬，正月十五感激而死。蓋音屬，蓋葵也。以葵心插作其形以迎之也。未竟，〔馮評〕點綴瑣事，寫小女子性情，都是傳神之筆。又訶曰：「髮蓬蓬許，裁如嬰兒！」持向安曰：「貪此生涯，致酒騰沸。〔校〕青本作沸騰。蒙君子獎譽，〔何註〕獎譽，嘉獎稱譽也。譽者，論語：誰毀誰譽。詩，大雅：韓姞燕譽。同此。若易括囊無咎無譽，讀餘去聲，謂以善政致人之善聲也。豈不羞死！」安審諦之，眉目袍服，製甚精工。贊曰：「雖[校]青本無雖字。近兒戲，亦見慧心。」斟酌移時，女頻來行酒，嫣然含笑，殊不羞澀。[但評]落落大方，蓋安之名已耳熟之，安之恩已心銘之，不待喚來釃酒時，始聞此非他人之語也。安注目情動。[但評]君非他人，所以親之也。安之情動，則非其父女之所逆料矣。忽聞嫗呼，叟便去。[馮評]嫗呼叟去，以便與女接談，排場都好。安覷無人，謂女曰：「睹仙容，使我魂失。欲通媒妁，恐其不遂，如何？」女抱[校]青本作把。壺向火，默若不聞；屢問不對。生漸入室。女起，厲色曰：「狂郎入闥將何爲！」生長跽[校]抄本作跪。哀之。女奪門欲出。[校]抄本作去。安暴起要遮，狎接臄𦛨。[校]𦛨，疑⿰月函誤。青本作劇亟。女顫聲疾呼，叟匆[校]青本作傯，抄本作忽。〇[何註]傯音總，倥傯，促迫也。倥音孔，俱讀仄聲；惟倥侗之倥音空，無知也。遽入問。[校]青本作門。安釋手而出，殊切愧懼。女從容向父曰：「酒復湧沸，非郎君來，壺子融化矣。」[馮評]追魂之筆。[何評]慧極。[但評]具見慧心，然終是報恩之意多。〇語若不聞，厲色疾呼，經也。從容向父，爲郎君掩，權也。女子曷可權？有報恩之心積於中也。安自門出，其父目睹，不爲掩飾，則狂郎入闥何爲？是使其父不得報恩矣。權而得正，其權也猶夫經也。安聞女言，心始安妥，益德之。魂魄顛倒，喪所懷來。於是僞醉離席，女亦遂去。叟設裀褥，闔扉乃出。安不寐；未曙，呼別。至家，即浼交好者造廬求聘，終日而返，竟莫得其居里。[校]青本作里居。安遂命僕馬，尋途自往。至則絕壁巉[何註]巉音讒，山險絕如劖刻也。巖，竟無村落；訪諸近里，則[校]抄本無則字。此姓絕少。失望而歸，並忘食寢。[校]抄本作寢食。由此得昏瞀之疾：[但評]更非所料。强啖湯粥，則喠⿰口容[何註]喠音腫，氣極也。⿰口容音勇。喠⿰口容，欲吐也。欲吐；潰亂中，輒呼花姑子。家人不解，但終夜環伺之，氣勢阽危。[呂註]離騷：阽余首而危死。又前漢書，食貨志：安有爲天下阽危者若是而上不驚者？注：阽危，欲墜之意也。[何註]阽音鹽，臨邊欲墮之意。前漢書，文帝紀：或阽於死亡。一夜，守者困怠並寐，生矇瞳[何註]矇瞳，應作朣朧，欲明也。潘岳秋興賦：月朣朧以含光兮。或作矇朧。中，覺有人揣而抗之。[何註]揣抗，動也。抗，緣去聲。道德經：揣而銳之。銳或作抗。〇[但評]癡兒幾至於死，則報恩者不能不來矣。〇方圖報恩，而人且爲我死。彼則實癡，於此而恝置之，是恩而仇視之矣。惠然肯來，焉知其不聞有命耶？略開眸，則花姑子立牀下，不覺神氣清醒。熟視女郎，潸潸涕墮。女傾頭笑曰：「癡兒何至此耶？」乃登榻，坐安股上，以兩手爲按太陽穴。安覺腦麝奇香，穿鼻沁骨。按數刻，忽覺汗滿天庭，漸達肢體。小語曰：「室中多人，我不便住。三日當復相望。」又於繡袪中出數蒸餅置牀頭，悄然遂去。安至中夜，汗已思食，捫餅啗之。不知所苞何料，甘美非常，遂盡三枚。又以衣覆餘餅，慒⿰忄泰[校]青本作騰。〇[何註]慒騰，或作慒⿰忄泰，又作瞢騰。慒或作懜，無知貌。王建宮詞：香衾煖處睡慒騰。酣睡，辰分始醒，如釋重負。三日，餅盡，精神倍爽。乃遣散家人。又慮女來不得其門而入，潛出齋庭，悉脫扃鍵。未幾，女果至，笑曰：「癡郎子！不謝巫耶？」安喜極，抱與綢繆，恩愛甚至。已而曰：「妾冒險蒙垢，所以故，來報重恩耳。實不能永諧琴瑟，幸早別圖。」［但評］癡郎謝巫一語，其情溢於言外，而即以不能永諧絶之。則其所云恩者，非以色，實以德也；以德則情真，情真則不必永諧琴瑟而不可謂非琴瑟矣。安默默良久，乃問曰：「素昧生平，何處與卿家有舊，實所不憶。」女不言，但云：「君自思之。」生固求永好。女曰：「屢屢夜奔，固不可；常諧伉儷，亦不能。」安聞言，邑邑而悲。女曰：「必欲相諧，明宵請臨妾家。」［但評］不嫌蒙垢。安乃收悲以忻，問曰：「道路遼遠，卿纖纖之步，何遂能來？」曰：「妾固未歸。東頭聾媪我姨行，爲君故，淹留至今，家中恐所疑怪。」安與同衾，［校］青本作寢。但覺氣息肌膚，無處不香。［何評］香麝。問曰：「熏何薌［何註］薌同香。澤，致侵肌［校］青本作膚。骨？」女曰：「妾生來便爾，非由熏飾。」安益奇之。女早起言別。安慮迷途，女約相候於路。安抵暮馳去，女果伺待，偕至舊所。［但評］不怕疑怪。叟媪歡逆。酒肴無佳品，雜具藜藿。［但評］更不疑怪，轉添親愛矣。既而請客［校］抄本無客字。安寢。女子殊不瞻顧，頗涉疑念。更既深，女始至，曰：「父母絮絮不寢，致勞久待。」浹洽終夜，謂安曰：「此宵之會，乃百年之別。」安驚問之。答曰：「父以小村孤寂，故將遠徙。與君好合，［校］抄本作合好。盡此夜耳。」［但評］遠徙云者，殆欲以絶其念也。試思請臨其家者何故？昏夜同待者何故？叟媪歡逆者何故？浹洽終夜，忽然訴別者何故？或以夜色漸曙，叟闖入驚散鴛鴦，憐女受詈，如此觀書，便是瞎子，便是騃子。安不忍釋，俯仰悲愴。依戀之間，夜色漸曙。叟忽闖然入，罵曰：「婢子玷我清門，使人愧怍欲死！」女失色，草草奔去。[校]抄本作出。叟亦出，且行且詈。[何註]詈音茘，罵也。禮，曲禮：怒不至詈。安驚孱遻[校]抄本作愕。怯，[何註]孱音潺，蹙也。遻音噩，迕遇也。班固賦：乘高而遻神兮。怯，懼也。無以自容，潛奔而歸。[但評]斯何時，不早不遲，而乃闖然入耶？勿被其瞞過也，原只要其草草奔去。所以亦出，原只要其潛奔而歸，所以必待天漸曙。數日徘徊，心景殆不可過。因思夜往，踰牆以觀其便。叟固言有恩，即令事洩，當無大譴。[但評]前已洩矣，何曾加譴？遂乘夜竄往，蹀躞[校]此據青本，稿本、抄本作揲揳。山中，迷悶不知所往。大懼。方覓歸途，見谷中隱有舍宇；喜詣之，則閈閎高壯，似是世家，重門尚未扃也。安向門者詢[校]抄本作訊。章氏之居。有青衣人出，問：「昏夜何人詢章氏？」安曰：「是吾親好，偶迷居向。」青衣曰：「男子無問章也。此是渠妗家，[馮評]前東頭聾媼我姨行句亦有根。花姑即今在此，容傳白之。」入未幾，即出邀安。纔登廊舍，花姑趨出迎，謂青衣曰：「安郎奔波中夜，想已困殆，可伺牀寢。」少間，攜手入幃。[但評]與殊不瞻顧者不同。安問：「妗[校]青本無妗字。家何別無人？」女曰：「妗他出，留妾代守。幸與郎遇，豈非夙緣？」[校]此據青本，稿本、抄本作宿。然偎傍之際，覺甚羶腥，[何註]羶音膻，羊氣也。腥，生肉氣也。○[何評]可知。心疑有異。女抱安頸，遽以舌舐鼻孔，徹腦如刺。安駭絕，急欲逃脫；而身若巨綆[校]抄本作緶。之縛。少時，悶[校]青本作惛。然不覺矣。〔但評〕纔入安樂鄉，便到黑甜鄉。生爲偷香之人，死作羶腥之鬼。安不歸，家中逐者窮人蹟。或言暮遇於山徑者。家人入山，則見〔校〕抄本無見字。裸死危崖下。〔但評〕此時才是安樂鄉。驚怪莫察其由，舁歸。衆方聚哭，一女郎來弔，自門外噭啕〔何註〕噭啕，號也。而入。撫尸捺鼻，涕洟其中，〔校〕青本作涕泗滂沱。○〔何註〕涕，目汁；泗，鼻汁。滂音雱，沱音駝，沛也。言涕泗若大雨之滂沱也。呼曰：「天乎，天乎！何愚冥至此！」〔但評〕女胡爲乎來？是非從父遠徙者耶？是非被父辱罵者耶？何以復得冒險蒙垢，直入門而撫尸痛哭也？天乎天乎，何愚冥至此，謂爲女之言可也，謂其父之言亦可也。痛哭聲嘶，移時乃已。告家人曰：「停以七日，〔校〕青本作停一七。「勿殮也。」衆不知何人，方將啓問；女傲不爲禮，含涕逕出。留之不顧；尾其後，轉眸已渺。羣疑爲神，謹遵所教。夜又來，哭如昨。至七夜，安忽甦，反側以呻。家人盡駭。女子入，相向嗚咽。安舉手，揮衆令去。女出青〔校〕青本作取山。草一束，燂湯升許，即牀頭進之，頃刻能言。歎曰：「再殺之惟卿，再生之亦惟卿矣！」〔但評〕若非再生，則此寃從何而辨？因述所遇。女曰：「此蛇精冒妾也。前迷道時所見燈光，即是物也。」安曰：「卿何能起死人而肉白骨也？〔呂註〕左傳，襄二十二年：吾見申叔夫子，所謂生死而肉骨也。注：已死復生，白骨更肉。勿〔校〕抄本作毋。乃仙乎？」曰：「久欲言之，恐致驚怪。君五年前，曾於華山道上買獵麞而放之否？」曰：「然，其有之。」〔馮評〕然其有之，古句。曰：「是即妾父也。前言大德，蓋以此故。君前日已生西村王主政家。

妾與父訟諸閻摩王，閻摩王弗善也。父願壞道代郎死，哀之七日，始得當。〔馮評〕何物老魔，報德乃爾。七日正與上一七勿殮句應。〔但評〕作秦庭之哭。今之邂逅，幸耳。然君雖生，必且痿痹〔校〕此據同本、稿本、青本、抄本作痺。○〔何註〕痿痺，麻木不仁也。不仁；得蛇血合酒飲之，病乃可除。」生啣恨切齒，而慮其無術可以擒之。女曰：「不難。但多殘生命，累我百年不得飛升。〔馮評〕山中宰相陶弘景著本草，取生物入藥，致殘生命，遂只成地仙。其穴在老崖中，可於晡時聚茅焚之，外以强弩戒備，妖物可得。」言已，別曰：「妾不能終事，實所哀慘。然爲君故，業行已損其七，幸憫宥也。〔何評〕慘極。〔但評〕父與女俱壞道，報亦至矣。月來覺腹中微動，恐是孽根。男與女，歲後當相寄耳。」流涕而去。〔但評〕壞道求代，幸而得當。彼實生我，我亦生之，叟之報恩已無愧矣。獻術擒蛇，業行損七，彼爲我死，我亦死之，女之報情亦無負矣。脱然而去，遂釋塵緣。仙乎仙乎！何從窺其蹤跡？安經宿，覺腰下盡死，爬抓〔校〕抄本作搔。○〔何註〕爬抓皆從爪。爬音琶，搔也。韓愈進學解：爬羅剔抉。抓音蚤，亦搔也。無所痛癢。乃以女言告家人。家人往，如其言，熾火穴中。有巨白蛇衝燄而出。數弩齊發，射殺之。火熄入洞，蛇大小數百頭，皆焦臭。〔校〕臭，抄本作且死。家人歸，以蛇血進。安服三日，兩股漸能轉側，半年始起。後獨行谷中，遇老媪以繃席抱嬰兒授之，曰：「吾女致意郎君。」方欲問訊，瞥不復見。啓襁視之，男也。〔但評〕得男亦放生之報。抱歸，竟不復娶。

異史氏曰：「人之所以異於禽獸者幾希，此非定論也。蒙恩啣結，至於没齒，則人有慚於禽獸者矣。至於花姑，始而寄慧於憨，終而寄情於恝。〔何註〕恝音近戛，愁貌。乃知憨者慧之極，恝者情之至也。仙乎，仙乎！」〔校〕抄本無此段。

〔何評〕情極乃至於無情，慧極乃幾於不慧，非此中人何足以知之。

武孝廉*

武孝廉石某，囊貲赴都，將求銓敘。至德州，暴病，唾血不起，長卧舟中。僕篡金亡去。石大恚，病益加，資糧斷絕。榜人〔呂註〕前漢書，司馬相如傳：榜人歌，聲流喝。張揖注：榜人，船長也。〔何註〕榜人，舟子也。謀委棄之。會有女子乘船，夜來臨泊，聞之，自願以舟載石。榜人悅，扶石登女舟。石視之，婦四十餘，被服粲麗，神采猶都。呻以〔校〕青本作吟。感謝。婦臨審曰：「君夙有瘵根，今魂魄已遊墟墓。」〔何註〕墟墓，丘墟墳墓間也。禮，檀弓：墟墓之間，未施哀於民而民哀。石聞之，噭然哀哭。婦曰：「我有丸藥，能起死。〔馮評〕何取於此人而生之耶？苟病瘳，勿相忘。」石灑泣矢盟。婦乃以藥餌石；半日，覺少痊。婦即榻供甘旨，殷勤過於夫婦。石益德之。月餘，病良已。石膝行而前，敬之如母。婦曰：「妾煢獨無依，如不以色衰見憎，願侍巾櫛。」時石三十餘，喪偶經年，聞之，喜愜過望，遂相燕好。婦乃出藏金，使入都營幹，相約返與同歸。石赴都夤緣，選得本省司閫；餘金市鞍馬，冠蓋赫奕。因念婦臘已高，終非良偶，［馮評］是何言歟？狼心勝於李益！因以百金聘王氏女爲繼［校］青本作從。室。心中悚怯，恐婦聞知，遂避德州道，迂途履任。［馮評］何苦如此。年餘，不通音耗。有石中表，偶至德州，與婦爲鄰。婦知之，詣問石況。某以實對。婦大罵，因告以情。某亦代爲不平，慰解曰：「或署中務冗，尚未暇遑。乞修尺一書，爲嫂寄之。」婦如其言。某敬以達石，石殊不置意。［馮評］可惡。又年餘，婦自往歸石，止於旅舍，託官署司賓者通姓氏。石令絶之。一日，方燕飲，聞喧詈聲；釋杯凝聽，則婦已搴簾入矣。石大駭，面色如土。婦指罵曰：「薄情郎！安樂耶？試思富若貴何所自來？［馮評］此一層便教他開口不得。我與汝情分不薄，即欲置婢妾，相謀何害？」［校］抄本作妨。石累足屏氣，不能復作聲。久之，長跽［校］青本、抄本作跪。自投，詭辭乞宥。婦氣稍平。石與王氏謀，使以妹禮見婦。王氏雅不欲；石固哀之，乃往。王拜，婦亦答拜。曰：「妹勿懼，我非悍妒者。曩事，實人情所不堪，即妹亦當不［校］抄本作不當。願有是郎。」遂爲王緬述本末。王亦憤恨，因與交詈石。石不能自爲地，惟求自贖，遂相安帖。初，［馮評］追敍。婦之未入也，石戒閽人勿［校］青本作無。通。至此，怒閽人，陰詰讓之。閽人固言管鑰未發，無入者，不服。石疑之而不敢問婦，兩雖言笑，而終非所好也。幸婦嫺婉，不爭夕。三餐後，掩闥早眠，並不問良人夜宿何所。王初猶自危；見其如此，益敬之。厭旦[校]上二字，青本作但。往朝，如事姑嫜。婦御下寬和有體，而明察若神。一日，石失印綬，合署沸騰，屑屑還往，無所爲計。婦笑言：「勿憂，竭井可得。」石從之，果得之。[校]抄本無之字。叩其故，輒笑不言。隱約間，似知盜者[校]抄本下有之字。姓名，然終不肯洩。居之終歲，察其行多異。石疑其非人，常於寢後使人瞷[何註]瞷音閑，視也。聽之，但聞牀上終夜作振衣聲，亦不知其何爲。婦與王極相愛憐。[校]抄本作憐愛。一夕，石以赴臬司未歸，婦與王飲，不覺過[校]抄本無過字。醉，就卧席間，化而爲狐。王憐之，覆以錦褥。未幾，石入，王告以異。石欲殺之。王曰：「即狐，何負於君？」[但評]一語如老吏斷獄。石不聽，急覓佩刀。而婦已醒，罵曰：「虺蝮[呂註]爾雅：蝮虺博三寸，首大如擘。注：一名反鼻蟲，此自一種蛇也。之行，而豺狼之心，[校]抄本作性。必不可以久居！曩所[校]抄本作時。啖藥，乞賜還也！」即唾石面。石覺森寒如澆冰水，喉中習習作癢；嘔出，則丸藥如故。婦拾之，忿然逕出，追之已杳。石中夜舊症復作，血嗽不止，半歲[校]抄本作載。而卒。

異史氏曰：「石孝廉，翩翩若書生。或言其折節能下士，語人如恐傷。壯年殂謝，士林悼之。至聞其負狐婦一事，則與李十郎［呂註］蔣防霍小玉傳：大曆中，李生名益，年二十，以進士擢第。其明年，拔萃候試於天官。每欲得佳偶。長安媒鮑十一娘引至霍小玉家。玉故霍王女；王薨，易姓鄭氏。見生，極其歡愛，誓不相舍。生至家，太夫人已與表妹盧氏言約已定。小玉悒快成疾。生入城就親，潛卜静所，不令人知。一日，與友人詣崇敬寺，忽有一豪士揖之曰：公非李十郎乎？敝居去此不遠，但願一過。生與同行。至鄭曲欲回。豪士推入門内，報曰：李十郎來矣。玉聞生至，起曰：李君，李君，今當永訣！我死之後，必爲厲鬼，使汝妻妾不安！遂絶。月餘，生就禮於盧氏，忽帳外叱叱作聲。視之，見一男子藏身映幔，連招盧氏。後旬日，生自外歸，盧方鼓琴，忽見自門抛一班犀鈿花合子，内有同心結，墜於盧氏懷中。生怒詰之，盧氏終不自明。生暴加捶楚，訟於公庭而遣之。何以少異？」［校］抄本無此段。

［何評］「即狐何負於君」一語，可謂詳盡。乃狐不負石，石固負狐，其取死也誰懟？

［但評］狐以四十餘歲之姿，而自媒於三十餘歲之男子，非禮也，亦非耦也。然亦以生死肉骨之恩，誰無人心而不知感？又不第此，既生之，且富貴之，又安能以不肖之心待人，逆料其既得安樂，遂視之若弁髦哉？石以魂遊墟墓，煢煢無告之人，感之、哀之、德之，且至如母敬之。資其藏銀，遂得司閫。新婚燕爾，忘所自來，此實人情所不堪者。婦雖排闥直入，究竟遜位無爭。乃並此三餐閒飯，亦不能容，而異類視之，佩刀加之，此則豺狼之心，虺蝮之行，不惟不可與久居，並不可使之復留於人世矣。薄情郎當血嗽不止時，亦曾記昔年舟中灑血矢盟否也？

西湖主*

陳生弼教，字明允，燕人也。〔馮評〕提筆作伏。家貧，從副將軍賈綰作記室。泊舟洞庭。適猪婆龍浮水面，賈射之中背。有魚啣龍尾不去，並獲之。鎖置桅間，奄存氣息；而龍吻張翕，似求援拯。生惻然心動，〔馮評〕一點仁心，遂獲善報。〔但評〕一念之仁，再生長生，享用不盡。請於賈而釋之。攜有金創藥，戲敷患處，縱之水中，浮沉踰刻而没。後年餘，生北歸，復經洞庭，大風覆舟。幸扳一竹簏，〔但評〕竹簏何來？漂泊終夜，絓〔校〕青本作挂。木而止。援岸方升，有浮尸繼至，則其僮僕。力引出之，已就斃矣。慘怛無聊，坐對〔校〕青本作對坐。憩息。但見小山聳翠，細柳摇青，行人絶少，無可問途。〔馮評〕作兩節敘。是被溺後眼中光景。○自遲明以及〔校〕抄本作至。辰後，悵悵靡之。忽僮僕肢〔校〕青本作之。體微動，〔但評〕僮僕亦蘇，恰映銜尾小魚。喜而捫之。無何，嘔水數斗，醒〔校〕抄本作豁。然頓蘇。〔馮評〕一僕耳，其得生亦必作兩層寫，中間一隔，情事愈合，此文家之妙也。相與曝〔何註〕曝音僕，曬也。周禮，考工記：㡛氏湅絲，晝暴諸日。本作暴。衣石上，近午始燥可着。

而枵腸轆轆，[何註] 枵腸，腸中空虛也。轆轆音鹿，車行聲，腹鳴似之也。飢不可堪。於是越山疾行，冀有村落。纔至半山，聞鳴鏑聲。[呂註] 史記，匈奴列傳：冒頓乃作爲鳴鏑。注：鏑，箭也，如今鳴射。[何註] 鏑音的，矢鋒也。○[但評] 鏑聲引去。方疑[校] 青本作凝。聽所，[校] 青本、抄本作間。有二女郎乘駿馬來，騁如撒菽。各以紅綃抹額，[何註] 儀實録：禹會塗山之夕，大風雷震，有甲步卒千餘人；其不被甲者，紅綃帕抹其額，遂爲軍容之服。髻插雉尾；[何註] 插雉尾，雉善鬥，故以狀軍容之武勇。着小袖紫衣，腰束緑錦；一挾彈，一臂青韝。[呂註] 玉篇：韝，臂捍也。○韝音鉤。[何註] 韝，鞲同，言彄捍背駕鷹者。蔡邕獨斷：董偃青韝緑幘。度過嶺頭，則數十騎獵於榛莽，並皆姝麗，[但評] 姝麗迎來。裝束若一。生不敢前。有男子步馳，似是馭卒，因就問之。答曰：「此西湖主獵首山也。」生述所來，且告之餒。馭卒解裹糧授之。[但評] 有如授餐。囑云：[校] 青本作曰。「宜即遠避，犯駕當死！」生懼，疾趨[校] 抄本作趣。下山。茂林中隱有殿閣，謂是蘭若。近臨之，粉垣圍沓，[何註] 沓，達合切。圍沓，相連也。溪水橫流；朱門半啓，石橋通焉。[馮評] 無數層折。[但評] 步步引人入勝。攀扉一望，則臺榭環雲，擬於上苑，又疑是貴家園亭。逡巡而入，橫藤礙路，香花撲人。過數折曲欄，又是別一院宇，垂楊數十株，高拂朱簷。山鳥一鳴，則花片齊[校] 抄本作亂。飛；深苑微風，則榆錢自落。[馮評] 寫景好。[但評] 好句似仙。怡目快心，殆非人世。穿過小亭，有鞦韆[呂註] 古今藝術圖：北方愛習輕趫之能，每至寒食爲之。中國女子學之，乃以綵繩懸梯立架，謂之鞦韆。○張有復古編：詞人高無際作鞦韆賦。漢武帝後庭繩戲，本云千秋，祝壽詞也。語譌轉爲秋千，後人譌爲鞦韆。一架，上與雲齊；而罥索沉沉，杳無人蹟。因疑地近闉閣，恇[何註]恇音匡，恐也。梁鴻適吳詩：嗟恇恇兮誰留。怯未敢深[校]青本無深字。入。俄聞馬騰於門，[但評]有如速客。似有女子笑語。[馮評]又突來。生與僮潛伏叢花中。未幾，笑聲漸近。聞一女子曰：「今日獵興不佳，獲禽絶少。」又一女曰：「非是公主射得雁落，幾空勞僕馬也。」無何，紅裝數輩，擁一女郎至亭上坐。[但評]有如遊仙。禿袖戎裝，年可十四五。[但評]有如面訂。鬟多[校]抄本作髮多，青本作鬟低。斂霧，腰細驚風，玉蕊瓊英[吕註]羣芳譜：玉蕊花蔓如荼蘼，冬凋春榮，柘葉紫莖，鬚如冰絲，上綴金粟。花心復有碧筒狀類膽瓶；其中別抽一英，出衆鬚上，散爲十餘蕊，猶刻玉然。花名玉蕊，乃在於此。李衛公以爲瓊花，宋魯端伯以爲瑒花，黄山谷以爲山礬；皆非也。○前漢書，司馬相如傳：咀噍芝英，分嘰瓊華。注：瓊樹生崑崙西流沙濱，大三百圍，高萬仞，華蕊也。○劇談録：上都安業坊，唐貞觀舊有玉蕊花。其花每發，若瓊林樹。一日，有女子衣緑繡衣，峩髻雙鬟，直造花所，異香芬馥。觀者疑出自宮掖，不敢逼視。佇立良久，令侍者取花數枝而出，望之已在半空。方悟神仙之遊。餘香經月不散。足方喻。[但評]贊美人如此已足。諸女子獻茗[何註]茗，茶也。熏香，燦如堆錦。移時，女起，歷階而下。未一女曰：「公主鞍馬勞頓，尚能鞦韆否？」公主笑諾。遂有駕肩者，捉臂者，褰裙者，持履者，[校]抄本無上三字。挽扶而上。公主舒皓[何註]皓，白也。腕，躡利屣，輕如飛燕，蹴入雲霄。[馮評]八字如畫。○徐文長有美人秋千詞，同此輕妙。[但評]斷送玉容人上天，筆妙乃爾。已而扶下。羣曰：「公主真仙人也！」嘻笑而去。生睨良久，神志[校]青本作魂。飛揚。迨人聲既寂，出詣鞦韆[校]青本下有架字。下，徘徊凝想。見籬下有紅巾，[但評]紅巾何來？知爲羣美所遺，[但評]有如解珮。喜内袖中。登其亭，見案上設有文具，遂題巾[但評]有如催妝。曰：「雅戲何人擬半仙？[吕註]天寶遺事：宮中至寒食節，競築秋千，嬉笑爲樂。帝呼爲半仙之戲。分明瓊女散金蓮。[何註]謂如天女散花也。廣寒隊裏應[校]此據青本，稿本、抄本作恐。相妒，莫信凌波[吕註]曹植洛神賦：凌波微步，羅襪生塵。[何註]凌波，指履言。上九[校]青本作便上。天。」[但評]詩極婉轉，無怪玉人顛倒終夜矣。題已，吟誦而出。復尋故徑，則重門扃錮矣。踟躕罔[校]抄本作無。計，反而樓閣亭臺，涉歷幾盡。一女掩入，驚問：「何得來此？」生揖之曰：「失路之人，幸能垂救。」[校]青本作幸垂救焉。女問：「拾得紅巾否？」生曰：「有之。然已玷染，如何？」[馮評]凡後生作文拖沓者，讀此筆自斗健，此小史記也。因出之。女大驚曰：「汝死無所矣！[但評]陡起一波。此公主所常御，塗鴉若此，何能爲地？」生失色，哀求脱免。女曰：「竊窺宮儀，罪已不赦。念汝儒冠蘊藉，[校]抄本無上二字。欲以私意相全；今孽乃自作，將何爲計！」[但評]真説到十二分無望處。遂皇皇持巾去。生心悸肌慄，恨無翅翎，惟延頸俟死。迂[校]青本作良。久，女復來，潛賀曰：「子有生望矣！公主看巾三四徧，囅然無怒容，或當放君去。宜姑耐守，勿得攀樹鑽垣，發覺不宥矣。」[馮評]一起一落，如蝴蝶穿花、蜻蜓點水，妙甚。[但評]極險峻處，忽作平静地步。妙在仍從險峻處望有平静處，不肯便説走到平静處也。日已投暮，凶祥不能自必；而餓餤[何註]餤音豔，火行貌。書，洛誥：無若火，始餤餤。中燒，憂煎欲死。無何，女子挑燈至。一婢提壺榼，出酒食餉生。生急問消息。女云：「適我乘間言：『園中秀才，可恕則放之；不然，餓且死。』公主沉思云：『深夜教渠何之？』遂命餽君食。此非惡耗也。」[但評]瀠洄水抱中和氣，文境絶妙。生徊徨終夜，危不自安。辰刻向盡，女子又餉之。生哀求緩頰。[呂註]前漢書，魏豹傳：漢王謂酈生曰：緩頰往説之。注：謂徐言引譬也。[何註]謂和緩其口頰以説之也。又註：從容論説之意。女曰：「公主不言殺，[校]抄本作放。亦不言放。[校]抄本作誰敢私放。我輩下人，何敢屑屑瀆告？」既而斜日西轉，眺望方殷，[校]青本作不已。女[校]青本女上有忽字。子坌息急奔而入，曰：「殆矣！[馮評]駭浪又起。[但評]一波未平，又生一波。多言者洩其事於王妃；妃展巾抵地，大罵狂傖，禍不遠矣！」生大驚，面如灰土，長跽請教。忽聞人語紛拏，[何註]紛拏，拏音呶，同拏，煩也，擾亂也。前漢書，霍去病傳：漢、匈奴相紛拏。謂亂相持搏也。女搖手避去。數人持索，洶洶入户。內一婢熟視曰：「將謂何人，陳郎耶？」遂止持索者，曰：「且勿且勿，待白王妃來。」返身急去。少間來，曰：「王妃請陳郎入。」生戰惕從之。[馮評]不知葫蘆何藥，青龍白虎並行矣。[但評]水盡山窮，忽開生面，令人心膽稍放，耳目一新。回首過來，猶覺目爲之眩，膽爲之搖，心爲之戰。驚定而喜曰：奇境也！經數十門户，[校]青本無户字。至一宮殿，碧箔[何註]箔通簿，簾也。禮，曲禮：帷薄之外不趨。薄，中從甫。銀鉤。即有美姬揭簾，唱：「陳郎[校]抄本作生。至。」上一麗者，袍服炫冶。[何註]炫冶，炫音眩，耀光也。荀子，非相篇：莫不美麗姚冶。生伏地稽首，曰：「萬里孤臣，幸恕生命！」妃急起，自曳[校]抄本無自字，曳作拽。之曰：「我非君子，無以有今日。婢輩無知，致迕佳客，罪何可贖！」即設華[校]抄本無華字。

筵，酌以鏤杯。生茫然不解其故。妃曰：「再造之恩，恨無所報。息女蒙題巾之愛，當是天緣，今夕即遣奉侍。」［馮評］此等處迅疾，俗筆便添許多話說。生意出非望，神惝怳［何註］惝怳，惝音敞。道德經所謂恍兮惚兮。而無着。日方暮，一婢前白：［校］青本作曰。「公主已嚴妝［何註］嚴妝，莊嚴也。唐書，駱賓王傳：嚴服靚妝。靚音淨，妝從爿。訖。」遂引生就帳。忽而笙管敖曹；［校］抄本作嗷嘈。階上悉踐花罽；門堂藩溷，處處皆籠燭。數十妖姬，扶公主交拜。麝蘭［校］青本作香。之氣，充溢殿庭。既而相將入幃，兩相傾愛。生曰：「羈旅之臣，生平不省拜侍。點污芳巾，得免斧鑕，幸矣；反賜姻好，實非所望。」公主曰：「妾母，湖君妃子，乃揚江［校］青本作江陽。王女。舊歲歸寧，偶游湖上，爲流矢所中。蒙君脱免，又賜刀圭之藥，一門戴佩，常不去心。［但評］一門戴佩，常不去心，長生之機，即在於此。郎勿以非類見疑。妾從龍君得長生訣，願與郎共之。」生乃悟爲神人。因問：「婢子何以相識？」［但評］以問答語作補筆。曰：「爾日洞庭舟上，曾有小魚啣尾，即此婢也。」又問：「既不見誅，何遲遲不賜縱脱？」笑曰：「實憐君才，但不［校］抄本下有得字。自主。顛倒終夜，［但評］憐才之心，至於顛倒終夜，此時得敍衷曲，其快何如！他人不及知也。」生歎曰：「卿，我鮑叔也。餽食者誰？」曰：「阿念，亦妾腹心。」［校］青本作心腹。生曰：「何以報德？」笑曰：「侍君有日，徐圖塞責未晚耳。」［馮評］阿念後不敍，已包含在中矣。此藏筆也。問：「大王何在？」曰：「從關聖征蚩尤未歸。」[呂註] 史記，五帝本紀：軒轅之時，蚩尤作亂，不用帝命。於是黃帝乃徵師諸侯，與蚩尤戰於涿鹿之野，遂擒殺蚩尤。注：蚩尤，九黎之君也。○彭宗古關帝實録：古記云：宋大中祥符七年，解州奏解鹽出於池，歲收課利，以佐國用；近水減鹽少，虧失常課。此是災異，不可不察。上遣使往視。還報曰：臣見一父老，自稱城隍神，令臣奏曰：爲鹽池之害者，蚩尤也。忽不見。上召近臣呂夷簡至解池致祭。事訖之夕，夢神人戎衣怒言曰：吾蚩尤也。上帝命我主此鹽池。今者天子立軒轅祠。軒轅吾讐也，我爲此不平，故絶池水耳。夷簡還白其事。侍臣王欽若曰：蚩尤邪臣也。臣知信州龍虎山張天師者，能使鬼神，若令治之，蚩尤不足慮也。於是召天師問之。對曰：自古忠烈之士，没而爲神。蜀將關某，忠而勇，陛下禱而召之，以討蚩尤，必有陰功。上問：今何神也？對曰：廟食荆門之玉泉。上從之。移時，一美髯人，擐甲佩劍，浮空而下。天師宣諭上旨云：蚩尤爲妖如此，今天子欲命將軍爲民除害，何如？對曰：容臣會嶽瀆陰兵至彼，并力爲清蕩之。俄失所在。忽一日，黑雲起於池上，大風暴至，雷電晦明，居人震恐。但聞空中金戈鐵馬之聲。久之，雲霧收斂，天日晴朗，池水如故。居數日，生慮家中無耗，懸念綦切，乃先以平安書遣僕歸。[馮評] 此僮僕，看書者幾忘之矣。家中聞洞庭舟覆，妻子縗絰已年餘矣。僕歸，始知不死；而音問[校] 抄本作聞。梗塞，終恐漂泊難返。又半載，生忽至，裘馬甚都，囊中寶玉充盈。由此富有巨萬，聲色豪奢，世家所不能及。七八年間，生子五人。日日宴集賓客，宮室飲饌之奉，窮極豐盛。或問所遇，言之無少諱。[但評] 正欲以好生之德勉人，則所遇何容少諱？有童稚之交梁子俊者，宦游南服十餘年。歸過洞庭，見一畫舫，[何註] 舫音訪，小船也。左從舟。雕檻朱窗，笙歌幽細，緩蕩煙波。時有美人推窗凭眺。梁目注舫中，見一少年丈夫，科頭疊股[何註] 科頭，露頂也。疊股，重疊其股而坐也。其上；傍有二八姝麗，挼莎交摩。[何註] 挼莎交摩，挼同捼，奴禾切。莎音簑，以手切摩也。禮，曲禮：共飯不澤手。註：澤，挼莎也。又晉書，劉毅傳：東府聚樗蒱大擲，唯劉裕及毅在後。毅次擲得雉，大喜。裕惡之，因挼五木，久之，曰：老兄試爲卿答。既而四子俱黑，其一子轉躍未定，裕厲聲喝之，即成盧焉。○［但評］從旁援莎者，即念儒冠蘊藉，提壺榼餉生之人，想塞責已久矣。念必楚襄貴官，而騶從殊少。凝眸審諦，則陳明允也。不覺憑欄酣叫。［校］抄本作呼。生聞呼［校］抄本無呼字。罷棹，出臨鷁首，［呂註］淮南子，本經：鳴鵠鸛鶇，稻粱饒餘；龍舟鷁首，浮吹以娛。此遁於水也。注：鷁，水鳥也，畫其象著船頭，故曰鷁首。按：畫鷁於舟首，壓水神也。邀梁過舟。見殘肴滿案，酒霧猶濃。生立命撤去。頃之，美婢三五，進酒烹茗，山海珍錯，［何註］山海珍錯，山珍海錯也。錯，書，禹貢，傳：雜出也。目所未睹。梁驚曰：「十年不見，何富貴一至於此！」笑曰：「君小覷窮措大［呂註］按資暇録云：窮措大眼孔小。又云：世稱士流爲措大，言其峭醋而冠四民之首。一說，衣冠儼然，黎庶望之有不可犯之色，犯必有驗，比於醋而更驗，故謂之焉。或云往有士人，貧居新鄭之郊，以驢負醋，巡邑而賣，人指其醋馱而號之，新鄭多衣冠所居，因總被斯號。亦云鄭有醋溝，士流多居其州溝之東，尤多甲族，以甲乙敍之，故曰醋大。然則措大當作醋大；曰醋，曰溝，皆自鄭地起也。李濟翁以爲不然曰：謂其能舉措大事也，因酸子誤以爲醋大耳。［何註］窮措大，謂秀才措辦大事也。其實疊韻字，會意可也。不能發迹耶？」［但評］窮措大原能發迹，原不可小覷，特惻隱之心未能擴而充之，斯終不免於窮措大耳。問：「適共飲何人？」曰：「山荊耳。」梁又異之。問：「攜家何往？」答：「將西渡。」梁欲再詰，生遽命歌以侑［何註］侑音又，佐也，相也。玉藻：凡侑食不盡食。酒。一言甫畢，旱雷［何註］旱雷，師曠占：霹靂者，雄雷也。旱，氣也。此借用不雨而雷也。聒耳，肉竹［呂註］晉書，孟嘉傳：聽妓絲不如竹，竹不如肉，何謂也？嘉答曰：漸近使之然。嘈雜，［何註］嘈雜，嘈音曹，聲也。竹，簫管聲；肉，歌聲。所謂絲不如竹，竹不如肉也。不復可聞言笑。梁見佳麗滿前，乘醉大言曰：「明允公，能令我真箇銷魂否？」生笑云：［校］青本作曰。「足下醉矣！然有一美妾之貲，可贈故人。」遂命侍兒進明珠一顆，曰：「緑珠[呂註] 嶺表録異：緑珠姓梁氏，白州博白縣人，生雙角山下。美而豔。石崇爲交趾採訪使，以真珠三斛致之。[何註] 緑珠，石崇妾也，後孫秀求之，投樓下死。不難購，明我非吝惜。」[但評] 美妾之貲可贈，而不能令真箇銷魂，即曰吝惜，亦爲造物吝惜耳。○欲換凡骨無金丹，雖佳麗滿前，豈能相贈。乃趣別曰：「小事忙迫，不及與故人久聚。」送梁歸舟，開纜逕去。梁歸，探諸其家，則生方與客飲，益疑。因問：「昨在洞庭，何歸之速？」答曰：「無之。」梁乃追述所見，一座盡駭。生笑曰：「君誤矣，僕豈有分身術耶？」[但評] 明明道破，却又含糊。○結語以强解解之，以不解解之。衆異之，而究莫解其故。後八十一歲而終。迨殯，訝其棺輕；開之，[校] 抄本作視。則空棺耳。[但評] 此篇與花姑子篇同一放生獲報意，而扳簏得生，題詩遇美，轉禍爲福，誰實主之？遂乃富貴豪華，分身並享，安康壽考，泛宅同仙，真似神仙中果有汾陽、季倫者，殆亦由善人天佑之説，充類至義之盡也歟？

異史氏曰：「竹簏不沉，紅巾題句，此其中具有鬼神；而要[校] 上二字，抄本作要之。皆惻隱之一念所通也。迨宮室妻妾，一身而兩享其奉，即[校] 抄本作則。又不可解矣。昔有願嬌妻美妾，貴子賢孫，而兼長生不死[校] 抄本作老。者，僅得其半耳。豈仙人中亦有汾陽、季倫[呂註] 唐書，郭子儀傳：郭子儀，華州鄭縣人，爲天下兵馬副元帥。克復兩京，封汾陽郡王。歲入官俸二十四萬貫。其宅在親仁里，居其里四分之一，中通永巷。家人三千，相出入者不知其居。前後賜良田美器，名園甲館，聲色珍玩，堆積羨溢，不可勝紀。○晉書，石崇傳：崇字季倫，穎悟有才氣。在荊州劫遠使商客，致富不貲。財産豐積，室宇宏麗。後房數百，皆曳紈繡，珥金翠。絲竹盡當時之選，庖膳窮水陸之珍。[何註] 郭汾陽、石季倫，極富貴妻孥之盛者也。耶？」

［何評］德無不報，神亦猶是也。乃世之人不務施德，而專務結仇者，亦獨何哉？

［但評］前半幅生香設色，繪景傳神，令人悦目賞心，如山陰道上行，幾至應接不暇。其妙處尤在層層布設疑陣，極力反振，至於再至於三；然後落入正面，不肯使一直筆。時而逆流撑舟，愈推愈遠；時而蜻蜓點水，若即若離。處處爲驚魂駭魄之文，卻筆筆作流風迴雲之勢。「犯駕當死」一句先伏其根；隨即寫其園亭及其院宇，望去擬之上苑，到來本非人間。雖錦繡堆中，鞦韆架下，睹玉人於天上，窺春色於牆陰，真是仙人，豈容凡想？至於紅巾偶拾，筆墨生災，罪在塗鴉，身難插翼，即憐才之有念，實私意之難全矣。乃風波險處，故作瀠洄；雲岫奔時，少爲停頓。幸看巾之信得，全無怒容；見提榼之人來，此非惡耗。而徊徨待旦，盼望終朝，不言殺亦不言放，敢曰吾生也乎哉？緩頰方切哀求，坌息忽來奔告，狂傖失魄，人語紛挐。文之矯變，至此極矣！鯫生識面，魚婢傳詞，突邀寵宴之榮，復拜良緣之賜。居然坦腹，乃爲題巾；不謂刀圭，竟同玉杵。事則得從非望，文亦加倍出奇。後半幅問不加斧鑕之由，問反賜姻好之由，問婢子識面之由，問不即縱脱之由，固層層點清上文，亦即以配映上半幅數層文筆，不欲令頭重脚輕也。末後特表神奇，又文之餘趣耳。

孝子*

青州東香山之前，有周順亭者，事母至孝。母股生巨〔校〕青本作大。疽，痛不可忍，晝夜嚬呻。〔何註〕嚬同矉，音顰，眉蹙貌。呻音申，呻吟也。周撫肌進藥，至忘寢食。數月不痊，周憂煎無以爲計。夢父告曰：「母疾賴汝孝。然此創非人膏塗之不能愈，徒勞焦惻也。」醒而異之。乃起，以利刃〔校〕青本、抄本作刀。割脅肉；〔但評〕只求母疾之愈耳，不知割肉作膏之爲孝，又何知割股傷生之爲不孝？肉脱落，覺不甚苦。急以布纏腰際，血亦不注。於是烹肉持〔校〕青本作作。膏，敷母患處，痛截然頓止。母喜，問：「何藥而靈效如此？」周詭對之。母創尋愈。周每掩護割處，即妻子亦不知也。既痊，有巨痕〔校〕抄本作疤。如掌。妻詰之，始得其情。〔校〕抄本作詳。

異史氏曰：「刲〔校〕青本作割。股爲傷生之事，〔校〕抄本無爲之事三字。君子不貴。〔馮評〕野史直筆，重於蘭臺，見聞真也。然愚夫婦何知傷生之〔校〕抄本無之字。爲不孝哉？亦行其心之所不自已者而已。有斯人而知孝子之真，猶在天壤。〔校〕抄本下有耳字。司風教者，重務良多，無暇彰表，則闡〔何註〕闡音幝，發明之也。易，繫辭：夫易彰往而察來，微顯而闡幽。幽明微，賴茲芻蕘。」〔校〕抄本無司風教至芻蕘一段。○〔何註〕芻蕘，蕘音鐃，言司風教者既不暇，惟賴此芻蕘之人耳。詩，大雅：詢于芻蕘。

獅子*

暹邏［校］抄本下有國字。○［呂註］明史：暹邏本暹與邏斛二國，在海南中。暹土瘠不宜耕稼；邏斛土平衍，稼多獲，暹仰給焉。元至正間，暹降邏斛。明初，暹邏斛國王始遣使入貢。○按，暹邏在古城極南濱海，見續文獻通考。國朝康熙十二年，遣使請封。上以海道遥遠，令以敕印付其使臣帶往。至二十三年復入貢。貢獅，每止處，觀者如堵。其形狀與世［校］抄本下有所字。傳繡畫者迥異，毛黑黄色，長數寸。或投以雞，先以爪摶［校］青本作搏。而吹之；一吹，則毛盡落如掃，亦理之奇也。

［何評］如是我聞，言獅狀與此略同。

閻王*

李久常，[校]抄本作常久。臨朐[何註]朐音劬。臨朐，邑名。人。壺榼[何註]榼音軻，酒器也。淮南子：霤水足以溢壺榼，而江河不能實漏卮。於野，見旋風蓬蓬而來，敬酹奠之。後以故他適，路傍有廣第，殿閣弘麗。一青衣人[校]青本無人字。自內出，邀李。李固辭。青衣[校]抄本下有人字。要遮甚殷。李曰：[校]青本作云。「素不識荆，[校]抄本作相識。○[呂註]李白上韓荆州書：生不願封萬户侯，但願一識韓荆州。得無悞耶？」青衣云：「不悞。」便言李姓字。問：「此誰家？」答[校]抄本作第。云：「入自知之。」入，進一層門，見一女子手足釘扉上。近視，[校]抄本下有之字。其[校]青本其上有則字。嫂也。大駭。李有嫂，臂生惡疽，不起者年餘矣。因自念何得至此。轉疑招致意惡，畏沮卻步。青衣促之，乃入。至殿下，上一人，冠帶如王者，氣象威猛。李跪伏，莫敢仰視。王者命曳起之。慰之曰：「勿懼。我以曩昔擾子杯酌，欲一見相謝，無他故也。」[馮評]咄嗟之食，君子弗尚，冥王非餓鬼，奠於野則德之，且此細事，特召生人致謝，亦淺甚矣。李心始安，然終不知其[校]抄本無其字。

故。王者又曰：「汝不憶田野酹奠時乎？」李頓悟，知其爲神。頓首曰：「適見[校]青本無見字。嫂氏受此嚴刑，骨肉之情，實愴於懷。乞王憐宥！」王者曰：「此甚悍妒，宜得是罰。三年前，汝兄妾盤腸而産，彼陰以針刺腸上，俾至今臟腑常痛。此豈有人理者！」李固哀之。乃曰：「便以子故宥之。歸當勸悍婦改行。」[馮評]此句好。[但評]猶是冥王欲李寄語此婦，俾知罪戾而自改，且以儆天下之爲婦而悍妒者耳。不然，悍婦多矣，冥司何能一一釘之？如果皆釘之，於萬千中何以適見此婦乎？李謝而出，則扉上無人矣。歸視嫂，嫂臥榻上，創血殷席。時以妾拂意故，方致詬罵。李遽勸曰：「嫂無復爾！今日惡苦，皆平日忌嫉所致。」嫂怒曰：「小郎[呂註]按嫂謂叔曰小郎。○世說：王夷甫妻郭氏貪鄙，令婢擔糞。夷甫弟澄諫之。郭大怒曰：夫人臨終，以小郎屬新婦，不以新婦屬小郎。[何註]小郎，夫弟之稱。謝道蘊有爲小郎解圍事。若個好男兒，又房中娘子賢似孟姑姑，[呂註]謂孟光。任郎君東家眠，西家宿，[何註]戰國策，齊策：齊有一女，二家求之。其母謂女曰：欲東則左袒，欲西則右袒。其女兩袒曰：欲東家眠而西家宿。以東家富而醜，西家貧而美也。不敢一作聲。自當是小郎大好[校]抄本無好字。乾綱，到不得代哥子降伏老媪！」李微哂曰：「嫂勿怒。若言其情，恐欲哭[校]青本作泣。不暇矣。」曰：[校]抄本曰上有嫂字。「便曾不盜得王母籠中綫，又未與玉皇香案吏[校]抄本作案前吏。○[呂註]元稹詩：我是玉皇香案吏，謫居猶得近蓬萊。一眨[何註]眨，側洽切，目動也。眼，中懷坦坦，何處可用哭者！」[但評]每見虧心人偏嘴強，惜無有見其受冥罰而小語告之耳。李小語曰：「針刺人腸，宜何罪？」嫂勃然色變，問此言之因。李告之故。[馮評]簡句。嫂戰惕不已，涕泗流離而哀鳴曰：「吾不敢矣！」啼淚未乾，覺痛〔校〕抄本作疼。頓止，〔何評〕響應。旬日而瘥。由是立改前轍，遂稱賢淑。後妾再産，腸復墮，針宛然在焉。拔去之，腹痛乃瘳。

異史氏曰：「或謂天下悍妒如某者，正復不少，恨陰網之漏多也。余謂：〔校〕抄本作曰。不然。冥司之罰，未必無甚於釘扉者，但無回信耳。」

土偶*

沂水馬姓者，〔校〕抄本無者字。娶妻王氏，琴瑟甚敦。馬早逝。王父母欲奪其志，王矢不他。姑憐其少，亦〔校〕青本無亦字。勸之，王不聽。母曰：「汝志良佳；然齒太幼，兒又無出。每見有勉强於初，而貽羞於後者，固不如早嫁，猶恒情也。」〔但評〕語亦真切。天下有翁姑强婦守義，其後終爲家庭之玷者，尤其愚也。靡他之矢，即出其本心，猶懼其鮮克有終也，此何如事，而乃欲强而成之乎？王正容，以死自誓，母乃任之。女命塑工〔校〕青本作土。肖夫像，每食，〔校〕抄本作日。酹獻如生時。一夕，將寢，忽見土偶人欠伸而下。駭心愕顧，即已暴長如人，真其夫也。女懼，呼母。鬼止之曰：「勿爾。感卿情好，幽壤酸辛。一門有忠貞，數世祖宗，皆有光榮。〔校〕青本作榮光。吾父生有損德，應無嗣，遂至促我茂齡；冥司念爾苦節，故令我歸，與汝生一子承祧緒。」女亦沾衿。遂燕好如平生。〔校〕青本作生平。雞鳴，即下榻去。如此月餘，覺腹微動。鬼乃泣曰：「限期已滿，從此永訣矣！」遂絕。女初不言；既而腹漸大，不能隱，陰以告母。〔校〕抄本作陰告其母。母疑涉妄；然窺女無他，大惑不解。十月，果舉一男。〔但評〕忠孝義節，格天地而質鬼神，決無絕嗣之理，然從未有奇於此者。向人言之，聞者罔〔校〕抄本作無。不匿笑；女亦無以自伸。有里正故與馬有郤，告諸邑令。令拘訊鄰人，並無異言。令曰：「聞鬼子無影，有影者僞也。」〔但評〕此理可信。抱兒日中，影淡淡如輕煙然。又刺兒指血傅〔校〕此據青本，稿本、抄本作付。土偶上，立入無痕；取他偶塗之，一拭便去。以此信之。長數歲，口鼻言動，無一不肖馬者，羣疑始解。

〔何評〕詫異。

*長治女子

陳歡樂，潞之長治人。有女慧美。有［校］抄本作一。道士行乞，睨之而去。由是日持鉢近廛間。適一瞽人自陳家出，道士追與同行，問何來。瞽云：「適過［校］抄本作從。陳家推造命。」道士曰：「聞其家有女郎，我中表親。欲求姻好，但未知其甲子。」［何評］可知不可。瞽爲之［校］抄本無之字。述之，道士乃別而去。居數日，女繡於房，忽覺足麻痹，［校］此據同本，稿本、青本、抄本作痺。漸至股，又漸至腰腹；俄而暈然傾仆。定踰刻，始恍惚能立，將尋告母。及出門，則見茫茫黑波中，一路如線；［何評］幻術。駭而卻退，門舍居廬，已被黑水渰沒。又視路上，行人絶少，惟道士緩步於前。遂遥尾之，冀見［校］青本作其。同鄉以相告語。走數里以來，［校］抄本無上二字。忽睹里舍，視之，則己［校］抄本作已。家門。大駭曰：「奔馳如許，固猶在村中。何向來迷惘若此！」欣然入門，父母尚未歸。復仍至己房，所繡業履，猶在榻上。自覺奔波殆極，就榻憩坐。道士忽入。女大驚，欲遁。道士捉而捺之。女欲號，則瘖不能聲。道士急以利刃剖女心。女覺魂飄飄離殼而立。四顧家舍全非，惟有崩崖若覆。視道士以己心血點木人上，又復疊指詛咒；女覺木人遂與己合。道士囑曰：「自茲當聽差遣，勿得違悞！」遂佩戴之。〔但評〕柳木人之事，今多有之。無論其有殺人之實證與否，賢有司皆當究治之，律以妖言惑衆之法亦足矣。陳氏失女，舉家惶惑。尋至牛頭嶺，〔校〕抄本作山。始聞村人傳言，嶺下一女子剖心而死。陳奔驗，果其女也。泣以愬宰。宰拘嶺下居人，拷掠幾徧，〔何評〕無辜。迄無端緒。姑收羣犯，以待覆勘。

道士去數里外，坐路旁柳樹下，忽謂女曰：「今遣汝第一差，往偵邑中審獄狀。去當隱身煖閣上。倘見官宰用印，即當趨避，切記勿忘！限汝辰去巳來。遲一刻，則以一針刺汝心中，令作急痛；二刻，刺二針；至三針，則使汝魂魄銷滅矣。」女聞之，四體驚悚，飄然遂去。瞬息至官廨，如言伏閣上。〔校〕抄本作下。時〔校〕抄本時上有一字。嶺下人羅跪堂下，尚未訊詰。適將鈐印公牒，女未及避，而印已出匣。女覺身軀重耎，紙格似不能勝，曝然〔呂註〕莊子：神農隱几擁杖而起，曝然放杖而笑。〔何註〕曝音剥，放杖聲。作響。滿堂愕顧。宰命再舉，響如前；三舉，翻墜〔校〕青本作墮。地下。衆悉聞之。宰起祝曰：「如〔校〕青本無如字。是冤鬼，當便直陳，爲汝昭雪。」女哽咽而前，歷言道士殺己狀，遣己狀。宰差役馳去，至柳樹下，道士果在。捉還，一鞫而服。人犯乃釋。宰問女：「寃雪何歸？」女曰：「將從大人。」宰曰：「我署中無處可容，不如暫歸汝家。」女良久曰：「官署即吾家，我將入矣。」宰又問，音響已寂。退入宅中，則夫人生女矣。

［何評］術險可畏，亦惟好令瞽人推算，有以致之。

*義犬

潞安某甲，父陷獄將死。搜括囊蓄，得百金，將詣郡關説。跨騾出，則所養黑犬從之。呵逐使〔校〕青本作便。退；既走，則又從之，鞭逐不返。從行數十里。某下騎，趨路側私焉。既乃以石投犬，犬始奔去；某既行，則犬欻然復來，嚙騾尾足。〔校〕抄本無足字。某怒鞭之。犬鳴吠不已。忽躍在前，憤齕騾首，似欲阻其〔校〕青本作某。去路。〔馮評〕如明太祖赴胡惟庸之請，一小臣露胸泣諫光景。某以爲不祥，益怒，回騎馳逐之。視犬已遠，乃返轡疾馳；抵郡已暮。及捫腰橐，金亡其半。涔涔〔何註〕涔涔音岑，淚下貌，雨多貌，喻汗下多也。汗下，魂魄都失。輾轉終夜，頓念犬吠有因。候關出城，細審來途。又自計南北衝衢，行人如蟻，遺金寧有存理？逡巡至下騎所，見犬斃草間，毛汗溼如洗。提耳起視，則封金儼然。感其義，買棺葬之，人以爲義犬冢云。

〔何評〕犬何以遂斃？不可解。

〔但評〕下騎失金，嚙騾尾以留之，齕騾首以阻之，奔馳至死，守而不去，其義也曷以加焉？尤奇其先事追隨，鞭逐不返，若預爲之防也者，或亦知其爲某甲救父之事，而切切於心歟？其義也，而智實先之矣。

*鄱陽神

翟湛持，[呂註]名世琪，益都人。順治丙戌舉人，己亥進士。司理饒州，道經鄱陽湖。[呂註]在江西饒州府界。湖上有神祠，停蓋游瞻。内雕丁[校]青本、抄本作木。普郎死節臣[校]抄本作神。像，綸按：康郎山明太祖功臣廟，首祀丁普郎。[何註]以數舟攢兵鉤刺之。志雄窘迫自刭。丁普郎、余昶、陳弼、徐公輔等三十餘人皆戰死。元至正十二年，太祖攻陳友諒，縱火焚舟。友諒弟友仁及其平章陳普略等皆焚死。是日，張志雄舟檣折，爲敵所覺，翟姓一神，最居末座。木普郎恐是丁普郎之譌。翟曰：「吾家宗人，何得在下！」遂於上易一座。既而登舟，大風斷帆，[校]抄本無帆字。桅檣傾側，[校]抄本無側字。一家哀號。俄一小舟破浪而來；既近官舟，急挽翟登小舟，於是家人盡登。審視其人，與翟姓神無少異。無何，浪息，尋之已杳。[但評]此神亦過好勝。

[何評]三仁貴戚，不能行之於紂；霍光異姓，乃能行之於昌邑：此又委任權力之不同，不可以執一論也。乃徒以宗人之故，輒思易位，其險可知。

伍秋月*

秦郵〔吕註〕揚州府志：高郵州，古邗溝，秦始築臺置郵亭，因名秦郵。王鼎，字仙湖。爲人慷慨有力，廣交遊。年十八，未〔校〕青本無未字。娶，妻殞。每遠遊，恒經歲不返。兄鼐，江北名士，友于甚篤。勸弟勿遊，將爲擇偶。生不聽，命舟抵鎮江訪友。友他出，因稅居於逆旅閣上。江水澄波，金山在目，心甚快之。次日，友人來，請生移居；辭不去。居半月餘，夜夢女郎，年可十四五，容華端妙，上牀與合，既寤而遺。頗怪之，亦以爲偶。〔校〕抄本下有然字。入夜，又夢之。如是三四夜。心大異，不敢息燭，身雖偃卧，惕〔何註〕惕音剔，驚也。然自警。〔校〕青本作驚。纔交睫，夢女復來；方狎，忽自驚寤；急開目，則少女如仙，儼然猶在抱也。見生醒，頓自愧怯。生雖知非人，意亦甚得；無暇問訊，真〔校〕青本、抄本作直。與馳驟。女若不堪，曰：「狂暴如此，無怪人〔校〕青本下有亦字。不敢明告也。」生始詰之。答云：「妾伍氏秋月。先父名儒，邃〔何註〕邃音遂，深遠也，窮究也。於易數。常珍愛妾；但言不永壽，故不許字人。後十五歲果夭殁，即攢瘞閣東，令與地平。亦無冢志，惟立片石於棺側，曰：『女秋月，葬無冢，三十年，嫁王鼎。』〔但評〕碑文奇古。今已三十年，君適至。心喜，亟欲自薦；寸心羞怯，故假之夢寐耳。」王亦喜，復求訖事。曰：「妾少須陽氣，欲求復生，實不禁此風雨。後日好合無限，何必今宵？」遂起而去。次日，復至，坐對〔校〕青本作對坐。笑謔，懽若生平。〔校〕抄本作平生。滅燭登牀，無異生人；但女既起，則遺洩流〔校〕青本作淋。離，沾染茵褥。一夕，明月瑩澈，小〔校〕青本作少。步庭中。問女：「冥中亦有城郭否？」答曰：「等耳。冥間城府，不在此處，去此可三四里。但以夜爲晝。」問：「生人能見之否？」答云：「亦可。」生請往觀，女諾之。乘月去，女飄忽若風，王極力追隨。欻至一處，女言：「不遠矣。」王瞻望殊罔〔校〕抄本作無。所見。女以唾塗其兩眥，啓之，明倍於常，視夜色不殊白晝。〔馮評〕雖憑空揑造附會，亦覺有理。頓見雉堞〔呂註〕周禮，考工記：王宮門阿之制五雉，宮隅之制七雉，城隅之制九雉。注：雉飛高不踰丈，五雉、七雉、九雉，皆以丈數言也。○左傳，隱元年：都城過百雉。注：方三堵曰雉。一雉之牆，高一丈，長三尺。○韻會：城上女城曰堞。○韓愈鄆城聯句詩：長空瞭雉堞，照夜焚城郭。注：公羊傳：五坂而雉，五雉而堞。〔何註〕雉指城言。堞音蝶。杜詩：雉堞粉如雲。在杳靄〔何註〕杳靄，杳音窅，冥也。靄音藹，雲集貌，言高入雲霄也。中；路上行人，如趨墟市。〔何註〕墟市，墟音丘虛切，謂市常虛也。朱子解廛爲空虛之地。神農爲市，方市則集，市罷則虛。柳宗元文：往虛則買之。又峒岷詩：綠荷包飯趁虛人。市謂之虛，赴市謂之趁虛。俄二皂縶三四人過，末一人怪類其兄。

趨近之，果兄。駭問：「兄那得來？」兄見生，潸然零涕，言：「自不知何事，强被拘囚。」王怒曰：「我兄秉禮君子，何至縲絏〔何註〕縲絏，黑索也。古者獄中以黑索拘攣罪人。如此！」便請二皂，幸且寬釋。皂不肯，殊大傲睨。〔何註〕傲，狂貌。睨，斜視也。生恚欲與爭。兄止之曰：「此是官命，亦合奉法。但余乏用度，索賄良苦。弟歸，宜措置。」生把兄臂，哭失聲。皂怒，猛掣項索，兄頓顛蹷。生見之，忿火填胸，不能制止，即解佩刀，立決皂首。一皂喊嘶，生又決之。〔但評〕雖有官命，何其虐也？佩刀再決，當呼快快。女大驚曰：「殺官使，罪不宥！遲則禍及！請即覓舟北發，歸家勿摘提旛，杜門絶出入，七日保無慮也。」王乃挽兄夜買小舟，火急北渡。歸見弔客在門，知兄果死。閉門下鑰，始入。視兄已渺；入室，則亡者已蘇，便呼：「餓死矣！可急備湯餅。」時死已二日，家人盡駭。生乃備言其故。七日啓關，去喪旛，人始知其復甦。親友集問，但僞對之。轉思秋月，想念頗煩。遂復南下，至舊閣，秉燭久待，女竟不至。矇矓〔校〕青本、抄本作朦朧。欲寢，見一婦人來，曰：「秋月小〔校〕青本無小字。娘子致意郎君：前以公役被殺，凶犯逃亡，捉得娘子去，見在監押。押役遇之虐。日日盼郎君，當謀作經紀。」王悲憤，便從婦去。至一城都，入西郭，指一門曰：「小娘子暫寄此間。」王入，見房舍頗繁，寄頓囚犯甚多，並無秋月。又進一小扉，斗室中有燈火。

王近窗以窺，則秋月坐〔校〕抄本作在。榻上，掩袖嗚泣。二役在側，撮頤捉履，引以嘲戲。女啼益急。一役挽頸曰：「既爲罪犯，尚守貞耶？」〔但評〕此更罪不容誅矣。即犯在不宥，豈遂不應守貞耶？摧斬如麻，一刀償其捉履，一刀償其撮頤。王怒，不暇語，持刀直入，一役一刀，摧斬如麻，篡取女郎而出。幸無覺者。裁至旅舍，驀然即醒。方怪幻夢之凶，見秋月含睇而立。生驚起曳坐，告之以夢。女曰：「真也，非夢也。」生驚曰：「且爲奈何！」女歎曰：「此有定數。妾待月盡，始是生期；今已如此，急何能待！當速發瘞處，載妾同歸，日頻喚妾名，三日可活。但未滿時日，骨耎足弱，不能爲君任井臼耳。」言已，草草欲出。又返身曰：「妾幾忘之，冥追若何？生時，父傳我符書，言三十年後，可佩夫婦。」〔馮評〕斡旋法，救筆即是補筆。乃索筆疾書兩符，曰：「一君自佩，一黏妾背。」送之出，志其没處，掘尺許，即見棺木，亦已敗腐。側有小碑，果如女言。發棺視之，女顏色如生。抱入房中，衣裳隨風盡化。黏符已，以被褥嚴裹，負至江濱；呼攏〔何註〕攏，聾上聲，持也。泊舟，僞言妹急病，將送歸其家。幸南風大競，甫曉，已達里門。抱女安置，始告兄嫂。一家驚顧，亦莫敢直言其惑。生啓衾，長呼秋月，夜輒擁尸而寢。日漸温煖。〔校〕抄本作煖温。三日竟蘇，七日能步；更衣拜嫂，盈盈然神仙不殊。但十步之外，須人而行；不則隨風摇曳，屢欲傾側。見者以爲身有此病，轉更增媚。每勸生曰：「君罪孽太深，宜積德誦經以懺之。不然，壽〔校〕壽，青本作春秋。恐不永也。」生素不佞〔校〕青本作信。佛，至此皈依〔吕註〕魏書，釋老志：故其始修心，則依佛法，僧謂之三歸。梵書作皈依。○按皈與歸同。〔何註〕李頎詩：頓令心地欲皈依。甚虔。後亦無恙。〔但評〕寄真於夢，假夢作真。數定生前，情殷死後。雁行散而復聚，鴛夢幻而旋真。友于之報則然，慷慨之行所致也。蠹役作惡，又何害焉。

異史氏曰：「余欲上言定律：『凡殺公役者，罪減平人三等。』〔馮評〕袁簡齋曰：胥役亦百姓也，在駕馭有術，則惡人亦可善用。有意從苛，巴豆、大黄亦良醫藥籠中物。蓋此輩無有不可殺者也。故能誅鋤蠹役者，即爲循良；即稍苛之，不可謂虐。〔校〕稿本下原有此爲嘉禾除螟特也八字，塗去。況冥中原無定法，倘有惡人，刀鋸鼎鑊，不以爲酷。若人心之所快，即冥王之所善也。豈罪致冥追，遂可倖而逃哉？」〔校〕抄本無此段。

〔何評〕伍氏易數甚神，惟符書稍涉怪異。豈五行占驗，其流弊必至此歟？

*蓮花公主

膠州竇旭，字曉暉。方晝寢，見一褐衣人立榻前，逡巡惶〔何註〕惶音皇，恐也。顧，似欲有言。生問之。答云：「相公奉屈。」〔校〕抄本下有生問二字。「相公何人？」曰：「近在鄰境。」從之而出。轉過牆屋，導至一處，疊閣〔校〕青本作閣，通閣。重樓，萬椽相接，曲折而行。覺萬户千門，〔吕註〕張衡西京賦：閈庭詭異，門千户萬。迴〔何註〕迴，從囘。非人世。〔馮評〕大槐安國後又闢世界。〔但評〕寫蜂衙韻切。又見宫人女官，往來甚夥，〔何註〕甚夥，甚多也。都向褐衣人問曰：「竇郎來乎？」褐衣人諾。俄，一貴官出，迎見〔校〕抄本下有生字。甚恭。既登堂，生啓問曰：「素既不敍，遂疏參謁。過蒙愛接，頗注疑念。」貴官曰：「寡君以先生清族世德，傾風結慕，深願思晤焉。」生益駭，問：「王何人？」答云：「少間自悉。」無何，二女官至，以雙旌導生行。入重門，見殿上一王者，見生入，降階而迎，執賓主禮。禮已，踐席，列筵豐盛。仰視殿上一扁曰「桂府」。生跼蹙不能致辭。王曰：「忝近芳鄰，緣即至深。便當暢懷，勿致疑畏。」生唯唯。酒數行，笙歌作於下，鉦鼓不鳴，音聲幽細。［但評］寫笙歌亦雅切蜂。稍間，王忽左右顧曰：「朕一言，煩卿等屬對：『才人登桂府。』」四座方思，生即應云：「君子愛蓮花。」［吕註］周敦頤愛蓮説：予獨愛蓮出汙泥而不染，濯清漣而不妖；亭亭淨植，可遠觀而不可褻玩焉：花之君子者也。王大悦［校］青本無上二字。曰：「奇哉！［校］青本無上二字。蓮花乃公主小字，何適合如此？寧非夙分？傳語公主，不可不出一晤君子。」［何評］容易。移時，珮環聲近，蘭麝香濃，則公主至矣。年十六七，妙好無雙。王命向生展拜，曰：「此即蓮花小女也。」拜已而去。生睹之，神情摇動，木坐凝思。王舉觴勸飲，目竟罔睹。王似微察其意，乃曰：「息女宜相匹敵，但自慚不類，如何？」生悵然若癡，即又不聞。［馮評］寫有心事人視聽皆迷，如見。［但評］神情活現。近坐者躡之曰：「王揖君未見，［校］青本下有耶字。王言君未聞耶？」［但評］用意曲折，出語古奧。生茫乎若失，懡㦬［吕註］懡㦬音麽呵，慙也。見類篇。自慚，離席曰：「臣蒙優渥，不覺過醉，儀節失次，幸能垂［校］青本作寬。宥。然日旰君勤，［吕註］左傳，昭十二年：日旰君勤，可以出矣。［何註］旰音骭，晚也。即告出也。」王起曰：「既見君子，實愜心好，何倉卒而便言離也？卿既不住，亦無敢於强。若煩縈念，更當再邀。」遂命内官導之出。途中内官語生曰：「適王謂可匹敵，似欲附爲婚姻，何默不一言？」生頓足而悔，步步追恨，遂已至［校］抄本作至已。家。忽然醒寤，則返照已殘。冥坐觀想，歷歷在目。［馮評］一頓。晚齋滅燭，冀舊夢可以復尋，而邯鄲路渺，悔歎而已。［但評］頓挫有致。

一夕，與友人共榻，忽見前內官來，傳王命相召。［馮評］另起。生喜，從去。見王伏謁。王曳起，延止隅坐，曰：「別後［校］青本作來。知勞思眷。謬以小女子奉裳衣，想不過嫌也。」生即拜謝。王命學士大臣，陪侍宴飲。酒闌，宮人前白：［校］青本作曰。「公主妝竟。」俄見數十宮女，［校］抄本作人。擁公主出。以紅錦覆首，凌波微步，挽上氍毹，與生交拜成禮。已而送歸館舍。洞房温清，窮極芳膩。［但評］確是蜂房。生曰：「有卿在目，真使人樂而忘死。但恐今日之遭，乃是夢耳。」［馮評］警語。［但評］不嫌罵題，其妙處可想，其思路可悟。公主掩口曰：「明明妾與君，那得是夢？」詰旦方起，戲爲公主匀鉛黃；已而以帶圍腰，布指度足。公主笑問：「君顛耶？」曰：「臣屢爲夢誤，故細志之。倘是夢時，亦足動懸想耳。」［馮評］夢中說夢，何時得醒？○達言。［但評］明明夢也，以夢而說恐是夢，又以夢而說不是夢，更以夢而說不是夢且當作倘是夢。翻空妙筆，最足啓人智慧。調笑未已，一宮女馳入曰：「妖入宮門，王避偏殿，凶禍不遠矣！」生大驚，趨見王。王執手泣曰：「君子不棄，方圖永好。詎期孽降自天，國祚［何註］祚，靖故切，運祚也。晉書，王沉傳：彈琴詠典，以保年祚。將覆，且復奈何！」生驚問何說。王以案上一章，授生啓讀。章云：［校］抄本作曰。「含香殿大學士臣黑翼，爲非常妖異，祈早遷都，以存國脈事：據黄門報稱：自五月初六日，來一千丈巨蟒，盤踞宫外，吞食内外臣民一萬三千八百餘口；所過宫殿盡成丘墟，等因。臣奮勇前窺，確見妖蟒：頭如山岳，目等江海；昂首則殿閣齊吞，伸腰則樓垣盡覆。真千古未見之凶，萬代不遭之禍！社稷宗廟，危在旦夕！乞皇上早率宫眷，速遷樂土」云云。生覽畢，面如灰土。即有宫人奔奏：「妖物至矣！」闔殿哀呼，慘無天日。王倉遽不知所爲，但泣顧曰：「小女已累先生。」生坌息而返。公主方與左右抱首哀鳴，見生入，牽衿曰：「郎焉置妾？」生愴惻欲絶，乃捉腕思曰：「小生貧賤，慚無金屋。［吕註］漢武故事：武帝幼時，長公主抱置膝上，問曰：兒欲得婦否？曰：欲得。指女阿嬌曰：好否？帝笑對曰：若得阿嬌，當以金屋貯之。有茅廬三數間，姑同竄匿可乎？」公主含涕曰：「急何能擇？乞攜速往！」生乃挽扶而出。未幾，至家。公主曰：「此大安宅，勝故國多矣。然妾從君來，父母何依？請別築一舍，當舉國相從。」生難之。公主號咷［校］抄本無上二字。曰：「不能急人之急，安用郎也！」生略慰解，即已入室。公主伏牀悲啼，不可勸止。焦思無術，頓然而醒，始知夢也。而耳畔啼聲，嚶嚶未絶。審聽之，殊非人聲，乃蜂子二三頭，飛鳴枕上。大叫怪事。［但評］夢中疑是夢，帶圍腰矣，指度足矣，固謂曾爲夢誤，倘果是夢，亦足動懸想也。夢後始知夢，而耳畔啼聲，裳間鬚影，腰還彷彿，足亦依稀。夢耶非耶？惡知其所由然耶？友人詰之，乃以夢告。友人亦詫爲異。共起視蜂，依依裳袂間，拂之不去。友人勸爲營巢。生如所請，督工構造。方豎兩堵，而羣蜂自牆外來，絡繹如繩。〔校〕青本作織，抄本作蠅。頂尖未合，飛集盈斗。迹所由來，則鄰翁之舊圃也。圃中蜂一房，三十餘年矣，生息頗繁。或以生事告翁。翁覘之，蜂户寂然。發其壁，則蛇據其中，長丈許。捉而殺之。乃知巨蟒即此物也。蜂入生家，滋息更盛，亦無他異。〔校〕青本無上四字。

〔何評〕招賢桂府，坦腹槐安，蟻穴蜂房，後先一轍；乃知緣情生幻，種種無常。至其以物從人，終得所依托，殆未可以常理論也。吁！亦靈矣！

緑衣女*

于生名璟，[校]上四字，抄本作于璟。字小宋，益都人。讀書醴泉寺。夜方[校]青本作方夜。披誦，忽一女子在窗外贊曰：「于相公勤讀哉！」因念深山何處得女子？方疑思間，女[校]抄本下有子字。已推扉笑入[校]抄本作入笑。曰：「勤讀哉！」于驚起視之，緑衣長裙，婉妙無比。[但評]映襯。于知非人，固[校]抄本作因。詰里居。女曰：「君視妾當非能咋[何註]咋音窄，啖也。噬者，[但評]映襯。何勞窮問？」于心好之，遂與寢處。羅襦既解，腰細殆不盈掬。[但評]映襯。更籌方盡，翩然遂去。[校]抄本作出。由此無夕不至。一夕共酌，談吐間妙解音律。于曰：「卿聲嬌細，[但評]映襯。倘度一曲，必能消魂。」女笑曰：「不敢度曲，恐消君魂耳。」于固請之。曰：「妾非吝惜，恐他人所聞。君必欲之，請便獻醜；但只微聲示意可耳。」遂以蓮鉤輕點足牀，[校]抄本作床足，青本作倚床。歌云：「樹上烏臼鳥，賺［何注］賺音詁，賣也。奴中夜散。不怨繡鞋溼，衹恐郎無伴。」［何評］詩好。聲細如蠅，［校］此據抄本，稿本作營，青本作絲。裁可辨認。而靜聽之，宛轉滑烈，動耳搖心。［但評］映襯。歌已，啓門窺曰：「防窗外有人。」遶屋周視，乃入。生曰：「卿何疑懼之深？」笑曰：「諺云：『偷生鬼子常畏人。』妾之謂矣。」既而就寢，惕然不喜，曰：「生平之分，殆止此乎？」于急問之。女曰：「妾心動，［校］青本下更有心動二字。○［吕註］説：魏武帝言：人欲危己，己輒心動。妾禄盡矣。」［吕註］左傳，莊四年：王禄盡矣。于慰之曰：「心動眼瞤，［吕註］説文：瞤音閏，目動也。蓋是常也，何遽此云？」［校］青本作云此。女稍懌，［校］抄本作釋。復相綢繆。更漏既歇，披衣下榻。方將啓關，徘徊復返，曰：「不知何故，惿㥠［校］青本作只是。心怯。乞送我出門。」于果起，送諸門外。女曰：「君竚望我；我踰垣去，君方歸。」于曰：「諾。」視女轉過房廊，寂不復見。方欲歸寢，［校］青本無寢字。聞女號救甚急。于奔往。四顧無蹟，聲在簷間。舉首細視，則一蛛大如彈，摶［校］青本作捕。捉一物，哀鳴聲嘶。于破網挑下，去其縛纏，則一緑蜂，奄然將斃矣。捉歸室中，置案頭。停蘇移時，始能行步。徐登硯池，自以身投墨汁，出伏几上，走作「謝」字。頻展雙翼，已乃穿窗而去。自此遂絶。［但評］緑衣長裙，婉妙無比，寫蜂形入微。聲細如絲，宛轉滑烈，寫蜂音入微。至遶屋周視，自謂鬼子偷生，則蜂之致畢露矣。身蘸墨走作謝字，婉妙之態依然。展翼穿窗，不作偷生鬼子，自不受人縛纏矣。

［但評］寫色寫聲，寫形寫神，俱從蜂曲曲繪出。結處一筆點明，復以投墨作字，振翼穿窗，作不盡之語。短篇中具賦物之妙。

黎氏*

龍門謝中條者，佻達無行。［但評］佻達無行，取禍必矣。然不及於其身，轉憐子女無辜。三十餘喪妻，遺二子一女，晨夕啼號，縈累甚苦。謀聘繼室，低昂未就。暫僱傭媼撫子女。一日，翔步山途，忽一婦人出其後。待以窺覘，是好女子，年二十許。心悅之，戲曰：「娘子獨行，不畏怖耶？」婦走不對。又曰：「娘子纖步，山徑殊難。」婦仍不顧。謝四望無人，近身側，遽挲其腕，曳入幽谷，將以强合。［何評］自取。婦怒呼曰：「何處强人，横來相侵！」謝牽挽而行，更不休止。婦步履跌蹶，困窘無計。乃曰：「燕婉之求，［何註］燕婉，燕安婉順也。詩，邶風：燕婉之求。乃若［校］抄本作如。此耶？緩我，當相就耳。」謝從之。偕入静壑，野合既已，遂相欣愛。婦問其里居姓氏，謝以實告。既［校］青本無既字。亦問婦。婦言：「妾黎氏。不幸早寡，姑又殞殁，塊然一身，無所依倚，故常至母家耳。」謝曰：「我亦鰥也，能相從乎？」婦問：「君有子女無也？」〔但評〕凡作繼室者，必問有無子女，蓋不願有子女也。此之問，則深願其有，惟恐其無。合而推之，只是一樣心腸。謝曰：「實不相欺：若論枕席之事，交好者亦頗不乏。衹是兒啼女哭，令人不耐。」〔但評〕先有不耐之心，狼所以乘機而入也。婦躊〔校〕此據青本、抄本，稿本作籌。躕曰：「此大難事！觀君衣服襪履款樣，亦只平平，我自謂能辦。但繼母難作，恐不勝誚讓也。」謝曰：「請毋〔校〕青本作無。疑阻。我自不言，人何干與？」〔但評〕請狼入室，已何肯言。自殘子女，人何干預。婦亦微納。轉而慮曰：「肌膚已沾，有何不從？但有悍伯，每以我爲奇貨，恐不允〔校〕青本作久。諧，將復如何？」謝亦憂皇，請〔校〕抄本作謀。與逃竄。婦曰：「我亦思之爛熟。所慮家人一洩，兩非所便。」謝云：「此即細事。家中惟一孤媪，立便遣去。」〔但評〕凡欲肆其狼毒者，必先翦其羽翼，除其腹心，未有不思之爛熟者。獨怪惑之者甘心從之而不惜。家國一轍，終古如茲，曷勝浩歎！婦喜，遂與同歸。先匿外舍；即入遣媪訖，掃榻迎婦，倍極歡好。婦便操作，兼爲兒女補綴，辛勤甚至。謝得婦，嬖愛異常，日惟閉門相對，更不通客。月餘，適以公事出，反關乃去。及歸，則中門嚴閉，扣之不應。排闔〔校〕抄本作闥。而入，渺無人迹。方至寢室，一巨狼衝門躍出，幾驚絶！入視子女皆無，鮮血殷地，惟三頭存焉。返身追狼，已不知所之矣。

異史氏曰：「士則無行，報亦慘〔校〕青本作怪。矣。再娶者，皆引狼入室耳；況將於野合逃竄中求賢婦哉！」

［何評］謝實有以自取，求而得之，又何怪焉。

*荷花三娘子

湖州宗湘若，士人也。秋日巡視田壠，見禾稼茂密處，振搖甚動。疑之，越陌往覘，則有男女野合。一笑將返。即見男子靦然結帶，草草逕去。〔馮評〕採補耶？此男子人耶狐耶？女子亦起。細審之，雅甚娟好。心悅之，欲就綢繆，實慚鄙惡。乃略近拂拭曰：「桑中之遊樂乎？」女笑不語。宗近身啓衣，膚膩如脂。於是挼莎上下幾徧。女笑曰：「腐秀才！要如何，便如何耳，狂探何爲？」〔何評〕宛然。詰其姓氏，曰：「春風一度，即別東西，何勞審究？豈將留名字作貞坊耶？」宗曰：「野田草露中，乃山〔校〕青本無山字。村牧猪奴所爲，我不習慣。以卿麗質，即私約亦當自重，何至屑屑如此？」女聞言，極意嘉納。〔但評〕敍狐女只是極力反襯下文，遂不覺過於鄙賤。故急以亦當自重、極意嘉納等語掩之。宗言：「荒齋不遠，請過留連。」女曰：「我出〔校〕上二字，青本作出門。已久，恐人所〔校〕青本作見。疑，夜分可耳。」問宗門户物志甚悉，乃趨斜徑，疾行而去。更初，果至宗齋。殢雨尤雲，［何註］殢音替，喘聲。尤，更進之辭。備極親愛。積有月日，密無知者。會一［校］抄本作有。番僧卓錫［何註］卓錫，猶住錫、挂錫也。錫，杖也。村寺，見宗，驚曰：「君身有邪氣，曾何所遇？」答言：［校］抄本作曰。「無之。」過數日，悄然忽病。女每夕攜佳果餌之，殷勤撫問，如夫妻之好。然臥後必强宗與合。宗抱病，頗不耐之。［但評］以愛好而取讎怨，自惑復以惑人，此其所以爲妖邪也。就縛而始悟，以視解脱飛去者，奚啻霄壤；然由邪反正，得成大道，殆亦難矣。心疑其非人，而亦無術暫［校］青本無暫字。絶使去。因曰：「曩和尚謂我妖惑，［校］青本作妖惑我。今果病，其言驗矣。明日屈之來，便求符咒。」女慘然色變。［校］青本作變色。宗益疑之。次日，遣人以情告僧。僧曰：「此狐也。其技尚淺，易就束縛。」乃書符二道，付囑曰：「歸以淨壜一事，置榻前，即以一符貼壜口。待狐竄入，急覆以盆。再以一符黏［校］抄本作貼。盆上，投釜湯烈火烹煑，少頃斃矣。」［校］上八字，青本作煑之可斃。家人歸，并［校］青本無并字。如僧教。夜深，女始至，探袖中［校］青本作出。金橘，方將就榻問訊。忽壜口颼飀［何註］颼飀音搜劉，風聲也。一聲，女已吸入。家人暴起，覆口貼符，方欲就煑。宗見金橘散滿地上，追念情好，愴然感動，遽命釋之。［馮評］田間野合，枕上歪纏，此妖狐也，殺之爲宜。乃以下文觀之，令人可愛。揭符去覆，女子自壜中出，狼狽［呂註］國憲家猷：狼狽是兩物。狽前足絶短，每行常駕兩狼，失狼則不能動。故世言事乖者稱狼狽。［何註］狽，狼屬，無前足，附狼而行。荀悦漢紀：周勃狼狽失據。頗殆。稽首曰：「大道將成，一旦幾爲灰土！

君，仁人也，誓必相報。」[但評]此數語於上爲束筆，於下爲提筆。遂去。數日，宗益沉綿，若將隕墜。[校]青本無上四字。家人趨市，爲購材木。途中遇一女子，問曰：「汝是宗湘若紀綱否？」答云：「是。」女曰：「宗郎是我表兄。聞病沉篤，將便[校]青本作往。省視，適有故不得去。靈藥一裹，勞寄致之。」家人受歸。宗念中表迄無姊妹，知是狐報。服其藥，果大瘳，旬日平復。心德之，禱諸虛空，願一再覯。一夜，閉户獨酌，忽聞彈指敲窗。拔關出視，則狐女也。大悦，把手稱謝，延止共飲。女曰：「别來耿耿，思無以報高厚。今爲君[校]青本作若。覓一良匹，聊足塞責否？」宗問：「何人？」曰：「非君所知。明日辰刻，早越[校]青本作赴。南湖，如見有采菱女，着冰縠[何註]縠，胡谷切，音斛，紗也，冰蠶絲織成。神女賦：動霧縠以徐步。帔[何註]帔，披之肩臂也。物始：始皇創霞帔。者，當急舟[校]抄本無舟字。趁之。苟迷所往，即視堤邊有短幹蓮花隱葉底，便采歸，以蠟火爇其蒂，當得美婦，兼致修齡。」[但評]如此相報，不惟得當，實乃過之。宗謹受教。既而告别，宗固挽之。女曰：「自遭厄[校]青本作危。劫，頓悟大道。即[校]抄本無即字。奈何以衾裯之愛，取人仇怨？」[但評]遭危劫而悟大道，古來成佛登仙者，類如此。此時稍有牽罣，則墮落矣。厲色辭去。宗如言，至南湖，見荷蕩佳麗頗多。中一垂髫人，衣冰縠，絶代也。促舟劘逼，[吕註]劘音磨，剴也，切也。見前漢書賈山傳贊。忽迷所往。即撥荷叢，果有紅蓮一枝，幹不盈尺，折之而歸。〔馮評〕閱遍羣芳無伴侶，幾生修得到蓮花？入門，置几上，削蠟於旁，將以爇火。一回頭，化爲姝麗。宗驚喜伏拜。女曰：「癡生！我是妖狐，將爲君祟矣！」〔校〕青本無矣字。○〔但評〕回映上文。○妖狐二語，映帶上文，在有意無意之間。宗不聽。女曰：「誰教子者？」答曰：「小生自能識卿，何待教？」〔校〕青本下有也字。捉臂牽之，隨手而下，化爲怪石，高尺許，面面玲瓏。〔但評〕胡然而天，胡然而帝，惝恍不測，下筆猶龍。乃攜供案上，焚香再拜而祝之。入夜，杜門塞竇，惟恐其亡。〔校〕青本作去。平旦視之，即又非石，紗帔一襲，遥聞薌澤；展視領衿，猶存餘膩。〔馮評〕月姊花姨，幻化無方。宗覆衾擁之而卧。暮起挑燈，既返，則垂髫人在枕上。喜極，恐其復化，哀祝而後就之。女笑曰：「孽障哉！不知何人饒舌，遂教風狂兒屑碎〔何註〕屑碎，猶瑣碎也。死！」〔但評〕再回映一筆。乃不復拒。而款洽間，若不勝任，屢乞休止。宗不聽。女曰：「如此，我便化去！」宗懼而罷。由是兩情甚諧。而金帛常盈箱篋，亦不知所自來。女見人喏喏，〔呂註〕集韻：喏音惹，應聲也。玉篇：敬言也。〔何註〕喏喏，謂若敬慎之至而不能言者。似口不能道辭；生亦諱言其異。懷孕十餘月，計日當産。入室，囑宗杜門禁款者，自乃以刀剖〔校〕抄本作割。臍下，取子出，令宗裂帛束之，過宿而愈。又六七年，謂宗曰：「夙業償滿，請告別也。」宗聞泣下，曰：「卿歸我時，貧苦不自立，賴卿小阜，何忍遽言離逷？

［校］此據抄本，稿本、青本作逷。○［何註］逷從易，音逖，遠也。左傳，襄十四年：豈敢離逷。又註：逷，今作逖。詩，大雅：有逷蠻方。從逷則音巖，無據而倒也。且卿又無邦族，他日兒不知母，亦一恨事。」女亦悵悒曰：「聚必有散，固是常也。兒福相，君亦期頤，［呂註］禮，曲禮：百年曰期頤。更何求？妾本何氏。倘蒙思［校］青本作恩。眷，抱妾舊物而呼曰：『荷花三娘子！』當有見耳。」言已解脱，曰：「我去矣。」驚顧間，飛去已高於頂。宗躍起，急曳之，捉得履。履脱及地，化爲石燕；［呂註］湘中記：零陵山有石燕，風雨作則飛如真燕，止還爲石。○［但評］兩情方諧，忽然解脱，遺履化石，遺帔現形。仙乎仙乎！時仰懽容，何勞解語？色紅於丹朱，内外瑩澈，若水精然。拾而藏之。檢視箱中，初來時所着冰縠帔尚在。每一憶念，抱呼「三娘子」，則宛然女郎，懽容笑黛，並肖生平；但不語耳。［馮評］是耶非耶，立而望之，翩何珊珊其來遲？爲誦李夫人歌。

友人云：「『花如解語還多事，石不能言最可人』，放翁佳句，可爲此傳［校］青本無傳字。寫照。」［校］王金範刻本以此爲約軒（名王昇）評語，無友人云三字。

［何評］評引放翁句，疑即是篇所造端。

［但評］忽而花，忽而人，忽而怪石，而紗帔，乃復忽而人。神光離合，乍陰乍陽，寫美人盡於此矣。而趁荷蕩，撥荷叢，折荷枝，削蠟爇蒂以要之，供案焚香以禱之，杜門塞竇以留之，擁帔覆衾以親之：一句一字，無非對針上文也。文有上下分作兩截，而烘雲托月，前後映合，不露兩截痕跡者，於此可見。

駡鴨*

邑西［校］抄本無上二字。白家莊居［校］抄本無居字。民某，盜鄰鴨烹之。至夜，覺膚癢。天明視之，茸［何註］茸音戎，草茸茸貌。左傳，僖五年：狐裘尨茸。生鴨毛，觸之則痛。［馮評］盜一鴨耳，天公那有若許閒工夫。盜牛馬者又以何法治之？大懼，無術可醫。夜夢一人告之曰：「汝病乃天罰。須得失者駡，毛乃可落。」而［校］抄本無而字。鄰翁素雅量，生平［校］上二字，抄本作每。失物，未嘗徵於聲色。某［校］抄本作民。詭告翁曰：「鴨乃某甲所盜。彼深畏駡焉，［校］青本、抄本無焉字。駡之亦可警將來。」翁笑曰：「誰有閒氣駡惡人。」［馮評］誰有閒氣駡人，此語有道氣，近犯而不校光景。予謂遭横逆，讀此語，覺此心湛然。卒不駡。某益窘，因實告鄰翁。翁乃駡，其病良已。

異史氏曰：「甚矣，攘［何註］攘，有因而盜也。者之可懼也：一攘而鴨毛生！甚矣，駡者之宜戒也：一駡而盜罪減！然爲善有術，彼鄰翁者，是以駡行其慈者也。」

當相謁。」上騾遂去。衆既歸寓，亦謂其未必即來。厭旦伺〔校〕青本作明旦俟。之，子果至，繫騾廄柱，趨進笑言。衆謂：〔校〕抄本作曰。「尊大人日切思慕，何不一歸省侍？」子訝問：「言者何人？」衆以柳對。子神色俱變，久之曰：「彼既見思，請歸傳語：我於四月七日，在此相候。」言訖，別去。衆歸，以情致翁。翁大哭，如期而往，自以其故告主人。主人止之曰：「曩見公子神情冷落，似未必有嘉意。以我卜也，〔校〕抄本作之。○〔呂註〕左傳，宣十二年：以我卜也，鄭不可從。殆不可見。」〔但評〕不是主人精細，所謂旁觀者清，當局者迷。柳涕〔校〕抄本作啼。泣不信。主人曰：「我非阻君，神鬼無常，恐遭不善。〔馮評〕酆都天子殿柱聯云：恩仇成父子，緣怨結夫妻。可作此篇註脚。如必欲見，請伏櫝中，待其來，〔校〕抄本無上三字。察其詞〔校〕青本作辭。色，可見則出。」〔何評〕主人智。柳如其言。既而子果至，〔校〕上二字，抄本作來。問：「柳某來否？」〔但評〕曰柳某，曰畜産，曰彼是我何父，曰願得而甘心，曰便宜他，中間夾以數子字，讀之令人毛髮俱豎。主人答云：〔校〕上四字，青本無主人二字，抄本作主人曰。「無。」子盛氣罵曰：「老畜産那便不來！」主人驚曰：「何罵父？」答曰：「彼是我何父！初與〔校〕青本下有結字。義爲客侶，不圖包藏禍心，隱我血貲，悍不還。今願得而甘心，〔呂註〕左傳，莊九年：管召讐也，請受而甘心焉。注：甘心，言欲快意戮殺之。何父之有！」言已，出門，曰：「便宜他！」柳在櫝〔校〕青本、抄本下有中字。歷歷聞之，汗流接〔校〕青本作浹。踵，〔何註〕浹踵，浹，子協切，周通也。莊子，列禦寇：伏地汗流至踵。楊基梁園飲酒歌：皮焦足胝汗流踵。不敢出氣。

主人呼之，乃［校］抄本無乃字。出，狼狽而歸。

異史氏曰：「暴得多金，何如其樂？所難堪者償耳。蕩費殆盡，尚不忘於夜臺，怨毒之於人甚矣哉！」［校］抄本無哉字。

［何評］報固多端，乃必爲之子，殆不可解。

上仙*

癸亥三月，與高季文〔吕註〕名之駿，康熙丁丑拔貢生，授茌平縣教諭，未任卒。赴稷下，同居逆旅。季文忽病。會高振美亦從念東先生〔吕註〕名珩，字葱佩，淄川人。明崇禎己卯舉人，癸未進士。本朝官吏部侍郎，左遷，再起爲刑部侍郎。奉命祭告南岳，窮瀟湘山水之奇，至紫霞洞而返，故又號紫霞道人。著有栖雲閣詩集行世。至郡，因謀醫藥。聞袁鱗公言：南郭梁氏家有狐仙，善「長桑之術」。遂共詣之。梁，四十以〔校〕青本作已。來女子也，致綏綏有狐意。入其舍，複室中挂紅幕。探幕以〔校〕抄本作一。窺，壁間懸觀音像；又兩三軸，跨馬操矛，騶從紛沓。北壁下有案；案頭小座，高不盈尺，貼小錦褥，云仙人至，則居此。衆焚香列揖。婦擊磬三，口中隱約有詞。〔校〕青本作辭。祝已，肅客就外榻坐。婦立簾下〔校〕青本作外。理髪支頤〔何註〕支頤，以手支頤也。與客語，具道仙人靈蹟。久之，日漸曛。衆恐礙夜難歸，煩再祝請。婦乃擊磬重禱。轉身復立曰：「上仙最愛夜談，他時往往不得遇。昨宵有候試秀才，攜肴酒〔校〕抄本作酒肴。來與上仙飲；上仙亦出良醞酬諸客，賦詩歡笑。散時，更漏向盡矣。」言未已，聞室中細細繁響，如蝙蝠飛鳴。方凝聽間，忽案上若墮巨石，聲甚厲。婦轉身曰：「幾驚怖煞人！」便聞案上作歎咤聲，似一〔校〕青本無一字。健叟。婦以蕉扇隔小座。座上大言曰：「有緣哉！有緣哉！」〔校〕青本無下有緣哉三字。抗聲讓座，又似拱手爲禮。已而問客：「何所諭教？」高振美遵念東先生意，問：「見菩薩否？」答云：「南海是我熟徑，如何不見。」又：〔校〕抄本無又字。「閻羅亦更代否？」曰：「與陽世等耳。」「閻羅何姓？」曰：「姓曹。」已乃爲季文求藥。曰：「歸當夜祀茶水，我於大士處討藥奉贈，何恙不已。」衆各有問，悉爲剖決。乃辭而歸。過宿，季文少愈。余與振美治裝先歸，遂不暇造訪矣。

〔何評〕凡事未了。

侯*［校］抄本作猴。靜山

高少宰念東先生云：「崇禎間，有猴仙，［校］抄本無仙字。號靜山。託神於河間之叟，與人談詩文、決休咎，娓娓［何註］娓音尾，美也，順也。不倦。以肴核置案上，啗飲狼籍，但不能見之耳。」時先生祖寢疾。或致書云：「侯［校］抄本作猴。靜山，百年人也，不可不晤。」遂以僕馬往招叟。叟至經日，仙猶未來。焚香祠之。忽聞屋上大聲嘆贊曰：「好人家！」衆驚顧。俄檐間又言之。叟起曰：「大仙至矣。」羣從叟岸幘［呂註］世說：謝奕在桓溫座，岸幘嘯詠。注：露額曰岸。［何註］後漢光武帝岸幘見馬援。按：岸幘，謂不戒備也。此謂整肅也。出迎。又聞作拱致聲。既入室，遂大笑縱談。時少宰兄弟尚諸生，方入闈歸。仙言：「二公闈卷亦佳；但經不熟，再須勤勉，雲路亦不遠矣。」二公敬問祖病。曰：「生死事大，其理難明。」因共知其不祥。無何，太先生謝世。

舊有猴人，弄猴於村。猴斷鎖而逸，不可追，入山中。數十年，人猶見之。其走飄忽，見人則竄。後漸入村中，竊食果餌，人皆莫之見。一日，爲村人所睹，逐諸野，射而殺之。而猴之鬼竟不自知其死也，但覺身輕如葉，一息百里。遂往依河間叟，曰：「汝能奉我，我爲汝致富。」因自號静山云。

長沙有猴，頸繫金鍊，嘗往來士大夫家。見之者必有慶幸之事。予之果，亦食。不知其何來，亦不知其何往也。有九旬餘老人言：「幼時猶見其鍊上有牌，有前明藩邸識記。」想亦仙矣。〔校〕此段據同本，稿本、青本、抄本無。

錢流*

沂水劉宗玉［呂註］名琮。○［馮評］康熙丁酉拔貢。云：［校］青本無云字。其僕杜和，偶在園中，見錢流如水，深廣二三尺許。杜驚喜，以兩手滿掬，復偃卧［校］抄本作仰。其上。既而起視，則錢已盡去；惟握於手者尚存。［稿本無名氏乙評］妙義無窮。［但評］泉刀本流通之物，豈容偃卧者據爲己有。

郭生*

郭生，邑之東山人。少嗜讀，但山村無所就正，年二十餘，字畫多訛。先是，家中患狐，服食器用，輒多亡失，深患苦之。一夜讀，卷置案頭，被狐塗鴉；甚者，[校]抄本無者字。狼籍不辨行墨。因擇其稍潔者輯讀之，僅得六七十首。心甚[校]抄本無甚字。恚憤，而無如何。又積窗課廿[校]廿，抄本作二十。餘篇，待質名流。晨起，見翻攤案上，墨汁濃泚殆盡。恨甚。會王生者，以故至山，素與郭善，登門造訪。見污本，問之。郭具言所苦，且出殘課示王。王諦玩之，其所塗留，似有春[校]青本作陽。秋；[呂註]晉書，褚裒傳：譙國桓彝，見而目之曰：季野有皮裏陽秋。言其外無臧否，而內有褒貶也。避晉簡文帝鄭后富春諱，故謂春秋爲陽秋。按褚裒字季野，陽翟人。仕終鎮北將軍，名冠中興。○[但評]墨汁濃泚，具有陽秋，即目下十行者亦不能及，可以爲師矣。又覆視涴[何註]涴，烏卧切，泥著物也。又與汙同。韓愈詩：勿使泥塵涴。卷，類冗雜可刪。訝曰：「狐似有意。不惟勿患，當即以爲師。」過數月，回視舊作，頓覺所塗良確。於是改作兩題，置案上，以覘[校]抄本作觀。其異。比曉，又塗之。

積年餘，不復塗；但以濃墨灑作巨點，淋漓滿紙。郭異之，持以白王。王閲之曰：「狐真爾師也，佳幅可售矣。」是歲，果入邑庠。郭以是德狐，恒置雞黍，備狐啗飲。每市房書名稿，不自選擇，但決於狐。由是兩試俱列前名，入闈中副車。時葉、繆諸公稿，風雅豔〔校〕抄本作絶。麗，家傳而户誦之。郭有抄本，愛惜臻至，忽被傾濃墨椀許於上，污蔭〔校〕青本作漬。幾無餘字；〔但評〕不謂葉、繆諸公稿，已被斥於狐，故家傳户誦之中，而污漬幾無餘字，可謂另具隻眼。又擬題構作，自覺快意，悉浪塗之：於是漸不信狐。無何，葉公以正文體被收，又稍稍服其先見。然每作一文，經營慘澹，〔吕註〕杜甫丹青引：詔謂將軍拂絹素，意匠慘淡經營中。輒被塗污。自以屢拔前茅，〔吕註〕左傳，宣十二年：前茅慮無。注：時楚以茅爲旌幟，故在前。心氣頗高，以是益疑狐妄。乃録向之灑點煩多〔校〕青本作濃墨灑點。者試之，狐又盡泚之。乃笑曰：「是真妄矣！何前是而今非也？」遂不爲狐設饌，取讀本鎖箱簏中。旦見封錮〔校〕青本作固。儼然。啓視，則卷面塗四畫，粗於指；第一章畫五，二章亦畫五，後即無有矣。自是狐竟寂然。後郭一次四等，兩次五等，〔吕註〕按：國初副車無定額：中副車之後，仍應歲試，三次而後准貢。始知其兆已寓意於畫也。

異史氏曰：「滿招損，謙受益，天道也。名小立，遂自以爲是，執葉、繆之餘習，狃而不變，勢不至大〔校〕青本作一。敗塗地〔呂註〕史記，高祖本紀：天下方擾，今置將不善，一敗塗地。不止也。滿之爲害如是夫！」〔校〕抄本無此段。

〔何評〕稍有所得，便沾沾自足，郭生固非進道之器也。

〔但評〕善學者進一境，乃知前所歷之境不及今所到之境；而今所未到之境，必遠勝今現到之境。文境亦然。屢拔前茅，一鄉一邑之前茅耳。鄉、會闈中，誰非拔前茅者？而有勝有負，又何以言之？井底蛙自鳴得意，宜其敗也。

金生色*

金生色，晉寧人也。娶同村木姓女。［但評］金木相尅，如何有好姻緣？生一子，方周歲。金忽病，自分必死。謂妻曰：「我死，子必嫁，勿守也！」［但評］平日已得其情性矣。妻聞之，甘詞［校］青本作辭。厚誓，期以必死。［校］上二字，青本作死守。○［但評］甘辭厚誓，必非貞婦。金摇手呼母曰：「我死，勞看阿保，［呂註］前漢書，宣帝紀：嘗有阿保之功。注：阿，倚也。保，養也。勿令守也。」［但評］曰必嫁，以其平日之性情行爲決之也。曰勿守，防其勉强僞爲而卒污玷也。聞甘辭厚誓而摇手，且囑母必醮之，殆益以其甘辭而知其必不貞矣。何者？自古及今，凡甘辭厚誓，自命爲忠孝節義之人，必其隱忍偷生，敗名壞節，而不肯爲忠孝節義之人也。母哭應之。既而金果死。木媪來弔，［校］抄本無弔字。哭已，謂金母曰：「天降凶憂，壻遽遭命。［校］命，青本作夭折，抄本作殞命。女太幼弱，將何爲計？」［但評］老木作怪。母悲悼中，聞媪言，不勝憤激。盛氣對曰：「必以守！」媪慚而罷。夜伴女寢，私謂［校］抄本下有女字。曰：「人盡夫也。以兒好手足，何患無良匹？小兒女不早作人家，眈眈守此襁褓物，寧非癡子？［校］青本、抄本作乎。○［但評］母教如是，少木焉能不生火。倘必令守，不宜以面目好相向。」［馮評］村媪家訓，往往如此，寫來令人髮指。［何評］可惡。金母過，頗聞餘［校］抄本作頓聞絮。語，益恚。明日，謂媪曰：「亡人有遺囑，本不教婦守也。今既急不能待，乃必以守！」媪怒而去。母夜夢子來，涕泣相勸，心異之。使人言於木，約殯後聽婦所適。而詢諸術家，本年墓向不利。［馮評］曲折。婦思自衒［何註］衒，熒絹切，音縣，自媒也。越絕書：衒女不貞，衒士不信。以售，縗絰之中，不忘塗澤。居家猶素妝；一歸寧，則嶄［何註］嶄音斬，或作嶄。杜詩：嶄新花蕊未應飛。又梵書：嶄新日月。然新豔。［何評］可惡。［但評］其母見之而後喜可知也。母知之，心弗善也；以其將爲他人婦，亦隱忍之。於是婦益肆。村中有無賴子董貴者，見而好之，以金啗金［校］青本無金字。鄰媪，求通殷勤於婦。夜分，由媪家踰垣［校］抄本作牆。以達婦所，因與會合。［馮評］何其速也，易亦甚焉。往來積有旬日，醜聲四塞，所不知者惟母耳。婦室夜惟一小婢，婦腹心也。一夕，兩情方洽，［但評］是兩情方洽時。聞棺木震響，聲如爆竹。婢在外榻，見亡者自幃［校］青本作帳。後出，帶劍入寢室去。［馮評］觀其臨終之言，知其死必爲毅魄，不没没也。［但評］兩情方洽，突然而來，若見若隱，有色有聲，遂得假手以報，如分相償。每一讀之，令人快心，又令人吐舌。俄聞二人駭詫聲。少頃，董裸奔出。無何，金捽婦髮亦出。婦大嗥。［何註］大嗥，大叫也。母驚起，見婦赤體走去，方將啓關。問之不答。

出門追視，寂不聞聲，竟迷所往。入婦室，燈火猶亮。見男子履，〔校〕青本作屨。呼婢；婢始戰惕而出，具言其異，〔但評〕是使婢具言者。相與駭怪而已。董竄過鄰家，團伏〔何註〕團伏，畏寒恐懼圍抱之狀。牆隅。〔但評〕是由此踰垣者。移時，聞人聲漸息，始起。身無寸縷，苦寒甚戰，〔校〕抄本作戰甚。將假衣於嫗。〔校〕此據青本，稿本、抄本作媪。視院中一室，雙扉虛掩，因而暫入。暗摸榻上，觸女子足，知爲鄰子婦。頓生淫心，乘其寢，潛就私之。〔但評〕不如是不足以殺身，且不足以殺受金導淫者之婦。〔何評〕現報。婦醒，問：「汝來乎？」應曰：「諾。」婦竟不疑，狎褻備至。先是，鄰子以故赴北村，囑妻掩户以待其歸。既返，聞室内有聲，疑而審聽，音態絶穢。大怒，〔但評〕是爾母導之來者，何可怒？操戈入室。董懼，竄於牀下。子就戮之。又欲殺妻。妻泣而告以誤，乃釋之。〔但評〕妻泣而釋之，故作一縱，文乃曲折。亦以待嫗言而殺之，以見果報之不爽耳。

但不〔校〕青本下有能字。解牀下何人。呼母起，共火之，僅能辨認。〔但評〕是受金通殷勤者，固當使之辨認。視之，奄有氣息；詰其所來，猶自供吐。〔但評〕是留使自供者。而刃傷數處，血溢不止，少頃已絶。嫗倉皇失措，謂子曰：「捉奸而單戮之，子且奈何？」子不得已，遂又殺妻。〔馮評〕或曰鄰子殺奸於牀，律無死法；此婦不殺亦可。然又費筆墨矣，果報亦不快。〔但評〕是嫗使子殺者。是夜，木翁方寢，聞户外拉雜之聲；出窺，則火熾〔何註〕熾，火燄上行也。於簷，而縱火人猶徬徨未去。[但評]是少木生火，而老木教之者。翁大呼，家人畢集。幸火初燃，尚易撲滅。[但評]慾火生於心，不可嚮邇，其猶可撲滅。命人操兵弩，逐搜縱火者。見一人趫捷[何註]趫捷，趫音喬，善緣木，捷，輕便也，故曰如猿。西京賦：非都盧之輕趫，孰能超升？如猿，竟越垣去。垣外乃翁家桃園，園中四繚周墉[何註]繚，圍繞也。周墉如環無缺也。皆峻固。數人梯登以望，蹤蹟殊杳；惟牆下塊然微動。[但評]女大幼弱，將何爲計？問之不應，射之而斃。啓扉往驗，則女子白身卧，矢貫胸腦。細燭之，則翁女而金婦也。[馮評]句法妙甚，可云簡括。[但評]人盡夫也，以兒好手足，何患無良夫？○其母教之，其女從之。使歸其家而其父射之，其女白身受之。是木自生火，火初燃易於撲滅；而金能尅木，金生色而木已蕩然矣。○女從母教，宜爲翁也女；人盡夫也，焉得爲金也婦。駭告主人。翁媪驚怛[校]抄本作惕。欲絶，不解其故。女合眸，面色灰敗，[但評]固囑其不宜以面目好相向者，此時面目好否？口氣細於屬絲。使人拔腦矢，不可出；足踏頂項[校]青本作項頂，抄本無項字。而後出之。女嚶然一呻，[校]抄本作聲。血暴注，氣亦遂絶。[但評]是甘辭厚誓，期以死守者。翁大懼，計無所出。既曙，以實情白金母，長跽哀乞。[校]青本作長跪哀祈，抄本乞作祈。而金母殊不怨怒，但告以故，令自營葬。金有叔兄生光，怒登翁門，詬數前非。翁慚沮，賂令罷歸。而終不知婦所私者何名。[校]抄本作人。俄鄰子以執奸自首，既薄責逐釋訖；而[校]抄本作鄰。婦兄馬彪素健訟，[吕註]易，訟：訟，上剛下險，險而健，訟。具詞[校]青本作辭。控妹寃。〔但評〕此婦殊寃。官拘嫗；嫗懼，悉供顛末。又喚金母；母託疾，遣〔校〕抄本作令。生光代質，具陳底裏。於是前狀〔校〕青本作覆。並發，牽木翁夫婦盡出，一切廉得其情。木以誨女嫁，坐縱婬，〔但評〕是，是，是。笞；使自贖，家産蕩焉。〔校〕青本作然。〇〔馮評〕無數層次曲折，一一分明。妙筆。鄰嫗導淫，〔但評〕是，是，是。杖之斃。案乃結。〔馮評〕斷語簡而明，他人費若許筆墨，兩句包括全篇。〔但評〕縱淫者自殺其女，導淫者自殺其婦，宣淫者自殺其身。復使顛末悉露，底裏具陳，蕩其家，杖之斃。固金之鬼爲之，抑其得請於帝矣。

異史氏曰：「金氏子其神乎！諄囑醮婦，抑何明也！一人不殺，而諸恨並雪，可不謂神乎！鄰嫗〔校〕抄本作媼。誘人婦，而反淫己婦；木媪愛女，而卒以殺女。嗚呼！『欲知後日因，當前作者是』，〔呂註〕傳燈録：欲知前世因，今生受者是；欲知後世因，今生作者是。報更速於來生矣！」

〔何評〕金木婚娶，疑是寓言，然報應處可以警世。

彭海秋*

萊州諸生彭好古，讀書別業，離家頗遠。［稿本無名氏乙評］眼目。中秋未歸，岑寂無偶。念村中無可共語；［馮評］文有句句暗伏節節相生之法，如別業則少朋友，生下二生；中秋則必有月，月夜則必遊覽，遊覽則必名勝，名勝則惟西湖。其間選妓徵歌，天河喚渡，歸途變馬，如聲中之有節節高，調中之有紅衲襖，是皆隨手生波，層層入妙，極行文之樂事。惟丘生者，［校］抄本無者字。是邑名士，而素有隱惡，［稿本無名氏乙評］書法。彭常鄙之。［何評］名士何乃亦如是？［但評］爲名士，何可有隱惡？然不名士，不能有隱惡；有隱惡，固居然名士也。不遇仙人，雖心鄙之，其奈此名士何？月既上，倍益無聊，不得已，折簡邀丘。飲次，有剝啄［呂註］韓愈剝啄行：剝剝啄啄，有客至門。注：剝啄，叩門聲。者。齋僮出應門，則一書生，將謁主人。彭離席，肅客入。相揖環坐，便詢族居。客曰：「小生廣陵人，與君同姓，字海秋。值此良夜，旅邸倍苦。聞君高雅，遂乃不介而見。」［呂註］孔叢子：士無介不見。注：介，因也。［何註］不介，介，紹介也。視其人，布衣潔整，談笑風流。［但評］布衣整潔，談笑風流，是真名士，是真仙品。彭大喜曰：「是我宗人。今夕何夕，遘此嘉客！」即命酌，款若夙好。察其意，似甚鄙丘；[稿本無名氏乙評]伏。丘仰與攀談，輒傲不爲禮。彭代爲之慚，因[校]青本作故。撓亂其詞，[校]青本、抄本作辭。請先以俚歌侑飲。乃仰天再咳，歌「扶風豪士之曲」。[呂註]唐李白作。相與歡笑。客曰：「僕不能韻，莫報陽春。[呂註]宋玉對楚王問：客有歌於郢中者，其爲陽春白雪，國中屬而和者，不過數十人。[何註]陽春白雪，曲高和寡，又況不知音韻者耶？故曰莫報。倩[校]抄本作請。代者可乎？」彭言：「如教。」客問：「萊城有名妓無也？」彭答云：[校]抄本作彭白。「無。」客默然[校]抄本無然字。良久，謂齋僮曰：「適喚一人，在門外，可導入之。」僮出，果見一女子逡巡户外。引之入。年二八已來，宛然若仙。彭驚絶，掖坐。[何註]掖坐，掖持使坐也。衣柳黄帔，香溢四座。客便慰問：「千里頗煩跋涉也！」女含笑唯唯。彭異之，便致研詰。客曰：「貴鄉苦無佳人，適於西湖舟中喚得來。」謂女曰：「適舟中所唱『薄倖郎曲』，大佳。請再反之。」[馮評]先串一句。女歌云：「薄倖郎，牽馬洗春沼。[但評]漏洩春光。人聲遠，馬聲杳；江天高，山月小。掉頭去不歸，庭中生[校]抄本作空。白曉。不怨別離多，但愁懽會少。眠何處？勿作隨風絮。便是不封侯，[呂註]王昌齡閨怨詩：閨中少婦不知愁，春日凝粧上翠樓。忽見陌頭楊柳色，悔教夫壻覓封侯。莫向臨邛去！」[呂註]孟郊古別離：欲別牽郎衣，郎今到何處？不恨歸來遲，莫向臨邛去。[何註]臨邛，邛從邑，音蛩，蜀都，縣名，相如與文君賣酒處。勸勿臨邛去，是怕他作隨風絮也。○[但評]歌詞婉妙。席中有馬在。他時舟中一別，倏忽三年，人聲遠，馬聲杳，遂成讖語。客於襪中出玉笛，隨聲便串；曲終笛止。〔但評〕此曲只應天上有，固宜以玉笛串之。彭驚歎不已，曰：「西湖至此，何止千里，咄嗟招來，得非仙乎？」客曰：「仙何敢言，但視萬里猶庭户耳。今夕西湖風月，尤盛曩時，不可不一觀也，能從遊否？」彭留心欲〔校〕抄本作以。覘其異，諾言：〔校〕抄本作曰。「幸甚。」客問：「舟乎，騎乎？」彭思舟坐爲逸，答言：「願舟。」客曰：「此處呼舟較遠，天河中當有渡者。」乃以手向空〔校〕抄本下有中字。招曰：「舡來舡來！〔校〕青本、抄本舡作船，抄本無下二字。我等要西湖去，不吝償也。」無何，彩船一隻，自空飄落，煙雲繞之。衆俱登。〔馮評〕衆字伏丘生在內，卻不説明。〔但評〕舟中已帶一騎，極其省事。見一人持短棹；〔何註〕棹，直教切，同櫂。謝靈運詩：鶩棹逐驚流。棹末密排修翎，〔但評〕自是李、郭同舟，卻帶一馬。形類羽扇；一摇羽〔校〕青本、抄本作則。清風習習。〔何註〕習習，和舒貌。詩，小雅：習習谷風。○〔但評〕列子御風而行，泠然善也。舟漸上入雲霄，望南游行，其駛如箭。踰刻，舟落水中。但聞絃管敖曹，〔校〕抄本作嘈。鳴聲喤聒。出舟一望，月印煙波，游船成市。榜人罷棹，任其自流。細視，真西湖也。客於艙後，取異肴佳釀，懽然對酌。少間，一樓船漸近，相傍而行。隔窗以窺，中有二三〔校〕抄本作三兩。人，圍棋喧笑。〔馮評〕異境獨開，蹊徑獨别。客飛一觥向女曰：「引此送君行。」女飲間，彭依戀徘徊，惟恐其去，蹴之以足。女斜波送盼。彭益動，〔校〕青本下有情字。請〔校〕青本無請字。要後期。女曰：「如相見愛，但問娟娘名字，無不知者。」［馮評］又伏。客即以彭綾巾授女，［稿本無名氏乙評］伏後。曰：「我爲若代訂三年之約。」即起，托女子於掌中，曰：「仙乎，仙乎！」乃扳［校］青本作拔。鄰窗，捉女入，［校］青本下有窗字。窗目如盤，［校］青本作眼數寸。女伏身蛇遊而進，殊不覺隘。［馮評］如此用筆，設想鼠穴中推車而行。俄聞鄰舟［校］青本作船。曰：「娟娘醒矣。」［但評］點題極妙之法。○咄嗟招來，拔窗送去，幾不知其仙耶，鬼耶。只以鄰船一語點明，用筆超脱乃爾！舟即蕩去。遥見舟已就泊，舟中人紛紛並去，游興頓消。遂與客言，欲一登岸，略同眺矚。纔作商榷，舟已自攏。因而離舟翔步，覺有里餘。客後至，牽一馬來，令彭捉之。［但評］非馬也，其人也，折簡邀來，忍使銜環返去乎？即復去，曰：「待再假兩騎［校］青本作馬。來。」［馮評］冷中句字。久之不至。行人已［校］抄本作亦。稀；仰視斜月西轉，天色向曙。丘亦不知何往。捉馬營營，進退無主。振轡至泊舟所，則人船俱失。念腰橐空匱，［何註］匱音蕢，乏也。倍益憂皇。天大明，見馬上有小錯囊，［馮評］丘生變馬，處處用草蛇灰線之法。探之，得白金三四兩。買食凝待，不覺向午。計不如暫訪娟娘，可以徐察丘耗。比訊［校］抄本作詢。娟娘名字，並無知者，興轉蕭索。次日遂行。［但評］三人舟去，一人騎歸。其占曰：三人行，則損一人；一人行，則得其友。馬調良，幸不蹇劣，［但評］前日名士，此時名馬。○是名士而素有隱惡也者，調良則其德矣。半月始歸。［馮評］丘生苦矣。方三人之乘舟而上也，齋僮歸白：「主人已仙去。」舉家哀涕，［校］抄本作啼。謂其不返。彭歸，［校］青本無歸字。繫馬而入。家人驚喜集問，彭始具白其異。因念獨還鄉井，恐丘家聞而致詰；戒家人勿播。［何註］勿播，扔播揚也。語次，道馬所由來。衆以仙人所遺，便悉詣廐驗視。及至，則馬頓渺，但有丘生，以草韁［何註］韁音姜，馬紲也。縶櫪［何註］櫪音歷，廐也，棧棚也。邊。［馮評］至此始明露出。［稿本無名氏乙評］結出馬之來歷，即結出丘之下落。駭極，呼彭出視。見丘垂首棧下，面色灰死，問之不言，兩眸［校］青本作目。啓閉而已。［馮評］丘不知有何隱惡，上文卻只以二字含之。彭大不忍，解扶［校］青本作伏。榻上，若喪魂魄。灌以湯酏，稍稍能咽。中夜少蘇，急欲登廁；扶掖而往，下馬糞數枚。又少飲啜，始能言。［但評］人而馬，馬而人，馬渺而丘縶。兩目啓閉時，其人馬幾希之介耶？特恐既下馬糞數枚，口一能言，故態復作，即馬齒加長，依然張脈僨興，外彊中乾耳。彭就榻研問之。丘云：［稿本無名氏乙評］補敘卻用丘生自述，妙。「下船後，彼引我閒語。至空處，戲拍項領，遂迷悶顛踣。伏定少刻，自顧已馬。心亦醒悟，但不能言耳。是大辱恥，［校］青本作恥辱。誠不可以告妻子，乞勿洩也！」［馮評］是名士也，良馬可比君子。［稿本無名氏乙評］乞人勿洩隱惡，人惟得有此。彭諾之，命僕馬馳送歸。［但評］以馬乘馬，絶妙畫圖。彭自是不能忘情於娟娘。［稿本無名氏乙評］後文提領。又三年，以姊丈判揚州，因往省視。［馮評］不直訪娟娘，不肯用直筆也。州有梁公子，與彭通家，開筵邀飲。即席有歌姬數輩，俱來祗謁。公子問娟娘，家人白以病。［校］抄本作疾。公子怒曰：「婢子聲價自高，可將索子縶之來！」彭聞娟娘名，驚問其誰。公子云：「此娼女，廣陵第一人。緣有微名，遂倨而無禮。」彭疑名字偶同；然突突〔何註〕突突，觸動也。自急，極欲一見之。無何，娟娘至，公子盛氣排數。彭諦視，真中秋所見者也。〔稿本無名氏乙評〕回應中秋。謂公子曰：「是與僕有舊，幸垂原恕。」娟娘向彭審顧，似亦錯愕。公子未遑深問，即命行觴。彭問：「『薄倖郎曲』猶記之否？」娟娘更駭，目注移時，始度舊曲。聽其聲，宛似當年中秋時。〔稿本無名氏乙評〕再應。〔但評〕聞度舊曲，宛似當年。惜無玉笛串之，且坐中無馬，只有豚犬耳。酒闌，公子命侍客寢。彭捉手曰：「三年之約，今始踐耶？」娟娘曰：〔稿本無名氏乙評〕細述往事，回應天然。「昔日從人泛西湖，飲不數卮，忽若醉。曚矓〔校〕青本、抄本作朦朧。間，被一人攜去，置一村中。一僮引妾入；席中三客，君其一焉。後乘舡〔校〕青本、抄本作船。至西湖，送妾自窗欞歸，把手殷殷。每所凝念，謂是幻夢；而綾巾宛在，今猶什襲藏之。」〔但評〕綾巾渡苦海，仙人果是多情。彭告以故，相共歎咤。娟娘縱體入懷，哽咽而言曰：「仙人已作良媒，君勿以風塵可棄，遂捨念此〔校〕青本無此字。苦海人！」彭曰：「舟中之約，一日未嘗〔校〕抄本作未嘗一日。去心。卿倘有意，則瀉囊〔何註〕瀉囊，傾囊也。貨馬，所不惜耳。」詰旦，告公子；又稱貸於別駕，〔呂註〕杜佑通典：別駕從事史一人，從刺史行部，別乘傳車，故謂之別駕，漢制也。歷代皆有，隋及唐並爲郡官。千金削其籍，攜之以歸。偶至別業，猶能認〔校〕抄本作識。當年飲處云。〔馮評〕聊齋處處是有意作文。〔但評〕回頭一笑百媚生，絕妙結筆。

異史氏曰：「馬而人，必其爲人而馬者也；使爲馬，正恨其不爲人耳。獅象鶴鵬，悉受鞭策，何可謂非神人之仁愛之［校］抄本無之字。乎？即訂三年約，亦度苦海也。」［馮評］末句與上似不貫，史記有之。

［何評］擺佈丘處甚妙。如此名士，直可使變作驢。

堪輿*

沂州宋侍郎君楚家，素尚堪輿；[呂註] 范浚心箴：茫茫堪輿，俯仰無垠。堪輿，天地總名也。○孟康曰：堪輿，神名，造輿宅書者也。[何註] 堪輿，秦青烏子著青烏經，堪輿書也。堪，天道，輿，地道也。即閨閤[校] 青本、抄本作閣。中亦能讀其書，解其理。宋公卒，兩公子各立門户，爲父[校] 抄本作公。卜兆。聞有[校] 抄本作能。善青烏[呂註] 抱朴子：黃帝相地，則書青烏之説。注：青烏，彭祖弟子也。○按：黃帝時，有青烏子，能相地理；帝問之以制經。又文獻通考：秦有青烏子，著青烏經。之術者，不憚千里，爭羅致之。於是兩門術士，召致盈百；日日連騎徧郊野，東西分道出入，如兩旅。經月餘，各得牛眠[呂註] 晉書，周光傳：陶侃微時，丁艱，將葬，家中忽失牛，而不知所在。遇一老父，謂曰：前崗見一牛，眠山汙中，其地若葬，位極人臣矣。言訖不見。侃尋牛得之，因葬其處。地，此言封侯，彼云拜相。兄弟兩不相下，因負氣不爲謀，並營壽域，錦棚綵幢，[何註] 幢音幢，旛幢也。兩處俱備。靈輿至岐路，兄弟各率其屬以爭，自晨至於日[校] 此據青本、抄本，稿本作旦。昃，不能決。賓客盡引去。舁夫凡[校] 青本作幾。十易肩，困憊不舉，相與委柩路側。因止不葬，鳩工構廬，以蔽風雨。兄建舍於傍，留役居守，弟亦建舍如兄；兄再建之，弟又建之：三年而成村焉。積多年，兄弟繼逝；嫂與娣始合謀，力破前人水火之議，並車入野，視所擇兩地，並言不佳，遂同修聘贄，請術人另相之。每得一地，必具圖呈閨闥，判其可否。日進數圖，悉疵摘之。旬餘，始卜一域。嫂覽圖，喜曰：「可矣。」示娣。娣曰：「是地當先發一武孝廉。」葬後三年，公長孫果以武庠[校]抄本作生。領鄉薦。

異史氏曰：「青烏之術，或有其理；而癖而信之，則癡矣。況負氣相爭，委柩路側，其於孝弟之道不講，奈何冀以地理福兒孫哉！如閨中宛若，[呂註]前漢書，郊祀志：上求神君，舍之上林中磃氏館。神君者，長陵女子，以乳死，見神於先後宛若。○孟康曰：兄弟妻相謂先後，宛若，字也。○吳見思史記論文注：宛若二字，諸解俱不明，大約是人名也。[何註]宛若，姒娣也。真雅而可傳者矣。」

[何評]閨閣言如操券，乃知兩公子都不及也。

[但評]卜宅窆，所以安親耳。但使不受風，不受水，不受蟲蟻；且他日不爲城池，不爲道路，不爲溝渠，足矣。借此以求富貴，久而不葬，即令其術果精，然且不可；況如宋兄弟者，强作解人，以親柩爲負氣之物，竟致委而不葬，卒之所云封侯拜相者，徒貽笑於閨中。何智出婦人下哉！

竇氏*

南三復，晉陽世家也。有別墅，去所居十里餘，[校]抄本作餘里。每馳[校]抄本無馳字。騎日一詣之。適遇雨，途中有小村，見一農人家，門内寬敞，因投止焉。近村人故[校]抄本作固。皆威重南。少頃，主人出邀，跼蹐甚恭。入其舍斗如。[校]青本作如斗。客既坐，主人始操篲，[何註]篲音槽。史記，高祖本紀：後高祖朝，太公擁篲迎門卻行。又莊子：操拔篲以侍門庭。殷勤汜掃。[呂註]禮，少儀：汜掃曰掃。注：汜，廣也。[何註]汜音泛，廣也。汜掃，廣爲掃除也。禮，少儀，汜掃注：大賓至始廣掃也。既而潑蜜爲茶。命之坐，始敢坐。問其姓名，自言：「廷章，姓竇。」未幾，進酒烹雛，給奉周至。有笄女[何註]笄女，及笄之女也。行炙，時止户外，稍稍露其半體，年十五六，端妙無比。南心動。雨歇既歸，繫念綦切。越日，具粟帛往酬，借此階進。是後常一過竇，時攜肴酒，相與留連。女漸稔，不甚忌避，[校]抄本作避忌。輒奔走其前。睨之，則低鬟微笑。南益惑焉，無三日不往者。一日，值竇不在，坐良久，女出應客。南捉臂狎之。女慚急，峻拒曰：「奴雖貧，要嫁，何貴倨淩人也！」時南失偶，便揖之曰：「倘獲憐眷，定不他娶。」女要誓；南指矢天日，以堅永約，女乃允之。自此爲始，瞰竇他出，即過繾綣。女促之曰：「桑中之約，不可長也。日在帡幪［呂註］揚子，法言：震風陵雨，然後知夏屋之爲帡幪也。注：在旁曰帡，在上曰幪，即今帳篷也。［何註］帡幪音瓶蒙，覆也。之下，倘肯賜以姻好，父母必以爲榮，當無不諧。宜速爲計！」南諾之。轉念農家豈堪匹耦？姑假其詞以因循之。［馮評］此何爲也？狼心賊！會媒來爲［校］抄本無爲字。議姻［校］抄本作婚。於大家；初尚躊［校］此據青本，稿本、抄本作籌。躇，既聞貌美財豐，志遂決。女以體孕，催併益急，南遂絶迹不往。無何，女臨蓐，産一男。父怒搒女。女以情告，且言：「南要我矣。」竇乃釋女，使人問南；南立卻不承。［何評］負心。竇乃棄兒，益扑女。女暗哀鄰婦，告南以苦。南亦置之。女夜亡，視棄兒猶活，遂抱以奔南。款關而告閽者曰：「但得主人一言，我可不死。彼即不念我，寧不念兒耶？」閽人具以達南，南戒勿内。［何評］忍心。女倚户悲啼，五更始不復聞。質［校］抄本作至。明視之，女抱兒坐僵矣。［馮評］忍哉南也！竇忿，訟之上官，悉以南不義，欲罪南。南懼，以千金行賂得免。大［校］抄本大上有其字。家夢女披髮抱子而告曰：「必勿許負心郎；若許，我必殺之！」［馮評］此等孽報，理所必有。大家貪南富，卒許之。既親迎，奩妝豐盛，新人亦娟好。

然善〔校〕抄本作喜。悲，終日未嘗睹歡容；枕席之間，時復有涕洟。問之，亦不言。過數日，婦翁來，〔校〕抄本作至。入門便泪，南未遑問故，相將入室。見女而駭〔校〕青本下有然字。曰：「適於後園，見吾女縊死桃樹上；今房中誰也？」女聞言，色暴變，仆然而死。視之，則竇女。急至後園，新婦果自經死。〔馮評〕天荒地老，海枯石爛，此恨綿綿，嗚呼，何其神也！駭極，往報竇。竇發女冢，棺啓尸亡。前忿未蠲，倍益慘怒，復訟於官。官以〔校〕抄本作因。其情幻，擬罪未決。南又厚餌竇，哀令休結；官亦受其賕囑，乃罷。而南家自此稍替。又以異迹傳播，數年無敢字者。南不得已，遠於百里外聘曹進士女。未及成禮，會民間訛傳，朝廷將選良家女充掖庭，〔何註〕掖音奕，與腋通，宫旁舍也。殿旁垣曰掖垣，宫闕旁小門曰左右掖門，皆取肘腋之義。前漢書，百官公卿表：武帝太初元年，更名永巷爲掖庭。以故有女者，悉送歸夫家。〔校〕抄本下有去字。一日，有嫗導一輿至，自稱曹家送女者。扶女入室，謂南曰：「選嬪之事已急，倉卒不能如禮，且送小娘子來。」問：「何無客？」曰：「薄有奩妝，相從在後耳。」嫗草草徑去。南視女亦風致，遂與諧笑。女俛頸引帶，神情酷類竇女。心中作惡，第未敢言。女登榻，引被障首而眠。亦謂是〔校〕抄本無是字。新人常態，弗爲意。日斂昏，曹人不至，始疑。捋被問女，而女已奄然冰絶。驚怪莫知其故，馳伻告曹，曹竟無送女之事，相傳爲異。時有姚孝廉女新葬，隔宿爲盜所發，破材〔校〕青本作棺。失尸。聞其異，詣南所徵之，果其女。啓衾一視，四體裸然。姚怒，質狀於官。官以南屢無行，〔校〕上六字，抄本作官因南屢行無理。惡之，坐發冢見尸，論死。

異史氏曰：「始亂之而終成之，非德也；況誓於初而絶於後乎？撻於室，聽之；哭於門，仍聽之：抑何其忍！而所以報之者，亦比李十郎慘矣！」

〔何評〕女之報南雖酷，然南之所以待女者亦忍矣。種瓜得瓜，種豆得豆，又何過焉？

〔但評〕本是貴倨凌人，欺其農家女耳。女惑其言而要誓，女誠無識；而指矢天日以紿之，將誰欺？欺天乎？得其一言，可以不死；忍而不納，致令抱兒坐僵。始亂之，終棄之，且卒死之。「南要我」一言，我知其得請於帝矣。如此負心郎，當爲人所不齒。既披髮抱子而示之夢，猶貪其富而許其婚，是大家自殺其女耳。新婦自縊，竇女失尸，以替其家，以播其迹，雖數年之間無敢字，豈倚户之恨遂可消乎？新人自至，竇女重來，以姚孝廉之女尸，作曹進士之女卧。假途滅虢，報寃者其爲厲實奇。發塚見尸，授首者其獲罪似枉。而回思天日之誓，與女「不念我不念兒」之言，則喪其室家，殄其後嗣，斷其身首，誰曰不宜！

梁彥*

徐州梁彥，患鼽嚏，[呂註]禮，月令：季秋行夏令，民多鼽嚏。注：鼽者，氣窒於鼻；嚏者，聲發於口：皆肺病。以夏火克金，故病此也。○按：鼽嚏音求帝。鼽從鼻從丸，坊本作骫誤。久而不已。一日，方卧，覺鼻奇癢，遽起大嚏。有物突出落地，狀類屋上瓦狗，[呂註]潛夫論：或作泥車、瓦狗、馬騎、倡俳諸戲弄小兒之具。約指頂大。又嚏，又一枚落。四嚏，凡落四枚。蠢然而動，相聚互嗅。俄而强者齧弱者以食；食一枚，則身頓長。瞬息吞併，止存其一，大於鼫鼠[呂註]爾雅，鼫鼠注：形大如鼠，頭如兔，尾有毛，關西呼爲鼩鼠。[何註]鼫音石，五技鼠也。矣。伸舌周匝，自舐其吻。梁大愕，踏之。物緣襪而上，漸至股際。捉衣而撼擺[何註]撼，含上聲，搖動也。擺，拜上聲。撼擺之，言欲振落之也。之，黏據不可下。頃入衿底，爬抓腰脅。大懼，急解衣擲地。捫之，物已貼伏腰間。推之不動，掐之則痛，竟成贅疣；口眼已合，如伏鼠然。

龍肉*

姜太史玉璇〔呂註〕名元衡，即墨人。〔何註〕璇音旋。言：「龍堆之下，掘地數尺，有龍肉充牣〔何註〕牣，滿也。其中。任人割取，但勿言『龍』字。或言『此龍肉也』，則霹靂震作，擊人而死。」太史曾食其肉，實不謬也。

〔何評〕龍堆多龍肉，固知雁門之雁美矣。

卷六

潞令*

宋國英，東平人，以教習授潞城令。貪暴不仁，催科尤酷，斃杖下者，狼籍於庭。余鄉徐白山適過之，見其横，諷曰：「爲民父母，威燄固至此乎？」［但評］於爲民父母之下，而着威燄二字，聞之便當愧死。而反自鳴得意，不死何爲？宋揚揚［校］抄本作洋洋。作得意之詞曰：「喏！不敢！官雖小，蒞任百日，誅五十八人矣。」後半年，方據案視事，忽瞪目而起，手足撓亂，似與人撐拒狀。自言曰：「我罪當死！我罪當死！」［但評］固揚揚得意，莅任百日，誅五十八人之縣父母也。曾幾何時，則竟自言罪當死哉！扶入署中，踰時尋卒。嗚呼！幸有［校］抄本無有字。陰曹兼攝陽政；不然，顛越［吕註］書，康誥：殺越人于貨，愍不畏死。傳：越，顛越也。書，盤庚：顛越不恭。［何註］顛越，謂顛越其人而取其貨，盜也。貨多，則「卓異」聲起矣，流毒安窮哉！

異史氏曰：「潞子故區，［呂註］潞，黄帝後，子爵，今山西潞安府。其人魂魄毅，故其爲鬼雄。今有一官握篆於上，必有一二鄙流，風承而痔舐之。其方盛也，則竭攫未盡之膏脂，爲之具錦屏；其將敗也，則驅誅未盡之肢體，爲之乞保留。官無貪廉，每蒞一任，必有此兩事。赫赫者［何註］赫赫者，閻君也。一日未去，［校］青本、抄本作出。則蚩蚩者［何註］蚩蚩者，民也。不敢不從。積習相傳，沿爲成規，其亦取笑於潞城之鬼也已！」

［何評］觀其揚揚得意數語，便非爲民父母之言矣。不有冥誅，曷其有極乎？

馬介甫*

楊萬石，大名諸生也。生平有「季常之懼」。［呂註］陳慥字季常，蜀人，寓居黄岡，號方山子，又號龍丘子。○［稿本無名氏乙評］一句提綱。妻尹氏，奇悍。少迕之，輒以鞭撻從事。［馮評］此篇寫悍婦，與江城一篇不同，入手便極寫。楊父年六十餘而鰥，尹以齒奴隸數。［稿本無名氏乙評］關目一一提明，爲後文伏案。楊與弟萬鍾常竊餌翁，不敢令婦知。然［校］青本然上有頹字。衣敗絮，恐貽訕笑，不令見客。［馮評］此更極寫一全無心肝之楊萬石。［但評］綱常之變，乃至於此！○不能爲人夫，以致不能爲人子，不能爲人兄，不能爲人友，且不能爲人父，尚得謂之人也乎！

萬石四十無子，納妾王，［校］青本下有氏字。旦夕不敢通一語。兄弟候試郡中，見一少年，容服都雅。與語，悦之。詢其姓字，自云：「介甫，姓馬。」［校］抄本作馬姓。○［稿本無名氏乙評］二語一篇貫索。由此交日密，焚香爲昆季之盟。［但評］與爲昆季，辱莫極矣！既別，約半載，馬忽攜僮僕過楊。值楊翁在門外，曝陽捫蝨。［何註］王猛見苻堅，捫蝨而談當世之務。疑爲傭僕，［但評］其子本以傭僕視之，復奚疑？通姓氏使達主人。翁披絮去。或告馬：［校］抄本作曰。「此即其翁也。」馬方驚訝，楊兄弟岸幘出迎。［但評］貽玷衣冠。○翁披絮去，子岸幘出，當日奇觀，千古奇聞。此情此狀，余亦曾於客間見之，第不至老父不温飽耳。登堂一揖，便請朝父。萬石辭以偶恙。促坐笑語，不覺向夕。萬石屢言具食，而終不見至。兄弟迭互出入，始有瘦奴持壺酒來。俄頃引［校］抄本作飲。盡。坐伺良久，萬石頻起催呼，額頰間熱汗蒸騰。俄瘦奴以饌具出，脫粟失飪，［何註］失飪，烹飪失宜也。殊不甘旨。食已，萬石草草便去。萬鍾襆被來伴客寢。馬責之曰：「曩以伯仲高義，遂同盟好。今老父實不温飽，行道者羞之！」［但評］直言責之，方不愧昆季之盟，行道者羞之，況已爲我老父乎？萬鍾泫然曰：「在心之情，卒難申致。家門不吉，蹇遭悍嫂，尊長細弱，橫被摧殘。非瀝血［呂註］諫諍序：瀝血抽誠，披胃見款。○韓愈歸彭城詩：刳肝以爲紙，瀝血以書辭。之好，此醜不敢揚也。」［但評］尊長細弱，橫被摧殘，對瀝血之好，只應曰此仇不敢忘也，萬鍾之言可謂難兄難弟。馬駭嘆移時，曰：「我初欲早旦而行，今得此異聞，不可不一目見之。［但評］有所恃而不恐，是以敢見。請假閒舍，就便自炊。」［馮評］好漢。他人避之不及也。萬鍾從其教，即除室爲馬安頓。夜深竊餽蔬稻，惟恐婦知。馬會其意，力卻之。且請楊翁與同食寢。自詣城肆，市布帛，爲易袍袴。父子兄弟皆感泣。［但評］父子兄弟皆感泣，楊翁可憐，萬鍾可恥，萬石可殺。萬鍾有子喜兒，方七歲，夜從翁眠。馬撫之曰：「此兒福壽，過於其父，［稿本無名氏乙評］贊一句，後面投井、鄉捷具已伏根。但少年孤苦［校］此據青本，稿本、抄本作害。耳。」婦聞老翁安飽，大怒，輒罵，謂馬强預人家事。［呂註］世説：桓公欲遷都，孫綽上表。公曰：君何不尋遂初賦，而强預人家國事？初惡聲尚在閨闥，漸近馬居，以示瑟歌［何註］瑟歌，取瑟而歌，使之聞之也。之意。楊兄弟汗體徘徊，不能制止；而馬若弗聞也者。［但評］强預人家事，余亦嘗犯此忌。聞瑟歌時，亦學馬之若弗聞也者。萬不能忍，亦唾之罵之；第未能使其袴履俱脱，足纏縈道，至今猶忿然。迨妾王，體妊［何註］妊，娠也。五月，婦始知之，褫衣［何註］褫衣，奪去衣也。褫音豸，奪也。易，訟：終朝三褫之。慘掠。已，乃喚萬石跪受巾幗，操鞭逐出。值馬在外，慚懅［何註］慚懅，懅音渠，亦慚也。後漢書，王霸傳：霸慚懅而退。不前。又追逼之，始出。婦亦隨［校］青本作遂。出，叉手頓足，觀者填溢。馬指婦叱曰：「去，去！」婦即反奔，若被鬼逐。袴履俱脱，足纏縈繞於道上，［馮評］真好看煞人。徒跣［何註］徒跣，赤足也。而歸，面色灰死。［但評］薄責示懲，猶輕視此婦。少定，婢進襪履。着已，噭咷大哭。家人無敢問者。馬曳萬石爲解巾幗。萬石聳身定息，如恐脱落；［馮評］或疑描寫太過，然天下必有之事。馬强脱之。而坐立不寧，猶懼以私脱加罪。［但評］擅脱巾幗重犯，其罪不小。探婦哭已，乃敢入，趦趄而前。婦殊不發一語，遽起，入房自寢。萬石意始舒，與弟竊奇焉。家人皆以爲異，相聚偶語。婦微有聞，益羞怒，徧撻奴婢。呼妾，妾創劇不能起。婦以爲僞，就榻搒之，崩注墮胎。［馮評］惡極。萬石於無人處，對馬哀啼。馬慰解之。呼僮具牢饌，更籌再唱，不放萬石歸。［校］抄本作去。婦在閨房，恨夫不歸，方大恚忿。聞撬扉聲，急呼婢，則室門已闔。有巨人入，影蔽一室，猙獰如鬼。俄又有數人入，各執利刃。婦駭絶欲號。巨人以刀〔校〕青本作刃。刺頸，曰：「號便殺卻！」婦急以金帛贖命。巨人曰：「我冥曹使者，不要錢，但取悍婦心耳！」〔校〕青本無耳字。婦益懼，自投敗顙。〔何註〕自投敗顙，以首投地，至於敗顙也。巨人乃以利刃畫婦心而數之曰：「如某事，謂可殺否？」即一畫。凡一切凶悍之事，責數殆盡，刀畫膚革，不啻數十。〔馮評〕金聖歎喜説快事，此真天下第一快事也。末乃曰：「妾生子，亦爾宗緒，何忍打墮？此事必不可宥！」〔但評〕我亦曾見似此之人，不能如馬以術治之。愧甚，愧甚。○若搒妾墮胎，絶人宗嗣，王法不宥，天理不容。馬能以利刃畫其心，人皆呼快。余則爲之惜曰：何不立刻殺却！乃令數人反接其手，剖視悍婦心腸。〔但評〕恨不即剖。婦叩頭乞命，但言知悔。〔但評〕凡口中自言知悔而乞命者，必不能悔，不肯悔。以法懼之者，其術必窮，故惟有殺之而已。俄聞中門啓閉，曰：「楊萬石來矣。既已悔過，姑留餘生。」〔馮評〕過接妙。紛然盡散。無何，萬石入，見婦赤身綳繫，心頭刀痕，縱横不可數。解而問之，得其故，大駭，竊疑馬。〔校〕青本作焉。明日，向馬述之。馬亦駭。由是婦威漸斂，經數月不敢出一惡語。馬大喜，告萬石曰：「實告君，幸勿宣洩：前以小術懼之。〔但評〕婦人之悍妒，固生性使然，亦多由其夫之闒茸漸積而釀成之。故余嘗謂婦人之不德，婦人之不幸，而遇人之不淑也。尹之奇悍，豈盡尹之罪乎？以術懼之，而以實告之，亦馬疏忽處。既得好合，〔校〕青本作合好。請暫別也。」遂去。婦每日暮，挽留萬石作侶，懽笑而承迎之。萬石生平不解此樂，遽遭之，覺坐立皆無所可。［但評］生平不解此樂二語，千醜萬醜，一齊寫出。前日不敢私脱巾幗，可謂受辱不怨；此時坐立皆無所可，可謂受寵若驚。婦一夜憶巨人狀，瑟縮搖戰。萬石思媚婦意，微露其假。［馮評］叔寶無心肝一至於此。［何評］奴才。婦遽起，苦致窮詰。萬石自覺失言，而不可［校］抄本作能。悔，遂實告之。婦勃然［校］青本作怒。大罵。萬石懼，長跽［校］青本作跪。牀下。婦不顧。哀［校］青本下有懇字。至漏三下。婦曰：「欲得我恕，須以刀畫汝心頭如干數，此恨始消。」［但評］必如是，方足賞獻媚之忠。乃起捉廚刀。萬石大懼而奔，婦逐之。犬吠雞騰，家人盡起。萬鍾不知何故，但以身左右翼兄。婦方［校］抄本作乃。詬詈，忽見翁來，睹袍服，倍益烈怒；即就翁身條條割裂，批頰而摘翁髭。萬鍾見之怒，［馮評］稍有心肝者，斷耐忍不得。以石擊婦，中顱，顛蹶而斃。萬鍾曰：「我死而父兄得生，何憾！」遂投井中，救之已死。［但評］萬鍾一擊，差强人意，惜其投井太速，身死而父兄仍不得生，未免賫恨於地下耳。移時婦［校］抄本下有復字。蘇，［但評］偏不死。聞萬鍾死，怒亦遂解。既殯，弟婦戀兒，矢不嫁。婦唾罵不與食，醮去之。遺孤兒，朝夕受鞭楚。俟［校］青本作候。家人食訖，始啗以冷塊。積半歲，兒尪羸，［何註］尪羸，尪，烏光切，病瘦也。羸，亦瘦也。禮，檀弓：歲旱，穆公召縣子而問然，曰：天久不雨，吾欲暴尪而奚若。僅存氣息。一日，馬忽至。［馮評］天上飛來。萬石囑家人勿以告婦。馬見翁襤褸如故，大駭；又聞萬鍾殞謝，頓足悲哀。兒聞馬至，便來依戀，前呼馬叔。馬不能識，審顧始辨。驚曰：「兒何憔悴至此！」翁乃囁嚅〔何註〕囁嚅，欲言不言也。具道情事。馬忿然謂萬石曰：「我曩道兄非人，果不謬。兩人止此一〔校〕青本無一字。綫，殺之，將奈何？」萬石不言，惟伏首帖耳〔何註〕俯首帖耳，狗畏人貌。而泣。〔但評〕無丈夫氣，只有一哭。坐語數刻，婦已知之。不敢自出逐客，但呼萬石入，批使絕馬。含涕而出，批痕儼然。馬怒之曰：「兄不能威，獨不能斷『出』耶？〔但評〕我亦嘗謂：畏內之人，雖不能威，何爲亦不能斷出？友人曰：子言左矣！能威者即能斷出，而決不至於出；不能威者必至於應出，而決不能斷；蓋能斷之人，必須能威之人也。毆父殺弟，安然忍受，〔校〕抄本作之。何以爲人？」〔馮評〕人有不可解者，受妻子之氣而無怨心，受父母之責而有違言。萬石能斷則能威矣。天地生人，另是一種肺腸，不可以常理測。馬生奈何！萬石欠伸，〔何註〕禮，曲禮：君子欠伸。注：志倦則欠，體倦則伸。此當是身手屈伸，行將起而有爲之狀，會意。似有動容。馬又激之曰：「如渠不去，理須威劫；〔但評〕果能威劫，則能去矣。便殺卻勿懼。僕有二三知交，都居要地，必合極力，保無虧〔校〕青本作虞。也。」萬石諾，負氣疾行，奔而入。適與婦遇，叱問：「何爲？」萬石遑遽失色，以手據地，曰：「馬生教余出婦。」〔馮評〕無恨心三字如牛渚然犀。○似後主語。〔稿本無名氏乙評〕聲情畢現。〔何評〕奴才。〔但評〕聞有總戎某，爲婦所逼。其麾下慫恿戎裝帶劍而入以威之，負氣疾行而入。婦叱問何爲，總戎失色，以手據地曰：請夫人閱操。正與此對。○負氣而入，本是假氣，以手據地而言，本是真言。讀者至此，無不噴飯；余獨勃然，若將按劍，不知何故。婦益恚，顧尋刀杖，萬石懼而卻走。〔校〕抄本作步。馬唾之曰：「兄真不可教也已！」遂開篋，出刀圭藥，合水授萬石飲。曰：

「此丈夫再造散。[馮評]散名奇絕。[稿本無名氏乙評]名色新奇。[何評]名目奇。[但評]丈夫再造散，方名甚奇，藥力甚速。果爾，願刊布三千大千世界，普救恒河沙數畏内男子。但藥力終有消時，奈何，奈何！所以不輕用者，以能病人故耳。今不得已，暫試之。」飲下，少頃，萬石覺忿氣填胸，[但評]忿氣，駭人。如烈焰中燒，刻不容忍。直抵閨闥，叫喊雷動。[但評]叫喊駭人。婦未及詰，萬石以足騰起，[但評]足騰起，駭人。婦顛去數尺有咫。[何註]尺有咫，咫，八寸也。周制以人體爲法，中婦人手長八寸謂之咫。肅慎氏貢楛矢，其長尺有咫。即復握石成拳，擂擊[何註]擂擊，擂音雷，研物也。俗謂擊爲擂。無算。[馮評]勇猛可觀，幾比巨人刀劃。[但評]握石擂擊，駭人。婦體幾無完膚，嘲哳[何註]嘲哳音趙制，鳥聲也，怒極不成語也。猶罵。[校]抄本作詈。萬石於腰中出佩刀。[但評]腰中出佩刀，駭人。婦罵曰：「出刀子，敢殺我耶！」萬石不語，割股上肉，大如掌，擲地上。[校]抄本作下。○[但評]割股肉擲地，更駭煞人。方欲再割，婦哀鳴乞恕。萬石不聽，又割之。[但評]乞恕不聽又割，更駭煞人。家人見萬石兇狂，相集，死力掖出。馬迎去，捉臂相用慰勞。[校]青本作勞慰。萬石餘怒未息，屢欲奔尋。[但評]於此，當謂人曰：欲勇者賈余餘勇。惜藥力不能除去病根，奈何，奈何！馬止之。少間，藥力漸[校]抄本無漸字。消，嗒焉[校]抄本無焉字。若喪。馬囑曰：「兄勿餒。乾綱之振，在此一舉。夫人之所以懼者，非朝夕之故，其所由來者漸矣。[但評]吾固曰：天下之悍婦，皆天下闒茸之人成之也。譬[校]抄本下有之字。昨死而今生，須從此滌故更新；再一餒，則不可爲矣。」[但評]昨死不死，今生不生。故積難滌，新暫難更。一蹶不振，一餒難興。於彼何尤，再造無靈。吁嗟乎！再造無靈。○丈夫氣而資藥力，則未有不餒者。乾綱之不振，雖有神仙，亦末如之何也矣。遺萬石入探之。婦股慄心慴，［何註］股慄，慄，戰也。心慴，慴音習，心服也。倩婢扶起，將以膝行。止之，乃已。出語馬生，父子交賀。馬欲去，父子共挽之。馬曰：「我適有東海之行，故便道相過，還時可復會耳。」月餘，婦起，賓事良人。［呂註］左傳，僖三十三年：臼季使過冀，見冀缺耨，其妻饁之，敬，相待如賓。久覺黔驢無技，［呂註］柳宗元三戒：黔無驢，有好事者船載以入。虎見之，尨然大物也，以爲神。蔽林間窺之。他日，驢一鳴，虎大駭遠遁，以爲且噬己也，甚恐。然往來視之，覺無異能者。稍近，益狎，蕩倚衝冒。驢不勝怒，蹄之。虎因喜，計之曰：技止此耳。因跳踉大㘎，斷其喉，盡其肉，乃去。漸狎，漸嘲，漸罵；［馮評］三漸字畫鬼伎倆。居無何，舊態全作矣。［但評］人之所以懼者，未有不自嘲狎起。翁不能堪，宵遁，至河南，隸道士籍。萬石亦不敢尋。年餘，馬至，［馮評］忽去忽來，仙乎，仙乎！不知仙人何取於萬石而爲之盡情盡致如此。知其狀，怫然責數已，［校］青本無已字。○［但評］何必責之，徒污人口。立呼兒至，置驢子上，驅策逕去。由此鄉人皆不齒萬石。學使案臨，以劣行［校］青本無行字。黜名。［但評］衣冠禽獸，黜之已晚。○此等生員，留之污穢世界。又四五年，遭回禄，居室財物，悉爲煨燼；［但評］悍火成。延燒鄰舍。村人執以告郡，罰鍰［何註］罰鍰，鍰音還，六兩也。書，呂刑：其罰百鍰。煩苛。於是家產漸盡，至無居廬。近村相［校］青本無相字。戒無以舍舍萬石。尹氏兄弟怒婦所爲，亦絶拒之。萬石既窮，質妾於貴家，偕妻南渡。至河南界，資斧已絶。婦不肯從，聒夫［何註］聒夫，絮聒其夫也。再嫁。［何評］可知。［但評］聒夫再嫁，天下之悍婦妒婦，鮮有能爲貞婦者，此情理之所必然也。適有屠而鰥者，以錢三百貨去。〔但評〕悍妒之婦，無有不淫，嫁得屠人，畢生吃着不盡矣。萬石一身丐食於遠村近郭間。至一朱門，閽人訶拒不聽前。少間，一官人出，萬石伏地啜泣。官人熟視久之，略詰姓名，驚曰：「是伯父也！何一〔校〕青本作以。貧至此？」萬石細審，知爲喜兒，不覺大哭。從之入，見堂中金碧煥映。俄頃，父扶童子出，相對悲哽。萬石始述所遭。

初，馬攜喜兒至此，數日，即出尋楊翁來，使祖孫同居。又延師教讀。〔馮評〕如此友朋只合於神仙中求之。十五歲入邑〔校〕青本無邑字。庠，次年領鄉薦，〔馮評〕映上福相來。始爲完婚。乃別欲去。祖孫泣留之。馬曰：「我非人，實狐仙耳。道侶相候已久。」遂去。孝廉言之，不覺惻楚。因念昔與庶伯母同受酷虐，倍益感傷。遂以輿馬齎金贖王氏歸。年餘，生一子，因以爲嫡。尹從屠半載，狂悖〔何註〕狂悖，悖通誖，惑也，猶狂惑也。猶昔。夫怒，以屠刀孔〔校〕青本作扎。其股，穿以毛綆，懸梁上，荷肉竟出。〔馮評〕比巨人之劃刀，萬石之藥力，更爽快煞人。號極聲嘶，鄰人始知。解縛抽綆，一抽則呼痛之聲，震動四鄰。以是見屠來，則骨毛皆豎。後脛創雖愈，而斷芒遺肉內，終不良〔校〕抄本作利。於行；〔但評〕扎之以屠刀，穿之以毛綆，斷芒遺肉，股屈不伸，肉食其可得乎？猶夙夜服役，無敢少懈。屠既横暴，每醉歸，則撻詈不情。至此，始悟昔之施於人者，亦猶是也。〔何評〕何如。一日，楊夫人及伯母燒香普陀寺，近村農婦，並來參謁。尹在中帳立不前。王氏故問：「此伊誰？」家人進白：「張屠之妻。」便訶使前，與太夫人稽首。王笑曰：「此婦從屠，當不乏肉食，何羸瘠乃爾？」尹愧恨，歸欲自經，綆弱不得死。屠益惡之。歲餘，屠死。途遇萬石，遥望之，以膝行，淚下如縻。[校]抄本作麻。○[何註]縻音眉，牛轡也。萬石礙僕，未通一言。歸告姪，欲謀珠還。[何評]奴才。[但評]無恥。姪固不肯。婦爲里人所唾棄，久無所歸，依羣乞以食。萬石猶時就尹廢寺中。[但評]既謀珠還，又同苟合，萬石到底非人。姪以爲玷，陰教羣乞窘辱之，乃絶。此事余不知其究竟，後數行，乃畢公權[呂註]名世持，淄川人，康熙戊午解元。撰成之。

異史氏曰：「懼内，[校]此據抄本，稿本作内懼，青本無上二字。天下之通病也。[馮評]謂天下之通病，聊齋奈何？然不意天壤之間，乃有楊郎！寧非變異？余嘗作妙音經[何註]妙音經，此借梵語爲房幃之戲謔耳。之續言，謹附録以博一噱：『竊以天道化生萬物，重賴坤成；男兒志在四方，尤須内助。同甘獨苦，勞爾十月呻吟；[何註]呻吟，痛楚聲也。就濕移[校]青本作推。乾，苦矣三年嚬笑。[何註]嚬，皺眉；笑，解顔也。韓昭侯曰：明主愛一嚬一笑。此顧宗祧而動念，君子所以有伉儷之求；瞻井臼而懷思，古人所以有魚水之愛也。第陰教之旗幟日立，遂乾綱之體統無存。[校]此據抄本，稿本、青本無上二句。始而不遜之聲，或大施而小報；繼則如賓之敬，竟有往而無來。祇緣兒女深情，遂使英雄短氣。[但評] 兒女情深，英雄氣短，茫茫苦海，同此病源。牀上 [校] 稿本上原作頭，改上。夜叉坐，[呂註] 宣室志：吴生者，江南人。游會稽，娶劉氏女。後數年，宰於雁門，與劉氏偕之官。吴獵于野，獲狐兔甚多，致庖舍下。吴出，劉入庖舍，取狐兔生啗之。吴疑劉爲他怪。旬餘，吏以一鹿獻吴。吴命致於庭，言將遠適，匿身潛伺之。見劉氏散髮袒肱，目眥盡裂，執鹿而食。乃召吏卒，持兵仗而入。劉見之，盡去襦袖，挺然立庭，乃一夜叉耳。任金剛亦須低眉。[呂註] 談藪：薛道衡遊鍾山開善寺，謂小僧曰：金剛何爲努目？菩薩何爲低眉？答曰：金剛努目，所以降伏四魔；菩薩低眉，所以慈悲六道。釜底毒煙生，[呂註] 未詳。○酉陽雜俎：江淮王生善卜。有賈客張瞻將歸，夢炊臼中，問生。生曰：釜，婦也；臼中炊，無釜也。君歸不見妻矣。○唐元稹詩：青溪蒸毒煙。即鐵漢無能强項。[呂註] 駭聞録：李遵懿仕僞蜀，有婦態。蜀平，太祖曰：有此態耶？以氈頭箭射之，正中其腹。李不動。太祖曰：外柔内勁。授供奉官。後握兵江淮，號鐵漢。又宋史：梁師成使吴默持書啗劉安世。安世還其書，不答。蘇軾評元祐人物曰：器之真鐵漢。器之，安世字也。○後漢書，董宣傳：徵爲洛陽令，時湖陽公主蒼頭白日殺人。及主出行，而以奴驂乘。宣於夏門亭候之，乃大言數主之失，叱奴下車，因格殺之。主即還宮訴帝，帝使宣叩頭謝罪。宣不從，强使頓之。宣兩手據地，終不肯俯。帝因敕强項令出。秋砧 [何註] 砧，擣衣石也。庾信詩：秋砧調急節。之杵可掬，不擣月夜之衣；麻姑之爪能搔，[呂註] 神仙傳：王方平降蔡經家，遣人召麻姑，久之始至。是好女子，年可十八九許，手似鳥爪。經見之，心中念：背上大癢時，得此搔之當佳。方平已知之，即鞭經曰：麻姑神人，汝謂其爪可爬背耶？輕試蓮花之面。[呂註] 唐書，楊再思傳：張昌宗以姿貌見寵倖。再思又諛之曰：人言六郎面似蓮花，再思以爲蓮花似六郎。小受大走，[呂註] 帝王世紀：舜能和諧，小杖則受，大杖則走。又説苑：曾晳援杖擊曾子，仆地有頃乃蘇。退，鼓瑟而歌。孔子責之曰：小杖則受，大杖則走。[何註] 崔鈞對其父烈曰：舜之事，小杖則受，大杖則走。直將代孟母投梭；[呂註] 列女傳：孟子學而歸，母方織，問所學，自若也。母乃投梭，以刀斷其織曰：子之廢學，若吾斷斯織也！孟子因勤學不怠。婦唱夫隨，[呂註] 孔叢子：十五許嫁而從夫，是陰動而陽應，男倡而女隨之義也。○關尹子：夫者倡，婦者隨。翻欲起周婆 [呂註] 妒記：謝太傅妻劉夫人，不令公有別房。公深好聲樂。後欲立妓妾，兄弟外甥等漸達此旨，共問訊劉夫人，因方便稱：關雎螽斯，有不忌之德。夫人知以諷己，乃問：誰撰此詩？答云：周公。夫人曰：周公是男子相爲爾；若使周姥撰詩，當無此也。制禮。[但評]孟母投梭，視之如子。周婆制禮，恨極我公。婆娑跳擲，停觀滿道行人；[呂註]未詳。或云：此本陸次雲峒谿纖志中跳月記，因録其序於後：苗童之未娶者曰羅漢，女之未嫁者曰觀音。皆髻插雞翎，於二月羣聚歌舞之餘，乃自相擇配。余有跳月記以詳其事。記載吴青壇説鈴，共五百餘言，不備録。○按：記中無此二句字樣。後又一條云：苗人每遇令節，男子吹笙撞鼓，婦隨男後，婆娑進退，舉手頓足，疾徐可觀，名曰踹堂之舞。或本此。嘲哳嗚嘶，撲落一羣嬌鳥。[呂註]未詳。○盧照鄰詩：一羣嬌鳥共啼春。惡乎哉！呼天籲地，忽爾披髮向銀牀。[呂註]古樂府：後園鑿井銀作牀，金瓶素綆汲寒漿。○名義考：銀牀，轆轤架也。醜矣夫！轉目摇頭，猥欲投繯延玉頸。當是時也：地下已多碎膽，[呂註]南史：齊王融矯詔立竟陵王子良，太學生魏準鼓成其事。及融誅，召準入舍人省詰問。準懼而死，舉體皆青。人以爲膽碎矣。天外更有驚魂。[呂註]拾遺記：越謀滅吴，蓄天下奇寶美人異味進於吴。又有美女二人：一名夷光，一名修明，以貢於吴。竊窺者莫不動心驚魂，謂之神人。○夷光、修明，即西施、鄭旦之別名。○[但評]嚇破愚兒膽，那有丈夫氣。北宫黝未必不逃，孟施舍焉能無懼？將軍氣[校]稿本氣原作勢，改氣。同雷電，一入中庭，頓歸無何有之鄉；[呂註]莊子，逍遥遊：今子有大樹，患其無用，何不樹之于無何有之鄉，廣莫之野？大人面若冰霜，比到寢門，遂有不可問之處。[但評]將軍氣同雷電，鋭氣每挫夫人城。大人面若冰霜，鬼面常露夜叉國。豈果脂粉之氣，不勢而威？胡乃骯髒[呂註]趙壹詩：骯髒倚門邊。注：骯髒，體姅也。[何註]骯髒音沆葬。之身，不寒而慄？[呂註]綱鑑，漢武帝紀：義縱爲定襄太守，掩獄中重罪輕繫及私入視者一捕鞫，曰爲死罪解脱。是日報殺四百餘人，郡中不寒而慄。猶可解者：[馮評]真不可解。魔女翹鬟來月下，何妨俯伏皈依？最冤枉者：鳩盤蓬首到人間，也要香花供養。[呂註]金剛經：在在處處，皆當供養以諸花香而散其處。○[但評]可解者終是强解，最冤者總不知冤。聞怒獅之吼，[呂註]傳燈録：釋迦佛生時，一手指天，一手指地，作大獅子吼云：天上地下，惟吾獨尊。○蘇軾詩：龍丘居士亦可憐，談空說有夜不眠。忽聞河東獅子吼，拄杖落手心茫然。按：東坡謫居黃岡，與陳慥游。慥妻柳氏最悍妒。慥每宴客有聲妓，柳氏則以杖擊照壁大呼，客至爲散去。河東，柳郡也。杜詩有河東女兒身姓柳之句，故東坡引以爲戲。吼，獅子聲，蓋借用傳燈録中語，以其好參禪也。則雙孔撩天；聽牝雞之鳴，[呂註] 書，牧誓：牝雞司晨，惟家之索。則五體投地。[呂註] 楞嚴經：阿難聞已，重復悲淚，五體投地，長跪合掌而白佛言。○按：五體，謂手足與首也。登徒子淫而忘醜，[呂註] 宋玉登徒子好色賦序：大夫登徒子侍於楚襄王，短宋玉。玉因著登徒子好色賦。[何註] 登徒子妻醜而寵愛之，是好淫非好色也。迴波詞憐而成嘲。[呂註] 本事詩：唐中宗朝，御史大夫裴談妻悍妒，談畏之。時韋庶人頗襲武氏風軌，中宗漸畏之。內宴唱迴波詞，有優人詞曰：迴波爾時栲栳，怕婦也是大好。外邊祇有裴談，內裏無過李老。韋后大喜，以束帛賜之。[何註] 迴波是栲栳，怕婦曲也。設爲汾陽之壻，[呂註] 唐書，郭子儀傳：進封汾陽郡王。八子七壻，俱爲朝廷顯官。[何註] 汾陽壻多因岳而貴者。立致尊榮，媚卿卿良有故；若贅外黃[呂註] 史記，張耳陳餘列傳：張耳者，大梁人也。嘗亡命遊外黃。外黃富人女甚美，嫁庸奴，亡其夫去抵父客。父客素知張耳，乃謂女曰：必欲求賢夫，從張耳。女聽，乃卒爲請，決嫁之。之家，不免奴役，拜僕僕將何求？彼窮鬼[呂註] 韓愈送窮文：三呼窮鬼而送之。自覺無顏，任其斫樹摧花，[呂註] 潛確類書：武歷陽女嫁阮宣，性妒。有桃一枝，花葉可愛，宣嘆美之。武怒，取刀斫其樹，摧其花。止求包荒[呂註] 易，泰：包荒用馮河。[何註] 包荒，謂包容荒穢也。於妬[校] 此據抄本，稿本、青本作怨。婦；如錢神[呂註] 晉魯褒傷時貪鄙，著錢神論以刺之。其略曰：錢之爲體，有乾坤之象。親之如兄，字曰孔方。無德而尊，無勢而熱。又曰：見我家兄，莫敢仰視。凡今之人，惟錢而已。可云有勢，乃亦嬰鱗犯制，[呂註] 梁張纘妒婦賦：忽有逆其妒鱗，犯其忌制，赴湯蹈火，瞋目攘袂。或棄產而焚家，或投兒而害壻。[何註] 韓非子，說難：龍喉下有逆鱗徑尺，攖之則殺人，人主亦有之。攖，觸也。不能借助於方兄。[呂註] 蘇軾詩：雖無孔方兄，顧有法喜妻。[何註] 方兄，錢也。○[但評] 窮鬼因衣食而怨言，豪家爲姬妾而拚命。豈縛游子之心，惟茲鳥道？[何註] 李白詩：西當太白有鳥道。註：道窄僅容鳥過而已。抑消霸王之氣，恃此鴻溝？綸按：陶穀謝韓熙載家妓夜侍句云：巫山之麗質初臨，霞侵鳥道；洛浦之妖姬自至，月滿鴻溝。［何註］楚漢以鴻溝爲界。然死同穴，生同衾，何嘗教吟「白首」？［呂註］西京雜記：司馬相如將聘茂陵女爲妾。卓文君作白頭吟以自絶云：凄凄重凄凄，嫁女不須啼。願得同心人，白頭不相離。而朝行雲，暮行雨，輒欲獨占巫山。恨煞「池水清」，［呂註］王氏見聞：韓伸者，渠州人也。善飲博，經年忘其家。嘗游謁於東川，聚其博徒，挈飲妓而致幽會。夜坐洽樂之際，其妻自家領女僕，持棒伺於暗處。伸方高唱池水清不絶，忽于腦後一棒，打落幞頭，撲滅燈燭。伸即竄於牀下。時輩呼伸爲池水清。空按紅牙［呂註］宋史，錢俶傳：太平興國三年，俶貢紅牙樂器二十二事。王翰吹簫圖詩：吹到梁州移別調，君王親爲按紅牙。按：紅牙，拍板也。玉板；憐爾妾命薄，［呂註］詩紀：漢許皇后云：奈何妾薄命。曹子建因以妾薄命名篇。獨支永夜寒更。蟬殼鷺灘，［呂註］青衣曲：蓋蘭秀菊芳之質，的是可兒；步香鳴珀之人，夙推房老。鄭家慧婢，雅擅譚經；宋氏雛姬，亦能修史。故青衣作賦，中郎之屬意偏深；白紈裁詩，王珉之寄情不淺。以致木蘭持檝，桃葉迎歸；紫燕騰號，人種追至。情憐綺袖，非徒玉川之赤腳標名；淚灑犀簾，豈似志和之樵青解意哉！乃有戲引翾風，阿堵立櫻桃花下；閒尋春草，蕭郎盼楊柳陰邊。不懼搴幃脂虎，暗渡藍橋；甘爲蟬翼化蜂，酣眠香國。擬三熟三偷之數，强半雲半雨之歡。凡此情緣，亦供笑柄；借歌碧玉，私語紅牙。〇第一齣，老僧入定：注：倦眼迷蒙，凝神摹想，亦驚亦喜，如醉如癡。〇第二齣，野狐聽冰：注：進退兩難，憂疑交集，牆垣屬耳，草木皆兵。〇第三齣，金蟬脱殻：注：探首出衾，握衣坐蓐，半牀虎踞，兩膝蛇行。〇第四齣，鷺鷥踏灘：注：青燈半滅，白足雙垂，踏地無聲，騰空有力。〇第五齣，空庭鶴舞：注：室暗心虚，肱長足蹜，步空躡影，蕩魄離魂。〇第六齣，伯牙撫琴：注：作知音客，彈不弦琴，據榻横撫，挽舟暗渡。〇第七齣，飢鷹攫兔：注：突兀摩空，扶摇健舉，翩蹄怒逐，羽血交飛。〇第八齣，櫓聲欸乃：注：三更漏静，萬籟聲銷，垂帳深深，敲鉤戛戛。〇第九齣，吴牛喘月：注：力乏神疲，手顫足冷，挾氣而喘，有聲如牛。〇第十齣，離亭泣別：注：臨歧惴惴，執手依依，重訂新盟，毋忘夙好。〇第十一齣，下第歸心：注：出路軒昂，歸途寂寞，撫躬抱愧，回首傷心。〇第十二齣，落花驚夢：注：燈影花殘，春魂夢斷，因緣俱了，色相俱空。〇按：第四齣一本作濯足滄浪，注同。喜驪龍之方睡；［呂註］莊子，列禦寇：河上人緯蕭而食，其子入淵，得千金之珠。翁曰：此珠在驪龍頷下，子得之，遭其睡也。犢車麈尾，［呂註］妒記：王導妻曹夫人性妒。導憚之，乃密營別館，衆妾羅列。夫人知之，命駕尋討。導飛轡出門，乃捉麈尾，以柄助御者驅車，得先至。蔡司徒聞而笑之。一日，謂導曰：朝廷欲加公九錫，有短轅犢車，長柄麈尾。王公大怒，謂人曰：吾往與羣兒共遊洛中，何曾聞有蔡克兒也？恨駑馬之不奔。榻上共卧之人，撻去方知爲舅；［呂註］要録：車武子妻大妒。武子呼其婦兄共宿，取一絳裙衣挂屏風上。其婦拔刀徑上牀，發被，乃其兄也，大慙而退。牀前久繫之客，牽來已化爲羊。［呂註］江盈科談言：京邑有士人壻，其婦大妒忌，於夫小則詬詈，大則捶打。嘗以長繩繫夫腳。壻密與巫嫗爲計，因婦眠入廁，以繩繫羊，壻緣牆走避。婦覺，牽繩而羊至。大驚，召問巫。巫曰：娘子積惡，先人怪責，故郎君變成羊。若能改過，乃可祈請。婦因悲號，抱羊慟哭，自咎悔誓。巫乃令七日齋，舉家悉避，於室中祭鬼神師，祝羊還復本形。壻徐徐還。後復妒忌，壻因伏地作羊鳴。婦驚起徒跣，呼先人爲誓，於是不復敢爾。○［但評］妒之受病，直入膏肓；妒之貽羞，難灑江漢。需之殷者僅俄頃，毒之流者無盡藏。買笑［呂註］賈子説林：武帝與麗娟看花，而薔薇始開，態若含笑。帝曰：此花絶勝佳人笑也。麗娟戲曰：笑可買乎？帝曰：可。麗娟遂命侍者取黄金百斤作買笑錢奉帝。李白詩：黄金白璧買歌笑，一醉累月輕五侯。○纏頭，而成自作之孽，［何註］尚書，太甲：自作孽不可逭。太甲必曰難違；俯首帖耳，而受無妄之刑，李陽亦謂不可。［呂註］世説：王夷甫妻，郭泰寧女，聚斂無度。夷甫患之，而不能禁。時其鄉人幽州刺史李陽，京都大俠，郭氏憚之。夷甫驟諫之，乃曰：非但我言卿不可，李陽亦謂卿不可。郭氏乃小爲之損。［何註］東坡詩：但與時時説李陽。酸風凜冽，吹殘綺閣之春；醋海汪洋，淹斷藍橋之月。［但評］酸風醋海中，吹散多少癡魂，淹殺多少髗骨。又或盛會忽逢，良朋即坐，斗酒藏而不設，［呂註］蘇軾後赤壁賦：我有斗酒，藏之久矣，以待子不時之需。且由房［何註］詩注：由，從也。房，屋也。出逐客［呂註］史記，秦始皇本紀：十年，大索逐客，李斯上書説，乃止逐客令。之書；故人疎而不來，［呂註］孟浩然詩：多病故人疎。遂自我廣絶交之論。［呂註］漢朱穆著絶交論，晉劉孝標作廣絶交論。［何註］朱穆著絶交論，劉孝標廣絶交論，五術，指勢交，賄交，談交，窮交，量交言也。甚而雁影分飛，涕空沾於荆樹；［呂註］續齊諧記：京兆田真、田慶、田廣兄弟三人，共議分財，生貲皆平均；惟堂前一荆樹，共議欲斫爲三片，明日就截之。其樹即枯死，狀如火然。真往見之，大驚，謂諸弟曰：樹本同株，聞將分斫，所以憔悴；是人不如木也。因不復解，樹應聲榮茂。兄弟相感，合財寶，遂爲孝門。真仕至大中大夫。〔何註〕蕭廣濟孝子傳：古有兄弟，忽欲分異。出門見三荆同株，接葉連蔭。嘆曰：木猶欣聚，況我而殊哉！還爲雍和。**鸞膠**〔呂註〕合璧事類：漢武帝時，西海獻鸞膠。帝弦斷，以膠續弦兩端，遂相著，終日射不斷。帝大悅，名續弦膠，以鸞血爲之也。今取爲續婚之喻。〇宋陶穀使江南，贈妓秦若蘭詞：琵琶發盡相思調，知音少；待得鸞膠續斷弦，是何年？**再覓，變遂起於蘆花。**〔呂註〕蕭廣濟孝子傳：閔子騫爲後母所苦，衣以蘆花。父知，欲出之。子騫曰：母在一子單，母去三子寒。遂止。〔何註〕蘆花，閔損、閔革、閔蒙事。**故飲酒陽城，一堂中惟有兄弟；**〔呂註〕新唐書，卓行傳：陽城字亢宗，及進士第。乃去隱中條山，與弟堦、域常易衣出。年長，不肯娶。謂弟曰：我與若孤惸相育，既娶，則間外姓，雖共處而益疏，我不忍。弟義之，亦不娶，遂終身。〇按，唐書：陽城隱於中條山，德宗遣中官持章服衣之，而後詔賜帛五十匹。尋遷諫議大夫，日夜痛飲。於時裴延齡誣譖時宰，毀詆大臣，陸贄等咸遭枉黜，城上疏論延齡奸佞，金吾將軍張萬福賀曰：朝廷有直臣。是城未舉進士也。並識之，以俟再考。〔何註〕唐德宗朝，陽城爲諫議大夫，見諫官言事細碎，惟日與衆兄弟飲酒。及陸贄貶，城乃上疏言裴延齡奸佞。又陽城每約二弟云：吾所得月俸汝可度，吾家有幾口，月食米當幾何，買薪菜鹽凡用幾錢，先具之；其餘悉以送酒媪，無留也。**吹竽商子，七旬餘並無室家；**〔呂註〕列仙傳：商丘子胥者，高邑人也。好牧豕吹竽。年七十，不娶婦而不老。邑人多奇之，從受道。**古人爲此，有隱痛矣。嗚呼！百年鴛偶，**〔呂註〕崔豹古今注：鴛鴦水鳥，雌雄不相離。人得其一，則其一相思而死，故謂之匹鳥。**竟成附骨之疽；五兩鹿皮，**〔呂註〕陳祥道禮書：納徵玄纁束帛儷皮，如納吉禮。鄭氏曰：束帛，十端也。儷，兩也。皮，鹿皮。周禮，地官：媒氏凡嫁子娶妻入幣，純帛無過五兩。〔何註〕五兩鹿皮，婚禮所用幣也。**或買剝牀之痛。**〔呂註〕易，剝：剝牀以膚，切近災也。**髯如戟者如是，**〔呂註〕東坡與陳季常書云：彼此鬚髯如戟，莫作兒女態也。**膽似斗者何人？**〔呂註〕世說：姜維死時，見剖膽如斗大。**固不敢於馬棧下**〔呂註〕戰國策，齊策：匡章之母啓得罪其父，殺而埋之馬棧之下。**斷絕禍胎；又誰能向蠶室中**〔呂註〕司馬遷報任安書：李陵既生降，隤其家聲，而僕又茸以蠶室。蘇林曰：茸，次也，若人相俾次。師古曰：此説非也，茸音人勇反，推也。蠶室乃腐刑所居，溫密之室也，謂推致蠶室之中也。後漢書，光武紀：章懷太子

注：蠶室，宮刑獄名。有刑者畏風，須煖，作窨室蓄火如蠶室，因以名焉。斬除孽本？娘子軍［呂註］唐書，柴紹傳：公主引精兵萬餘，與太宗軍會於渭北，營中號曰娘子軍。肆其橫暴，苦療妒之無方；［呂註］梁紀：武帝平齊，獲侍兒十餘輩，頗娛於目。爲郗后所察，憤恚成疾。左右進曰：臣讀山海經，倉庚爲膳，可以療其病，使不忌，陛下盍試之。帝從之。郗茹膳，妒減半。胭脂虎［呂註］清異録：陸慎言妻沉慘滑妒，慎言宰尉氏，政不在己，吏民號曰胭脂虎。噉盡生靈，幸渡迷之有楫。［呂註］李白詩：金繩開覺路，寶筏渡迷津。天香［呂註］水經注：爾時諸神天人，側塞空中，散天香花。○駱賓王詩：天香雲外飄。［何註］西湖志：天竺寺每歲秋月夜，嘗有桂子飄落，故宋之問靈隱寺詩曰：桂子月中落，天香雲外飄。夜爇，［校］青本作墜。全澄湯鑊之波；［呂註］王充論衡：子胥之身，烹湯鑊之波。花雨［呂註］劉長卿詩：花雨從天落。○輿地紀勝：雨花臺在江寧縣城西。相傳梁武帝時，有雲光法師講經於此，天雨花，故名。［何註］花雨，妒花風雨也。晨飛，盡滅劍輪［何註］釋典：曾問廣澄禪師：六根滅如何？曰：輪劍擲雲，無傷于物。輪同掄。又宋史，兵志：知澧州宋守信造衝陣劍輪無敵車。之火。極樂之境，［呂註］佛書經言：西方大受快樂，無一切苦惱，故名極樂世界。彩翼雙棲；［呂註］李義山無題云：身無綵鳳雙飛翼，心有靈犀一點通。沈佺期古意云：海燕雙棲玳瑁梁。言少婦既富貴，如海燕雙棲，何等歡適。長舌之端，［呂註］詩，大雅：婦有長舌。○韓詩外傳：避文士之筆端，武士之鋒端，辯士之舌端。青蓮並蒂。［呂註］雜志：湖州法華山樵夫得青蓮一枝，掘地有石匣，藏一童子，舌根不壞，花自舌出。是人誦法華經，致此勝果，因以名其山。○曹璧與其妻麗春相抱溺池中，其池生並蒂蓮花。見情史。拔苦惱於優婆之國，［呂註］釋氏要覽：梵語優婆塞，此言清信士，又言僧。梵語優婆夷，此言清信女，又言尼。○此言，唐言也。［何註］優婆，一曰貧婆，叢林也。又註：優婆夷，女；優婆塞，男也。皆團圞頭也。立道場於愛河之濱。［呂註］梁武帝歸佛文：登長樂之高山，出愛河之深際。［何註］昇玄經：漂浪愛河，流吹欲海。咦！願此幾章貝葉文，灑爲一滴楊枝水！』」［呂註］楊枝甘露，見西遊記。又法苑珠林：佛圖澄，天竺人。石勒聞其名，召之。其子暴病，澄取楊枝沾水洒之，遂甦。○［但評］觀自在不惜傾倒淨瓶，善男子還當翻成貝葉。

［何評］萬石直是不可救藥，投以丈夫再造散而不愈，即狐亦窮於術矣。介甫謂爲非人，信然。

魁星*

鄆城張濟宇，卧而未寐，忽見光明滿室。驚視之，一鬼執筆立，若魁星狀。急起拜叩。光亦尋滅。由此自負，以爲元魁之先兆也。後竟落拓無成；家亦彫落，骨肉相繼死，惟生一人存焉。彼魁星者，何以不爲福而爲禍也？[校]遺本作耶。青本無此篇。

［仙舫評］按天上主文之星，乃二十八宿之奎，不從魁。自書字一訛，而俗工遂肖之若鬼然，執以斗，非古也。若張濟宇者，所見其厲鬼歟？

*庫將軍

庫〔何註〕庫，始夜切，音舍，姓也。後漢書，竇融傳：金城太守庫鈞。大有，字君實，漢中洋縣人。以武舉隸祖述舜麾下。祖厚遇之，屢蒙拔擢，遷僞周總戎。後覺大勢既去，潛以兵乘祖。祖格拒傷手，因就縛之，納款於總督蔡。〔呂註〕名毓榮。至都，夢至冥司，冥王怒其不義，命鬼以沸油澆其足。既醒，足痛不可忍。後腫潰，指盡墮。又益之瘧。輒呼曰：「我誠負義！」〔校〕青本下多我誠負義四字。遂死。

異史氏曰：「事僞朝固不足言忠；然國士庸人，因知爲報，賢豪之自命宜爾也。是誠可以惕天下之人臣而懷二心者矣。」

〔但評〕論語云：「因不失其親，亦可宗也。」所因非人，識者鄙之；況已受其僞職，所謂策名委贄，貳乃辟也。覺大勢既去，然後以兵乘其僞帥而縛之，於國爲叛民，於逆爲叛將。沸油澆足，可以警世之立脚不穩者。

*絳　妃〔校〕青本題作花神。

癸亥歲，余館於畢刺史〔呂註〕名際有。公之綽然堂。公家花木最盛，暇輒從公杖履，得恣游賞。一日，眺覽既歸，倦極思寢，解屨登牀。夢二女郎，〔稿本無名氏乙評〕入夢。被服豔麗，近請曰：〔稿本無名氏乙評〕請。「有所奉託，敢屈移玉。」余愕然起，問：「誰相見召？」曰：「絳妃耳。」恍惚不解所謂，遽從之去。〔稿本無名氏乙評〕去。俄睹殿閣，〔稿本無名氏乙評〕遥見。高接雲漢。下有石階，層層而上，〔稿本無名氏乙評〕上。約盡百餘級，始至顛頭。見朱門洞敞，又有二三〔校〕青本作一二。麗者，趨入通客。〔稿本無名氏乙評〕通客。無何，詣一殿外，〔稿本無名氏乙評〕至。金鉤碧箔，光明射眼。〔稿本無名氏乙評〕見。內一女〔校〕抄本作婦。人降階出，〔稿本無名氏乙評〕迎。環珮鏘然，狀若貴嬪。方思〔校〕青本作欲。展拜，妃便先言：「敬屈先生，理須首謝。」〔稿本無名氏乙評〕謝。呼左右以毯〔校〕抄本作毡，下同。貼地，若將行禮。余惶悚［校］抄本作然。無以爲地，因啓曰：［稿本無名氏乙評］辭。「草莽微賤，得辱寵召，已有餘榮。況敢分庭抗禮，［呂註］前漢書，貨殖傳：子贛聘享諸侯，所至國君無不分庭與之抗禮。注：抗，敵也。益臣之罪，折臣之福！」妃命撤毯［稿本無名氏乙評］撤毯。設宴，對筵［校］抄本作宴。○［稿本無名氏乙評］筵。相向。酒數行，余辭曰：「臣飲少輒醉，懼有愆儀。教命云何？幸釋疑慮。」妃不言，但以巨杯促飲。余屢請命。乃言：「妾，花神也。合家細弱，依棲於此，屢被封家婢［校］抄本作女。子，橫見摧殘。今欲背城借一，［呂註］左傳，成二年：請收合餘燼，背城借一。注：請言欲於城下復借一戰。煩君屬檄［何註］檄音覈，諭屬國書也。草耳。」［馮評］尤西堂有花神彈封姨文，惜春御史管領錦官城事：臣女彝頓首稽首上言。警聯云：蓮睡難成，柳眠不熟。貴妃姊妹，九迴斷腸；杜鵑君臣，兩行啼血。河陽一縣，但成席捲之場；金谷滿園，並屬披靡之地。胭脂國沼作空桑，芙蓉城墟爲烏有，敢操木筆，銘聽葵心。伏乞戮飛廉於北海，逐爰居於東門。庶使薔薇含笑，青棠合吹；霜菊延年，露桃消恨。則濯枝等惠，結草銜恩云。［稿本無名氏乙評］點明主意。余皇然起奏：［稿本無名氏乙評］謹。「臣學陋不文，恐負重託；但承寵命，敢不竭肝鬲之愚。」妃喜，即殿上賜筆札。［稿本無名氏乙評］筆札。［但評］殿上賜筆札，止得之花神，止得之夢寐，若自譽之，實自嘲也。諸麗［校］抄本作姬。者拭案拂座，磨墨濡毫。又一垂髫人，折紙爲範，［何註］折紙範法也，謂折成式樣也。置腕下。略寫一兩句，［稿本無名氏乙評］寫。便二三輩疊背相窺。［稿本無名氏乙評］看。余素遲鈍，此時覺文思若湧。少間，稿脫，［稿本無名氏乙評］完。爭持去，啓呈絳妃。［稿本無名氏乙評］獻。妃展閱一過，頗謂不疵，遂復送余歸。［稿本無名氏乙評］歸。

醒而憶之，［稿本無名氏乙評］醒。情事宛然。但檄詞强半遺忘，因足而成之：

「謹按封氏：飛揚成性，忌嫉爲心。［校］青本作懷。濟惡以才，妬同醉骨；［校］青本作絶殊偃草。射人於暗，奸［校］青本作深。類含沙。昔虞帝受其狐媚，［校］青本作樂其薰融。英、皇［校］青本作富貴。不足解憂，反借渠以解慍；［呂註］帝王世紀：舜彈五絃之琴歌曰：南風之薰兮，可以解吾民之慍兮；南風之時兮，可以阜吾民之財兮。楚王蒙其蠱惑，賢才未能稱意，惟得彼以稱雄。［呂註］宋玉風賦：發明耳目，寧體便人，此大王之雄風也。沛上英雄，［呂註］通鑑：秦二世元年，楚人劉邦起兵沛上，自立爲沛公。雲飛［校］青本作散。而思猛士；［呂註］前漢書，高帝紀：十二年，上還過沛，留，置酒沛宮，悉召故人父老子弟佐酒。發沛中兒得百二十人，教之歌。酒酣，上擊筑自爲歌曰：大風起兮雲飛揚，威加海内兮歸故鄉，安得猛士兮守四方！令兒皆和習之。茂陵天子，［呂註］前漢書，武帝紀：建元二年初，置茂陵邑。○按：武帝葬茂陵。［何註］史記，司馬相如列傳：家居茂陵。天子曰：司馬相如病甚，可往從悉取其書。使往，而相如已死。秋高而念佳人。［呂註］漢武帝秋風詞：秋風起兮白雲飛，草木黄落兮雁南歸。蘭有秀兮菊有芳，懷佳人兮不能忘。從此怙寵日恣，［校］青本作顧盼自雄。因而肆狂［校］青本作披猖。無忌。怒號萬竅，［呂註］莊子，齊物論：大塊噫氣，其名爲風。是惟無作，作則萬竅怒呺。○呺音號，風聲。［何註］大風也。響碎玉於王［校］青本作深。宮；［呂註］開元遺事：唐岐王宮中，於竹林内懸碎玉片，每夜聞相觸之聲，即知有風，號曰占風鐸。淜湃中宵，［呂註］歐陽修秋聲賦：初淅瀝以蕭颯，忽奔騰而淜湃。［何註］淜湃，水聲也，而風聲似之。弄寒聲於秋樹。［呂註］歐陽修秋聲賦：四無人聲，聲在樹間。［何註］淜湃，秋樹與下清商三句，本秋聲賦。倏向山林叢裏，假虎之威；［呂註］淮南子：虎嘯而谷風生。注：虎，陽獸，與風同類。○此兼用狐假虎威語。［何註］狐假虎威，戰國策，楚策，江乙謂楚王語也。時於灎澦堆［呂註］寰宇記：灎澦堆周圍二十丈，在蜀江中心瞿塘峽口。［何註］灎澦音豔豫，水名，在瞿塘峽口，水勢騰湧若堆然。中，生

［校］青本作助。江之浪。且也，簾鉤頻動，發高閣之清商；［呂註］古詩：清商隨風發，中曲正徘徊。簷鐵［呂註］芸窗私志：元帝時臨池，觀竹既枯，后每思其響，夜不能寢。帝爲作薄玉龍數十枚，以縷線懸於簷外，夜中因風相擊，聽之與竹無異。民間效之，不敢用龍，以什駿代。今之鐵馬，是其遺制。忽敲，破離人之幽夢。尋帷下榻，［校］青本作搴帷拂簟。反［校］青本作儼。同入幕之賓；［呂註］晉書，郄超傳：謝安、王坦之詣溫，溫令超帳中卧聽之。風動帳開。安笑曰：郄生可謂入幕之賓矣。［何註］王敦與謝安論朝中有應殺某某。謝言不可，王無辭。郄超忘己之匿幕中也，遽與争論。謝曰：是誠入幕之賓。排闥登［校］青本作升。堂，竟作翻書之客。不曾於生平識面，直開門户而來；若非是掌上留裙，［呂註］飛燕外傳：后衣南越所貢雲英紫裙，歌舞歸風送遠之曲。帝令后所愛侍郎馮無方吹笙以倚。后歌酣，風大起。后順風揚袖曰：仙乎仙乎！去故而就新，寧忘懷乎！帝曰：無方爲我持后。無方舍吹持后裙，久之風霽。后泣曰：使我仙去不得。帝賜無方千萬，入后房闥。他日宮姝幸者，或襞裙爲縐，號曰留仙裙。幾掠妃子［校］青本作蹁躚。而去。吐虹絲於碧落，乃敢因月成闌；［呂註］月闌，月暈也。蘇洵文：月暈而風。翻柳浪於青郊，謬説爲花寄信。［呂註］荆楚歲時記：小寒，梅、山茶、水仙爲信；大寒，瑞香、蘭、山礬爲信；立春，迎春、櫻桃、望春爲信；雨水，菜、杏、李爲信；驚蟄，桃、棣棠、薔薇爲信；春分，海棠、梨花、木蘭爲信；清明，桐、麥、柳爲信；穀雨，牡丹、荼蘼、楝爲信；此所謂二十四番花信風也。賦歸田者，歸途纔就，飄飄吹薜荔之衣；［呂註］離騷：貫薜荔之落蕊。注：薜，山麻荔香草。○孟浩然詩：山風拂蘿衣。注：蘿，女蘿，即薜荔衣也。［何註］楚辭：披薜荔兮戴女蘿。登高臺者，高興方濃，輕輕落茱萸之帽。［呂註］晉書，孟嘉傳：嘉後爲征西桓温參軍。九月九日，温燕龍山，參佐畢集，時佐吏俱著戎服。有風至，吹嘉帽墮落，嘉不之覺。［何註］費長房九日飲茱萸酒，登高避難。蓬梗卷兮上下，［何註］埤雅：蓬，末大於本，遇風輒拔而旋。三秋之羊角［呂註］晉熙寧九年，恩州武城縣有旋風自東南來，望之插天如羊角。［何註］羊角，大風名。搏空；箏聲［呂註］稗史類篇：紙鳶一名風箏。事物紀原：以竹爲弦，吹之有聲如箏然，故曰風箏。［何註］稗史類編：紙鳶上加蒲弦之弓，遇風而鳴，故曰風箏，今謂風琴。入［校］青本作杳。

乎雲霄，百尺之鳶絲斷繫。不奉太后[校]青本作明空。之詔，[校]抄本作召。欲[校]青本作特。速花開；[呂註]事物紀原：唐武后冬月將遊後苑，敕詩曰：明朝遊上苑，火急報春知：花須連夜發，莫待曉風吹！次早，百花俱開，而牡丹獨不開，遂貶洛陽。○按，全唐詩話：則天皇后天授二年臘，卿相欲詐稱花發，請幸上苑，有所謀也。許之。尋疑有異圖，乃遣使宣詔云，明朝遊上苑云云，於是凌晨名花布苑，羣臣咸服其異。后託術以移唐祚，此皆妖妄，不足信也。大凡后之詩文，皆元萬頃、崔融等爲之耳。○明空合成曌字，武后諱也。[何註]曌亦作明空。未絕座客之纓，竟吹燈滅。[呂註]韓詩外傳：楚莊王賜羣臣酒。日暮酒酣，左右皆醉，殿上燭滅，有牽王后衣者。后扢冠纓而絕之，言於王曰：今燭滅，有牽妾衣者，妾扢其纓而絕之，願趣火視絕纓者。王曰：止！立出令曰：與寡人飲，不絕纓者不爲樂也。於是冠纓無完者，不知后所絕纓者誰。甚則揚塵播土，吹平李賀之山；[何註]李賀詩：南風吹山作平地。叫雨呼雲，捲破杜陵之屋。[呂註]雜録：少陵原在長安縣西南四十里，宣帝陵在杜陵縣，許后葬杜陵南園。師古曰：即今所謂小陵也。去杜陵十八里，他書皆作少陵。杜甫家焉，故自稱杜陵布衣、少陵野老。○杜甫茅屋爲秋風所破歌：安得廣廈千萬間，大庇天下寒士皆歡顏，風雨不動安如山。○按，時安禄山作亂，中外震動，子美蓋借此以喻亂極思治之意耳。馮夷起而擊鼓，[呂註]曹植洛神賦：馮夷擊鼓，女媧清歌。○按，淮南子原道訓：昔日馮夷、大丙之御也。注：馮夷、大丙，二人名，古之得道能御陰陽者。[何註]馮夷，河伯也。牽牛星一名河鼓。洛神賦：馮夷，擊鼓少女。少女進而吹笙。[呂註]三國志，魏志：裴松之注引管輅別傳：輅過清河倪太守。時天旱，倪問輅雨期。輅言：樹上已有少女微風，其應至矣。須臾，大雨河傾。○古詩：松風類笙竽。[何註]淮南子：孟夏之月，南宮御女，衣赤采，吹竽笙。蕩漾以來，草皆成偃；[校]青本作石皆作燕。○[呂註]水經注：石燕山，其石或大或小；及其雷風，則石燕羣飛。[何註]幼學：天將雨，石燕飛。吼奔而至，瓦欲爲飛。[校]青本作瓦竟飛鴛，同本作瓦竟分鴛。○[呂註]三國志，魏志：周宣傳：文帝問宣曰：吾夢殿屋兩瓦墮地，化爲雙鴛鴦，此何謂也？對曰：後宮當有暴死者。[何註]東都賦：鴛瓦鱗翠。瓦名鴛鴦也。此是謂瓦破爲二也。未施搏水之威，浮水江豚[呂註]本草：海豨生江中者名曰江豚。狀如海豚而小，出没水上，舟人候之占風。○劉禹錫詩：石燕拂雲晴亦雨，江豚吹浪夜還風。時出拜；陡出障天之勢，書天雁字不成行。助馬當之輕帆，[呂註] 九江記：馬當山高八十丈，週迴四里，在古彭澤縣北。其山橫枕大江，山象馬形。迴風急擊，波浪湧拂，舟船上下，多懷憂恐。山際立馬當山廟以祠之。唐王勃阻風，泊舟其下；遇老叟助以順風，一夕至洪都，作滕王閣序。[何註] 王勃舟次馬當山，見清元水府君助之清風一帆，次日作滕王閣序。彼有取爾；牽瑶臺之翠帳，[呂註] 沈約擬風賦：時捲瑤臺翠帳，乍動佚女輕衣，此蓋羽客之仙風也。於意云何？至於海鳥有[校] 青本作而。靈，尚依魯門以避；[呂註] 國語，魯語：海鳥曰爰居，止於魯東門之外三日，臧文仲使人祭之。展禽曰：今兹海其有災乎？夫廣川鳥獸，恒知避災。是歲也，海多大風。但使行人無恙，[呂註] 世說：顧長康作殷荊州佐，請假還東。爾時例不給布颿，顧苦求之乃得。發至破冢，遭風大敗。作牋與殷云：地名破冢，真破冢而出。行人安穩，布颿無恙。願唤尤郎以歸。[呂註] 江湖紀聞：石尤風者，傳聞爲石氏女嫁爲尤郎婦，情好甚篤；爲商遠行，妻阻之不從。尤出不歸，妻憶之病亡。臨亡長嘆曰：吾恨不能阻其行，以至於此！今凡有商旅遠行，吾當作大風，爲天下婦人阻之。自後商旅發船，值打頭逆風，則曰此石尤風也，遂止不行。婦人以夫姓爲名，故曰石尤。近有一人自言有奇術，曰：人能與我百錢，吾能返此風。有人與之，風果止。後有人云：乃密書：我爲石娘唤尤郎歸也，須放我舟行十四字沈水中。[何註] 石尤風，打頭風也。東坡詩：知君未得去，慚愧石尤風。世無高士，御以行者幾人？[呂註] 莊子，逍遥遊：列子御風而行，泠然善也。古有賢豪，乘而破者萬里；[呂註] 南史，宗慤傳：慤少時，叔父炳問其志。對曰：願乘長風破萬里浪。駕礮車[呂註] 後漢書，袁紹傳：操乃發石車擊紹樓皆破，軍中呼曰霹靂車。注：即今之抛車也。抛，通作礮。[何註] 唐國史補：暴風之後有礮車雲。礮音砲。之狂雲，遂以夜郎自大；[呂註] 前漢書，西南夷傳：滇王與漢使言：漢孰與我大？及夜郎侯亦然。各自以一州王，不知漢廣大。[何註] 前漢書：滇王謂漢使者曰：漢孰與我大？及夜郎亦云然。以道不通，故自以爲一州之主，不知漢廣大也。武帝平南夷，夜郎侯迎降，後遂殺之，封其三子仍爲侯，今夜郎縣有竹王三郎神是也。恃貪狼[呂註] 星名。孟遲詩：人家敲鏡救不得，光陰御屬貪狼星。[何註] 天上有貪狼星，氣逆則爲風蹂躪踐踏也。之逆氣，漫以[校] 青本作云。河伯爲尊。姊妹俱受其摧殘，彙族悉爲其蹂躪。紛紅駭緑，掩苒何窮？擘柳鳴條，[何註] 擘柳，數日一作，三日乃止，號吹花擘柳風。又太平之世，風不鳴條。蕭騷無際。雨零金谷，[呂註] 晉石崇園。綴爲藉客之裀；[呂註] 開元遺事：學士許瑾與客宴花圃，未嘗具幄設坐，使童僕聚落花鋪坐下，曰：吾自有花茵。○藉，藻也，見禮，曲禮，執玉其有藉者則裼注。[何註] 裀，褥也。露冷華林，[呂註] 三國志，魏志：華林園舊名芳林，及齊王芳即位，避諱，改名華林。按，金陵志：華林園在臺城內，本吳時舊宮苑也。去作沾泥之絮。[呂註] 參寥贈妓詩：禪心已作沾泥絮，不逐東風上下狂。[何註] 絮，楊花也。東坡令妓求詩於參寥，口占云：多謝尊前窈窕娘，好將魂夢惱襄王。禪心已作沾泥絮，不逐東風上下狂。埋香瘞玉，殘妝卸而翻飛；朱榭雕欄，雜珮紛其零落。減春光於旦夕，萬點正飄愁；[校] 青本無愁字。○[呂註] 杜甫詩：一片花飛減卻春，風飄萬點正愁人。覓殘紅於西東，五更非錯恨。[校] 青本無恨字。○[呂註] 王建宮詞：樹頭樹底覓殘紅，一片西飛一片東。自是桃花貪結子，錯教人怨五更風。翩翻[校] 青本作幽閒。江漢女，弓鞋[呂註] 郭鈺美人折花歌：花刺鉤衣花落手，草根露溼弓鞋繡。又花間集：漫移弓底繡羅鞋。漫踏春園；寂寞玉樓人，珠勒徒嘶芳草。[何註] 勒，馬銜也。以珠爲飾，曰珠勒。嘶，馬鳴也。唐詩：金勒馬嘶芳草地，玉樓人醉杏花天。斯時也：傷春者有難乎爲情之怨，尋勝者作無可奈何[呂註] 晏殊詩：無可奈何花落去，似曾相識燕歸來。之歌。爾乃趾高氣揚，發[校] 青本作逞。無端之踔厲；[呂註] 禮，樂記：發揚蹈厲。又韓愈文：踔厲風發。[何註] 踔厲，禮，樂記：發揚蹈厲。言初舞時即手足發揚蹈地而猛厲，以象武王之功。催[校] 青本作發。蒙振落，動不已之闌珊。[呂註] 杜甫詩：闌風伏雨秋紛紛。注：闌珊之風，流伏之雨。[何註] 闌珊，彫落之意。李後主詞：簾外雨潺潺，春意闌珊。傷哉綠樹猶存，簌簌者繞牆自落；久矣朱旛不豎，[呂註] 博異記：天寶中，處士崔元微獨處一院。三更後，忽有一青衣人云：在苑中住，欲與一兩女伴暫借此歇，可乎？元微許之。青衣引入。有綠裳者前曰：某姓楊。指一人曰：李氏。又一人曰：陶氏。又指一緋衣小女曰：姓石，名醋醋。元微命坐，問出行之由。對曰：欲到封十八姨。坐未定，門外報封家姨來也。元微出見封氏，言詞泠泠，有林下風氣。揖入坐，命酒。十八姨持盞污醋醋衣裳，醋醋怒，拂衣而起。十八姨曰：小女子弄酒！皆起至門外別。十八姨南去，諸女西入苑中。明夜又來，云：欲往十八姨處。醋醋怒曰：何用更去封舍，有事只求處士，不知可乎？問：何事？曰：諸女伴皆在苑中，每歲多被惡風所撓，常求十八姨相庇。昨醋醋不能低迴，應難取力。處士每歲歲旦興，作一朱幡，上圖日月五星之文，於苑東立之，則免難矣。處士許之，依其言。東風刮地，自洛南折樹飛沙，而苑中繁花不動。元微乃悟諸女皆花之精也。醋醋，即石榴也。封十八姨，乃風神也。娟娟者霣［校］青本作隕，通霣。涕誰憐？墮溷［何註］溷音混，廁也。沾籬，畢芳魂於一日；朝榮［校］抄本作容。夕悴，免荼毒以［校］抄本作於。何年？怨羅裳之易開，罵空聞於子夜；［呂註］晉子夜歌：羅裳易飄颺，小開罵春風。○唐書，禮樂志：子夜歌者，晉曲也。晉有女子名子夜，造此曲。訟狂伯［何註］狂伯，風伯也。之肆虐，章未報於天庭。［呂註］韓昌黎有訟風伯文。○史記，天官書：三能三衡者，天庭也。誕告芳鄰，學作蛾眉之陣；［何註］蛾眉陣，娘子軍也。唐平陽公主兵七萬，與秦王定京師，號娘子軍。莫言蒲凡屬同氣，羣興草木之兵。［呂註］晉書，苻堅載記：堅以輕騎兼道赴壽春，與苻融登城而望王師。見步陣齊整，將士精鋭。又北望八公山上，草木皆類人形，曰：此亦勁敵也。柳［呂註］世説：顧悦與晉簡文帝同年而髮早白。帝問之，對曰：蒲柳之姿，望秋先隕；松柏之質，隆冬更茂。無能，但須藩籬有志。且看鶯儔燕侶，公覆奪愛之仇；請與蝶友蜂交，［校］抄本作媒。共發同心之誓。蘭橈桂楫，可教戰於昆明；［呂註］前漢書，武帝紀：發謫吏穿昆明池。注：越嶲昆明國有滇池方三百里，漢欲伐之，故作昆明池象之以習水戰。○西京雜記：武帝欲伐昆吾夷，教習水戰昆明池中。有戈船、樓船各數百艘，樓船上置樓櫓，戈船上建戈矛，四角悉垂旛羽旍葆旝蓋，昭灼涯涘。桑蓋柳旌，［校］青本作旗。用觀兵於［校］抄本作乎。上苑。［呂註］左思吴都賦：數軍實乎桂林之苑。東籬處士，［呂註］晉陶淵明號東籬處士。［何註］采菊東籬，陶靖節也。亦出茅廬；大樹將軍，［呂註］後漢書，馮異傳：每所止舍，諸將並坐論功；異常獨屏樹下。軍中號曰大樹將軍。應懷義憤。殺其氣燄，洗千年粉黛之冤；殲爾豪强，銷萬古風流之恨！」［馮評］洪梅翁曰：曲終雅奏。

［馮評］殿以此篇，［校］青柯亭本本篇爲最後一篇，故云。下何評、但評均同。抬文人之身分，成得意之文章。

［何評］此書之旨，在於賞善罰淫；而托之空言，無亦惟是幻裏花神，空中風檄耳。「約盡百餘級，始至顛頭」，全書歸宿，如是如是。○周竹星師曰：「聊齋誌異，行文有史家筆法，閱者最宜體認，勿徒喜其怪異，悦其偷香，風流文采，而忘其句法也。斯不至舍本求末，棄精取粗之誚歟！」

［但評］一部大文將畢矣。先生訓世之心，攄懷之筆，嬉笑怒駡，彰癉激揚。本經濟以爲文，假鬼神以設教。以生事而知死事，以人心而見佛心。寫情緣於花木，無非美人香草之思；證因果於鬼狐，猶是鵲被燕巢之意。合歡者固以膠投漆，棄捐者亦努力加餐。此其命意之卓然，固非操觚於率爾也。若乃情關久錮，慾海將沈，亦見生生死死之中，渡來仙筏；終以色色空空之界，唤出迷津。招來入宅巨狼，匿彼畫皮厲鬼。迷淪者房幃亦成陷阱，解脱者卧榻即是蒲團。又有儇薄性成，疎狂習慣，施之愚柔則喪德，加諸險惡則戕生。那能室有仙人，叩九閽而昭雪？或且口稱才子，對穉女而含羞。以彼噬臍，爲吾借鑑。至若狼貪而毒，虎猛而苛；不强項而强梁，不虚心而虚肚。西江水難湔齷齪之腸，六月霜易上婷娶之臉。脂膏皮骨，慘小民終歲空虚；犬馬蛇蟲，儘縉紳三生受用。厥有報國良臣，承家孝子，友兄悌弟，貞婦義夫，以逮俠客劍仙，良農善賈，皆綱常之所託，世教之所關。憐兹弱植，不任摧殘；賴有神明，時加保護。勿任含沙射影；勿

任助浪興波；勿任萬竅怒號；勿任中宵溯湃；勿任播來濁土，遮彼蒼天；勿任呼出浮雲，蔽斯白日。庶幾哉，破浪者無虞，披襟者共快。無覆雨翻雲之患，無紛紅駭緑之災。長春慶洽椿萱，大被歡凝花蕚。第願芝蘭之競秀，不憂蒲柳之無能。此志異之所以以「考城隍」始，以「討封氏」終也。勸懲之大義彰矣，文章之能事畢矣。

河間生*

河間某生，場中積麥穰如丘，家人日取爲薪，洞之。有狐居其中，常與主人相見，老翁也。一日，屈主人飲，拱生入洞。生難之，强而後入。入則廊舍華好。即坐，茶酒香烈。〔校〕青本作洌。但日色蒼黄，不辨中夕。筵罷既出，景物俱杳。翁每夜往夙歸，人莫能迹。問之，則言友朋招飲。生請與俱，翁不可。固請之，翁始諾。挽生臂，疾如乘風，可炊黍時，至一城市。入酒肆，見坐客良多，聚飲頗嘩。乃引生登樓上。下視飲者，几案柈〔何註〕柈，俗盤字。殽，可以指數。翁自下樓，任意取案上酒果，抔〔校〕青本作懷。來供生，筵中人曾莫之禁。〔校〕青本作覺。移時，生視一朱衣人前列金橘，命翁取之。翁〔校〕青本無翁字。曰：「此正人，不可近。」生默念：狐與我游，必我邪也。自今以往，我必正！方一注想，覺身不自主，眩墮樓下。〔但評〕心方欲正，邪即不能近之；況至大至剛，養而無失者，天下有不可除之邪乎？飲者大駭，相譁以妖。

生仰視，竟非樓上，［校］抄本無上字。乃梁間耳。以實告衆。衆審其情確，贈而遣之。問其處，乃魚臺，去河間千里云。

［何評］只一轉念間邪正自别。所謂仁與欲非有兩心，欲與至非有兩候者如此。

*雲翠仙

[校]稿本原題跪香女，改今題。

梁有才，故晉人，流寓於濟，作小負販。無妻子田產。從村人登岱。岱，[校]抄本下有當字。四月交，香侶雜沓。又有優婆夷、塞，率衆男子以百十，雜跪神座下，視香炷爲度，名曰「跪香」。才視衆中有女郎，年十七八而美，悦之。詐爲香客，近女郎跪；[校]青本無跪字。又僞爲膝困無力狀，故以手據女郎足。[馮評]輕薄相。女回首似嗔，膝行而遠之。才又[校]抄本作亦。膝行[校]抄本下有而字。近之；少間，又據之。女郎覺，遽起，不跪，出門去。才亦起，出[校]此據青本，稿本、抄本出上有亦字。履其迹，不知其往。心無望，怏怏而行。途中見女郎從媪，似爲女也母者。才趨之。媪女行且語。媪云：「汝能參禮娘娘，大好事！汝又無弟妹，但獲娘娘冥加護，護汝得快壻，[呂註]北史，劉延明傳：郭瑀有女，謂弟子曰：吾欲覓一快女壻。誰坐此席者，吾當婚焉。延明遂奮衣坐，曰：延明其人也。瑀遂以女妻之。○延明，劉昞之字。但能相孝順，都不必貴公子、[校]青本作子弟。富王孫也。」[馮評]似故挑之。才竊喜，漸漬詰媪。媪自言爲雲氏，女[校]抄本女上有小字。名翠仙，其出也。家西山四十里。才曰：「山路濇，母如此蹜蹜，[何註]蹜音縮。論語，注：舉前曳踵之狀。妹如此纖纖，[何註]纖纖，細弱也。何能便至？」曰：「日已晚，將寄舅家宿耳。」才曰：「適言相壻，不以貧嫌，不以賤鄙，我又未婚，頗當母意否？」媪以問女，女不應。媪數問，女曰：「渠寡福，又蕩無行，輕薄之心，還易翻覆。兒不能爲遢伎兒[何註]遢伎兒，遢音榻，不謹也。伎，巨支切，舒緩也。[馮評]遢伎兒即儇薄子也。作婦！」[但評]渠寡福於蕩無行測之，易翻覆於輕薄知之。以此觀人，人焉廋哉？才聞，樸誠自表，切矢皦日。[吕註]詩，王風：謂予不信，有如皦日。媪喜，竟諾之。女不樂，勃然[何註]勃音孛，變色貌。而已。母又强拍咻[何註]咻，俗烋字，音休。拍其身而譁之亂之也。之。[馮評]可笑。才殷勤，手於橐，覓山兜二，舁媪及女。己步從，若爲僕。過隘，輒訶兜夫不得顛摇動，[校]抄本無動字。良[校]抄本良上有意字。殷。俄抵村舍，便邀才同入舅家。舅出翁，妗出媪也。雲兒之嫂之。[馮評]都要用句法。謂：「才吾壻。日適良，不須別擇，便取今夕。」舅亦喜，出酒肴餌才。既，嚴妝翠仙出，拂榻促眠。女曰：「我固知郎不義，迫母命，漫相隨。郎若人也，當不須憂偕活。」[但評]於必不然之中，設一或然之想。寃哉天乎！○不義即非人也。郎若人也句，知其非人，而望其若人，而決其必不若人矣。才唯唯聽受。明日早起，母謂才：「宜先去，我以女繼至。」才歸，掃户闥。媪果送女至。入視室中，虛無有。便云：「似此何能自[校]青本無自字。給？老身速歸，當小助汝辛苦。」遂去。次日，有[校]抄本有上有即字。男女數輩，各攜服食器具，布一室滿之。不飯俱去，但留一婢。才由此坐温飽，[馮評]儇薄子如何消受得起，輕薄人變像得快。[但評]儇薄子如何消受得起。惟日引里無賴，[校]上三字，青本作無賴子。朋飲競賭，漸盜女郎簪珥佐博。女勸之，不聽；頗不耐之，惟嚴守箱奩，如防寇。一日，博黨款門訪才，窺見女，適適[校]抄本下有然字。○[呂註]莊子，秋水：適適然驚，規規然自失也。[何註]適音惕，驚貌。驚。戲謂才曰：「子大富貴，何憂貧耶？」才問故。答曰：「曩見夫人，實仙人也。適與子家道不相稱。貨爲媵，金可得百；爲妓，可得千。——千金在室，而聽[校]青本作慮。飲博無貲耶？」才不言，而心然之。歸輒向女欷歔，時時言貧不可度。女不顧，才頻頻擊桌，[何註]桌應作卓，謂卓立也。俗作桌。抛匕[校]抄本無匕字。箸，罵婢，作諸態。一夕，女沽酒與飲。忽曰：「郎以貧故，日焦心。我又不能御窮，[校]抄本作貧。○[何註]詩，邶風：以我御窮。分郎憂，中[校]抄本作衷。豈不愧怍？但無長物，止有此婢，鬻之，可稍稍佐經營。」[馮評]引他開口，妙。才搖首曰：「其直幾許！」[校]抄本作何。又飲少時，女曰：「妾於郎，有何不相承？但力竭耳。念一貧如此，便死相從，不過均此百年苦，有何發迹？不如以妾鬻貴家，兩所便益，得[校]抄本無得字。直或較婢多。」才故愕言：「何得至此！」女固言之，色作莊。[馮評]寫來像。才喜曰：「容再計之。」[馮評]咄咄夫一夕話，有暗歡喜數事：一曰新嫁娘窺小郎君貌美。容再計之四字，一般神情。遂緣中貴人，貨隸樂籍。中貴人親詣才，見女大悦。恐不能即得，立券八百緡，事濱就矣。女曰：「母日[校]抄本無日字。以壻家貧，常常縈念，今意[校]青本作義。斷矣，我將暫歸省；且郎與妾絶，何得不告母？」才慮母阻。女曰：「我顧[校]青本作固。自樂之，保無差貸。」[校]青本作忒。才從之。夜將半，始抵母家。撾闔[校]青本作闢。○[何註]撾闔，叩門也。入，見樓舍華好，婢[校]青本無婢字。僕輩往來憧憧。才日與女居，每請詣母，女輒止之，故爲甥館年餘，曾未一臨岳家。至此大駭，以其家巨，恐媵妓所不甘[校]抄本下有從字。也。女引才登樓上。媪驚問夫妻[校]抄本作婦。何來。女怨曰：「我固道渠不義，今果然！」[但評]不敢怨母，一片苦惱，只説得今果然三字。乃於衣底出黄金二鋌置几上，曰：「幸不爲小人賺脱，今仍以還母。」母駭問故。女曰：「渠將鬻我，[但評]渠將鬻我，渠則爲誰，我則爲誰？渠固我之渠，我固渠之我也。渠爲我之渠，我將終身事渠、依渠，渠何忍而我之鬻？我爲渠之我，渠將終身畜我、庇我，我何辜而渠得鬻？渠而將鬻我，渠爲渠，我爲我矣。人曰不如殺却，而止之曰，渠便不仁，我實不忍，終是我之心猶有渠，渠之心早無我。故[校]青本無故字。藏金無用處。」乃指才罵曰：[馮評]阮籍善哭，陸機善笑，禰衡善罵，此女頗似正平。「豺鼠子！曩日負肩擔，面沾塵如鬼。初近我，熏熏作汗腥，膚垢欲傾塌，[校]抄本作榻。足手皴一寸厚，使人終夜惡。自我歸汝家，安坐餐飯，鬼皮始脱。母在前，我豈誣耶？」[但評]

句句罵豺鼠子，而述曩日之情景，初近時之情景，及歸其家後之情景，而實之曰：母在前，我豈誣耶？是罵才即怨母矣。乃只是罵才，而並不露怨母之意。若女者，可以怨矣。才垂首，不敢少出氣。［馮評］如漢書霍光廢昌邑王，讀奏中間太后曰止一段文字。女又曰：「自顧無傾城姿，不堪奉貴人；似若輩男子，我自謂猶相匹。有何虧負，遂無一念香火情？［呂註］唐書，突厥傳：太宗又前令騎告突利曰：爾往與我盟，急難相救，今將兵來，何無香火之情耶？我豈不能起樓宇、買良沃，念汝儇薄骨、乞丐相，終不是白頭侶！」［但評］抑揚頓折，愈委婉，愈痛快。言次，婢嫗連衿臂，旋旋圍遶之。聞女責數，便都唾罵，共言：「不如殺卻，何須復云云！」［馮評］作三層罵法，卻是婢媼從旁逼揄之，真是形容盡致。才大懼，據地自投，但言知［校］抄本作自。悔。女又盛氣曰：「鬻妻子已大惡，猶未便是劇；何忍以同衾人賺作娼！」言未已，衆眥裂，悉以銳簪翦刀股攢刺脇腂。才號悲乞命。女止之曰：「可暫釋卻。渠便無仁義，［校］青本無義字。我不忍其觳觫。」乃率衆下樓去。［但評］一層深一層，一層緊一層，使人始而快心，繼而唾罵，既而眥裂；而終之曰可暫釋卻，率衆而去，蓋謂豺鼠子不值與之校也。前後文斷而不斷，一氣相生。才坐聽移時，語聲［校］青本作人語，抄本作聲語。俱寂，思欲潛遁。忽仰視見星漢，東方已白，野色蒼莽；燈亦尋滅。並無屋宇，身坐削壁上。［但評］敍次忽斷忽續，如山勢奔騰而來，突成絕壁，令人目眩心迷，中間烟籠霧合，仍一氣接入對面。奇觀哉！俯瞰絕壑，深無底。駭絕，懼墮。身稍移，塌然一聲，墮［校］青本作坐。石崩墜。［校］青本作墮。壁半有枯［何註］枯，枯樹也。横焉，罥不得墮。以枯受腹，手足無着。下視茫茫，不知幾何尋丈。［馮評］一髮千鈞，善寫危境。不敢轉側，嘷怖聲嘶，一身盡腫，

[校]此據青本，稿本、抄本作瘇。眼耳鼻舌身力俱竭。日漸高，始有樵人望見之；尋綆來，縋而下，取置崖上，奄將溘[何評]溘，忽也。斃。舁歸其家。至則門洞敞，家荒荒如敗寺，牀簏什器俱杳，惟有繩牀[呂註]程大昌演繁露：今之交牀，始名胡牀，隋改爲交牀，又名繩牀。敗案，是己家舊物，零落猶存。嗒然自卧。飢時，日一乞食於鄰。既而腫潰爲癩。里黨薄其行，悉唾棄之。才無計，貨屋而穴居，行乞於道，以刀自隨。或勸以刀易餌，才不肯曰：「野居防虎狼，用自衛耳。」後遇向勸鬻妻者於途，近而哀語，遽出刀摮而殺之，[呂註]公羊傳，宣六年：膳宰熊蹯不熟，公怒，以斗摮而殺之。注：摮，擊也。遂被收。官廉得其情，亦未忍酷虐之，繫獄中，尋瘐死。[呂註]集韻：囚徒以飢寒而死曰瘐死。○史記：瘐死獄中。注：瘐，病也。囚徒病律名爲瘐，或作瘉。○按天禄識餘：史記瘐死獄中注，不明瘐字義。考說文：束縛捽抴爲臾，臾庾古字通用。○[但評]此篇篇法、段法，疎疎落落，洋洋灑灑，其妙不待言矣。而句法、字法，尤爲錘鑪精淨，爲學者暗度金針，幸勿隨口念過。

異史氏曰：「得遠山芙蓉，與共四壁，與以[校]抄本作之。南面王豈易哉！己則非人，而怨逢惡之友；故爲友者不可不知戒也。凡狹邪子誘人淫博，爲諸不義，其事不敗，雖則不怨亦不德。迨於身無襦，婦無袴，千人所指，無疾將死，窮敗之念，無時不縈於心，窮敗之恨，無時不切於齒；清夜牛衣中，輾轉不寐。夫然後歷歷想未落時，歷歷想將[校]同本作已。落時，又歷歷想致落之故，而因以及發端致落之人。至於此，弱者起，擁絮坐詛；强者忍凍裸行，篝火索刀，霍霍磨之，不待終夜矣。故以善規人，如贈橄欖；［呂註］羣芳譜：橄欖一名諫果，一名忠果。○南方草木狀：橄欖味雖苦澀，咀之芳馥，勝含雞舌香。○王元之詩：江南多果實，橄欖稱珍奇。北人將就酒，食之先顰眉。皮肉苦且澀，歷口復棄遺。良久有回味，始覺甘如飴。我今何所喻？喻彼忠臣詞：直道逆君耳，斥逐投天涯；世亂思其言，噬臍焉能追？寄語採詩者，無輕橄欖詩。［何註］橄欖本名諫果，先酸後甜，即苦言藥也意。以惡誘人，如餽漏脯［呂註］禮，內則：馬黑脊而般臂漏。注云：漏，讀螻，言如螻蛄臭也，不可食。［何註］漏脯，毒脯也。嵇康養生論：嗜酒者自抑於鴆醴，貪食者忍飢於漏脯。也。聽者固當省，言者可勿懼哉！」［校］抄本作戒。

［何評］雲仙母子固狐也，明知才翻覆無行，而顧從之，何耶？

［但評］凡蕩無行之人，欲之所在，務求必得。隨人之所好，而委曲以投之；因人之所苦，而慷爽以祛之。內存鬼蜮，外飾樸誠，甘其言，令其色，一若情種也者。迨其欲已遂，竟忘其所自來，而敝屣視之矣。豈前後判若兩人哉？古今輕薄之人，無有不翻覆之事；而其所以易翻覆者，即可於其蕩無行決之。以此觀人，思過半矣。女之料才，決之於膝行據足之際，以爲對越神明之地，大庭廣衆之間，而可以爲此，則亦何所不爲乎？不能爲逷伎兒作婦，此其精明若何，果斷若何！惜老媪夢夢，墮奸謀而强拍咻之，行之草草，迫以相隨。乃汗腥猶留，鬼皮始脱，豺鼠子迄無香火之情，儇薄兒竟作居奇之想，至忍以同衾人賺作娼，此大惡劇，即殺卻豈爲過乎！自無擇人之智，又無從諫之明，而止求神加護而得快壻，其可得乎？率衆下樓去，吾至今猶爲雲翠仙抱屈也。

跳神*

濟俗：民間有病者，閨中以神卜。倩老巫擊鐵環單面鼓，婆娑[何註]婆娑，舞也，又蹀躞貌。作態，名曰「跳神」。而此俗都中尤盛。良家少婦，時自爲之。堂中肉於案，[校]青本作架。酒於盆，甚[校]青本作盛。設几上。燒巨燭，明於晝。婦束短幅裙，屈一足，作「商羊舞」。[呂註]孔子家語：齊有一足之鳥，飛集於公朝，下止於殿前。齊侯使使聘魯問孔子。孔子曰：此鳥名曰商羊，水祥也。昔童兒屈一脚，振肩而跳，且謡曰：天將大雨，商羊鼓儛。今齊有之，其應至矣。[何註]商羊舞，張華禽經：一足鳥名商羊。家語：天將大雨，商羊鼓儛。神婆之跳舞似之。兩人捉臂，左右扶掖[何註]扶掖，挾持之也。之。婦刺刺瑣絮，似歌，又似祝；字多寡參差，無律帶腔。室數鼓亂撾如雷，蓬蓬[何註]蓬蓬，鼓聲也。聒人耳。[馮評]清容太史有驅巫詩一首，刻劃甚工，喜誦之。婦吻闢翕，雜鼓聲，不甚辨了。[但評]借題發揮，古音古節，極行文之樂趣。既而[校]青本無而字。首垂，目斜睨；立全須人，失扶則仆。旋忽伸頸巨躍，離地尺有咫。室中諸女子，凜然[校]抄本作凛。愕顧曰：「祖宗來喫食矣。」便一噓，吹燈滅，内外冥黑。人慄息［何註］慄音慄，危懼也。立暗中，無敢交一語；語亦不得聞，鼓［校］青本無鼓字。聲亂也。食頃，聞婦厲聲呼翁姑及夫嫂小字，始共爇燭，傴僂問休咎。視尊中，盎中，案中，都復空［校］抄本無上二字。空。望顏色，察嗔喜。肅肅羅問之，答若響。［但評］古音璆然，當於秦漢以上求之。中有腹誹者，神已知，便指某姍笑［何註］姍笑，訕笑也。我，大不敬，將褫汝袴。誹者自顧，瑩然已裸，輒於門外樹頭覓得之。滿洲婦女，奉事尤虔。小有疑，必以決。時嚴妝，騎假虎假［校］青本無假字。馬，執長兵，舞榻上，名曰［校］抄本無曰字。「跳虎神」。馬虎勢作威怒，尸者聲傖儜。或言關、張、玄壇，［吕註］事物紀原：周穆王尚神仙，召尹軌、杜仲居終南山真人草樓，號曰樓觀。隋煬帝改爲玄壇，後復曰觀。○趙公明封金龍如意王黑龍虎玄壇真君之神，見封神演義。不一號。赫氣慘凜，尤能畏怖人。有丈夫穴窗來窺，輒被長兵破窗刺帽，挑入去。一家媪［校］抄本作嫗。媳姊若妹，［校］上二字，青本作娣。森森蹜蹜，雁行立，無歧念，無懈骨。

［馮評］此篇詰曲聱牙，於全部中另爲一體，與金和尚一篇同看。

［何評］此亦邪術之漸，斷不可爲。

［但評］典奥如尚書古文，瑰異如冬官考工，反復讀之，美不勝收，只是不忍釋手。

*鐵布衫法

沙回［校］此據青本，稿本、抄本作徊。子，得鐵布衫［吕註］易筋經：大力方有鐵布衫、金鐘扣諸名。大力法。駢其指，力斫之，可斷牛項，橫搠［何註］搠音朔，擊也。之，可洞牛腹。曾在仇公子彭三家，［校］稿本下原有使轟立三字，塗去。懸木於空，遣兩健僕極力撐［何註］橕，旁從木，下從牙。去，猛反之；沙裸腹受木，砰然一聲，木去遠矣。又出其勢，［吕註］韻會：外腎曰勢。［何註］宮刑，男子割勢。即石上，以木椎力擊之，無少損；但畏刀耳。

［何評］大力法今猶有之。

大力將軍*

查伊璜，[呂註]名繼佐，浙江海寧人。浙人。清明飲野寺中，見殿前有古鐘，大[校]青本大上有鐘字。於兩石甕；而上下土痕手迹，滑然如新。疑之。俯窺其下，有竹筐受八升許，[何評]觚臢無此事。不知所貯何物。使數人摳[何註]摳音彄，提也。曲禮：摳衣趨隅。耳，力掀舉之，無少動。益駭。乃坐飲以伺其人。居無何，有乞兒入，[馮評]敢題嵇喜爲凡鳥，笑比陶潛是乞兒。淵明有乞食詩，愈爲陶公出色。攜所得糗糒，堆纍鐘下。乃以一[校]青本無一字。手起鐘，一手掬餌置筐內；往返數四，[校]抄本作回。始盡。已復合之，乃去。移時復來，探取食之。食已復探，輕若啓櫝。一座盡駭。查問：「若[校]抄本下有箇字。男兒胡行乞？」答以：「啗噉多，無傭者。」[馮評]吴曰：大丈夫不做公侯，寧爲乞丐。查以其健，勸投行伍。乞人愀然慮無階。查遂攜歸餌之；計其食，略倍五六人。爲易衣履，又以五十金贈之行。後十餘年，查猶子令於閩，有吴將軍六一者，忽來通謁。款談間，問：「伊璜是君何人？」答言：「爲諸父行。與將軍何處有素？」曰：「是我師也。十年之別，頗復憶念。煩致先生一賜臨也。」[馮評]二鬼雙鳥，殊途同歸。漫應之。自念：叔名賢，何得武弟子？會伊璜至，[何評]與觚賸□□。因告之。伊璜茫不記憶。[馮評]今古茫茫世眼多，悶來卻笑英雄賤。因其問訊之殷，即命僕馬，投刺於門。將軍趨出，逆諸大門之外。視之，殊昧生平。竊疑將軍悞，而將軍傴僂益恭。肅客入，深啓三四關，忽見女子往來，知爲私廨，屏足立。將軍又揖之。少間登堂，[校]此據青本、抄本，稿本無堂字。則捲簾者，移座者，並皆少姬。既坐，方擬展問，將軍頤少動，一姬捧朝服至，將軍遽起更衣。查不知其何爲。衆姬捉袖整[校]抄本無整字。衿訖，先命數人捺查座上不使動，而後朝拜，如覲君父。查大愕，莫解所以。拜已，以便服侍坐。笑曰：「先生不憶舉鐘之乞人耶？」查乃悟。[但評]惟大英雄能本色，是真名士自風流，二語恰爲查、吴二公寫照。既而華筵高列，家樂作於下。酒闌，羣姬列侍。將軍入室，請衽何趾，乃去。查醉起遲，將軍已於寢門外三問矣。查不自安，辭欲返。將軍投轄[吕註]前漢書，陳遵傳：陳遵字孟公，每大飲，賓客滿堂，輒關門取客車轄投井中，雖有急，終不得去。[何註]陳遵留客，投轄井中，下鑰。下鑰，錮閉之。見將軍日無他[校]抄本作別。作，惟點數姬婢養廝[校]青本作廝養。卒，及騾馬服用器具，督造記籍，戒無虧漏。[何評]觚賸無此事。查以將軍家政，故未深叩。一日，執籍謂查曰：「不才〔校〕喻氏合評本下有一乞人耳四字。得有今日，悉出高厚之賜。〔馮評〕予妄添一句：惟不恥自迷乞人，所以能破格報恩。篇中乞人字三見，皆好看字眼。一婢一物，所不敢私，敢以半奉先生。」〔但評〕淮陰侯之報漂母，轉不及此。查愕然不受。將軍不聽。出藏鏹數萬，亦兩置之。按籍點照，古玩牀几，堂内外羅列幾〔校〕青本作已。滿。查固止之，將軍不顧。稽婢僕姓名已，即命男爲治裝，女爲斂器，〔校〕青本下有具字。且〔校〕青本無且字。囑敬事先生。百聲悚應。〔馮評〕淋漓酣暢。昔人云：英雄第一開心事，撒手千金報德時。又親視姬婢登輿，廄卒捉馬騾，闐咽〔何註〕闐，盛也；咽，塞也。並發，乃返别查。後查以修史一案，株連〔吕註〕劉熙釋名：罪及餘人曰株。株，誅也；如誅木根，枝葉盡落也。被收，卒得免，皆將軍力也。〔但評〕此事自當以觚賸爲詳。至敍易衣贈金而不問其名，執籍圖報而不忘其賜，豪傑相遇，迥出風塵。筆亦超脱可喜。

異史氏曰：「厚施而不問其名，真俠烈古丈夫哉！而將軍之報，其慷慨豪爽，尤千古所僅見。〔校〕稿本下原有者字，塗去。如〔校〕稿本如原作具，改如。此胸襟，自不應老於溝瀆。以是知兩賢之相遇，非偶然也。」

〔附録觚賸雪遘一則〕浙江海寧縣查孝廉，字伊璜，才華豐豔，而風情瀟灑。常謂滿眼悠悠，不堪酬對；海内奇傑，非從塵埃中物色，未可得也。家居歲暮，命酒獨酌。頃之，愁雲四合，雪大如掌。因緩步至門，冀有乘輿佳客，相與賞玩。見一丐者避雪廡下，强直而立。孝廉熟視良久，心竊異之。因呼之入坐而問曰：「我聞街市間，有手不曳杖，口若銜枚，敝衣枵腹而無飢寒之色，人皆稱爲鐵丐者，是汝耶？」〔馮評〕畫出英雄，不入俗眼。曰：「是也。」問：「能飲乎？」曰：「能。」因令侍童以壺中餘酒傾甌與飲，丐者舉甌立盡。孝廉大喜，復熾炭發醅，與之約曰：「汝以甌飲，我以卮酬，竭此醅乃止。」丐盡三十餘甌，無醉容，〔馮評〕豪甚。而孝廉頹卧胡牀矣。侍童扶掖入内；丐遂巡出，仍宿廡下。達旦，雪霽，孝廉酒醒，謂其家人曰：「我昨與鐵丐對飲甚懽。覩其衣，極藍縷，何以禦此嚴寒？亟以我絮袍與之。」丐披袍而去，亦不求見致謝。明年，孝廉寄寓杭之長明寺。暮春之初，偕侶攜觴，薄游湖上。忽遇前丐於放鶴亭側，露肘跣足，昂首獨行。復挈之歸寺，詢以舊袍何在。曰：「時當春杪，安用此爲？已質錢付酒家矣。」孝廉奇其言，因問：「曾讀書識字否？」丐曰：「不讀書識字，不至爲丐也。」孝廉悚然心動，薰沐而衣履之。徐詰其姓氏里居。丐曰：「僕系出延陵，心儀曲逆，家居粵海，名曰六奇。〔馮評〕六奇家世潮陽，以樗蒲故，遂爲窶人。既歸充驛卒，會王師入粵，所向有功，官至廣東提督。後卒贈少師兼太子太師，謚順恪。祇以早失父兄，性好博進，遂致落拓江湖，流轉至此。因念叩門乞食，昔賢不免；僕何人斯，敢以爲污。不謂獲遘明公，賞於風塵之外，加以推解之恩，僕雖非淮陰少年，然一飯之惠，其敢忘乎！」孝廉亟起而捉其臂曰：「吴生固海内奇傑也！我以酒友目吴生，失吴生矣。」仍命寺僧沽梨花春一石，相與日夕痛飲，盤桓累月，贈以扉屨之資，遣歸粵東。六奇世居潮州，爲吳觀察道大之後。略涉詩書，耽遊盧雉，失業蕩産，寄身郵卒，故於閩河孔道，險阻形勝，無不諳熟。維時天下初定，王師由浙入廣，舳艫相銜，旌旗鉦鼓，喧耀數百里不絶。凡所過，都邑人民，避匿村谷間，路無行者。六奇獨貿貿然來。邏兵執送麾下，因請見主帥，備陳粵中形勢，傳檄可定。「奇有義結兄弟三十人，素號雄武。祇以四海無主，擁衆據土，弄兵潢池。方今九五當陽，天旅南下，正蒸庶徯蘇之會，豪傑效用之秋。苟假奇以遊劄三十道，先往馳諭，散給羣豪，近者迎降，遠者響應，不踰日而破竹之形成矣。」如其言行之，粵地悉平。由是六奇運籌之謀，所投必合；扛鼎之勇，無堅不破。征閩討蜀，屢立奇功，數年之間，位至通省水陸提督。[馮評]英雄一去江山寡，閱來只覺英雄賤。如此排場，淮陰登壇，何以加兹。 當六奇流落不遇時，自分以汚賤終；一遇查孝廉，解袍衡門，贈金蕭寺，且有海内奇傑之譽，遂心喜自負，獲以奮迹行伍，進秩元戎。[馮評]又迴繞一段。分外出色。嘗言天下有一人知己，無若查孝廉者。康熙初，開府循州，即遣牙將持三千金存其家；另奉書幣，邀致孝廉來粵。供帳舟輿，俱極腆備。將度梅嶺，吳公子已迎候道左，執禮甚恭。樓船簫鼓，由胥江順流而南。凡轄下文武僚屬，無不願見查先生，争先饋貽，篋綺囊珠，不可勝紀。去州城二十里，吳躬自出迎，八騶前驅，千兵後擁，導從儀衛，上擬侯王。既迎孝廉至府，則蒲伏泥首，自稱：「昔年賤丐，非遇先生，何有今日！幸先生辱臨，糜丐之身，未足酬德。」居一載，軍事旁午，凡得查先生一言，無不立應。義取之貲，幾至鉅萬。[馮評]得此一事寫報恩，從無可着筆處着筆，十分精神飽滿圓足。 其歸也，復以三千金贈行曰：「非敢云報，聊以誌淮陰少年之感耳。」 先是苕中有富人莊廷鑨者，購得朱相國史概，博求三吴名士，增益修飾，刊行於世。前列參閲姓氏十餘人，以孝廉夙負重名，亦借列焉。未幾，私史禍發，凡有事於是書者，論置極典。吴力爲孝廉奏辯得免。孝廉嗣後益放情詩酒，盡出其橐中裝，買美鬟十二，教之歌舞。每於良宵開讌，垂簾張燈，珠聲花貌，豔徹簾外，觀者醉心。孝廉夫人亦妙解音律，親爲家伎拍板，正其曲誤。以此查氏女樂，遂爲浙中名部。昔孝廉之在幕府也，園林極勝中有英石峯一座，高可二丈許，嵌空玲瓏，若出鬼製，孝廉極所心賞，題曰「縐雲」。閲旬往視，忽失此石，則已命載巨艦送至孝廉家矣。涉江踰嶺，費亦千緡。今孝廉既没，青娥老去，林荒池涸，而英石峯巋然尚存。［馮評］遠村曰：我讀此則，覺滿腹酒氣拂拂從肝膈間出，豪吟昔人詩云：一回酒渴思吞海，幾度詩狂欲上天。勝讀淮陰侯傳矣。

［何評］此與觚賸所記互異，竊意觚賸得之。

*白蓮教

白蓮盜首徐鴻儒，得左道之書，能役鬼神。小試之，觀者盡駭。走門下者如鶩。於是陰懷不軌。因出一鏡，言能鑑人終身。懸於庭，令人自照，或幞頭，或紗帽，繡衣貂蟬，現形不一。人益怪愕。由是道路搖〔校〕抄本作遥。播，踵門求鑑〔校〕抄本作見。者，揮汗相屬。徐乃宣言：「凡鏡中文武貴官，皆如來佛註定龍華會中人。各宜努力，勿得退縮。」〔校〕遺本作自棄。因亦〔校〕抄本作以，遺本無亦字。對衆自照，則冕旒龍衮，儼然王者。衆相視而驚，大衆齊伏。徐乃建旂秉鉞，罔不歡躍相從，冀符所照。不數月，聚黨以萬計，滕、嶧一帶，望風而靡。後大兵進剿，有彭都司者，長山人，藝勇絶倫。寇出二垂髫女與戰。女俱雙刃，利如霜；騎大馬，噴嘶甚怒。飄忽盤旋，自晨達暮，彼不能〔校〕遺本無能字。傷彭，彭亦不能捷也。如此三日，彭覺筋力俱竭，哮喘而〔校〕抄本、遺本無而字。卒。迨鴻儒既誅，捉賊黨械問之，始知刃［校］抄本作刀。乃木刀，騎乃木櫈也。假兵馬死真將軍，亦奇矣！［校］青本無此篇。

嘉慶十八年，白蓮教據滑縣。楊將軍遇春破之。曾出一少年與楊將軍戰，美若冠玉，十五六歲姣丈夫也。楊將軍負兼人之勇，其雙朴刀雙世無敵，而竟難遽獲；揮之以刃，忽前忽後。亦垂髫女子之類歟？雪亭附記

［虞堂評］事固俶詭，文亦奇幻。中間寫刀寫馬，特爲後木刀木凳蓄勢耳。解此用筆，那得不一氣呼應，出色煊爛！

顔氏*

順天某生，家貧，值歲饑，從父之洛。性鈍，年十七，裁［校］稿本裁旁註一不字，疑擬改裁爲不。抄本作裁不，應誤。能成幅。［何註］幅，篇幅也。而丰儀秀美，能雅謔，善尺牘。［馮評］具此三者，已可横行一世，不必責其中之有無也。見者不知其中之無有也。［但評］其中無有，徒有丰儀，則不如易冠而髻矣。然猶有尺牘微長，所以得享裙帶之福。無何，父母繼殁，孑然一身，授童蒙於洛汭。［何註］洛汭二水名，在河南府。時村中顔氏有孤女，名士裔也。少惠。［校］抄本無上二字。父在時，嘗教之讀，一過輒記不忘。十數歲，學父吟咏。父曰：「吾家有女學士，惜不弁耳。」［馮評］語佳，卻是拋下。［但評］不弁而弁，弁而不弁，通篇設色生香，此一句安頓此處，得力不少。○不弁二字立胎，看其處處照應，直至篇末輿蓋二字。鍾愛之，期擇貴壻。父卒，母執此志，三年不遂，而母又卒。或勸適佳士，女然之而未就也。適鄰婦踰垣來，就與攀談。以［校］青本作一。字紙裹繡綫，女啓視，則某手翰，寄鄰生者。［馮評］閒閒擺擺。反復之而好焉。［校］上三字，抄本作似愛好。鄰婦窺其意，私語曰：「此翩翩一美少年，孤與卿等，年相若也。倘能垂意，妾囑渠儂[呂註] 字典：渠儂，他也。古樂府有懊儂歌。[何註] 渠儂，儂，我也；渠，他也；猶言渠所謂儂也。胹合[呂註] 集韻：胹音而，調和也。[何註] 胹，熟也。之。」女脈脈[校] 抄本作默默。不語。婦歸，以意授夫。鄰生故與生善，告之，大悅。有母遺金鴉鐶，[呂註] 未詳。○按晉書，西戎傳：大宛國，其俗娶婦，先以金同心指鐶爲聘。○韓愈詩：金鴉既騰翥，六合俄清新。注：金鴉，日也。此或言鐶如金鴉之大與？○[但評] 鴉鐶換得獬豸冠來也。託委致焉。刻日成禮，魚水甚懽。及睹生文，笑曰：「文與卿似是兩人，如此，何日可成？」[但評] 如卿者，直可易冠而髻耳。○本是兩人，卿自誤耳。何也？尺牘之文可以爲文而不可以謂之文。朝夕勸生研讀，嚴如師友。[馮評] 閨中良友，何可多得。斂昏，[何註] 斂昏，日光斂而昏暗也。先挑燭據案自哦，爲丈夫率，聽漏三下，乃已。[但評] 語新奇可愛。如是年餘，生制藝頗通；而再試再黜，身名蹇落，[何註] 蹇落，蹇緩落寂也。饔飧[何註] 饔飧，朝曰饔，夕曰飧，從夕。不給，撫情寂漠，嗷嗷[何註] 嗷音敖，衆口愁也。悲泣。女訶之曰：「君非丈夫，負此弁耳！使我易髻而冠，青紫直芥視之！」[呂註] 前漢書，夏侯勝傳：勝每講授，常謂諸生曰：士病不明經術；經術苟明，其取青紫，如俛拾地芥耳。注：地芥，謂草芥横在地上者。[何註] 青紫，揚雄解嘲：紆青拖紫。言貴仕也。○[但評] 君非丈夫，合受巾幗；妾作男兒，定取青紫。一髻一冠，只一轉移間耳。○負此弁，則不成爲丈夫矣。青紫而芥視之，豈甘爲髻所誤哉。生方懊喪，聞妻言，睒睗[呂註] 左思吳都賦：忘其所睒睗。注：睒睗，疾視也。[何註] 睒睗音閃釋。目疾視也。韓愈詩：雷電生睒睗。而怒曰：「閨中人，身不到場屋，便以功名富貴似汝[校] 抄本作在。廚下汲水炊白粥；若冠加於頂，恐亦猶人耳！」〔但評〕視青紫如芥，言甚易也。汲水炊白粥，言現成也。豈知此閨中人非徒説現成話者，必到冠加於頂，做出來，然後知其不猶人。此等男子，真是闒茸，真是其中無有。○岸上人原慣説自在話。以功名富貴當作廚下生活，閨中往往有之；奈此雌兒非伏爨而汲水炊粥者可比。女笑曰：「君勿怒。俟試期，妾請易裝相代。倘落拓如君，當不敢復藐〔何註〕藐，小也。天下士矣。」生亦笑曰：「卿自不知蘗苦，〔呂註〕蘗音柏，黄木也。本草：蘗樹狀如石榴，皮黄而苦。古樂府：黄蘗鬱成林，當奈苦心多。〔何註〕蘗即黄柏也。真〔校〕抄本作直。宜使〔校〕青本無上三字。請嘗試之。但恐綻露，爲鄉鄰笑耳。」女曰：「妾非戲語。君嘗言燕有故廬，〔馮評〕補筆，救筆，斡旋之筆。請男裝從君歸，僞爲弟。君以襁褓出，誰得辨其非？」生從〔校〕抄本作然。之。女入房，巾服而出，曰：「視妾可作男兒否？」〔馮評〕用可作二字，重之也，貴之也，見得身男兒之不易也。顧世之負此巾服者，豈少也哉！生視之，儼然一顧影〔校〕抄本無上二字。○〔呂註〕後漢書，南匈奴傳：昭君豐容靚飾，光明漢宮，顧影裴回，竦動左右。又晉書，何晏傳：粉白不去手，行步自顧影。少年也。生喜，偏辭里社。交好者薄有餽遺，買一羸蹇，〔何註〕羸蹇，瘦驢也。御妻而歸。生叔兄尚在，見兩弟如冠玉，〔呂註〕史記，陳丞相世家：絳侯、灌嬰等咸讒陳平曰：平雖美丈夫，如冠玉耳，其中未必有也。甚喜，晨夕卹顧之。又見宵旰〔何註〕宵旰，旰，居案切，音骭，晚也。左傳，襄十四年：日旰不召。宵，夜也。唐書，劉蕡傳：宵衣旰食。攻苦，倍益愛敬。僱一翦髮雛奴，爲供給使。暮後，輒遣去之。鄉中弔慶，兄自出周旋；弟惟下帷讀。居半年，罕有睹其面者。客或請見，兄輒代辭。讀其文，瞲〔呂註〕集韻：瞲，呼決切，音血，驚視之貌。荀子，榮辱篇：瞲然視之。然駭異。或排闥［校］抄本下有入字。而迫之，一揖便亡去。［馮評］如黃山谷詩，到底有許多扭扭揑揑。客睹［校］抄本作見。丰采，又共［校］青本作俱。傾慕。由此名大譟，世家爭願贅焉。叔兄商之，惟輾然笑。再強之，則言：「矢志青雲，不及第，不婚也。」會學使案臨，兩人並出。兄又落。弟以冠軍應試，中順天第四；明年成進士；［但評］令正雄飛，尊夫雌伏矣。授桐城令，有吏治；尋遷河南道掌印御史，富埒王侯。［馮評］兩行中疾掃一過，妙於用捷筆。［但評］授桐城令，真爲民之母矣，其有吏治也固宜。至行取而遷御史，以牝雞而鳴國是，陰盛陽衰，亦明季不祥之兆也。因託疾乞骸骨，賜歸田里。賓客填門，迄謝不納。［馮評］不知某生此時站立何處。予出一策：某生而巾幗之僞作侍御夫人也者。顛倒陰陽，剛柔易位，人當無不娶之疑矣。生固美少年也。又自諸生以及顯貴，並不言娶，人無不怪之者。歸後，漸置婢。或疑其私；嫂察之，殊無苟且。無何，明鼎革，天下大亂。乃謂［校］抄本作告。嫂曰：「實相告：我小郎婦也。以男子闒茸，［呂註］司馬遷報任安書：今已虧形，爲掃除之隸，在闒茸之中。注：闒茸，猥賤也。○呂忱字林：闒茸不肖。不能自立，負氣自爲之。深恐播揚，致天子召問，貽笑海內耳。」［但評］恐貽笑，只爲闒茸男子藏拙。嫂不信。脫靴而示之足，始愕；視靴中，則敗絮滿焉。於是使生承其銜，仍閉門而雌伏［呂註］後漢書，趙典傳：典兄子溫，初爲京兆郡丞，歎曰：大丈夫當雄飛，安能雌伏！矣。而生平不孕，［馮評］補此句好，萬一御史時生子奈何？遂出貲購妾。［但評］十年雄飛，一朝雌伏，生平不孕，真可謂兩袖清風。謂生曰：「凡人置身通顯，則買姬媵以自奉；我宦迹十年，猶一身耳。［何評］韻語。君何福澤，坐享佳麗？」生曰：「面首三十人，［呂註］南史，宋本紀：山陰公主淫恣過度，謂帝曰：陛下後宮數百，妾惟駙馬一人，事不均平，一何至此？帝乃爲立面首左右三十人。○面，貌之美者。首，髮之美者。請卿自置耳。」［但評］戲語成趣。相傳爲笑。是時生父母，屢受覃恩矣。［但評］受封新婦，顏氏有顏，而丈夫無顏矣。搢紳拜往，尊生以侍御禮。生羞襲閨銜，惟以諸生自安，終身未嘗輿蓋云。［馮評］猶有丈夫氣。［但評］映帶弁字。

異史氏曰：「翁姑受封於新婦，可謂奇矣。然侍御而夫人也者，何時無之？但夫人而［校］青本無而字。侍御者少耳。天下冠儒冠、稱丈夫者，皆愧死矣！」

［何評］女也而男，公然仕宦，使非鼎革，則雌雄莫辨矣，不幾於人妖與？

杜翁*

杜翁，沂水人。偶自市中出，坐牆下，以候同遊。覺少倦，忽若夢，見一人持牒攝去。至一府署，從來所未經。一人戴瓦壠〔何註〕壠音隴，瓦壠，平天冠上似瓦壠也。冠，自内出，則青州張某，其故人也。見杜驚曰：「杜大哥何至此？」杜言：「不知何事，但有勾牒。」張疑其悞，將爲查驗。乃囑曰：「謹立此，〔校〕青本無此字。勿他適。恐一迷失，將難救挽。」遂去，久之不出。惟持牒人來，自認其悞，釋令歸。杜別而行。途中遇六七女郎，容色媚〔校〕抄本作美。好，悦而尾之。下道，趨小徑，行十數〔校〕抄本作數十。步。聞張在後大呼曰：「杜大哥，汝將何往？」杜迷戀不已。俄見諸女入一圭竇，〔何註〕竇音豆，壁間小户也。心識爲王氏賣酒者之家。不覺探身門内，略一窺瞻；即見〔校〕抄本作覺。身在苙〔校〕各本均作笠，應苙誤。中，與諸小豭同伏。豁然自悟，已化豕矣。〔但評〕好尾女郎者，已有豕心，有豕行，身入苙中固宜。而耳中猶聞張呼。大懼，急以首觸壁。聞人言曰：「小豖顛癇矣。」還顧，已復爲人。速出門，則張候於途。責曰：「固囑勿他往，何不聽信？〔校〕抄本作言。幾至壞事！」遂把手送至市門，乃去。杜忽醒，則身猶倚壁間。詣王氏問之，果有一豖自觸死云。

小謝*

渭南姜部郎第，多鬼魅，常惑人。因徙去。留蒼頭門之而死，數易皆死；遂廢之。里有陶生望三者，夙倜儻，好狎妓，酒闌輒去之。友人故使妓奔就之，亦笑內不拒；而實終夜無所沾染。嘗宿部郎家，有婢夜奔，生堅拒不亂，［馮評］狎妓者能拒奔女，純是爛漫天真，此種性情，俗子不曉。部郎以是契重之。家綦貧，又有「鼓盆［呂註］莊子，至樂篇：莊子妻死，惠子弔之。莊子則方箕踞鼓盆而歌。惠子曰：不哭亦足矣，又鼓盆而歌，不亦甚乎？莊子曰：人且偃然寢於巨室，而我噭噭隨而哭之，自以爲不通乎命，故止也。之戚」，茆屋數椽，溽暑不堪其熱；因請部郎，假廢第。部郎以其凶故，卻之。生因作「續無鬼論」［呂註］晉阮瞻作無鬼論，唐林蘊亦作無鬼論。獻部郎，且曰：「鬼何能爲！」［但評］心不惑於邪，鬼何能爲？部郎以其請之堅，諾之。生往除廳事。薄暮，置書其中；返取他物，則書已亡。怪之，仰卧榻上，靜息以伺其變。食頃，聞步履聲，睨之，見二女自房中出，所亡書，送還案上。一約二十，一可十七八，並皆姝麗。逡巡立榻下，相視而笑。生寂不動。長者翹一足踹生腹，［何註］踹音剬。淮南子：踹足而怒。此謂以足加腹戲也。事同而情殊。少者掩口匿笑。［馮評］寫女子癡頑如畫，閒細之甚。生覺心搖搖若不自持，即急肅然端念，卒不顧。［但評］才一搖動，便急肅然，鬼且無能爲，何況非鬼。○見姝麗而寂不動，此初念之自持，人或能之。至於足踹腹，手捋髭，撚鼻穿耳掩目，謂此時不心搖搖者，將誰欺乎？所恃者，即急肅然端念耳。於搖搖若不自持之時，而即肅然端念，方可謂之真操守、真理學。彼閉户枯寂自守，不見可欲可樂之事，遂竊竊以節操自矜，恐未必如此容易。女近［校］青本作遂。以左手捋髭，右手輕批頤頰，作小響。少者益笑。生驟起，叱曰：「鬼物敢爾！」二女駭奔而散。生恐夜爲所苦，欲移歸，又恥其言不掩；乃挑燈讀。暗中鬼影憧憧，略不顧瞻。［校］抄本作瞻顧。夜將半，燭而寢。始交睫，覺人以細物穿鼻，奇痒，大嚏；但聞暗處隱隱作笑聲。生不語，假寐以俟［校］青本作候。之。俄見少女以紙條撚細股，鶴行鷺伏而至；［馮評］頑皮樣，儼有兩小鬼頭活跳紙上。生暴起訶之，飄竄而去。既寢，又穿其耳。終夜不堪其擾。雞既鳴，乃寂無聲，生始酣眠，終日無所睹聞。日既［校］抄本作既日。下，恍惚出現。生遂夜炊，將以達旦。長者漸曲肱几上，觀生讀。既而掩生卷。生怒捉之，即已飄散；少間，又撫之。生以手按卷讀。少者潛於腦後，交兩手掩生目，瞥然去，遠立以哂。生指罵曰：「小鬼頭！捉得便都殺卻！」［馮評］有畫六賊戲古佛亦佳，然不如此趣。女子即又不懼。因戲之曰：「房中縱送，［何註］縱送，詩，鄭風：抑縱送忌。以騎馬喻房術也。我都不解，纏我無益。」二女微笑，轉身向竈，析薪溲米，［何註］析薪，以斧破薪也。詩，齊風：析薪如之何。溲音搜，淅米也。爲生執爨。生顧而獎［校］抄本下有之字。曰：「兩卿此爲，不勝慭跳耶？」俄頃，粥熟，争以匕、箸、陶椀置几上。生曰：「感卿服役，何以報德？」女笑云：「飯中溲合砒、酖［吕註］左傳，莊三十二年：成季使以君命命僖叔，待于鍼巫氏，使鍼季酖之。注：鴆，毒鳥名，以其羽畫酒，飲之立死。［何註］砒，砒名。酖，鴆通，毒鳥也，以羽拂酒殺人。矣。」［馮評］摇曳之筆。［但評］鬼語謔而趣，恰如此時口吻。生曰：「與卿夙無嫌怨，何至以此相加。」啜已，復盛，争爲奔走。生樂之，習以爲常。日漸稔，接坐傾語，審其姓名。長者云：「妾秋容，喬氏；彼阮家小謝也。」［但評］自言之，則先名而後姓；代言，則先姓而後名。又研問所由來。小謝笑曰：「癡郎！尚不敢一呈身，誰要汝問門第，作嫁娶耶？」生正容曰：「相對麗質，寧［校］青本作豈。獨無情；［但評］以情感之。但陰冥之氣，中人必死。［但評］以害曉之。不樂與居者，行可耳；樂與居者，安可耳。［但評］以去留之義示之。如不見愛，何必玷兩佳人？［但評］以羞惡之心動之。如果見愛，何必死一狂生？」［馮評］左傳，哀六年：悼公稽首曰：若我可，不必亡一夫人；若我不可，不必亡一公子。似此句法。○左傳，定元年：若從君者，則貌而出者，入可也，寇而出者，行可也。句法本此。又襄二十三年：若能孝敬，富倍季氏可也；奸回不軌，禍倍下民可也。［但評］以愛仇之辨正之。○剛直語而以嫵媚出之，即鬼亦感而動容。二女相顧動容，自此不甚虐弄之；然時而探手於懷，捋袴於地，亦置不爲怪。一日，録書未卒業而出，返則小謝伏案頭，操管代録。見生，擲筆睨笑。近視之，雖劣不成書，而行列疎整。生贊曰：「卿雅人也！苟樂此，僕教卿爲之。」乃[校]青本無乃字。擁諸懷，把腕而教之畫。[校]同本作書。秋容自外入，色乍變，意似妒。[但評]妒色本難看，鬼妒而色變更怕煞人。小謝笑曰：「童時嘗從父學書，久不作，遂如夢寐。」秋容不語。生喻其意，僞爲不覺者，遂抱而授以筆，曰：「我視卿能此否？」作數字而起，曰：「秋娘大好筆力！」[呂註]韓愈詩：龍文百斛鼎，筆力可獨扛。秋容乃喜。[但評]調停其間，處人難，處鬼尤難，處鬼狐尤難中之難。○遇事而善調停，則無事矣。可以處鬼事，並可以處人事。生[校]青本無生字。於是折兩紙爲範，俾共臨摹；生另一燈讀。竊喜其各有所事，不相侵擾。倣畢，祗立几前，聽生月旦。秋容素不解讀，塗鴉不可辨認，花判[呂註]未詳。按，曾鞏劄子故事：中書舍人分押尚書六曹，天下衆務，無不關決，各執己見，雜署其名，謂之五花判事。[何註]花判，如五花判事，猶言判其好醜也。已，自顧不如小謝，有慚色。生獎慰之，顏始霽。二女由此師事生，坐爲抓背，卧爲按股，不惟不敢侮，爭媚之。[但評]師嚴道尊，心悦誠服。豈惟莫余敢侮，如此其忠且敬也。○祗立而師事之，至於抓背按股而爭媚之，鬼且敬人，人何畏鬼。踰月，[校]青本作日。小謝書居然端好，生偶贊之。秋容大慚，粉黛淫淫，淚痕如綫；生百端慰解之，乃已。因教之讀，穎悟非常，指示一過，無再問者。與生競讀，常至終夜。小謝又引其弟三郎來，拜生門下。年十五六，姿容秀美。以金如意一鉤爲贄。生令與秋容執一經，滿堂咿唔，[何註]咿唔，音伊吾，呻也。生於此設鬼帳焉。[但評]或謂生嘗作續無鬼論矣，今設鬼帳，不幾悔前言之謬乎？曰唯唯，否否。設帳如陶生也者，滿堂咿唔，何嘗有鬼？設帳非陶生也者，滿堂咿唔，何嘗有人？設部郎聞之喜，以時給其薪水。積數月，秋容與三郎皆能詩，時相酬唱。小謝陰囑勿教秋容，生諾之；秋容陰［校］青本無陰字。囑勿教小謝，生亦諾之。一日，生將赴試，二女涕淚持［校］抄本作相。別。三郎曰：「此行可以託疾免；不然，恐履不吉。」［馮評］生下。生以告疾爲辱，遂行。先是，生好以詩詞譏切時事，獲罪於邑貴介，［但評］倜儻剛直之人，多犯此病，因之得禍者十居其九，可鑑也。○以詩詞譏切時事，自是不避鬼蜮之人。然而人而鬼，可以不避；鬼而人，則不可以不避。人而鬼，陰也，以剛陽制之則伏。若貴介者，外人而內鬼，外陽而內陰，我以人道，彼以鬼謀，我以陽剛，彼以陰險，況他鬼從而附和之，即不畏鬼如陶生，能不受其中傷哉。日思中傷之。陰賂學使，誣以行簡，［校］青本作檢。淹禁獄中。資斧絕，乞食於囚人，自分已無生理。忽一人飄忽而入，則秋容也。以饌具餽生。相向悲咽，曰：「三郎慮君不吉，今果不謬。三郎與妾同來，赴院申理矣。」數語而出，人不之睹。越日，部院出，三郎遮道聲屈，收之。秋容入獄報生，返身往偵之，三日不返。生愁餓無聊，度一日如年歲。［校］上六字，抄本作度日如年。忽小謝至，愴惋［何註］愴惋，愴音創，傷也。惋音腕，駭恨也。欲絕，言：「秋容歸，經由城隍祠，被西廊黑判强攝去，逼充御媵。［校］青本作媵御。秋容不屈，今亦幽囚。妾馳百里，奔波頗殆；至北郭，被老棘刺吾足心，痛徹骨髓，恐不能再至矣。」因示之足，血殷凌波［何註］謂殷血污襪履也。焉。出金三兩，跛踦［何註］跛踦音貴敧，行不正也。而沒。部院勘三郎，素非瓜葛，無端代控，將杖之，撲地遂滅。異之。覽其狀，情詞悲惻。提生面鞫，問：「三郎何人？」生僞爲不知。部院悟其寃，釋之。[但評]全得鬼弟子之力。既歸，竟夕無一人。更闌，小謝始至。慘然曰：「三郎在部院，被廨神押赴冥司；冥王以[校]抄本作因。三郎義，令[校]青本作今。託生富貴家。秋容久錮，妾以狀投城隍，又被按閣，不得入，且復奈何？」生忿[校]抄本下有然字。曰：「黑老魅何敢如此！明日仆其像，踐踏爲泥，數城隍而責之；案下吏暴横如此，渠在醉夢中耶！」[但評]誅其罪，究其該管上司，引援之例切當，無愧秋曹。○生能仆黑魅，責城隍，而不能仆貴介，責學使，可見人之惡實勝於鬼，鬼猶可以理服，人則難以理服也。悲憤相對，不覺四漏將殘。秋容飄然忽至。[馮評]以陶生口中憤責，緊接秋容忽至，此文筆簡捷處。兩人驚喜，急問。秋容泣下曰：「今爲郎萬苦矣！判日以刀杖[校]抄本無杖字。相逼，今夕忽放妾歸，曰：『我無他，[校]抄本下有意字。原以愛故；既不願，固亦不曾[校]青本無曾字。污玷。煩告陶秋曹，勿見譴責。』」生聞少歡，欲與同寢，曰：「今日願爲[校]抄本作與。卿死。」[但評]願爲卿死一節，顧盼上文，然亦情理中所必有之事。二女戚然[校]青本無然字。曰：「向受開導，頗知義理，何忍以愛君者殺君乎？」執不可；然俛頸傾頭，情均伉儷。二女以遭難故，妒念全消。[但評]盤根錯節，玉汝于成，古今作如是觀。會一道士途遇生，顧謂「身[校]抄本無身字。有鬼氣」。生以其言異，具告之。道士曰：「此鬼大好，[但評]固是鬼好，亦由教化中來。不擬[校]青本、抄本作宜。負他。」[但評]此鬼大好，不宜負他，仙人多情，仙人論理。因書二符付生，曰：「歸授兩鬼，任其福命：如聞門外有哭女者，吞符急出，先到者可活。」生拜受，歸囑二女。後月餘，果聞有哭女者。二女爭奔而去。小謝忙急，忘吞其符。〔但評〕所謂求急而反以得緩也。見有喪轝〔何註〕轝，輿同。過，秋容直出，入棺而没；小謝不得入，痛哭而返。生出視，則富室郝氏殯其女。共見一女子入棺而去，方共驚疑；俄聞棺中有聲，息肩發驗，女已頓蘇。因暫寄生齋外，羅守之。忽開目問陶生。郝氏研詰之。答云：「我非汝女也。」遂以情告。郝未深信，欲舁歸；女不從，逕入生齋，偃臥不起。郝乃識壻而去。生就視之，面龐雖異，而光豔不減秋容，喜愜過望，〔但評〕秋本是容，即光豔少減，亦喜矣，不減則喜而更愜，愜而過望。殷敍平生。〔校〕青本作生平。忽聞嗚嗚〔校〕抄本下有然字。鬼泣，則小謝哭於暗陬。心甚憐之，即移燈往，寬譬哀情，而衿袖淋浪，〔何註〕淋浪，謂淚零也。浪音郎，流貌。離騷：沾余襟之浪浪。痛不可解。近曉始去。天明，郝以婢媪齎送香奩，居然翁壻矣。暮入帷房，則小謝又哭。如此六七夜，夫婦俱〔校〕抄本無俱字。爲慘動，不能成合卺之禮。生憂思無策。秋容曰：「道士，仙人也。再往求，倘得憐救。」生然之。迹道士所在，叩伏自陳。道士力言「無術」。生哀不已。道士笑曰：「癡生好纏人！〔但評〕活一好鬼，尚留一好鬼。癡生即不糾纏，道人豈肯負他。合與有緣，請竭吾術。」

乃從生來，索靜室，掩扉坐，戒勿相問。凡十餘日，不飲不食。潛窺之，瞑若睡。一日晨興，有少女搴簾入，明眸〔校〕青本下有而字。皓齒，光豔照人。微笑曰：「跋履終夜，〔校〕抄本作日。憊極矣！被汝糾纏不了，奔馳百里外，始得一好廬舍，道人載與俱來矣。待〔校〕抄本作得。見〔校〕青本無見字。其人，便相交付耳。」〔但評〕以女言作敘事，出色生新，又是省力。斂昏，小謝至，女遽起迎抱之，翕然合爲一體，仆地而僵。〔但評〕敘秋容，先入棺而後有聲，而頓蘇，而聞言，而見貌。此敘小謝，則少女先入簾而已見其貌，聞其言，且即自敘其事；而後小謝至而抱之，而合之，而仆地而甦。並郝之詰女，蔡之認妹，皆作兩樣寫法。此可悟行文錯綜變化之訣。即道士自室中出，拱手逕去。拜而送之。及返，則女已甦。扶置牀上，氣體漸舒，但把足呻言趾股痠痛，數日始能起。後生應試得通籍。〔呂註〕前漢書，元帝紀：令從官給事宮司馬中者，得爲大父母父母兄弟通籍。注：籍者，爲二尺竹牒，記其年紀、名字、物色，懸之宮門，案省相應，乃得入也。〔何註〕通籍，通籍貫，家世于同年之家也。有蔡子經者，與同譜，以事過生，留數日。小謝自鄰舍歸，蔡望見之，疾趨相躡；小謝側身斂避，心竊怒其輕薄。蔡告生曰：「一事深駭物聽，可相告否？」詰之，答曰：「三年前，少妹夭殞，經兩夜而失其尸，至今疑念。適見夫人，何相似之深也？」生笑曰：「山荊陋劣，何足以方君妹？然既係同譜，義即至切，何妨一〔校〕青本作以。獻妻孥。」乃入內，〔校〕抄本下有室字。使小謝衣殉裝出。蔡大驚曰：「真吾妹也！」因而泣下。生乃具述本末。蔡喜曰：「妹子未死，吾將速歸，用慰嚴慈。」遂去。過數日。舉家皆至，後往來如郝焉。

異史氏曰：「絶世佳人，求一而難之，何遽得兩哉！事千古而一見，惟不私奔女者能遘之也。道士其仙耶？何術之神也！苟有其術，醜鬼可交耳。」

［何評］借軀而生，古傳其事，然亦謂偶然相值者耳。濟之以術，遠爲召至，及其流弊，遂有攝取初死之尸，以役淫昏之鬼，如所云本自佛傳，還求佛恕者。吁！可懼哉！

［但評］目中有妓，心中無妓，此何等學術，何等胸襟！必能堅拒私奔人，乃可作無鬼之論；並可以與鬼同居，不爲所擾，而且有以感之化之。夫鬼也而至於感且化，則又何嘗有鬼哉！

縊鬼*

范［校］抄本作苑，下同。生者，宿於逆旅。［校］遺本作旅舍。食後，燭而假寐。忽一婢來，襆衣置椅上；又有鏡奩揥篋，一一列案頭，乃去。俄一少婦自房中出，發篋開奩，對鏡櫛掠；已而髻，［校］遺本無上三字。已而簪，［校］遺本作回身。顧影徘徊甚久。前［校］遺本無前字。婢來，進匜沃盥。盥已捧帨，既，［校］遺本作旋。持沐湯去。婦解襆出裙帔，炫然新製，就着之。掩衿提［校］遺本作捉。領，結束周至。范不語，中心疑怪，謂必奔婦，將嚴裝以就客也。婦妝訖，出長帶，垂諸梁而結焉。訝之。婦從容跂雙彎，引頸受縊。才［校］抄本、遺本作方。一着帶，目即含，［校］抄本、遺本作合。眉即豎，舌出吻兩［校］抄本、遺本作二。寸許，顏色慘變如鬼。大駭奔出，呼告主人，驗之已渺。［校］遺本作杳。主人曰：「曩子婦經於是，毋乃此乎？」吁！［校］抄本無吁字。異哉！既死猶作其狀，此何説也？

異史氏曰：「冤之極而至於自盡，苦矣！然前爲人而不知，後爲鬼而不覺，所最難堪者，束裝結帶時耳。故死後頓忘其他，而獨於此際此境，［校］遺本作景。猶歷歷一作，是其所極不忘［校］上二字，遺本作難忘情。者也。」［校］青本無此篇。

吴門畫工*

吴門畫工某，［校］上三字，抄本作一畫工。忘其名。［校］抄本無上三字，遺本名作姓字。喜繪吕祖，每想像而神會之，［校］抄本無而之二字。希幸一遇。虔結在念，靡刻不存。一日，值［校］抄本作有。羣丐飲郊郭間，内一人敝衣露肘，而神采軒豁。心忽動，疑爲吕祖。［校］上七字，抄本作心疑吕祖。諦視覺愈［校］上二字，抄本作愈覺其。確，遂捉其臂曰：「君吕祖也。」丐者大笑。某堅執爲是，伏拜不起。丐者曰：「我即吕祖，汝將奈何？」某叩頭，但祈［校］上二字，抄本作求。指教。丐者曰：「汝能相識，可謂有緣。然此處［校］遺本無處字。非語所，夜間當相見也。」再欲遮問，［校］抄本無上四字。轉盼已［校］抄本作遂。杳。駭嘆而歸。至夜，果夢吕祖來，曰：「念子志慮耑誠，［校］抄本作專凝，遺本作耑凝。特來一見。但汝骨氣貪吝，不能爲仙。我使子［校］抄本無子字。見一人可也。」即向空一招，遂有一麗人躡空而下，服飾如貴嬪，容光袍儀，煥映一室。呂祖曰：「此乃董娘娘，子審〔校〕抄本作謹。誌之。」既而又問：「記得否？」答：〔校〕抄本下有曰字。「已記之。」又曰：「勿忘卻。」俄而麗者去，呂祖亦去。醒而異之，即夢中所見，肖〔校〕抄本下有像字。而藏之，終亦不解所謂。〔校〕抄本無上六字。後數年，偶游於〔校〕抄本無於字。都。會董妃薨，〔校〕抄本作卒。上念其賢，將爲肖像。諸工羣集，口授心擬，終不能似。某忽觸〔校〕抄本作憶。念夢中人，〔校〕人，抄本作麗者。得無〔校〕遺本作毋。是耶？以圖呈進。宮中傳覽，皆〔校〕抄本作俱。謂神肖。由是〔校〕上二字，抄本作上大悅。授官中書，辭〔校〕遺本無辭字。不受；賜萬金。於是〔校〕抄本無上二字。名大譟。貴戚家爭遺〔校〕抄本作賚。重幣，乞〔校〕抄本作求。爲先人傳影。但〔校〕抄本作凡。懸空摹〔校〕遺本作模。寫，罔不曲似。〔校〕抄本作無不曲肖。浹辰之間，累數巨萬。〔校〕上二字，抄本作萬金。萊蕪朱拱奎曾見其人。〔校〕青本無此篇。

同郡張秀生名俊，工巧藝。家落，遊四方。以揑像、寫真得名，而揑像尤精。王公大人爭延致之。與余有瓜葛親。數年前，借與市肆一所，俾得售其術。與相識者，即歿經數載，懸揣其面龐骨格，無不曲似，亦神乎技矣。今其人已墓有宿草，憶及爲之悵然。省庵附記

林氏*

濟南戚安期，素佻達，〔何註〕佻達，詩，鄭風：佻兮達兮。儇薄也。喜狎妓。〔校〕此據抄本，稿本、青本作姬。妻婉戒之，不聽。妻林氏，美而賢。〔稿本無名氏乙評〕書法。會北兵入境，被俘去。暮宿途中，欲相犯。林僞諾〔校〕抄本作許。之。適兵佩刀繫牀頭，急抽刀自剄〔校〕抄本作刎。死；兵舉而委諸野。次日，拔舍〔呂註〕左傳，僖十五年：秦獲晉侯以歸，晉大夫反首拔舍從之。注：反首，亂頭髮反下垂也。拔舍，拔草舍止也。去。有人傳林死，戚痛悼而〔校〕抄本無而字。往。視之，有微息。負而歸，目漸動；稍稍〔校〕抄本少一稍字。嚬呻；〔何註〕嚬，毗賓切，眉蹙貌；呻，呻吟也。扶〔校〕抄本扶上有輕字。其項，以竹管滴瀝灌飲，能咽。戚撫之曰：「卿萬一能活，相負者必遭凶折！」〔但評〕固佻達狎妓之人也，然皇天后土，共聞此言矣。半年，林平復如故；但〔校〕抄本作惟。首爲頸痕所牽，常若左顧。戚不以〔校〕抄本無以字。爲醜，愛戀逾於平昔。曲巷〔呂註〕王庭珪詩：居鄰曲巷有朱扉，未許東牆宋玉窺。之游，從此絶迹。林自覺形穢，將爲置媵；戚執不可。居數年，林不育，因勸納婢。戚曰：「業誓不二，鬼神寧不聞之？〔校〕上四字，抄本作鑒之。即似〔校〕抄本作嗣。續〔呂註〕詩，周頌：以似以續。不承，亦吾命耳。若未〔校〕抄本作不。應絶，卿豈老不能生者〔校〕上四字，抄本作而不能生。耶？」林乃託疾，使戚獨宿；遣婢海棠，襆被〔校〕抄本無上二字。臥其牀下。既久，陰以宵情問婢。婢言無之。〔校〕抄本作婢曰並無。林不信。至夜，戒婢勿往，自詣婢所〔校〕青本無所字。臥。少間，聞牀上睡〔校〕上三字，抄本作林牀上。息已動。潛起，登牀捫之。戚醒問誰。林耳語曰：「我海棠也。」戚卻拒〔校〕抄本作拒卻。曰：「我有盟誓，不敢更也。若似曩年，尚須汝奔就耶？」〔馮評〕鐵漢非迂漢。林乃下牀出。〔校〕抄本作去。戚自是〔校〕上二字，抄本作仍。孤眠。林〔校〕抄本下有又字。使婢託己往就之。戚念妻生平曾未〔校〕抄本作從不。肯作不速之客，疑焉。〔校〕抄本作而。摸其項，無痕，知爲婢，又咄〔校〕抄本作叱，青本作出。之。婢慚而退。既〔校〕抄本作及。明，以情告林，使速嫁婢。林笑云：〔校〕抄本作曰。「君亦不必過執。倘得一丈夫子，即亦〔校〕抄本作豈不。幸甚。」戚曰：「苟背盟誓，鬼責將及，尚望延宗嗣乎？」林翼〔校〕抄本作一。日笑語戚曰：「凡農家者流，苗與秀不可知，播種常例不可違。晚間耕耨之期至矣。」戚笑會之。既夕，林滅燭呼婢，使臥己衾中。戚入，就榻戲曰：「佃人來矣。深愧錢鎛[吕註]詩，周頌：庤乃錢鎛。傳：庤，具也。錢，銚；鎛，鉏：皆田器也。[何註]庤音峙，錢音剪，鎛音博。不利，負此良田。」[稿本無名氏乙評]戲語，韻。婢不語。既而[校]抄本作婢及。舉事，婢小語[校]上三字，抄本作小語戚。曰：「私處小腫，顛猛不任！」戚體意溫卹之。[但評]此時宜有神助，蓋天早鑒其衷也。不然，豈有婢小語而不辨其聲音哉？事已，婢僞起溺，以林易之。自[校]抄本作從。此時值落紅，輒一爲之，而戚不知也。[稿本無名氏乙評]補綻好。[何評]恐假也。未幾，婢腹震。林每使靜坐，不令給役於前。故謂戚曰：「妾勸內婢，而君弗聽。設爾日冒妾時，君悞信之，交而得孕，將復如何？」[校]青本作何如。戚曰：「留犢鬻母。」[稿本無名氏乙評]詞意斬然。林乃不言。無何，婢舉一子。林暗買乳媪，抱養母家。積四五年，又產一子[校]抄本作男。一女。長子[校]抄本無子字。名長生，已七歲，就外祖家讀。[校]抄本下有書字。林半月輒託歸寧，一往看視。婢年益長，戚時時促遣之。林輒諾。婢日思兒女，林從其願，[校]上三字，抄本作乃。竊爲上鬟，[何註]上鬟，易奴飾也。送詣[校]抄本作至。母所。[校]青本作家。謂[校]抄本謂上有林字。戚曰：「日謂我不嫁海棠，母家有[校]抄本下有一字。義男，業配之。」又數年，子女俱長成。值戚初度，林先期治具，爲候賓友。[校]抄本作客。戚歎曰：「歲月騖過，忽已半世。幸各強健，家亦不至凍餒。所闕者，膝下一點。」[校]抄本下有耳字。林曰：「君執拗，不從妾言，夫誰怨？然欲得男，兩亦非難，[校]抄本作甚易。何況一也。」[校]抄本作乎。戚解顔曰：「既言不難，明日便索兩男。」林言：[校]抄本作曰。「易耳，易耳！」[校]青本無下易耳二字。早起，命駕至母家，嚴妝子女，載與俱歸。入門，令雁行立，呼父叩祝千秋。拜已而起，相顧嬉笑。戚駭怪不解。林曰：「君索兩男，妾添一女。」始爲詳述本末。戚喜曰：「何不早告？」曰：「早告，恐絶其母。今子已成立，尚可絶[校]抄本下有其母二字。乎？」戚感極，涕不自禁。[校]上四字，抄本作涕泣。乃[校]抄本作遂。迎婢歸，偕老焉。古有賢姬，如林者，可謂聖矣！[校]上十一字，抄本作異史氏曰，女有存心如林氏者，可謂賢德矣。〇[稿本無名氏乙評]以贊作結，妙有逸致。[但評]我卒讀之，忽不知何以亦代之喜極感極而涕不自禁也。稱之曰聖，復何愧？

[梓園評]聊齋此篇，極意寫戚爲林誑，余竊意林爲戚誑也。

[何評]安期之先太放，其後太拘，要亦其妻之賢，有以使之。吾於林氏前後俱無閒言。

胡大姑*

益都岳于〔校〕青本、抄本作於。九，家有狐祟，布帛器具，輒被拋擲鄰堵。蓄細葛，將取作服；見捆卷如故，解視，則邊實而中虛，悉被翦〔何註〕翦，齊斷也。去。諸如此類，不堪其苦。亂詬罵之。岳戒止云：〔校〕抄本作解止曰。「恐狐聞。」狐在梁上曰：「我已聞之矣。」由是祟益甚。一日，夫妻臥未起，狐攝衾服去。各白身蹲牀上，望空哀祝之。忽見好〔校〕青本無好字。女子自窗入，擲衣牀頭。視之，不甚修長；衣絳紅，外襲雪花比甲。〔何註〕比甲，半臂也，俗呼背心。岳着衣，揖之曰：「上仙有意垂顧，即〔校〕抄本作幸。勿相擾。請以爲女，如何？」〔校〕抄本作何如。狐曰：「我齒較汝長，何得妄自尊？」又請爲姊妹，乃許之。於是命家人皆呼以胡大姑。時顏鎮張八公子家，有狐居樓上，恒與人語。岳問：「識之否？」答云：「是吾家喜姨，何得不識？」岳曰：「彼喜姨曾不擾人，汝何不效之？」狐不聽，擾如故。

猶不甚祟他人，而專祟其子婦：履襪簪珥，往往棄道上；每食，輒於粥椀中埋死鼠或糞穢。婦輒擲椀罵騷狐，並不禱免。岳祝曰：「兒〔校〕青本作男。女輩皆呼汝姑，何略無尊長體耶？」狐曰：「教汝子出若婦，我爲汝媳，便相安矣。」〔何評〕齒長不肯作女，乃欲爲媳，何也？子婦罵曰：「淫狐不自慚，〔校〕青本無自字，抄本作自羞。欲與人争漢子耶！」時婦坐衣笥上，忽見濃煙出尻下，熏熱如籠。啓視，藏裳俱燼；剩一二事，皆姑服也。又使岳子出其婦，子不應。過數日，又促之，仍不應。狐怒，以石擊之，額破裂，〔校〕抄本無裂字。血流幾斃。〔但評〕此狐無禮無恥，或是芻偶，亦未可知，以其全無心腸也。岳益患之。西山李成爻，〔校〕抄本作文。善符水，因幣聘之。李以泥金寫紅絹作符，三日始成。又以鏡縛梃上，捉作柄，徧照宅中。使童子隨視，有所見，即急告。至一處，童言〔校〕抄本作曰。牆上若犬伏。李即戟手書符其處。既而禹步庭中，咒移時，即見家中犬豕並來，帖耳戢尾，若聽教命。〔校〕抄本作誨。李揮曰：「去！」即紛然魚貫而去。又咒，羣鴨即〔校〕抄本作又。來，又揮去之。已而雞至。李指一雞，大叱之。他雞俱去，此雞獨伏，交翼長鳴，曰：「予不敢矣！」李曰：「此物是家中所作紫姑也。」家人並言不曾作。李曰：「紫姑今尚在。」因共憶三年前，曾爲此戲，怪異即自爾日始也。〔校〕抄本作矣。偏搜之，見芻偶猶在廄梁上。

李取投火中。乃出一酒瓻，三咒三叱，雞起徑去。聞瓻口〔校〕抄本下有作人二字。言曰：「岳四很哉！數年後，當復來。」岳乞付之湯火；李不可，攜去。〔但評〕無論爲狐爲紫姑，以其祟擾之罪，皆當付之湯火，以絕其患；留而攜去，則縱狐爲祟之言非虛也。或見其壁間挂數十瓶，塞口者皆狐也。言其以次縱之，出爲祟，因此獲聘金，居爲奇貨云。

〔何評〕收之即其縱之者，術人之險，固可畏也。

細侯*

昌化滿生，設帳於餘杭。偶涉〔校〕青本作步。廛市，〔何註〕廛音纏，内從里，不從里。市，肆，一夫所居也。經臨街閣下，忽有荔殼墜肩頭。仰視，一雛姬凭閣上，妖姿要妙，不覺注目發狂。姬俯哂而入，詢之，知爲娼樓賈氏女細侯也。其聲價頗高，自顧不能適願。歸齋冥想，終宵不枕。明日，往投以刺，相見，言笑甚懽，心志益迷。託故假貸同人，斂金如干，攜以赴女，款洽臻至。即枕上口占〔呂註〕漢書，陳遵傳：召善書吏十人於前，治私書，謝京師故人，遵憑几口占，書數百封，親疎各有意。注：隱度其辭，口以授人曰口占。一絶贈之云：「膏膩銅盤〔呂註〕杜甫詩：銅盤燒燭光吐日，夜如何其初促膝。夜未央，牀頭小語麝蘭香。新鬟明日重妝鳳，無復行雲〔校〕上四字，稿本原作更無雲雨，塗改。夢楚王。」細侯蹙然曰：「妾雖污賤，每願得同心而事之。君既無婦，視妾可當家否？」生大悦，即叮嚀，堅相約。細侯亦喜曰：「吟咏之事，妾自謂無難，每於無人處，欲效作一首，恐未能便佳，爲聽覩〔校〕抄本作覩聽。所譏。倘得相從，幸教妾也。」

［校］抄本作幸以教妾。〇［但評］風雅恬静，其志可嘉。因問生家田産幾何，答曰：「薄田半頃，破屋數椽而已。」細侯曰：「妾歸君後，當長［校］青本、抄本作常。相守，勿復設帳爲也。［何評］滿意足。四十畝聊足［校］青本作作。自給，十畝可以種黍，［校］青本作桑。織五匹絹，納太平之税有餘矣。閉户相對，君讀妾織，暇［校］青本無暇字。則詩酒可遣，千户侯何足貴！」［馮評］如此韻人，友朋中不可多得，況閨閣乎？［何評］知足。［但評］是亦有情。〇室有美人，閉户相對，書聲機聲，銜盃拈韻，千户侯真不足貴也。特薄田半頃，破屋數椽者，安所得如細侯其人而常相守耶？生曰：「卿身價略［校］抄本作約。可幾多？」曰：「依媪貪志，何能盈也？多不過二百金足矣。可恨妾齒稚，不知重貲財，得輒歸母，所私蓄者區區無多。君能辦百金，過此即非所慮。」生曰：「小生之落寞，卿所知也，百金何能自致。有同盟友，令於湖南，屢相見招，僕以道遠，故憚於行。今爲卿故，當往謀之。計三四月，可以歸復，［校］抄本作復歸。幸耐相候。」細侯諾之。［校］抄本作口諾。生即棄館南游，至則令已免官，［校］青本無上三字。以罣悮居［校］青本居上有免官僦三字。民舍，宦囊空虚，不能爲禮。生落魄難返，就邑中授徒焉。三年，莫能歸。偶笞弟子，弟子自溺死。東翁痛子而訟其［校］抄本無其字。師，因被逮囹圄。幸有他門人，憐師無過，時致饋遺，以是得［校］上三字，抄本作得以。無苦。細侯自别生，杜門不交一客。母詰知故，不可奪，亦姑聽之。有富賈某，慕細侯名，託媒於媪，務在必

得，〔校〕抄本無上四字。不靳直。〔何評〕何物富賈敢如此。細侯不可。賈以負販詣湖南，敬偵生耗。時獄已將解，賈以金賂當事〔校〕抄本無上二字。吏，〔校〕青本無吏字。使久錮之。〔何評〕魔障。〔但評〕罪案。○齷齪商錢神力大，何事不可爲，何惡不可作。歸告媪云：「生已瘐死。」細侯疑其信不確。〔校〕上五字，抄本作不信。媪曰：「無論滿生已死，縱或〔校〕青本作或縱。不死，與其從窮措大，以椎布〔校〕青本下有而字。○〔呂註〕後漢書，梁鴻傳：乃更爲椎髻，著布衣，操作而前。鴻大喜曰：此真梁鴻妻也。終也，何如衣錦而厭粱肉乎？」〔何評〕鴇兒愛鈔。細侯曰：「滿生雖貧，其骨清也；守齷齪商，誠非所願。〔但評〕卓識正議。○骨之清者，其家必貧，此齷齪商之所以能多得美婦人也。然婦人而願適商，畢竟貌美而骨不清。且道路之言，何足憑信！」賈又轉囑他商，假作滿生絕命書寄細侯，以絕其望。〔但評〕罪案。細侯得書，惟〔校〕抄本無惟字。朝夕哀哭。媪曰：「我自幼於汝，撫育良劬。汝成人二〔校〕青本無二字。三年，所得報者，〔校〕抄本無所字者字。日亦無多。既不願隸籍，即又不嫁，〔校〕上四字，抄本作又不肯嫁。何以謀〔校〕抄本作能。生活？」細侯不得已，遂嫁賈。〔但評〕可矜。賈衣服簪珥，〔校〕抄本作環。供給豐侈。年餘，生一子。無何，生得門人力，昭雪而出，〔校〕抄本作出獄。始知賈之錮己也；然念素無郤，〔校〕郤，抄本作嫌隙。○〔何註〕郤與隙同。反復不得其由。門人義助資斧以〔校〕抄本作得。歸。既聞細侯已嫁，心甚激楚，因以所苦，託市媪賣漿者達細侯，細侯大悲。方悟前此多端，悉賈之詭謀。〔但評〕定案。乘賈他出，殺抱中兒，攜所有亡〔校〕抄本作以。歸滿；〔但評〕商本非其夫也，彼非夫而詭謀以錮吾夫，彼固吾仇也，抱中兒即仇家子也，殺之而歸滿，應恕其忍而哀其情。凡賈家服飾，一無所取。〔何評〕女俠。〔但評〕去得乾淨。賈歸，怒質〔校〕抄本作訟。於官。官原其情，置〔校〕抄本置上有竟字。不問。嗚呼！壽亭侯之歸漢，〔呂註〕通鑑：漢獻帝建安五年，曹操擊劉備破之，獲其妻子。進拔下邳，擒關羽。備奔青州，歸袁紹。操使張遼説羽降。羽謂遼曰：我有三約：與皇叔誓扶漢室，降漢不降曹，一也；二嫂在彼給應，上下人等，不許到門，二也；知吾主去向，不分千里，便當辭去，三也。操從之。封爲漢壽亭侯。夏四月，袁紹遣將顏良攻東郡太守劉延於白馬，操使張遼、關羽先擊之。羽望見良麾蓋，策馬刺良於萬衆中，斬其首而還，遂解白馬之圍。初，操壯羽之爲人，而察無留意，使遼以其情問之。羽嘆曰：吾極知曹公待我厚；然吾受劉將軍恩，誓以共死，不可背之，要當立效以報曹公乃去耳。及斬良，操知其必去，重加賞賜。羽盡封其所賜，拜書告辭而奔備於紹軍。〇按：細侯之志節可取；然一倡樓女耳，以亭侯擬之，褻矣。且漢壽地名，非漢之壽亭侯也。見董公子。〔何註〕漢壽，地名。亭侯，爵也。宜加漢字。亦復何殊？顧殺子而行，亦天下之忍人也！〔校〕嗚呼至忍人也段，抄本作嘻，破鏡重歸，盟心不改，義實可嘉，然必殺子而行，未免太忍矣。

〔何評〕此賈應治以行賕錮人之罪，但置不問，猶爲寬典。

狼三則* 〔校〕抄本無三則二字。

有屠人貨肉歸，日已暮。欻一狼來，瞰擔中〔校〕抄本作上。肉，似甚涎垂；〔校〕青本、抄本作垂涎。○〔吕註〕賈誼新書：垂涎相告。注：涎，慕欲口液也。步亦步，〔校〕上三字，抄本作隨屠。尾行數里。屠懼，示之〔校〕抄本無之字，青本無示字。以刃，則稍〔校〕上二字，抄本作少。卻；既〔校〕抄本作及。走，又從之。屠無計，默念〔校〕上四字，抄本作思。狼所〔校〕青本無所字。欲者肉，不如姑〔校〕抄本無姑字。懸諸樹而蚤〔何註〕蚤字兩點不俱在旁。取之。遂鉤肉，翹足挂樹間，示以空空。〔校〕抄本作擔。狼乃止。屠即逕〔校〕抄本無上二字。歸。昧爽往取肉，遥望樹上懸巨物，似人縊死狀，大駭。逡巡近之，〔校〕抄本作視。則死狼也。仰首審視，〔校〕抄本作細審。見〔校〕抄本下有狼字。口中含肉，肉〔校〕抄本無下一肉字。鉤刺狼腭，〔何註〕腭，齶同，齒中上齶也。如魚吞餌。〔何評〕貪狼。時狼革〔校〕抄本作皮。價昂，直十餘金，屠小裕焉。緣木求魚，狼則罹之，〔校〕抄本無上四字。亦可笑已！〔校〕抄本作是可笑也。

一屠晚歸，擔中肉盡，止有〔校〕抄本無有字。剩骨。途中〔校〕抄本作遇。兩狼，綴行甚遠。屠懼，投以骨。一狼得骨止，一狼仍從；復投之，後狼止而前狼又至；骨已盡，[校]青本下有矣字。而兩狼之並驅如故。屠大窘，恐前後受其敵。顧野有麥場，場主積薪[校]上二字，抄本作以薪積。其中，苫[何註]苫音店，草也。以草蔽薪也。蔽成丘。屠乃奔倚其下，弛擔[何註]弛擔，放下其擔也。左傳，莊二十二年：弛於負擔。持刀。狼不敢前，眈眈相向。少時，一狼逕去；其一犬坐於前，久之，目似瞑，意暇甚。屠暴起，以刀劈狼首，又數刀斃之。方欲行，[校]抄本無上三字。轉視積薪後，一狼洞其中，意將隧入以攻其後也。身已半入，止露尻[校]上三字，抄本作露其。尾。屠自後斷其股，亦斃之。乃[校]抄本作方。悟前狼假寐，蓋以誘敵。狼亦黠矣！而頃刻兩[校]抄本作而。斃，禽獸之變詐幾何哉，止增笑耳！

一屠暮行，爲狼所逼。道傍有夜耕者所遺行室，奔入伏焉。狼自苫中探爪入。屠急捉之，令不可[校]抄本作出不。去。顧[校]顧，抄本作但思。無計可以死之。惟有小刀不盈寸，遂割破[校]抄本下有狼字。爪下皮，以吹豕之法吹之。極力吹移時，覺狼不甚動，方縛以帶。出視，則狼脹如牛，股直不能屈，口張不得合。[校]此據抄本，稿本作閣，青本作闔。遂負之以歸。非屠烏能作[校]抄本無作字。此謀也？三事皆出於屠；則屠人之殘，殺狼亦可用也。

[何評]狼以貪死，以詐死，恃爪牙而亦死。乃知禽獸之行，決不可爲。

美人首*

諸商寓居京舍。舍與鄰屋相連，中隔板壁；板有松〔校〕青本作杉。節脱處，穴如錢。忽女子探首入，挽鳳髻，絶美；旋伸一臂，潔白如玉。衆駭其妖，欲捉之，〔校〕青本、抄本無之字。已縮去。少頃，又至，但隔壁不見其身。奔之，則又去之。一商操刀伏壁下。俄首出，暴決之，應手而落，血濺〔何註〕濺音贊，同灒。史記，廉頗藺相如列傳：五步之内，相如請以頸血濺大王矣。塵土。衆驚告主人。主人懼，以其首首〔何註〕正字通：有咎自陳及告人罪曰首。焉。逮諸商鞫之，殊荒唐。〔吕註〕莊子，天下篇：以謬悠之説，荒唐之言，無端崖之詞，時恣縱而不儻。○〔但評〕事涉荒唐，即以荒唐言之亦可。淹繫半年，迄無情詞，亦未有以人命訟〔校〕上四字，抄本作一人送官。者，乃釋商，瘞女首。

〔何評〕怪異。

劉亮采*

聞[校]抄本無聞字。濟南懷利仁言：[校]抄本作曰。劉公亮采，[吕註]字公嚴，歷城人。萬曆辛卯舉人，壬辰進士，授鹿邑知縣。軍民混雜，糧税隱詭，公能果正其籍。又善決疑獄。父没去官，補蘭陽。蘭陽常苦河患，公築堤修城，教士恤民。遷户部主事，乞歸，築室靈巖以終老。工詩，善書畫，通音律。優游自得，士大夫聞風，多樂與之遊。○按：以上據歷城志。又濟南府志云：公侏儒，滑稽調笑，怒罵皆成文章，誠有如聊齋所云者，因並録之。狐之後身也。[但評]起筆質實而奇警，又是一樣文法。初，太翁居南山，有叟造其廬，自言胡姓。問所居，曰：[校]青本曰上有止字。「只[校]青本無只字。在此山中。閒處人少，惟我兩人，可與數晨夕，[吕註]陶潛詩：昔欲居南村，非爲卜其宅；聞多素心人，樂與數晨夕。故來相拜識。」因與接談，詞旨便利，悦之。治酒相歡，醺[校]抄本下多一醺字。而去。越日復來，愈益[校]抄本作更加。款厚。劉云：「自蒙下[校]青本、抄本作一。交，分即最深。但不識家何里，焉所問興居？」胡曰：「不敢諱，實[校]抄本實上有某字。山中之老狐也。與若有夙因，故敢内交門下。固不能爲翁福，[校]青本作禍。亦不敢爲翁禍，[校]青本無上六字。幸相信勿駭。」劉亦不疑，更相契重。即敍年齒，胡作兄，往來如昆季。有小休咎，亦以告。時劉乏嗣，叟忽云：「公勿憂，我當爲君後。」劉訝其言怪。胡曰：「僕算數已盡，投生有期矣。」與其他適，何如生故人家？」劉曰：「仙壽萬年，何遂及此？」叟摇首云：［校］抄本作曰。「非汝所知。」遂去。夜果夢叟來，曰：「我今至矣。」既醒，夫人生男，是爲劉公。公既長，身短，［校］青本無上二字。言詞敏諧，絶類胡。少有才名，壬辰成進士。爲人任俠，急人之急，以故秦、楚、燕、趙之客，趾錯［校］抄本作踖。於門；貨酒賣餅者，門前成市焉。

蕙芳*

馬二混，居青州東門内，以貨〔校〕上二字，抄本作賣。麵〔校〕青本作麪。爲業。家貧，無婦，與母共作苦。一日，媪獨居，忽有美人來，年可十六七，椎布〔校〕抄本作稚而。甚樸，而〔校〕抄本無而字。光華照人。媪驚顧窮詰。〔校〕抄本作媪驚詰之。女笑曰：「我以賢郎誠篤，願委身母家。」媪益驚曰：「娘子天人，有此一言，則折我母子數年壽！」女固請之。意必爲侯門亡人，〔校〕上七字，抄本作媪。拒益力。女乃〔校〕抄本無乃字。去。越三日，復來，留連不去。問其姓氏，〔校〕青本作氏姓。曰：「母肯納我，我乃言；不然，固〔校〕抄本無固字。無庸問。」媪曰：「貧賤傭保〔校〕青本無保字。骨，得婦如此，不稱亦不祥。」〔馮評〕可謂知分。〔但評〕不稱即不祥：不稱其位，不稱其職，不稱其實，不稱其服，皆不祥孰甚焉。○觀媪之言，亦誠篤守分者。女笑坐牀頭，戀戀殊殷。媪辭之，言：〔校〕上三字，抄本作曰。「娘子宜〔校〕青本無宜字。速去，勿相禍。」女乃〔校〕抄本無乃字。出門，媪視［校］抄本作窺。之西去。又數日，西巷中呂媪來，謂母［校］此據抄本，稿本、青本作馬，下兩母字同。曰：「鄰女董蕙芳，孤而無依，自願爲賢郎婦，胡弗［校］抄本作勿。納？」母以所疑慮［校］慮，抄本作爲逃亡。具白之。呂曰：「烏有此耶？［校］上二字，抄本作是。如有［校］抄本作少。乖謬，咎在老身。」母大喜，諾之。呂既去，媪掃室布席，將待子歸往娶之。日將暮，女飄然自至。入室參母，起拜盡禮。告媪曰：「妾有兩婢，未得母命，不敢進［校］青本作召。也。」媪曰：「我母子守窮廬，不解役婢僕。日得蠅頭利，［呂註］西廂記：只爲蝸角虛名，蠅頭微利。［何註］東坡詞：蝸角虛名，蠅頭微利。僅足自給。［但評］母子日守窮廬，僅取蠅頭利自給，此外一無所貪，此後一無所慮，混之道如是而已。今增新婦一人，嬌嫩坐食，尚恐不充飽；益之二婢，豈吸風所能活耶？」女笑曰：「婢來，亦不費母度支，［校］上二字，青本作事。皆能自得［校］抄本無得字。食。」問：「婢何在？」女乃呼：「秋月、秋松！」聲未及已，忽如飛鳥墮，二婢已立於前。即令伏地叩母。既而馬歸，母迎告之。馬喜。入室，見翠棟雕梁，侔於宮殿；中之［校］抄本無上二字。几屏簾幙，光耀奪視。［校］抄本作目。驚極，不敢入。女下牀迎笑，睹之若仙。益駭，卻退。女挽之，坐與温語。馬喜出非分，形神若不相屬。［校］上四字，抄本作蕩漾。即起，欲出行沽。女止［校］抄本無止字。曰：「勿須。」因命二婢治具。秋月出一革袋，執向扉後，格格［校］青本作搭搭。○［何註］搭，呢角切，音搦，手撼動也。撼擺之。已而以手探入，壺盛酒，柈盛炙，觸類熏騰。飲已而寢，則花罽錦裀，温膩非常。天明出門，則茅廬依舊。母子共奇之。媪詣呂所，將迹所由。入門，先謝其媒合之德。呂訝云：「久不拜訪，何鄰女之曾託乎？」媪益疑，具言端委。呂大駭，即同媪來視新婦。女笑逆［校］青本、抄本作迎。之，極道作合之義。呂見其惠麗，愕眙良久，即亦不辨，［校］抄本作辭。唯唯而已。［但評］不辨中有不暇辨，不欲辨，不能辨，不敢辨，不忍辨數層。呂媪來意亟欲辨而不能不辨，不敢不辨也。乃見女慧麗，愕眙良久，而唯唯以歸。吾不知其不暇辨耶？不欲辨耶？不能辨耶？抑不敢辨、不忍辨耶？特怪媪以婦人見婦人，乃亦至於此極耶？女贈白木搔具一事，曰：「無以報德，姑奉此爲姥姥爬背耳。」呂受以歸，審視則化爲白金。馬自得婦，頓更舊業，門户一新。笥中貂錦無數，任馬取着；而出室門，則爲布素，但輕煖耳。女所自衣亦然。積四五年，忽曰：「我謫降人間十餘載，因與子有緣，遂暫留止。今別矣。」［馮評］又帶一句。馬苦留之。女曰：「請別擇良偶，以承廬墓。我歲月當一至焉。」［校］青本無焉字。忽［校］青本忽上有已字。不見。馬乃娶秦氏。後三年，七夕，夫妻方共語，女忽入，笑曰：「新偶良懽，不念故人耶？」馬驚起，愴然曳坐，便道衷曲。女曰：「我適送織女渡河，乘間一相望耳。」兩相依依，語無休止。忽空際有人呼「蕙芳」，女急起作別。馬問其誰。曰：「余適同雙成姊［呂註］

漢武内傳：七月七王母降於帝宫，令王子登彈八琅之璈，董雙成吹雲和之笙，石公子擊昆庭之金，許飛瓊鼓凌靈之簧。○董雙成、許飛瓊，皆王母侍女也。

女曰：「子壽八旬，至期，我來收爾骨。」言已，遂逝。今馬六十餘矣。［馮評］下一今字，似實有其人。來，彼不耐久伺矣。」馬送之。

其人但樸訥，［校］此據青本，稿本、抄本作諸，下同。無［校］抄本無上有並字。他長。［但評］璞玉渾金，莫名其實。

異史氏曰：「馬生其名混，其業褻，蕙芳奚取哉？於此見仙人之貴樸訥誠篤也。余嘗謂友人：［校］抄本下有曰字。若我與爾，鬼狐且棄之矣。所差不愧於仙人者，惟『混』耳。」

［但評］混，非美字也，胡以名？然亦有辨焉：混於人則不可，混於錢則不可，混於事則不可，混於時則不可，混於心與混於理則不可。若夫質樸居心，拙吶處世，隨事相安，隨時自足，以此爲混，恐未必真能混也。馬固樸訥無他長者，仙人且願委身。混而不混，不混而混；必如是而後可以混，是以謂之混也。

山神*

益都李會斗，偶山行，值數人籍地飲。見李至，讙［何註］讙音歡，諠也。然並起，曳入座，競觴之。視其柈饌，雜陳珍錯。移時，飲甚懽；但酒味薄濇。忽遥［校］青本作遥。有一人來，面狹長，可二三尺許；冠之高細稱是。衆驚曰：「山神至矣！」即都［校］抄本無都字。紛紛四去。李亦伏匿坎窞［呂註］易，坎：入于窞坎。窞，坎中小坎也。［何註］窞音萏。中。［校］青本無中字。既而起視，則肴酒一無所有，惟有破陶器貯溲渤，［何註］溲音醙，渤音勃，小便也。瓦片上盛蜥蜴［呂註］爾雅，釋魚：蠑螈蜥蜴。○説文：在草曰蜥蜴，在壁曰蝘蜓。○本草：小而五色，尾青碧者名蜥蜴，小而緣牆壁色黑者名蝘蜓。［何註］蜥蜴，蝎虎也。數枚而已。

蕭七*

[校]稿本原題徐繼長，改今題。

徐繼長，臨淄人，居城東之磨房莊。業儒未成，去而爲吏。偶適姻家，道出于氏殯宮。[呂註]潘岳文：歸反哭兮殯宮。薄暮醉歸，過其處，見[校]青本無見字。樓閣繁麗，一叟當户坐。徐酒渴思飲，揖叟求漿。叟起，邀客入，升堂授飲。飲已，叟曰：「曛暮難行，姑留宿，早旦而發[校]抄本無上四字。如何也？」[校]上三字，青本、抄本作何如。徐亦疲殆，樂遵所請。[校]抄本作遂止宿焉。叟命家人具酒奉客。即[校]抄本作且。謂徐曰：「老夫一言，勿嫌孟浪：[何評]太驟。[但評]孟浪極矣，而曰勿嫌孟浪，是言者自解，亦作者之自解耳。郎[校]抄本無郎字。君清門令望，可附婚姻。有幼女未字，欲充下陳，[呂註]爾雅：堂除謂之陳。戰國策：美人充下陳。注：下陳，猶後列也。[何註]漢書，外戚列傳：登薄軀於宮闕，充下陳於後庭。幸垂援拾。」徐踧踖[何註]踧踖音蹴積，敬貌。不知所對。叟即遣伻告其親族，又傳語令女郎妝束。頃之，峩冠博帶[何註]峩冠博帶，儒者之服。峩，巍峩也。博，寬博也。者四五輩，先後並至。女郎亦炫妝出，姿容絶俗。於是交坐宴會。徐神魂眩亂，但欲速寢。酒數行，堅辭不任。乃使小鬟引夫婦入幃，館[校]青本作綰。同爰止。[但評]事則形跡可疑，文則矯健（一本作彌縫。）無隙。徐問其族姓，女自言：[校]上二字，抄本作曰。「蕭姓，行七。」又復細審門閥。女曰：「身雖賤陋，[校]抄本作陋賤。配吏胥當不辱寞，何苦研窮？」徐溺其色，款暱備至，不復他疑。女曰：「此處不可爲家。審知汝家姊姊甚平善，或不拗阻，歸除一舍，行將自至耳。」徐應之。既而加臂於身，奄忽就寐。既[校]抄本作及。覺，則抱中已空。天色大明，松陰翳曉，身下籍黍[校]抄本作禾。穰尺許厚。駭歎而歸，告妻。妻戲爲除館，設榻其中，闔[校]此據青本，稿本、抄本作閤。門出，曰：「新娘子今夜至矣。」[但評]無中生有，寫來偏不突兀。因[校]抄本作相。與共笑。日既暮，妻戲曳徐啓門，曰：「新人得無[校]抄本作毋。已在室耶？」既[校]抄本作及。入，則美人華妝坐榻上。見二人入，橋[校]青本無橋字。起逆之。夫妻大愕。女掩口局局而笑，[呂註]莊子，天地篇：將閭葂蔦季徹於魯君，季徹局局然笑。注：局局，笑不出聲也。參拜恭謹。妻乃治具，爲之合歡。女早起操作，不待驅使。一日謂徐：[校]上二字，抄本作曰。「姊姨輩俱欲來吾家一望。」徐慮倉卒無以應客。女曰：「都知吾家不饒，將先齎饌具來，但煩吾家姊姊烹飪而已。」徐告妻，妻諾之。晨炊後，果有人荷酒胾來，釋擔而去。妻爲職庖人之役。晡後，六七女郎至，長者不過四十以來，圍坐並飲，喧笑盈室。徐妻伏窗以[校]抄本作一。窺，惟見夫及七姐相向坐，他客皆不可睹。北斗挂屋角，讙然始去。女送客未返。妻入視案上，杯柈俱空。笑曰：「諸婢想俱餓，遂如狗舐砧。」少間，女還，殷殷相勞，奪器自滌，促嫡安眠。妻曰：「客臨吾家，使自備飲饌，亦大笑話。明日合另邀致。」逾數日，徐從妻言，使女復召客。客至，恣意飲噉；惟留四簋，[何註]簋，簠簋也。俱盛黍稷之器。簠圓而簋方。詩，秦風：每食四簋。不加匕箸。[何註]箸同櫡、筯。先主與曹公食，雷震，先主失匕箸。匕，如今之果叉。箸，俗謂之筷。徐問之。羣笑曰：「夫人謂[校]抄本作爲。吾輩惡，故留以待調人。」座間一女，年十八九，素舄縞裳，云是新寡，——女呼爲六姊——情態妖豔，善笑能口。[校]青本作言。與徐漸洽，輒以諧語相嘲。[校]青本作嘲徐。行觴政，徐爲録事，[吕註]官名，謂總録衆事也。見職官要録。○章望之延漏録：凡飲以一人爲録事，以糾坐人。須擇其人有飲材者，飲材有三：善令，知音，大户也。禁笑謔。六姊頻犯，連[校]上二字青本作連犯。引十餘爵，酡[何註]酡，徒何切，飲酒顏赤也。楚辭，招魂：美人既醉，朱顏酡些。然逕醉。芳體嬌懶，荏弱難持。無何，亡去。徐燭而覓之，則酣寢暗幃中。近接其吻，亦不覺。以手探袴，私處墳起。心旌方搖，[吕註]戰國策，楚策：楚王曰：寡人卧不安席，食不甘味，心搖搖然如懸旌而無所終薄。○[但評]故作滿心快意之筆，忽然打斷，并已入手之巾子而亦失之。席中紛喚徐郎，乃急理其衣，見袖中有綾巾，竊之而出。迨於夜央，衆客離席，六姊未醒。七姐入，搖之，始呵欠而起，繫裙理髮從衆去。徐拳拳懷念，不釋於心。[校]抄本無上二字。將於空處展玩遺巾，而覓之已渺。

疑送客時遺落途間，執燈細照階除，都復烏有。［何註］烏有，無有也。司馬長卿子虛賦：曰子虛，曰烏有先生，曰亡是公，皆無其人，託言也。意頊頊［校］青本作瑣瑣，抄本無上二字。不自得。女問之，徐漫應之。女笑曰：「勿誑語，巾子人已將去，徒勞心目。」徐驚，以實告，且言懷思。女曰：「彼與君無宿分，［但評］揭出無宿分三字，火熱心腸化爲冰冷。緣止此耳。」問其故。曰：「彼前身曲中女；君爲士人，見而悦之，爲兩親所阻，志不得遂，感疾阽危。使人語之曰：『我已不起。但得若來，獲一捫［何註］捫，以手摸之也。倪迂置膢，終夜且捫臭，未之合也。其肌膚，死無憾！』彼感此意，［校］上四字，青本作此女。諾如［校］抄本作允其。所請。適以宂羈，未遽往；過夕而至，則病者已殞；是前世與君有一捫之緣也。過此即非所［校］青本無所字。望。」後設筵再招諸女，惟六姊不至。徐疑女妒，頗有怨懟。女一日謂徐曰：「君［校］青本作若。以六姊之故，妄相見罪。彼實不肯至，於我何尤？今八年之好，行將［校］抄本作相。别矣，請爲君極力一謀，用解從前之惑。彼雖不來，寧禁我不往？登門就之，或人定勝天，［呂註］逸周書：兵强勝人，人强勝天。又林逋省心録：天以直勝人，人以巧勝天。不可知。」［但評］逼進一層，直令無可躲閃，於下文更爲得力。徐喜，從之。女握手，飄若［校］抄本作然。履虛，頃刻至其家。黄甓廣堂，門户曲折，與初見時無少異。岳父母並出，曰：「拙女久蒙温煦。老身以殘年衰慵，有疎省問，或當不怪耶？」即張筵作會。女便問諸姊妹。

母云：「各歸其家，惟六姊〔校〕此據抄本，稿本、青本作姐。在耳。」即喚婢請六娘子來，久之不出。女入曳之以〔校〕青本作既。至。俯首簡嘿，不似前此之諧。少時，叟媪辭去。女謂六姊曰：「姐姐高自重，使人怨我！」六姊微哂曰：「輕薄郎何宜〔校〕上三字，青本作兒何以。相近！」女執兩人殘卮，強使易飲，曰：「吻已接矣，作態何爲？」少時，七姐亡〔校〕青本作亦。去，室中止餘二人。徐遽起相逼，六姊宛轉撐拒。〔但評〕前半幅不求之而自至，後半幅強求之而終沮，有緣無緣，喚醒迷人不少。徐牽衣長跽〔校〕青本作跪。而哀之，色漸和，相攜入室。裁緩襦結，忽聞喊嘶動地，火光射闥。〔何註〕闥，他達切，門屏之間也。六姊大驚，推徐起曰：「禍事忽臨，奈何！」徐忙迫不知所爲，而女郎已竄避〔校〕抄本無避字。無迹矣。〔但評〕再逼進一層，直再無可躲閃，並到不肯躲閃，而後以忽聞二字作轉，以竄避無迹作收，筆力矯健乃爾。徐悵然少坐，屋宇並失。獵者十餘人，按鷹操刃而至，驚問：「何人夜伏於此？」徐託言迷途，因告姓字。一人曰：「適逐一狐，見之否？」答云：〔校〕抄本作曰。「不見。」細認其處，乃于氏殯宫也。怏怏而歸。猶冀七姊〔校〕此據抄本，稿本、青本作姐。復至，晨占雀喜，夕卜燈花，〔呂註〕西京雜記：陸賈曰：目瞤得酒食，燈火花得錢財，乾鵲噪則行人至，蜘蛛集則百事喜。故目瞤則咒之，燈火花則拜之，鵲噪則餧之，蜘蛛則放之。○郭鈺送遠曲：歸期未定須寄書，誤人莫誤燈花卜。〔何註〕雀喜，占驗：乾雀噪而行人至，蜘蛛集而百事喜。鐙花：西京雜記：拜鐙花以祈財。俗語亦主行人至。而竟無消息矣。董玉玹談。

［何評］突如其來，倏然而去，一諾而再世必踐，故言不可不慎也。

亂離二則*

學師劉芳輝，京都人。有妹許聘戴生，出閤［校］遺本作閣。有日矣。值北兵入境，父兄恐細弱爲累，謀妝送戴家。修飾未竟，亂兵紛入，父子分竄。［校］抄本、遺本作分奔。女爲牛录俘去。從之數日，殊不少狎。夜則［校］遺本無上二字。卧之別榻，飲食供奉甚殷。又掠一少年來，年與女相上下，儀采都雅。牛彔謂之曰：「我無子，將以汝繼統緒，肯否？」少年唯唯。又指女謂曰：「如肯，即以此［校］抄本、遺本下有女字。爲汝婦。」少年喜，願從所命。牛彔乃使同榻，浹洽甚樂。既而［校］上二字，抄本作及。枕上［校］遺本無上二字。各道姓氏，則少年即戴生也。

陝西某公，任鹽秩，家累不從。值姜瓖之變，故里陷爲盜藪，音信隔絕。後亂平，遣人探問，則百里絕烟，無處可詢消息。會以復命入都，有老班役喪偶，［校］遺本作耦。貧不能娶，公賚數金［校］此據抄本、遺本，稿本作命，應誤。使買婦。時大兵凱旋，俘獲婦口無算，插標市上，如賣牛馬。遂攜金就擇之。自分金少，不敢問少艾。中一媪甚整潔，遂贖以歸。媪坐牀上，細認曰：「汝非某班役耶？」問所自〔校〕抄本作驚問所。知。曰：「汝從我兒服役，胡不識！」班役大駭，急告公。公視〔校〕抄本作認。之，果母也。因而痛哭，倍償之。班役以金多，不屑〔校〕遺本作肯。謀媪。見一婦年三十餘，風範超脱，因贖之。既行，婦且走且顧，曰：「汝非某班役耶？」又驚問之。曰：「汝從我夫服役，如何〔校〕上二字，遺本作胡。不識！」班役益〔校〕抄本作愈。駭，導見公。公〔校〕遺本無下一公字。視之，真其夫人。又悲失聲。一日而母妻重〔校〕上三字，遺本作母子夫妻皆。聚，喜不可已。〔校〕上三字，抄本作極，遺本可作自。乃以百金爲班役娶美婦焉。意〔校〕抄本作此。必公有大德，所以〔校〕上二字，抄本作故。鬼神爲之感應。〔校〕遺本作驅使。惜言者忘其姓字，秦中或有能道之者。

異史氏曰：「炎崐之禍，玉石不分，誠然哉！〔校〕抄本無哉字。若公一門，是以聚而傳者也。董〔校〕遺本無董字。思白之後，僅有一孫，今亦不得奉其祭祀，亦朝士之責也。悲夫！」〔校〕青本無此篇。

豢蛇*

泗水山中，舊有禪院，四無村落，人蹟罕及，［校］抄本作到。有道士棲止其中。或言内多大蛇，故游人益遠之。［校］上三字，抄本作絕跡。一少年入山羅鷹。入既深，無所［校］抄本作夜無。歸宿；遥見蘭若，趨投之。道士驚曰：「居士何來？幸不爲兒輩所見！」即命坐，具饘粥。食未已，一巨蛇入，粗十餘圍，昂首向客，怒目電瞛。客大懼。道士以掌擊其額，呵曰：「去！」蛇乃俯首入東室。蜿蜒移時，其軀始盡，盤伏其中，一室盡滿。客大懼，摇戰。［校］抄本無上二字。道士曰：「此平時所豢養。有我在，不妨；所患者，［校］抄本無者字。客自遇之耳。」客甫坐，又一蛇入，較前略小，約可五六圍。見客遽止，睒⿰目閃［何註］睒⿰目閃，睒音閃，急視也。韓愈詩：雷電生睒睗。睗音釋。⿰目閃字字典無之，或即睒睗之譌也。吐舌如前狀。道士又叱之，亦入室去。室無卧處，半遶梁間，壁上［校］青本無上字。土摇落有聲。客益懼，終夜不寢。［校］抄本作眠。早起欲歸，道士送之。出屋門，見牆上階下，大如盎琖者，行卧不一。〔校〕青本作絶。見〔校〕青本下有一字。生人，皆有吞〔校〕青本無吞字。噬狀。客懼，〔校〕抄本無懼字。依道士肘腋〔校〕青本作腋肘。而行，使〔校〕青本無使字。送出谷口，乃歸。

余鄉有客中州者，寄宿蛇佛寺。寺〔校〕抄本下有中字。僧具晚餐，肉湯甚美，而段段皆圓，類雞項。疑問寺僧：「殺雞幾何，遂〔校〕上三字，抄本作何乃。得多項？」僧曰：「此蛇段耳。」客大驚，有出門而哇者。既寢，覺胸上蠕蠕。摸之，則〔校〕抄本無則字。蛇也，頓起駭呼。僧起曰：「此常事，烏足駭！」〔校〕青本作烏足怪，抄本作奚足怪。因以火照壁間，大小滿牆，榻上下皆是也。次日，僧引入佛殿。〔校〕抄本無佛殿二字。佛座下有巨井，井中〔校〕抄本下有有字。蛇粗如巨甕，探首井邊而不出。爇火下視，則蛇子蛇孫以數百萬計，族居其中。僧云：「昔蛇出爲害，佛坐其上以鎮之，其患始平」云。

雷公*

亳州民〔校〕遺本無民字。王從簡，其〔校〕遺本作之。母坐室中，值小雨冥晦，見雷公持鎚，振翼而入。大駭，急以器中便溺傾注之。雷公沾穢，若中刀斧，反身疾逃；極力展騰，不得去。顛倒庭際，嗥聲如牛。天上雲漸低，漸〔校〕抄本無漸字。與簷齊。雲中蕭蕭如馬鳴，與雷公相應。少時，雨暴澍，身上惡濁盡洗，乃作霹靂而去。〔校〕青本無此篇。

光州南境山中，有婦笞其姑者。雷公下擊之。婦亟戴穢物，雷公竟不能飛，矗立庭中，有龍拏之而去。後婦歸寧，行經山曲，大雷暴至，遂跪於草石中，不死亦不能起；號呼之聲達數里。其家持漿飯來，亦能食；與之子，猶哺之。而身如葛縛，分寸不能移動。髮上蓬蓬鳥巢焉。膝下腐而蛆螬出入之；腐而乾，則草生其骨際。復年餘，仍碎身於雷。嗚呼！人謂跪而不死者爲污雷神，以干天怒之故。然日笞其姑，雷公即不見污，謂非上干天怒也耶！虞堂附記

菱角*

胡大成，楚人。其母素奉佛。成從塾師讀，道由觀音祠，母囑過必入叩。一日，至祠，有少女挽兒遨戲其中，髮裁掩頸，而風致娟然。時成年十四，心好之。問其姓氏。女笑云：「我〔校〕抄本下有是字。祠西焦畫工女菱角也。〔但評〕分來一滴楊枝水，灑作人間並蒂蓮，此非尋常邂逅者。問將何爲？」成又問：「有壻家無？」〔校〕抄本作否。女酡然曰：「無也。」成言：〔校〕抄本作曰。「我爲若壻，好否？」女慚云：「我不能自主。」而眉目澄澄，上下睨成，意似欣屬焉。〔但評〕審視而定，殊非草草。成乃出。女追而遙告曰：「崔爾誠，吾父所善，用爲媒，無不諧。」〔但評〕真是情種，他日之矢死不二，基諸此矣。成曰：「諾。」因念其慧而多情，益傾慕之。〔校〕抄本無以上十一字。歸，向母實白心願。母止此兒，常恐拂之，〔校〕抄本作恐拂其意。即〔校〕抄本作遂。浼〔何註〕浼當從水，洿也。孟子，萬章：爾焉能浼我哉。崔作冰。焦責聘財奢，事已〔校〕抄本作幾。不就。〔馮評〕小曲折。崔極言成清族美才，焦始許之。〔但評〕小兒女有何知識，而祠中邂逅，遂締良緣，固是慧而多情，亦菩薩有以啓其衷也。成有伯父，老而無子，授教職於湖北。妻卒任所，母遣成往奔其喪。數月將歸，伯又〔校〕青本作父。病，亦〔校〕抄本無亦字。卒。淹留既久，適大寇據湖南，家耗〔何註〕家耗，家中音耗也。遂隔。成竄民間，弔影孤惶而已。〔校〕抄本無上二字。一日，有媼年四十八九，縈迴村中，日昃不去。自言：「離亂罔歸，〔校〕抄本無離字，罔作無。將以自鬻。」或問其價。言：「不屑爲人奴，亦不願爲人婦，但有母我者，則從之，不較直。」〔何評〕便異。聞者皆笑。成往視之，面目間有一二〔校〕青本作二三。頗肖其母，〔馮評〕如同作戲，然用頗肖其母句斡旋之，略爲近情，不似他書隨手亂謅也。〔但評〕此意神天鑒之。○胡母奉佛，菩薩化身固也。然使成與菱角稍有二心，未能堅守前盟，菩薩亦不發此慈悲矣。況鬻爲人母，自古未聞，成以頗肖其母而迎歸執子禮，誠孝之感，已不自今日始矣。觸於懷而大悲。〔校〕抄本無於字而字。自念隻身，無縫紉〔何註〕縫紉，縫連也。說文：以針刺衣也。詩，魏風：可以縫裳。左傳，昭二年：敢拜子之彌縫敝邑。注：猶補合也。者，遂邀〔校〕青本作迎。歸，執子禮焉。媼喜，便爲炊飯織屨，劬勞若母。拂意輒譴之；而〔校〕抄本無而字。少有疾苦，則濡煦〔何註〕濡煦，莊子：相煦以濕，相濡以沫。謂如失水之魚，相愛護也。過於所生。忽謂曰：「此處太平，幸可無〔校〕青本作無可。虞。然兒長矣，雖在羈旅，大〔校〕同本作天。倫不可廢。三兩日，當爲兒娶之。」〔校〕青本作婦。○〔馮評〕意想不到，觀下文又恰入人意中，真是奇筆。成泣曰：「兒自有婦，但問阻南北耳。」媼曰：「大亂時，人事翻覆，何可株待？」〔呂註〕韓非子：宋人有耕田者，田中有株，兔走觸而死。因釋耒守株，冀復得兔。成又泣曰：「無論結髮之盟不可背，且誰以嬌女付萍梗［呂註］許渾詩：客路隨萍梗，鄉園失薜蘿。人？」媪不答，但爲治簾幌衾枕，甚周備，亦不識所自來。［馮評］猜疑不定。［但評］感泣而言，媪不答，但爲治簾幌衾枕，蓋成之心媪已早鑒之矣。豈惟鑒成，並受聘於成而志不可奪之菱角，此時泣不盥櫛，强置車中。老母慈悲出門而去，俄而蓬首啜泣，轉喜爲悲。夢耶非耶？娶來即亦非福之語，菩薩其早鑒之耶？一日，日既夕，戒成曰：「燭［校］抄本作獨。坐勿寐，我往視新婦來也未。」遂出門去。三更既盡，媪不返。心大疑。［馮評］陡絕險怪。看得透，一部聊齋皆是如此用筆。俄聞門外［校］抄本下有喧字。譁，出視，則一女子坐庭中，蓬首啜泣。驚問：「何人？」亦不語。良久，乃言曰：「娶我來，即亦非福，但有死耳！」成大驚，不知其故。女曰：「我少受聘於胡大成；不意胡［校］青本作湖。北去，音信斷絕。父母强以我歸汝家。身可致，志不可奪也！」［但評］身不能自主，所得自主者此志耳，一對情種。成聞而哭曰：「即我［校］上二字，抄本作我便即。是胡某。卿菱角耶？」女收涕而駭，不信。相將入室，即［校］抄本作就。燈審顧，曰：「得無夢耶？」於是［校］上二字，抄本作乃。轉悲爲喜，相道離苦。先是亂後，湖南百里，滌地無類。焦攜［校］抄本作移。家竄長沙之東，又受周生聘。亂中不能成禮，期是夕送諸其家。女泣不盥櫛，家中［校］青本作人。强置車中。［校］抄本作上。至［校］抄本無至字。途次，女顛墜車［校］抄本作墮其。下。［校］青本無下字。遂有四人荷肩輿至，云是周家迎女者，即扶升輿，疾行若飛，至是始停。一老姥曳入，曰：「此汝夫家，但入勿哭。汝家婆婆，旦晚將至矣。」［但評］我讀至此即哭，讀至後乃大哭。〇以肩輿迎來，示之曰：此汝夫家。成其志也。又曰：汝家婆婆旦晚將至。菩薩之成人節，教人孝，何懇懇哉！金毛犼奔騰湖面，載母而來，母子抱哭，余讀至此，不知何爲亦哭不止也。乃去。成詰知情事，始悟媪神人也。［馮評］胡大成伯父作教湖北，生往奔喪，則已在湖北矣。焦嫁女於長沙，仍湖南也。途中肩輿疾行若飛，暗中已牽合攏來，説到仙佛，則萬里咫尺耳。夫妻焚香共禱，願得母子復聚。母自戎馬戒嚴，同儔人婦奔伏澗谷。一夜，譟言寇至，即並張皇四匿。有童子以騎授母。母急不暇問，扶肩而上，輕迅剽遫，［何註］剽遫，遫當作邀，音肅。剽，匹妙切，劫也，急也。史記，禮書：輕利剽遫。瞬息至湖上，馬踏水奔騰，蹄下不波。無何，扶下，指一户云：「此中可居。」母將啓謝；回視其馬，化爲金毛犼，［吕註］集韻：犼音吼，北方獸名，似犬，食人。［何註］金毛犼，佛坐騎也。高丈餘，童子超乘而去。［但評］大士化身，固是虔奉所感，而鑒於成之孝尤多。母以手撾門，豁然啓扉。有人出問，怪其音熟，視之，成也。母子抱哭。婦亦驚起，一門歡慰。疑媪爲大士現身。［校］抄本作是。由此持觀音經咒益虔。遂流寓湖北，治田廬焉。

［何評］多情而慧，偏乃得大士現身。

餓鬼*

馬永，齊人。[校]抄本作齊人馬永。爲人貪，無賴，家卒屢空，[校]上九字，抄本作貧而無賴，青本無卒字。鄉人戲而名之[校]抄本無而字，之作爲。「餓鬼」。年三十餘，日益窶，衣百結鶉，兩[校]青本無兩字。手交其肩，在市上攫食。人盡棄之，不以齒。邑有朱叟者，少攜妻[校]上二字，青本作移。居於五都之市，操業不雅。暮歲歸其[校]上二字，青本作還。鄉，大爲士類所口；[何註]所口，謂不理於人口也。見孟子。而朱潔行爲善，人始稍稍禮貌之。一日，值馬攫食不償，爲肆人所苦。憐之，代給其直。引歸，贈以數百，俾作本。馬去，不肯謀業，坐而食。無何，貲復匱，仍蹈舊轍。而常懼與朱遇，去之臨邑。暮宿學宮，冬夜凜寒，輒摘聖賢顛[校]抄本作頭。上旒而煨其板。學官知之，怒欲加刑。馬哀免，願爲先生生財。[馮評]生財二字慚愧。學官喜，縱之去。馬探某生殷富，登門强索貲，故挑其怒；乃以刀自劙，誣而控諸學。學官勒取重賂，始免申黜。諸生因而共憤，公質縣尹。［校］抄本作諸生公憤，質於縣尹。尹廉得實，笞四十，梏其頸，三日斃焉。是夜，朱叟夢馬冠帶而入，［但評］生前爲學官生財，已羨之矣，不知費多少貲本，才買得冠帶來。曰：「負公大德，今來相報。」既寤，妾舉［校］抄本作生。子。叟知爲馬，名以馬兒。［馮評］餓鬼居然教官，以教官中原多餓鬼也。奢遮煞人，辱没煞人。少不慧，喜其能讀。二十餘，竭力經紀，得入邑泮。［校］抄本作庠。後考試寓旅邸，晝卧牀上，見壁間悉糊舊藝；視之，有「犬之性」四句題，心畏其難，讀而志［校］青本作誌，通志。之。入場，適是其［校］抄本作遇此。題，録之，得優等，食餼［何註］餼，許既切，廩餼也。今入泮後有廩禄，所謂食餼也。焉。六十餘，補臨邑訓導。官數年，曾無一道義交。惟袖中出青蚨，［呂註］搜神記：南方有蟲，名青蚨，大如蠶子。取其子，母即飛來。以母血塗錢八十一文，以子血塗錢八十一文。每市物，或先用母錢，或先用子錢，皆復飛歸，輪轉無已。故淮南子名錢曰青蚨。［何註］青蚨，錢也。陳藏器曰：青蚨，水蟲，可還錢。神異經：以其母塗錢，以子塗貫錢，用去即自還。則作鸕鷀笑；不則睫毛一寸長，棱棱［呂註］蕪城賦：棱棱霜氣。［何註］棱或作楞，神靈之威也。李廣傳：威棱憺乎列國。又剛棱也。後漢書，王允傳：剛棱疾惡。若不相識。［馮評］刻畫教官，淋漓盡致，不怕天下教官告狀耶？［但評］以攫食伎倆而爲學官，可謂大才小用。偶大令［呂註］杜佑通典：漢制：凡縣萬户以上爲令，減萬户爲長。晉置大縣，令有治績，報以大郡。［何註］大令，宰也。以諸生小故，判令薄懲，輒酷掠［校］青本無掠字，抄本作烈。如治盜賊。有訟士子者，即富［校］青本無富字。來叩門矣。如此多端，諸生不復可耐。而年近七旬，臃腫聾瞶，每向人物色黑［校］抄本作烏。鬚藥。有狂生某，［校］抄本作有某生素狂。剉茜［何註］茜，倉甸切，深絳草也。根給[校]青本、抄本作給。之。[何評]亦殊不狂。天明共視，如廟中所塑靈官狀。[馮評]變相仍是餓鬼。[何評]餓鬼化身，好看。大怒，拘生；生已早夜亡去。以[校]抄本作因。此憤氣中結，數月而死。

[何評]前身爲餓鬼，又生於操業不潔之家，無怪其然。

[但評]莊生寓言，文心絶妙。是一篇畜類序，是一篇餓鬼序。馬者，驢也；朱者，猪也。餓鬼其名，不爲市人所齒也；不雅其業，大爲士類所口也。其性情同，其聲氣同，其臭味同，其生財同。以攫食而桎梏以死，冠帶而報之。其報之乎？其醜之也！幸而止於學官，其笑也不過鸕鷀，縱反眼若不相識，亦不過睫毛一寸耳；不則充惡畜餓鬼之量，不且攫盡斯人而食之哉！

考弊司*

聞人生，河南人。抱病經日，見一秀才入，伏謁牀下，謙抑盡禮。已而請生少步，把臂長語，剌剌且行，數里外猶不言别。生佇足，拱手致辭。秀才云：「更煩移趾，僕有一事相求。」生問之。答云：「吾輩悉屬考弊司轄。司主名虚肚鬼王。[但評]名奇。○寫主名甚奇，其實不足奇也，凡居民上而朘人以生者，其肚之虚，較鬼王尤甚，斷非髀肉一片所能饜矣。初見之，例應割髀[何註]髀音卑，股也。肉，[但評]例奇。浼君一緩頰耳。」生驚問：「何罪而至於此？」曰：「不必有罪，此是舊例。[但評]更奇。若豐於賄者，可贖也。[但評]賄是心頭肉，無賄而僅割髀肉，在鬼王必以爲便宜。然而我貧。」生曰：「我素不稔鬼王，何能效力？」曰：「君前世是伊大父行，宜可聽從。」[但評]既是伊大父行，誰不以爲必聽從者。言次，已入城郭。至一府署，廨宇不甚弘敞，惟一堂高廣，堂下兩碣東西立，緑書大於栲栳，[吕註]廣韻：栲栳，柳器也。正字通：栲栳，盛物器也，即古之簝，屈竹爲之。按：一作筹筀。[何註]栲栳音考老，柳木器。又元史，儀衛志：玉輅用栲栳輪。言形曲也。一云「孝弟忠信」，一云「禮義廉恥」。[但評]門面却是好看。

躇〔校〕青本作歷。階而進，見堂上一扁，大書「考弊司」。楹間，板雕翠字〔校〕抄本作色。一聯云：「曰校、曰序、曰庠，兩字德行陰教化；上士、中士、下士，一堂禮樂鬼門生。」游覽未已，官已出，鬈髮〔呂註〕禮，雜記：燕則鬈首。注：謂分髮爲鬌紒也。〔何註〕鬈音權，髮曲也。鮐背，若數百年人；〔但評〕氣象不雅觀。而鼻孔撩天，脣外傾，不承其齒。〔但評〕是官樣。從一主簿吏，虎首人身。〔但評〕是吏樣。又〔校〕抄本作有。十餘人列侍，半獰惡若山精。〔但評〕是侍者樣。○官吏侍從，皆奇形怪狀，欲攫人而啖者，見之能不駭極。然今之各衙門如此者亦復不少，特另粧一副假面孔，在外面充好人耳。秀才曰：「此鬼王也。」生駭極，欲卻退。〔校〕抄本作退卻。鬼王已睹，降階揖生上，便問興居。〔但評〕迎天父行禮。生但諾。〔校〕青本、抄本下多一諾字。又問：〔校〕抄本作云。「何事見臨？」生以秀才意具白之。鬼王色變曰：「此有成例，即父命所不敢承！」〔但評〕例者，利也。利之所在，大父行休矣。○爲其前世是大父行，而浼爲緩頰，以情動之，亦以理格之也。豈知谿壑難盈者，即父命亦所不敢承耶？不敢承三字，極奇，極真。彼蓋實有所不敢，而又不自知其何以遂不敢也。氣象森凜，似不可入一詞。〔但評〕可稱面若冰霜，情詞不行者。生不敢〔校〕青本無敢字。言，驟起告別；鬼王側行送之，至門外始返。〔但評〕送大父行禮。生不歸，潛入以觀其變。至堂下，則秀才已與同輩數人，交臂歷指，儼然在徽纆〔呂註〕易，坎：係用徽纆。按：三股曰徽，兩股曰纆，皆索名。見說文。〔何註〕徽纆音揮墨，所以係罪人者。中。一獰人持刀來，裸其股，割片肉，可駢三指許。秀才大嗥欲嗄。〔呂註〕嗥，與號同。嗄，聲變也。莊子，庚桑楚：兒子終日嘷而嗌不嗄，和之至也。又集韻：楚人謂啼極無聲爲嗄。〔何註〕嗄，沙去聲，聲破變也。生少年負義，憒不自持，大呼曰：「慘慘〔校〕抄本作毒。如此，成何世界！」鬼王驚起，暫命〔校〕青本作令。止割，蹻〔校〕此據青本，稿本、抄本作橋。〇〔何註〕蹻音矯，武貌。履逆生。生忿然已出，徧告市人，〔但評〕徧告市人，真是秀才迂見。然而蒼蒼藍蔚，欲訴無由，慘慘世界，盡填虛肚矣。將〔校〕青本無將字。控上帝。或笑曰：「迂哉！藍蔚蒼蒼，何處覓上帝而訴之冤也？此輩惟〔校〕抄本無惟字。與閻羅近，〔何評〕戲語恨極。呼之或可應耳。」乃示之途。趨而往，果見殿陛威赫，閻羅方坐；伏階號屈。王召訊〔校〕抄本作訴。已，立命諸鬼綰繩提鎚而去。少頃，鬼王及秀才並至。審其情確，大怒曰：「憐爾夙世攻苦，暫委此任，候生貴〔校〕青本下有人字。家；〔但評〕憐此輩割人髀肉，不復生矣。今乃敢爾！其去若善筋，增若惡骨，罰令生生世世不得發迹也！」〔但評〕憐其夙世攻苦，而暫委之，豈知五日京兆，竟形同盜賊耶？去善筋，增惡骨，令生生世世不得發迹。前世因，今生壞之；今世因，來生受之矣。鬼乃〔校〕青本作方。箠之，仆地，顛落一齒；以刀割指端，抽筋出，亮白如絲。〔但評〕較秀才股肉如何？鬼王呼痛，聲類斬豕。〔但評〕較秀才大嘷如何？手足並抽訖，有二鬼押去。〔馮評〕虛肚鬼王亦解此攻苦耶？教官原從攻苦來。以下另寫一事，不與前半相關照，史法中亦有之。生稽首而出。秀才從其後，感荷殷殷。挽送過市，見一户，垂朱簾，簾〔校〕青本少一簾字。內一女子，露半面，容妝絕美。生問：「誰家？」秀才曰：「此曲巷也。」既過，生低徊不能舍，遂堅止秀才。秀才曰：「君爲僕來，而令踽踽以[校]抄本作而。去，心何忍。」生固辭，乃去。生望秀才去遠，急趨入[校]青本無入字。簾内。女接見，喜形於色。入室促坐，相道姓名。女自言：[校]抄本作曰。「柳氏，小字秋華。」一嫗出，爲具肴酒。[校]青本作酒肴。酒闌，入帷，懽愛殊濃，切切訂婚嫁。既曙，嫗入曰：「薪水告竭，要耗郎君金貲，奈何！」生頓念腰橐空虛，惶愧[校]抄本作愧惶。無聲。久之，曰：「我實不曾攜得一文，宜署券保，歸即奉酬。」嫗變色曰：「曾聞夜度娘[呂註]古今樂録：夜度娘，倚歌也。辭云：夜來冒霜雪，晨去履風波；雖得敍微情，奈儂身苦何！○[馮評]夜度娘三字亦有典，古今樂録云：夜度娘，綺聲也。朱竹垞詩云：樂府新傳夜度娘。索逋欠耶？」秋華嚬蹙，不作一語。生暫解衣爲質。嫗持笑曰：「此尚不能償酒直耳！」呶呶[何註]呶音鐃，喧呶也。不滿志，[校]青本無志字。與女俱入。生慙。移時，猶冀女出展别，再訂前約；久久[校]青本作久之，抄本作候久。無音，潛入窺之，見嫗與秋華，[校]上二字，抄本作女。自肩以上化爲牛鬼，目睒睒相對立。[但評]是切切訂婚嫁者。○倚門賣俏者，幾見有好人？腰囊一空，即呶呶不滿，且目睒睒相對矣。其不死於牛鬼者幾何哉！大懼，趨出；欲歸，則百道歧出，莫知所從。問之市人，並無知其村名者。徘徊廛肆[何註]廛肆，街市間也。之[校]青本無之字。間，歷兩昏曉，悽意含酸，響腸鳴餓，[校]青本作飢腸雷鳴。進退無以〔校〕抄本作不能。自決。忽秀才過，望見之，驚曰：「何尚未歸，而簡褻若此？」生靦顏莫對。秀才曰：「有之矣！得勿〔校〕青本、抄本作毋。爲花〔校〕青本無花字。夜叉所迷耶？」遂盛氣而往，曰：「秋華母子，何遽不少施面目耶！」去少時，即以衣來付生，曰：「淫婢無禮，已叱駡之矣。」送生至家，乃別而〔校〕青本無而字。去。生暴絶，〔校〕青本作卒。三日而甦，言之歷歷。〔校〕上四字，抄本作歷歷爲家人言之。

〔何評〕嘲笑如前，曲巷以後，比例見意耳。

閻羅*

沂州徐公星，自言夜作閻羅王。州有馬生亦然。徐公〔校〕抄本無公字。聞之，訪諸其家，問馬昨夕冥中處分〔校〕遺本作所判。何事。馬言：〔校〕抄本作曰。「無他事，但送左蘿石升天。天上墮蓮花，朵大如屋」云。〔校〕青本無此篇。

黎宮保世序，河南羅山人。總督南河十餘年，歲報安瀾，若有神助。其保護修築，動中機宜，亦先知如神。卒於道光三年十二月某日，抱病蓋數百日矣。前期獲異夢，自作五古一章以紀之，並序曰：「道光三年，歲在癸未嘉平二十一日，封篆之期，予方苦病魔纏繞數月，夜眠多不成寐。是夕忽得安睡。夢帝錫予銅符，篆紋如古錢形，長二寸許，寬約二寸。夢中讀之，不甚記憶。上有『天雷』二字，下有『不但千金』四字，其餘不甚了了。不知主何吉凶。詩以記之。詩曰：『道光癸未冬，病魔苦爲祟：痞塊填胸膺，腸胃復洩痢；晝食苦難消，夜卧多不寐。參朮訖無靈，醫工術徒試。嘉平廿一日，就枕忽酣睡。夢帝錫銅符，珍重拜恩賜。方長不數寸，古篆渾難識。上列天雷紋，下有千金字。其餘言尚多，模糊不記憶。既醒自尋思：蒼蒼是何意？或予河干走，尚有微勞勩，神人慰勉予，愛身毋自棄？抑或禄命盡，合作天雷使？君子安義命，達者一心志，堅定向道心，不以生死易。愛作五言詩，用記宵來異。』」詩成，不數日而卒。亦奇矣。陵縣尹黄公代元，其至戚也，與余亦有戚誼，故爲余備述其異。吁！非常之人，其生也有自來，其卒也有所爲，如包孝肅公之爲閻羅，金龍秀才之爲河神，朱河撫之爲大王，生而聰明正直，死即上列天曹，其理然也。天雷之符，公其執掌雷部歟？虞堂附記

甲申夏，余晤黄試可，余表姊丈也。言：黎宫保卒後二日，其舊僕某，忽衣青衣，腰帶，冠纓冠，若將出差者，偃卧于床，頃刻而斃。其馬向爲是僕所馴。僕死，竟不可制，蹄齧不堪；强縶之，不食而死。異哉！僕馬皆從之，其亦劉安雞犬耶？虞堂又記

黎宫保起縣令，終河撫，數十年偉功俊烈，指不勝僂。蓋其自命不凡，故爾有此奇異。至歷任來循聲政績，史傳自詳，兹何敢及。舫仙

張某者，皖江人，文端相國之裔也。生爲城隍。夜夢吏役森列，鹵簿前導，促登輿。心異之。遥望雙燈，則山西沁州府正堂銜也。今方爲州，不知陰曹何以爲府。有頃至府，下輿而入。同知、通判以迄司獄等官，恭迓道左。入即升堂，判官抱卷盈尺請判。某大駭，疑已物故，

哀之曰：「小人有母。」判官曰：「此非久居之地，但數日一視事耳。」乃遍按繫囚，宜笞者笞，宜釋者釋，判斷若神，殊無所謂刀山劍樹者。達旦而寤。終日疲若竟夜弗寐者。喜以告人。是夜登輿時，忽以繩繫其頸。就問判官，則以宣洩之故。自是扃鐍不復言。其述天榜事甚悉，云：「鄉、會試俱前期造册，上達天廷。初造時，人數殆數倍常額；已而查其陰騭又上，則數減矣；既又查其先世陰騭再上，則又減矣。元日張之金紙丹書。名皆浮籤，蓋亦有臨時揭易者。」癸未姚某中南元，其瓜葛親也。先是，人問姚氏中人否，應曰：「中小靈子。」人莫解者。後姚某獲雋始知。蓋姚某之父，乳字靈兒也。其藏覆之機類如是。又言：關壯繆十二年一度巡按。渠曾遇之。伏俯庭中，不敢仰視。紅光閃爍，瞬息已去。則同、通起賀曰：「吾境無冤獄！」雪亭附記

大人

長山李孝廉質君〔吕註〕名斯義。康熙戊辰進士，由庶吉士授御史，在臺八年，清慎持大體，歷遷福建巡撫。○按：先生官中丞，非孝廉也。戊辰爲康熙二十七年，意此時尚未捷南宮與？詣青州，途中遇六七人，語音類燕。審視兩頰，俱有瘢，大如錢。異之，因問何病之同。客曰：〔校〕曰，青本作自述。舊歲客雲南，日暮失道，入大山中，絶壑巉巖，〔何註〕巉巖音讒嵒，險而高也。不可得出。谷中有大樹一章，條數尺，綿綿下垂，蔭廣畝餘。諸客計無所之，〔校〕此據青本，抄本無谷中至所之一段。因共繫馬解裝，旁樹棲止。夜〔校〕青本下有既字。深，虎豹鴞鵂，次第嗥動，諸客抱膝相向，不能寐。忽見一大人來，高以丈計。客團伏，莫敢息。大人至，以手攫馬而食，六七匹頃刻都盡。既而折樹上長條，捉人首穿顋，如貫魚狀。〔但評〕貫魚以人，聞所未聞，見所未見。貫訖，提行數步，條毳〔何註〕毳通作脆。道德經：其脆易破。國語，晉語：臣脆弱不能忍俟。史記，刺客列傳，聶政傳：旦夕得甘毳以養親。俱相通。折有聲。大人似恐墜〔校〕青本作墮。落，乃屈條之兩端，壓以巨石而去。客覺其去遠，出佩刀，自斷貫條，負痛疾走。未數武，見大人又導一人俱來。客懼，伏叢莽中。見後來者更巨，至樹下，往來巡視，似有所求而不得。已乃聲啁啾，[何註]啁啾音嘲遒，鳥鳴也。歐陽修詩：桑枝生椹鳥啁啾。似巨鳥鳴，意甚怒，蓋怒大人之紿己也。因以掌批其頰。大人傴僂順受，無敢少爭。俄而俱去。諸客始倉皇出。荒竄良久，遥見嶺頭有燈火，羣趨之。至則一男子居石室中。客入環拜，兼告所苦。男子曳令坐，曰：「此物殊可恨，然我亦不能箝制。[何註]箝制，箝音鉗，鎖項也。此謂拘束之若箝也。待舍妹歸，可與謀也。」無[校]青本無上有居字。何，一女子荷兩虎自外入，問客何來。[校]來，青本作得至。諸客叩伏[校]青本作趨叩。而告以故。女子曰：「久知兩箇爲孽，不圖凶頑若[校]青本作至。此！當即除之。」於石[校]青本無石字。室中出銅鎚，重三四百觔，出門遂逝。男子煑虎肉饗[校]抄本作餉。客。肉未熟，女子已返，曰：「彼見我欲遁，追之數十里，斷其一指而還。」因以指擲地，大於脛骨[校]青本作大如脛股。焉。衆駭極，問其姓氏，不答。[校]上二字，青本作即亦不言。少間，肉熟，客創痛不食。女以藥屑徧糝之，痛頓止。天[校]青本作既。明，女子送客至樹下，行李[呂註]左傳，僖三十年：行李之往來。注：行李，使人也。○虞虹升天香樓偶得：左傳行李之往來，李字難解。唐李浩曰：岑字山下安人，人下安子，蓋古使字也。傳左氏者，誤書岑爲李，故一字羼爲二字。宋程大昌演繁露謂：浩語未必可據。引左傳，昭十三年，鄭會晉於平邱。子産争承曰：諸侯靖兵，好以爲事，行理之命，無月不至。杜預注曰：行理使人通聘問者，因謂行理正指使人。古字多通用，理、李同也。○泊宅編：李、理義通。人將有行，必先治裝，如孟子之言治任，理亦治也。俱在。各負裝行十餘里，經昨夜鬬處，女子指示之，石窪中殘血尚存盆許。出山，女子始別而返。

［何評］大人究不知何孽？非此女子不能居此山。

向杲

向杲字初旦，太原人。與庶兄晟，友于最敦。晟狎一妓，名波斯，有割臂之盟；[吕註]左傳，莊三十二年：孟任割臂盟公。[何註]左傳，莊三十二年：初，公築臺臨黨氏，見孟任，從之，閟；而以夫人言，許之，割臂盟公。注：孟任，黨氏女。閟，不從也。以其母取直奢，所約不遂。適其母欲從良，[校]上二字，青本作出籍爲良。願先遣波斯。有莊公子者，素善波斯，請贖爲妾。波斯謂母曰：「既願同離水火，是欲出地獄而登天堂也。若妾媵之，相去幾何矣！肯從奴志，向生其可。」母諾之，以意達晟。時晟喪偶未婚，喜，竭貲聘波斯以歸。莊聞，怒奪所好，[校]青本作怒晟之奪所好也。途中偶逢，大加[校]青本作便大。詬罵。晟不服，遂嗾從人折箠笞之，[何註]折箠笞之，箠音追，竹節也。笞音癡，捶擊也。言折竹以笞之也。垂斃，乃去。杲聞奔視，則兄已死。不勝哀憤。具造赴郡。莊廣行賄賂，使其理不得伸。[何評]世事如此。杲隱忿中結，莫可控訴，惟思要路刺殺莊。日懷利刃，伏於山徑之莽。久之，機漸洩。莊知其謀，出則戒備甚嚴；聞汾州有焦桐者，勇而善射，以多金聘爲衛。［馮評］以焦衛莊，下文卻是以焦生杲，伏筆之妙，莫妙於此。杲無計可施，［校］上五字，青本作杲無所施其計。然猶日伺之。［但評］此所謂誠心金石開也。一日，方伏，雨暴作，上下沾濡，寒戰頗苦。既而烈風四塞，［校］青本作起。冰雹繼至，身忽［校］青本下多一忽字。然痛癢不能復覺。嶺上舊有山神祠，强起［校］青本無起字。奔赴。既入廟，則所識道士在内［校］青本無内字。焉。［馮評］道士前未伏，此隨提隨補，即生下文。先是，道士嘗行乞村中，杲輒飯之，道士以故識杲。見杲衣服濡溼，乃以布袍授之，曰：「姑易此。」杲易衣，忍凍蹲若犬，自視，則毛革頓生，身化爲虎。［馮評］化虎復仇，以暴行仁。道士已失所在。心中驚恨。轉念：得仇人而食其肉，計亦良得。下山伏舊處，［校］青本作下至舊伏處。見己尸卧叢莽中，始悟前身已死；猶恐葬於烏鳶，時時邏守之。越日，莊始［校］青本作適。經此，虎暴出，於馬上撲莊落，齕其首，咽之。［馮評］要離、專諸等頓成傖父，無此爽快。焦桐返馬［校］青本無馬字。而射，中虎腹，蹷然遂斃。杲在錯楚中，恍若夢醒；［但評］人能虎咽仇人之首，千古快事。死而生借仇人之矢，千古奇情。○隱忿中結，惟有刺殺之而已矣。至計無所施，乃忽身化爲虎，齕仇人之首而咽之，誠千古快心事也。顧身已虎矣，人而虎，道士爲之；虎而人，道士未必能爲之也。焦不射，則虎不死；虎不死，則杲不生。吾不奇道士之化杲爲虎而咽莊，獨奇莊之聘焦射虎而活杲。又經宵，始能行步，厭厭以歸。家人以其連夕不返，方共駭疑，見之，喜相慰問。杲但卧，蹇澀不能語。少間，聞莊信，爭即牀頭慶告之。杲乃自言：「虎即我也。」［但評］虎即我三字，暢快之極。讀之可療鬱悶症，可療噎呃症。遂述其異。

由此傳播。〔校〕青本作播傳。莊子痛父之死甚〔校〕青本作也。慘，聞而惡之，因訟杲。官以其事誕而無據，置不理焉。

異史氏曰：「壯士志酬，必不生返，此千古所悼恨也。借人之殺以爲生，仙人之術亦〔校〕青本作何。神哉！〔馮評〕易水減色。然天下事足髮指〔校〕上三字，青本作之指人髮。者〔何註〕指人髮，狀怒也。樊噲誚讓項羽，頭髮上指，目眥盡裂。多矣。使怨者常爲人，恨不令暫作虎！」〔馮評〕峭。

〔何評〕化人成虎，借殺爲生，使非妙術如神，則大仇終於不報矣。固知不可無此狡獪。

董公子

青州董尚書可畏，［呂註］按：尚書名可威，字嚴甫，號葆元，益都人。萬曆丁未進士，仕至工部尚書。此作可畏，疑訛。家庭嚴［校］青本作森。肅，内外男女，不敢通一語。一日，有婢［校］青本下有及字。僕調笑［呂註］李白詩：不知誰家子，調笑來相謔。於中門之外，［馮評］家法嚴尚如此，寬將奈何？公子見而［校］青本作爲公子所窺。怒叱之，各奔［校］青本下有而字。去。及夜，公子偕僮卧齋中。時方盛暑，室門洞敞。更深時，［校］上二字，青本作既深。僮聞牀上有聲甚厲，驚［校］青本驚上有方字。醒。月影中，見前僕提一物出門去。以其家人故，弗深怪，遂復寐。忽聞靴聲訇［何註］訇音轟，大聲也。然，一偉丈夫赤面修［校］青本作長。髯，似壽亭侯［呂註］通鑑：漢獻帝建安五年，曹操拔下邳，擒關羽，封爲漢壽亭侯。○米元成漢壽亭侯考證：程皇敦云：關將軍羽封漢壽亭侯。考之史，漢壽本縣名，在犍爲。史稱費禕遇害於漢壽。劉禹錫亦云：漢壽亭邊野草春。是漢壽者封邑，亭侯者爵也。今去漢而以壽亭爲封邑，誤矣。昭烈勸進表，其首列銜曰：前將軍漢壽亭侯關羽。若以漢爲國名，不當錯置於職名之下。然予考之本傳：曹操表封帝爲漢壽亭侯在刺顏良之後，此建安五年與袁紹相拒於官渡時也。蜀之漢壽縣，本廣漢郡之葭萌縣，先主始改爲漢壽。昭烈之稱帝，在建安二十五年之後。則帝所封之漢壽，豈即費禕之大會諸侯之漢壽耶？皇敦執此以證漢壽，非矣。意當時別有所謂漢壽者，遂舉以封，而今不可考矣。○按：古者有國侯，有郡侯，有縣侯，有鄉侯，有亭侯。亭即十里有亭之亭。亭侯，侯之至微者，猶之關內侯，有爵秩而無食邑也。關帝時，于禁封益壽亭侯，賈詡封魏壽亭侯。宋胡三省注云：魏壽，亭名。推此，則漢壽之漢非漢魏之漢明矣。自元人作演義，有降漢不降曹之説，妄謂刻印無漢字，公不受，加漢字乃受之。此無稽之甚者。猶不思此時關曹同爲漢臣，公何嘗逆知曹後日之爲魏公，魏王遽自別爲漢乎？又如晉王鎮惡以復河洛功賜爵漢壽子，豈得亦謂爲漢臣耶？今壽亭侯之稱，概見之先正文集中，是皆昧正史而信稗乘也。○又宋許觀東齋記事：紹興中，洞庭漁人獲一印，方二寸，制甚古。獻於官，辨其文，乃壽亭侯印四字，疑必關帝所佩也，遂留長沙官庫。守庫吏見印上有光焰，回白於官，乃遣人送荆門關聖祠，光怪遂絕。淳熙四年，玉泉寺僧將獻之東宮，印函而未發，或光焰四起，衆皆驚愕，遂不復獻。據此，則壽亭侯印，非漢壽亭侯印也。何以神之呵護，而百世不忘耶？洪容齋謂壽亭侯印乃後人鑄於廟中，所見非止一處，想當然矣。○按：漢壽凡有三處：四川葭萌縣，先主改爲漢壽，在建安二十五年之後，其非帝所封必矣。湖廣武陵縣，實漢義郡之索縣，後漢之臨沅縣，順帝改爲漢壽，至晉仍之。後漢地理志與晉地理志皆名漢壽，而晉良吏傳，潘京字世長，武陵漢壽人也，三國吴潘濬，武陵漢壽人，此則順帝所改，建安五年，去之未遠，或即此乎？名勝志載荆州有漢壽城，又云古荆州刺史治有漢壽亭，即曹操表封關羽處。此爲近之。但操何以知公之著勳於荆襄而預以名之，則天實爲之矣。荆存而公與俱存，公亡而荆與俱亡。楊用修云：漢爲代名，加以壽延炎祚四十餘年，或亦非偶耳。[何註] 壽亭侯，當添一漢字，漢壽，地；亭侯，爵也。

像，捉一人頭入。僮懼，蛇行入牀下。聞[校] 青本聞上有但字。牀上支支格格，如振衣，如摩腹，移時始罷。靴聲又響，乃去。僮伸頸漸出，見窗[校] 青本無窗字。櫺上有曉色。以手捫牀上，着手沾[校] 青本作衣黏。溼，嗅之血腥。大呼公子，公子方醒。告而火之，血盈枕席。大駭，不知[校] 青本作得。其故。忽有官役叩門。公子出見，[校] 青本下有之字。役愕然，但言怪事。詰之，告曰：「適衙前一人神色迷罔，大聲[校] 青本下有自言二字。曰：『我殺主人矣！』衆見其衣有血污，執而白之官。審知爲公子家人。渠[校] 青本作彼。

言已殺公子，埋首於關廟之側。往驗之，穴土猶新，而首則並無。」〔校〕上二字，青本作無之。公子駭異，趨赴公庭，見〔校〕青本無見字。其人即前狎婢者也。因述其異。官甚惶惑，重責而釋之。公子不欲結怨於小人，以前婢配之，令去。積數日，其鄰堵者，夜聞僕房中一聲震響若崩裂，急起〔校〕青本作赴。呼之，不應。排闥〔校〕青本作闔。入視，見夫婦及寢牀，皆截然斷而爲兩，木肉上俱有削痕，似一刀所斷者。關公之靈蹟最多，未〔校〕青本未上有蓋字。有奇於此者也。

〔但評〕斷頭復續，死而生者不自知，使之自言其罪，則元兇授首，報應昭然，聖德神威，無以加此。

周三

泰安張太華，富吏也。家有狐擾，[校]青本下有不可堪三字。遣制罔效。陳其狀於州尹，尹亦不能爲力。時州之東亦有狐居村民家，人共見爲[校]青本作之。一白髮叟。叟[校]青本作云。與居人通弔問，如世人[校]青本如上有一字，世人作人世。禮。自云[校]青本作言。行二，都呼爲[校]青本作之。胡二爺。適有諸生謁尹，問道其異。尹爲吏策，使往問叟。時東村人有作隸者，吏訪之，果不誣，因[校]青本作便。與俱往。即隸家設筵招胡。胡至，揖讓酬酢，無異常人。吏告[校]告，青本作因告以。所求。胡曰：[校]青本作言。「我固[校]青本作故。悉之，但不能爲君效力。僕友人周三，僑居岳廟，宜可降伏，當代求之。」吏喜，申[校]青本申上有欠抑二字。謝。[何註]禮，曲禮：君子欠伸。註：氣乏則欠。謙抑之容似之。胡臨別與吏約，明日張筵於岳廟之東。吏領[校]領，青本作如其。教。胡果導周至。周虬髯鐵面，服袴褶。

〔呂註〕類篇：袴褶，騎服。晉書，輿服志：弓弩隊五十人，皆黑袴褶。〔何註〕褶音習。周武以布爲之，名褶；敬王以繒爲之，名袴。蓋下體之衣，有表裏而無著者也。男女咸有之。飲數行，向吏曰：「適胡二弟致尊意，事已盡悉。但此輩實繁有徒，不可善諭，難免用武。請即假館君家，微勞所不敢辭。」吏轉念：〔校〕上三字，青本作吏聞之自念。去一狐，得一狐，是以暴易暴〔何註〕史記，伯夷列傳：以暴易暴兮，不知其非矣。也。游移不敢即應。周已知之，曰：「無畏，〔校〕上二字，青本作得無相畏耶。我非他比，且與君有喜〔校〕青本作夙。緣，請勿疑。」吏諾之。周又囑明日偕家人闔〔校〕此據青本，抄本作閤。户坐室中，幸勿譁。吏歸，悉遵所教。〔校〕青本作悉聽教言。俄聞庭中攻擊刺鬬之聲，踰時始定。〔馮評〕以狐治狐，奇。啓關出視，血點點盈階上。墀中有小狐首數枚，大如椀琖焉。又視所除舍，則周危坐其中，拱手笑曰：「蒙重託，妖類已蕩滅矣。」自是館於其家，相見如主客焉。

〔何評〕與前門拒虎，後門進狼者自別。

鴿異

鴿類甚繁，晉有坤星，[呂註]以下數條俱見鴿子經。魯有鶴秀，黔[何註]黔音箝，今貴州省，即秦之黔中地。有腋蜨，梁有翻跳，越有諸尖：皆異種也。[何註]鶴秀、腋蜨等九種，皆鴿名。蜨，俗作蝶。○[馮評]疏剔詳明，可稱博物。又有靴頭、點子、大白、黑石、夫婦雀、花狗眼之類，名不可屈以指，惟好事者能辨之也。[馮評]大落墨法。[但評]百人俊，千人英；百里賢，千里聖：天地生才，何國蔑有？類而辨之，擇而採之，兼收並蓄，授政任功，喜起賡歌，師師濟濟，令人神遊帝世。鄒平張公子幼量，癖好之，按經而求，務盡其種。其養之也，如保嬰兒：冷則療以粉草，熱則投以鹽顆。[馮評]古有相鶴經，乃鴿亦有經，並豢養之法亦詳言之。鴿善睡，睡太甚，有病麻痹[校]此據同本，青本、抄本作痺。而死者。張在廣陵，以十金購一鴿，體最小，善走，置地上，盤旋無已時，不至於死不休也，故常須人把握之；夜置羣中，使驚諸鴿，可以免痹股[校]此據同本，抄本作痺股，青本作痺敗。之病：是名「夜遊」。[何評]好名目。齊魯養鴿家，無如公子最；［馮評］抬高公子，下更出奇。公子亦以鴿自詡。［但評］何嘗不可自信。一夜，坐齋中，忽一白衣少年叩扉入，殊不相識。問之。答曰：「漂泊［何註］漂泊，流寓也。庾信哀江南賦：下亭漂泊，高橋羈旅。之人，姓名何足道。遥聞畜鴿最盛，此亦生平所好，［校］青本作此生平之所好也。○［但評］何嘗不聞風而來。願得寓目。」張乃盡出所有，五色俱備，燦若雲錦。少年笑曰：「人言果不虛，［但評］人言何嘗虛。公子可謂盡養鴿之能事矣。［但評］何嘗不盡能。僕亦攜有一兩頭，頗願觀之否？」張喜，從少年去。月色冥漠，野壙［校］青本作況。蕭條，心竊疑懼。少年指曰：「請勉行，寓屋不遠矣。」又數武，見一道院，僅兩楹。少年握手入，昧無燈火。少年立庭中，口中作鴿鳴。［馮評］插羽佳人。忽有兩鴿出：狀類常鴿，而毛純白；飛與簷齊，且鳴且鬭，每一撲，必作觔斗。［呂註］朱熹詩：只麼虚空打觔斗。少年揮之以肱，連翼而去。復撮口作異聲，又有兩鴿出：大者如鶩，［何註］鶩音木。禮，曲禮，疏：野鴨曰鳧，家鴨曰鶩。小者裁如拳；集階上，學鶴舞。［何評］好看。大者延頸立，張翼作屏，宛轉鳴跳，若引之；小者上下飛鳴，時集其頂，翼翩翩如燕子落蒲葉上，聲細碎，類鼗［何註］鼗音陶，小鼓也。鼓；大者伸頸不敢動。鳴愈急，聲變如磬，兩兩相和，間雜中節。既而小者飛起，大者又顛倒引呼之。［馮評］異奇。張嘉歎不已，自覺望洋［呂註］莊子，秋水篇：河伯行至於北海，東面而視，不見水端。始旋其面目望洋向若而嘆曰：今我睹子之難窮也。［何註］洋，波瀾也。若，海神名。莊子：河伯至北海，望洋向若而嘆。可愧。遂揖少年，乞求分愛；少年不許。又固求之。少年乃叱鴿去，仍作前聲，招二白鴿來，以手把之，曰：「如不嫌憎，以此塞責。」接而玩之：睛映月作琥珀色，兩目通透，若無隔閡，［何註］閡音礙，外閉也。中黑珠圓於椒粒；啓其翼，脇肉晶瑩，臟腑可數。［馮評］山堂肆考：鴿，邑有二十餘種，其名則有銀合、海鹽、倒插點子、毛脚鳳髻、黑夜遊、半天嬌、插翟人之類。張甚奇之，而意猶未足，詭求不已。少年曰：「尚有兩種未獻，今不敢復請觀矣。」方競論間，家人燎麻炬入尋主人。回視少年，化白鴿，大如雞，冲霄而去。又目前院宇都渺，蓋一小墓，樹二［校］青本作兩。柏焉。與家人抱鴿，駭歎而歸。試使飛，馴異如初。雖非其尤，［但評］何嘗非拔其尤。人世亦絕少矣。於是愛惜臻至。［但評］何嘗不愛惜臻至。積二年，育雌雄各三。雖戚好求之，不得也。［但評］何嘗肯輕以予人。有父執［呂註］禮，曲禮：見父之執，不謂之進不敢進，不謂之退不敢退。注：父執，父同志之友也。某公，爲貴官。一日，見公子，問：「畜鴿幾許？」公子唯唯以退。疑某意愛好之也，思所以報而割愛良難。［但評］初念何嘗不是。又念：長者之求，不可重拂。且不敢以常鴿應，選二白鴿，籠送之，自以千金之贈不啻也。［但評］轉念錯矣。天下豈有中心至愛之端，而肯迫於勢利乎？他日，見某公，頗有德色；而某殊無一申謝語。心不能忍，問：「前禽佳否？」答云：「亦肥美。」［但評］門外漢語，令人絕倒。張鷟曰：「烹之乎？」曰：「然。」［但評］肉食者真實話。張大驚曰：「此非常鴿，乃俗所言『靼韃』［何註］靼韃音坦撻，産異鴿之地，因以名之也。者也！」某回思曰：「味亦殊無異處。」［馮評］削圓方竹杖，漆却斷紋琴，世間殺風景事最多。因想天地間有以絕世妙文求賞識於妄庸巨子之前，誦之者搖頭掉臂，作龍吟虎嘯之聲，而聽之者指東話西，成口應心違之狀，豈不寃哉！［但評］臭味差池，有何異處。張歎［校］青本作悼。恨而返。至夜，夢白衣少年至，責之曰：「我以君能愛之，故遂託以子孫。［但評］到底非真愛，非真能愛，託之者亦自誤也。何乃以明珠暗投，［呂註］鄒陽獄中上梁王書：明月之珠，夜光之璧，以暗投人於道路，人無不按劍相眄者，何則，無因而至前也。致殘鼎鑊！［但評］以極愛之物贈諸不愛之人，我雖珠玉重之，彼直鼎鑊殘之耳。即不至是，亦未必果如我之保護也。故交際之間亦不可不慎。今率兒輩去矣。」［但評］惜乎去之不早。言已，化爲鴿，所養白鴿皆從之，飛鳴逕去。天明視之，果俱亡矣。心甚恨之，遂以所畜，分贈知交，數日而盡。

異史氏曰：「物莫不聚於所好，［馮評］拈一好字，跳出題外作議，便能不死下句。故［校］故，青本作誠然也。葉公好龍，則真龍入室；［呂註］申子：葉公子高之好龍也，雕文畫之。天龍聞而下之，窺頭於牖，施尾於堂。葉公見之，棄而還走，失其魂魄。是葉公非好龍也，好夫似龍而非龍者也。而況學士之於良友，賢君之於良臣乎！而獨阿堵之物，好者更多，而聚者特少。亦以見鬼神之怒貪而不怒癡也。」

向有友人饋朱鯽於孫公子禹年，［呂註］名琰齡，淄川人。拔貢生，定州同知。兵部尚書之獬子，通政司珀齡弟也。家無慧僕，以老傭往。及門，傾水出魚，索柈而進之。及達主所，魚已枯斃。公子笑而不言，以酒犒傭，即烹魚以饗。既歸，主人問：「公子得魚頗歡慰否？」答曰：「歡甚。」問：「何以知？」曰：「公子見魚便欣然有笑容，立命賜酒，且烹數尾以犒小人。」主人駭甚，自念所贈頗不粗劣，何至烹賜下人。因責之曰：「必汝蠢頑無禮，故公子遷怒耳。」傭揚手力辯曰：「我固陋拙，遂以爲非人也！登公子門，小心如許，猶恐筲斗不文，敬索柈出，一一勻排而後進之，有何不周詳也？」主人罵而遣之。

靈隱寺僧某，以茶得名，鐺臼皆精。然所蓄茶有數等，恒視客之貴賤以爲烹獻；其最上者，非貴客及知味者，不一奉也。一日，有貴官至，僧伏謁甚恭，出佳茶，手自烹進，冀得稱譽。貴官默然。僧惑甚，又以最上一等烹而進之。飲已將盡，並無贊語。僧急不能待，鞠躬曰：「茶何如？」貴官執琖一拱曰：「甚熱。」此兩事，可與張公子之贈鴿同一笑也。〔校〕青本無上兩段。

〔何評〕曲曲傳神，如覩飛奴之異。

〔但評〕「鴿異」，何爲而作也？凡聖主之得賢臣，志士之遇良友，推而至於烈士之劍，世家之書，善書者之遺蹟，善畫者之藏幀，及金石珍玩之物，真知之，故好之；真好之，故求之；求顧或而得之，則養之、保之，防護而愛惜之，心盡矣，能事畢矣。以此自詡，可無愧矣。而乃勢利薰心，夤緣枉己，遂致刎心割肉，既拔其尤，且以其彙，亦知寶貴，不輕示人；僅堪抵玉投珠。豈知好龍者非真，獻璞者莫辨。贈之者頗有德色，受之者視若尋常。一臠之供，誰識千金之重？不特聞風者半途返駕，絶跡不前；即其已至者，亦必各傷其類，相率而遠去矣。豈獨鴿爲然哉！

聶政

懷慶潞王，有昏德。時行民間，窺有好[校]上二字，青本作見。女子，輒奪之。有王生妻，爲王所睹，遣輿馬直入其家。[校]青本作第。女子號泣[校]青本作涕。不伏，强舁而出。王亡去，隱身聶政之墓，冀妻經過，[校]青本下有此字。得一遥訣。無何，妻至，望見夫，大哭投地。王惻動心懷，不覺失聲。從人知其王生，執之，將加搒掠。忽墓中一丈夫出，手握白刃，氣象[校]青本作甚。威猛，[馮評]突然現身，如天外飛來，風雲變色，令觀者拍案稱快。厲聲曰：「我聶政也！良家子豈容强占！念汝輩不能[校]青本作非所。自由，姑且宥恕。寄語無道王：[校]青本作主。若不改行，不日將抉[校]青本作決。其首！」[但評]凜凜有生氣。至其完璧歸趙，不戮一人，鷹犬喪威，荒淫奪魄。昔年之義俠，此日之閻摩。○如聞其聲，如見其人。處置精當，非徒剛猛而鶻突者。衆大駭，棄車而走；丈夫亦入墓中而没。夫妻叩墓歸，猶懼王命復臨。過十餘日，竟無消息，心始安。王自是[校]青本作此。淫威[呂註]詩，周頌：既有淫威。傳：淫，大也。亦少殺[何註]少殺，殺，所界切，音鎩，減也。周禮，秋官掌客：國新殺禮，兇荒殺禮。云。

異史氏曰：「余讀刺客傳，而獨服膺於軹深井里也：[呂註] 史記，刺客列傳：聶政者，軹深井里人也。殺人避仇，與母姊如齊，以屠爲事。久之，濮陽嚴仲子事韓哀侯，與韓相俠累有郤，嚴仲子恐誅，亡去，求人可以報俠累者。至齊，齊人或言，聶政，勇敢士也。嚴仲子至門，具酒自觴聶政母前，奉黃金百鎰前爲聶政母壽。聶政驚怪其厚，固謝。嚴仲子因爲聶政言曰：臣有仇而行游諸侯衆矣。然至齊，竊聞足下義甚高，故進百金者，將用爲夫人粗糲之費，得以交足下之懽，豈敢以有求望耶？聶政曰：老母在，政身未敢以許人也。嚴仲子固讓，聶政竟不肯受也。然嚴仲子卒備賓主之禮而去。久之，聶政母死。既已葬，除服，聶政遂西至濮陽見嚴仲子曰：前日所以不許仲子者，徒以親在；今不幸而母以天年終。仲子所欲報仇者爲誰，請得從事焉。嚴仲子曰：臣之仇，韓相俠累，又韓君之季父也。宗族盛多，居處兵衛甚設。臣欲使人刺之，衆終莫能就。今足下幸而不棄，請益其車騎壯士，可爲足下輔翼者。聶政曰：韓之與衛，相去中間不甚遠。多人不能無生得失；生得失，則語泄；語泄，是韓舉國而與仲子爲仇，豈不殆哉！遂謝車騎人徒，獨行仗劍至韓。韓相俠累方坐府上，持兵戟而侍衛者甚衆。聶政直入，上階刺殺俠累。因自皮面決眼，自屠出腸，遂以死。韓取聶政尸暴於市，購問莫知誰子。政姊嫈聞人有刺殺韓相者，賊不得。乃於邑曰：其是吾弟與！立起如韓之市，而死者果政也。伏尸哭極哀，曰：是軹深井里所謂聶政者也。今乃以妾尚在之故，重自刑以絕從。妾其奈何畏歿身之誅，終滅賢弟之名！乃大呼天者三，卒於邑悲哀而死政之傍。[何註] 軹深井里，戰國策：軹深井里聶政，勇敢士也。軹深井里，里名也。其鋭身而報知己也，[校] 青本無也字。有豫之義；白晝而屠[校] 青本作殺。卿相，有鱄之勇；[呂註] 史記，刺客傳：鱄諸者，吳堂邑人也。伍子胥之亡楚而如吳也，知鱄諸之能，乃進於公子光。光伏甲士於窟室中，而具酒請王僚。酒既酣，光佯爲足疾入窟室中，使鱄諸置匕首魚炙之腹中而進之。既至王前，鱄諸擘魚，因以匕首刺王僚，王僚立死。皮面自刑，不累骨肉，有曹之智。[呂註] 史記，刺客列傳：曹沫者，魯人也。以勇力事魯莊公。與齊戰，三敗北。魯莊公懼，乃獻遂邑之地以和。齊桓公許與魯會於柯而盟。曹沫執匕首劫桓公，桓公左右莫敢動，而問曰：子將何欲？沫曰：大國侵魯，亦已甚矣。今魯城壞，即壓齊境，君其圖之。桓公乃許盡歸魯之侵地。曹沫投其匕首，北面就羣臣之位，顏色不變，辭令如故。[何註] 沫音劌。至於荆軻，力不足以謀無道秦，遂使絕裾而去，[呂註] 晉書，温嶠傳：嶠爲劉琨右司馬。琨誠繫王室，謂嶠曰：吾欲使卿延譽江南，奉表勸進。嶠欲將命，其母崔氏固止之。嶠絕裾而去。自取滅亡。輕借樊將軍之頭，何日可能還也？此千古之所恨，而聶政之所嗤者矣。聞之野史：其墳見掘於羊、左之鬼。〔呂註〕關中流寓志：西羌左伯桃聞楚元王賢，與羊角哀往歸之。道經梁山，遇雪，度不能俱生，乃并衣與角哀，伯桃入樹死。角哀至楚爲中大夫，王備禮葬伯桃。角哀歸，夜夢見伯桃，言：墳地與荆軻墓相近，計欲相讐。必束草爲人，手執器械，焚於墓前。角哀從之。夜復見伯桃來言曰：所焚之人不得其用。荆軻凶暴，又有高漸離爲助，不久尸出墓矣。角哀遂自刎而死，鄉老葬於伯桃墓前。至夜，風雨大作，雷電交加，戰鬬之聲聞數十里。天明視之，荆軻墓開，白骨散於墓前。果爾，則生不成名，死猶喪義，其視聶之抱義憤而懲荒淫者，爲人之賢不肖何如哉！〔校〕青本無哉字。噫！聶之賢，於此益信。」

〔何評〕任俠所爲，每不軌於中道。聶政此舉，庶今奮於義者。死爲鬼雄，又何愧焉。

冷生

平城冷生，少最鈍，年二十餘，未能通一經。忽〔校〕青本忽上有後字。有狐來，與之燕處。每聞其終夜語，即兄弟詰之，亦不肯洩。〔校〕青本下有一字二字。如是多日，忽得狂易病：每得題爲文，〔校〕青本作每爲文時得題。則閉門枯坐；少時，譁然大笑。窺〔校〕青本窺上有往字。之，則手不停草，而一藝成矣。〔馮評〕得意疾書，文人樂事，其笑也宜。脱稿又〔校〕上三字，青本作既而脱稿。文思精妙。是年入泮，明年食餼。每逢場作笑，響徹堂壁，由此「笑生」之名大譟。幸學使退休，不聞。後值〔何註〕鄧隱峯云：竿木隨身，逢場作戲。某學使規矩嚴肅，終日危坐堂上。忽聞笑聲，怒執之，將以加責。執事官代白其顛。學使怒稍息，釋之而黜其名。〔馮評〕學使場規自宜嚴肅，然怒其笑，何不觀其文？文謬黜之，猶可説也，其文甚佳，因一笑黜之，此戴面具以嚇人者耳，主司愛才，豈忍出此？如此宗匠，無乃瞶瞶？〔但評〕規矩方肅，忽聞笑聲，怒之宜矣。執事代白其顛，則何妨閲其文而叩其故。文果精妙，即譁然與之大笑，奚不可者？此學使未免迂拘，未免託大。從此佯狂詩酒。著有「顛草」四卷，超拔可誦。

異史氏曰：「閉門一笑，與佛家頓悟時何殊間［校］青本無間字。哉！大笑成文，亦一快事，何至以此褫革？如此主司，寧非悠悠！」

學師孫景夏，［校］青本作昔學師孫景夏先生。往訪友人。至其窗外，不聞人語，但聞笑聲嗤然，頃刻數作。意其與人戲耳。入視，則居之獨也。怪之。始大笑曰：「適無事，默温［校］此據青本，抄本作熟。笑談耳。」邑宮生，［校］青本下有者字。家畜一驢，性蹇劣。每途中逢徒步客，［校］青本作每途逢徒行之客。拱手謝曰：「適忙，［校］青本下有遽字。不遑下騎，［校］青本作驢。勿罪！」言未已，驢已蹶然伏道上，屢試不爽。宮大慚恨，因與妻謀，使僞作客。己［校］青本作自。乃跨驢［校］青本下有而字。周於庭，向妻拱手，作遇客語。驢果伏。便以利錐毒刺之。適有友人相訪，方欲款關，聞宮言於內曰：「不遑下騎，［校］青本作驢。勿罪！」少頃，又言之。心［校］青本作因。大怪異，叩扉［校］青本下有而字。問其故，以實告，相與捧腹。［呂註］史記，日者列傳：司馬季主卜於長安東市，宋忠、賈誼曰：先生今何居之卑？何行之污？司馬季主捧腹大笑。此二則，可附冷生之笑並［校］青本作以。傳矣。

［何評］岑令屺徵，邑九江人。嘗陷身賊中，爲其記室，後脱身逃歸。每爲文，默坐不一語；移時，起擲一飛脚而文成矣。此與冷生之笑可並傳。岑有詩集，歸愚別裁、鈕玉樵觚賸並録之。

狐懲淫

某生[校]青本下有者字。購新第，常患狐。一[校]青本一上有凡字。切服物，多爲所毁，且[校]青本作又。時以塵土置湯餅[校]青本作餌。中。一日，有友過訪，值生出，[校]出，青本作他適。至暮不歸。生妻備饌[校]青本下有具字。供客，已而偕婢啜食餘餌。生素不羈，好蓄媚藥，不知何時狐以藥置粥中，婦食之，覺有腦麝氣。問婢，婢云[校]青本作答。不知。食訖，覺慾燄上熾，不可暫忍；强自按[校]青本作遏。抑，燥渴愈急。籌思家中無可奔者，惟[校]青本作獨。有客在，遂往叩齋。[但評]於斯時也，某生殆哉岌岌乎！佻脱不羈，好蓄房中藥者聽之。客問其誰，實告之。問何作，不答。客謝曰：「我與若夫道義交，不敢爲此獸行。」婦尚流連。客叱罵[校]青本無罵字。曰：「某兄文章品行，被汝喪盡矣！」隔窗唾之。婦大慚，乃退。因自念：我何爲若此？忽憶椀中香，得毋媚藥也？[校]青本作耶。檢包中藥，果狼藉滿案，[校]青本作架。盎琖中皆是也。稔知冷水可解，因就飲之。頃刻心下清醒，愧恥無以自容。展轉既久，更漏已殘。愈恐天曉難[校]青本作無。以見人，乃解帶自經。婢覺救之，氣已漸絕。辰後，始有微息。客夜間已遁。生晡後方歸，見妻卧，問之，不語，[校]青本作言。但含清涕。婢以狀告。大驚，苦詰之。妻遣婢去，始以實告。[校]青本作陳。生歎曰：「此我之淫報也，[但評]當頭棒喝，回首是岸。彼知改矣，狐遂絕矣。於卿何尤？幸有良友；不然，何以爲人！」遂從此痛改[校]青本作飭。往行，狐亦遂絕。

異史氏曰：「居家者相戒勿蓄砒鴆，從無有戒不蓄媚藥者，[馮評]蜀士多不解媚藥何物，先生言從無有戒不蓄者，則北方可知矣。亦猶之人畏兵刃而狎牀笫也。寧知其毒有甚於砒鴆者哉！顧蓄之不過以媚内耳，乃至見嫉於鬼神；況人之縱淫，有過於蓄藥者乎？」

某生赴試，自郡中歸，日已暮，[校]此據青本，抄本無上二字。攜有蓮實菱藕，入室，[校]青本作屋。並置几上。又有藤津僞器一事，水浸盎中。諸鄰人以生[校]青本作其。新歸，攜酒登堂，生倉卒置牀下而出，令内子經營供饌，與客薄飲。飲已，入内，急燭牀下，盎水已空。問婦。婦曰：「適與菱藕並出供客，何尚尋也？」生[校]青本下有回字。憶肴中有黑條雜錯，舉座不知何物。乃失笑曰：「癡婆子！此何物事，可供客耶？」婦亦疑曰：「我尚〔校〕青本作方。怨子不言烹法，其狀可醜，又不知何名，只得糊塗虀切耳。」生乃告之，相與大笑。〔馮評〕老子云：不笑不足以言道。今某生貴矣，相狎者猶以爲戲。

〔何評〕媚藥甚於鴆，真爲有識者之言。

山市

奐[呂註]邑志作焕。山山市，[呂註]淄川志：山在縣西十五里，南接禹王山，北去爲明山。舊有煙火臺，今廢。有山市，邑人多見之者，城郭、樓臺、宮室、樹木、人物之狀，類海市云。明嘉靖二十一年，縣令張公其協偕僚屬詣臺，使者經山南麓，天方黎明，忽見城樓峻整，松柏蒼秀，人物往來其間，煙霞鬱麗，罨映層岩，衆詫奇觀。移時乃滅。後高封公鴻儒、孫貢士琰齡皆見之，所言相類云。○按：余讀淄川志，焕山山市，張孔繡先生紱、趙蕁友先生金昆，皆有記。張見於康熙丁卯，趙見於康熙壬午。知山市見之者屢矣，不獨高封公、孫貢士也。邑八[校]此據青本，抄本無八字。景之一也。[呂註]淄川志：淄邑八景：崑崙叠翠，孝水澄清，文廟古松，禪林峻塔，蘇相石橋，鄭公書院，萬山樵唱，豐源牧歌。○按：八景中無焕山山市。邑志云：禪林塔毀已久，後易以龍橋疎雨；今橋又壞矣。則山市或爲後之所易與？○[馮評]先點。數[校]青本數上有然字。年恒不一見。孫公子禹年，與同人飲樓上，忽見山頭有孤塔聳起，高插青冥。[馮評]初見孤塔。相顧驚疑，[但評]劈空而入。念近中無此禪院。無何，見宮殿數十所，[馮評]再看宮殿。碧瓦飛甍，[呂註]左思吴都賦：長干延屬，飛甍舛互，註：甍，棟也。[何註]甍音萌，屋棟也。始悟爲山市。[馮評]醒題。未幾，高垣睥睨，[呂註]劉熙釋名：城上垣曰睥睨，言其於空中睥睨非常也。○按：一作埤堄。[何註]睥睨，城上女牆，有穴不正，止可窺下，下不得窺上也。連亘六七里，居然城郭矣。[馮評]又見城郭。中有樓若者，堂若者，坊若者，歷歷在目，以億萬計。［馮評］詳細如見。忽大風起，塵氣莽莽［校］青本少一莽字。然，城市依稀而已。［馮評］一變。［但評］輕挫。既而風定天清，一切烏有；［馮評］略頓。惟危樓一座，直接霄漢。［馮評］又一變。［但評］又開一境。五［校］青本五上有樓字。架窗扉皆洞開；［馮評］只在一樓，樓五架。一行有五點明處，樓外天也。層層指數：樓愈高，則明愈［校］青本作漸。少；數至八層，裁如星點；又其上，則黯然縹緲，不可計其層次矣。［馮評］樓之層樓。而樓上人往來屑屑，或凭或立，不一狀。［馮評］樓上人。踰時，樓漸低，可見其頂；又漸如常樓；又漸如高舍；倏忽［校］青本作然。如拳如豆，遂不可見。［馮評］又一變收場。又聞有早行者，見山上人煙市肆，與世無別，故又名「鬼市」云。［馮評］另換一局作餘波收，是古文法，短篇峭勁。

［何評］與海市一樣變幻。

［但評］狀山市可作一幅奇文看。忽然危塔孤聳，忽然碧瓦飛甍；忽然城郭連亘，劈空而來。超拔可喜。中間樓若者，堂若者，坊若者，以億萬計，填實飽滿，矞麗堂皇。忽而大風吹去，城市依稀，則填實中仍是空中落想，不著跡相。既而掃除一切，危樓一座，天外飛來，縹緲虛無，是空是色。然後返虛入渾，化實爲虛，色相皆空，筆墨俱化爲煙雲飛去。文境之妙，此爲天下奇觀。

江　城

臨江高[校]青本下有生名二字。蕃，少慧，儀容秀美。十四歲入邑庠。富室争女之；生選擇良苛，屢梗父命。[但評]另有業緣，自不可强。父仲鴻，年六十，止此子，寵惜之，不忍少拂。初，[校]此據青本，抄本無初字。東村有樊翁者，授童蒙於市肆，攜家僦生屋。翁有女，小字江城，與生同甲，時皆八九歲，兩小無猜，[呂註]李白長干行：同居長干里，兩小無嫌猜。○[但評]既有業緣，自然無猜。日共嬉戲。後翁徙去，積四五年，不復聞問。一日，生於隘巷中，見一女郎，[但評]業緣相牽，自必復遇。豔美絕俗。從以[校]青本作一。小鬟，僅六七歲。不敢傾顧，但斜睨之。女停睇，若欲有言。細視之，江城也。頓大驚喜。各無所言，相視呆立，移時始别，兩情戀戀。[馮評]本是好因緣，誰知後來卻成歡喜冤家。[但評]業緣難割，自必相戀。生故以紅巾遺地而去。小鬟拾之，喜以授女。女入[校]青本作亦。袖中，易以己巾，[但評]不易巾，不足以送業緣。僞謂鬟曰：「高秀才非他人，勿得諱〔校〕青本作匿。其遺物，可追還之。」小鬟果追付生。生得巾大喜。歸見母，請與論婚。母曰：「家無半間屋，南北流寓，〔校〕青本作移。何足匹偶？」生言：「我自欲之，固當無悔。」母不能自決，〔校〕青本作母心中攄拒不自決。○〔何註〕攄音吕。文字指歸：攄拒，心不欲爲也。以商仲鴻；鴻執不可。生聞之悶悶，〔校〕青本作然。嗌〔何註〕嗌音益，喉也。不容粒。〔呂註〕穀梁傳，昭十九年。○〔但評〕不憂悶，不足以求業緣。母〔校〕青本下有大字。憂之，謂高曰：「樊氏雖貧，亦非狙儈無賴者比。我請過〔校〕青本下有於字。其家，倘其女可偶，〔校〕青本下有也字。當亦無害。」〔校〕青本作即亦何害。高曰：「諾。」〔校〕青本作高諾之。母託燒香黑帝祠，詣之。見女明眸秀齒，居然娟好，心大愛悅。〔但評〕不歡悅，不足以成業緣。遂以金帛厚贈之，實告以意。樊媪謙抑而後受盟。歸述其情，生始解顔爲笑。〔但評〕不愛笑，不足以了業緣。逾歲，擇吉迎女歸，夫妻相得甚懽。〔但評〕業緣成，業報起矣。而女善怒，〔馮評〕病根在此一字。反眼若不相識；〔呂註〕韓愈柳子厚墓銘：一旦臨小患難，僅如毛髮比，反眼若不相識。○〔但評〕業報之根。詞〔校〕青本作辭。舌嘲啁，〔何註〕嘲啁，啁與嘲同，又音刀，語多也。常〔校〕青本下多一常字。聒於耳。生以愛故，悉含忍之。〔但評〕以愛生畏，以忍致畏，業報之基。翁媪聞之，〔校〕上二字，青本作稍有所聞。心弗〔校〕青本作不。善也，潛責其子。爲女所聞，大恚，詬罵彌加。生稍稍反其惡聲，女益怒，撻逐出户，闔其扉。〔馮評〕此尚是開宗明義

第一章，以後則出奇無窮矣。生嚼嚼［何註］嚼，先立切，忍寒聲也。門外，不敢叩關，抱膝宿簷下。女從此［校］青本作自是。視若仇。其初，長跪猶可以解；漸至屈膝無靈，［但評］以業報故，自必撻逐，自必闔扉，自必若仇，自必長跪，自必屈膝無靈。而丈夫益苦矣。翁姑薄讓之，女牴牾［呂註］前漢書，司馬遷傳：或有牴牾。注：下觸謂之牴，斜觸謂之牾。［何註］牴牾，牴通作抵，觸也。牾與忤通，忤逆不服也。不可言狀。翁姑忿怒，逼令大歸。樊慚懼，浼交好者請於仲鴻；［馮評］小停頓。宛轉隨嬌女，殷情做老爹。仲鴻不許。年餘，生出遇岳，岳［校］青本下有把袂二字。邀歸其家，謝罪不遑。妝女出見，夫婦相看，不覺惻楚。［但評］業報未了，自必惻楚。樊乃沽酒款壻，酬勸甚殷。日［校］青本日上有無何二字。暮，堅止留宿，掃別榻，使夫婦並寢。既曙辭［校］青本無辭字。歸，不敢以情告父母，掩飾彌縫。［校］上四字，青本作惟掩飾而彌縫之。自［校］青本作由。此三五日，暫［校］青本作輒。一寄岳家宿，而父母不知也。樊一日自詣仲鴻。初不見，迫而後見之。樊膝行而請。高不承，諉［何註］諉音透，推諉也。諸其子。樊曰：［校］青本作言。「壻昨夜宿僕家，不聞有異言。」高驚問：「何時寄宿？」樊具以告。高赧謝曰：「我固不知。［校］上二字，青本作不之知耳。彼愛之，我獨何仇乎？」［但評］彼愛之，以業緣而不能不愛也。我何仇，以業緣而不敢相仇也。樊既去，高呼子而罵。生但俛首，不少出氣。言間，樊已送女至。高曰：「我不能爲兒女任過，不如各立［校］青本作有。門户，即煩主析爨[何註]析爨，析，分也。爨音竄，煮飯也。之盟。」樊勸之，不聽。遂別院居之，遣一婢給役焉。月餘，頗相安，翁嫗竊慰。未幾，女漸肆，[但評]業報未了，自必漸肆。生面上時有指爪痕；父母明知之，亦忍不置[校]青本作置不。問。[馮評]看漸字，看忍字。一日，生不堪撻楚，奔避父所，芒芒然如鳥雀之被鸇毆者。[但評]形容絕倒。翁媪[校]青本作嫗。方怪問，女已橫梃[校]青本作撻。追入，[但評]業在而父母不能庇。竟即翁側捉而箠之。翁姑涕[校]青本作沸。噪，略不顧瞻，撻至數十，始悻悻以去。高逐子曰：「我惟避囂，故析爾。爾固樂此，又焉逃乎？」[但評]避囂而析爾，以業報而終不能或避也。爾樂此而焉逃？以業報而乃不得不樂也。○每見畏內者，甘心受虐，跬步弗離，一似樂此不疲者，反復求之而不得其故，今乃知爲業也。業在，則不能不愛，父母仇之不得也。業在，則不能不樂，鞭扑加之不怨也。真可畏哉！生被逐，徙倚無[校]青本無上有殊字。所歸。母[校]青本作高。恐其折挫[校]青本作挫折。行死，令獨居而給之食。[校]青本作食之。又召樊來，使教其女。樊入室，開諭萬端，女終不聽，反以惡言相苦。[但評]業在而翁媪不能勸。樊拂衣去，[校]去，青本作而行。誓相絕。無何，樊翁憤生病，與嫗[校]青本作媪。相繼[校]青本下有而字。死。女恨之，亦不臨弔，惟日隔壁噪駡，故使翁姑聞。高悉置不知。[校]青本作校。生自獨居，若離湯火，但覺淒寂。暗以金啗媒媪李氏，納妓齋中，往來皆以夜。[馮評]生波折。久之，女微聞之，[校]青本作知。詣齋嫚駡。生力白其誣，矢以天日，女始歸。自此日伺生隙。李嫗〔校〕青本作媪，下同。自齋中出，適相遇，〔校〕上二字，青本作爲所遭。急呼之；〔馮評〕一震之威。嫗神色變異，女愈〔校〕青本作益。疑。謂嫗曰：「明告所作，或可宥免；若猶隱祕，撮毛盡矣！」〔但評〕胭脂虎威足以攝人。媪戰而告曰：「半月來，惟勾欄李雲娘過此兩度耳。適公子言，曾於玉笥山見陶家婦，愛其雙翹，囑奴〔校〕青本無奴字。招致之。渠雖不貞，亦未便作夜度娘，〔馮評〕夜度娘，綺聲也，見古樂府詞，卻作妓女替身字用。成否故未必也。」女以其言誠，姑從寬恕。媪欲行，又强止之。日既昏，呵之曰：「可先往滅其燭，便言陶家至矣。」媪如其言。女即遽入。生喜極，〔但評〕胭脂虎有濟惡之才。挽臂促〔校〕青本作捉。坐，具道飢渴。女默不語。生暗中索其足，曰：「山〔校〕青本山上有自字。上一覲仙容，介介獨戀是耳。」女終不語。〔馮評〕此婦有作用，如正出之，便是才女，可使行兵。生曰：「夙昔之願，今始得遂，何可覿面而不識也？」躬自捉火一照，則江城也。〔但評〕仙容何如？覿面曾相識未？一照鬼臉，兩股受針，介介獨戀是耳。○大懼失色，墮燭於地，長跪觳觫，〔何註〕觳觫音斛速，懼死也。若兵在頸。女摘耳提歸，以針刺兩股殆徧，乃卧以下牀，醒則〔校〕青本下有數字。罵之。生以此〔校〕上二字，青本作已。畏若虎狼；即偶假以顏色，枕席之上，亦震慴〔何註〕慴音涉，震慴，恐懼貌。不能爲人。〔馮評〕可謂形容盡致，吴道子畫鬼伎倆。女批頰而叱去之，益厭棄不以人齒。生日在蘭麝之鄉，如犴狴中人，〔呂註〕揚子：犴狴使人多禮乎？注：犴狴，牢獄也。○按：狴一作狴。〔何註〕犴狴音岸陛，獄門畫獸名犴狴，故謂牢獄爲犴狴。仰獄吏之尊也。〔呂註〕史記，絳侯周勃世家：人有上書告勃欲反，捕勃治之。勃恐，不知置辭。吏稍侵辱之。勃以千金與獄吏，既出，曰：吾嘗將百萬軍，然安知獄吏之貴乎！○〔但評〕形容絶倒。○窮形盡態，情境逼真，但不識先生從何處見來。女有兩姊，〔馮評〕又另提，不嫌篇中突見。○俱適諸生。長姊平善，訥於口，常與女不相洽。二姊適葛氏。爲人狡黠善辨，顧影弄姿，貌不及江城，而悍妒與埒。〔何註〕埒音劣，等也。國語，晉語：叔向、子產、晏嬰之才相等埒。姊妹相逢無他語，惟各以閫威自鳴得意。〔但評〕以閫威自鳴得意，皆從人家男子四字中來。以故二人最善。生適戚友，女輒嗔怒；惟適葛所，知而不禁。〔校〕青本作知之不禁也。一日，飲葛所。既醉，葛嘲曰：「子何畏之甚？」生笑曰：〔但評〕以五十步笑百步。「天下事頗多不解：我之畏，畏其美也；乃有美不及內人，而畏甚於僕〔校〕青本作畏與僕等。者，惑不滋甚哉？」〔但評〕果爾，則君之畏有過之無不及也。○滔滔皆是，我亦不能爲若輩解。葛大慚，不能對。〔馮評〕予每以此篇當笑林廣記讀之。婢聞，以告二姊。二姊怒，操杖遽出。生見其兇，〔校〕青本作生察其狀兇。跚屣欲走。杖起，已中腰膂；〔何註〕膂，脊骨也。三杖三蹶，〔何註〕蹶音厥，仆也。而不能起。誤中顱，〔何註〕顱音盧，頭也。血流如瀋。〔馮評〕亂彈班演戲有之，不意聊齋已寫到。二姊去，蹣跚〔呂註〕蘇轍詩：侵尋作風痹，兩足幾蹣跚。註：蹣跚，跛行貌。〔何註〕蹣跚音瞞珊。而歸。妻驚問之。初以迕姨故，不敢遽告；再三研詰，始具陳之。女以帛束生首，忿然曰：「人家男子，何煩他撻楚耶！」〔但評〕人家男子，人家私物也，豈容他人撻楚？○人家男子二句，無情無理，至情至理，一笑。更短袖裳，懷木杵，攜婢逕去。抵葛家，二姊笑語承迎。女不語，以杵擊之，仆；裂袴而痛楚焉。齒落唇缺，遺失〔校〕青本作矢。溲便。女〔校〕青本下有既字。返，二姊羞憤，遣夫赴愬於高。生趨出，極意溫卹。葛私語曰：「僕此來，不得不爾。悍婦不仁，幸假手而〔校〕青本無而字。懲創之，我兩人何嫌焉。」女已聞之，遽出，指罵曰：「齷齪賊！妻子虧苦，反竊竊與外人交好！此等男子，不宜打煞耶！」〔馮評〕左右俱無所可，橫身是罪，男兒尚有世界耶？〔但評〕此等男子，不受人家教訓，不爲人家忠孝，真宜打煞。○與上同一議論，同一情理，奇極，妙極。疾呼覓杖。葛大窘，奪門竄去。生由此往來全無一所。同窗王子雅過之，宛轉留飲。飲間，以閨閣相謔，頗涉狎褻。女適窺客，伏聽盡悉，暗以巴豆投湯中而進之。未幾，吐利不可堪，奄存〔校〕青本作奄。氣息。〔馮評〕我輩飲朋友齋，出言慎之，巴豆湯恐防不測。〔但評〕友朋讌會，好以閨閣相謔者，須隄防巴豆湯。女使婢問之曰：「再敢無禮否？」始悟病之所自來，呻吟而哀之。則菉豆湯已儲〔校〕青本下有以字。○〔何註〕已儲，儲音除，貯也，言已盛貯於器也。待矣。飲之乃止。〔馮評〕我想世間幾箇酸丁，動言文士風流，父教不行，師教不聽，得此婦教訓也好。呵呵！從此同人相戒，不〔校〕青本作莫。敢飲於其家。王有酤肆，〔何註〕酤音孤。酤肆，賣酒肆也。肆中多紅梅，設宴招其曹侶。生託文社，稟白而往。日暮，既酣，王生曰：「適有南昌名妓，流寓此間，可以呼來共飲。」衆大悦。惟生離席，興辭。羣曳之曰：「闔中耳目雖長，亦聽睹不至於此。」[但評]不可以此例胭脂虎。因相矢緘口。[何註]緘口，緘與咸通，束篋也。家語：孔子觀周廟，有金人三緘其口。生乃復坐。少間，妓果出。年十七八，玉珮丁冬，[校]青本作東。○[何註]丁冬，佩聲也。雲鬟掠削。[何註]掠削，收拾意。元稹宮詞：春嬌滿眼睡紅消，掠削雲鬟旋裝束。問其姓，云：「謝氏，小字芳蘭。」出詞[校]青本作辭。吐氣，備極風雅，舉座若狂。而芳蘭尤屬意生，屢以色授。爲衆所覺，故曳兩人連肩坐。芳蘭陰[校]青本無陰字。把生手，以[校]青本無以字。指書掌作「宿」字。生於此時，欲去不忍，欲留不敢，心如亂絲，不可言喻。而傾頭耳語，醉態益狂，榻上臙脂虎，亦並忘之。[馮評]忙中隨手評註數語，俱有生趣，添出澤色。[但評]此亦有前世因。少選，聽更漏已動，肆中酒客愈稀；惟遥座一美少年，對燭獨酌，有小僮捧巾侍焉。衆竊議其高雅。無何，少年罷飲出門去。僮返身入，向生曰：「主人相候一語。」衆則茫然，[校]青本作衆都不知誰何。惟生顔色慘變，[但評]不圖闔中耳目長，亦聽睹而至於此。不遑告别，匆匆便去。蓋少年乃江城，僮即其家婢也。[馮評]出人意表，不是明月窺人，斗成地獄變相，似村童之隨蒙師，真好看。生從至家，伏受鞭扑。從此禁錮益嚴，[校]青本作益禁錮之。弔慶皆絶。文宗下學，生以誤講降爲青。[呂註]學政全書：國初時，各省設立學道，定歲、科二試。科試秀才至三等而止；歲試則分爲六等：文理平通者一等，亦通者二等，平常者三等，有疵者四等，荒謬者五等，不通者六等。一等補廩；二等幫增；三等回家；四等戒飭；五等廩降爲增，增降爲附，附降爲青，青降爲社，社生黜爲民；六等廩降爲附，增降爲青，附降爲社，青、社皆黜爲民。〔何註〕前明生員歲試四等，降爲青衣。○〔但評〕如此委瑣齷齪，闒茸不堪之人，亦三綱五常中之罪人也。降爲青衣，乃不玷污庠序。一日，與婢語，女疑與私，以酒罈囊婢首而撻之。已而縛生及婢，以繡翦翦腹間肉互補之，〔但評〕兩腹不相假，兩肉竟相合。釋縛令其自束。月餘，補處竟合爲一云。〔馮評〕前已身具五刑，至此更出異相，周興、來俊臣乃在閨中耶？女每以白足踏餅〔校〕青本下有拋字。塵土中，叱生摭〔何註〕摭，之石切，音拓。方言：取也。陳、宋之間曰摭。食之。如是種種。母以憶〔校〕青本無憶字。子故，偶至其家，見子柴瘠，〔何註〕柴瘠，豺體瘦；豺、柴字通，故棘人骨立謂之柴毁，又瘦人謂之柴瘠。歸而〔校〕青本作既歸。痛哭欲死。夜夢一叟告之曰：〔馮評〕暗轉關。「不〔校〕青本作勿。須憂煩，此是前世因。江城原静業和尚所養長生鼠，〔吕註〕未詳。○按仙經：蝙蝠一名仙鼠。千歲之後，體白如雪，棲則倒懸，蓋飲乳水而長生也。公子前生〔校〕青本作身。爲士人，偶游其地〔校〕青本作寺。誤斃之。〔馮評〕憑空捏出一段公案，作轉關地步，文字之妙更不許第二人得知也。今作惡報，不可以人力回也。〔但評〕聽來可怕。每早起，虔心誦觀音咒〔吕註〕南無佛，南無法，南無僧……云云。一百遍，必當有效。」醒而述於仲鴻，異之，夫妻遵教。〔校〕上二字，青本作咸遵其教。虔誦〔校〕青本無上二字。兩月餘，女横如故，益之狂縱。聞門外鉦〔吕註〕周禮，冬官考工記，鳧氏：鼓上謂之鉦。〔何註〕銅鉦，銅鼓也。東坡詩：樹頭初日挂銅鉦。鼓，輒握〔校〕青本作茁。○〔何註〕茁音拙，草初生貌，蓬頭似之。髮出，憨然〔校〕青本作態。引眺，千人指視，〔校〕青本作共指。恬〔校〕青本無恬字。不爲怪。翁姑共恥之，而〔校〕青本作然。不能禁。〔校〕青本下有腹誹而已四字。忽有老僧在門外宣佛果，觀者如堵。［馮評］暗用梁武磕頭和尚故事。僧吹鼓上革作牛鳴。女奔出，見人衆無隙，命婢移行牀，翹登其上。衆目集視，［校］青本下有之字。女如弗覺。［校］青本下有也者二字。踰時，僧敷衍將畢，索清水一盂，持向女而宣言曰：［馮評］紫竹林中菩薩救苦，已伏上誦觀音咒中。「莫要嗔，莫要嗔！前世也非假，今世也非真。咄！鼠子縮頭去，勿使貓兒尋。」［馮評］長生鼠已伏上文。宣已，吸水噀射女面，粉黛淫淫，下沾衿袖。［但評］蓮華經云：菩薩於怖畏急難中，能以無畏施於衆生，故號之爲施無畏者。至無畏而施於畏內之人，大慈悲，振海潮，普度諸苦厄，十方諸國，無不在慈雲法雨中矣。衆大駭，意女暴怒，女殊不語，拭面［校］青本作而。自歸。［馮評］轉筆之妙，乃學婁師德。僧亦遂去。女入室癡坐，嗒然若喪，終日不食，掃榻遽寢。中夜忽喚生醒。［馮評］爲之歌曰：笑矣乎，笑矣乎，其樂只且！生疑其將遺，捧進溺盆。女卻之。暗把生臂，曳入衾。生承命，四體驚悚，若奉丹詔。［呂註］揭傒斯詩：紫宸丹詔出，甲第五雲垂。○［但評］赦書已下，蘭麝鄉不必如犴狴中人也。女慨然曰：「使君如［校］青本作若。此，何以爲人！」乃以手撫捫［校］青本無捫字。生體，每至刀杖痕，嚶嚶啜泣，輒以爪甲自掐，恨不即死。［馮評］寫悔真是悔到十分。左氏敍鄭莊公逐弟置母，人人欲食其肉。既而悔之，便純作孺子之慕，一片哀音，忘其已前之惡，如同兩人。文人筆墨，真有回天手段，豈非怪事！生見其狀，意良不忍，所以慰籍之良厚。女曰：「妾思和尚必是菩薩化身。清水一灑，若更腑肺。［校］青本作肺腑。今回憶曩昔所爲，都如隔世。妾向時得毋［校］青本作勿。非人耶？［但評］非人也，其鼠也。○非另換一副心腸，另換一副面孔，不自知其非人，焉能知其何心。有夫妻而不能懽，有姑嫜而不能事，是誠何心！明日可移家去，仍與父母同居，庶便定省。」絮語終夜，如話十年之別。［但評］似是兩世人，豈但十年別。昧爽即起，摺衣斂器，婢攜簏，躬襆被，促生前往叩扉。母出駭問，告以意。母尚遲回，［校］青本作母遲回有難色。女已偕婢入。母從入。女伏地哀泣，但求免死。母察其意誠，亦泣曰：「吾兒何遽如［校］青本作爲。此？」［馮評］痛定思痛，可憐老姥姥。［但評］何遽爲此，喜今朝而悲往昔，口吻畢真。生爲細述前狀，始悟曩昔之夢驗也。喜，喚廝僕爲除舊舍。女自是承顏順志，過於孝子。見人，則覥如新婦。或戲述往事，則紅漲於頰。且勤儉，又善居積；［但評］善居積是鼠子本來伎倆。三年，翁媪［校］青本作嫗。不問家計，而富稱巨萬矣。生是歲鄉捷。女每謂生曰：「當日一見芳蘭，今猶憶之。」生以不受荼毒，願已至足，妄念所不敢萌，唯唯而已。會以應舉入都，數月乃返。入室，見芳蘭方與江城對弈。驚而問之，則女以數百金出其籍矣。［校］青本作云。○［馮評］意外九錫，得之如夢。即以回顧上文，令增情致也。［但評］聊以償前此之鞭扑耳。掌中宿字，今日乃醒；但不知快心時猶思痛否。此事浙中［校］上四字，青本作余於浙邸得晤。王子雅言之［校］青本下有竟夜二字。甚詳。

異史氏曰：「人生業果，飲啄必報，而惟果報之在房中者，如附骨之疽，其毒尤慘。〔馮評〕每每言之，作者得毋有隱痛歟？明初某夫人以奇妒聞，死，解春雨弔之，入門大叫曰：四德全無，七出咸備，嗚呼哀哉，大吉大利！每見天下賢婦十之一，悍婦十之九，亦以見人世之能修善業者少也。觀自在願力宏大，何不將盂中水灑大千世界也？」〔校〕青本作耶。〇〔呂註〕華嚴經：四天下共一日月，爲一世界。有千世界，有一小鐵圍山繞之，名曰小千世界。有小千世界，有中鐵圍山繞之，名曰中千世界。有中千世界，有大鐵圍山繞之，名曰大千世界。注：大千世界者，一萬小世界也。

〔何評〕不昧因果。

〔但評〕前世因，今生報，父子夫婦之間多有之；所不同者，善惡之分耳。無因則無報：無因者，雖求之而不能得；有報者，亦麾之而不能去也。高固梗父命而選擇良苛者，乃於江城兩小則無猜，既長則依戀，紅巾暗易，金帛要盟，美滿夫妻，不可謂非天從人願矣。乃怒自驕生，畏由愛伏。始而閉門不內，繼且屈膝無靈。牴牾並及於翁姑，訴誶復加於父母。蘭麝鄉直同犴狴，鴛鳳侶竟似鷹鸇。本是愛緣，偏成嗔業。非菩薩示夢，不幾謂胭脂虎之無因而前，柴瘠兒之固自樂此哉。一盂水灑，並蒂蓮開；鼠子縮頭，夜叉革面。然後知人生業果，更無可逃，即鼠雀之微，亦不可結惡緣而使相仇於隔世也，況其大焉者乎！

孫生

孫生，［校］青本作余鄉孫生者。娶故家女辛氏。初入門，爲窮袴，多其帶，［呂註］前漢書，外戚傳：孝昭上官皇后，霍光外孫。光欲皇后擅寵有子。帝時體不安，左右及醫皆阿意，言宜禁内，雖宮人使令，皆爲窮袴，多其帶，後宫莫有進者。注：窮袴，有前後襠，不得交通也。渾身糾纏甚密，拒男子不與共榻。牀頭常設錐簪之器以自衛。孫屢被刺剟，［何註］剟音掇，割也。因就別榻眠。月餘，不敢問鼎。［何註］周定王使王孫滿勞楚子，楚子問鼎之大小輕重焉。會意。即白晝相逢，女未嘗假以言笑。同窗某知之，私謂孫曰：「夫人能飲否？」答云：「少飲。」某戲之曰：「僕有調停之法，善而可行。」問：「何法？」曰：「以迷藥入酒，紿使飲焉，則惟君所爲［校］青本作欲。矣。」孫笑之，而陰服其策良。詢之醫家，敬以酒煮烏頭，置案上。入夜，孫釃別酒，獨酌數觥而寢。如此三夕，妻終不飲。一夜，孫卧移時，視妻猶寂坐，孫故作齁聲；妻乃下榻，取酒煨爐上。孫竊喜。既而滿飲［校］青本作引。一盃；又復酌，約盡［校］青本作至。半杯許，以其餘仍内壺中，拂榻遂寢。久之無聲，而燈煌煌尚未滅也。［馮評］細寫如見。疑其尚醒，故大呼：「錫檠［何註］檠，燈檠也。鎔化矣！」妻不應，再呼仍不應。白身往視，則醉睡如泥。［呂註］五色線：南海有蟲，無骨，名曰泥。在水中則活，失水則醉如一堆泥然。後漢書，周澤傳：澤爲太常，常卧病齋宮。其妻哀澤老病，窺問所苦。澤大怒，以妻干犯齋禁，遂收送詔獄。時人爲之語曰：生世不諧，作太常妻，一歲三百六十日，三百五十九日齋，一日不齋醉如泥。啓衾潛入，層層斷其縛結。妻固覺之，不能動，亦不能言，任其輕薄而去。既醒，惡之，投繯自縊。孫夢中聞喘吼聲，起而奔視，舌已出兩寸許。大驚，斷索，扶榻上，踰時始蘇。［但評］娶婦如此，殊難爲情，亦難爲計，難爲力。孫自此殊厭恨［校］青本作恨厭之，夫妻［校］青本作婦。避道而行，相逢則各［校］此據青本，抄本無各字。俯其首。積四五年，不交一語。妻或在室中，與他人［校］青本無人字。嬉笑；見夫至，色則立變，凜如霜雪。孫嘗寄宿齋中，經歲不歸；［校］青本作恒經歲無歸時。即强之歸，亦面壁移時，默然就［校］青本作即。枕而已。父母甚憂之。一日，有老［校］青本無老字。尼至其家，見婦，亟加贊譽。母［校］青本下有亦字。不言，但有浩歎。尼詰其故，具以情告。尼曰：「此易事［校］青本作與。耳。」母喜曰：「倘能回婦意，當不靳酬也。」尼窺室無人，耳語曰：「購［校］青本購上有請字。春宮一幀，［呂註］幀音倀，張畫繪也。見類篇。［何註］一幀，一幅也。三日後，爲若厭之。」［呂註］前漢書，杜鄴傳，注：厭，壓也，鎮也。尼［校］青本下有既字。去，母即［校］即，青本作從其教。購以待之。三日，尼果來。囑曰：「此須甚〔校〕青本作慎。密，勿令夫婦知。」乃翦下圖中人，又鍼三枚、艾一撮，並以素紙包固，外繪數畫如蚓狀，〔馮評〕類蠱也，置酒中飲之，能令夫婦相悅。又捼捼草中蟲，置枕中，亦令男女相悅，昔人詩揀取捼捼入枕中，何不以此方行之？使母賺婦出，竊取其枕，開其縫而投之；已而仍合之，返歸故處。尼乃去。至晚，母强子歸宿。媼往竊聽。〔校〕上四字，青本作傭媼知其情，竊往伏聽。二更將殘，聞婦呼孫小字，孫不答。少間，婦復語，孫厭氣作惡聲。質明，母入其室，見夫婦面首相背，知尼之術誣也。呼子於無人處，委〔校〕青本作慰。諭之。孫聞妻名，便怒，切齒。母怒罵之，不顧而去。越日，尼來，告之罔效。尼大疑。媼因述所聽。尼笑曰：「前言婦憎夫，故偏厭之。今婦意已轉，所未轉者男耳。請作兩制之法，必有驗。」〔但評〕作兩制之法，果皆奇驗。易此而觀，尼之罪不少。母從之，索子枕如前緘置訖，又呼令歸寢。更餘，猶聞兩榻上皆有轉側聲，時作咳，都若不能寐。久之，聞兩人在一牀上唧唧語，但隱約不可辨。將曙，猶聞嬉〔校〕青本作戲。笑，吃吃不絕。媼以告母。母喜，尼來，〔校〕青本無來字。厚饋之。孫由是琴瑟和〔校〕青本作合。好。〔校〕青本下有今各三十餘矣六字。生一男兩女，十餘年從無角口〔校〕青本作口角。之事。同人私問其故。笑曰：「前此顧影生怒，後此聞聲而喜，自亦不解其何心也。」

異史氏曰：「移憎而愛，術亦神矣。［校］青本作術不亦神哉。然能令人喜者，亦能令人怒，術人之神，正術人之可畏也。先哲云：『六婆［呂註］輟耕録：三姑六婆：三姑謂尼姑、道姑、卦姑；六婆謂牙婆、媒婆、師婆、虔婆、藥婆、穩婆。不入門。』有見矣夫！」

［呂註］世説：髯參軍，短主簿，能令公喜，能令公怒。

［何評］心爲天君，心靈萬物，以厭禳之術，遂能轉易人心，殆不可解。

八大王

臨洮馮生，[校]青本下有傳者忘其名字六字。蓋貴介裔而陵夷矣。有漁鼈者，負其債[校]青本作責。○[何註]責同債。史記，孟嘗君傳：責畢償乎。不能償，得鼈輒獻之。[馮評]伏下。一日，獻巨鼈，額有白點。生以其狀異，放之。後自壻家歸，至恒河之側，[呂註]彌陀經疏鈔：恒河在西域無熱河側。詳見鳳仙。日已就昏，見一醉者，從二三僮，顛跛而至。遥見生，便問：「何人？」生漫應：「行道者。」醉人怒曰：「寧無姓名，胡言行道者？」[馮評]寫醉態逼肖。[何評]醉者可哂。生馳驅心急，置不答，逕過之。醉人益怒，捉袂使不得行，酒臭熏人。[但評]嘗見醉人無行，不可謂人；擬之以鬼，而復不類。至今乃傳其真矣。○醉態如畫，儼然一鼈，今之似此者何多也。生更[校]青本作益。不耐，然[校]青本無然字。力解不[校]青本作莫。能脱。問：「汝何名？」囈然而對曰：「我南都舊令尹也。將何爲？」生曰：「世間有此等令尹，辱寞世界矣！幸是舊令尹；假新令尹，將無殺盡途人耶？」醉人怒甚，勢將用武。生大言曰：[校]青本無曰字。「我馮某非受人撾打者！」醉人聞之，變怒爲懽，[馮評]又鶻突。跟蹌下拜曰：「是我恩主，唐突勿罪！」起喚從人，先歸治具。生辭之不得。握手行數里，見一小村。既入，則廊舍華好，似貴人家。醉人醒稍解，生始詢其姓字。曰：「言之勿驚，我洮水八大王也。[呂註]水經注：洮水出洮陽縣西南大山下。[何註]洮音叨，水名。○[馮評]南都舊令尹，又變作洮水八大王，如名士別號，日日更换。徐退山曰：范蠡稱陶朱公，又名鴟夷子皮，數换其名，吾疑范蠡二字亦假。適西山青童招飲，不覺過醉，有犯尊顏，實切愧悚。」生知其妖，以其情辭殷渥，遂不畏怖。俄而設筵豐盛，促坐懽飲。八大[校]青本無大字，下同。王最豪，連舉數觥。生恐其復醉，再作縈擾，僞醉求寢。八大王已喻其意，笑曰：「君得無畏我狂耶？但請勿懼。凡醉人無行，謂隔夜不復記[校]青本下有憶字。者，欺人耳。酒徒之不德，故犯者十之[校]青本無之字。九。[馮評]聊齋於一切俗情無不洞鑒癥結，疑其心有七竅。[但評]無賴之行，粧顛故犯，鼈固酒徒之祖也。鼈而自抉其根，凡欲託於鼈者，可勿作惡態欺人矣。僕雖不齒於儕偶，顧未敢以無賴之行，施之長者，何遂見拒如此？」[但評]酒徒無有不畏長者，可知雖是無賴，亦因人而施。生乃復坐，正容而諫曰：「既自知之，何勿改行？」[馮評]謂人聽者無假瘋魔，謂人不知。八大王曰：「老夫爲令尹時，沈湎[呂註]書，泰誓：沈湎冒色。注：沈湎，溺於酒也。冒色，冒亂女色也。[何註]湎音緬，沉溺也。書，酒誥：罔敢湎於酒。尤過於今日。自觸帝怒，謫歸島嶼，[何註]嶼音序，水中山也。力返前轍者，十餘年矣。今老將就木，潦倒不能橫飛，[呂註]朱熹詩：清秋鵰鶚上，萬里看橫飛。故態復作，我自不解耳。茲敬聞命矣。」[但評]凡醉者半激於氣憤，潦倒而自不解者尤多，使終身不戒，毋乃有愧此鼈？○暮年潦倒，故態復作，而自家亦不解者，吾亦嘗見其人矣。安所得藥石之言，而使之戒杯中物也。傾談問，遠鐘已動。八大王起捉臂曰：「相聚不久。蓄有一物，聊報厚德。［但評］前之放之，生之也；後之戒飲，亦生之也。有好生之德，其報之也亦宜。此不可以久佩，如願［呂註］博物志：盧陵歐明爲賈客，道經彭澤湖，每以舟中所有投湖中。後忽一吏來候云：清洪君感君有禮，特相請。明甚怖。吏曰：無怖。若有所贈，君勿取也，但求如願耳。明既見，乃求如願。清洪君以婢與之。既歸，所求輒得，家致巨萬。後，當見還也。」口中吐一小人，僅寸餘。因以爪掐生臂，痛若膚裂；急以小人按捺其上，釋手已入革裏，甲痕尚在，而漫漫墳起，類痰核狀。驚問之，笑而不答。但曰：「君宜行矣。」送生出，八大王自返。回顧村舍全渺，惟一巨鼈，蠢蠢入水而没。錯愕久之。自念所獲，必鼈寶也。由此目最明，凡有珠寶之處，黄泉下皆可見；即素所不知之物，亦隨口而知其名。於寢室中掘得藏鏹數百，用度頗充。後有貨故宅者，生視其中有藏鏹無算，遂以重金購居之。由此與王公埒富矣。［校］青本無矣字。火齊木難［呂註］南史，西南夷傳，中天竺國出火齊，狀如雲母，色如紫金。○廣志：莫難珠，其色黄，生東國。又名木難。［何註］木難，碧色珠也。之類皆蓄焉。得一鏡，背有鳳紐，［校］青本作細，同本作鈿。環水雲湘妃之圖，光射里餘，鬚眉皆可數。佳人一照，則影留其中，磨之不能滅也；［但評］此鏡也，人皆以爲寶，余則以爲殃，將焉用此，其以賈害也？若改妝重照，或更一美人，則前影消矣。時肅府［呂註］明史：肅莊王模，太祖第十四子。洪武十一年封漢王，二十五年改封肅王，二十六年就藩甘州。第三公［校］青本無公字，下同。主［何註］三公主，郡主也。絶美，雅慕其名。會主游崆峒，［呂註］唐書，地理志：崆峒山在岷州溢欒縣。雍州録：今平涼府西即崆峒山，有廣成子宫。［何註］崆峒，山名，黄帝見廣成子於崆峒，問道。廣成曰：至道之真，杳杳冥冥，云云。乃往伏山中，伺其下輿，照之而歸，設寘案頭。［校］青本作上。審視之，見美人在中，拈巾微笑，口欲言而波欲動。喜而藏之。年餘，爲妻所洩，聞之肅府。大怒，收之。追鏡去，擬斬。［但評］匹夫無罪，懷璧其罪。象有齒以焚其身，生豈未之聞乎？與王公埒富，即時有懷刑之懼，猶恐不免；鏡中留影，誅之不可謂過也。幸三主賢，謂窺我如負我；而鏡臺一獻，姊妹偕歸。否則即身能倖免，而糟糠之妻，已爲泉下鬼矣。生大賄［校］青本作賂。中貴人，使言於王曰：「王如見赦，天下之至寶，不難致也。不然，有死而已，於王誠無所益。」王欲籍其家而徙之。三公主曰：「彼已窺我，十死亦［校］青本作之。不足解此玷，不如嫁之。」［馮評］猛虎項下鈴，繫者解得。王不許。公主閉户不食。妃子大憂，力言於王。王乃釋生囚，命中貴以［校］青本無以字。意示生。生辭曰：「糟糠之妻不下堂，［呂註］後漢書，宋弘傳：帝姊湖陽公主新寡，帝與共論朝臣，微觀其意。主曰：宋公威容德器，羣臣莫及。帝謂弘曰：諺言：貴易交，富易妻，人情乎？弘曰：臣聞貧賤之知不可忘，糟糠之妻不下堂。帝顧謂主曰：事不諧矣！寧死不敢承命。王如聽臣自贖，傾家可也。」王怒，復逮之。妃召生妻入宫，將鴆之。既見，妻以珊瑚鏡臺納妃，辭意温惻。妃悦之，使參公主。公主亦悦之，訂爲姊妹，轉使諭生。生告妻曰：「王侯之女，不可以先後論嫡庶也。」妻不聽，歸修聘幣納王邸，齎送者迨［校］青本作以。千人。珍石寶玉之屬，王家不能知其名。王大喜，釋生歸，以公主嬪焉。公主仍懷鏡歸。生一夕獨寢，夢八大王軒然入曰：「所贈之物，當見還也。佩之若[校]青本作既。久，耗人精血，損人壽命。」[但評]財物過多，耗人精血，損人壽命，此亦藥石之言。生諾之，即留宴飲。八大王辭曰：「自聆藥石，戒杯中物[呂注]晉書：吴衍好飲，後因醉詬權貴，遂戒飲。阮宣以拳毆其首曰：看看老逼，癡漢忍斷杯中物耶？陶潛詩：天運苟如此，且進杯中物。已三年矣。」[馮評]酗酒不悛者，愧此老鼈。乃以口齧生臂，痛極而醒。視之，則核塊消矣。後此遂如常人。

異史氏曰：「醒則猶人，而醉則猶[校]青本作如。鼈，[但評]醒不如人，醉不如鼈，哀哉夫己氏！此酒人之大都也。顧鼈雖日習於酒狂[呂注]前漢書，蓋寬饒傳：寬饒曰：無多酌我，我迺酒狂。丞相魏侯笑曰：次公醒而狂，何必酒也？乎，而不敢忘恩，不敢無禮於長者，鼈不過人遠哉？若夫己氏[呂注]左傳，文十四年：齊公子元不順懿公之爲政也，終不曰公，曰夫己氏。注：猶言某甲。則醒不如人，而醉不如鼈矣。古人有龜鑑，[呂注]宋史，包拯傳：除天章閣待制，知諫院。列上唐魏鄭公三疏，願置之座右，以爲龜鑑。又唐劉蕡策：上聖之龜鑑。盍以爲鼈鑑乎？[但評]鼈鑑二字，新奇可寶。乃作『酒人賦』。賦曰：『有一物焉，陶情適口；飲之則醺醺騰騰，厥名爲「酒」。其名最多，爲功已久：[但評]夫酒之爲酒，非以爲患也。以宴嘉賓，以速父舅，以促膝而爲懽，以合卺而成偶；或以爲「釣詩鉤」，又以爲「掃愁帚」。[呂注]蘇軾詩：應呼釣詩鉤，亦號掃愁帚。故麯生[呂注]開元傳信記：葉法善有道術。一日，朝士滿座，忽有人稱麯秀才，少年秀美，談論不凡。法善以劍擊之，化爲瓶榼，中有美酒。共飲之，曰：麯生風味，不可忘也。頻來，則騷客之金蘭友；[呂注]易，繫辭：二人同心，其利斷金。同心之言，其臭如蘭。○唐馮贄雲仙雜記：戴宏正每得密友一人，則書於編簡，焚香告祖考，號爲金蘭簿。［何註］金蘭友，陸機詩：穆若金蘭友，大約取義於二人同心，其利斷金，同心之言，其臭如蘭也。醉鄉深處，［呂註］唐王績字無功，號五斗先生。作杜康廟碑、醉鄉記，備言酒德。則愁人之逋逃藪。［呂註］書，武成：爲天下逋逃主，萃淵藪。注：言爲天下逋逃罪人之主，如魚之聚淵，獸之聚藪也。［何註］藪，萃聚處也。書，武成注：受爲逋逃罪人之藪。糟邱之臺既成，鴟夷［呂註］漢書，游俠傳：揚雄作酒箴云：鴟夷滑稽，腹如大壺。注：鴟夷，韋囊，以盛酒，即今之酒幐也。［何註］鴟夷，榼形酒器也。之功不朽。齊臣遂能一石，［呂註］史記，滑稽列傳：髡曰：日暮酒闌，合尊促坐，男女同席，履舄交錯，杯盤狼藉，堂上燭滅，主人留髡而送客，羅襦襟解，微聞薌澤，當此之時，髡心最歡，能飲一石。學士亦稱五斗。［呂註］杜甫飲中八仙歌：焦遂五斗方卓然，高談雄辨驚四筵。又王績飲酒五斗，著五斗先生傳。［何註］劉伶曰：五斗解醒。○［馮評］劉伶一飲一石，山濤一飲八斗，管仲飲桓公酒，仲棄其半，曰：臣聞酒入舌出，舌出言失，言失身棄，臣以爲棄身不如棄酒。○孫權飲酒大醉，以水灑羣臣，張昭正色曰：紂爲糟丘長夜之飲，當時亦不以爲惡也。權有慚色。則酒固以人傳，而人或以酒醜。［但評］酒以人傳，從來僅見：人以酒醜，振古如茲。非酒之果能醜人，彼自醜而累酒亦醜耳。若夫落帽之孟嘉，荷鍤之伯倫，［呂註］晉書，劉伶傳：劉伶字伯倫，常乘鹿車，攜一壺酒，使人荷鍤而隨之，謂曰：死便埋我。山公之倒其接䍦，［呂註］世說：山簡鎮襄陽時，習氏有佳園池，時至酣飲，名曰高陽池。時有爲歌曰：山公時一醉，逕至高陽池。日暮倒載歸，酩酊無所知。復能乘駿馬，倒著白接䍦。舉手問葛彊，何如并州兒？○彊，簡之愛將，并州人也。［何註］䍦音離，帽也。李白詩：山公倒著白接䍦。彭澤之漉以葛巾。［呂註］沈約宋書：陶潛在家，取頭上葛巾漉酒，漉畢，還著。值鄰家招飲，酒有滓，即脱頭巾漉之。酣眠乎美人之側也，或察其無心；［呂註］世說：阮籍鄰家婦有美色，當壚酤酒。籍與王安豐嘗從婦飲酒，既醉，眠其婦側。夫始疑之，伺察無他意。濡首於墨汁之中也，自以爲有神。［呂註］唐國史補：張旭善草書。性好飲酒，醉後以頭濡水墨中，索筆揮毫，變化無窮，若有神助。井底臥乘舩［校］青本作船。之士，［呂註］杜甫飲中八仙歌：知章騎馬似乘船，眼花落井水底眠。注：抱朴子：余從祖仙公，每醉輒入淵底。糟邊縛珥玉之臣。

［呂註］晉書，畢卓傳：爲吏部郎，常飲酒廢職。比舍郎釀熟，卓夜至其甕間盜飲之，爲掌酒者所縛。明旦視之，乃畢吏部也。［何註］珥玉，尚書冠飾。畢尚書盜飲鄰家，酣眠槽邊。甚至效鼃囚而玩世，亦猶非害物而不仁。至如雨宵雪夜，月旦花晨，風定塵短，客舊妓新，履舄交錯，蘭麝香沉，細批薄抹，［呂註］韻府：蘇軾曰：家貧無以娛客，但知抹月批風。蓋神宗有薄批明月，細抹清風之句。○按：似宜作薄批細抹。［何註］船家有薄批明月，細抹清風語，故東坡嘗曰：家貧無以娛客，但知抹月批風。低唱淺斟；［呂註］宋史：學士陶穀得党太尉侍姬，取雪水煎茶曰：党家應不識此。姬曰：彼粗人，但能銷金帳下，飲羊羔酒，淺斟低唱爾。陶慚之。○國憲家猷：煜乘醉大書石壁曰：淺斟低唱、偎紅倚翠太師。○詞話：柳耆卿曾有詞云：忍把浮名，換了淺斟低唱。及臨軒放榜，時人語之曰：且去淺斟低唱，何用浮名？［何註］東坡古琴化女曲中有云：低低唱，淺淺斟，一刻值千金。忽清商兮一奏，則寂若兮無人。雅謔則飛花粲齒，高吟則戛玉敲金。［呂註］韓愈代張籍書：未必不如吹竹彈絲，敲金戛石也。又誦友詩詩：敲金戛玉千餘篇，膾吞炙嚼人口傳。○敲，一作鏗。總陶然而大醉，亦魂清而夢真。［馮評］桓公飲管仲酒二三行，仲出，可知平原十日，何如仲父三行。果爾，即一朝一醉，當亦名教之所不嗔。［呂註］世説：王平子、胡毋彥國諸人，皆以任放爲達，或有裸體者。樂廣笑曰：名教中自有樂地，何爲乃爾也？○［但評］果爾，亦不過爲名教中之醉人。爾乃嘈雜不韻，俚詞［校］青本作辭。並進；坐起讙譁，［何註］譁，呶聲也。詩，小雅：賓既醉止，載號載呶。呶呶成陣。涓滴忿争，勢將投刃；伸頸攢眉，引杯若鴆；傾瀋碎觥，拂燈滅燼。［但評］一滴之微，亦較錙銖；一席之近，竟同秦越。非以合歡，直是報讐耳，殺賊耳，既酖人而又酖己耳，殊不可解。緑醑葡萄，［呂註］飲食標題：酒之美者曰醑。白居易詩：黃醅緑醑迎冬熟，絳帳紅鑪逐夜開。○史記：大宛有葡萄酒。［何註］醁音録；醑，私呂切；並葡萄皆酒名。俗呼醨爲尾酒，醑爲頭酒。狼籍不靳；［何註］不靳，猶不惜也。病葉狂花，［呂註］醉鄉記：飲流謂睡者爲病葉，睚眦者爲狂花。［何註］病葉，喻不任酒之狀。狂花，桃李非時而花，喻不循觴政而妄有作爲也。

觴政所禁。[馮評]漸覺不堪。如此情懷，不如弗[校]青本作勿。飲。[馮評]以下極寫使酒者之形貌神情，千奇畢露，百醜並形，合盤托出，尚覺描畫未盡，以此等變態，罄筆墨之能事，只得其萬一也。又有酒隔咽喉，間不盈寸；吶吶呢呢，[何註]吶與訥同，難言也。呢音尼，小聲多言也。○[但評]吶吶呢呢，座中一羣餓鬼。猶譏主吝；坐不言行，飲復不任；酒客無品，於斯爲甚。甚有狂藥下，[呂註]晉書，裴楷傳：長水校尉孫季舒嘗與崇酣燕，慢傲過度。崇欲表免之。楷聞之，謂崇曰：足下飲人狂藥，責人正禮，不亦乖乎？崇乃止。客氣粗；努石棱，磔鬡鬚；[呂註]世說：劉惔謂桓溫眉如紫石棱，鬚作蝟毛磔。注：蝟攢毛外刺磔裂也。○按：鬡音儜，亂貌。[何註]磔音摘，張也。鬡音儜，髮亂貌，鬚似之。袒兩背，躍雙趺。[何註]趺音膚，足也。塵濛濛[校]青本作蒙蒙。兮滿面，哇浪浪[何註]浪浪音閬，波也。兮沾裾；[何註]裾，衣襟也。口狺狺[呂註]楚辭：猛犬狺狺而遥吠兮。[何註]狺音銀。兮亂吠，髮蓬蓬兮若奴。其籲[何註]籲，亦呼也。地而呼天也，似[校]青本作如。李郎之嘔其肝臟；其揚手而擲足也，如蘇相之裂於牛車。[呂註]史記，蘇秦列傳：齊大夫使人刺蘇秦，不死，殊而走。齊王使求賊不得。蘇秦且死，謂齊王曰：車裂臣以徇於市，則臣之賊必得矣。[何註]蘇相，蘇秦也。後爲牛車裂死。舌底生蓮者，不能窮其狀；燈前取影者，[呂註]蘇軾題吴道子畫後云：道子畫人物，如以燈取影，逆往順來，旁見側出，横斜平直，各相乘除，得自然之數，不差毫末，古今一人而已。不能爲之圖。[但評]其貌鬼，其形賊，其音犬，其狀囚，其象尸。願生生世世，目不見之，耳不聞之。父母前而受忤，妻子弱而難扶。或以父執之良友，無端而受駡於灌夫。婉言以警，倍益眩瞑。此名「酒凶」，[但評]罪名的當，聊示薄懲。不可救拯。唯有一術，可以解酩。[何註]酩音茗，酊音頂，俱讀去聲，醉也。厥術維何？祇須一梃。縶其手足，與斬豕等。止困其臀，勿傷其頂，捶至百餘，豁然頓醒。』」

〔馮評〕予有一術，不與此等：兩人肘之，一人是遈，不用葛花，不用水飲，飲之以尿，三碗解醒。酒人朦朧，叫曰：吃不得了也麼哥！爲强進之曰：君再努力焉一口。他日記之，問誰進此策，曰：是平日一杓不沾之醒叟。

〔何評〕天下無主之藏，正復不少，但恨不能德及魚鼈耳，於人乎何尤！

戲縊

邑人某，佻撻無賴。偶游村外，見少婦乘馬來，謂同游者曰：〔校〕青本無曰字。「我能令其一笑。」衆不信，〔校〕青本作衆未深信。約賭作筵。某遽奔去，出馬前，連聲譁曰：「我要死！」因於牆頭抽粱䕓一本，横尺許，解帶挂其上，引頸作縊狀。婦果過而哂之，衆亦粲然。〔何註〕哂、粲，皆笑也。婦去既遠，某猶不動，衆益笑之。近視，則舌出目瞑，而氣真絶矣。粱幹〔校〕青本作本。自經，不亦〔校〕青本作豈不。奇哉？是可以爲儇薄者〔校〕青本作之。戒。〔但評〕人之所欲，天必從之。彼婦笑矣，汝婦哭矣。